SEMENCES

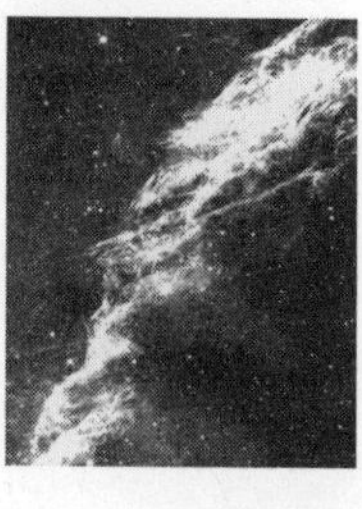

LA DENTELLE DU CYGNE

DU MÊME AUTEUR
CHEZ LE MÊME ÉDITEUR

Aqua™
PRIX BOB MORANE 2007 – PRIX ROSNY AÎNÉ 2007
PRIX « UNE AUTRE TERRE » 2007 – PRIX JULIA VERLANGER 2007

Mal-morts

Exodes
PRIX EUROPÉEN UTOPIALES 2013

Jean-Marc Ligny

SEMENCES

L'ATALANTE
Nantes

Couverture : leraf

ISBN 978-2-84172-730-8

L'Atalante, 15, rue des Vieilles-Douves, & 4, rue Vauban
44000 Nantes
www.l-atalante.com

PROLOGUE

DERNIER PARADIS SUR TERRE

Que n'ai-je un pinceau
Qui puisse peindre les fleurs du prunier
Avec leur parfum !
SHOHA.

HIROKO a encore vomi ce matin. Cette fois, elle a craché du sang.

Natsume ne sait plus quoi faire. Il lui a donné à boire de l'eau de la rivière, soigneusement filtrée de ses silicates, dans laquelle il avait infusé des feuilles de saule, des baies de genévrier, du kudzu, des airelles et des herbes choisies par Atangana, la chamane du village. Pour soigner ses migraines, atténuer ses courbatures.

Hiroko a tout rendu. Elle ne garde rien. Et souffre toujours autant.

Ça fait dix jours que ça dure. Son état s'aggrave sans cesse. Natsume soupçonne une forme sévère de dengue ou quelque chose du genre. Un virus transmis par un moustique, un de ces féroces *ippernaq* qui pullulent cet été à Qaanaaq.

Au début, quand il a vu apparaître des points rouges sur son torse et ses membres, il a cru qu'Hiroko s'était fait bouffer par les simulies, des nuées de moucherons aussi voraces que les moustiques. Ses maux de ventre et nausées pouvaient laisser croire à un choc anaphylactique. Mais la fièvre élevée ne collait pas. Les douleurs musculaires non plus. Les points rouges sont devenus des pétéchies, puis des ecchymoses. Elle s'est mise à saigner du nez et des gencives.

C'est alors que Natsume a pensé aux moustiques. Et à la dengue.

Ça ne lui est pas venu tout seul. Ce n'est pas venu non plus d'Atangana. Bien qu'*angakkoq* et guérisseuse, la vieille Inuit n'a pas vraiment su diagnostiquer la maladie. Elle a parlé d'empoisonnement, d'esprits malfaisants, d'ancêtres revenus hanter les vivants… sans trop s'avancer : que pouvait-elle savoir de la parentèle d'un couple de Japonais installés à Qaanaaq depuis quinze ans ? Elle a donné une amulette *tuila* contre les mauvais esprits ; elle a fait la *qilaatersorneq*, la danse du tambour, chanté les *inngerut*, les chants du tambour ; et surtout, elle a ramassé des plantes et des herbes. Le plus utile sans doute. Mais là encore, elle était assez désorientée : ce qui pousse aujourd'hui dans la région de Qaanaaq n'existait pas il y a cent ans, et les végétaux traditionnels – ceux que sa grand-mère utilisait encore – ont tous quasiment disparu.

Malgré tout, Atangana a affirmé que les *ippernaq*, tout virulents qu'ils soient, ne peuvent pas rendre malade comme ça. Ils piquent, d'accord, ils donnent des boutons, c'est certain, mais enfin, depuis le temps que les Inuits les supportent, s'ils rendaient malade, ça se saurait. C'est forcément autre chose.

Alors Natsume a cherché ailleurs. Et il a trouvé.

Dans l'ancien laboratoire de géophysique où il vit avec Hiroko, au fond de la salle jadis réservée aux mesures météo, de l'ionosphère et du champ magnétique terrestre, au milieu d'un fatras d'appareils et d'instruments hors d'usage, il a déniché un vieux carton de bouquins rongés par les mites et les rats.

Parmi ces précieuses reliques des temps civilisés, un livre sur les maladies tropicales. À croire que le dernier occupant des lieux était déjà confronté au problème, ou prévoyait de l'être à court terme.

Les moustiques n'ont jamais rendu malade, vraiment ? N'est-ce pas plutôt que tu l'ignores, Atangana ? Qu'il n'y a plus de traces écrites, que les légendes ont tendance à travestir la réalité ?

Le livre est poreux et craquelé, les pages s'effritent, sont grignotées par les bestioles, il en manque… Néanmoins, en le feuilletant avec précaution, Natsume a fini par y trouver l'info : la dengue.

Normalement, est-il écrit, la dengue est une maladie assez bénigne, quoique invalidante, et la guérison survient en une semaine. Toutefois, est-il précisé, il existe des formes graves, hémorragiques ou avec syndrome de choc, qui, non soignées, peuvent engager le pronostic vital. Mais que l'on se rassure, il existe un vaccin depuis 2016, efficace à 90 %, et depuis que le Brésil produit des moustiques transgéniques stériles, le nombre d'insectes porteurs du virus est en nette récession.

Bien sûr. Heureuse époque, où la science allait résoudre tous les problèmes.

Maintenant il n'y a plus de vaccin, plus de labos, plus de Brésil, plus de civilisation. Mais les descendants des fameux « moustiques transgéniques stériles » prolifèrent toujours et véhiculent une dengue mortelle.

Natsume espère encore qu'Hiroko va s'en sortir, même si la guérison censée survenir en une semaine a plutôt l'air de s'éloigner de jour en jour. Que lui donner ? Comment la soigner ? Quelle plante miracle pourrait tuer cette saloperie de virus, ou du moins renforcer les défenses d'Hiroko ? Atangana est bien gentille et pleine de sollicitude avec ses recettes de grand-mère et ses danses du tambour, mais elle devrait avouer qu'elle est confrontée à un problème qu'elle ne connaît pas, que les esprits des ancêtres ne connaissent pas non plus. Et qui risque de s'amplifier, même si les Inuits ont la peau plus épaisse que celle d'Hiroko.

Car la dengue est une épidémie.

Le moustique porteur a pu piquer d'autres personnes. D'autres moustiques ont pu piquer Hiroko depuis son infection et devenir également porteurs. Peut-être que plusieurs villageois sont déjà malades, moins gravement qu'Hiroko, et ne savent pas pourquoi ils sont fatigués, pourquoi ils ont de la fièvre et mal partout. Il peut y avoir tant de causes de maladies : la malnutrition, la moisine ou d'autres plantes toxiques, des animaux empoisonnés, une eau polluée par la décomposition du permafrost, les particules soufrées des volcans d'Islande apportées par le vent… Tant d'occasions de mourir.

Pourtant les Inuits résistent, ici. Ils ont survécu à la fonte des glaces, à l'effondrement de leur écosystème et de leur civilisation. Ils sont devenus cultivateurs, pêcheurs de sardines et de maquereaux, chasseurs de lapins. Plus de baleines, ni de phoques, ni d'ours polaires, ni de traîneaux à chiens, mais des Inuits, toujours. Qui parlent encore leur langue, cultivent la famille élargie, pratiquent les danses des tambours et des rites chamaniques. Tout ce qu'il leur reste.

Et parmi eux, depuis quinze ans maintenant, un couple de Japonais arrivés de l'est en quête du dernier paradis sur Terre – ou du moins d'un endroit vivable.

Or même ici, au nord du monde, pullulent ces damnés moustiques.

Natsume referme le livre et le repose soigneusement sur l'étagère, parmi les autres ouvrages et objets qu'il a sauvés de la décrépitude. Il est quasiment certain que c'est la dengue maintenant, après avoir relu tous les symptômes. Une maladie tropicale, d'accord, mais ici à Qaanaaq, Groenland, il fait 30 °C à midi en juillet (si le thermomètre fonctionne bien). Et les tropiques, que sont-ils devenus ? un désert calciné ? Il se demande s'il doit en parler à Atangana, et surtout à Hiroko.

À quoi servirait à la chamane de le savoir ? « Ah, c'est la dengue, bon, et alors ? » Il faudrait vacciner – elle n'a pas de vaccins. Il ne faut surtout pas donner d'aspirine – elle n'en a pas non plus. Éradiquer les moustiques – comment ? Et comment empêcher les Inuits de sortir de leurs masures ? Protéger les enfants, oui, au moins il peut faire ça. Il y en a trois au village, pour quarante habitants. Pas de quoi assurer la pérennité de la tribu, mais il ne faut pas baisser les bras, jamais.

Quant à Hiroko ? « Chérie, tu as la dengue, une forme hémorragique mortelle, et on n'a rien pour te soigner. Continue de boire des infusions d'airelles. » Est-ce que ce ne serait pas précipiter sa fin, en sapant tout espoir ? Mais, d'un autre côté, lui mentir ? Lui dire que ce n'est rien, qu'elle va s'en sortir ? Natsume n'en est pas capable, et de toute façon elle le devinerait. « Tout va bien, chérie » avec des larmes dans les yeux, non, ce n'est pas possible. Il faut qu'il lui dise. Qu'il en parle à Atangana, aussi. À tout le monde. Qu'ils trouvent ensemble une solution.

Fort de sa décision – ou plutôt angoissé par elle –, Natsume gagne la chambre, située à l'est et ombragée du soleil sempiternel de l'été par des stores vénitiens rafistolés tant bien que mal. Il y fait chaud, ça sent le vomi, la maladie, la mort qui rôde. Hiroko est recroquevillée sur le lit, sous une vieille couverture moite et chiffonnée. Maigre, blême, de sombres cernes sous les yeux, ses cheveux noirs collés sur son front par la sueur, les lèvres encore tachées de sang, des pétéchies violacées sur les bras et le haut de la poitrine. Elle dort ou comate un peu, en tout cas elle ne réagit pas à l'irruption de Natsume. Sa respiration est rapide et superficielle. Il n'ose pas la réveiller. Tant qu'elle dort, elle ne souffre pas, ou du moins ne s'en rend pas compte.

Le cœur de Natsume se serre tandis qu'il la contemple, pâle et chétive, les traits tirés par la fatigue et la maladie. Elle qui était si pétillante il y a une semaine encore, si pleine de vie, de joie, de projets. Agrandir le jardin. Creuser une tranchée depuis la rivière pour l'irriguer. Réparer le toit du couloir qui fuit. Apprendre à tanner les peaux de lapins. Hiroko, toujours active et enthousiaste. Et ces putain de moustiques l'ont tuée…

Natsume retient un sanglot. Non – pas encore. Il ne doit pas s'avouer vaincu. Il va en parler à Atangana, à tout le village. Il doit bien y avoir une parade, une solution. Après tout, depuis quinze ans qu'ils sont ici, il n'a jamais vu personne vraiment malade, si ? Pas de cette maladie-là en tout cas. À moins qu'il n'ait guère fait attention : tant que ça ne touche pas soi-même ou ses proches, on compatit, on prend des nouvelles, mais on ne s'intéresse pas de trop près. La maladie, ce n'est jamais un sujet de conversation agréable.

Il vérifie qu'Hiroko a de l'eau près d'elle – elle doit boire beaucoup, même si ça la fait vomir, c'est écrit dans le livre –, que sa cuvette est également à portée de main, et qu'il n'y a pas de mouches ni surtout de moustiques dans la pièce. Il hésite à remonter la couverture sur elle, il ne voudrait pas la réveiller. Il ne sait pas si elle a trop froid ou trop chaud ; la fièvre la fait frissonner, mais la température dépasse certainement les 30° dans cette chambre. Enfin, après un dernier coup d'œil circulaire, il sort, longe le couloir au toit qui fuit et gagne la porte d'entrée, située dans la partie centrale du bâtiment.

Il y a installé une espèce de sas à l'aide d'une couverture grossièrement cousue autour d'un tasseau, lui-même posé sur deux pitons plantés dans le chambranle. Ça sert à empêcher les moustiques d'entrer. Malgré tout, il en tue deux ou trois chaque jour dans la maison, soit qu'ils pénètrent quand il entre ou sort, soit qu'ils se glissent par la fuite du toit, soit qu'ils empruntent un autre interstice que lui n'a pas découvert.

Natsume enfile une veste légère à manches longues, coiffe son chapeau muni d'une moustiquaire de tête, écarte la couverture, la rabat soigneusement derrière lui, entrouvre la porte, se faufile prestement au-dehors.

La chaleur le frappe de plein fouet. Aussitôt moustiques et simulies l'assaillent. Il se demande si parmi eux se trouve le salaud qui a piqué Hiroko. Combien sont porteurs de la dengue à présent ? Ça devient dangereux de sortir en été… Or l'hiver, au cours de la longue nuit de quatre mois, il n'y a rien d'autre dehors que le vent qui hurle, la neige qui tombe, les pierres gelées qui craquent et les loups qui rôdent. Ou plutôt, pense Natsume – sans en être bien sûr –, les descendants des huskys redevenus sauvages.

Il fait le tour du laboratoire de géophysique – une bâtisse tout en longueur, constituée de trois baraques reliées entre elles par deux couloirs – et contemple un moment le village étalé dans la pente en contrebas. Ce qu'il en reste : une dizaine de maisons dont les couleurs vives ont disparu depuis longtemps, fondues dans ce gris terne du bois soumis aux intempéries ; quelques ruines d'autres bâtiments servant à récupérer des matériaux, car les réparations sont incessantes ; trois ou quatre claies où sèchent harengs et maquereaux ; et les anciennes citernes de gaz et de carburant, gros cylindres de rouille léchés par les vagues à marée haute, car la mer monte à présent jusque-là. Parmi tout ça, quelques jardins potagers, de gros buissons d'ailante, de grandes étendues vertes de kudzu. Dès qu'on sort du village où elle est éradiquée, s'étale la sempiternelle moisine, ce lichen rampant vert-de-gris, toxique et corrosif, qui tue tout là où il pousse, résiste au froid et à la nuit, semble ne connaître aucune limite à son expansion. Une plante mutante, une erreur génétique d'après les légendes… Dans le vallon où coule la rivière résistent encore quelques saules chétifs, bouleaux retors, genévriers et buissons d'airelles, à l'abri du vent du nord, le terrible *piteraq* qui se déchaîne en ouragan, l'hiver, à plus de deux cents kilomètres-heure (d'après des relevés restés au labo). L'été, c'est le fœhn chaud qui monte du sud, charriant les cendres et le soufre des volcans islandais, et parfois se change en cyclone.

Côté mer, au large s'étalent les îles d'Herbert et Northumbert – landes désolées où la moisine combat férocement le kudzu, et à l'horizon voilé de brume en été, s'étire la longue côte de l'île d'Ellesmere… d'où Natsume n'a jamais vu provenir le moindre signe de vie. D'après des pêcheurs qui l'ont approchée, c'est pareil qu'ici, envahi de saloperies végétales. Et désert.

Quant à la banquise et aux icebergs, ce ne sont plus que des histoires narrées par les anciens lors des longues soirées d'hiver. Au plus noir du mois de février, il arrive encore que se forme sur la mer une pellicule de glace de quelques centimètres d'épaisseur, vite disloquée en glaçons épars dès que survient une tempête un peu forte. L'inlandsis ? Une ligne blanche lointaine, miroitant à l'horizon d'un chaos de roches et de moisine, qu'on aperçoit par beau temps si l'on prend la peine de monter au sommet du Piulip Nuna culminant à mille mètres. L'inlandsis se manifeste surtout au printemps, par des torrents furieux et dévastateurs qui se ruent en bouillonnant dans la mer, au long de vallées où jadis rampaient des glaciers. Depuis quinze ans que Natsume vit à Qaanaaq, il lui semble que chaque été cette ligne blanche s'éloigne un peu plus, mais c'est peut-être un effet de son imagination, quoique à terme l'inlandsis va disparaître. Enfin, ça prendra bien deux ou trois siècles.

Natsume ne peut rester longtemps à contempler ce paysage qu'il trouve toujours empreint d'une étrange et triste beauté – car l'ancien se meurt, et le nouveau a trop l'air d'une invasion. Il risque d'être bouffé par les moustiques et les simulies, malgré les manches longues, la moustiquaire, les chaussures montantes et les mains dans ses poches. Il emprunte donc d'un pas pressé le chemin pierreux qui descend au village, pour se rendre chez Atangana.

La vieille *angakkoq* habite avec sa famille dans une longue bâtisse qui jadis était rouge, comme en témoignent quelques traces au creux des nervures du bois. Elle vit dans quatre pièces avec ses deux filles, le mari de la cadette et leur enfant, Maleraq, âgé d'une quinzaine d'années – le grand copain de Natsume. L'homme de l'aînée est parti en kayak dans le Sud avec le fils d'Atangana, espérant y trouver des conditions de vie plus clémentes, malgré ce qu'en disent les anciens. Ils n'ont plus jamais donné de nouvelles. Quand les membres éloignés d'une famille ne donnent pas de nouvelles, chez les Inuits, ça veut dire qu'ils sont morts.

Natsume gravit les marches de bois, frappe à la porte. La plupart des maisons sont bâties sur pilotis, car le sol est trop mou l'été pour y construire de plain-pied. Même si le kudzu empêche désormais les glissements de terrain provoqués au printemps par les pluies torrentielles. Et atténue un peu l'odeur de fumier du permafrost qui se décompose.

Maleraq vient lui ouvrir. Il a des traits inuit typiques : cheveux noirs lisses, peau brune, yeux bridés, pommettes saillantes et lèvres épaisses, qui s'étirent en un sourire quasi perpétuel. Lequel s'élargit à la vue de son ami.

— *Kutaa*, Natsume ! Tu viens m'apporter un livre ?

Il y a trois ans, il a appris à lire à Maleraq, grâce aux bouquins trouvés au labo. Très fragiles, rarement entiers, certains en danois (que personne ne comprend), d'autres en kalaallisut, la langue locale. Certains romans ont fasciné le gosse, qui ne manquait pas d'imagination pour inventer les passages manquants. Il a lu presque tout ce qui était en kalaallisut, à part les rapports météo ou les mesures du champ magnétique – Natsume doute que ça l'intéresse. Il devrait peut-être se mettre au danois pour initier Maleraq, mais sans dictionnaire, c'est difficile. Néanmoins, ça permet d'ouvrir les yeux de l'ado sur le monde d'avant, indépendamment des légendes locales. Transmettre le savoir, de nos jours, est aussi primordial que survivre, si l'on pense un peu plus loin que son ventre.

— Non, pas cette fois, Maleraq. Je viens voir ta grand-mère. Elle est ici ?

— Dans la cuisine, elle prépare l'*aalisagaq*. Je n'ai plus rien à lire…

— Relis *Moby Dick*. Je crois que tu avais apprécié l'histoire.

— *Naamik*, grimace Maleraq. J'aime pas quand ils tuent la *mattalik*. Dis, tu crois qu'on en reverra un jour, des baleines ? Il y en avait ici avant, non ?

— Oui, il y en avait, mais je ne crois pas qu'on en reverra. J'ignore s'il en existe encore. Bon, excuse-moi, il faut que je parle à Atangana. J'ai un truc important à lui dire.

Le garçon s'écarte pour le laisser entrer.

— Après tu viendras me voir ?

— Je ne crois pas, non. Je dois retourner auprès d'Hiroko. Elle est très malade, tu sais.

— Je sais. Des esprits mauvais, d'après ma grand-mère…

— Non, Maleraq. C'est les moustiques. Fais attention à eux.

L'ado hausse les épaules. Natsume remarque qu'il a plusieurs boutons sur les bras et la figure. Ça ne va pas être facile. Les moustiques ici sont tellement banals.

Il se dirige vers la cuisine où il trouve Atangana en compagnie de sa fille aînée, Utertoq. Assises à table, elles sont en train de vider des maquereaux frais, pêchés tôt ce matin par Amarok, le mari de Natuk, la cadette. Tous deux sont absents.

Atangana est menue, voûtée, ridée et burinée par le soleil. Elle a de longs cheveux blancs, de petits yeux vifs et pétillants. Utertoq était une belle femme et pourrait encore l'être, mais le départ (et sans doute le deuil) de son mari l'ont amaigrie, ont creusé des rides sur son front, des cernes sous ses yeux et donné à sa bouche un pli amer.

— *Kutaa*, Atangana, *kutaa*, Utertoq. *Qanoripit ?*

— Ça va bien, Natsume, ça va bien, répond Atangana d'un ton affable. (Renfrognée comme souvent, Utertoq ne dit rien.) Et toi ? Et Hiroko ? Ma potion lui a fait du bien ?

— Non. Justement, je voudrais t'en parler. Je peux t'interrompre un instant ?

— Demande-lui ce que c'est que ça, intervient Utertoq, s'adressant à sa mère comme si Natsume ne comprenait pas le kalaallisut.

De la pointe de son couteau, elle désigne les entrailles de poisson en vrac sur la table.

— Ah oui, Natsume, toi qui es féru des choses anciennes, tu peux nous dire peut-être…

Atangana fouille du bout des doigts dans les viscères, en extrait deux petits objets aux couleurs vives : l'un est rose, plat et mou, l'autre est vert, dur, rond et muni d'un pas de vis. Natsume ne s'estime pas spécialement « féru des choses anciennes », mais il est vrai que sa curiosité, sa fouille minutieuse des ruines et ses lectures lui ont permis d'en savoir un peu plus que les autochtones.

— Je dirais, conclut-il après avoir examiné les objets, que le truc rose est un morceau de sac en plastique, et le vert le bouchon d'un flacon quelconque, en plastique également.

— Plastique ? relève Atangana.

Natsume a employé le mot anglais, ne connaissant pas l'équivalent en kalaallisut, s'il existe.

— La même matière dont sont faits les filets de pêche et certaines fenêtres. C'était très courant dans l'ancien temps.

— Les maquereaux mangent ça ? s'étonne Utertoq avec une moue dégoûtée.

— Eh bien, ils ne devraient pas, répond Natsume. Ça peut les étouffer ou les rendre malades.

— Mais qu'est-ce que ça fait dans la mer ?

— C'est là depuis des siècles, jeté par les hommes de jadis. Il n'y a rien qui dégrade le plastique, à part le soleil.

Natsume tire cet enseignement du fait que les quelques fenêtres en PVC qui subsistent sur les maisons sont toutes jaunies, grêlées, fendillées, poreuses – il suffit de les gratter pour en tirer une poudre grisâtre. Les filets de pêche, en revanche, plongés dans l'eau ou rangés à l'abri, ne s'abîment que par l'usure, les accrocs ou déchirés par les poissons.

— Atangana, reprend-il, je peux te parler d'Hiroko ?

— *Aap*. Viens par ici.

Elle essuie ses mains à un torchon souillé d'écailles de poisson et entraîne Natsume dans la pièce commune, équipée d'un lit, de vieux meubles bancals et de fourrures mitées. Seule une vieille peau de phoque pelée et racornie, accrochée au mur, témoigne du passé inuit de la maison.

— Qu'est-ce qu'il y a avec Hiroko ? Mes remèdes ne font pas effet ?

— Non. Elle vomit tout, et son état s'aggrave. Atangana, ce sont les moustiques qui lui ont donné cette maladie. J'en ai la preuve à présent.

— Comment ça, tu en as la preuve ?

— C'est la dengue. Une maladie qui, avant, n'existait que dans le Sud. J'ai lu ça dans un livre.

— Ah, dans un livre…

La chamane, qui ne sait ni lire ni écrire, hoche une tête dubitative. Elle n'est pas contre le fait que Natsume initie son petit-fils à ce passe-temps, mais pour elle ce n'est rien d'autre que ça : un passe-temps. Elle n'en voit pas l'intérêt.

— C'est une maladie *contagieuse*, Atangana. Les moustiques vont contaminer d'autres personnes, qui vont être malades à leur tour, et infecter d'autres moustiques qui vont contaminer encore plus de gens, et ainsi de suite. On peut en mourir. En tout cas, Hiroko risque d'en mourir.

C'est la première fois qu'il exprime ce fait à voix haute. Ça lui serre le cœur et lui provoque un violent frisson. Il s'efforce d'empêcher les larmes de perler.

Atangana hoche de nouveau la tête, tout en dévisageant Natsume d'un air impassible.

— Qu'est-ce que tu comptes faire ? demande-t-elle enfin.

— Je ne sais pas, avoue-t-il. C'est pourquoi je t'en parle. Il faudrait que tout le monde se protège contre les moustiques d'une façon plus efficace, et puis trouver un moyen de les éradiquer, mais je ne vois pas trop comment…

— Moi non plus. Depuis toujours il y a des *ippernaq* ici. Depuis toujours on est piqués. Personne n'en est jamais mort. Si Hiroko meurt, c'est qu'elle a autre chose, une autre maladie qui ressemble à celle de ton livre. Ou que des *tuurngait* lui en veulent, pour une raison ou une autre. Vos parents vous ont abandonnés, Natsume. N'oublie jamais ça.

C'est sûr qu'il n'oublie pas – inutile de le lui rappeler, surtout en ce moment.

— Alors tu ne veux rien faire, constate-t-il, dépité.

— Contre les moustiques ? Il n'y a rien à faire. C'est un mal qu'on subit, tout comme cette *naasupiluiarpaa* que tu appelles moisine. Pour Hiroko, je peux demander au conseil du village de réunir les tambours et faire une nouvelle *qilaatersorneq*. Et je peux te donner ceci.

Elle se lève avec peine du siège bas dans lequel elle s'était assise, se dirige vers un antique buffet, ouvre un tiroir, en sort un petit objet enfilé sur un vieux cordon en cuir noir racorni. Elle le tend à Natsume qui l'observe en fronçant les sourcils. C'est une dent d'animal. De requin peut-être, ou de cachalot.

— C'est un *tupilak* très puissant, reprend Atangana. Il fera fuir tous les esprits qui rôdent dans ta maison, les bons comme les méchants. Ce soir, au soleil de minuit, je viendrai l'incanter. Mais déjà, mets-le au cou d'Hiroko. Ils éviteront de l'importuner en attendant.

— *Qujanaq*, Atangana. Mais je ne crois pas que ça va la soigner, tu sais…

— Tu ne connais pas la force de ce *tupilak*. Il remonte aux ancêtres de mes ancêtres. Tu verras. *Takuss.*

Sur cet au revoir, elle retourne vers la cuisine.

— Et si d'autres gens tombent malades ? tente encore Natsume.

— Eh bien, on avisera à ce moment-là.

Il renonce à lui dire qu'à ce moment-là, ce sera trop tard. L'épidémie aura commencé à se répandre et sera très difficile, voire impossible, à circonscrire. *Combien de morts potentiels jusqu'à la disparition des moustiques en octobre ?* songe-t-il amèrement en se dirigeant d'un pas lourd vers la sortie, son amulette à la main.

De retour chez lui, Natsume trouve Hiroko éveillée. Elle l'observe du fond du lit et de ses orbites creuses, tandis qu'il pourchasse un moustique qui a réussi à se faufiler dans la maison en même temps que lui. L'insecte est allé droit dans la chambre, comme s'il savait qu'Hiroko était là, comme si sa maladie l'attirait. Depuis, Natsume lui court après, claquant des mains dans le vide, de plus en plus agacé par son *bzz bzz* qu'il juge narquois. Ses gesticulations parviennent à étirer un faible sourire sur les lèvres croûteuses d'Hiroko.

— Pourquoi tu t'acharnes sur cette bestiole ? demande-t-elle d'une voix faible.

Enfin il se pose sur un mur. Natsume lui assène une claque magistrale qui ébranle la paroi de bois et fait vibrer la fenêtre. Le moustique écrabouillé gît dans une tache de sang : cette sale bête a déjà piqué quelqu'un. Natsume prend un peu d'eau de la bouteille d'Hiroko pour se laver les mains dans la cuvette – on ne sait jamais.

Ce faisant, il explique :

— Ce sont les moustiques qui t'ont rendue malade. Par leurs piqûres.

— Tu es sûr ?

— Oui.

Il soupire – se lance. Il est temps de lui avouer ce qu'elle a. Il lui parle de la dengue, des symptômes qu'il a étudiés dans le livre, de son évolution potentiellement mortelle. Elle l'écoute en ouvrant de grands yeux.

— Et il n'y a rien pour soigner ça ?

— Non. À part du paracétamol pour calmer les douleurs, mais on n'en a pas. (Il omet de lui dire qu'il existait un vaccin jadis – à quoi bon.) Et de l'eau. Il faut boire beaucoup, te réhydrater.

Il lui tend la bouteille. Hiroko secoue mollement la tête.

— J'ai mal au ventre… Je vais encore vomir.

— Tant pis. Bois.

Natsume approche la bouteille de ses lèvres, tandis qu'elle redresse légèrement la tête en grimaçant de douleur. Tout mouvement est un supplice.

Tenant la bouteille d'une main et soutenant sa nuque de l'autre, il la fait boire. Elle réussit à avaler trois ou quatre gorgées avant d'être prise de haut-le-cœur. Natsume approche vivement la cuvette. Mais ça passe, laissant Hiroko pantelante, perlée de sueur. Elle crache juste un peu de sang.

Il veut la faire boire encore – elle refuse. Alors il mouille un bout de serviette avec lequel il lui tamponne le front, les joues, les lèvres. Elle est brûlante. La fièvre a dû monter encore.

— Je vais mourir, Natsume ? demande-t-elle dans un souffle à peine audible.

— Non, Hiroko, tu ne vas pas mourir. Je vais tout faire pour te soigner. Moi et Atangana. Elle trouvera les bonnes herbes. Elle viendra ce soir, au fait. Et puis…

Il va ramasser sa veste qu'il a jetée au pied du lit, sort d'une poche l'amulette de la chamane.

— Elle m'a donné ça pour toi. Tu dois la mettre autour du cou. C'est pour… éloigner les mauvais esprits.

Hiroko considère avec suspicion la dent de requin ou Dieu sait quoi.

— Mais si tu dis que c'est la dengue…

— Je sais, soupire Natsume. Il vaut mieux la porter quand même. Ce soir, Atangana va l'incanter.

Et c'est préférable qu'elle la voie à ton cou, se dit-il. Sinon elle risque de se vexer et refuser d'apporter son aide. Or Natsume n'y connaît rien en plantes, et il n'y a aucun ouvrage là-dessus dans la « bibliothèque » du labo. Il est malgré tout possible qu'avec ses mixtures Atangana finisse par trouver quelque chose qui soigne Hiroko, ou la soulage au moins de ses souffrances.

— Je vais t'aider à la passer, propose-t-il.

Pour cela, il doit soulever de nouveau la nuque d'Hiroko. Ce mouvement lui provoque de nouvelles nausées. Cette fois, elle vomit – Natsume à juste le temps d'approcher la cuvette. Elle rend l'eau qu'elle a bue, mêlée de bile et de sang.

Ces spasmes douloureux lui ôtent ses dernières forces ; elle s'effondre dans le lit, peinant à reprendre son souffle. Natsume lui tâte le pouls : il est rapide, faible, irrégulier. Rien de rassurant.

Il lui nettoie de nouveau la figure avec la serviette humide, pose un baiser sur son front moite et brûlant.

— Je vais te refaire une décoction. Il me reste des plantes d'Atangana.

Hiroko ne répond pas. Les yeux clos, respirant par à-coups, elle frissonne de tout son corps, où ecchymoses et pétéchies se sont encore étendues, semble-t-il.

Natsume se rend dans le bâtiment central, qui fait office de cuisine, pour mettre de l'eau à chauffer. En fait, l'eau qui coule du robinet est déjà chaude, grâce à une installation qu'il a bricolée sur le toit. Il a récupéré de la tuyauterie dans les maisons en ruines, qu'il a disposée en zigzags sur la toiture, étanchéifiée (plus ou moins) avec de l'argile et noircie avec de la suie et du charbon de bois. Elle est alimentée par une citerne découpée dans un vieux baril et remplie d'eau de pluie ou de la rivière. Évidemment, la pluie lessive les tuyaux qu'il doit continuellement renoircir, et l'hiver tout gèle. Mais durant l'été ça fonctionne plus ou moins. Il économise ainsi un peu de combustible – rare bois mort, planches et bardeaux pourris, tourbe séchée, tiges et cosses de kudzu –, lequel s'avère toujours insuffisant quand vient le long hiver.

Du combustible, le sol lui-même en recèle en abondance. Il se dégage en été, quand le permafrost se met à fondre : du méthane. En quantités si importantes qu'il forme des bulles à la surface des mares et qu'en certains endroits – Natsume l'a expérimenté lui-même – il suffit d'approcher son briquet pour générer une flamme de plusieurs mètres de haut. Comment le récupérer et le stocker ? Et puis n'est-ce pas ainsi, d'après ce qu'il en sait, que la civilisation s'est éteinte ? En brûlant tellement de combustibles fossiles qu'elle a détraqué le climat… Ce qui a entraîné sa chute. C'est ce que lui ont toujours répété ses parents, en tout cas.

Il ranime les braises du feu allumé ce matin dans l'antique poêle en fonte, y fourre une brassée de kudzu séché, met à chauffer dessus une casserole d'eau tiède. Elle doit être bouillante pour que les plantes infusent correctement. Natsume devrait profiter du feu pour se faire à manger et nourrir également Hiroko, même si elle ne veut pas. Mais elle fond à vue d'œil. Plus elle s'affaiblit, plus la mort se rapproche. Il *faut* qu'elle s'alimente, malgré ses nausées et ses douleurs abdominales. Qu'elle s'efforce de garder un peu de vitamines. Jadis, dans les cas graves, on alimentait et réhydratait les malades par perfusion, c'est écrit dans le livre. Jadis, il y avait tout ce qu'il fallait… Aujourd'hui, les Inuits – et sans doute ce qui reste des humains ailleurs, s'il en reste – sont revenus à la préhistoire. Et encore, même pas : dans la préhistoire, la nature était généreuse et les hommes vivaient en harmonie avec elle. Aujourd'hui, ils farfouillent dans les ruines du passé, survivent avec le peu qu'ils trouvent, essaient tant bien que mal de s'adapter à une évolution – ou une régression – qui va trop vite pour eux.

Dans la chambre, Hiroko se met à gémir. Natsume retourne la voir. Elle est pâle, en sueur, peine à respirer. Ses yeux caves expriment toute la douleur du monde.

— J'ai mal à la tête, se plaint-elle. J'ai mal partout, en fait.

— Je te refais une infusion, ma chérie. Ça va te soulager, tu verras.

Il n'en sait rien en vérité, bien qu'Atangana le prétende. Mais si Hiroko en est persuadée, peut-être que du coup elle aura un peu moins mal… Il aimerait la prendre dans ses bras, la serrer contre lui, la réconforter en lui prodiguant tout l'amour qu'il a pour elle. Mais, outre qu'elle souffrirait davantage, il craint qu'elle soit contagieuse et lui transmette cette saleté de virus. Il ignore si celui-ci peut s'inoculer directement d'être humain à être humain, le bouquin ne le précise pas. Dans le doute, il préfère être prudent... Pourtant ça lui serre le cœur de la voir comme ça et d'être aussi impuissant.

— Après ça, je t'apporterai à manger, ajoute-t-il en la rafraîchissant de nouveau avec le linge mouillé. Je vais chercher des légumes au jardin.

— Je n'ai pas faim, Natsume. J'ai mal au ventre...

Rien que l'idée de manger lui provoque des haut-le-cœur. Natsume lui essuie les lèvres avec le coin de la serviette, la retire tachée de sang. Il réprime une grimace d'inquiétude : ses saignements empirent.

— Il faut que tu manges. Tu dois reprendre des forces. Je les ferai cuire, pour que ça passe mieux...

Il ne trouve rien d'autre à dire ni à faire. Il retourne à la cuisine où l'eau est en train de bouillir. Il plonge dedans le reste des plantes d'Atangana, décide d'aller au jardin le temps qu'elles infusent. Il attrape une vieille cagette en plastique, se recoiffe de son chapeau-moustiquaire et sort prestement, prenant bien garde de ne laisser entrer aucun insecte.

Le jardin s'étend de l'autre côté du bâtiment, orienté plein sud, dans la pente du petit promontoire où est sis le labo. Hiroko et Natsume y ont planté choux, patates, carottes, poireaux, navets, salades et même quelques tomates chétives, qui ne seront pas mûres avant fin septembre, voire aux premières gelées – tout ça issu de graines ou de plants que leur ont donnés les villageois. Il arrache une salade, déterre trois carottes et un navet. Il devrait aussi rapporter un pied de kudzu qui commence à fleurir, ce n'est pas ce qui manque ici. Les feuilles sont bonnes cuites ou crues, et les racines une fois bouillies fournissent une pâte nourrissante. De plus, d'après la guérisseuse, ça soigne les maux de tête.

Il sort du jardin pour aller couper un pied de cette plante invasive qui pousse partout. En se redressant, il voit Maleraq monter vers lui, un maquereau dans la main. Le gosse lui tend le poisson proprement vidé et nettoyé.

— Ma grand-mère te donne ça. Elle dit qu'Hiroko doit manger de l'*aalisagaq*. C'est bon pour ce qu'elle a.

— Si elle le dit, alors… *Qujanaq*, Maleraq. Mets-le dans la cagette.

L'ado observe les légumes que Natsume a ramassés.

— Pourquoi les feuilles ont des taches noires ?

— Je n'en sais rien. Une maladie, peut-être. Ou le soufre…

La salade et les feuilles du navet sont tavelées de taches brunes et noires – qui, curieusement, sont pratiquement absentes du kudzu. Le sol sans doute, pense-t-il. Trop acide, trop chargé de méthane, peu adapté à des cultures maraîchères. Le kudzu a dû muter pour s'adapter partout. Tout comme la moisine.

— À propos de maladie, comment va Hiroko ?

— Mal, soupire Natsume. Elle rejette tout ce qu'elle avale. Je vais essayer de lui faire manger un peu de légumes et de poisson, mais…

— *Aanaq* va la soigner ce soir, l'interrompt l'ado. Elle va faire fuir tous les *tuurngait*.

Natsume esquisse une ombre de sourire.

— Je l'espère, Maleraq, je l'espère.

— Elle dit que les fautifs sont vos parents, qui vous ont abandonnés. C'est vrai, Natsume ?

— Pas vraiment…

Il n'aime pas se rappeler cet épisode. Mais Maleraq insiste :

— Raconte-moi.

— Pas maintenant, Maleraq. Je dois préparer à manger, soigner Hiroko. Et ta famille t'attend aussi. Mais une autre fois, promis.

— Ce soir ?

— Je ne sais pas. On verra.

— Tu viendras à la *qilaatersorneq* ?

La danse du tambour, bien sûr. Il avait oublié. Pas d'incantation sans danse du tambour ni *inngerut*, les chants qui l'accompagnent.

— Si je peux, Maleraq. Allez, rentre chez toi. Et encore merci pour le poisson.

La danse du tambour a lieu un peu dans les hauteurs, au-dessus du logis d'Hiroko et Natsume, à l'entrée de la vallée glaciaire où la rivière n'est plus qu'un filet d'eau en été. La pente gréseuse et rougeâtre du plateau masque le soleil de minuit qui rase l'horizon nord. Le ciel déploie une fantasmagorie de draperies rousses et vertes, dues à la présence de particules soufrées dans l'atmosphère. La lumière crépusculaire est repoussée par un grand feu crépitant devant lequel dansent les Inuits. La douceur de l'air ne nécessitait aucunement d'allumer un feu, mais ça doit faire partie de la tradition, suppose Natsume.

Il s'est décidé à venir finalement, d'une part parce qu'ils ont organisé la cérémonie près de chez lui, d'autre part parce que c'est pour Hiroko qu'ils font ça, et la moindre des politesses est qu'il y assiste. Même s'il aurait préféré de loin rester auprès d'elle, son état se dégradant d'heure en heure à présent.

Il lui a fait boire un peu d'infusion qu'elle a réussi à garder, mais elle a rendu les quelques bouchées de légumes et de poisson qu'il l'a forcée à avaler. Elle s'est tordue dans d'abominables crampes abdominales, a saigné du nez et des gencives, a eu des selles noires, liquides et sanguinolentes. Il l'a soignée et réconfortée comme il a pu, sachant très bien que l'amour – même s'il est un baume pour le cœur – ne soulagera jamais la douleur. Quand il a aperçu la lueur du feu par la fenêtre et entendu résonner les tambours, Natsume s'est résolu à quitter Hiroko à moitié comateuse, à peine consciente de sa présence.

Il est assis à présent parmi un demi-cercle de spectateurs, en compagnie de Maleraq. Il a remarqué l'absence d'Amarok, son père, et de trois autres villageois. Ce qui l'a étonné, car tout le monde assiste à la *qilaatersorneq* en principe.

— *Ataata* est fatigué, il ne se sent pas très bien, l'a informé Maleraq.

Natsume s'est contenté de hocher la tête en silence. *L'épidémie qui commence,* a-t-il songé néanmoins.

En revanche, Natuk, sa mère, est bien présente : c'est elle qui chante avec sa sœur Utertoq. Toutes deux sont face à face, se tenant par les coudes, et martèlent le sol au rythme des *qilaat* maniés avec dextérité par les hommes. Leur chant en répons rapides est composé de sortes d'onomatopées émises du fond de la gorge, peu harmonieuses et très syncopées. S'il comporte des mots, Natsume ne les comprend pas : ce n'est pas du kalaalisut, peut-être une langue plus ancienne, ou d'initié, ou bien des sons juste improvisés – il n'a pas eu la curiosité de se renseigner. Les hommes agitent leurs tambours en un ballet complexe, parfaitement réglé. Les *qilaat* n'ont rien de traditionnel : ils sont constitués des cerclages supérieurs de fûts métalliques de deux cents litres, tendus de morceaux de bâche en polyéthylène. Ils tapent dessus avec des os, des tibias de chien, peut-être.

Ce rythme lourd et lancinant, ces chants monotones et répétitifs sont censés mettre en transe, mais Natsume n'a jamais ressenti le moindre transport ni une quelconque émotion. Aucune fibre en lui n'entre en résonance. Pas sa culture, pas gravé dans ses gènes – bien qu'il se demande où elle est, sa culture. Il n'en reste qu'un foulard en soie et un livre de haïkus conservés précieusement par Hiroko…

En revanche, l'assistance se laisse emporter par le rythme, oscille d'avant en arrière en poussant parfois des cris gutturaux. À vrai dire, ils sont bien aidés par le *spritti* qu'ils ingurgitent généreusement et font tourner dans de vieux jerricanes. C'est un alcool obtenu à partir de kudzu fermenté et de jus de betterave, censé n'être consommé qu'à cette occasion (bien que Natsume ait remarqué deux ou trois pochetrons au village, fabricants du précieux nectar sans doute). Lui n'en boit pas : il n'aime pas le goût, ni l'effet de l'alcool. Si tout le monde se saoule avant la fin de la soirée, lui au moins se doit d'être sobre – pour Hiroko.

Parmi les danseurs, Atangana est celle qui paraît le plus en transe. Le corps tordu, les yeux révulsés, secouée comme si elle était assaillie par mille démons. Normal, c'est la chamane, l'*angakkoq*, elle doit donner l'exemple. Natsume s'est toujours demandé si elle simulait, si elle était vraiment possédée par des esprits, ou si le seul « esprit » qui s'emparait d'elle était le *spritti* justement. Il ne l'a jamais vue boire lors d'une *qilaatersorneq*, à moins qu'elle se mette en condition avant… Mais il ne l'a jamais vue non plus manifestement ivre. Peut-être que les rythmes et les chants agissent pour de bon sur elle après tout. C'est dans ces moments-là que Natsume se sent totalement étranger, hors du coup.

Les chants, danses et tambours durent des heures, lui semble-t-il – ou peut-être une seule, mais il trouve le temps long… Il finit par décider de se lever en douce, s'éclipser discrètement et retourner auprès d'Hiroko, quand un changement s'opère soudain dans la cérémonie jusque-là relativement statique. Le rythme accélère, les chants deviennent des chœurs scandés par tous les participants. Les danseurs se mettent en procession, Atangana en tête, flanquée de deux porteurs de brandons enflammés. Le cercle de spectateurs s'écarte devant la troupe qui prend clairement le chemin du labo.

— Ils vont tous entrer chez moi ? demande Natsume alarmé à Maleraq.

— Je ne sais pas, répond l'ado avec une grimace. Je n'ai jamais assisté à une incantation. Tu ferais mieux de les suivre.

Natsume se lève et emboîte le pas des danseurs, ne sachant trop où se placer ni quelle attitude adopter. Sa porte n'est pas fermée – il n'y a pas de vols à Qaanaaq, qui volerait quoi à qui ? – mais son sas anti-moustiques risque de les surprendre, de rompre la cadence. Du coup, il prend les devants pour dégager le passage. Les moustiques se font plus rares à cette heure de la « nuit », et la fumée dégagée par les branches devrait les tenir éloignés – il l'espère du moins.

Il court jusque chez lui, ouvre la porte en grand, décroche la couverture et profite des quelques instants de répit pour aller avertir Hiroko. Il la trouve éveillée, tremblante et trempée de sueur. Elle pose sur lui des yeux brûlants de fièvre du fond d'orbites rougies aux cernes violacés.

— Ils arrivent, la prévient-il. Ça ira ? Tu tiendras le coup ? (Elle hoche imperceptiblement la tête.) Je vais essayer de te redresser un peu.

— J'ai soif, coasse-t-elle.

Natsume attrape la bouteille en plastique craquelé posée près du lit, constate qu'elle est vide. C'est bien, Hiroko a bu toute seule… Elle a vomi aussi, à moitié dans la cuvette, à moitié sur la couverture. Il se rend compte alors de l'odeur âcre et rance qui règne dans la pièce. Il devrait aérer – mais les moustiques…

Il se rend à la cuisine pour remplir la bouteille au jerricane d'eau fraîche posé près de l'évier. C'est alors que la procession fait irruption. D'abord les deux porteurs de torches, suivis d'Atangana, puis deux tambourineurs. Ils se dirigent droit vers la chambre – la guérisseuse connaît le chemin. Les autres ne font pas mine d'entrer, aussi Natsume referme-t-il la porte avec un petit sourire d'excuse. Ne pas trop tenter les *ippernaq* quand même.

Il rejoint le groupe dans la chambre confinée, déjà remplie de fumée. Près du mur du fond, les deux joueurs de *qilaat* continuent de faire tournoyer les tambours en tapant dessus à coups redoublés. Les porteurs de torches ont donné leurs branches brasillantes à la chamane qui exécute des mouvements complexes avec, tout en trépignant au pied du lit et en vociférant en rythme des paroles rauques d'une voix de gorge.

Natsume pose la bouteille à moitié remplie sur la table de chevet, se penche sur Hiroko pour l'attraper sous les aisselles afin de l'aider à se redresser. Elle grimace par avance à la souffrance qu'elle va endurer.

— Ne la touche pas ! crie soudain Atangana.

Natsume s'écarte. Mi-dansant mi-glissant, la chamane s'approche du lit en criant des mots incompréhensibles, et fouette l'air de ses deux branches – qui s'enflamment à nouveau – au-dessus de la tête d'Hiroko. Natsume craint que des braises en tombent et brûlent la couverture, voire Hiroko elle-même. Mais il n'ose intervenir. Atangana sait ce qu'elle fait, suppose-t-il.

Ce manège se poursuit un petit moment puis soudain, avec une agilité surprenante, la vieille saute sur le lit, s'accroupit les pieds plantés de chaque côté du corps d'Hiroko, jette ses brandons par terre et empoigne le *tupilak* pendu au cou de la jeune femme, qu'elle tire violemment à elle. Hiroko se redresse brusquement avec un cri hoqueté.

— Hé là ! s'écrie Natsume, qui va pour se précipiter – l'un des porteurs de torches le retient d'une poigne d'acier.

Atangana crache sur la dent de requin, qu'elle enserre ensuite de ses mains – puis, sans crier gare, embrasse Hiroko à pleine bouche.

Ou bien lui souffle dans la bouche. Ou aspire quelque chose dans sa bouche.

Quoi qu'il en soit, ce geste accompli, elle s'éjecte du lit d'une roulade, se rue à la fenêtre qu'elle ouvre en grand et crache au-dehors, avec force expectorations.

Abasourdi, Natsume dévisage Hiroko saisie d'une quinte de toux qui la secoue tout entière. Il voudrait la soutenir mais l'homme le tient toujours – il ne doit pas encore avoir le droit. Hiroko achève sa quinte en crachant elle aussi quelque chose dans la cuvette – un truc noirâtre et glaireux, peut-être un caillot de sang. Après quoi elle retombe sur le lit, pantelante, les yeux levés au plafond.

— Hiroko ? Comment tu te sens ? profère Natsume d'une voix étranglée.

Cette fois l'homme le lâche – il se précipite vers elle. L'incantation doit être finie. À la fenêtre, Atangana reprend son souffle et ses esprits. Elle respire fort et bruyamment.

Les yeux d'Hiroko se détachent du plafond pour se poser sur Natsume. Ils sont écarquillés, embués de larmes.

— Je… je ne sais pas, chuchote-t-elle. Je n'ai plus mal… J'ai sommeil…

— C'est vrai ? Tu n'as plus mal ?

— J'ai envie… de dormir…

Natsume frôle son front du bout des doigts. Elle est très pâle, sa peau moite est froide.

— Laisse-la, intime Atangana, qui s'est retournée. (Elle aussi est pâle et en sueur.) Laisse-la dormir. Demain, elle ira mieux. Sortons.

Natsume voudrait demander des précisions à l'*angakkoq*, mais il sait que les chamans n'aiment pas trop dévoiler leurs secrets. Il s'enquiert néanmoins :

— Est-ce que… les mauvais esprits sont partis ?

— *Aap*. Tous partis. Cette maison est purifiée.

Ça n'en a pas l'air, vu l'odeur de sanie et de maladie qui y règne, et la fumée qui y stagne malgré la fenêtre ouverte. Natsume se dirige vers elle pour la refermer, mais Atangana le retient.

— Laisse ouvert. Laisse entrer l'air de minuit.

— Mais les moustiques…

— Aucune importance.

Natsume en est moins sûr. Il baisse quand même le store, ça les dissuadera toujours un peu. Atangana le voit faire et hausse les épaules.

— Viens, Natsume. Laisse Hiroko dormir.

Il hésite, mais en effet Hiroko s'est endormie, d'un sommeil assez paisible semble-t-il. À contrecœur, il suit le groupe audehors, qui rejoint autour du feu les villageois livrés à de joyeuses et bruyantes libations de *spritti*.

Tandis que la fête bat son plein, que danses et chants reprennent sur des rythmes et tons plus légers, Maleraq entraîne

Natsume à l'écart. Le gosse n'est pas encore couché malgré l'heure tardive. Natsume estime que ce n'est pas à lui d'en faire le reproche. Il jette un œil à Natuk, qui n'a pas l'air de se soucier de son fils le moins du monde : elle picole en compagnie de sa sœur et d'un groupe d'hommes, dont l'un la lutine sans vergogne, profitant de l'absence d'Amarok.

— Alors, ça a marché ? s'enquiert Maleraq. Hiroko est guérie ?

— Je ne sais pas, répond Natsume. Elle dort. Elle dit qu'elle n'a plus mal.

— *Ajungilaq*, opine l'ado en souriant. Demain elle ira mieux, tu verras. *Aanaq* est puissante.

— Je n'en doute pas. (Natsume hoche la tête.) Ta grand-mère est impressionnante en tout cas. Hum… Tu voulais me demander quelque chose, Maleraq ?

Le garçon affiche un grand sourire.

— Ta promesse…

— Ma promesse ?

— Oui, tu m'as promis de me raconter d'où vous venez, Hiroko et toi, et comment vos parents vous ont abandonnés.

Natsume fait la moue, mais il se dit que ce serait peu diplomate de rembarrer ce garçon maintenant, après le service rendu par Atangana. Il s'assoit en soupirant sur une grosse pierre, face à la mer incendiée par le soleil couchant. Maleraq s'installe à ses côtés.

— Hiroko et moi, nous sommes arrivés ici il y a une quinzaine d'années, juste avant ta naissance. J'avais à peu près ton âge. Hiroko était un peu plus jeune.

— Hiroko est bien ta sœur ?

— Oui… Enfin, pas exactement. Mes parents l'ont recueillie quand elle était encore bébé.

— Où est-ce qu'ils l'ont recueillie ?

— Je n'en sais rien. Ils ne me l'ont jamais dit, ou je ne m'en souviens plus. J'étais moi-même un petit garçon à l'époque.

— C'est pour ça que tu n'as pas d'autre femme ? relève Maleraq, perspicace. Parce qu'elle n'est pas vraiment ta sœur ?

Natsume ne répond pas, lèvres serrées. Voyant que cette question semble le déranger, l'ado préfère changer de sujet :

— Vous êtes arrivés comment ?

— En bateau. Dans un genre de kayak muni d'une voile.

— Vous veniez d'où ?

— D'une grande île située à l'est d'ici, qui s'appelle le Spitzberg.

— Jamais entendu parler.

— Elle est loin. Et elle est inhabitée.

À mots hachés et chargés d'émotion, Natsume résume au garçon la dizaine d'années passées au Spitzberg avec ses parents et la petite Hiroko dans la ville en ruines, à moitié engloutie, de Longyearbyen. Il lui parle de l'immense espoir de son père de découvrir les installations radio et relais satellite d'Isfjord encore en état de marche. Et surtout de pénétrer dans le *Global Seed Vault*, un sanctuaire souterrain bâti au début du XXIe siècle où étaient conservés, dans trois chambres fortes situées à cent vingt mètres de profondeur, des échantillons d'à peu près toutes les graines et semences du monde. Le père de Natsume escomptait, grâce à la station satellite, entrer en contact avec une partie du monde encore civilisée et, grâce au sanctuaire de semences, relancer une agriculture et une biodiversité disparues. Malheureusement, il a trouvé l'*Isfjord Radio* tout aussi ruinée que les villes et villages fantômes de l'île, et le *Global Seed Vault* fracturé, saccagé, béant à tous les vents. Les crottes de souris et de lapins avaient remplacé les sachets de graines, dont ne restaient que des bouts de plastique épars.

Malgré tout, la famille a survécu sur l'île pendant une dizaine d'années, se nourrissant de poisson et de rongeurs – seule faune encore présente dans l'archipel du Svalbard. Elle s'était installée dans les décombres de la partie émergée de Longyearbyen, lesquels leur servaient de combustible et de matériaux pour consolider un abri capable de résister aux ouragans dantesques qui balaient régulièrement l'archipel. Natsume revoit encore en esprit les ossatures rouillées des grues et des infrastructures portuaires et minières (on exploitait du charbon jadis au Spitzberg). Ces silhouettes sinistres, corrodées et dentelées, l'effrayaient au plus haut point durant les longues nuits polaires. Elles lui paraissaient autant de squelettes de monstres et dragons échoués dans ce bout du monde.

Le père de Natsume passa ces dix années à tenter de réparer la station satellite à l'aide de matériel et d'éléments récupérés dans les ruines qu'il fouillait sans relâche. Travail colossal et vain : soit il ne réussit jamais à la refaire fonctionner, soit il ne capta aucun signal intelligent, et son espoir – son rêve – de contacter quelque poche de civilisation fut anéanti. Grâce à ses explorations obstinées, il finit par comprendre ou du moins deviner ce qui s'était passé dans cette île qui, selon lui, aurait dû subsister, à l'écart du chaos du monde et de l'effondrement de l'humanité.

La dérive nord atlantique qui procurait à la région un climat relativement clément (jusqu'à + 20° l'été et rarement en dessous de - 20° l'hiver) avait disparu, plongeant l'archipel dans un hiver glacial quasi perpétuel. Tempêtes et ouragans ont augmenté en fréquence et violence. Les glaciers, en régression au XXIe siècle, se sont de nouveau répandus sur les terres, éliminant la quasi-totalité de la faune et réduisant la flore à de rares mousses et lichens. Les quelques habitants qui demeuraient là, vivant en autarcie et préservant encore un semblant de société, avaient fui pour la plupart entre deux tempêtes géantes (et sans doute péri en mer). Ceux qui étaient restés avaient fini par s'entre-dévorer, ainsi que le prouvaient les ossements humains découverts parmi les ruines. Puis le réchauffement global avait repris sa progression inexorable et les glaciers avaient fondu, laissant une terre vide et nue que les rongeurs avaient de nouveau colonisée – le contenu de la *Global Seed Vault*, ayant peut-être servi d'abri ultime, les avait bien aidés. Les humains, eux, s'étaient éteints. Seules demeuraient les ruines corrodées par les vents et l'écume de mer, retournant peu à peu à leurs composants primitifs. Encore quelques siècles et il ne restera plus rien, sinon de vagues traces – et, bien sûr, l'éternel plastique, sous forme de nodules qui continueront d'étouffer les poissons… Quant aux oiseaux, pourtant nombreux dans ces régions arctiques et n'ayant guère de prédateurs, ils ont tous disparu – et cela reste un mystère total.

Pendant que le père de Natsume poursuivait son travail de Titan, sa mère les éduquait, lui et Hiroko. Dans les ruines, elle a trouvé des livres et leur a appris à lire. Sachant écrire, elle leur a également enseigné l'écriture – en japonais, car c'était la langue qu'elle pratiquait, mais aussi quelques rudiments d'anglais. Elle leur a appris à chasser, à pêcher, à réparer une maison avec quelques planches, un bout de cordage et une poignée de clous rouillés, à fabriquer des vêtements en patchwork de vieux tissus, à faire du feu en tapant des silex au-dessus de brindilles sèches, à utiliser des objets technologiques encore en état de fonctionner, comme une boussole ou une paire de jumelles. Tandis que leur père épissait des câbles, forgeait des circuits ou plongeait des turbines dans des torrents pour produire de l'électricité, leur mère leur apprenait à survivre et tirer parti du moindre rebut, ou du peu qu'offrait la nature. C'est ainsi qu'ils avaient vécu pendant dix ans.

Et puis, un jour, les parents ont disparu.

Ce jour-là, Natsume et son père devaient aller pêcher au large, car plus aucun poisson ne nageait parmi les ruines englouties du port : grues, docks, épaves et bâtiments industriels dont émergeaient toitures éventrées, pans de murs et poutrelles rongées par la rouille. Du moins, les quelques poissons visibles avaient tous le ventre en l'air. Le père de Natsume soupçonnait une fuite chimique au fond de l'eau, un fût ou un réservoir qui avait fini par crever… Natsume avait dû manger un poisson empoisonné et c'était peut-être ce qui l'avait rendu malade, car ce jour-là il avait mal au ventre, il ne se sentait pas bien.

— Bon, reste avec Hiroko, je vais embarquer ta mère, avait grommelé le père.

Il aurait pu aller pêcher seul – il l'avait fait plus d'une fois – mais, pour une raison inconnue, il tenait à ce que sa femme l'accompagne. Natsume a donc vaguement gardé l'œil sur la petite tout en se tenant le ventre, tandis que leurs parents s'éloignaient à la rame, dans le canot retapé par le père et qui leur servait à pêcher depuis des années. La journée était belle – c'était ce long jour d'été de quatre mois –, la mer calme et plate, à peine ridée par une légère brise tiède.

Ils ne sont jamais revenus.

Les ont-ils froidement abandonnés, comme le pense Atangana ? Natsume en doute. D'après ses souvenirs – assez vagues il est vrai –, à bord du bateau ne se trouvait que le matériel de pêche ordinaire : cannes, filet, épuisettes, seaux. Rien ne laissait supposer une navigation au-delà de quelques encablures dans les eaux claires du fjord. Le bateau a-t-il coulé ? D'accord, il était ancien, mais le père l'entretenait. S'il y avait eu une voie d'eau, ils avaient de quoi écoper au moins le temps de revenir au port. Ont-ils été attaqués par un monstre marin ? Jadis il y avait des baleines, des narvals, des orques et des morses, mais toutes ces espèces ont disparu ; l'animal le plus gros qu'ils auraient pu affronter pouvait être un flétan, s'il en reste – pas de quoi renverser un canot en tout cas.

Quoi qu'il en soit, Natsume et Hiroko les ont attendus plusieurs jours, avec un désespoir croissant, se nourrissant comme ils pouvaient, scrutant la mer des heures durant, explorant la côte en quête de débris… Ils ont fini par se résigner à l'évidence : leurs parents ne reviendraient plus. Secouant son chagrin, Natsume a pris alors la décision qui s'imposait : ils allaient partir eux aussi. Pas question qu'ils passent leur vie sur cette île déserte, pleine de ruines et de fantômes. Suivant l'exemple de son père et fort de son expérience, il a retapé un autre canot, l'a équipé d'un mât et d'une voile taillée dans une bâche, et tous deux ont pris la mer, avec pour tout instrument de navigation une boussole et une vieille carte délabrée. Direction la côte la plus proche – le Groenland. Dans l'espoir d'y trouver de la vie – et des humains.

— Le voyage a été long, périlleux, difficile, conclut Natsume. On a eu faim et soif, on a failli couler maintes fois. On a perdu la voile et le mât dans une tempête, on a dû continuer à la rame. On a perdu espoir, on a souhaité mourir… mais on s'est accrochés à la vie malgré tout. Et on y est arrivés. On a atteint une côte déserte et désolée, qu'on a longée, longée, longée, pendant des jours et des jours… jusqu'à trouver enfin un village habité.

— C'était Qaanaaq, sourit Maleraq.

— C'était Qaanaaq. On nous y a accueillis, soignés, nourris. On nous a permis de nous y établir. Et nous n'en sommes jamais repartis… C'était il y a quinze ans.

— Tes parents étaient drôlement savants, dis donc, remarque le garçon. D'où tenaient-ils tout ce savoir ?

Natsume secoue la tête.

— Je l'ignore. Mes parents ne parlaient jamais du passé. Je les ai questionnés maintes fois, mais tout ce que j'ai pu tirer d'eux, c'était qu'à ma majorité je saurais tout. Hélas, ils ont disparu avant… La seule chose dont je suis sûr, c'est qu'ils n'étaient pas nés au Spitzberg. Parfois, je les entendais évoquer à demi-mot le « continent » ou l'« Amérique ». J'ignore s'ils y avaient vécu, pourquoi ils en étaient partis, et comment ils avaient acquis leurs connaissances.

— Et tu ignores aussi comment ils ont disparu… Tes parents étaient bien mystérieux.

— On peut le dire, soupire Natsume. J'aurais dû mieux chercher, mieux fouiller leurs affaires… Mais quand ils ont disparu, ma principale préoccupation, ça a été de survivre. Et puis de partir. À quinze ans, on ne s'intéresse guère au passé. La vie est devant nous, qui nous attend et nous sourit, croit-on.

— Moi, je m'intéresse au passé ! proteste Maleraq. J'aime lire les livres des temps anciens.

— Bien sûr, Maleraq. Toi, ce n'est pas pareil. Tu as une famille, une vie peut-être pas très confortable, mais à peu près assurée. Tu as le temps d'apprendre. Crois-moi, par rapport au Spitzberg, ici c'est le paradis…

Natsume est interrompu par l'irruption de Natuk, l'œil vague, débraillée et chancelante.

— *Arnek*, il est temps d'aller dormir, profère-t-elle d'une voix pâteuse. Cesse d'ennuyer Natsume avec tes questions.

— Il ne m'ennuie pas, sourit Natsume.

— Peu importe. Allez, debout, Maleraq. On rentre à la maison.

— Moi aussi je vais rentrer, annonce Natsume en se levant. Voir comment va Hiroko, si elle dort toujours.

Maleraq se lève à son tour et lui serre la main.

— *Qujanaq*, Natsume. C'était très intéressant. Trouve-moi un autre livre, si tu peux.

— *Ajungilaq*. Je vais chercher pour toi. Bonne nuit. Et bonne nuit à toi aussi, Natuk.

Natsume s'en retourne chez lui à pas lents, tête basse, l'esprit encombré de souvenirs ravivés par son récit – certains agréables, d'autres moins, d'autres encore très poignants.

Oui, ses parents étaient très savants… Un jour, il faudra qu'il découvre d'où leur venait ce savoir, comme l'a questionné Maleraq.

Un jour, il faudra qu'il suive leurs traces.

Le lendemain matin, Hiroko ne va pas mieux.

Au contraire, son état a empiré. Natsume s'en rend compte dès qu'il pénètre dans la chambre. (Il ne dort plus avec elle depuis qu'elle est malade, par crainte d'une possible contagion, et s'est aménagé un lit de fortune dans la partie labo du bâtiment.) Hormis ses ecchymoses violacées, elle est pâle comme un mort, et sa peau a la consistance froide et cireuse d'un cadavre. Elle paraît même tout à fait morte – flèche d'angoisse dans le cœur de Natsume – mais, en se penchant sur elle, il décèle un faible souffle et, en tâtant son pouls, un battement ténu, irrégulier. Un peu de sang a coulé de son nez et à la commissure de ses lèvres, qu'il essuie à l'aide d'une serviette humide.

Ça ne la réveille pas – ni ses appels, ni ses caresses. Hiroko a perdu connaissance. Pourtant, elle semblait dormir paisiblement quand il est rentré hier soir... Sans doute a-t-il mal vu, pas prêté assez attention dans la pénombre crépusculaire, assombrie encore par le store baissé. Peut-être a-t-il cru inconsciemment à la pantomime d'Atangana, espéré que de « mauvais esprits » avaient été chassés, que ce caillot de sang qu'Hiroko avait craché était la matérialisation de sa maladie, enfin expulsée d'elle. L'espoir s'accroche à tout, même à des rêves...

Devant la cruelle réalité, il se cache le visage dans les mains, se met à gémir et à maudire l'*angakkoq* pour l'avoir laissé croire à des chimères. Il a envie de courir chez elle, de lui hurler dessus, de la traîner de force jusqu'ici pour lui montrer le résultat de sa mascarade. Heureusement, une partie encore raisonnable de son esprit lui souffle de s'en abstenir. Atangana croit à ce qu'elle fait, est persuadée d'avoir agi au mieux, d'avoir rendu à Hiroko et Natsume un grand service, selon son interprétation de la situation. C'est juste que son interprétation n'est pas appropriée : la dengue est insensible aux danses, aux chants, aux fumées et aux incantations ésotériques ; elle est insensible à tout – sauf à un vaccin qui n'existe plus.

Que faire à présent ? Natsume tente encore de la réveiller – peine perdue. Il essaie de la faire boire, verse un peu d'eau entre ses lèvres gercées, mais l'eau s'écoule sur son menton. Il caresse son front moite, ses cheveux ternes et rêches, murmure des mots tendres – ça ne fait qu'accroître sa propre douleur. À genoux près du lit, la tête dans la couverture souillée, il se laisse aller au désespoir. Puis se reprend. Non, il ne va pas s'avouer vaincu. Il ne va pas permettre à cette saleté de le narguer, d'emporter sa bien-aimée. Il va faire l'impossible pour la tirer de là, l'aider à remonter la pente, à reprendre des forces, à combattre le virus. Comment soignait-on les gens avant le vaccin, d'après le livre ? On les alimentait et les réhydratait par perfusion, s'ils étaient trop faibles ou trop atteints pour le faire eux-mêmes.

Natsume va fabriquer une perfusion.

Après tout, son père, après des années de travail acharné, a bien réussi à remettre en état un relais satellite – ou a cru y parvenir –, même si ça n'a servi à rien. Pour ça, il a exploré les ruines de Longyearbyen avec une obstination de fourmi. Natsume va faire pareil. Tout ce qu'il doit trouver, c'est une seringue. Le reste peut être bricolé à partir de ce qu'il possède déjà ou peut dénicher ici ou là. Il doit sûrement exister une seringue quelque part dans ces masures abandonnées. Jadis, il y avait un hôpital ici… Il n'a pas assez bien fouillé, n'ayant jamais eu besoin d'une seringue jusqu'à présent.

Cependant, il hésite à laisser Hiroko seule. Elle peut se réveiller, réclamer à boire, avoir besoin de lui. Il faudrait quelqu'un pour la veiller pendant qu'il cherche… *Maleraq*. Oui, il va demander au garçon, le seul en qui il a vraiment confiance. Atangana risque de refuser, estimant qu'Hiroko est guérie et a juste besoin de repos, ou pourrait décider de renouveler la cérémonie ou d'effectuer quelque autre rituel magique. Utertoq ne porte pas Natsume dans son cœur – il ignore pourquoi mais c'est comme ça. Natuk doit se trouver au chevet de son mari Amarok, s'il est malade lui aussi, ou n'est peut-être pas très en forme après le *spritti* de la nuit passée. Quant aux autres villageois, Natsume n'est pas assez intime avec eux pour leur demander une telle chose… Mais Maleraq, oui, Maleraq peut l'aider.

Après avoir vérifié qu'Hiroko a tout à portée de main au cas où elle se réveillerait – de l'eau, sa cuvette, une tasse d'infusion –, après l'avoir bordée et avoir déposé un baiser sur son front moite et froid, Natsume se résout à la laisser. Il sort, descend en courant chez Atangana, frappe vivement à sa porte.

C'est Maleraq qui lui ouvre – heureusement. Il a l'air inquiet.

— Maleraq, j'aurais besoin de toi, attaque Natsume sans même dire bonjour.

— *Ataata* ne va pas bien, rétorque le garçon. Il a de la fièvre… On dirait qu'il a la même maladie qu'Hiroko. *Aana* pense que les *tuurngait* se sont vengés en s'emparant de lui.

Natsume tente de réfréner son impatience.

— Écoute, ce ne sont pas des esprits, c'est une maladie, une maladie contagieuse, transmise par les *ippernaq*. Je l'ai répété maintes fois. Mais ton père est solide, il va s'en remettre.

Atangana se pointe à son tour à la porte.

— *Kutaa*, Natsume. Alors, Hiroko va mieux ?

Il grimace. Il n'a pas envie – ni le temps – d'engager une polémique.

— Je ne sais pas, élude-t-il. Elle… elle dort, pour le moment.

— *Ajungilaq*. Laisse-la se reposer. Et donne-lui les plantes à boire, autant qu'elle peut. Ça va la fortifier.

Natsume voudrait lui crier au visage qu'Hiroko n'en est plus là, qu'elle est à l'article de la mort, mais il se retient, essaie de faire bonne figure. Il ne doit pas trop y réussir, car la chamane pose une main sur son épaule en lui disant :

— Ne t'inquiète pas, Natsume, les *tuurngait* ont bien quitté le corps d'Hiroko, ont fui ta maison. Ils sont ici et se vengent sur Amarok. C'est lui que je dois soigner à présent.

— Je sais, Atangana. Je suis désolé. (Natsume hésite, puis il se lance :) Est-ce que… est-ce que tu as besoin de Maleraq, là tout de suite ? Ou je peux le prendre avec moi un petit moment ?

— Pour quoi faire ?

— Eh bien, je… je lui ai promis un livre, je voudrais qu'il vienne le choisir. Et puis… j'aimerais lui donner un cadeau pour toi. Pour ce que tu as fait.

Natsume a bien conscience que son mensonge sonne faux, et il esquisse un piteux sourire. Atangana sourit en retour – pas dupe, assurément.

— Je n'ai pas besoin de cadeau. Chasser des esprits n'est pas un service qui se paye. Mais prends Maleraq avec toi si tu veux. Ça te changera les idées, et à lui aussi. Qu'il ne reste pas trop longtemps, car je peux avoir besoin de lui ici.

— *Qujanaq*, Atangana. Je te le rends le plus vite possible. Viens, Maleraq.

Il prend l'ado par la main, l'entraîne dans le chemin qui monte vers le labo. Sitôt éloigné de quelques pas, Maleraq observe, avec sa perspicacité habituelle :

— Ce n'est pas pour me prêter un livre que tu m'emmènes chez toi, Natsume. Hiroko ne va pas mieux, hein ?

— Non. Elle a perdu connaissance. J'aurais besoin que tu restes auprès d'elle, pendant que je vais chercher… quelque chose pour la soigner.

— Tu vas chercher quoi ? Des plantes ?

— Non. C'est… autre chose.

Natsume ne connaît pas le mot kalaallisut pour « seringue » et doute que Maleraq sache de quoi il parle, même s'il lui décrivait l'objet.

De retour chez lui, il trouve la situation inchangée : Hiroko n'a pas repris conscience. Le garçon promène son regard dans la pièce plongée dans la pénombre en fronçant le nez.

— Ça pue.

— C'est la maladie… Écoute, je vais chercher ce dont j'ai besoin. J'en ai pour une heure, peut-être deux. Je voudrais que tu restes auprès d'Hiroko pendant ce temps. Si elle se réveille, tu essaies de lui donner à boire, un petit peu à la fois. Si elle veut vomir ou aller à la selle, tu lui donnes cette cuvette, là, et tu l'aides à se relever, mais doucement, sans gestes brusques. D'accord ?

— *Ajungilaq*. Pendant qu'elle dort, je peux regarder tes livres ?

— Si tu veux, mais ne t'éloigne pas. Il faut que tu sois auprès d'elle si elle se réveille. Je peux compter sur toi, Maleraq ?

Le garçon opine d'un hochement de tête.

— Bon. Je reviens le plus vite possible.

Natsume fonce vers ce qu'il a identifié des années auparavant comme étant les ruines de l'hôpital, non loin de l'église qui, elle, a mieux résisté au temps (ou a été mieux entretenue). Des deux longs bâtiments parallèles, jadis reliés entre eux, il ne reste à peu près que les fondations ensevelies sous un tas de planches pourries, de plaques goudronnées, de gravats et de débris de toutes sortes – dont un scialytique sans lampes, un bras de robochirurgie et quelques appareils aux fonctions inconnues, qui n'ont intéressé personne. Durant près de deux heures, il fouille les décombres avec frénésie, récupérant quelques accessoires et ustensiles médicaux tels que bistouri, pinces, divers flacons vides, un portique à perfusion tordu, des gants en latex et plusieurs plateaux – mais il ne trouve pas de seringues. Ou plutôt, il en déniche une, mais sans aiguille, ce qui ne lui est d'aucune utilité. Il la garde quand même. Il découvre également quelques poches ayant sans doute contenu du plasma, et un bout de tuyau souple muni d'un robinet. Il a donc pratiquement tout ce qu'il faut, sauf cette satanée aiguille qu'il ne peut tout de même pas improviser. Peut-être est-elle là, enfouie sous l'amas de débris, mais il lui faudrait plusieurs jours pour tout retourner, tout passer au peigne fin. Or il n'a pas le temps, a trop traîné déjà, s'inquiète trop de l'état d'Hiroko, même veillée par Maleraq. Dans sa précipitation, il ne lui a même pas dit où il allait, au cas où il y aurait un problème.

Il rassemble les trouvailles les plus utiles et remonte vers sa maison, se disant que, si rien n'a changé, il reviendra fouiller de nouveau. Car sans aiguille, tout ce matériel ne sert à rien. Il ne songe même pas à la solution qu'il envisage de perfuser, sa composition, son dosage, son degré de pureté – chaque problème en son temps.

Parvenu chez lui, il va poser tout ça sur une table du labo et se précipite dans la chambre. Il trouve Maleraq assis au pied du lit, en train de bouquiner. Hiroko est toujours allongée sur le dos, yeux clos, lèvres entrouvertes, blanche et marbrée de violet.

— Tout va bien, Maleraq ?

— *Aap*. Elle n'a rien dit, rien fait, pas bougé. (Il lui montre l'ouvrage délabré qu'il est en train de lire.) J'ai trouvé ça sur tes étagères. Intéressant…

C'est le fameux livre sur les maladies tropicales.

Natsume s'agenouille auprès d'Hiroko, approche une main de ses lèvres. Il ne sent pas son souffle. Il écarte les couvertures : sa poitrine ne se soulève pas. Il lui prend le poignet, le palpe en quête de son pouls : il ne le perçoit pas.

Tout s'effondre dans sa tête, son cœur, son estomac. Un vertige le saisit, qui l'affale contre le lit. Maleraq se lève d'un bond, inquiet.

— Hé, Natsume ? Ça va ?

Natsume lève vers lui un regard vide. Ses lèvres remuent muettement plusieurs fois avant que des mots n'en sortent, sans timbre :

— Hiroko est morte…

Hiroko est enterrée le jour même, dans le cimetière qui s'étale sur une colline derrière l'église. Presque tout le village vient assister à l'enterrement, hormis quelques anciens qui ne bougent plus guère et les trois ou quatre personnes malades. C'est l'occasion d'une nouvelle *qilaatersorneq*, tambours au rythme grave, danses lentes et empesées, chœurs de femmes sonnant comme des lamentations. À l'écart de la cérémonie, Natsume promène sur le cimetière un regard éteint. C'est un grand carré de terre nue régulièrement défrichée, où kudzu et moisine tentent sans cesse de s'infiltrer en touffes sournoises. La plupart des tombes ne sont que de simples croix de bois décoloré plantées dans le sol, garnies de plaques de cuivre ou de laiton verdissant pour les plus anciennes, portant des symboles gravés au feu dans le bois pour les plus récentes. Certaines sont délimitées par des alignements de pierres blanches, quelques-unes sont ornées de bouquets de fleurs sauvages plus ou moins flétries, d'autres sont manifestement à l'abandon, leurs croix pourrissant par terre : des familles disparues… Le regard de Natsume se perd sur les eaux calmes et lisses de la baie et sur le mamelon rocheux de l'île d'Herbert à l'horizon, tel le dos d'un kraken échoué. Au-delà, invisible dans la brume de chaleur, s'étend la longue côte de l'île d'Ellesmere.

— Natsume, tu veux dire quelques mots ?

Il se tourne vers son interlocuteur : c'est Taatsiaq, le « chef » informel du village, qui préside le conseil des anciens et entérine les décisions collectives. Un petit vieux tout ridé, à l'œil vif et aux cheveux encore noirs. Il s'est approché de Natsume et pose sur lui un regard pétillant, comme s'il attendait un bon mot de sa part. L'enterrement ne semble guère le chagriner, il a dû en voir tellement…

Sur le point de refuser poliment, Natsume se ravise : c'est l'occasion ou jamais d'annoncer à la communauté ce qu'Atangana refuse d'entendre. Il hoche la tête et rejoint l'assemblée. Tambours, danses et chants s'interrompent, tous se tournent vers lui.

— La mort d'Hiroko n'est pas due à des *tuurngait* vindicatifs, déclare-t-il de but en blanc. (Il glisse un coup d'œil en biais à la chamane, qui lui retourne un regard sombre.) Vous savez qu'il y a parmi vous plusieurs malades. Je ne crois pas me tromper en affirmant que ces gens ressentent tous de la fièvre, des maux de tête, une grande fatigue, des courbatures et des nausées. C'est la même maladie qu'Hiroko, mais ça ne veut pas dire qu'ils vont en mourir. C'est rare qu'on en meure. Cette maladie s'appelle la dengue. Elle est transmise par les *ippernaq*. (Murmures de surprise parmi la foule.) Je sais, vous allez me dire que les *ippernaq* existent depuis toujours, qu'ils n'ont jamais rendu personne malade. Mais cette année, si : ils transmettent cette maladie, qui existe aussi depuis toujours… plus loin dans le Sud. La dengue est ici maintenant, et elle est contagieuse. Tout change, rien n'est éternel. Alors soignez-vous, protégez-vous des moustiques autant que possible, surtout les vieillards et les enfants. Si vous tombez malades, buvez beaucoup d'eau, et l'*angakkoq* vous donnera des remèdes, elle connaît les plantes qui soulagent. C'est tout ce que j'ai à dire.

Nouveau coup d'œil à Atangana, tandis que s'élèvent encore des murmures. Celle-ci opine brièvement du chef, satisfaite de ces paroles, de son rôle réaffirmé.

Le discours de Natsume marque la fin de la cérémonie. Tandis qu'on rebouche le trou sur le corps d'Hiroko juste enveloppé d'un drap (le bois est trop précieux pour le gâcher en cercueils), les villageois viennent étreindre Natsume, lui prodiguer quelques paroles de réconfort, souhaiter bon voyage à l'*anirniq* d'Hiroko. Une femme enceinte lui déclare avec sérieux que si elle donne naissance à une fille, elle l'appellera Hiroko, afin que son esprit n'erre pas éternellement. Enfin, Natuk propose à Natsume de redescendre avec eux, de rester chez eux pour dîner et même pour dormir.

— Dans ces circonstances, il n'est pas bon d'être seul, conclut-elle. Je peux même coucher avec toi si tu le désires.

Natsume la dévisage, surpris. Bien que Natuk soit assez jolie dans ses formes rondes, il était à mille lieues de penser à ça. Or c'est dans les mœurs des Inuits que les femmes s'offrent aux étrangers, afin d'assurer le métissage et le mélange des gènes, sans doute, au sein de ces communautés jadis très isolées. On le lui a proposé plusieurs fois par le passé, mais il a préféré rester fidèle à Hiroko.

— Heu… Je te remercie, Natuk, mais ton mari…

— Amarok est malade, il consentira. Tu dois te distraire, Natsume. Il ne faut pas rester dans la solitude. C'est *ajorpoq*. Alors, tu viens ?

— Je… préfère rester encore un peu. Je vous rejoindrai plus tard. Pour l'instant, je voudrais dire adieu à Hiroko, à ma façon.

— Tu ne lui dis pas adieu. Son *anirniq* est là, parmi nous. Il sait que tu l'aimes, que tu as fait tout ce que tu as pu pour elle. C'est un bon esprit, qui va apporter la paix sur le village. Et Inaluk appellera sa fille Hiroko, si elle a une fille. Elle te l'a dit, non ?

Natsume hoche la tête. Il peine à retenir ses larmes. Il ne veut pas pleurer devant ces gens qui eux ne pleurent pas, jamais, quels que soient les drames qui les frappent. Natuk l'embrasse une dernière fois.

— À tout à l'heure, Natsume. On t'attend pour le dîner. On va préparer un bon repas.

— *Qujanaq*, Natuk. Je viendrai, promis.

Enfin tout le monde s'en va, le laissant seul devant ce petit monticule de terre fraîchement retournée et plantée d'une croix, selon la tradition. Elle ne porte pas de nom, mais à la jointure de ses branches a été suspendu le *tupilak* donné par Atangana – la dent de requin ou il ne sait quoi –, qui représente Hiroko maintenant. Il faudra que Natsume grave son nom dans le bois. En japonais.

Il reste là un bon moment, à pleurer toutes les larmes de son corps, à pleurer la perte éternelle de sa sœur, sa bien-aimée – même si son esprit est encore là comme l'affirme Natuk –, à pleurer jusqu'à ce que ses larmes se tarissent et que son chagrin l'épuise. Il songe que cette gentille famille l'attend, qu'il y trouvera sollicitude et réconfort, mais il n'a pas envie de la rejoindre tout de suite. Il gagne à pas lents le bord du plateau, descend par un sentier pierreux vers la mer et s'assoit dans les galets de la grève pour contempler le ressac, imaginant que l'esprit d'Hiroko plane au-dessus des eaux, attendant de se réincarner dans une future petite fille du village. Mais ce ne sera plus *son* Hiroko…

Tandis qu'il fixe l'onde languide, adamantée par le soleil bas sur l'horizon, il remarque une espèce de débris flottant, poussé par les vagues vers la plage. Il le scrute avec curiosité, content de cette diversion. C'est un amalgame végétal… recouvert de formes blanchâtres apparemment vivantes, car elles bougent. Intrigué, Natsume se lève pour s'approcher de l'endroit où la chose va s'échouer.

Une dernière vague la dépose presque à ses pieds, avant de se retirer en chuintant sur les galets. Il se penche dessus, de plus en plus perplexe.

C'est une sorte de radeau, à peu près de la taille d'une feuille de papier standard, constitué d'un enchevêtrement de branches, de brindilles et de feuilles. Il est couvert d'insectes blancs grands comme son pouce, qui ressemblent à des fourmis : une tête ronde, de longues antennes, des mandibules, un fin thorax supportant six pattes, un abdomen annelé. Mais Natsume n'a jamais vu de fourmis blanches, ni aussi grosses. Il y a des fourmis ici bien sûr – où n'y en a-t-il pas ? –, qui sont petites, noires, ordinaires et assez peu nombreuses – l'hiver doit être très rude pour elles. Celles-ci sont d'une race inconnue, de lui en tout cas.

Sitôt le radeau végétal échoué, elles mettent pied à terre et s'éloignent vivement de la mer. Un certain nombre se hâtent de débarquer une grosse boulette formée de feuilles mâchées. Malgré leur célérité, la vague suivante les rattrape et les bouscule, poussant la boulette un peu plus loin sur le rivage. Quelques globules blancs s'en échappent – des œufs, devine Natsume. Plusieurs fourmis sont emportées par le reflux, aussitôt remplacées par d'autres qui poussent rapidement la boulette à l'abri du ressac. Les dernières abandonnent le radeau, dont Natsume constate avec étonnement qu'il n'est pas un amalgame fortuit, mais un assemblage complexe et solide, comportant du tissage et des liens en fibres végétales, conçu pour résister aux vagues et à la houle. Une *fabrication.*

Depuis quand les fourmis savent-elles fabriquer des choses ? Certes, elles maîtrisent l'agriculture – elles cultivent des champignons dans leurs fourmilières – et l'élevage – de pucerons dont elles traient un miellat –, mais ce sont là des activités immuables, inscrites dans leurs gènes depuis des millions d'années. Tout comme la construction d'une fourmilière, qui consiste essentiellement à creuser des chambres et des galeries dans le sol. Fabriquer un radeau, c'est tout autre chose : cela implique une concertation, une prise de décision, un plan, un *projet.* L'idée de s'aventurer sur des flots en apparence infinis, vers un but qu'elles ne sont pas, en principe, capables d'appréhender. À moins que celles-ci ne sachent aussi lire une carte…

Cette pensée le fait sourire, et Natsume ressent une bouffée de reconnaissance envers ces étranges fourmis qui le distraient de son chagrin. C'est alors qu'elles semblent soudain remarquer sa présence.

Un petit détachement s'écarte de la colonne qui remonte la grève en bon ordre, entourant les pousseuses de la boulette d'œufs. La patrouille cerne rapidement les pieds de Natsume qui ne bouge pas, se retient de fuir ou de les écraser. *Peut-être qu'elles piquent,* songe-t-il, mais il se dit que s'il reste immobile, ne montre ni peur ni agressivité, elles ne vont pas le piquer. Ce sont des êtres intelligents de toute évidence, qui établissent un premier contact avec une forme de vie locale… C'est peut-être la première fois qu'elles rencontrent un homme.

Les fourmis blanches grimpent sur ses chaussures, qu'elles palpent du bout de leurs antennes, engagées dans une vive discussion à base d'échanges chimiques. Certaines s'aventurent sous son pantalon, lui tâtent les mollets. Il résiste à l'envie de secouer ses jambes pour les chasser. *Elles veulent juste voir à qui elles ont affaire*, se convainc-t-il. *Elles ne vont pas piquer. Aucune raison qu'elles le fassent.*

En effet, à l'issue de cette exploration, les fourmis redescendent et rejoignent la cohorte, concluant sans doute que Natsume ne représente aucun danger. Il les observe encore un moment tandis qu'elles s'éloignent, précédées d'éclaireuses qui courent en tous sens et balisent le terrain. Évitant la jungle formée par le kudzu, elles repèrent vite le sentier qui leur permet de grimper assez facilement dans les hauteurs, vers l'intérieur des terres.

Natsume décide de rejoindre le village en suivant la côte. Il ne veut pas déranger les fourmis dans ce sentier qu'elles ont accaparé. Tout en marchant le long de la mer, baigné par la lumière dorée du soleil couchant, il songe qu'il vient peut-être d'assister à l'arrivée d'une avant-garde – aux prémices d'une invasion.

— Je vais partir, déclare Natsume le lendemain matin à Atangana et sa famille.

On croit tout d'abord qu'il annonce simplement qu'il va retourner chez lui.

— Tu reviendras, sourit Natuk en posant une main sur son bras. La porte est ouverte pour toi.

Atangana opine, ainsi que Maleraq. Même Amarok, qui a réussi à se lever, fait un signe de tête. Seule Utertoq ne dit rien, renfrognée comme toujours. Natuk échange un regard avec Natsume, qu'elle voudrait rendre complice, mais il y a encore trop de peine dans le sien pour être complice de quoi que ce soit.

Elle l'a rejoint la nuit dernière dans la pièce commune où dort Atangana, et où on lui avait aménagé un lit de fourrures. Ils n'ont pas fait l'amour – Natsume en était incapable – mais elle l'a serré dans ses bras. Ça l'a un peu réconforté, même s'il savait bien que ce n'était pas Hiroko qui l'étreignait ainsi. Il a très mal dormi, et beaucoup réfléchi.

— Non, dit-il. Je vais partir pour de bon, quitter Qaanaaq.

— Pour aller où ? s'étonne Maleraq.

— Je ne sais pas encore. Essayer de retrouver les traces de mes parents. Voir d'où viennent ces super-fourmis capables de fabriquer un radeau. Explorer le monde… Je ne veux plus vivre dans ma maison trop remplie de souvenirs.

— Tu pourrais habiter chez nous, suggère Atangana, ignorant le regard noir que lui jette sa fille aînée. En attendant de rebâtir une autre maison.

— Je t'aiderai quand j'irai mieux, propose Amarok.

— Merci, mais non. J'ai bien réfléchi, et j'ai pris ma décision. Il y a tant de questions auxquelles j'aimerais trouver des réponses. Et la vie est trop courte et fragile pour attendre encore, je m'en rends compte à présent.

— Tu reviendras quand tu auras trouvé tes réponses ? s'enquiert la chamane.

— Peut-être. Qui sait ?

— Je peux venir avec toi ? demande soudain Maleraq.

Amarok ne laisse pas à Natsume le temps de répondre :

— Pas question, Maleraq. Toi, ton avenir est ici.

— Mais…

— Ne discute pas ! On a besoin d'hommes forts et en bonne santé. L'avenir du village en dépend. Si tu pars, tu nous tues.

Maleraq fait la moue devant cet argument imparable.

— Tu me laisseras tes livres ? demande-t-il à Natsume d'un ton presque implorant.

— Bien sûr. Je ne prendrai que le strict nécessaire.

— J'apprendrai à lire à tout le monde, décide l'ado. Et puis je raconterai le passé comme tu me l'as raconté, Natsume. Comme il est dans les livres.

— *Ajungilaq*, opine Amarok, satisfait. C'est bien de savoir.

L'air presque courroucé, Atangana ouvre la bouche pour répliquer – se ravise finalement. Elle hoche la tête et marmonne à mi-voix :

— Je ne sais pas tout, c'est vrai.

Natsume se lève, les salue puis s'éloigne dans le chemin qui monte chez lui. Maintenant qu'il a pris sa décision, il veut faire vite, rassembler le nécessaire, prendre un kayak et partir, avant d'hésiter, de peser le pour et le contre et de renoncer devant la folie de cette entreprise. Comme lorsqu'il avait décidé à quinze ans de quitter le Spitzberg après la mort de ses parents. Il en a trente à présent, mais c'est la même volonté farouche qui l'anime – il ne veut pas que sa raison la détruise.

En passant devant les vestiges de l'hôpital, il tourne machinalement la tête et aperçoit le clocher de l'église qui se dresse au-delà, simple construction de planches ornée d'une grande croix, maintes fois abattue par le vent et rafistolée. Presque malgré lui, ses pas le font bifurquer, prendre la direction du cimetière. Chemin faisant, il se dit que ça ne sert à rien d'aller pleurer devant un tas de terre. Que ça lui fera du mal, anéantira le peu de réconfort qu'il a trouvé auprès de la famille d'Atangana. Mais il ne fait pas demi-tour.

Parvenu devant la tombe, il découvre une énorme surprise.

Elle est devenue une fourmilière.

Ce sont les grosses fourmis blanches, celles qu'il a rencontrées hier soir. Elles ont profité du sol meuble pour y creuser leur cité à moindres efforts. Très affairées, elles entrent et sortent par de multiples ouvertures, dégagent de la terre, apportent des fragments de feuilles de kudzu et des insectes morts, échangent des informations du bout de leurs antennes. Natsume s'accroupit pour les observer, à la fois horrifié et fasciné. Vont-elles dévorer le corps d'Hiroko qui gît en dessous ? Il est profond pour elles quand même. Et si elles l'atteignaient, serait-ce si dramatique ? Si ce ne sont pas les fourmis qui le dévorent, ce seront les vers… Les fourmis, c'est plus noble, non ?

Comme la veille, une patrouille vient explorer les pieds de l'intrus. Cette fois, elles l'ignorent après une brève palpation de leurs antennes, comme si elles le reconnaissaient. Pourquoi pas ?

Peut-être pourrais-je devenir ami avec elles, se dit Natsume. Mais non : il a décidé de partir.

— Bienvenue au Groenland, amies fourmis, et bonne chance. Qu'Hiroko vous profite, leur dit-il en se redressant.

Elles ne répondent pas, bien sûr. Quels échanges pourraient avoir des fourmis et des humains ? C'est idiot.

À quelques pas de la fourmilière, il découvre une fourmi morte. Obéissant à une impulsion subite, il la ramasse. Les autres ne lui en tiennent pas rigueur. *Elles n'ont pas encore développé le culte des morts*, songe-t-il avec une ironie amère.

Il reprend d'un pas plus léger le chemin de son logis, pensant que si Inaluk donne naissance à un garçon, l'âme d'Hiroko aura quand même trouvé un moyen de se réincarner.

De retour chez lui, il fourre la fourmi morte dans un sachet en plastique en se disant qu'il devrait l'emporter. S'il rencontre des autochtones et qu'il leur montre, ils pourraient lui indiquer d'où proviennent ces super-fourmis...

Il faut quelques heures à Natsume pour réunir tout ce qu'il estime nécessaire à un voyage peut-être sans retour. Il lui est très pénible de déambuler dans cette maison si imprégnée de souvenirs – surtout dans la chambre, avec ce lit en vrac et souillé où Hiroko a passé les derniers jours de sa vie. Mais l'obligation de penser à des détails concrets l'empêche de sombrer dans le désespoir. Il a un but – vague et indéfini, mais un but quand même – et il doit se donner les moyens d'y parvenir.

Il rassemble tous les objets technologiques qu'il a soit apportés avec lui, soit trouvés sur place, soit récoltés dans les ruines avoisinantes : son cher briquet, découvert l'an passé, encore en état de marche et rempli de gaz, qu'il utilise avec une extrême parcimonie ; une paire de lunettes noires, car le soleil risque d'être violent plus loin au sud ; sa boussole, indispensable ; un bon couteau, tout aussi utile ; une paire de jumelles *e-enhanced* qui, heureusement, fonctionnent aussi manuellement ; une caméra hors d'usage, mais s'il rejoint un îlot de civilisation qui aurait le moyen de la recharger... un multicom universel, évidemment vide et muet, qu'il garde pour les mêmes raisons; sa vieille carte plastifiée, délabrée et déchirée; le sachet contenant la fourmi morte; et, bien entendu, une couverture et des vêtements de rechange.

En les prenant dans la commode de la chambre, il tombe inévitablement sur ceux d'Hiroko. Une grosse boule lui serre la gorge, mais il ne peut s'empêcher de les tripoter. Il la revoit dans chacun d'eux, rieuse et épanouie, ou concentrée sur un travail, ou engoncée et frigorifiée, ou les arrachant pour une étreinte ardente... Natsume songe un instant à tout brûler, mais ce serait un crime : les habits sont si rares à présent, et c'est si difficile d'en fabriquer. Il les laissera aux autres filles du village, il ne sera plus là de toute façon pour les voir les porter.

Alors qu'il va pour refermer le tiroir, une tache de couleur attire son regard. Il tire le tissu, le déploie devant lui. C'est un foulard en soie peint par Hiroko. Il représente le mont Fuji au sommet enneigé, un portique de temple shinto devant, et au premier plan des branches de prunier en fleur. En haut à gauche est inscrit un haïku qu'Hiroko a calligraphié :

Que n'ai-je un pinceau
Qui puisse peindre les fleurs du prunier
Avec leur parfum !

Non, ça, vraiment, aucune fille d'ici ne peut le porter. Il garde encore faiblement l'odeur d'Hiroko, et puis c'est toute la quintessence du Japon éternel – de feu le Japon éternel. Natsume l'ajoute à son tas de vêtements. Il prend également le recueil de haïkus offert par sa mère, duquel Hiroko a tiré celui-ci : un autre symbole du Japon éternel...

Il fourre tout ça dans un grand sac en nylon – un autre héritage de ses parents – qu'il cale sur son dos. Puis, sans un regard en arrière, il sort de cette maison et referme soigneusement la porte. En descendant d'un pas lourd vers la grève, il se demande qui sera d'accord pour lui prêter un kayak, au moins pour se rendre à l'île d'Ellesmere. Il verra bien par la suite.

En arrivant au bas du village, Natsume découvre que bon nombre l'attendent pour lui faire leurs adieux. Évidemment, pendant qu'il rassemblait ses affaires, Maleraq et Natuk ne sont pas restés bras croisés. Ils ont dû faire du porte à porte pour annoncer la nouvelle...

On lui offre de la nourriture – légumes frais, viande et poisson séchés –, ce qui lui fait réaliser qu'il n'avait même pas pensé à en prendre. Qu'a-t-il oublié d'autre ? On lui propose des fourrures, une paire de bottes en peau de lapin, un arc et des flèches, du fil à collets. On lui passe des messages pour des « frères » du Nunavut, s'il en rencontre, ou de lointains cousins ou descendants, s'il les retrouve. On l'abreuve de conseils plus ou moins pertinents sur la navigation, la chasse, la survie en milieu hostile. On l'embrasse, on l'étreint, on lui souhaite plein de chance, de courage, de succès dans ses recherches. Et par-dessus tout, Amarok – qui semble aller mieux – lui donne son kayak, qu'il a amené exprès au bord de l'eau.

— Tu en as besoin pour pêcher, proteste Natsume.

— On m'en prêtera un. Ce n'est pas ce qui manque ici.

— Je te le rendrai. Je vais le laisser sur l'île d'Ellesmere.

— *Naamik*. Il te sera nécessaire jusqu'à ce que tu atteignes le continent. Et pour le retour, si tu reviens. J'en trouverai un autre.

— *Qujanaq*, Amarok. Je ne sais pas comment te remercier...

— Tu donnes tes livres à Maleraq. C'est un beau cadeau, le savoir.

Natsume profite de l'occasion pour leur annoncer à tous que sa maison est ouverte, qu'ils peuvent prendre tout ce qui les intéresse.

— Mais si tu reviens ? lance quelqu'un.

— Eh bien, vous me le rendrez. En attendant, autant que ça serve.

Atangana lui donne des bouquets d'herbes censées guérir divers maux et un *tupilak* « très puissant » (une griffe d'ours ?) pour se prémunir des tempêtes et des mauvais esprits. Natuk l'embrasse sur la bouche, Utertoq se fend d'un baiser (plus chaste) et d'un sourire – contente de le voir partir sans doute. Maleraq, en revanche, est au bord des larmes, qu'il retient à grand-peine.

— J'espère que tu reviendras, Natsume. Je l'espère vraiment.

— Moi aussi, Maleraq. Travaille bien en attendant, apprends bien, enseigne bien. Comme dit ton père, l'avenir de Qaanaaq est entre tes mains.

Il serre longuement le garçon dans ses bras. Puis Maleraq se détourne et s'enfuit en courant – sûrement pour qu'on ne le voie pas pleurer.

Enfin Natsume monte dans le kayak, bien plus chargé que ce qu'il avait prévu. Quand il devra l'abandonner et poursuivre à pied, comment fera-t-il ? Bah, chaque problème en son temps. Pour le moment, il a – d'après ses calculs – cent soixante kilomètres de mer à traverser pour atteindre l'île d'Ellesmere – ses premiers pas vers le continent.

Amarok et un autre homme poussent le kayak dans la mer. Natsume attrape la pagaie et se met à ramer. Des cris, des chants, des hourras l'accompagnent. À l'horizon, la côte d'Ellesmere forme une fine et longue bande grise, d'où n'est parvenu depuis bien longtemps aucun être vivant.

Sauf, depuis hier, une colonie de grosses fourmis blanches.

I

UN DÉMON DES ÂGES SOMBRES

Silence d'après-midi –
Seule une terre calcinée
Que labourent les fourmis
SEKITEI.

DÉSERT. Brûlant, miroitant. Longues ondulations de sable blond, crocs noirs de rocs calcinés. L'air frémit sur la fournaise. Rien ne bouge, qu'une volute de poussière au fond des canyons. Rien de vivant sous le ciel blanc, aveuglant. Soleil fou et flou, astre en fusion, aux dards mortels.

Le long de la côte, le plateau désertique dégringole en un chaos de granit. Une plage vide et morne à son pied, léchée par l'océan languide. Longues ondulations miroitantes, encore. Ce qui volute ici, c'est la vapeur. Bouffées exhalées par la mer, plumes légères qui se dissolvent sous le ciel blanc. Silence rythmé par les lents soupirs des vagues. Rien ne bouge…

Si : quelque chose crève la surface huileuse. Une tête émerge de l'onde – une tête humaine. Pommettes hautes, traits anguleux, nez vaguement épaté, lèvres pleines, peau couleur de sable. De grands yeux clairs, presque incolores, un peu rougeoyants. Longs cheveux noirs bouclés, dégoulinants.

La tête pivote, repère la côte. Une main émerge à son tour. Elle tient une espèce de grand ver blanchâtre, muni de dizaines de pattes, qui gigote avec frénésie. Mais elle l'empoigne fermement. Les yeux clairs l'examinent un instant. Un petit sourire satisfait : bonne prise, peut-être. Si c'est comestible.

L'homme nage vers la côte, des pieds et d'une seule main, brandissant le ver au-dessus de l'eau. Celui-ci remue de plus en plus faiblement. Il est en train de mourir, tué par l'air et la chaleur. Le temps d'atteindre la plage, il est devenu tout flasque.

L'homme sort de l'eau tiède, fonce vers les rochers. Sa peau dorée sèche en un instant. Le sable cuit la plante de ses pieds, malgré la corne épaisse et ses longues foulées. L'air est suffocant, moite et brûlant comme une étuve. Le soleil vrille ses dards mortels. L'homme ne peut tenir dehors plus d'une minute, il le sait – pas en plein jour.

Heureusement, la grotte est tout près. Il varappe dans les rochers, avec l'agilité due à une longue habitude. Pénètre dans la gueule obscure. Sitôt l'entrée passée, dans l'ombre éternelle, le sol est plus frais. Les galets sont doux sous ses pieds, calment la sensation de brûlure. Il n'est pas brûlé, pas vraiment. Mais c'était moins une. Comme toujours.

À mesure qu'il avance vers les ténèbres, l'air fraîchit aussi, devient plus respirable. Les pupilles de l'homme se dilatent pour mieux voir dans l'obscurité. Ses narines palpitent, captent l'odeur humide, minérale, animale aussi. Humaine. Celle des autres, là-bas au fond, dans la phosphorescence. Son ouïe fine perçoit leurs bruits, leurs froufrous, leurs murmures. Le clapotis de l'eau qui coule.

L'homme parcourt toute la longueur du boyau d'un pas de plus en plus fier. Dans sa main pendouille le ver mort qui doit bien faire la longueur de son bras. Il en avait déjà vu, mais c'est la première fois qu'il en attrape un. Ils sont prestes à s'enfouir dans le sable au fond de l'eau, viennent rarement si près du rivage. Peut-être que celui-ci est malade ou toxique. Il va vite s'en assurer.

Il déboule dans la grande salle où vit la tribu, dans la phosphorescence presque vive après l'obscurité du boyau. La lumière est émise par des millions d'animalcules qui tapissent les parois de la caverne et ressemblent à des punaises microscopiques. Ils sont élevés par les fourmites, qui les mangent dès qu'ils cessent d'émettre leur bioluminescence. Eux-mêmes se nourrissent des microlichens et sels minéraux qu'ils dénichent dans les anfractuosités de la roche. Cet élevage est le résultat d'un Accord passé entre les fourmites et l'arrière-grand-père de Tuc, leur Gardien actuel, et renouvelé par chaque génération de Gardiens. Un homme astucieux, l'arrière-grand-père. Innovateur. D'après les anciens, c'est lui qui a introduit les fourmites dans la grotte, a passé tous ces Accords avec elles, est devenu le premier Gardien. L'œuvre de toute une vie. On n'invente plus comme ça, de nos jours.

Les gens lèvent la tête à l'arrivée de l'homme. Certains interrompent leurs tâches, surpris par son intrusion – ceux qui ne l'avaient pas vu sortir. Car il est le seul à oser s'aventurer dehors en plein cagnard ; les autres attendent l'aube ou le crépuscule. Le seul à avoir une peau qui le permet (un peu). Le seul à avoir le goût pour ça. Il est jeune aussi, et plutôt en forme. En d'autres temps, il aurait été encore un adolescent.

Tous ont la peau blême, de grands yeux rouges, le corps glabre et maigre, des cheveux pâles. Lui est clairement différent. Pourquoi ? Qui est son vrai père ? Mystère. Sa mère ne lui en a jamais parlé. Il n'y a pas d'homme qui lui ressemble à des jours et des jours de marche, pour ce qu'on en sait. Rien ne vient du désert, que la mort.

D'autres aussi sont différents. Téa et Téo, les jumeaux difformes, aux yeux bouffis, qui bavent et ne savent pas parler. Ou Guil, rachitique et maladif, dont les cheveux et les dents tombent, et qui ne vivra pas longtemps. Ou Chaïn, qui n'a plus que la peau sur les os et un ventre tout ballonné – lui aussi ne vivra pas longtemps. Ou encore Aya, qui n'aura jamais d'enfant, pourtant ce n'est pas faute d'essayer. Pour ceux-là, on sait pourquoi : trop peu de nourriture, trop d'unions consanguines. Les anciens désapprouvent, mais comment faire autrement ? D'année en année la tribu s'amenuise. Et il n'y a personne d'autre, à des jours et des jours de marche.

Aya, justement, s'approche du jeune homme qu'elle attendait. Elle est nue comme tout le monde. Les vêtements sont rares, fragiles et précieux, ne servent qu'aux rituels et cérémonies ; pourquoi s'habiller quand il ne fait jamais froid ?

— Alors, Denn, tu as fait bonne pêche ?

— Je ne sais pas. Faut que je vérifie.

Elle pose sur le mille-pattes marin le regard rouge de ses yeux ronds.

— Je n'ai jamais vu ça ! Tu es allé loin ?

— Assez, oui.

— Je pourrais venir avec toi la prochaine fois ? J'aimerais que tu m'apprennes à pêcher…

— C'est dangereux, Aya.

— Je nage très bien, tu sais.

— Ça ne suffit pas.

— À deux, on attraperait plus de bêtes, insiste-t-elle. La tribu aurait plus à manger.

— On verra, élude Denn.

Il devine bien ce qu'elle veut, au fond. Pas seulement pêcher avec lui, mais *être* avec lui. Tout le temps. Or lui n'est pas intéressé. Non parce qu'elle est moche – elle est comme la plupart des filles de la tribu. Ni parce qu'elle est stérile – bien d'autres femmes le sont ou font régulièrement des fausses couches. Ni parce qu'elle est volage – dans une telle promiscuité, la fidélité sexuelle n'est pas une vertu cardinale. Non, simplement, Denn n'a pas envie de se fixer. Pas encore. Il est trop attiré par l'aventure pour songer à fonder un foyer. Ni avec Aya, ni avec une autre – et encore moins avec Nao, malgré le désir de Tuc et de sa mère.

Il s'éloigne vers le fond de la caverne, vers la Colonie, le domaine du Gardien.

Denn espère que Tuc ne sera pas là. Tuc a un caractère exécrable, comme si le monde entier était ligué contre lui. Il râle tout le temps : rien n'est jamais bien, ne se passe comme il veut. Malgré tout, c'est un très bon Gardien. Cette fonction requiert du doigté, de la finesse, de la patience, de la concentration. Les fourmites ont leurs façons bien à elles de s'exprimer, il faut savoir les comprendre. C'est Tuc qui a passé l'Accord pour tester les aliments. Avant, on se contentait de manger ce qu'on connaissait ; depuis, la tribu se nourrit un peu mieux. Juste un peu. Pas encore assez – Aya a raison. Peut-être que Denn devrait lui apprendre à pêcher, même s'il préfère agir seul. L'individualisme, c'est nuisible à la tribu, ne cesse de répéter la juge Omen.

Par chance, c'est Nao que Denn trouve devant la Colonie. Son père lui enseigne le métier, elle sera la prochaine Gardienne. Allongée par terre, elle observe la fourmitière. Celle-ci, installée près du ruisseau, n'est pas très haute mais très étendue. Elle a de nombreuses ramifications souterraines, tout un dédale de couloirs et tunnels. En ce moment, il n'y règne pas une vive activité : la plupart des fourmites sont sur les parois avec leurs troupeaux, à les empêcher de trop se disperser et à repérer les animalcules qui vont s'éteindre – donc être mangés. Il y a néanmoins un va-et-vient incessant entre les parois et la Colonie, pour rapporter les bestioles mortes. Et puis des travaux d'entretien et de réparations, la nurserie, le service de la reine… De plus, les fourmites ont entrepris la construction d'un nouveau pont pour elles sur le ruisseau, l'ancien ayant été détruit par les jumeaux. Elles utilisent les tiges de certaines algues, chimiquement collées et durcies. C'est Nao qui a trouvé les bonnes algues, après plusieurs essais. Son premier Accord, même s'il est modeste. Tuc était très fier d'elle.

— Ton père n'est pas là ? demande Denn, jetant un regard alentour.

Nao tourne la tête et lui sourit. Physiquement, elle est dans la moyenne de la tribu : blême, un peu malingre, grands yeux rougeoyants, cheveux raides presque blancs. Ses formes galbées d'adolescente attirent bien des garçons, mais aux yeux de tous elle est promise à Denn. Il n'y a qu'eux deux qui ne voient pas les choses de cette façon. Ils sont amis d'enfance, point. Le sexe n'a rien à y voir, ni un quelconque projet de vie commune. Ils sont amis comme leurs mères étaient amies, avant que celle de Nao ne décède l'année passée, rongée par une maladie inconnue. C'est depuis la mort de sa femme que le caractère de Tuc a changé. Ça se comprend.

— Non. Je ne sais pas où il est, ni quand il va revenir. Qu'est-ce que c'est ?

Nao se redresse – les fourmites grimpées sur elle s'empressent de redescendre – et désigne le grand ver blanchâtre.

— Une bête que j'ai pêchée. J'aimerais savoir si elle est comestible. Tu saurais la tester ?

— Euh… Oui, sûrement… Comment fait papa déjà ?… Ah oui, ça me revient. Pose-la ici.

Nao désigne un endroit à peu près dégagé près de la fourmitière. Denn dépose le ver avec précaution, il ne veut pas écraser de fourmites par mégarde. Puis il s'assoit à côté de Nao et observe.

Les fourmites – blanches, grandes comme le pouce, à l'abdomen annelé et aux longues antennes toujours en mouvement – ne tardent pas à repérer l'animal. Elles s'en approchent avec prudence, une par une ou par petits groupes. Elles sont bientôt plus d'une centaine à le palper du bout de leurs antennes, à échanger des messages. Au bout d'un moment, quelques-unes s'enhardissent à y goûter, prêtes à se sacrifier au besoin. Elles prélèvent un minuscule échantillon à l'aide de leurs mandibules. Nouvel échange de messages frénétiques. Puis toutes attaquent le ver avec entrain.

— Bon, conclut Nao, au moins ce n'est pas toxique pour elles. Voyons ce qu'il en est pour nous à présent. Fais comme moi, Denn.

Elle pose un doigt sur le ver. Denn l'imite. Les fourmites entourent leurs doigts, les palpent. Denn frémit.

— Ça chatouille…

— Ne bouge pas. Et tais-toi.

Finalement, les fourmites se désintéressent des doigts de Denn et Nao – et du ver également. Elles retournent à leurs occupations.

— C'est bon, dit Nao. On peut le manger.

— Comment tu le sais ?

— S'il avait été toxique pour nous, les fourmites auraient repoussé nos doigts.

— Comment peuvent-elles le savoir ?

Nao secoue la tête.

— Je l'ignore. Il faudrait demander à papa.

— Et pourquoi elles ne le mangent pas ?

— Parce que je leur ai dit que c'était à nous.

— Tu n'as rien dit, Nao.

— Dans ma tête.

— Elles savent aussi ce qu'il y a dans ta tête ?

— Elles le sentent, disons. Si je le pense très fort.

— Bon. (Denn ramasse le ver et se relève.) Je vais le cuire dehors, quand même. C'est plus prudent.

— Tu en donneras un bout aux fourmites ? Pour les remercier. Ça fait partie de l'Accord.

— Bon. Je reviens.

— Euh… Si papa est là… tu ne lui en parles pas. Normalement je n'ai pas le droit de faire ça toute seule.

Posé sur un rocher en plein soleil, le ver est cuit en cinq minutes. À l'aide d'un silex tranchant, Denn le partage entre les membres de la tribu. C'est une règle immuable : rien n'est gardé pour soi, les ressources sont toujours partagées. Nul ne l'a jamais enfreinte, nul n'y songe. Tout le monde le sait : être solidaire, c'est vivre ; être solitaire, c'est mourir.

Ça ne fera pas beaucoup pour chacun – deux bouchées, tout au plus. Mais ça améliorera quand même un peu l'ordinaire, à base de fourmites, d'algues et de champignons qui poussent au fond de la grotte. Denn a gardé la tête pour les fourmites.

Quand il retourne à la Colonie pour la leur donner, il tombe sur Tuc en train de sermonner sa fille. Nao n'a pas fait correctement son travail, n'a pas bien sélectionné les fourmites à manger pour demain – les ouvrières en fin de vie, les mâles inutiles, les jeunes en surnombre. Là encore, c'est l'application d'un ancien Accord : les humains prélèvent un quota pour éviter la surpopulation dans la fourmitière, qui ne manquerait pas de se produire en l'absence de prédateur et faute de coloniser de nouveaux territoires. Et puis cette symbiose, ces Accords, c'est pratique et confortable. Chacun y trouve son compte.

— Qu'est-ce que tu veux ? lance Tuc, le toisant avec colère.

— Euh… hésite Denn. Je venais voir si…

— Si Nao est disponible ? Non, elle n'est pas disponible. Elle a du boulot, Nao. Qu'est-ce que tu caches dans ta main ?

Denn montre la tête du ver, noirâtre à présent, un peu carbonisée.

— C'est la tête de la bête que j'ai pêchée. Je voulais la donner aux fourmites.

— Pourquoi tu veux la donner aux fourmites ? Tu veux les empoisonner ?

— C'est comestible.

Derrière Tuc, Denn voit Nao agiter frénétiquement la main en grimaçant. Dire d'un aliment inconnu qu'il est comestible, c'est forcément avouer qu'on l'a testé. Or il n'y a qu'une seule manière de le tester – nul n'est volontaire pour jouer les cobayes. Denn ne sait pas mentir.

Tuc se tourne vers sa fille, furibard.

— Vous avez *testé* cette bestiole, accuse-t-il. Tu as pris le risque d'intoxiquer les fourmites sans me demander mon avis !

— Mais, papa, il fallait bien ! Et puis ce n'était pas toxique.

— Comment tu le savais, que ce n'était pas toxique ? Tu aurais pu tuer toute la Colonie avec tes conneries ! Je t'ai appris à faire ça ? Réponds !

— Je t'ai vu faire…

— Ah, tu m'as vu faire. Mais je ne te l'ai pas *appris*.

Denn tente d'intervenir, avec maladresse :

— Elle a fait ça très prudemment. Si ç'avait été toxique, ça n'aurait tué que…

— Te voilà expert en fourmites, Denn ? Donne-moi ça. (Tuc prend la tête du ver, la jette aux fourmites.) Vous avez eu de la chance, vous deux, beaucoup de chance. Or on n'élève pas des fourmites avec de la chance, mais avec de l'*expérience*. On ne tente *jamais* une expérience au hasard. Compris, Nao ?

— Oui, papa.

— Ce soir, je vais parler à Omen de votre conduite irresponsable. Elle prendra les sanctions qui s'imposent. En attendant, Nao, tu vas te remettre au tri, et tu ne bouges pas d'ici tant que t'en auras pas sélectionné au moins trois cents. Je vérifierai ! Et puis tu vas m'expliquer précisément comment tu as procédé. Quant à toi, Denn, la prochaine fois que tu auras une bestiole à tester, tu me le demandes à *moi*. Pas à Nao. Compris ?

Denn hoche la tête puis s'éloigne, écœuré par tant d'injustice. C'est vrai, quoi, Nao a cru bien faire… Et elle *a* bien fait. Aucune fourmite n'est morte, et le ver est comestible. Une bonne nouvelle, quand même, non ?

Il va rejoindre sa mère en train de tisser des sargasses. Neva a souvent besoin d'une main supplémentaire pour démêler les algues fragiles sans les déchirer. Celles-ci seront ensuite collées par les fourmites, de la même façon que leur pont d'algues. Ça leur évite ainsi de sécher et permet de fabriquer des parures à la fois souples et durables, si on les utilise avec parcimonie.

Tandis que Denn travaille, sa colère se dilue peu à peu en une vague amertume. Il se demande ce qu'il fait ici. À quoi il sert vraiment, si rapporter de la nourriture à la tribu est remercié par une engueulade. Doit-il s'en abstenir ? Se contenter de végéter, jour après jour ? L'avenir qui l'attend l'effraie. Pêcher, récolter des algues et des champignons, élever des fourmites, tisser des sargasses… Ce n'est pas un avenir, c'est un éternel présent – la même journée sans cesse recommencée. Aucun projet, aucune perspective. Qui a envie d'une vie pareille ? Tout le monde apparemment. Sauf lui. Il lui prend parfois des désirs de partir, des rêves d'explorations, de nouveaux horizons. Pour aller où ? La plage est sans fin, le désert mortel. Et partir seul, c'est la mort assurée. C'est déjà arrivé par le passé : des gens bannis – châtiment suprême – ou des explorateurs fous, trop curieux comme lui. On ne les a jamais revus. Partir, c'est la mort. Mais rester, ce n'est pas une vie…

Heureusement, sa mère lui sourit. Elle au moins, elle est contente que Denn aille pêcher, même si elle s'inquiète pour lui. À chaque fois, elle ne peut s'empêcher de repenser à la disparition de Sili, son pêcheur de mari. Le père de Denn, soi-disant. Sauf que Denn ne lui ressemble pas du tout.

Il lui raconte sa pêche, le test de Nao, l'algarade avec Tuc qui s'est ensuivie. Neva hoche gravement la tête.

— Tuc a eu raison de réprimander Nao. Elle a fait courir un risque aux fourmites, c'est très grave. Sans les fourmites, on n'est plus rien, Denn.

— Mais Nao a été prudente, et le test a réussi. Tuc n'aurait pas dû l'engueuler comme ça. Quand elle avait cherché des algues pour que les fourmites reconstruisent leur pont, Tuc l'avait encouragée.

— Mais Tuc vérifiait ce qu'elle faisait, je suppose. Et puis c'était avant la mort de Malie… (Neva soupire.) Ça l'a affecté, tu sais. Nao aussi, bien sûr. Depuis, Tuc s'inquiète beaucoup pour l'avenir de la tribu. Il faut le comprendre.

Denn serre les lèvres. N'empêche…

— Trop de gens meurent, reprend sa mère. Et trop peu naissent.

Le soir venu, quand la température baisse à un niveau supportable, toute la tribu sort sur la plage. On récolte le varech à marée basse, et les sargasses pour les habits de cérémonies :

mariages, naissances, décès, prières à Mère-Nature... Parfois, avec de la chance, on trouve des bêtes comestibles, mais le plus souvent ce sont des méduses toxiques. On sort les malades – il y en a toujours – pour qu'ils profitent de la lumière et de la douceur de l'air, tandis que Fox les soigne du mieux qu'il peut avec ses onguents et ses décoctions. On nettoie la caverne, on prépare le repas du soir, pris en commun autour d'un creux de rocher. Les amants s'assoient pour contempler le coucher du soleil – ors et feux sur la mer étincelante – ou vont s'isoler pour faire l'amour dans l'intimité. Certains – surtout les jeunes – se baignent dans la mer, pleine de dangers pourtant : plantes urticantes, méduses venimeuses, vers géants, arthropodes mordeurs ou aux pinces redoutables. Et l'eau acide et salée, qui ronge la peau si on y reste trop longtemps.

Ce soir, le ver de Denn est ajouté au menu. Il n'est pas très bon, fortement iodé, un peu caoutchouteux. Mais ça nourrit. Sa mère remercie Denn de sa pêche au nom de toute la tribu – elle est fière de son fils. Nao est absente. Sans doute encore en train de trier les fourmites, privée de dîner par son père. Qui est là, lui, à mâchouiller son morceau de ver en faisant la grimace comme si c'était répugnant. Denn ignore s'il a parlé à Omen, comme il avait menacé de le faire.

Après le repas, traditionnellement, on fait cercle autour des anciens pour les écouter parler du passé, de l'Âge d'Or et des Âges Sombres. Surtout des Âges Sombres, les plus riches en légendes, car, de l'Âge d'Or, on ne sait pas grand-chose. On règle aussi les problèmes qui ont pu se poser au cours de la journée. Assister à cette veillée n'est pas obligatoire, mais comme il n'y a rien d'autre à faire, presque tout le monde est présent. Sauf Nao, ce soir.

D'habitude, Kaal, le doyen, attaque de sa voix chevrotante par « en ce temps-là, les hommes étaient... » (arrogants, insensés, belliqueux, ou tout autre terme péjoratif). Mais ce soir, c'est Omen qui prend la parole. Denn se raidit, s'attend au pire.

— On nous a rapporté que Denn et Nao ont pris un risque avec les fourmites, sans l'autorisation de leurs aînés, déclare la juge d'une voix forte. Ils ont testé eux-mêmes la bête que nous avons mangée ce soir. Ce n'est pas bien. Ce n'est pas la bonne façon de faire. Les fourmites auraient pu être intoxiquées, ou bien nous-mêmes, à la moindre erreur d'interprétation de deux jeunes inexpérimentés.

Tous les regards se tournent vers Denn qui se tasse, les yeux baissés.

— Il s'est avéré que cet animal était comestible, il n'y a donc pas eu de dommages, reprend Omen. Néanmoins, pour avoir agi à l'insu de son père, Nao a été punie. Je n'ajouterai rien à la punition, sinon cet avertissement : que Nao ne prenne désormais plus aucune initiative sans en aviser son père, jusqu'à ce qu'elle soit elle-même nommée Gardienne. Faute de quoi je prendrai des mesures plus sévères. Quant à Denn… (Celui-ci serre les lèvres. Que va-t-il lui tomber dessus ?) Je me contenterai là aussi d'un avertissement, car il a bien fait de nous apporter quelque chose de nouveau à manger. Si Denn a un nouvel aliment à faire tester, qu'il demande au Gardien, et à personne d'autre. Faute de quoi je prendrai là aussi des mesures plus sévères. Tuc, veux-tu ajouter un mot ?

Denn soupire de soulagement. Ç'aurait pu être pire. Peut-être qu'Omen a apprécié le ver…

Tuc se lève, promène un regard sombre sur l'assemblée, puis se tourne vers la juge et les anciens.

— Oui. Je veux préciser que Nao a procédé au test dans toutes les règles de l'art. Je n'aurais pas mieux fait moi-même. J'ai toute confiance en ses talents de future Gardienne. Je l'ai punie pour ne pas m'avoir averti. J'aurais voulu la voir à l'œuvre. C'est tout.

Il se rassoit. Denn comprend mieux. En fait, la colère de Tuc était surtout une convenance, une façon de rappeler une des règles de la tribu : les vieux commandent, les jeunes obéissent ;

les vieux savent, les jeunes apprennent. Au fond, Tuc est fier de l'initiative prise par Nao. Il a dû plaider la clémence auprès d'Omen.

C'est au tour de Kaal de prendre la parole. Il hoche sa tête chauve et chenue, et se met à chevroter d'un ton las, comme si toute la misère du monde pesait sur ses épaules :

— Mère-Nature nous enseigne la prudence et l'humilité. Nous lui devons respect et obéissance. En ce temps-là – je parle des Âges Sombres –, les hommes étaient irrespectueux et dominateurs. Ils ont voulu dompter Mère-Nature, la plier à leurs désirs pervers et dévoyés. Alors Mère-Nature s'est vengée. Elle les a brûlés avec des flots de lave, les a empoisonnés avec des nuages de soufre, les a rongés avec des pluies d'acide. Elle a englouti dans l'océan des cités entières, changé des régions fertiles en déserts stériles. Elle a invoqué les feux ardents du soleil…

Et c'est parti, songe Denn en soupirant de nouveau, le menton dans la main. Une longue litanie de catastrophes, plus terribles les unes que les autres, assorties d'aphorismes du genre « les hommes ont eu ce qu'ils méritaient », « qui sème le vent récolte la tempête », « plus haut on veut s'élever, plus dure sera la chute », et ainsi de suite. Une longue soirée ennuyeuse, semblable à tant d'autres.

Aya vient se glisser à ses côtés. Elle appuie la tête contre son épaule, caresse un peu sa poitrine, puis sans vergogne descend la main vers son pénis. Qui réagit malgré tout – Denn n'est pas de bois.

— Je veux que tu me prennes, lui chuchote-t-elle à l'oreille. Sauvagement dans les rochers.

— Pas tout de suite, Aya. J'ai… autre chose à faire d'abord.

Ce n'est pas vrai, mais il ne désire pas prendre Aya sauvagement dans les rochers. Il n'ose pas le lui dire, ne veut pas non plus la froisser. Il se lève.

— Tu reviens, Denn ?

— Oui, dans un moment.

Il s'éloigne dans la nuit sans lune. Il ne sait pas quoi faire. Il n'a pas envie d'Aya – pas ce soir en tout cas. Il a juste envie d'être tranquille. Il désire autre chose, sans trop savoir quoi.

Denn se dirige vers la grotte, tombe sur Nao qui en sort.

— Tuc a levé la punition ?

— J'ai fini le tri. Il reste quelque chose à manger ?

— Non. On en est à la veillée. Kaal déblatère.

— Mais j'ai faim, moi ! Je vais aller voir quand même.

— Il n'y a plus rien, je te dis. Si on allait faire un tour ?

— Où ça ? Pourquoi ?

— Kaal m'ennuie, et Aya me colle au train. Je ne veux pas retourner là-bas. On peut… je ne sais pas, moi. Essayer de te trouver à manger.

— Où tu vas trouver à manger ? Dans la mer ?

— Non, pas la nuit, on n'y voit rien. Dans le désert, peut-être.

— Il n'y a rien dans le désert.

— Si, parfois, des bestioles sortent la nuit…

Nao hausse les épaules.

— Tu parles. Des trucs minuscules et pas bons.

— C'est toujours mieux que rien. Tu viens ou pas ? Moi j'y vais en tout cas.

Nao hésite, regarde Denn grimper dans les rochers, s'estomper dans le noir. Elle se décide à le suivre. Même s'ils ne trouvent rien à manger, c'est toujours excitant d'accompagner Denn dans ses pérégrinations.

La nuit, le désert paraît tout aussi mort que le jour, figé dans son profond silence minéral. Un silence relatif, pour qui sait écouter : le sable grésille, le vent gémit dans les canyons, les roches craquent en restituant la chaleur du jour. Une mort relative, pour qui sait observer : empreintes infimes sur le sable, pattes minuscules, reptations sinueuses, prestes enfouissements dans les creux, mouvements furtifs dans la rocaille…

Denn et Nao crapahutent, le nez au ras du sol. Il fait sombre, mais ils y voient suffisamment pour repérer les traces. Leurs pupilles dilatées sont accoutumées à l'obscurité. Ils gravissent les dunes, descendent dans les creux, fouillent au pied des rochers. À mains nues, avec prudence : il n'y a pas que des insectes plus ou moins comestibles dans le désert. Il y a aussi des serpents venimeux, des scorpions à la piqûre mortelle, des araignées à la morsure douloureuse. Pour toutes ces bêtes à la vie frugale, Denn et Nao ne sont pas des prédateurs, ils sont avant tout des proies. Des promesses de bombance. Leurs doigts fouilleurs sont traqués par des crocs, des aiguillons, des chélicères. C'est un risque, mais ça fait partie du jeu – c'est bien plus excitant que de ramasser des algues échouées sur la plage.

Sous une pierre, Denn a déterré un nid de puces des sables qui s'égaillent en bondissant. Tous deux s'amusent en riant à les attraper au vol. Nao les mange – ou plutôt les gobe, car elles ont un goût âcre. Mais ça nourrit un peu. À peine, en fait. Il faudrait trouver autre chose de plus consistant. Un serpent, par exemple. C'est bon, un serpent – suffit de ne pas se faire mordre. Pas facile.

En dégageant le nid avec précaution, Nao repère un amalgame d'œufs de puces, qu'elle récolte au bout de son doigt. Elle le lèche. C'est vaguement sucré, un peu gluant. Presque rien au bout de sa langue. Il lui faudrait mille fois ça pour assouvir sa faim.

Denn fouille encore un moment sous la pierre, les yeux à l'affût, les doigts fureteurs. Il ne trouve rien d'autre. Ils abandonnent, vont voir plus loin. Le sable est encore chaud sous leurs pieds, pas vraiment brûlant, mais c'est limite. Le soleil est couché depuis peu et, même si la température de l'air baisse assez vite, le désert met longtemps à se refroidir. Le meilleur moment pour l'explorer, c'est juste avant l'aube. Il y fait presque frais, et parfois descend une brume venue de la mer qui fait germer des graines enfouies dans le sol : myriades de pousses éphémères, de fleurs microscopiques pompant avidement l'humidité, avant de se racornir au lever du soleil et de disparaître aussi vite qu'elles ont éclos. C'est beau aux premières lueurs de l'aurore, vaste tapis aux teintes pastel. Et nourrissant. Mais c'est rare. Et les graines ne se distinguent pas vraiment des grains de sable, malgré la vue perçante de Denn et Nao. Surtout la nuit.

Tous deux descendent dans une petite ravine qui reste partiellement à l'ombre la journée et peut receler un peu plus de vie. Ils avancent avec prudence, courbés, scrutant le sable immaculé.

Non – pas immaculé. C'est Denn, marchant devant, qui repère l'empreinte méandreuse : un serpent. Il s'immobilise, Nao sur ses talons.

— Un serpent, chuchote-t-il.

— Tu le vois ?

— Non. La trace va par là, vers ces rochers.

— Tu vas l'attraper ?

L'estomac de Nao gargouille, elle s'en pourlèche d'avance.

— Je ne sais pas. S'il est planqué là-dedans… c'est lui qui va m'avoir.

— On va voir quand même ?

Denn fait la moue, ne répond pas. Il hésite. Il y a des serpents qui tuent en un clin d'œil – celui-ci pourrait en être un, d'après sa trace. L'attraper sur le sable avant qu'il s'enfouisse, c'est une chose – dangereuse, mais faisable. Le traquer à tâtons dans les rochers, sans rien d'autre que ses doigts, c'est tout autre chose. Nao n'a pas toujours conscience des risques.

— Moi, j'y vais, décide-t-elle.

— Fais attention. Marche très doucement.

Nao s'avance à pas de loup le long de la trace qui sinue vers les rochers. Denn la suit, le nez au ras du sol, frémissant d'appréhension. Nao se fige soudain.

— Je le vois, murmure-t-elle. Là, devant ce mamelon.

Denn plisse les yeux. Nao a une vue plus aiguisée que la sienne : elle passe davantage de temps au fond de la grotte, à apprendre sa future fonction de Gardienne. Il repère quand même l'animal, forme pâle allongée dans le sable. D'où il est, il ne peut distinguer si c'est un serpent-éclair ou pas.

— Il ne bouge pas, observe Nao à voix basse. Peut-être qu'il dort ?

Denn fait de nouveau la moue. Les serpents dorment le jour, enfouis dans le sable ou sous les rochers. La nuit, ils chassent. Le comportement de celui-ci l'intrigue. Normalement, il aurait dû les entendre, s'enfuir ou attaquer.

Nao ramasse une poignée de sable, la lance vers le serpent.

— Arrête ! Tu es folle !

Grosse erreur. Le meilleur moyen de le faire fuir ou, au contraire, qu'il leur fonce dessus, se sentant agressé. Mais le sable l'arrose et il ne bouge toujours pas. Bizarre.

— Peut-être qu'il est mort, suggère Nao.

— Mort ?

Mauvais signe.

Perdant toute prudence, Nao lève le pied pour faire un grand pas vers le serpent.

— Stop !

Denn la tire vivement en arrière. Déséquilibrée, elle tombe sur lui, tous deux s'affalent par terre.

— Qu'est-ce qui te prend ? s'écrie-t-elle en se relevant.

— Regarde, intime Denn, encore à quatre pattes.

Là où Nao allait poser le pied, un scorpion est sorti du sable, pinces en avant, dard dressé. Trois autres accourent, venant du serpent, autour duquel ça grouille à présent – branle-bas de combat.

Nao recule d'un bond, Denn saute sur ses pieds. Ils détalent dans la ravine. Ils ne peuvent rien contre une horde de scorpions. Jadis, c'étaient des insectes solitaires, maintenant ils sont devenus grégaires et chassent en bande. Ce sont sûrement eux qui ont tué le serpent. Ils n'allaient pas laisser cette proie de choix leur être volée.

Denn et Nao s'arrêtent à quelque distance, haletants, l'estomac noué, le cœur battant. C'était des scorpions noirs, les plus redoutables. Rusés, intelligents, insatiables. Heureusement, ils courent moins vite que des humains.

— Celui sur lequel tu as failli marcher devait monter la garde, explique Denn à Nao. Il nous a entendus venir, et les autres se sont planqués pour nous attendre. Le serpent mort faisait un bel appât…

— Tu es sûr qu'ils pensent comme ça ? frémit Nao.

— Je ne sais pas. Mais c'est possible. Regarde tes fourmites, comme elles sont malignes.

— Tu crois qu'on a une chance de récupérer le serpent ?

— Aucune. Les scorpions sont indestructibles, à moins de les écraser entre deux pierres. Mais je ne m'y risquerai pas.

Ils restent un moment à reprendre leur souffle et leurs esprits, assis sur une grosse pierre.

— Est-ce qu'ils vont nous prendre en chasse ? s'inquiète Nao.

— Non. Ils savent qu'on court plus vite qu'eux, et puis ils ont déjà le serpent.

Nao hoche la tête, ne paraît pas rassurée pour autant. Elle scrute les alentours avec appréhension.

— Tu as envie de continuer ? s'enquiert Denn.

— Euh… je préfère qu'on rentre. Je n'ai pas si faim que ça, finalement.

— D'accord. On va prendre un autre chemin.

Ils s'enfoncent dans la ravine en quête d'une issue. Elle est bordée de rocaille des deux côtés. Denn aurait bien tenté l'escalade, mais Nao se méfie. Le désert lui paraît plein de dangers à présent, elle préfère bien voir où elle met les pieds. Ils cherchent donc une trouée parmi les rochers, une coulée de sable qui leur permettrait de remonter sur le plateau.

Là-bas, sur la gauche, un espace dégagé, en pente douce. Ils s'en approchent. Denn s'immobilise à nouveau.

— Qu'est-ce que c'est? demande Nao, quelques pas en arrière.

— Des traces.

— Des traces de quoi?

— Je ne sais pas. On dirait un homme. Mais je ne suis pas sûr.

Nao le rejoint. En effet, dans le sable devant eux, de longues empreintes traînantes. Bien nettes, pas du tout furtives ni même prudentes. Des pas assurément, mais de qui, de quoi? Une forme de pieds sans orteils, avec des talons bizarres, fortement marqués. Des pieds qui ont glissé lourdement dans le sable, n'ont pas marché comme eux d'une façon agile et légère.

— On les suit? propose Denn, excité par cette étrange découverte.

— Je ne sais pas si c'est une bonne idée...

— On verra bien. S'il y a le moindre danger, on part en courant.

— Moi je partirais bien en courant tout de suite.

— Ne sois pas peureuse, Nao. C'est sûrement un homme.

— Un homme? Avec des pieds comme ça? Et puis il n'y a pas d'hommes dans le désert.

— Il paraît que si. Qu'il en est venu, il y a longtemps.

C'est Veer, un ancien, qui lui a raconté ça. Ce serait arrivé avant sa naissance. Des hommes étranges, juchés sur de grands animaux tout aussi étranges. Ils auraient voulu troquer de la nourriture contre des objets tabous, démoniaques. Ceux de la tribu les auraient chassés, et ils ne sont jamais revenus. Une légende, a estimé Denn, tout comme celles des Âges Sombres rabâchées par Kaal. Il n'a pas tenté d'en savoir davantage. Peut-être qu'il aurait dû.

Il se met à pister la trace, Nao le suivant à contrecœur. C'est facile. L'être, quel qu'il soit, n'a vraiment pas cherché à se cacher. Elle les conduit plus loin dans la ravine… tourne finalement derrière un gros rocher, dans ce qui semble être un cul-de-sac.

— Fais attention, Denn, avertit Nao, retenant son ami par le bras. Tu ne devrais pas y aller.

D'au-delà du rocher leur parvient un gémissement.

— C'est un homme, affirme Denn. Il a peut-être besoin d'aide.

— Mais d'où il vient ?

Denn ramasse une pierre – au cas où –, contourne le roc à pas de loup. Nao en fait autant, pas rassurée du tout.

L'homme est allongé dans le sable, adossé à une petite falaise.

Couvert d'objets tabous qui luisent dans les ténèbres.

— Un démon des Âges Sombres ! crie Nao, qui s'enfuit en courant.

2

UN PAYSAGE LOINTAIN

Sans savoir pourquoi
J'aime ce monde
Où nous venons pour mourir
SÔSEKI.

DENN est tenté de suivre Nao, mais il se ravise. Car ce « démon », tout bardé d'objets tabous qu'il soit, a l'air bien mal en point. Il redresse lentement la tête, lève péniblement une main, marmonne quelques mots incompréhensibles.

À moitié caché derrière le rocher, Denn l'observe plus attentivement. Ses traits sont ravinés, brûlés par le soleil, ses lèvres sèches et craquelées, ses joues couvertes de barbe. Ses petits yeux bizarrement étirés peinent à s'ouvrir. Il porte des vêtements sales et déchirés, fabriqués dans une matière inconnue. Ses pieds sont engoncés dans des sortes de carapaces (d'où les traces bizarres). À sa taille, son cou et ses poignets sont accrochés divers objets démoniaques, dont l'éclat terne est inquiétant. Mais l'homme ne fait pas mine de vouloir s'en servir. Dans le sable, près de sa main inerte, gît quelque chose qui ressemble à une outre.

— Nao, reviens ! s'écrie Denn. Il n'y a rien à craindre !

Il le suppose du moins. Il jette un regard autour de lui, ne voit Nao nulle part. Elle ne doit pas être loin, sans doute cachée derrière un autre rocher. Elle n'oserait pas traverser le désert toute seule, surtout après l'épisode des scorpions.

Denn sort de sa cachette. Tenant toujours sa pierre, il s'avance de biais vers l'homme, prêt à fuir au moindre geste suspect. L'autre se contente de bouger mollement la main et de répéter des mots qu'il ne comprend pas.

De près, l'homme est encore plus étrange. Sa peau est claire, mais pas blanche comme ceux de la tribu, ni légèrement halée comme celle de Denn. Elle tire plutôt sur le jaune. Il a des pommettes hautes, un petit nez, des yeux bridés. Ses cheveux noirs sont engrisaillés de sable et de poussière. Il remue avec peine ses lèvres crevassées, prononce quelques paroles d'une voix rauque puis saisit la chose dans le sable. Denn recule d'un bond. L'homme la retourne, la secoue. Rien n'en sort. Denn comprend qu'elle devait sans doute contenir de l'eau. Comme l'outre en peau de serpent qu'on porte à ceux qui ne peuvent pas s'approcher du ruisseau parce qu'ils sont malades ou blessés.

En fait, cet homme meurt de soif.

Il parle encore. Denn secoue la tête.

— Tu ne parles pas notre langue ?

L'autre hausse les sourcils. Visiblement non. C'est un étranger. Denn montre la gourde, esquisse le geste de la porter à sa bouche et de boire. L'autre acquiesce et tente un pauvre sourire qui le fait grimacer – ses lèvres saignent. Bon, au moins là-dessus, ils se sont compris.

Denn se retourne, aperçoit la tête de Nao qui sort du rocher derrière lequel elle s'était cachée.

— Viens, Nao. Ce n'est pas un démon des Âges Sombres, c'est juste un étranger assoiffé.

— Un… étranger ? (Nao se montre mais n'ose approcher encore.) D'où vient-il ?

— Tu as déjà posé cette question. Je n'en sais rien. Il ne parle pas notre langue. Mais il meurt de soif. Il faut que tu ailles chercher de l'eau.

— Moi ?

— Oui, toi. On ne peut pas l'amener à la grotte. Si tu l'as pris pour un démon des Âges Sombres, les anciens diront pareil. Il risque de se faire tuer.

— D'accord, mais je… euh… je crains de me perdre dans le désert…

— Tu as peur des scorpions, c'est ça ? Tu veux que je vienne avec toi ?

— Oui, je préfère, avoue Nao.

Denn soupire, puis s'agenouille près de l'homme. Celui-ci, les yeux clos, semble avoir perdu connaissance. Il tend une main hésitante, ose le toucher à l'épaule. L'étranger tressaille, rouvre les yeux. Denn retire sa main. Le vêtement est mou et doux. L'homme porte autour du cou un tissu coloré, qui se voit même dans la nuit.

— On va chercher de l'eau, lui explique Denn. Ce n'est pas loin. On revient.

Il se désigne, ainsi que Nao – qui a fini par s'approcher un peu –, montre à nouveau la gourde et réitère le geste de boire. Au prix d'un grand effort, l'étranger prend la gourde et la lui tend. Denn hésite, un peu effrayé. C'est clairement un objet des Âges Sombres, fait dans un matériau étrange, un peu translucide, rigide et souple à la fois, avec un système de fermeture bizarre, d'un rouge vif. Or Kaal n'arrête pas de le répéter soir après soir : tout ce qui provient des Âges Sombres a été fabriqué par des démons, ou par des hommes sous l'emprise de démons. C'est donc maudit et c'est une offense grave à Mère-Nature, qui peut se venger d'une manière terrible. C'est à rejeter, à proscrire, à bannir à tout jamais.

Mais cet homme en est couvert, d'objets des Âges Sombres, et Mère-Nature ne l'a pas tué. Pas encore du moins. Là, c'est juste la soif qui risque de l'achever.

Denn prend la gourde. Toucher cette matière taboue le fait frémir, mais il ne la lâche pas. Non loin, Nao l'observe avec effroi.

À grands gestes du bras, il indique à l'homme qu'ils vont partir et revenir avec de l'eau. Celui-ci marmonne encore quelques mots, soupire, puis hoche la tête : il a compris.

Denn et Nao s'éclipsent, contournent le rocher, sortent de la ravine en remontant les traces de l'étranger, qui se perdent ensuite dans le désert. Eux prennent la direction opposée, vers la côte et la caverne. Nao marche à quelques pas derrière Denn, craignant de s'approcher davantage. Elle considère toujours la gourde avec inquiétude.

— Tu oses porter ça ? lance-t-elle finalement. Tu n'as pas peur que ça attire sur toi la colère de Mère-Nature ?

— C'est juste une espèce d'outre. Tout ce que ça risque de m'attirer, c'est la colère des anciens s'ils me voient avec. Il faudra être très prudent en arrivant.

— Pourquoi s'est-on mêlés de ça ? bougonne Nao. Pourquoi on ne l'a pas laissé mourir tout simplement ? Avec tous ces trucs maudits qu'il a sur lui, c'est sûrement ce que veut Mère-Nature…

Denn pivote brusquement, excédé. Surprise, Nao s'immobilise, un pied en l'air.

— Si Mère-Nature avait voulu qu'il meure, il serait déjà mort. Tu n'as pas idée de l'immensité du désert, ma parole ! Et repose ton pied, il n'y a pas des scorpions partout.

Tous deux reprennent leur marche en silence. Denn est un peu agacé par la frousse de Nao. Elle, de son côté, se pose plein de questions sur ce que veut vraiment Mère-Nature et son rapport avec les objets des Âges Sombres.

Ils arrivent au sommet de l'éboulis qui marque la limite du plateau désertique. Calés entre deux rocs, ils scrutent la côte en contrebas, tendent l'oreille. Par-dessous le souffle lent du ressac, ils perçoivent des bribes de la voix chevrotante de Kaal, véhiculées par la brise de mer. Ils ne sont pas partis si longtemps que ça… ou bien Kaal est particulièrement en verve ce soir.

Tandis qu'ils descendent prudemment, ils distinguent peu à peu l'assemblée en cercle autour des anciens. Bon, s'ils sont tous encore là, ça devrait être assez facile…

Parvenus en bas, ils s'introduisent subrepticement dans la grotte, foncent dans le boyau obscur, s'arrêtent à l'entrée de la salle baignant dans sa phosphorescence. Personne. Ils se dirigent vers le ruisseau en longeant la paroi. Les fourmites sont allées dormir, les troupeaux de micropunaises se dispersent peu à peu. Le ruisseau glougloute doucement. Denn s'accroupit, y plonge la gourde, la remplit. Nao surveille anxieusement les alentours.

— Dépêche-toi ! chuchote-t-elle.

— Ça y est, j'ai fini, répond Denn en se redressant.

Ils repartent en sens inverse. Au moment de pénétrer dans le boyau, ils entendent des galets rouler dans le noir. Ils se tapissent aussitôt contre la paroi. Trop tard.

— C'est toi, Denn ?

La voix d'Aya. Il grimace. Manquait plus qu'elle. Il tend la gourde à Nao qui recule, effrayée.

— Prends-la ! chuchote-t-il d'un ton empressé. Tu veux nous faire repérer ?

D'un geste hésitant, Nao la saisit par le bouchon, entre deux doigts, comme si c'était la chose la plus répugnante au monde.

— Tu sors en douce, je vais faire diversion pendant ce temps.

Sans attendre sa réponse, Denn se plante au milieu du passage, juste au moment où Aya fait irruption.

— Denn ! Où étais-tu ? Je t'ai attendu, attendu, tu ne revenais pas…

— J'étais occupé.

Du coin de l'œil, Aya aperçoit une ombre qui file le long de la paroi, mais elle n'a pas le temps de bien la distinguer, car Denn attrape sa tête, la tourne vers lui et colle un baiser sur sa bouche.

— Eh bien, toi alors ! souffle-t-elle en clignant des yeux. Tu me surprends, Denn. Tout à l'heure, tu m'as presque rejetée, et maintenant…

— Je t'aime bien, Aya, mais il y a un temps pour tout. Si tu veux bien patienter encore un peu, j'ai un autre truc…

— Non. J'en ai marre de t'attendre. Viens par ici.

Elle lui prend la main d'autorité, l'entraîne vers sa couche dans la caverne. Il ne voit pas comment il peut lui échapper cette fois. Ils font l'amour un peu brutalement, Aya plutôt fougueuse mais Denn pas vraiment à ce qu'il fait. Son membre non plus d'ailleurs. Il jouit rapidement, la laissant pantelante et frustrée.

— C'est déjà fini ? Je t'ai connu en meilleure forme !

— Je te l'ai dit, ce n'est pas le moment, j'ai autre chose à faire.

— Qu'est-ce que tu as donc de si important à faire, à cette heure de la nuit ? Nao t'attend, c'est ça ?

— Euh…

Que lui dire ? Denn ment si mal… Les yeux d'Aya lancent des éclairs à présent.

— C'est ça, hein ? insiste-t-elle. Ce n'est pas elle que j'ai aperçue ?

— Oui, mais ce n'est pas pour ce que tu crois. Simplement, je… je n'ai pas l'esprit à ça ce soir. J'ai d'autres préoccupations.

— Lesquelles ?

— Je ne peux pas te le dire, Aya. C'est secret. Désolé, il faut que j'y aille.

Denn s'éclipse. Confier un secret à Aya, c'est comme le crier du haut d'un rocher. D'une paire de bras à une autre, elle colporte tous les ragots de la tribu. Il se promet néanmoins de mieux la satisfaire la prochaine fois. Et de lui apprendre à pêcher. Trop d'hommes ne s'intéressent qu'à ses fesses, sans se soucier de ce qui se passe dans sa tête. Des raisons de sa grande sollicitude, et de sa grande solitude aussi. Le sexe effréné ne compense pas le manque d'amour.

Arrivé sur le plateau, Denn retrouve Nao assise sur un rocher, la gourde à ses pieds. Elle se relève en le voyant.

— Alors ? Qu'est-ce qui s'est passé ? Qu'est-ce que tu as fichu ?

— J'ai été retardé.

— Par Aya, hein ?

— Oui, par Aya ! Bon, on y va maintenant ? Sinon l'étranger va mourir.

Il part à grands pas. Nao hausse les épaules et le suit. Elle ne comprend pas pourquoi Denn est irrité. Pourtant Aya est gentille, et experte à ce qu'on dit. Ah, les hommes… Jamais satisfaits. Ils en veulent toujours plus.

Ils retrouvent l'étranger où ils l'ont laissé, au fond de la ravine. Il s'est assoupi. Il respire avec difficulté, la bouche entrouverte. *Une proie idéale pour les serpents et les scorpions*, songe Denn. Du coup, il s'approche avec prudence, observant bien où il met les pieds. Mais apparemment, l'homme n'a pas encore été repéré.

Denn le touche de nouveau à l'épaule, ce qui le réveille en sursaut. Nao, qui s'est approchée cette fois, recule d'un bond elle aussi. Denn tend la gourde à l'étranger, l'aide à la tenir. Il boit longuement, la vide à moitié, en renverse même un peu tellement il est empressé. Finalement il la lâche. Denn la pose dans le sable à côté de lui. L'homme lui montre le bouchon rouge, mais Denn ne comprend pas. L'autre reprend la gourde, visse le bouchon sur le goulot. Denn et Nao l'observent attentivement. Il capte leurs regards, sourit, renverse la gourde. L'eau ne s'écoule pas : le bouchon est étanche.

— Tu vois, frémit Nao, c'est bien un truc maudit… Il empêche l'eau de couler. C'est contre la volonté de Mère-Nature, j'en suis *sûre.*

— Arrête de dire des bêtises, rétorque Denn d'un ton plus assuré qu'il ne l'est lui-même.

L'homme se remet à parler d'une voix un peu plus claire, se rappelle qu'ils ne le comprennent pas, fait alors le geste de manger quelque chose.

— D'accord, répond Denn. On t'apportera à manger demain. Ce soir, on ne peut pas, on n'a rien.

L'étranger secoue la tête, dépité. Denn essaie de lui expliquer par gestes, mais comment dire « demain » par gestes ? Il montre ses mains vides, indique qu'ils vont s'en aller, mime la position du sommeil, puis fait signe qu'ils vont revenir.

L'autre acquiesce, il semble avoir saisi. Alors que Denn et Nao s'éloignent, ils entendent crier derrière eux. L'étranger a réussi à se relever, essaie de les suivre.

— Non ! s'écrie Denn. Tu ne peux pas venir. Là-bas, ils vont te tuer.

Il montre la direction de la grotte, puis désigne tous les objets tabous que porte l'étranger et esquisse le geste de se trancher la gorge. L'homme écarquille les yeux, puis s'affale sur place en soupirant.

— Abrite-toi sous un rocher la journée, lui conseille Nao. Le soleil brûle !

— Ne t'inquiète pas, il sait, remarque Denn. Il a traversé le désert, je te rappelle. Viens, on rentre.

Le lendemain, Denn retourne pêcher dans la mer. Pas pour la tribu, pour l'étranger. C'est la première fois de sa vie qu'il pêchera de la nourriture qu'il ne partagera pas entre tous, qu'il va mettre de côté et dissimuler. Ça lui fait bizarre d'envisager une chose pareille, contraire à toutes les règles de la communauté. *Mais ce n'est pas pour moi*, se justifie-t-il. *C'est pour l'étranger. Rien de personnel là-dedans.* À condition, bien sûr, qu'il attrape quelque chose.

Toute la matinée, Denn a réfléchi, s'est interrogé sur l'opportunité de parler de l'étranger aux anciens, ou du moins à Omen. Malgré son air sévère et sa fonction un peu répressive de juge, c'est une des femmes les plus avisées de la tribu, et certainement la plus avisée des anciens. La seule capable de peser objectivement les avantages et inconvénients que pourrait apporter la présence de cet homme au sein de la tribu. Kaal est trop aveuglé par sa foi inébranlable en Mère-Nature. Veer vit trop dans un passé qu'il glorifie à outrance. De son côté, Fox le guérisseur trouverait sûrement intéressant qu'un homme assez téméraire et savant pour se servir d'objets des Âges Sombres puisse lui transmettre un peu de ses connaissances. Il est possible que l'étranger sache des choses sur les maladies dont souffrent trop de membres de la tribu, pourquoi tant de bébés meurent à la naissance ou même avant. Il est même possible qu'il ait des remèdes. On ne traverse pas le désert sans se prémunir contre toutes sortes de maux… Oui, amener l'étranger ici pourrait être très bénéfique. Il faudrait juste vaincre la résistance bornée de Kaal et d'un certain nombre de gens aussi fanatiques que lui. Ça risquerait de provoquer un conflit au sein de la tribu – or l'un des principaux soucis d'Omen est justement d'éviter les conflits. La faim, les maladies et les mauvaises naissances tuent bien assez pour que la violence s'y ajoute. Que faire ?

Nourrir l'étranger, en attendant. Et tenter d'en savoir plus sur lui. Plus Denn sera informé, mieux il pourra parler en sa faveur.

Il sort pêcher en plein après-midi, quand la chaleur est encore proche du maximum. Il en avertit sa mère, en train de tisser les sargasses triées la veille. C'est une des meilleures tisseuses de la tribu, elle a toujours du travail.

— Pourquoi tu y vas quand il fait si chaud ? lui reproche-t-elle. Tu ne peux pas attendre le soir ?

— Parce que c'est l'après-midi que j'y vois le mieux dans l'eau.

Évidemment. Elle aurait dû y penser.

— Sois prudent, Denn. Rappelle-toi ce qui est arrivé à ton père…

Il réprime une moue agacée. D'abord, Sili n'était pas son père, même s'il l'a élevé avec Neva depuis sa naissance, et si Denn l'a appelé papa jusqu'à ce qu'il devine la vérité – et le mystère qu'entretient sa mère autour. Ensuite, on n'en sait rien, justement, de ce qui lui est arrivé. Un jour, il y a quatre ans, il est parti pêcher en mer tout comme Denn s'apprête à le faire. Il n'est jamais revenu. Noyé sans doute, mais comment, pourquoi ? Sili était un nageur hors pair, qui combattait des monstres, selon ses dires. Le cœur de Denn se serre rien que d'y penser. Neva ne fait sans doute pas exprès, mais évoquer Sili au moment d'aller pêcher, ça n'a vraiment rien d'encourageant.

À mesure que Denn avance vers la sortie de la grotte, il a l'impression d'approcher d'une fournaise, de la gueule de l'enfer de soufre et de feu dont Kaal menace ceux qui offenseraient Mère-Nature. Dehors, tout est décoloré, scintille d'un éclat aveuglant. Mais il a l'habitude. Il a trempé ses pieds dans l'eau fraîche du ruisseau pour affronter le sable. Les yeux plissés devant tant de blancheur, il repère l'itinéraire le plus rapide – la marée est basse, ce qui le rallonge un peu –, puis remplit ses poumons d'air encore respirable et s'élance.

Il traverse à grandes foulées bondissantes le sable sec et cuisant, cavale sur le sable humide, parvient trempé de sueur et le cœur battant là où meurent les vagues, continue de courir sans reprendre son souffle jusqu'au moment où il peut plonger. La fraîcheur de l'eau est comme un baume sur sa peau brûlante. Il remonte à la surface, aspire de l'air chaud et moite de vapeur mais plus supportable au niveau de l'eau, puis se met à nager, s'éloignant de la côte.

À l'entrée de la grotte, le corps ruisselant de transpiration et la main en visière pour se protéger de l'ardeur du soleil, Aya observe Denn qui nage vers le large d'un crawl vigoureux. Il ne l'a pas encore emmenée cette fois. Elle se demande si elle ne devrait pas le suivre, qu'il le veuille ou non.

Denn plonge à intervalles réguliers, explore le fond en quête d'un animal comestible. Pour l'instant, il ne voit rien d'autre que des touffes d'algues et un banc de méduses au loin, dont il se tient sagement à distance. Il scrute le sable en quête de vers ou d'astéries, mais aucune trace n'indique leur présence. Il ne peut pas rester très longtemps, sinon l'eau acide va lui attaquer la peau. Déjà ses yeux commencent à le piquer.

Peut-être dans le buisson de sargasses là-bas ? Ces longues algues filiformes abritent parfois des bêtes qui s'en nourrissent ou y trouvent le plancton nécessaire à leur subsistance. Nageant en surface mais la figure dans l'eau, Denn scrute ce méli-mélo végétal. Hormis les frondes ondulantes, il ne voit rien qui bouge. Il va devoir plonger, fouiller là-dedans.

Après avoir pris son souffle, il s'enfonce vers le thalle central, écartant les algues – quand soudain quelque chose en jaillit et lui saisit le bras.

C'est un très long membre segmenté, blanc moucheté d'orange, terminé par une paire de pinces dentelées redoutables, en forme de cisailles, qui serrent son bras et le tirent vers le fond.

Avec horreur, Denn voit la bête s'extraire du buisson de sargasses, cisaillant les algues avec son autre pince : ses pattes immenses, son corps vaguement triangulaire, petit en proportion, recouvert d'une carapace épineuse.

Une araignée géante.

Les pinces entaillent sa chair, qui se met à saigner. Denn ne panique pas, bien qu'il n'ait jamais vécu une telle situation. Il sait quoi faire. Empoignant son couteau en silex fixé par une tige à sa taille, il tranche les ligaments bien visibles des pinces. Privées de force, elles relâchent leur prise. Denn continue de descendre, évitant l'autre paire de pinces qui se replie vers lui. Il plonge vers le corps de la bête, vers le seul endroit non protégé par son épaisse carapace : son appareil buccal, sous ses petits yeux noirs pédonculés. Il enfonce son couteau entre les mandibules, jusqu'au poing. La lame de pierre aiguisée atteint le cerveau de l'araignée, qui meurt sur le coup. Elle tombe au fond, ses longues pattes et ses immenses pinces se recroquevillent.

À court d'air, Denn remonte à la surface. Son bras lui fait très mal et saigne abondamment. Il halète, tant à cause du manque d'air que de la panique qui l'envahit à présent. Tout ce sang risque d'attirer d'autres prédateurs... D'un autre côté, abandonner une telle source de nourriture, ce serait trop dommage.

Denn replonge, va ramasser l'araignée morte au fond – il peine à l'arracher du buisson. Elle pèse lourd, ça va être dur de la ramener à terre, surtout avec un bras blessé.

Il réussit à regagner la surface, mais il ne peut pas la tenir dans la main de son bras entaillé, ni nager avec car il est sans force et lui fait trop mal. Il patauge un moment, désemparé. Que faire ? Il entend soudain une voix :

— Denn ! Calme-toi, j'arrive !

Il voit une forme blanche nager vigoureusement vers lui. Aya, reconnaît-il. Elle écarquille les yeux de stupeur en voyant l'eau rougie autour de lui.

— Tu es blessé ! Accroche-toi à moi, je vais te ramener.

— Non... Je suis trop lourd, tu n'y arriveras pas. Prends plutôt cette bête. Je peux nager avec un seul bras.

— Tu es sûr ?

— Oui – dépêche-toi, Aya. Il ne faut pas rester là.

Si Aya est impressionnée par la taille de l'araignée, elle ne le montre pas. Elle se retourne sur le dos, la pose sur son ventre et, la tenant à deux mains, repart vers la côte en battant vigoureusement des pieds. Denn la suit en s'aidant de son bras valide et de ses jambes. Il n'a presque plus de souffle au moment où il sort de l'eau, et des vertiges le gagnent, dus au sang perdu.

La chaleur le frappe comme un retour de flamme. Il tente de s'élancer, titube, trébuche, tombe dans le sable. Aya le relève, le soutient. Elle halète, dégouline, les yeux réduits à deux fentes à cause de la lumière. Elle grimace de souffrance, mais ne le lâche pas, l'entraîne de toutes ses forces vers la grotte. Les pieds de Denn le brûlent, ses poumons sont en feu, sa blessure est comme un fer chauffé à blanc appliqué sur son bras. Parvenue à proximité de la caverne, Aya lâche l'araignée dans le sable incandescent, glisse un bras sous l'aisselle de Denn et le porte presque vers la gueule obscure. Il accomplit les derniers pas dans un état second, s'effondre devant l'entrée. Trop chaud. Encore un effort. Aya l'aide à se relever, le pousse dans le boyau où il s'enfonce d'un pas chancelant. S'écroule à nouveau à l'entrée de la salle et sombre dans l'inconscience.

— Denn est blessé ! crie Aya. Aidez-moi !

Des gens accourent. Denn est transporté jusqu'à la couche familiale. Neva pousse un cri en voyant son fils dans cet état, mais ne s'affole pas : elle prodigue de suite les premiers soins – nettoyer la plaie, y appliquer un emplâtre de varech – tandis qu'on va chercher Fox. Celui-ci apporte ses onguents à base d'algues, de mousses, de lichens et d'insectes. Il suture les deux entailles avec des fragments de coquillage, étale un de ses baumes, fait un pansement à l'aide de sargasses collées. Denn, qui a repris ses esprits, découvre tout ce monde qui l'observe : Aya, Nao, Neva, ceux qui l'ont porté jusqu'ici, d'autres curieux. Mais aussi Kaal, le doyen, et Omen, la juge. Il va devoir s'expliquer. D'ailleurs, ça ne tarde pas :

— Aya nous a dit que tu as pêché une araignée géante ? questionne Omen.

— Oui, confirme Denn. Elle est dehors dans le sable, en train de cuire.

Bouches béantes, regards incrédules : des araignées géantes, on n'en a pas vu depuis… depuis la mort de Sili. Plus personne n'ose plonger aussi loin qu'il le faisait – sauf Denn. Quand il était enfant, il écoutait tout ouïe, le regard perdu à l'horizon, Sili raconter ses exploits. Ses prises héroïques. Ses combats dantesques contre les monstres de l'océan. Le pêcheur enjolivait sans doute un peu, mais c'est ainsi que Denn a entendu comment on tuait une araignée géante. C'est resté gravé au fond de sa mémoire, prêt à servir.

Quelqu'un va chercher l'araignée. Elle passe de main en main, soulevant de nouveaux cris et regards admiratifs. On le félicite pour son exploit : le nouveau Sili, l'appelle-t-on. Ce sera festin ce soir.

Oui, pour nous, songe Denn qui dissimule son dépit sous un sourire un peu contrit. *Mais l'étranger, lui, n'aura rien.*

À cause d'Aya, qui l'a suivi. Mais sans Aya, Denn aurait sans doute subi le même sort que Sili, rattrapé et dévoré par il ne sait quels monstres marins. Il lui sourit – elle lui rend un sourire complice.

D'accord, il lui apprendra à pêcher. Il lui doit au moins ça, même si elle a contrecarré ses plans sans le savoir. Être personnel, c'est la mort assurée.

Le soir à la veillée, Denn ne peut pas s'éclipser avec Nao comme il le souhaite. En tant que héros du jour, il est tenu de raconter son exploit. C'est rare qu'il se passe un événement remarquable au sein de la tribu, et puis ça change des ratiocinations de Kaal sur les Âges Sombres. Au début, il se contente de le résumer d'un ton un peu bougon, mais on veut des détails, on veut tout savoir. Il doit quasiment rejouer la scène devant l'assemblée ébaubie.

Il ne reste plus rien de l'araignée qui a été dégustée avec délice. Du coup, les fourmites triées la veille par Nao ont eu moins de succès. À la fin du repas, Denn a réussi à en mettre une poignée de côté, enveloppée dans une feuille de varech qu'il a enterrée dans le sable, au pied d'un rocher. Maintenant, si seulement on voulait bien le lâcher un peu…

Après avoir répondu à toutes les questions, décrit et mimé plusieurs fois son combat, il ne trouve plus rien à dire. On passe enfin la parole à Veer, la mémoire vivante de la tribu, qui se lance dans la narration des exploits de Sili, encore plus enjolivés que ne le faisait le pêcheur. Denn n'a vraiment pas envie d'entendre ça. Sili est *mort*, d'accord ? Si on le laissait en paix ?

Si on arrêtait de torturer Denn en évoquant sans cesse les jours heureux de son enfance auprès de son père ?

Il rejoint Nao parmi l'assemblée, l'entraîne un peu à l'écart.

— On va pouvoir y aller, lui chuchote-t-il.

— Euh... grimace Nao. Je crois que ce n'est pas prudent, rapport à ton bras.

— Quoi, mon bras ? Fox l'a bien soigné. (Denn lui montre le bandage.) Je n'ai presque plus mal.

— Ce n'est pas ça, mais si tu perds du sang... Ça risque d'attirer des bêtes, non ?

— Tu as encore peur des scorpions ?

Elle hoche imperceptiblement la tête.

— L'étranger a besoin de nous, Nao. Il faut qu'il mange et qu'il boive.

— N'empêche, on devrait y aller plutôt demain au lever du jour, quand ton bras aura cicatrisé. On courra moins de risque.

— Tu m'énerves. Reste là si tu as peur, moi j'y vais en tout cas.

Ignorant son regard de détresse, Denn s'éloigne dans la nuit, gagne le rocher au pied duquel il a enterré les fourmites grillées, les récupère et entreprend l'escalade de l'éboulis. Son bras l'élance douloureusement, il peine à assurer ses prises. Il parvient sur le plateau non sans mal, les dents serrées sur sa douleur. Son bras saigne un peu. Des sutures ont dû sauter sous le pansement. Nao a raison, l'odeur du sang risque d'attirer les serpents... Tant pis. Puisqu'il est là, il continue.

Il retrouve rapidement la ravine, en suivant les empreintes qu'ils ont laissées hier soir et qu'aucun vent n'a effacées. L'étranger est toujours au même endroit. Il paraît encore plus mal en point que la veille. Il respire avec difficulté, entrouvre à peine les yeux à l'arrivée de Denn. Des traces indiquent qu'il a rampé sous la rocaille pour s'abriter du soleil. Il n'a sans doute pas réussi à s'en protéger complètement, car des cloques parsèment à présent son visage.

Quand Denn s'agenouille près de lui, il lui tend sa gourde à nouveau vide.

— Pas maintenant, dit Denn. Je reviendrai à l'aube. Là, je t'ai apporté à manger.

Il déplie la feuille de varech, lui montre les fourmites grillées au soleil. L'homme les examine longuement.

— C'est pour manger, explique Denn, esquissant le geste d'en porter une à sa bouche.

L'étranger hoche lentement la tête puis, avec des gestes lents, fouille dans une des poches de son vêtement. Il en sort un petit sac transparent contenant une fourmite morte. Il le tend à Denn, qui refuse d'un signe de tête.

— Celle-ci n'est pas cuite. Ce n'est pas bon, cru. Ça pique.

Mais l'homme insiste. Denn prend le sachet, fait encore d'une matière bizarre. La fourmite qu'il contient est différente de celles qu'il a apportées. Son abdomen est lisse et plus ovale, ses antennes plus longues, et elle a un point violacé entre les yeux.

Bon, cet homme vient d'une région où il y a des fourmites. Et alors ? Que veut-il que Denn en fasse ?

Il lui rend le petit sac.

— Merci, mais on en a plein, tu sais. Et je les préfère cuites. Mange, toi.

Il lui montre à nouveau la poignée d'insectes sur la feuille de varech.

L'étranger se met à parler d'une voix rauque et cassée. Nouveau signe de Denn vers les fourmites.

— Mange, je te dis. Tu m'expliqueras après.

Finalement l'autre se met à grignoter les fourmites une à une. Il peine à les avaler, la gorge trop sèche sans doute. Denn aurait dû apporter aussi de l'eau, mais comment ? L'outre en peau de serpent de la caverne n'empêche pas l'eau de couler comme celle, magique, de l'étranger. Elle convient sur quelques pas, mais sur un trajet comme celui-ci elle se serait entièrement vidée. Il aurait dû reprendre la gourde de l'homme hier soir, et la cacher pendant la journée.

Son repas terminé, l'étranger se remet à parler. Il répète le même mot, encore et encore, en se tapotant la poitrine. Puis désigne Denn en posant une question. Denn finit par comprendre qu'il lui dit son nom et lui demande le sien.

— Na... Nassoumé ? répète-t-il en écorchant le mot.

— Natsume, approuve l'homme en hochant la tête.

— Moi, c'est Denn. (Il se touche la poitrine à son tour.) Denn.

— Denn, sourit Natsume.

— Qu'est-ce que tu veux me dire à propos des fourmites, Nassoumé ?

Celui-ci se lance dans une explication volubile ponctuée de toute une série de gestes. Denn saisit seulement que Natsume vient de très loin et qu'il a marché longtemps, ce qu'il avait déjà deviné. Dans cette direction-là, le désert n'a pas de limites connues.

Natsume se penche sur le sable à côté de lui, le lisse de la main et, du bout de l'index, trace des signes dessus. Des alignements de petits dessins abstraits qui ne signifient rien pour Denn. Natsume lève vers lui un regard interrogateur, mais Denn secoue la tête. Il ne voit pas où l'étranger veut en venir.

Celui-ci efface alors les signes abstraits et dessine des lignes sinueuses. Il tapote du doigt l'intérieur d'un contour en vague forme de triangle, puis se désigne à nouveau en se touchant la poitrine. Il indique ensuite un autre endroit de son dessin, bien plus bas, et pointe le doigt sur Denn. Celui-ci ne comprend pas davantage : qu'a-t-il à voir avec ce dessin ? Enfin Natsume trace entre ces deux points une ligne pointillée sur laquelle il promène deux doigts, mimant un homme qui marche.

Tout cela n'a pas grand sens aux yeux de Denn. Ça lui évoque plutôt ces jeux que font les enfants dans le sable. Natsume veut-il lui dire qu'il a des enfants ? Il esquisse une moue d'incompréhension. Natsume soupire de nouveau, abattu, efface son dessin d'un geste las. Pas facile de communiquer quand on ne parle pas la même langue.

Une nouvelle idée lui vient apparemment, car son regard s'éclaire. Il fouille dans ses poches, en sort un autre objet tabou : deux ovales noirs et brillants reliés ensemble, munis de tiges de chaque côté. Il pose l'artefact sur son nez, glisse les tiges derrière ses oreilles. Ça lui masque totalement les yeux. Il le retire, le tend à Denn qui le refuse. Il ne voit pas l'intérêt de ce truc qui rend aveugle – à moins qu'il ne fasse autre chose aux yeux, qu'il préfère ne pas savoir. Natsume montre le ciel, trace en l'air un rond muni de rayons – le soleil, devine Denn –, puis remet l'objet sur son nez. Cette chose agit-elle sur le soleil ? Ou l'empêche-t-elle de le voir ? En ce cas, elle est encore plus dangereuse. Il secoue vivement la tête. Il ne faut pas trop défier Mère-Nature, quand même.

Natsume range son objet des Âges Sombres, en présente un autre de forme oblongue, muni d'un embout brillant. Il presse quelque chose – une flamme jaillit de l'embout. Denn bondit en arrière, effrayé. Le feu est maudit entre tous, Kaal l'a répété maintes fois. Le feu a dévoré Mère-Nature durant les Âges Sombres. C'est un rayon de soleil tombé sur Terre, c'est le danger suprême. Denn agite vivement les mains, fait signe à Natsume d'éloigner de sa vue cette chose terrifiante. Ce dernier hoche la tête et la remet dans sa poche.

Il réfléchit un moment, puis détache le tissu coloré qu'il porte autour du cou, l'étale sur le sable. Ça, d'accord, ça ne paraît ni dangereux ni maudit… Denn se penche dessus pour l'observer. Le tissu est doux et soyeux, malgré la crasse et les déchirures. Mais le plus étonnant, c'est l'image qui se trouve dessus.

Elle représente une montagne conique au sommet tout blanc, sous un ciel bleu. Au premier plan, des branches de ce qui doit être un arbre (Kaal et Veer décrivent parfois des arbres, quand ils évoquent l'Âge d'Or), couvert de fleurs roses rappelant celles qui éclosent de temps à autre dans le désert. En arrière-plan, des formes géométriques rouges, peut-être une construction humaine, comme ces maisons dont parlent les anciens.

Denn contemple longuement ce paysage, émerveillé. Natsume attire son attention en montrant le foulard, puis en se désignant lui-même, puis en désignant Denn. Celui-ci ne capte pas vraiment ce qu'il veut, mais il a deviné l'essentiel.

C'est certainement de là que vient l'étranger.

De ce pays qui paraît magnifique, avec des montagnes blanches, des arbres en fleurs et des maisons. Là-bas, très loin, bien au-delà du désert.

— Ça existe ? insiste Denn. C'est de là que tu viens ?

Natsume fronce les sourcils. La question lui échappe. Denn montre le foulard et pointe le doigt sur l'étranger, qui hoche la tête en souriant, et désigne Denn à nouveau.

Puis Natsume ramasse le foulard et le lui tend. Il insiste, il veut que Denn le prenne. Il fait le geste indiquant une direction lointaine, au-delà du désert. Ainsi que celui indiquant la marche. Il répète tout cela deux ou trois fois.

Denn finit par comprendre :

— Tu veux que j'aille là-bas, là d'où tu viens. C'est ça ?

Natsume hausse des sourcils interrogateurs. Denn reproduit les mouvements qu'il l'a vu faire. Natsume hoche vigoureusement la tête, souriant malgré ses lèvres craquelées. Mais Denn n'est pas sûr d'avoir vraiment saisi. Une telle demande lui paraît insensée.

— Il faut que je montre ça à Nao, dit-il. Il faut qu'on en discute. En tout cas, je reviens demain t'apporter de l'eau. Tu comprends ?

Natsume acquiesce, sa figure cloquée illuminée par l'espoir. Tous deux s'étreignent longuement la main. Denn se redresse, ramasse la gourde vide.

— Tiens le coup, Nassoumé. Je reviens à l'aube. Avec de l'eau.

— Denn… (suivi d'un mot qui veut dire « merci », peut-être.)

Denn sourit, puis s'éloigne vers la sortie de la ravine, portant le foulard et la gourde.

En partant, il ne remarque pas que du sang a goutté de son bras dans le sable, à côté de Natsume.

3

D'AUTRES VIES, AILLEURS

Plein midi d'été. La mort
Les yeux mi-clos
Regarde un homme
SEISENSUI.

SUR LE CHEMIN du retour, pas très loin du bord du plateau, Denn distingue une fine silhouette qui s'avance à pas prudents. Son premier réflexe est de dissimuler gourde et foulard dans son dos, puis il la reconnaît : Nao.

— Denn ! s'écrie-t-elle, l'apercevant lui aussi.

Elle accourt vers lui.

— Un peu tard pour me rejoindre, se moque-t-il.

Mais son regard inquiet lui coupe l'envie de rire.

— Ça va, Denn ? Tu n'es pas, euh… tu n'as pas…

— Les scorpions ne m'ont pas dévoré, si c'est ce que tu crains, sourit-il.

— Comme tu ne revenais pas, j'ai pensé…

— Tout va bien, Nao. J'ai juste passé du temps à discuter avec l'étranger. Il m'a donné ça. Regarde.

Denn repère une roche plate affleurante, sur laquelle il étale le foulard. Malgré les couleurs délavées par l'usure et par l'éclat lunaire, le paysage qu'il représente fait le même effet à Nao qu'à Denn. Elle le contemple longuement, suit d'un doigt tremblant le contour du mont au sommet blanc, le tracé des branches sombres, les grappes de fleurs roses. Elle porte son doigt à son nez, comme si les fleurs pouvaient lui transmettre leur parfum. Elle ne sent que la sueur et le sable. Elle lève enfin les yeux sur Denn, en train d'observer sa réaction. Ils recèlent une immense interrogation.

— Qu'est-ce que ça t'évoque ? demande-t-il.

— Euh… Une légende de l'Âge d'Or ? Ça, là, ce sont des…

— Des arbres, opine Denn. Ce n'est pas une légende, Nao. Cet endroit *existe*. C'est là d'où vient Nassoumé.

— Qui ?

— L'étranger. Il s'appelle Nassoumé. C'est là d'où il vient, il me l'a expliqué.

— Expliqué ? relève Nao. Il parle notre langue alors ?

— Non. Mais on a réussi à se comprendre. (Denn l'espère, du moins.) Il voudrait qu'on aille là-bas.

Il se rend compte qu'il a implicitement inclus Nao dans ce projet, ou plutôt cette folie. Car si un tel endroit existe, il doit se trouver très, très loin d'ici, bien au-delà du désert. À condition que le désert ait une fin. Or nul ne le sait, nul n'en est revenu pour le dire.

— Pourquoi ? demande Nao.

Denn hausse les sourcils. Bonne question – qu'il ne s'est d'ailleurs pas posée. Sur le coup, ça lui a paru évident : si un tel paradis existe, il faut le trouver.

— Je n'en sais rien. Mais je dois lui rapporter de l'eau, demain à l'aube. Je lui demanderai.

— J'irai avec toi cette fois, affirme Nao avec assurance.

— D'accord. Je viendrai te réveiller.

— Non, c'est moi qui viendrai. Je sais mieux deviner l'aube que toi. J'ai un indice infaillible.

— Ah oui ? Lequel ?

— Les fourmites. Elles se réveillent toujours quand pointe l'aurore, même si elles ne la voient pas.

En allant se coucher dans l'espace réservé à sa mère et lui – un creux tapissé de sable à proximité de la paroi nord –, Denn trouve Neva éveillée. C'est rare mais ça arrive, qu'elle passe de longues heures les yeux ouverts dans la pâle phosphorescence, à ruminer il ne sait quelles pensées – elle ne lui en parle jamais.

Il lui souhaite bonne nuit à mi-voix et s'installe pour dormir, mais elle se lève et vient le rejoindre sur sa couche.

— Où étais-tu ? demande-t-elle dans un murmure.

Il se redresse, intrigué voire inquiet. Ce n'est pas dans les habitudes de sa mère de l'interroger sur ses allées et venues. A-t-elle des doutes ? Il est vrai qu'il n'a pas de secret pour elle, d'habitude. C'est la première fois qu'il ne lui raconte pas ce qu'il fait, qu'il lui cache quelque chose, autrement dit. Elle a dû le remarquer.

Leurs voisins ne sont pas loin, on les entend ronfler plus ou moins bruyamment. La nuit, dans la caverne, la discrétion est de mise.

— Dans le désert, chuchote Denn, cœur battant. J'aime bien le désert la nuit, croit-il bon d'ajouter.

— Ça fait deux fois de suite que tu y vas, remarque Neva. Durant toute la journée, je t'ai senti préoccupé. Et ce soir, malgré ta blessure, tu étais *impatient* d'y retourner. Comment va ton bras, au fait ?

— Ça va. Ça m'élance un peu.

— Fais voir. Je vais refaire ton pansement, Fox m'a laissé de son onguent.

Denn lui tend son bras, content de cette diversion. Sitôt le pansement ôté, sa mère constate que les sutures ont sauté, que la plaie a saigné.

— Il ne faut pas grimper dans les rochers quand on a le bras dans cet état, le réprimande-t-elle. Je vais chercher de l'eau pour nettoyer ça.

Durant son absence, Denn se demande ce qu'il va lui raconter. Il est tenté de tout lui dire. Comment réagirait-elle ? Le dénoncerait-elle à Omen ? Elle aussi recèle un secret : celui de sa naissance. C'est peut-être le moment des confidences, des secrets partagés.

Neva revient avec l'outre en peau de serpent qui goutte sur ses pas. Tandis qu'elle nettoie la blessure à l'aide de varech frais et rincé, Denn songe que l'outre serait un bon moyen de remplir la gourde de l'étranger – qu'il a cachée avec le foulard derrière des rochers près de l'entrée – sans avoir à l'apporter dans la caverne, avec tous les risques que ça comporte.

Comme il s'y attendait, Neva le relance :

— Alors Denn, qu'y a-t-il dans le désert qui te préoccupe tant ?

Il serre les lèvres. Que lui dire sans l'alarmer ? Comment aborder la question ?

— Des traces, profère-t-il enfin, laconique.

— Des traces humaines ?

Il hoche la tête. La réaction de sa mère le surprend. Sa main gauche se crispe sur le bras de Denn, la droite manque lâcher le tampon de varech. Elle reste un instant bouche bée, les yeux écarquillés.

— Des pieds nus, ou enveloppés ?

— Enveloppés.

Neva porte la main à ses lèvres. Elle est visiblement saisie d'une vive émotion, qui n'est pas de la crainte comme il l'aurait cru.

— Dis-m'en davantage, souffle-t-elle. Ces traces, se dirigent-elles vers la caverne ?

— Non.

— Y en a-t-il d'autres avec elles, comme des empreintes d'animaux bizarres ?

— Non. En vérité, il n'y a qu'une seule trace. Un seul homme.

— Où va-t-elle, alors ?

Jusqu'au pied d'une falaise où gît un étranger mourant, bardé d'objets tabous, à qui j'ai donné de l'eau et de la nourriture, et qui m'a donné en échange un tissu montrant le paradis.

Denn fait signe à sa mère d'approcher son oreille. À voix basse, il lui raconte tout, depuis le serpent mort et les scorpions jusqu'au foulard, sans omettre les objets des Âges Sombres que porte Natsume, y compris celui qui crache du feu. Neva l'écoute sans l'interrompre, en hochant parfois la tête.

— Tu penses que je devrais en parler aux anciens ? s'enquiert-il en conclusion.

— Ce serait plus sage en effet, opine-t-elle. Tu n'aurais plus à cacher des choses ou apporter de la nourriture en douce comme tu le fais. Je ne suis pas la seule à avoir trouvé ton comportement bizarre. Omen aussi, j'ai l'impression.

Denn frissonne à l'évocation de la sévère juge.

— Mais les anciens ne risquent-ils pas de le faire tuer ?

— Pourquoi feraient-ils une chose pareille ? Tu crois qu'il représente une menace ?

— Moi non, mais qu'en dira Kaal, par exemple ? Vu comme il vitupère contre tout ce qui offense Mère-Nature... Et puis Veer a raconté cette histoire où la tribu a chassé des étrangers qui voulaient troquer des objets tabous...

— Ah oui, les nomades.

Neva baisse la tête comme si elle s'abîmait dans une intense réflexion. Puis elle plante ses yeux dans ceux de son fils.

— Tu les as vus, devine Denn. Tu étais là.

Il réalise soudain que cette histoire est sûrement liée au secret de sa mère, en constitue même le cœur, peut-être. Oubliant sa plaie à moitié nettoyée, il remonte les genoux contre sa poitrine, croise les bras dessus.

— Raconte, maman, insiste-t-il. Je *sais* que Sili n'était pas mon vrai père. Tu ne me crois pas en âge de comprendre ?

— Si, soupire Neva.

À son tour elle se lance, à mots hésitants tout d'abord, puis de plus en plus assurés. Confier enfin un secret retenu si longtemps n'est pas facile, mais ça la soulage de toute évidence.

— Ils sont arrivés un matin sur la plage, cherchant un abri où se protéger du soleil. Ils avaient la peau brune et des yeux très sombres. Ils étaient vêtus de longues robes blanches qui leur descendaient aux chevilles, et portaient aux pieds des choses qui tenaient avec des lanières et leur évitaient de se brûler sur le sable. Certains étaient juchés sur de grands animaux aux longues pattes, avec de longs cheveux sur le cou. D'autres les tiraient avec des cordes, et ces bêtes-là étaient chargées de marchandises et d'objets.

— Des objets tabous ? Des choses des Âges Sombres ?

— Non, enfin, pas tous. Ils en avaient fabriqué eux-mêmes, et collecté d'autres au cours de leur périple – dont certains, en effet, étaient tabous aux yeux des anciens. Mais pas pour eux. Pour eux, rien n'était tabou. Tout ce qui pouvait servir à l'homme était bon pour l'homme. Il y avait des outils très utiles, pour couper, piquer, fabriquer des vêtements, cuire la nourriture… Ils ont voulu troquer ces objets, or on n'avait pas grand-chose à échanger. Ils voulaient du poisson, mais on n'avait pas de poisson. Ils voulaient d'autre nourriture, mais les fourmites ne les intéressaient pas, les algues les dégoûtaient et les champignons les rendaient malades. Ils ont essayé nos habits de sargasses, mais les ont trouvés trop fragiles. Ils ont pris de l'eau en échange de quelques pièces de tissus, qui servent encore pour les cérémonies. Et puis ils se sont intéressés aux femmes… Pour une raison que j'ignore, il y avait très peu de femmes avec eux. Et leur barde s'est intéressé à moi.

Nous y voilà, se dit Denn.

— Leur quoi ? demande-t-il.

— Barde. C'était un genre de conteur, un peu comme Veer, sauf que celui-là *chantait* ce qu'il contait, en s'accompagnant d'un étrange instrument qu'il avait construit à partir de la carapace d'une bête dont j'ai oublié le nom. Par-dessus étaient tendus des nerfs de leurs animaux à longues pattes, et ces nerfs étaient fixés au bout d'un manche en… en *bois*, je crois. Tu sais, ce dont sont faits les arbres. Quand il pinçait les nerfs et appuyait sur le manche, ça produisait des sons bizarres, doux et feutrés, très jolis…

— Comment s'appelait-il ? l'interrompt Denn.

Il ne se représente pas bien cet instrument, ni quels sons il pouvait produire – et ce n'est pas ce qui l'intéresse.

— Taninim. Il était jeune et beau, avec sa peau brune, ses yeux sombres et ses longs cheveux noirs… Moi aussi j'étais jeune et belle, à ce qu'on disait.

— C'est lui mon vrai père, devine Denn.

— Oui. Il m'a charmée avec ses chants qui parlaient d'autres vies, ailleurs. Et je l'ai charmé, je crois, par mon ignorance et ma curiosité avide. Il m'a narré tant d'histoires étranges et merveilleuses… Peut-être qu'il les inventait, ou du moins les enjolivait, mais c'était pour moi comme si le monde s'ouvrait soudain, s'étendait au-delà de l'horizon, devenait infini.

— Il y a autre chose après le désert ?

— Bien sûr qu'il y a autre chose. Ces nomades parcouraient la Terre. À les entendre, ils affrontaient également de terribles dangers. Malgré tout, Taninim m'a proposé de partir avec lui…

Neva se tait, tête baissée, plongée dans ses souvenirs. Denn respecte son silence, mais au bout d'un moment, n'y tenant plus, il la relance :

— Et tu as refusé, puisque tu es là.

— Oui, Denn, murmure-t-elle dans un souffle. J'ai eu peur. Peur de l'inconnu, peur de perdre mes amis et mes parents, qui vivaient encore à l'époque. Peur d'affronter ces dangers peut-être, peur d'une nouvelle vie surtout. J'ai hésité, longuement. Quand les nomades ont été sur le point de repartir – personne ne les a chassés, ils n'avaient simplement plus rien à échanger –, Taninim m'a placée devant ce choix : « maintenant ou jamais ». J'ai choisi « jamais », en espérant malgré tout qu'il revienne un jour. Mais les nomades ne sont *jamais* revenus. Ce mot a un sens définitif que je n'avais pas bien saisi à l'époque. J'ai regretté ce choix. Je l'ai regretté pendant des années… Je le regrette encore.

Neva soupire. Ses paupières papillotent sur ses yeux humides. Elle les essuie, s'ébroue, revient à la réalité.

— Donne-moi ce bras, qu'on en finisse.

Denn s'exécute. Il se demande comment sortir sa mère de son chagrin, ce lourd regret qui lui pèse tant, encore.

— Et après, tu t'es mise avec Sili, dit-il, espérant éveiller des souvenirs plus joyeux.

— Oui. Il me faisait déjà la cour avant l'arrivée des nomades. J'étais tombée enceinte – enceinte de toi – et il m'a promis qu'il élèverait cet enfant comme si c'était le sien. Il a tenu sa promesse. Nous avons essayé d'avoir d'autres enfants par la suite, mais j'ai fait deux fausses couches. La deuxième fois, j'ai failli mourir, tellement j'ai perdu de sang. Et puis ça n'a plus été possible. Nous avons vécu heureux, autant qu'on peut l'être en vivant ici. Nous nous aimions… Sili savait que je regrettais mon choix d'être restée, et il a fait tout ce qu'il a pu pour que nous ayons la meilleure vie possible. C'était un homme bon. Sa disparition m'a énormément peinée.

— Moi aussi, maman. Aïe ! Tu me fais mal !

— Pardon. Bon, c'est propre. Où j'ai mis l'onguent ?

Pendant que sa mère lui refait son pansement, Denn se demande s'il doit lui faire part de son désir de suivre les traces de Natsume, explorer à son tour ce monde infini, rencontrer ces autres vies, retrouver ce paradis lointain. Mais Neva prend les devants :

— Tu as envie de partir, Denn, n'est-ce pas ? Savoir d'où vient cet étranger. L'accompagner, peut-être.

— Oui, maman, acquiesce-t-il d'une voix presque inaudible.

Il craint qu'elle fonde en larmes, se désole de cette décision, le supplie de rester. Il n'en est rien.

— Tu as raison. À ta place, je ferais pareil. J'essaierais de retrouver ces nomades, de retrouver Taninim, même s'il n'y a qu'une chance infime. Qui ne tente rien n'a rien… Promets-moi juste une chose, Denn.

— Tout ce que tu veux.

— Une seule chose : que tu reviendras. Pour me raconter.

Comme prévu, Nao vient avant l'aube réveiller Denn, qui l'attendait avec impatience. Il se lève en douceur, attrape l'outre que sa mère n'a pas remise à sa place. Tous deux filent en silence vers le ruisseau, louvoyant entre les emplacements des dormeurs. Certains grognent à leur passage, mais personne ne réagit vraiment : il est fréquent que des gens se lèvent la nuit pour aller boire ou satisfaire un besoin dehors.

L'outre remplie, ils sortent en longeant la paroi. Alors qu'ils pointent le nez à l'extérieur, ils aperçoivent une silhouette sur la plage, qui se détache devant les reflets de lune argentés ondoyant sur la mer. Ils ont juste le temps de s'aplatir derrière le rocher le plus proche. La silhouette voûtée remonte vers la grotte d'un pas lent, en bâillant et se grattant les testicules. C'est Kaal, l'ancien, reconnaît Denn. Heureusement qu'il ne les a pas vus…

En passant devant la roche derrière laquelle ils sont tapis, Kaal se tourne vers eux et lance de sa voix chevrotante :

— Inutile de vous cacher, les tourtereaux. J'en ai vu d'autres, à mon âge.

Surpris, Denn et Nao se dévisagent. Nao étouffe un rire, Denn sourit. Comme Neva, Tuc, Aya et sans doute bien d'autres, Kaal doit s'imaginer qu'à leur âge Denn et Nao ont forcément des relations sexuelles, que leur indéfectible amitié depuis leur tendre enfance va nécessairement aboutir à un mariage. Pourquoi en serait-il autrement ? C'est une loi naturelle, voire la volonté de Mère-Nature. Tous deux échangent un regard complice. Ne *pas* être amants est justement ce qui soude leur amitié. Tant pis si personne ne le comprend.

Kaal pénètre dans le boyau, le crissement de ses pas sur les galets décroît dans les ténèbres. Denn et Nao se relèvent et gagnent l'endroit où sont cachés la gourde et le foulard. Denn remplit la gourde et retourne dans la caverne remettre l'outre à sa place, suspendue à un affleurement rocheux près du ruisseau. À première vue, Kaal s'est rendormi, et personne d'autre n'est réveillé.

Il rejoint Nao au-dehors, puis tous deux entreprennent l'escalade de l'éboulis jusqu'au plateau. Ils retrouvent les traces qu'ils ont laissées, les suivent jusqu'à la ravine. En chemin, Denn se demande s'il doit parler à Nao de sa conversation avec sa mère – et surtout de son accord de le laisser partir. Il décide d'attendre ce que Natsume leur révélera de nouveau. Il sera temps alors d'envisager sérieusement – ou non – ce voyage insensé.

Le ciel pâlit à l'est quand ils arrivent. Ils n'auront pas beaucoup de temps pour obtenir d'autres informations, avant que la chaleur ne les contraigne à faire demi-tour.

Natsume est toujours là, au pied de la falaise. Il n'a pas bougé depuis que Denn l'a quitté la veille au soir.

— Nassoumé ? J'ai apporté de l'eau, annonce-t-il en levant la gourde.

Pas de réaction.

— Peut-être qu'il dort ? hasarde Nao.

Elle s'avance vers lui, affichant sa détermination toute neuve. Denn la retient par le bras.

— Attends, Nao. Écoute.

Dans le silence de l'aube, ils perçoivent un bruissement composé de milliers de cliquetis, accompagné d'un son plus mou – celui de chairs déchirées. Tendant l'oreille, Denn en capte l'origine.

Le corps de l'étranger.

Soudain, Nao bondit en arrière.

— Denn, regarde !

Un fin serpent jaune sort de la bouche de Natsume, rampe dans son cou, s'insinue sous ses vêtements. Ceux-ci semblent animés d'une vie propre, une vague luisante qui se propage au passage du serpent.

Des scorpions. Des centaines de scorpions.

Nao recule en tremblant, s'efforce de produire le moins de bruit possible. Denn en fait autant, sans quitter des yeux ce corps grouillant d'une vie macabre. Mais les scorpions, s'ils les ont vus ou sentis, ne leur prêtent pas attention. Ni le serpent. Il y a là de quoi festoyer largement, et ces prédateurs qui d'ordinaire se livrent une guerre sans merci sont trop occupés par leur ripaille.

Denn et Nao s'éloignent à bonne distance. Ils font halte sur une grande roche plate, après que Nao, de nouveau craintive, s'est assurée qu'aucune ombre suspecte ne rampait dessus. Ils s'assoient côte à côte, contemplent un moment le ciel qui se pare des feux rosés de l'aurore, prémices à l'immense incandescence blanche du jour.

Nao tourne la tête vers Denn, découvre que ses yeux sont perlés de larmes. Elle se serre contre lui, glisse un bras sur ses épaules.

— Tu l'aimais bien, Nassoumé, dit-elle doucement.

La gorge prise, il ne répond pas. Il hoche simplement la tête, une seule fois.

— Trop de gens meurent, reprend Nao après un silence.

Denn lui décoche un regard surpris. Il y a peu, sa mère a prononcé exactement les mêmes paroles.

— Papa en parle parfois, quand il veut bien parler, poursuit-elle. Il dit que l'avenir de la tribu est compromis. Qu'à ce rythme-là, d'ici deux ou trois générations, il n'y aura plus personne. Qu'il *faut* qu'il se passe quelque chose de nouveau.

Denn ravale ses larmes, hoche de nouveau la tête.

— Il va se passer quelque chose de nouveau. Nassoumé nous a donné cette leçon, et ma mère me l'a confirmé : le désert n'est pas infini. Il y a ce paradis quelque part. Il y a d'autres vies, ailleurs. C'est à nous de les découvrir. De les amener à la tribu, ou d'emmener la tribu là-bas. On doit la sauver, Nao. C'est ce que maman et Nassoumé m'ont fait comprendre. (Il attrape la main de son amie sur son épaule, la serre dans la sienne.) Tu viendras avec moi, Nao ? Je… j'ai peur de partir tout seul.

Nao ne répond pas tout de suite. Elle aussi a la gorge serrée et des larmes qui perlent. Pleure-t-elle la mort de l'étranger ou le destin funeste de la tribu ? Elle n'en sait rien, les deux peut-être. Peut-être aussi la fin d'une enfance heureuse, ou du moins insouciante. Ou d'un avenir tout tracé comme Gardienne de fourmites. Ou simplement la gravité de l'instant, l'émotion de Denn qu'elle partage.

— D'accord, dit-elle enfin. Je viendrai avec toi.

Ils retournent à la caverne d'un pas lent, tandis que monte la lumière blanche dans le ciel et que s'évaporent les dernières traces de fraîcheur de la nuit. Tout le monde doit se trouver dehors à présent, réfléchit Denn. On a dû remarquer leur absence, on va se poser des questions. Omen, qui n'a pas l'habitude de tourner autour du pot, risque de les alpaguer dès leur arrivée. Comment lui expliquer ? Certes, elle est beaucoup moins obtuse que Kaal, mais elle n'a pas non plus l'esprit aussi ouvert que Neva – elle n'a pas dû vivre la même expérience.

De toute façon, conclut-il, tout ça n'a plus guère d'importance. Nassoumé est mort, il ne peut plus rien lui arriver. À la tribu maintenant de comprendre ce qu'il représentait, de saisir cette opportunité. À lui de savoir l'expliquer.

Il se tourne vers Nao pour lui faire part de ses réflexions, mais elle a suivi un tout autre cheminement de pensée :

— Dis-moi, Denn, tu songes sérieusement à suivre les traces de cet étranger ?

— Oui. Nassoumé vient du paradis, celui dont parlent les anciens, et qui existe encore quelque part.

— Tu n'en sais rien, s'il existe quelque part. Ce tissu qu'il t'a donné peut être très vieux. Représenter un lieu qui a disparu depuis longtemps.

— Nassoumé m'a clairement fait comprendre qu'il venait de là-bas, insiste Denn.

Il est moins assuré qu'il ne l'affirme. Se pourrait-il que Nao ait raison ? Qu'il ait mal interprété les gestes de l'étranger ?

Celui-ci lui a dit et montré tant de choses qu'il n'a pas saisies… Mais ça, quand même, c'était clair – il l'a répété plusieurs fois : il *souhaitait* que Denn suive ses traces, se rende d'où il venait.

— Et puis, reprend-il, si Nassoumé est venu jusqu'ici, on peut faire le voyage nous aussi. Le désert n'est pas infini. Peut-être que ce n'est pas si loin que ça.

— Qu'est-ce que tu en sais, que le désert n'est pas infini ? Nassoumé a très bien pu ramasser tous ces objets tabous dans des… comment ça s'appelle ? Veer en parle parfois, ce qui subsiste des Âges Sombres…

— Des ruines ?

— C'est ça. Dans des ruines. En plein désert.

Denn secoue la tête. Il s'étonne un peu du revirement de Nao, ou du moins de son hésitation. Mais il la comprend aussi : on ne décide pas un tel voyage comme on décide une baignade ou une virée dans les environs. Nao doit penser qu'elle a accepté un peu à la légère… Elle ne dispose pas de toutes les informations que Neva lui a transmises.

— Écoute, Nao, je vais te raconter une histoire. Une histoire vraie. Pas une légende.

Denn lui rapporte ce que lui a narré sa mère, à propos des hommes en blanc et de leurs grands animaux. Il passe sous silence l'amour que Neva a vécu – ça ne regarde pas Nao –, insiste en revanche sur le vaste monde que ces nomades ont parcouru, tous ces peuples différents qu'ils ont rencontrés, tous ces objets qu'ils ont collectés, et même sur l'instrument en bois et carapace d'animal inconnu.

— Tu vois, Nao, conclut-il, tout ça prouve bien qu'il y a d'autres vies ailleurs. Que le désert n'est pas infini comme tu le crois. Ces animaux, ils ne mangeaient pas du sable. Et toutes ces choses qu'avaient ces nomades, ces vêtements qu'ils portaient, ce n'était pas tombé du ciel. C'est pareil pour Nassoumé : tout ce qu'il avait, ç'a été *fabriqué*, Nao. Par d'autres gens, qui ont d'autres ressources.

— Kaal dit qu'on doit se contenter de ce que Mère-Nature nous donne, objecte Nao d'un ton indécis.

— Il dit ça parce qu'ici Mère-Nature ne nous donne pas grand-chose, explique Denn patiemment. Des algues, des fourmites, des champignons, parfois une bestiole pêchée dans la mer. Il dit ça pour qu'on s'en contente, justement. Mais réfléchis, Nao. Si ailleurs il y a des gens qui fabriquent des objets, c'est qu'ils ont des *matériaux* pour ça. Autre chose que des algues et du sable.

— Et des fourmites, précise Nao.

— Les fourmites ne font pas tout. Avec des plantes, on peut fabriquer des tissus. Avec des peaux d'animaux, on peut faire plein de trucs, comme l'outre en peau de serpent ou cet instrument dont m'a parlé maman. Avec des arbres, on fabrique des outils et même des… des maisons. Et avec du feu on peut fondre et façonner du métal. J'ai écouté les récits de Kaal et de Veer, moi aussi. Derrière les sermons, il y a plein d'informations. En tout cas, je commence à comprendre certaines choses… Tout ça n'est pas seulement du passé. Ça existe encore, quelque part. Là d'où sont venus les hommes en blanc. Là d'où est venu Nassoumé. Il *faut* qu'on y aille, Nao. Qu'on découvre ces merveilles.

— Pourquoi ? demande-t-elle, les traits plissés en une grimace dubitative.

— Pourquoi ? Tu as donné la réponse toi-même : parce que la tribu se meurt. Sans renouveau, elle va s'éteindre. Tu as dit tout à l'heure que tu viendrais avec moi. Tu as changé d'avis ?

— N-non, hésite Nao. Je veux juste bien saisir l'enjeu, c'est tout. On va risquer notre vie dans ce voyage, quand même. Ce n'est pas rien.

— D'accord. Mais préfères-tu risquer ta vie dans un voyage qui peut à terme sauver ceux que tu aimes et tes enfants, si tu en as un jour ? Ou mourir de toute façon, de faim ou de maladie, en restant le cul dans le sable à voir s'étioler la tribu à l'écart et à l'insu du monde ?

Nao fait encore la moue, mais Denn sent qu'il l'a presque convaincue. Jouer les héros pour une cause noble, c'est quand même plus gratifiant que devenir Gardienne – même si c'est bien plus effrayant aussi.

— Papa ne va pas être content, argue-t-elle encore. Il me forme à être Gardienne, je te rappelle.

— On lui expliquera. Vu son opinion sur l'avenir de la tribu, je pense qu'il n'aura guère de mal à comprendre. Il formera quelqu'un d'autre, en attendant notre retour. Car on reviendra, Nao. On ne part pas pour toujours.

— D'abord il faudra bien qu'on arrive quelque part. Et traverser tout ce désert, même si tu me dis qu'il n'est pas infini… ça me fait peur, Denn.

— Moi aussi, ça me fait peur. Il n'y a que les fous qui n'ont jamais peur. Mais à deux on aura deux fois moins peur, on sera deux fois plus forts. D'accord ?

— D'accord, sourit timidement Nao. Je viendrai avec toi, répète-t-elle avec une conviction qu'elle est encore loin d'éprouver.

Tout en discutant, ils sont parvenus au bord du plateau. Denn a toujours en main la gourde de Natsume, et son foulard autour du cou. Il se demande un instant s'il doit les cacher de nouveau, décide de n'en rien faire. Il se sent à présent investi d'une nouvelle et grande responsabilité : transmettre l'héritage de Natsume, accomplir ce que n'a pas osé sa mère. Il doit en assumer toutes les conséquences.

Il se penche quand même au-dessus de l'éboulis pour voir qui se trouve sur la plage, s'ils sont attendus comme il le pense. Il a la surprise de constater que la plage est presque déserte, à une heure où normalement tout le monde est dehors, à récolter le plus d'algues et de nourriture possible, ou vaquer aux occupations quotidiennes à l'extérieur qui ne sont faisables qu'au petit matin ou au crépuscule.

— Nao, regarde… Il se passe quelque chose.

Elle se penche à son tour, fronçant son absence de sourcils.

— Ce n'est pas normal, constate-t-elle. Où sont les gens ? (Elle se frappe soudain le front.) Amine ! Elle n'accouche pas déjà, quand même…

— Amine est enceinte ?

— Oh, Denn, ne me dis pas que tu ne le savais pas !

— On ne peut pas dire que ça se voyait comme le nez au milieu de la figure.

— Non, mais… (Nao soupire.) Ah, vous les hommes ! Vous ne voyez que ce qui vous concerne !

Elle dévale l'éboulis, Denn à sa suite. À peine ont-ils pénétré dans le boyau d'entrée qu'ils perçoivent les cris – déchirants. Et les exhortations de Fox, relayées par plusieurs femmes : « Pousse ! Respire ! Souffle ! Encore un effort, Amine ! Ça vient ! Pousse, pousse !… »

Un attroupement fébrile s'est formé au centre de la caverne. On vocifère, on s'agite en tous sens. Certains courent chercher de l'eau, d'autres du varech, certains rincent au ruisseau et rapportent en hâte d'anciens tissus de cérémonie tachés de sang. Un peu à l'écart, les anciens commentent à mi-voix en hochant gravement la tête. Les cris d'Amine faiblissent, ses halètements se transforment en râles. Denn et Nao s'approchent, mais la foule agglutinée les empêche de voir. La voix de Fox domine le tumulte, de plus en plus angoissée :

— Tiens le coup, Amine ! Allez, un effort, pousse, encore un effort… Respire, respire ! Amine ! Non, ne lâche pas, pousse encore, ça vient, je vois la tête, pousse, pousse ! *Amine ! Allez ! Allez allez allez !* Ça vient ! Oui, pousse encore, il sort, il sort ! Amine ! AMINE !… Amine…

Un grand silence tombe soudain sur l'assemblée. Un silence que ne trouble aucun vagissement de nouveau-né. Puis retentit un hoquet, suivi d'une voix d'homme, étranglée :

— Amine… Non…

Celle de Gott, son mari. D'autres murmures s'élèvent, contrits. Quelques sanglots. L'assistance commence à s'écarter. Résonne soudain la voix forte, péremptoire, de Tuc :

— Ça ne peut plus durer.

Denn et Nao ressortent, vont s'asseoir sur une roche près de l'entrée. Ils ne veulent pas voir ça. Comme tout le monde, ils ont déjà été confrontés à une telle scène : une naissance prématurée, un bébé mort-né, la mère qui décède en couches. Tuc a raison, ça ne peut plus durer. Denn ignore s'il existe ailleurs une panacée, ou d'autres pratiques moins risquées, mais comme dit Neva, qui ne tente rien n'a rien.

Son regard croise celui de Nao. Il y lit une détermination farouche. Si tout à l'heure il n'avait pas vraiment réussi à la convaincre, ce qui vient d'arriver l'a fait.

Des gens passent auprès d'eux sans vraiment les voir, tête basse ou en larmes, ou échangeant à mi-voix de tristes commentaires. Soudain, Omen se plante devant eux, le doigt tendu.

— Qu'est-ce que tu tiens dans la main, Denn ?

Il sursaute. Il avait oublié la gourde. Sa matière lisse et translucide, son bouchon rouge vif. Un artefact assurément, un objet tabou des Âges Sombres. Il la brandit fièrement, afin que la juge la voie bien.

— Le changement, Omen.

4

L'ACCORD DE LA COLONIE

Rien de plus facile à dire
Ni de plus difficile à faire
Que de lâcher prise
SANTOKA.

C'EST LE SOIR à présent. Le soleil se couche sur la mer, invisible depuis la ravine. Le ciel paraît en feu, comme si un immense incendie s'était déclenché à l'horizon. Il fait encore très chaud dans le désert, à la limite du supportable. Mais la petite délégation supporte. Ce qu'ils voient leur fait oublier la chaleur, la sueur qui pique les yeux, leur cœur qui peine à pomper le sang dans leurs veines gonflées.

Ils voient le cadavre au pied de la falaise, son visage réduit à un amalgame de chairs sanguinolentes, où grouillent encore serpents et scorpions. Ils voient ses habits étranges, ses pieds enveloppés, tous les objets tabous dont il est bardé. Ils voient les traces lourdes et traînantes de ses pas, à moitié recouvertes par celles, nombreuses, des pieds nus de Denn et Nao.

Ce sont eux qui ont amené la délégation jusqu'ici : Omen – qu'il a fallu presque hisser sur le plateau –, Veer, Fox, Tuc, Neva, Aya et Chile, la mère des jumeaux Téa et Téo. Gott voulait venir, mais Omen l'en a dissuadé : sa place est en bas sur la plage, près de la tombe d'Amine, à porter son deuil et prier pour la paix de son âme dans le giron de Mère-Nature. En vérité, depuis que Gott sait qu'il y a dans le désert un homme mort des Âges Sombres, il pense que Mère-Nature a puni sa présence en tuant Amine en couches. Ou que c'est un démon qui lui a jeté un sort funeste. Quoi qu'il en soit, son esprit obscurci par la douleur aurait troublé le jugement de la délégation, a estimé

Omen. Kaal aurait aimé venir également, mais escalader l'éboulis et parcourir tout ce chemin était au-dessus de ses forces. Et c'est tant mieux, car lui aussi n'aurait pas manqué de vitupérer contre ce « démon » et de prophétiser le courroux de Mère-Nature.

À plusieurs reprises au cours de la journée, Denn a tenté de discuter avec Omen, de lui parler de Natsume. Mais chaque fois elle a remis la discussion à plus tard. Aujourd'hui était le jour d'Amine : il fallait l'enterrer, elle et son bébé mort-né, lui rendre un dernier hommage, procéder à la cérémonie de deuil dans les formes et tenues appropriées, prier Mère-Nature de l'accueillir en son sein, s'occuper de Gott démoli par le chagrin. Amine n'avait pas d'autre enfant, c'était son premier. Il lui a coûté la vie. Non, ça ne peut plus durer, Omen aussi en a bien conscience.

C'est pourquoi, une fois la cérémonie achevée, les parures de deuil rangées, elle a réuni les anciens et leur a fait part de la découverte de Denn et Nao. Chile l'a su car elle est la plus proche amie de Veer. Aya l'a su car elle a fait l'amour avec Denn, et il lui a tout raconté. Pourquoi le cacher à présent ?

— Alors, Denn, lance Omen, brisant le silence. Qu'est-ce que cet étranger t'a donné d'autre, à part cette gourde et ce foulard que tu nous as montrés ?

— Rien, Omen. Il m'a présenté d'autres objets, qui m'ont paru dangereux. Je les ai refusés.

— Tu as bien fait, intervient Veer. Vois comme Mère-Nature l'a châtié, de porter tous ces objets tabous.

Omen lui coule un regard sombre et hausse imperceptiblement les épaules, un geste qui n'échappe pas à Denn. Il en déduit qu'elle pourrait être une alliée potentielle, lorsqu'il exposera son plan à la tribu. Car la veillée va forcément porter là-dessus – il ne peut en être autrement.

— Faut-il l'enterrer sur place ? s'enquiert Chile. Ou le descendre au cimetière ?

Le cimetière – là où sont ensevelis Amine et bien d'autres – se trouve plus loin sur la plage, derrière un escarpement rocheux qui s'avance dans la mer. Chaque tombe est marquée en ses angles de galets blancs, afin qu'on ne déterre pas un mort en en enterrant un autre. Il s'étend d'année en année. Il y a de la place : la plage paraît sans limites.

— Pour le moment, on ne peut pas s'en approcher, constate Fox. Mais j'aimerais bien étudier les objets qu'il porte. Certains pourraient sans doute nous être utiles…

— Tu oserais faire ça ? s'étonne Veer. C'est interdit d'utiliser des objets des Âges Sombres, je te rappelle.

Ce disant, il lance un coup d'œil à Omen qui demeure impassible. Comme si elle n'avait pas entendu ou réservait son opinion.

— C'est la première fois depuis vingt ans qu'un étranger vient nous rendre visite, remarque Tuc. Dommage qu'il soit mort. Vraiment dommage. Il aurait pu nous apprendre beaucoup de choses.

— Il n'était pas mort quand vous l'avez trouvé, reproche Omen à Denn. Pourquoi ne pas nous avoir avertis aussitôt ?

— Parce que… hésite-t-il, je craignais que les anciens le fassent tuer. Le prennent pour un démon et le lapident à mort, quelque chose comme ça.

Nouveau coup d'œil interrogateur de Veer à Omen, qui reste de marbre.

— Ç'aurait pu se produire, en effet, admet-elle enfin. Je n'ai pas toujours la force de lutter contre l'intolérance.

— Il vous a parlé ? demande Fox. Vous avez pu discuter avec lui ?

— Il ne parlait pas notre langue, répond Nao avec une moue.

— Malgré tout j'ai compris des choses, précise Denn. Cette image sur le tissu… C'est là d'où il vient. Il voudrait qu'on aille là-bas.

— Pourquoi ? lance Omen.

— Je ne sais pas au juste. Peut-être pour informer les siens de son sort. Ou bien pour découvrir ce paradis à notre tour…

— Car tu penses que c'est un paradis, relève Tuc.

— Il y a des arbres, rétorque Denn. Des fleurs. Des constructions humaines.

— Ça n'en fait pas un paradis pour autant. Il t'a dit que c'était un paradis ?

— N-non. Pas vraiment.

— Et tu désires y aller ? devine Omen. Entreprendre ce périlleux voyage ?

Denn hoche la tête en silence. Il se met à passer en revue les arguments dans son esprit, tout ce qu'il a dit hier à Nao.

— Je viens avec toi si tu veux, propose Aya aussitôt.

Il se tourne vers elle, surpris. Il n'y avait pas songé un seul instant.

— C'est Nao qui vient avec moi, rétorque-t-il. On part tous les deux.

— Hé là ! intervient Tuc. J'ai peut-être mon mot à dire là-dessus ! Et ta mère aussi, Denn.

— Maman est d'accord.

Tous se tournent vers Neva, restée muette jusqu'à présent.

— En effet, opine-t-elle. C'est notre seule chance, notre seul espoir. Tu ne crois pas, Tuc ? Et toi, Omen ?

À la veillée, Omen prend la parole pour annoncer ce que tous savent déjà, la rumeur s'étant vite propagée depuis le retour de la délégation : un étranger, un homme des Âges Sombres, a été découvert par Denn et Nao non loin dans le désert, mais il est mort à présent, il ne représente plus une menace. Évidemment, Denn a été maintes fois sollicité. Il s'est muré dans le mutisme, répétant inlassablement : « Je ferai une déclaration à la veillée. » Quant à Nao, elle a eu une vive discussion avec son père dans la caverne. Mais elle n'a pas été privée de dîner, ni d'assister à la veillée. Au cours du repas, Denn a voulu savoir, inquiet de sa mine sombre :

— Alors ? Tuc ne veut pas que tu partes, c'est ça ?

— Pas vraiment. Il pense qu'on est fous, qu'on ne mesure pas bien ce que représente une telle expédition, qu'on n'ira pas loin. Il nous donne trois jours au maximum pour revenir tête basse, affamés et assoiffés, cloqués par le soleil.

— Eh bien, il verra. On n'est plus des gosses, Nao. On sait ce qu'on fait.

— Je l'espère, Denn. Je l'espère…

Omen conclut sa brève introduction en disant :

— Je passe à présent la parole à Denn, qui a une importante déclaration à faire.

Le cœur battant, il sort de l'assemblée, grimpe sur le rocher des palabres. Il espère les convaincre tous, mais ça n'a rien d'évident vu les regards méfiants que dardent sur lui Kaal, Veer, Gott et quelques autres. Selon eux – d'après ce qu'il a pu entendre –, il a attiré sur la tribu le courroux de Mère-Nature en fricotant avec ce « démon » des Âges Sombres. Résultat, Amine est morte. Qui sera le prochain ?

— Cet homme n'était pas un démon, attaque-t-il d'une voix qu'il voudrait plus assurée. C'était un étranger venu d'un pays lointain où il y a des arbres en fleurs, des montagnes blanches et des maisons. Et les objets qu'il portait n'étaient pas tabous pour lui, tout comme ceux des nomades n'étaient pas tabous pour eux. Les plus âgés s'en souviennent.

— N'empêche que Mère-Nature l'a tué ! lance une femme, Denn ne distingue pas qui dans l'obscurité.

— Ce n'est pas Mère-Nature qui l'a tué, ce sont les scorpions. Parce qu'il était trop faible pour se déplacer.

— Et qui a envoyé les scorpions, si ce n'est Mère-Nature ?

Denn la repère à présent : Chile, l'amie de Veer. Il ne s'attendait pas à une telle réaction de sa part. Elle pourrait avoir une bonne raison d'en vouloir à Mère-Nature, avec ses deux enfants débiles et difformes. Or elle paraît la vénérer au contraire, souscrire à cette idolâtrie irrationnelle que partagent surtout les plus âgés. Est-ce Veer qui l'influence ? Ou le malheur rend-il aveugle ? Mais Denn a perdu son père et Neva son mari, cela n'a pas nourri leur foi en Mère-Nature, bien au contraire.

— C'est la faim qui a envoyé les scorpions, intervient Fox. Leur appétit vorace et insatiable. On sait tous qu'il ne faut jamais rester sans bouger dans le désert.

— Laissez Denn poursuivre, tempère Omen.

— Cet étranger est une chance pour nous, reprend Denn. Par sa seule présence, il nous dit qu'il y a une fin au désert, d'autres gens ailleurs, d'autres façons de vivre, d'autres richesses. Les nomades nous ont dit la même chose il y a vingt ans, mais on n'a pas su les écouter. Voilà que se présente à nous une seconde chance. Cette fois, il faut la saisir.

— Une seconde chance de quoi ? s'écrie Gott. De périr ? De subir des catastrophes ? Ce démon a déjà tué, Denn ! Et, même mort, il peut frapper à nouveau ! Les démons ne périssent jamais !

Diverses exclamations parmi l'assistance, certaines approbatrices, d'autres hostiles. Denn tourne la tête en tous sens, ne sait à qui répondre, comment calmer ce tumulte. Tuc bondit soudain sur le rocher, se plante devant lui en écartant les bras, face à la tribu.

— *Suffit !* tonne-t-il de sa voix puissante. Amine est morte car elle n'avait pas assez de force pour accoucher. Demandez à Fox, il vous donnera tous les détails. J'en suis désolé pour toi, Gott, nous en sommes tous désolés, mais cet étranger n'a rien à y voir. Elle serait morte de toute façon. Et nous allons tous périr en effet, à plus ou moins long terme, si nous restons entre nous dans ce trou à fourmites. (Grand geste du bras vers la grotte.) Il nous faut du sang neuf, il nous faut des rencontres, il nous faut d'autres horizons. Vas-y, Denn. Dis-nous tes projets.

Denn reste un instant bouche bée, étonné d'une telle verve de la part de Tuc, plutôt avare en paroles d'habitude, et de l'entendre en plus prendre sa défense. Nao avait bien dit qu'il les considérait comme deux jeunes inconscients ?

— Avec Nao, on a le projet de partir sur les traces de l'étranger. Découvrir ce pays d'où il vient, peut-être rencontrer d'autres peuples en route. (Un coup d'œil vers sa mère, qui hoche brièvement la tête.) Faire savoir que nous sommes là, au bord de l'océan, et que l'on peut nous rendre visite. Et trouver un chemin qui nous permettra de partir tous vers des contrées meilleures, où l'on ne meurt pas de faim, ni de maladies, ni en faisant des bébés. Voilà mon projet. *Notre* projet, à Nao et moi.

— Utopie, commente Kaal de sa voix chevrotante. Vanité. Arrogance. Suffisance des hommes possédés par les démons des Âges Sombres. La colère de Mère-Nature s'abattra sur vous et…

— Nao ne partira pas, l'interrompt Tuc. Nao sera notre future Gardienne. Je l'ai formée pour ça.

— Mais papa, lance Nao qui blêmit, je croyais que tu avais dit…

— J'ai dit que ce projet est insensé et que tu n'as pas la capacité de le mener à bien. Je n'ai pas dit qu'il ne fallait pas le faire. L'avenir de la tribu en dépend. Si Denn s'estime capable, si Neva l'en croit capable, qu'il le fasse. Mais pas toi, Nao. Je tiens à ma fille.

— En ce cas, Denn, je viens avec toi ! insiste Aya.

Denn lui glisse un regard contrit. Non, il n'a pas prévu les choses ainsi, il ne peut le concevoir. Nao est sa meilleure amie, elle est comme sa sœur. Et c'est d'une sœur dont il a besoin, pas d'une amante, même si elle nage très bien, même si elle l'a sauvé d'une mort certaine. Aya est très douée pour l'amour, mais franchement il ne la voit pas s'embarquer dans une telle aventure. Il n'y a jamais songé en tout cas. Tandis qu'avec Nao, c'est évident – *tout* est évident.

— Si Nao ne vient pas avec moi, je ne pars pas, réplique-t-il.

Murmures et commentaires parmi l'assistance. Certains saisissent l'enjeu, aimeraient que Denn parte et revienne avec des merveilles. D'autres au contraire craignent la colère de Mère-Nature, ou du moins un bouleversement qui chamboulerait leur petite vie tranquille. Finalement, Neva monte à son tour sur la roche à palabres.

— Voici ce que je propose, dit-elle. À toi, Tuc, à Omen, et aux anciens. Et, bien sûr, à Denn et Nao. C'est un serment solennel. Je propose que Denn et Nao partent ensemble. Ils se connaissent trop bien, ils ne font rien l'un sans l'autre. Mais à leur retour ils se marieront, formeront un foyer et une famille. Je veux qu'ils nous en fassent tous deux la promesse, ici même, devant toute l'assemblée, avec Omen pour témoin.

Denn et Nao se dévisagent. Nao rougit, Denn sent battre son cœur. Peuvent-ils promettre une telle chose ? Un serment solennel ne peut être parjuré, sous peine de bannissement, voire de malédiction sur la tribu. Ce n'est pas ce qu'ils souhaitent, mais ont-ils vraiment le choix ? Faire capoter ce projet juste pour rester amis, contre la volonté maintes fois manifestée de leurs parents ?

De son côté, Tuc hoche lentement la tête.

— À leur retour, dis-tu. Quel que soit le moment.

— À leur retour, opine Neva.

— En ce cas, j'accepte.

— Alors ? lance Omen. Denn ? Nao ? Qu'en dites-vous ?

— Eh bien… s'il faut en passer par là… marmonne Nao.

— S'il n'y a pas d'autre solution… renchérit Denn.

— Très bien. Jurez-vous qu'à votre retour de voyage Denn prendra Nao pour épouse, et que Nao prendra Denn pour époux ? Le jurez-vous solennellement devant toute l'assemblée, devant les anciens, devant Mère-Nature elle-même ? Le jurez-vous ?

— Je le jure.

— Je le jure.

— Qu'il en soit donc ainsi.

Depuis que Denn et Nao ont prêté serment de se marier à leur retour de voyage, ils n'ont guère eu l'occasion d'être ensemble, accaparés chacun par les préparatifs de leur départ, les recommandations de leurs parents, les conseils avisés des anciens et moins avisés – mais plus enthousiastes – de leurs amis. Quand ils se croisent ou se retrouvent, lors des repas par exemple, ils échangent des regards gênés, ne savent pas trop quoi se dire. Denn a l'impression qu'il y a quelque chose de brisé entre eux, ou du moins de changé. Terminée, l'innocente complicité de leur enfance ; terminés, les jeux frivoles, les explorations si excitantes. Ils s'engagent à présent dans un périple où ils risquent leur vie – et s'ils reviennent, c'est pour engager leur vie ensemble. Plus amis, plus frère et sœur – mari et femme. Censés fonder un foyer, faire des enfants. Être responsables l'un de l'autre. Une nouvelle relation pour laquelle Denn ne se sent pas prêt, surtout avec Nao. Sa mère est contente, bien entendu, et Tuc aussi. Ils l'espéraient depuis longtemps, ça leur paraissait dans la logique des choses. Denn aurait préféré que ce soit Tuc et Neva qui se marient plutôt que leurs enfants. Ça lui paraît tout autant dans la logique des choses, de son point de vue.

Il rumine tout cela tandis qu'il repose dans le sable entre deux rochers, Aya blottie contre lui après l'amour. Elle, en revanche, saisit la moindre occasion de passer du temps avec Denn. Elle va pêcher avec lui, dort avec lui, vient lui tenir compagnie chaque fois qu'il est seul. Au début, il croyait qu'elle voulait profiter de lui au maximum avant son départ – une manière d'adieux anticipés, d'engranger le plus possible de bons souvenirs. Mais il se rend compte au fil du temps qu'elle cherche plutôt à s'immiscer dans sa vie. Elle a dû percevoir la gêne et le désarroi qui règnent à présent entre Denn et Nao, comprendre que leur union n'est pas si naturelle ni souhaitée que ça. Elle n'a pas abandonné l'espoir de partir avec lui, bien qu'elle ne le lui demande plus. Mais tout son corps, ses gestes, son attitude ne cessent de lui répéter : emmène-moi avec toi.

Denn se sait que faire. Il en vient à se demander si ce ne serait pas mieux finalement. Qu'est-ce qui lui fait croire que Nao sera plus apte qu'Aya à traverser le désert, à affronter des dangers inconnus ? Certes, il connaît Nao par cœur, bien plus qu'Aya. Mais Nao a peur d'une horde de scorpions, et Aya est venue à son secours dans une mer peuplée de prédateurs. Ne devrait-il pas plutôt rompre ce serment tant qu'il est encore temps et partir avec Aya ? Ainsi Denn et Nao resteraient amis, complices, frère et sœur…

Non : un serment solennel ne peut être brisé, quoi qu'il arrive. Même s'il le pouvait, c'est le cœur de sa mère qu'il briserait, sans pour autant retrouver l'innocente complicité de l'enfance avec Nao, évanouie de toute façon. Et partir sans Nao, ce serait comme s'il s'amputait – Aya ne la remplacerait pas. De plus, Nao passerait son temps à se ronger d'inquiétude. Alors, que faire ?

— À quoi penses-tu ? s'enquiert Aya d'un ton languide, en promenant la main sur sa poitrine et son ventre.

— À toi.

— C'est gentil. (Elle va pour l'embrasser, se retient.) Enfin, ça dépend de quelle façon…

— Je ne sais pas de quelle façon, Aya. Je ne sais pas si pour moi tu représentes un obstacle ou une alliée.

— J'aurais tendance à dire une alliée… Oh, je vois. (Elle se redresse sur un coude, le dévisage.) C'est rapport à Nao, hein ? Vous allez vous marier. Il ne faudrait plus que je touche à ça.

Ce disant, elle saisit entre le pouce et l'index le membre flasque de Denn, le laisse retomber sur son pubis.

— Non, ce n'est pas ça, enfin, pas seulement. C'est… J'ai du mal à l'expliquer.

— Eh bien, moi je vais te l'expliquer. Tu veux partir avec Nao parce que tu ne peux pas te passer d'elle, vous avez toujours tout fait ensemble. Tu sais que je veux partir avec toi mais tu n'arrives pas à me dire non, et au fond ça ne te déplairait pas, car tu me sais courageuse et amante insatiable – ce que n'est pas Nao. Donc tu n'arrives pas à choisir. Je me trompe ?

— N-non, admet-il.

— Il y a une solution très simple, Denn.

— Laquelle ?

— On part tous les trois.

— Hein ? Mais… Je veux dire… Le serment…

— Quoi, le serment ? Vous n'êtes pas encore mariés, d'accord ? Et vous n'avez pas envie de l'être. Vous ne le serez qu'au retour… *Si* vous revenez.

— On reviendra, Aya. On ne part pas pour s'établir ailleurs.

— Ce n'est pas à ça que je pensais. Je pense qu'on a une chance infime de survivre, c'est tout.

— Et ça ne te fait pas peur ?

— Si. Mais j'ai encore plus peur de rester ici… sans toi.

— Regarde bien, Nao, et fais comme moi. Concentre-toi comme je te l'ai appris.

Assis devant la fourmitière, sa fille à ses côtés, Tuc pose par terre un petit coquillage creux rempli d'eau. Puis il plante son index dedans. Nao l'imite.

— Maintenant tu appelles les fourmites. Ça, tu sais le faire.

Tous deux posent l'autre main par terre et ferment les yeux. Tuc demeure parfaitement immobile, Nao a les lèvres qui tremblent un peu. Appeler les fourmites est assez simple. Il suffit de penser très fort à elles, et surtout de bien se représenter leur contact, comme si on le sentait du bout des doigts. Lesquels doivent justement *fourmiller*, si l'appel est réussi.

Les fourmites ne tardent pas à s'approcher, se rassembler autour de la main de Tuc, un peu moins autour de celle de Nao. Tuc les observe, les yeux mi-clos. Quand il les estime en nombre suffisant, il se remet à parler à voix basse :

— Maintenant, tu enlèves ta main mais tu gardes ton doigt dans l'eau. Et tu penses que tu as soif. Tu as très soif, tu as la gorge en feu, la bouche desséchée. Je sais que ce n'est pas le cas, mais efforce-toi. Rappelle-toi la dernière fois où tu as eu très soif. Tu vas mourir si tu ne bois pas. Grave-toi ça dans la tête.

Tous deux ferment à nouveau les yeux. Nao s'efforce de penser qu'elle meurt de soif. Ce n'est pas facile, avec un doigt dans l'eau et le ruisseau qui glougloute non loin. Elle se souvient de moments dans le désert avec Denn, quand ils allaient un peu trop loin ou revenaient un peu trop tard, avec le soleil qui cognait déjà. Elle se concentre là-dessus. Elle revoit aussi l'étranger avec ses lèvres craquelées – lui aussi devait mourir de soif. Elle déglutit. Elle sent sa gorge qui s'assèche, la soif qui gagne. Les fourmites grimpent sur le coquillage, le faisant bouger, puis sur son doigt, qu'elles palpent du bout de leurs longues antennes. Nao oublie l'eau dans lequel il trempe, oublie le clapotis du ruisseau. Elle a soif, très soif, meurt de soif… Elle va mourir si elle ne boit pas. Oui, mourir de soif.

— Regarde, profère Tuc d'une voix presque inaudible.

Nao entrouvre les paupières, n'ose pas bouger. Du coin de l'œil, elle aperçoit une mince colonne de fourmites qui se dirige vers le ruisseau. Les dernières descendent de l'index de Tuc et rejoignent hâtivement leurs congénères. Il relève son doigt, un sourire satisfait au coin des lèvres. Nao en fait autant.

— Et voilà, il n'y a plus qu'à les suivre, dit Tuc. Elles nous mènent à l'eau.

— C'est un nouvel Accord, papa ?

— En quelque sorte. Plutôt une combinaison de plusieurs Accords. Celui qui nous lie aux fourmites : on les protège, elles nous protègent. Nul ne doit mourir. Et puis celui du test de la nourriture, sauf que là on n'apporte pas l'aliment : elles doivent le chercher. Ou l'eau, c'est pareil.

— À quoi ça sert ? Il y a de l'eau ici, et de la nourriture.

— N'es-tu pas censée partir dans le désert avec Denn ? Tu crois que tu vas y trouver tout ça à profusion ? Toi, tu ne sais pas où chercher, ou mal : tu y vas à tâtons, au hasard. Les fourmites, elles, elles *sentent*. Elles peuvent flairer de l'eau ou une source de nourriture à des centaines de pas.

— Mais il n'y a pas de fourmites dans le désert…

— Tu en auras, Nao. Car tu vas emporter une cellule.

— Une cellule ?

— Oui. C'est une base minimale pour fonder une nouvelle colonie : une reine, des ouvrières, des soldates, quelques mâles.

— Je vais emporter des fourmites ?

— C'est ce que je viens de te dire. L'objectif principal des fourmites, le sens de leur vie, c'est l'expansion : fonder partout des colonies, se répandre sur la Terre. Celles d'ici, ça fait trop longtemps qu'elles stagnent, que leur colonie ne s'étend pas. Évidemment, on mange les surplus. Mais j'ai passé un nouvel Accord avec elles – inédit celui-là : la cellule qui partira avec toi fondera une nouvelle colonie en un lieu propice, où il y aura suffisamment de ressources. Elles tiendront beaucoup à toi, Nao, car tu seras leur véhicule et la condition de leur survie. Elles ne voudront surtout pas que tu meures. D'où cet Accord que je viens de te montrer.

— Je comprends.

— Je te montrerai aussi l'Accord de la colonie. Il faudra que tu le répètes de temps en temps, afin qu'elles ne l'oublient pas et ne te quittent pas à la première occasion. Celui de l'eau et de la nourriture, tu devras le refaire souvent. Et te concentrer mieux que ça, ma fille. Là, c'est surtout moi qu'elles ont écouté.

— C'est à cause du ruisseau, je l'entendais, il m'a déconcentrée…

— Admettons. On le refera dans le désert alors, avec la cellule que j'aurai sélectionnée pour toi. Maintenant, on va faire pareil avec la nourriture. Va me chercher un morceau de champignon.

— D'accord. (Nao se lève.) Euh… Il faudra toujours que j'aie un peu d'eau et un aliment sur moi pour demander aux fourmites d'en trouver ?

— Au début, oui, tant que tu n'arriveras pas à te concentrer suffisamment et qu'elles n'auront pas gravé l'Accord dans leurs petites cervelles. Après ce ne sera plus nécessaire.

— Bon.

Nao commence à s'éloigner vers la champignonnière.

— Une dernière chose, Nao, la rappelle son père. Il faudra bien les suivre, même si ça prend des heures. Leur faire confiance. Votre survie en dépendra, à Denn et toi. Et les protéger. Pas question qu'elles se fassent dévorer par des scorpions ou autres bestioles. C'est un Accord, rappelle-toi. Pas une faveur.

La veille de leur départ – prévu pour le lendemain soir, Denn et Nao comptant marcher la nuit dans le désert et s'abriter durant la journée –, Fox vient les trouver à la fin du dîner pour leur demander de le suivre dans la caverne. Pour une fois, Aya n'est pas avec Denn. Elle a rejoint un groupe de copines, à qui elle fait peut-être ses adieux… Fox n'a pas encore fait part à Nao de son désir de partir avec eux, qui date seulement d'hier. Il ne sait trop quelle réponse y donner. L'avis de Nao sera certainement déterminant.

Fox les emmène dans son « antre », une sorte d'alcôve creusée naturellement dans la paroi rocheuse au fond de la caverne, où il a la place de stocker tous ses ingrédients et préparer ses onguents, potions et autres remèdes. Malgré la faible luminosité, Denn repère tout de suite l'entassement dans un coin d'objets hétéroclites – dont les étranges vêtements de Natsume.

C'est justement ça que Fox veut leur montrer.

— J'ai enfin pu m'approcher de l'étranger, explique-t-il. Les scorpions n'ont laissé que les os – et bien sûr tout ça, qui n'est pas comestible.

— Les anciens t'ont permis de le rapporter ? s'étonne Denn.

— Je ne leur ai pas demandé leur avis, sauf à Omen, qui m'a donné son accord. Je suis guérisseur, je te rappelle. Donc chercheur. Toute connaissance est un progrès, et la connaissance ne s'acquiert que par l'étude. (Il se met à farfouiller dans le tas.) Je pense qu'il y a là-dedans des choses qui pourraient vous intéresser pour votre voyage.

— On ne veut pas d'objets des Âges Sombres, refuse Nao. Ça porte malheur.

— Ne dis pas de bêtises, reproche Denn. Tout ce qui peut nous aider à survivre sera utile.

— Tout à fait, sourit Fox. Voici déjà la gourde que vous connaissez. Absolument indispensable. J'ai remarqué qu'elle conserve l'eau fraîche pendant un certain temps, même en plein soleil.

Il la met de côté, extrait un autre objet, que Denn reconnaît.

— Ceci produit du feu.

Fox presse le bouton, la flamme jaillit. Nao bondit en arrière et va pour s'enfuir – Denn la retient. C'est moins impressionnant la deuxième fois : juste une petite flamme un peu tremblotante.

— Ça effraie au premier abord, j'en conviens, reprend Fox. Mais ça peut être également très utile. Songez qu'il n'y aura pas toujours du soleil, que vous pouvez rencontrer la pluie. Et même le froid, qui sait ? Vous pourriez avoir besoin de faire du feu pour vous réchauffer ou cuire vos aliments.

— Mère-Nature interdit de…

Nao ne poursuit pas, après avoir capté le regard d'avertissement de Denn.

Fox sort un nouvel objet du tas : une sorte de poignée faite d'une matière noire et souple. Là aussi, il presse un bouton. Une lame surgit, brillante, effilée.

— Un couteau, explique-t-il. Les nomades qui sont venus ici en avaient aussi, mais la lame ne se repliait pas. Ça coupe bien mieux que le silex le plus affûté.

Il en fait la démonstration, tranchant sans effort une épaisse tige de varech. Puis il replie la lame et met également le couteau de côté. Il exhibe un autre objet, bien plus étrange : on dirait deux gros yeux pédonculés, vitreux, reliés entre eux. Deux yeux plus petits se trouvent à l'autre extrémité.

— Ceci permet de rapprocher ce qui est loin. Pas pour de vrai, bien sûr. Mais c'est comme si on franchissait d'un coup une grande distance. Ça peut faire gagner du temps ou éviter de tomber dans un piège. Qui veut essayer ? Denn ? Tourne-toi vers la caverne.

Fox lui colle l'appareil devant les yeux. Tout d'abord, Denn se rétracte – c'est froid – puis il découvre qu'il peut voir à travers. Mais il ne saisit pas bien ce qu'il voit.

— Tu peux ajuster l'image en tournant cette partie-là, au milieu.

Denn manipule la molette, dans un sens puis dans l'autre. Soudain la paroi opposée de la caverne lui saute au visage, avec tous les détails de la roche et les animalcules phosphorescents en gros plan. Il lâche la chose, qui tombe dans le sable, se frotte les yeux, regarde à nouveau : la paroi n'a pas bougé de place.

— Impressionnant, hein ? sourit Fox. Et très utile. Tu veux essayer, Nao ?

— Je... verrai ça plus tard.

— Bon. Cet habit aussi pourrait vous servir. Il a plein de poches pour ranger des choses et, contrairement à ce qu'on pourrait croire, il est assez frais. Peut-être qu'il tient chaud aussi s'il fait froid, je ne sais pas. (Il le met de côté.) Quoi d'autre ?... Ah ! oui.

Fox extrait les deux ovales noirs reliés par des tiges, qui masquent les yeux et sont censés agir sur le soleil ou la vue, et que Natsume a déjà montrés à Denn.

— Cet objet sert à ne pas être aveuglé par le soleil. Il assombrit un peu le paysage et permet de mieux voir quand la lumière est trop forte. Surtout pour toi, Nao, qui a les yeux plus sensibles que ceux de Denn. Évidemment, dans la caverne, on ne voit quasiment rien à travers. Il faudra l'essayer dehors, en pleine lumière.

Les ovales noirs viennent s'ajouter à la pile d'objets réservés. Fox sélectionne encore une brosse à cheveux (« pratique pour faire tomber les parasites »), une boîte étanche (« pour conserver les aliments sans attirer les prédateurs »), une pince (« pour ôter les échardes ») et un petit boîtier rond, transparent, muni d'une aiguille pivotante en son milieu et de signes mystérieux autour (« l'aiguille rouge indique le nord, quelle que soit la position où l'on se trouve »).

— Voilà, c'est à peu près tout, conclut-il. Comme vous le voyez, il y a plein d'autres objets dont je n'ai pas réussi à deviner l'usage, ou bien qui ne fonctionnent plus. Mais je vais poursuivre mes recherches…

— Je ne sais pas si… commence Nao, posant sur cet empilement un regard circonspect. (Elle lance un regard à Denn, puis hausse les épaules.) Enfin bon, je suppose que tout ça nous servira… (Soupir.) Comme tu dis, Denn, ce n'est pas Mère-Nature qui a tué l'étranger, ce sont les scorpions, hein ?

— Tout à fait. Mère-Nature s'en fiche de nous. Kaal ne raconte que des conneries.

— Papa va me donner une cellule de fourmites, annonce-t-elle pour changer de sujet. Elles nous aideront à trouver de l'eau et de la nourriture, et on les aidera à fonder une nouvelle colonie.

— Ça, c'est très bien. Tu t'en occuperas ?

— Bien sûr.

— Parfait, alors. Moi je me chargerai de tout ça. Je vois bien que ça ne t'inspire pas confiance. Merci, Fox. On prendra toutes ces choses demain, avant de partir. (Denn se relève.) Nao, si tu as un moment… Il faut que je te parle.

Ils sortent de l'antre de Fox. Denn entraîne Nao dans un coin de la grotte.

— Aya veut venir avec nous, annonce-t-il.

— Je sais.

— Ah bon ? Alors, qu'est-ce que tu en penses ?

Nao hausse de nouveau les épaules.

— Tu fais comme tu veux, Denn.

— Ce n'est pas une réponse. Qu'est-ce que tu en penses *vraiment* ?

— Eh bien… Je pense que je n'ai pas une queue entre les jambes qui prend les décisions à ma place. Je pense qu'à trois, ça fait plus d'eau et de nourriture à chercher. Je pense que j'en aurai vite marre de vous entendre baiser. Je pense qu'on est censés se marier au retour, qu'on devrait peut-être s'entraîner à ça, et qu'à trois ça ne va pas aller, même si Aya est prête à tout – pas moi. Voilà ce que je pense. Mais tu fais comme tu veux.

— D'accord. Comme tu dis, on est censés se comporter en futurs mariés… Je ne suis pas sûr que ça m'enchante. Je veux dire, c'est comme… comme si je devais coucher avec ma sœur, tu vois.

— Je sais, Denn. (Nao glisse une main sur son épaule.) Ça me fait le même effet. Ça ne va pas être facile.

— Non.

Denn soupire, tête basse.

— Écoute, reprend Nao, on a encore la nuit pour y réfléchir. Mais demain matin, il faut qu'on ait pris une décision. Essaie de passer la nuit sans Aya, d'accord ? Juste pour penser avec ta tête. Un peu plus froidement.

— D'accord. Je… je t'aime, Nao.

— Moi aussi, Denn. Comme un frère.

Ils s'étreignent brièvement mais avec fougue, puis se séparent. Chacun rejoint sa couche, le cœur gros et l'esprit troublé.

Denn et Nao font leurs adieux à la tribu le lendemain soir, au crépuscule d'une journée plutôt éprouvante et fébrile. Nao a passé pratiquement tout son temps avec son père, d'une part à trier une bonne quantité de fourmites mortes et de champignons – pour trois jours au moins de nourriture, en comptant les algues comestibles ramassées par d'autres membres de la tribu –, d'autre part à répéter en extérieur les Accords de la colonie, de l'eau et de la nourriture avec la cellule sélectionnée par Tuc. Celle-ci a été fourrée dans une besace de sargasses tissée par Neva, collée deux jours durant par les fourmites, et garnie de sable enrichi d'éléments nutritifs (champignons, déchets d'algues et micropunaises). La besace est relativement lourde, mais Nao n'aura que ça à porter, Denn se chargeant de tout le reste : la nourriture, l'eau, l'habit à poches et tous les objets choisis pour eux par Fox. Aya a ajouté une grosse poignée d'une espèce de crevettes translucides, qu'elle est allée pêcher à l'aube et qu'elle a cuites dans le sable de la plage.

De son côté, Denn a écouté la description des nomades la plus minutieuse possible que Neva a pu tirer de ses souvenirs, assortie d'une indication de leur provenance, plutôt floue vu son manque de références. Ce à quoi Denn a rétorqué :

— Tu sais, maman, on va surtout suivre les traces de l'étranger. Elles ne vont pas forcément nous mener dans la même direction.

— Bien sûr, Denn. Mais même si le monde est vaste, il peut aussi être petit parfois. Combien de chances avait cet étranger de venir échouer à deux pas de chez nous ? Enfin, tu as au moins une idée d'à quoi ressemble ton père, s'il est toujours en vie, et si tu le retrouves.

Denn a également écouté – subi, plutôt – les interminables recommandations d'Omen et ses messages adressés aux autres tribus qu'il pourrait rencontrer et qu'elle lui a demandé d'apprendre par cœur. Ainsi que les vitupérations de Kaal comme quoi il accomplissait un acte impie, se bardait d'objets tabous qui allaient attirer sur lui le courroux de Mère-Nature, ne survivrait pas plus de quelques jours dans le désert et ce serait de sa faute si le malheur et la malédiction s'abattaient sur la tribu.

— Le malheur et la malédiction se sont déjà abattus il y a bien longtemps, a patiemment tenté d'expliquer Denn. C'est justement pour tenter de sauver la tribu qu'on part, Nao et moi.

— C'est ça ! Partez à la poursuite des démons ! a chevroté Kaal, au comble de la fureur. Fuyez, suppôts des Âges Sombres ! Allez mourir dans le feu de l'enfer, les pluies acides et l'oxyde de carbone ! Laissez-nous vivre en paix ! Ô Mère-Nature, accorde-nous ta clémence ! Ils ne savent pas ce qu'ils font !

Veer a pris Denn à part pour lui demander d'un air gourmand :

— Tu me raconteras tout, à votre retour ? Ça me fera tellement d'histoires à narrer à mes petits-enfants…

— Tu n'as pas de petits-enfants, Veer. Les jumeaux n'en feront jamais.

— Je me comprends, Denn, je me comprends.

Mais le moment que Denn redoutait le plus, c'était son entrevue – ou plutôt sa confrontation – avec Aya.

Au matin, après une nuit solitaire à guère dormir et à tourner et retourner le problème dans sa tête, il avait pris sa décision : Aya reste, Nao et lui partent tous deux comme prévu. C'était simple, évident, indiscutable.

Puis il a constaté qu'Aya était sortie à l'aube pêcher sans lui, et avait rapporté des crevettes que lui-même n'avait jamais réussi à attraper – pas en aussi grande quantité en tout cas. (Lui apprendre à pêcher a été facile : comme elle nage déjà très bien, il suffisait qu'elle sache retenir son souffle pour plonger assez longtemps. Le reste n'est qu'une question d'observation, d'adresse et d'entraînement. Et de combattre la peur.) Elle l'a ignoré durant toute la matinée, vaquant à ses affaires, bavardant avec ses copines, lutinant même quelques hommes. *Peut-être qu'elle a deviné, qu'elle s'est fait une raison*, a espéré Denn.

Dans l'après-midi, Neva a tenu à ce que Denn fasse une longue sieste, vu qu'il projetait de marcher toute la nuit dans le désert avec Nao. C'est là qu'Aya l'a rejoint. Ils ont fait l'amour – longtemps. Aya a déployé tout son savoir-faire pour retenir Denn le plus possible, est même parvenue à le faire jouir deux fois. Lui l'a fait jouir de bien des façons, dont certaines qu'il ne soupçonnait même pas. Et tout ça sans prononcer une seule parole – juste des souffles, gémissements, cris, soupirs. Ils se sont enfin affalés l'un contre l'autre, épuisés, trempés, rassasiés, et sont restés un long moment comme ça, à contempler la voûte rocheuse, à calmer leurs cœurs et leurs esprits.

Puis Denn a pris son souffle pour se lancer :

— Tu sais, Aya…

— Je sais.

— Quoi ?

— Je sais que je vais rester ici, devenir pêcheuse et m'efforcer de t'oublier. Je sais qu'il serait égoïste et cruel de ma part de briser la relation merveilleuse que vous avez, Nao et toi, mariés ou pas – plutôt pas, d'ailleurs. Je sais que ta queue va me regretter, mais que ta tête sera soulagée. Je sais qu'on vient de se donner tout le plaisir qu'on pouvait se donner. Continuer comme ça le transformerait en amour – et il ne faut pas. Nao et toi avez prêté serment. Je ne suis pas une briseuse de cœurs, Denn. Ni de serments.

Elle s'est levée, a quitté la couche de Denn.

— Aya… l'a-t-il appelée à mi-voix.

— Les crevettes sont pour vous, au fait, a-t-elle ajouté sans se retourner. Omen est d'accord.

Et Denn ne l'a plus revue de l'après-midi.

Il ne la voit pas davantage au sein de la tribu qui s'est réunie au pied du rocher à palabres, sur lequel il s'est juché avec Nao pour faire leurs adieux. Le soleil se couche sur l'océan et fuit la plage ; il est temps de partir. Denn avait prévu un discours, mais il a la gorge trop serrée, aucun mot ne sort. Il ne peut que parcourir l'assemblée d'un regard trouble. Ils sont tous là, les jeunes, les vieux, les bien-portants, les malades, débiles et éclopés, même les jumeaux Téa et Téo qui ne comprennent pas grand-chose, même Guil qui peine à tenir debout, même Chaïn aux yeux rouges et au ventre gonflé – mais pas Aya. Repartie pêcher, peut-être. Aya ne pleure jamais.

C'est Nao qui parle à la place de Denn, à sa façon simple et directe :

— Amis, parents, anciens… on s'en va. On part sur les traces de l'étranger, vers un paradis peut-être. On part découvrir de nouvelles choses. On part rencontrer d'autres tribus, leur dire que vous êtes là. On reviendra. Peut-être dans trois jours, la tête basse, affamés et assoiffés comme dit papa, qui ne le pense pas. Peut-être dans trois ans, enrichis de nouvelles connaissances. Mais on reviendra. Des fourmites nous accompagnent, et Mère-Nature est avec nous.

— Mère-Nature est *contre* vous ! vocifère Kaal. Insensés, arrogants…

— Tais-toi, Kaal.

La voix de Tuc, forte, ferme, autoritaire. Personne ne proteste.

— Que Mère-Nature vous protège, lance Omen. Revenez après trois jours, mais avant trois ans.

Neva se précipite sur le rocher, prend Denn dans ses bras, l'étreint longuement. Elle en fait autant avec Nao. Tuc la suit, serre lui aussi sa fille dans ses bras et prend la main de Denn entre les siennes, en fixant ses yeux humides.

— Prends soin de Nao, Denn. Je te la confie. Elle m'est plus chère que la prunelle de mes yeux.

— Et à moi donc, Tuc…

— Je sais. C'est pourquoi j'ai confiance. Faites bon voyage.

À l'issue d'une longue série d'étreintes et d'embrassades, on les lâche enfin. Ils descendent du rocher, entreprennent l'escalade de l'éboulis. Ce n'est pas facile, avec tout ce qu'ils portent. Heureusement, le bras de Denn est quasi cicatrisé, il peut s'en servir à peu près normalement.

Ils se hissent sur le plateau. Le soleil a plongé dans l'océan, l'horizon n'est plus qu'un rougeoiement qui va s'amenuisant. À l'est se lève la pâle blancheur de la lune. La nuit sera belle. Ils se mettent à suivre les traces, nombreuses à présent, qui mènent à la ravine. C'est de là-bas que partent celles de Natsume, s'enfonçant dans le désert, vers l'inconnu.

— Tu regrettes l'absence d'Aya ? demande Nao à brûle-pourpoint.

Denn secoue la tête.

— Je ne regrette rien, Nao.

Il garde un moment le silence, puis reprend :

— Le temps ne s'arrête jamais, tu sais. Sauf pour les morts.

5

TRACES

Étouffant de chaleur
Le trouble au cœur
J'écoute les coups de tonnerre
SHIKI.

TOUTE LA NUIT, Denn et Nao marchent dans le désert, suivant les traces de Natsume. Ils ne parlent pas beaucoup, économisent leur souffle et leur énergie. Les traces s'allongent vers l'horizon immuable : dunes et rides de sable, parfois quelques roches. D'après l'aiguille rouge que consulte Denn, elles viennent d'une direction nord-est. Les pas ne vont pas vraiment droit, ils titubent un peu, hésitent, piétinent. Par endroits, du sable remué, des creux plus prononcés laissent deviner que Natsume est tombé ou s'est écroulé, terrassé par l'épuisement sans doute.

Denn et Nao marquent aussi des pauses, boivent un peu, grignotent un morceau. Contemplent l'horizon sans fin, surveillent la course de la lune dans le ciel fourmillant d'étoiles. Échangent un regard dubitatif, un sourire d'encouragement. Puis rechargent sur leur dos leur paquetage et reprennent la route. Il faut qu'à l'aube ils aient trouvé une grotte, un canyon, un creux assez bien abrité du soleil où passer la journée. Denn se dit que les traces vont les y conduire : Natsume avait les mêmes besoins, il ne pouvait pas lui non plus marcher sous le soleil. Heureusement qu'aucune tempête ne s'est levée ces derniers jours. Si le vent avait effacé les traces, où seraient-ils allés ? Le voyage aurait été compromis dès le départ. *On est à la merci du moindre coup de vent*, songe-t-il avec inquiétude. Une inquiétude qu'il n'ose partager avec Nao… Mais peut-être pense-t-elle la même chose, tandis qu'elle marche silencieuse à ses côtés, courbée sous le poids de sa besace.

La lune se couche, annonçant l'approche de l'aube, et le désert ne change pas : mornes ondulations de sable, çà et là des roches qui affleurent, noires ou rouge sombre. Pas de ravine en vue, pas d'amoncellement de rocaille, rien qui laisse présager une rupture quelconque dans le paysage. Denn et Nao sentent croître leur fatigue. Leurs pas se font pesants, leur anxiété augmente. Si le soleil les surprend dans cette étendue sans ombre, ils ne passeront pas la journée.

Le ciel commence à pâlir à l'est. Denn s'efforce de presser le pas mais Nao peine à le suivre, leurs pieds s'enfoncent dans le sable pulvérulent. L'effort tend à tétaniser leurs muscles. La lumière d'un rose encore délicat monte peu à peu dans le ciel, effaçant les étoiles une à une. Sable fin, platitude, ligne droite de l'horizon. Et les traces, toujours, pas traînants mais obstinés. Comment a fait Natsume ? D'où venait-il ainsi ?

— Denn, regarde… croasse Nao.

Elle s'est arrêtée, la tête levée, les yeux plissés, scrutant l'horizon que précise l'aurore. Denn scrute à son tour, ne voit rien de particulier.

— Qu'est-ce qu'il y a ?

— Une ligne plus claire…

Nao a la vue plus perçante que Denn. Si elle distingue une ligne claire à l'horizon, c'est qu'il y a quelque chose, ce n'est pas qu'elle voit trouble. Lui-même ne voit que le ciel qui pâlit au-dessus du désert.

— Ça te suggère quoi ? s'enquiert-elle.

— Ça pourrait être une falaise au sommet éclairé par le soleil…

Un sourire détend quelque peu les traits crispés de Nao.

— Il faudrait combien de temps pour l'atteindre, à ton avis ?

— Je n'en sais rien. Ça dépend de sa hauteur – si c'est bien une falaise.

— D'ici peu il fera jour, Denn.

— Je sais. Mais il faut tenter le coup. C'est notre seule chance.

Ils reprennent leur marche, un peu plus ferme et rapide, stimulée par l'espoir. Ils s'évertuent à ignorer la douleur croissante dans leurs cuisses et leurs mollets, à passer outre les crampes qui les font plier parfois. La lumière se répand dans le ciel, de plus en plus claire, de plus en plus vive. Une légère brise d'est se lève, chaude, chassant la fraîcheur de la nuit, caressant les traces d'un fin duvet de sable, sans les effacer. Ils marchent.

Le jour s'avance sur le désert, le ciel s'embrase au levant d'une blanche incandescence. Le soleil va bientôt poindre. L'horizon est plus net à présent, marqué en effet d'une ligne dorée, légèrement épaissie. Une falaise très certainement, qu'illumine déjà le soleil. Orientée sud-est, donc… Pourvu qu'elle possède des grottes, des failles, des anfractuosités où s'abriter. Au moins une. Ils marchent. Ils peinent, mais ils progressent.

Le soleil se lève et monte dans le ciel, d'abord jaunâtre et boursouflé dans l'air qui ondule en se réchauffant, puis de plus en plus blanc, ardent, acéré, impitoyable. La falaise se précise à l'horizon, mais elle est loin encore, si loin… Une large bande ocracée – difficile d'estimer sa hauteur. Les traces en viennent assurément. Ils marchent, grimaçants, opiniâtres, le souffle court, déjà en sueur.

Le soleil darde ses rayons mortels dans le ciel décoloré. La température grimpe inexorablement. La falaise se rapproche lentement, si lentement… Ils en sont encore à combien ? Mille pas ? Le double ? Le triple ? Auront-ils la force d'y parvenir ? Ils marchent de plus en plus mal, titubent et trébuchent dans le sable qui chauffe, aveuglés par la transpiration qui leur pique les yeux.

Le soleil est une boule en fusion, le ciel lui-même est incandescent, la chaleur de plomb tente de les abattre, les immobiliser, les étendre là dans le sable brûlant. Mais la falaise est toute proche à présent. Encore quelque pas, allez, un dernier effort… Leurs muscles ne sont plus qu'une vaste crampe, leur cœur peine à pomper le sang bouillant dans leurs veines, leur gorge leur paraît remplie de sable, leur sueur s'évapore sitôt exsudée, leur peau rougit, cuisante. Les traces devant eux les hypnotisent, comme si leurs propres pas étaient tracés d'avance. Ils marchent encore, par un acte de pure volonté.

Ils atteignent enfin la falaise. Verticale, rocheuse, effritée. Denn avait vu juste : la piste de Natsume sort directement d'une faille qui paraît profonde. Son dernier lieu de repos avant d'entamer son ultime traversée… Elle risque d'être occupée par quelque bête qui comme eux cherche à s'abriter de la fournaise du jour, mais Denn et Nao n'y pensent même pas. Ils s'engouffrent dans la faille d'un pas chancelant, trébuchent dans la caillasse, s'enfoncent dans l'ombre, où la température baisse à un niveau supportable. Ils se glissent le plus loin possible dans l'obscurité avant de s'effondrer enfin contre la roche presque fraîche. Tout leur corps n'est que douleur.

Dès qu'ils ont repris un peu de souffle, Denn décroche la gourde de l'habit à poches, dévisse le bouchon, la tend à Nao qui boit une longue rasade. Elle la lui rend – Denn la finit.

Ils n'ont plus d'eau, mais pour le moment ça va. Ils verront plus tard. Ils se sont abrités juste à temps, c'est déjà bien.

Ils s'endorment à même le sol caillouteux.

Quand ils se réveillent, la soif les taraude à nouveau et la chaleur les accable, même au fond de la faille. Denn débouche la gourde, mais elle ne s'est pas remplie par miracle – sa magie a des limites. Il touche Nao à l'épaule, qui sursaute, émerge de sa léthargie.

— Nao, ton père t'a bien appris un Accord pour que les fourmites trouvent de l'eau ?

— Oui. Il en reste un peu ?

Denn attrape la boîte étanche, renverse avec précaution la gourde au-dessus. Il n'en sort rien, pas même une goutte. Il secoue la tête, dépité.

— Aïe, grimace Nao. Je ne l'ai fait que deux fois, avec papa – et avec de l'eau… J'espère qu'elles vont comprendre.

Elle ouvre la besace, mais il fait trop sombre pour distinguer ce qui se passe à l'intérieur.

— Tu veux que je t'éclaire ? propose Denn.

— Comment ça ?

— Ce truc qui crache du feu… Ça éclaire, le feu.

Il fouille dans les poches de l'habit, trouve l'objet, l'actionne en le tenant bien éloigné de son visage. La flamme surgit, petite, bleuâtre, faisant danser de vastes ombres sur la roche.

— Ne brûle pas mes fourmites ! avertit Nao, encore effrayée par ce feu surnaturel.

— Je vais faire attention.

En approchant l'objet de la besace, Denn relâche le bouton – la flamme s'éteint. Il comprend qu'il doit maintenir son pouce dessus pour qu'elle continue de brûler. Nao écarte largement les bords du sac, observe les fourmites à la lueur vacillante.

Elles s'activent plutôt mollement. De petits monticules indiquent qu'elles ont commencé à creuser des galeries dans le sable. Elles ont dispersé les micropunaises phosphorescentes sur la paroi de sargasses, mais celles-ci s'enfoncent dans le tressage et n'éclairent pratiquement rien. *Elles aussi doivent avoir soif*, songe Nao. Ça va aider, peut-être.

L'objet qui produit la flamme commence à chauffer, Denn doit écarter son pouce.

— Ça ne fait rien, murmure Nao. Pour le moment je n'ai pas besoin de lumière.

Elle pose sa main dans le sable et lance l'appel mental. Ça, elle sait bien le faire. Les fourmites réagissent aussitôt. Mais elles ne sont pas loin, presque sur sa main déjà. Quand elle en est recouverte, Nao la soulève avec délicatesse et plante un doigt dans le sable. Puis elle se met à penser avec force qu'elle a une soif terrible, qu'il faut absolument qu'elle boive, faute de quoi elle risque de mourir. Elle n'a pas de peine à y penser, car c'est en partie vrai : elle a *vraiment* très soif et, s'ils n'ont pas trouvé d'eau d'ici ce soir, ils auront du mal à repartir. Cette fois, nul bruit de ruisseau ne vient la distraire.

Les fourmites se promènent sur sa main, entourent son doigt, le palpent. Elles semblent s'interroger. Que leur veut Nao ? *J'ai soif*, songe-t-elle, *j'ai tellement soif… et vous aussi. Trouvez-nous de l'eau !* Accroupi dans l'ombre, Denn l'observe sans rien dire, il attend patiemment. Il n'ose pas produire de nouveau la flamme, de peur de la déconcentrer. Il attend, attend sans bouger, attend longuement… jusqu'à sentir des fourmillements sur ses pieds, ses chevilles. Il faut qu'il bouge. Ce qu'il fait, sans bruit, en douceur. Mais les fourmillements ne cessent pas.

Ils se *déplacent* – traversent ses pieds.

Surpris, il rallume.

Une mince colonne de fourmites est en train de lui grimper sur les pieds, se dirigeant vers une anfractuosité qu'il n'avait pas remarquée jusqu'ici.

— Nao ! s'écrie-t-il. Ça marche !

Nao ouvre brusquement les yeux. À la lueur tremblotante que Denn promène au ras du sol, elle distingue la colonne de fourmites qui sort de la besace et se dirige vers la fissure. La tête de la procession a déjà disparu à l'intérieur.

— Mais comment va-t-on faire ?

Cette lézarde est bien trop étroite pour s'y faufiler : au mieux, Denn peut y glisser un bras. Les fourmites n'ont pas songé à ça, évidemment.

— Peut-être que l'eau n'est pas très loin… espère-t-il.

Tenant la flamme bien serrée dans son poing, il se met à plat ventre devant la fissure, y enfonce le bras. Il discerne en effet un reflet miroitant, presque à portée de sa main : un petit trou d'eau.

Puis il repère soudain autre chose, qui surgit entre deux cailloux.

Un scorpion.

Pas un noir, un jaune – ceux-là ne vivent pas encore en bande, mais ils sont tout aussi venimeux. Par réflexe, Denn rétracte sa main – le scorpion recule aussi. Il se rend compte alors que l'insecte a peur de la flamme. Il avance sa main le plus qu'il peut. Le scorpion recule encore, dard dressé, pinces en avant, en une attitude de défense. En même temps, il commence à s'enfoncer dans les cailloux. S'il se cache à nouveau, c'est fichu : il attaquera par surprise dès que Denn approchera la gourde.

C'est alors qu'il assiste à un événement étonnant.

Les fourmites se jettent sur le scorpion, l'attaquent de tous côtés.

Il se défend, se débat, en sectionne quelques-unes avec ses pinces, en pique d'autres avec son dard, mais elles sont trop nombreuses. Les mandibules acérées des soldates le déchiquettent tout vif. Après quelques soubresauts, il ne bouge plus. Les fourmites s'affairent autour de lui, continuent de le découper en morceaux pour l'emporter à la fourmitière. Une bonne chasse pour elles – elles vont faire bombance ! Quant à Nao, elle n'a plus qu'à ramasser la dizaine de fourmites mortes ; c'est toujours ça de pris.

Denn rétracte son bras, explique à Nao ce qu'il a vu. Au lieu de s'en réjouir, elle s'en inquiète.

— Tu es *sûr* que ce scorpion était seul ? Car s'il y en a d'autres… Je suis censée protéger les fourmites. Elles ne doivent en aucun cas se faire attaquer, papa a bien insisté là-dessus.

— C'est *elles* qui ont attaqué, précise Denn. Elles ont profité de ce que le scorpion avait peur de la flamme… Bon, je vais tirer de l'eau. J'espère en effet qu'il n'y en a pas d'autres.

— Je peux le faire si tu veux, propose Nao. Les fourmites m'avertiront…

— Non, tu n'as pas le bras assez long. Déjà, pour moi, c'est limite.

Denn ne peut introduire à la fois la gourde et la flamme dans la fissure, trop étroite pour y glisser deux bras. Il y va donc au jugé, à tâtons, étirant son bras au maximum. Il sent quelque chose grimper sur sa main, ce qui le fait violemment frémir – mais ce sont des pattes fines et légères de fourmites, reconnaît-il aussitôt. Elles aussi le reconnaissent et se désintéressent vite de lui, affairées à établir une noria pour rapporter des fragments de scorpion jusqu'à la besace.

Sa main ne touche pas l'eau, mais en tenant la gourde à bout de doigts il la sent flotter. Il la plonge dans la petite mare, la remplit, la ressort.

Tous deux étanchent leur soif à satiété, vident la gourde. L'eau fraîche a un arrière-goût minéral et terreux. Denn la remplit de nouveau, la verse dans la boîte étanche, retourne la remplir, et ainsi de suite jusqu'à ce que la boîte soit pleine et la gourde aussi. À chaque fois, il craint l'irruption d'un nouveau scorpion ou d'une autre bête, mais soit l'insecte était seul, soit l'attaque des fourmites a dissuadé ses congénères.

Denn et Nao se dévisagent en souriant : ils ont de l'eau pour plusieurs jours, s'ils font attention. Puis Nao fait quelque chose d'inattendu : elle approche doucement sa tête de celle de Denn et pose un rapide baiser au coin de ses lèvres.

Il les touche, surpris, pas très sûr de ce qu'il a ressenti dans la pénombre.

— C'était quoi, ça ?

— Le début de l'entraînement.

Nao ramasse les fourmites mortes, Denn va les cuire sur une pierre plate à l'entrée de la faille. Il peut à peine étendre le bras dehors tellement la chaleur est torride. L'air brûlant lui semble être le souffle d'un démon surgi de l'enfer, fouettant son visage. Ici, loin de la mer, la brise océanique humide et apaisante ne se fait plus sentir. La lumière blanche et crue l'aveugle même à travers ses paupières presque fermées.

Les fourmites sont cuites en un rien de temps. Pour les ramasser – ce qui est plus long que simplement les poser –, Denn mouille son bras et, après un moment d'hésitation, chausse sur son nez les ovales noirs censés protéger ses yeux du soleil, d'après Fox. Il ne voit plus rien. Il gagne au jugé la sortie et, en effet, le paysage extérieur lui apparaît assombri, ou plutôt moins aveuglant. Le ciel a pris une teinte bleu pastel, sauf au zénith où un soleil énorme – l'œil du démon assurément – darde ses rayons mortels.

Il ramasse les fourmites grillées aussi vite qu'il peut. L'eau sur son bras s'évapore en un soupir et, le temps qu'il le rentre à l'abri, la peau a rougi, des cloques ont même commencé à se former. Il doit le mouiller plusieurs fois à l'eau fraîche pour calmer la sensation de brûlure. Nao le regarde faire d'un air réprobateur : ce n'est pas parce qu'ils ont de l'eau en quantité qu'ils doivent la gaspiller.

— Je remplirai de nouveau la gourde avant de partir, promet Denn.

Tous deux mangent les fourmites en silence, assorties de morceaux d'algues et de champignons. Nao en profite pour faire l'inventaire. La nourriture ne manque pas encore, mais d'ici demain soir ou après-demain elle devra procéder à l'Accord de la nourriture avec les fourmites. Elle espère que ses protégées leur trouveront autre chose que des scorpions.

Après le repas, ils se couchent et s'endorment de nouveau côte à côte, étendus sur les cailloux. Cette première longue marche les a épuisés, et une autre aussi longue les attend la nuit prochaine.

Nao s'éveille soudain en sursaut, car elle sent quelque chose ramper sur son sein… C'est la main de Denn. En même temps, elle l'entend marmonner dans son sommeil :

— Aya…

Elle s'écarte et se tourne sur le côté, soulagée et vexée à la fois. Soulagée que ce soit Aya qu'il désire et non elle – Nao n'est pas encore prête, loin s'en faut, à faire l'amour avec Denn –, mais vexée qu'il l'ait prise pour Aya. Cette promesse de mariage et les sentiments ambigus qu'elle génère la troublent plus qu'ils ne le devraient : après tout, ici, ils n'ont de comptes à rendre à personne. Elle n'aurait peut-être pas dû embrasser Denn sur la bouche tout à l'heure – enfin, *presque* sur la bouche. Elle s'en abstiendra désormais. Il n'y a rien de bon à tirer de tout ça.

Ils s'éveillent au crépuscule, s'étirent, se massent – les cailloux ne sont guère confortables –, boivent un peu d'eau, mangent quelques algues.

— Tu as bien dormi ? s'enquiert Nao. Tu as fait de beaux rêves ?

Denn esquisse une moue.

— Je ne m'en souviens pas.

Elle lui lance un regard bizarre, comme empreint de doute. Mais elle n'insiste pas et lui non plus.

Comme promis, Denn remplit une dernière fois la gourde. Puis ils rassemblent leur paquetage (Nao vérifie à l'aide de la flamme qu'aucune fourmite ne traîne à l'extérieur), le hissent sur leur dos et sortent de la faille.

Le soleil se couche au-dessus de la falaise, qui allonge sa grande ombre devant eux sur le sable fauve. Haut dans le ciel cuivré s'étire une longue et fine bande de nuages filiformes, dorés par le crépuscule. Des nuages ? Ils n'en ont pas vu depuis des jours et des jours… et les derniers ont amené une violente tempête. Qu'annoncent ceux-ci ? Au sein de la tribu, c'était Chile l'experte en météo. Denn se dit qu'il aurait dû prendre quelques leçons auprès d'elle… Oubli fâcheux.

En explorant le sol aux alentours de la faille, il repère de nouvelles traces de Natsume. Tous deux se mettent à les suivre. Elles longent la falaise sur une bonne distance, s'en écartant un peu parfois – Natsume recherchait sans doute un endroit où s'abriter. Et il devait être épuisé, car ses pas sont loin d'être fermes et droits. L'un des pieds traîne d'ailleurs particulièrement : s'était-il blessé, ou foulé une cheville ?

À la nuit tombée – à l'issue d'une longue et difficile progression sur un sol jonché de pierres et de roches –, Denn et Nao découvrent par où l'étranger est passé pour arriver jusqu'ici. Il n'a pas contourné cette falaise qui s'étend d'un horizon à l'autre, il l'a descendue. Par un raide effondrement qui forme un gros monticule de rocaille devant eux, aux creux comblés par le sable. En grimpant dessus, ils se rendent compte très vite qu'ils doivent éviter à tout prix de poser les pieds dans le sable friable : Denn manque être avalé par un trou entre deux rochers. Il ne doit le salut qu'aux réflexes de Nao, qui le retient *in extremis* en l'attrapant sous l'aisselle.

Parvenus au sommet de l'éboulis, ils lèvent la tête vers la vaste échancrure d'où a glissé toute cette masse rocheuse. Elle n'est pas aussi verticale que la paroi alentour, mais la pente est néanmoins très raide, et sans doute aussi instable que l'éboulis. Natsume a dû descendre sur les fesses, à moins qu'il ait boulé jusqu'en bas – d'où, sans doute, son pied blessé ou sa cheville foulée. L'escalader va être une autre affaire, surtout la nuit, alors que la lune n'est pas encore levée. Denn songe un instant à attendre qu'elle se lève justement, mais il ignore ce qu'ils trouveront au sommet de la falaise, et ce pourrait être un temps précieux de perdu lorsqu'il faudra chercher un nouvel abri à l'aube.

Ils se lancent donc dans l'escalade, rendus prudents par l'éboulis, assurant leurs prises avec soin, testant l'équilibre de chaque roche avant de se hisser ou s'appuyer dessus. C'est long, épuisant, difficile, périlleux. Un effondrement se produit sous les pieds de Nao, puis au-dessus de la tête de Denn, les arrosant de gravats et de terre granuleuse. Parfois une pierre branlante les déséquilibre et manque les faire chuter. Puis survient un passage où il n'y a plus rien de ferme sous leurs mains et leurs pieds, où ils doivent grimper pas à pas en les plantant profondément dans la latérite qui s'effrite au moindre mouvement. Là encore, ils manquent choir à plusieurs reprises. Ils sont parvenus aux trois quarts de la hauteur quand la lune se lève, d'abord rousse et gibbeuse, puis de plus en plus blanche, éclairant assez pour qu'ils puissent mieux choisir leurs prises et leurs appuis.

Enfin, après un ultime effort, Denn se hisse au sommet de la falaise. Il se rétablit, se cale contre une roche bombée, aide Nao à se hisser à son tour. En sueur, épuisée, elle grimace sous le poids de la besace qui lui scie les épaules.

Tous deux reprennent leur souffle, adossés contre le rocher. Ils se tapent dans les mains en souriant – ils ont réussi ! Plus qu'à retrouver la trace de Natsume maintenant.

D'abord, ils boivent un coup. Cette pénible ascension les a asséchés, ils l'ont bien mérité. Et l'eau ne manque pas. Après quoi Denn entreprend de grimper sur le rocher contre lequel ils s'appuient pour avoir un aperçu du paysage.

Plus de sable cette fois, mais un chaos de roches pourpres aux formes anguleuses, acérées, agressives, entre lesquelles ne s'étend que de la caillasse. Et ce, à perte de vue.

Et, bien entendu, plus la moindre trace de Natsume.

Nao promène un regard angoissé sur ce paysage d'une absolue minéralité, calciné par le soleil. Elle se tourne enfin vers Denn :

— Qu'est-ce qu'on fait ?

Il se gratte la tête. Il aimerait la rassurer, lui dire que tout ira bien… Mais il n'y croit pas lui-même. Rien ni personne ne peut survivre au sein de ce chaos. Les dunes de sable qu'ils ont parcourues la nuit dernière avaient l'air presque avenantes en comparaison.

Une idée lui vient soudain :

— L'aiguille rouge ! Elle va nous aider.

— Comment ça ?

Il sort le boîtier rond, dans lequel l'aiguille, après avoir oscillé un instant, indique toujours obstinément le nord.

— Écoute, la nuit dernière, Natsume a suivi globalement une direction nord-est – enfin, sud-ouest, dans son sens. J'ai vérifié. On peut estimer qu'il a fait pareil ici, en se guidant avec cet objet. Sinon, il se serait perdu et serait mort là-dedans.

— Si tu le dis…

Nao n'a pas tout compris à propos du nord-est et du sud-ouest, mais elle lui fait confiance : il a plus d'expérience du désert qu'elle, sait mieux s'y orienter. Elle, en revanche, estime qu'elle saura mieux gérer les provisions que lui, plutôt imprévoyant – et puis les Accords de l'eau et de la nourriture sont de son ressort, après tout.

— Bon, on y va ?

— Allons-y, soupire-t-elle.

Crapahuter au sein de ce capharnaüm pourpre s'avère extrêmement pénible. Les cailloux roulent et se dérobent sous leurs pas, les rochers abrupts et rugueux qu'ils doivent sans cesse gravir et descendre leur écorchent la plante des pieds. Ils se fatiguent très vite, ont l'impression de ne pas avancer. La lune n'a pas atteint la moitié du ciel qu'ils ne peuvent déjà plus marcher, les pieds en sang. Natsume n'a pas eu ce genre de problème, avec ces choses épaisses qui enveloppaient les siens… Malgré tout, ils doivent continuer coûte que coûte, sortir de cet enfer. Ils ne trouveront ni grotte ni faille ici, et ce n'est pas l'ombre dérisoire d'un creux de rocher qui les empêchera d'être grillés par le soleil.

Cette fois, c'est Nao qui trouve l'idée :

— Denn, ton habit plein de poches… tu ne comptes pas vraiment le porter ?

— Je n'en sais rien. Pas pour le moment en tout cas. Pourquoi ?

— Donne-le-moi. Et ton couteau aussi.

Denn s'exécute, intrigué. Il observe Nao qui l'étale sur une grande pierre, puis commence à le taillader en lanières, dans le dos, là où il n'y a pas de poches.

— Hé ! Qu'est-ce que tu fais ?

— Je nous sauve la vie.

Il ne répond pas. Nao doit savoir ce qu'elle fait.

Après avoir découpé plusieurs bandes, elle perce des trous le long de leurs bords, puis défait avec précaution quelques sargasses du tressage en haut de la besace. Elle en casse une ou deux, réussit néanmoins à en tirer de bonnes longueurs. Elle s'accroupit devant Denn assis sur la pierre, attrape l'un de ses pieds qu'elle pose sur ses genoux. Elle l'enveloppe avec les bandes de tissu qu'elle coud ensemble à l'aide des lanières de sargasses. Elle fait pareil avec son autre pied, puis Denn l'aide à procéder de même sur les siens : il maintient les bandes en place pendant qu'elle les coud, terminant en nouant les sargasses autour de ses chevilles.

Tout ça a pris pas mal de temps, mais leur marche en est grandement facilitée. Le tissu est solide, le roc acéré ne le transperce pas, et ils sentent moins les cailloux s'enfoncer dans leurs voûtes plantaires. Ils doivent juste resserrer de temps en temps les lanières, dont les nœuds ont tendance à se défaire. Cependant leur progression est toujours aussi lente et malaisée : il faut louvoyer, se faufiler, chercher des passages, grimper sur la rocaille, sauter de l'autre côté, faire demi-tour parfois quand ils tombent sur un obstacle infranchissable. La nuit s'avance, la lune va bientôt se coucher, et ils n'en voient toujours pas la fin.

D'ailleurs, la lune se couche – ou plutôt s'éteint. Brusquement. Les ténèbres s'étendent sur le désert. Intrigués, ils lèvent les yeux au ciel…

La moitié du firmament est dévorée par une chape de nuages d'un noir absolu, qui s'étend rapidement. La lueur d'un éclair fuse au loin parmi les nuées. Suit un long roulement de tonnerre. Soudain le vent se lève, presque frais, apportant une odeur humide. Éclairs et tonnerre se renouvellent, s'approchent, se bousculent.

— On va déguster, estime Denn.

— Il faudrait s'abriter… suggère Nao.

Mais où, comment ? Ils ne voient plus rien, aperçoivent seulement en brefs éclats ce chaos sinistre, qui prend une teinte sanglante sous les fulgurances des éclairs. Avancer au jugé là-dedans, c'est l'assurance de tomber, se cogner, se faire mal. Denn allume sa petite flamme dérisoire, aussitôt soufflée par le vent qui monte en puissance. Ils continuent de marcher malgré tout, pliés sous les bourrasques, mains en avant, tâtant du pied le sol devant eux. Ils tentent de se repérer aux lueurs stroboscopiques des éclairs, sous les fracas assourdissants du tonnerre, roulements sur roulements – on dirait que le ciel explose de tous côtés.

Denn a discerné une grande roche en surplomb devant eux, un peu sur la gauche, qui pourrait leur servir d'abri momentané. Il commence à se diriger vers elle quand la pluie survient tout à coup. Une vraie cataracte, comme si des vannes s'étaient soudain rompues dans les nuages. Nao et lui sont trempés en un instant.

Les cailloux deviennent glissants, leurs chaussures improvisées se gorgent d'eau, les lanières se relâchent. Marcher devient très difficile, la roche en surplomb s'avère un objectif lointain. Denn attrape la main de Nao, à la fois pour ne pas la perdre et pour la rassurer : son visage flashé par les éclairs est un masque de pure terreur.

— Nao, cramponne-toi à moi !

Elle ne l'entend pas dans le vacarme du tonnerre et de la pluie mêlés. Il se tourne vers le rocher pour le lui montrer du doigt, lui signaler qu'ils vont s'abriter dessous, quand lui parvient son hurlement perçant.

Denn fait volte-face – découvre l'horreur qui a provoqué ce cri.

Entre les rochers, une muraille d'eau boueuse se rue en bouillonnant.

Agrippant fermement la main de Nao, Denn s'élance pour courir – trop tard. Le flot furieux s'abat sur eux.

S'ensuit un long calvaire de roulis, chocs, raclements, tourneboulés, suffocations, semi-noyades, goulées d'air désespérées, râles gorgés d'eau, coups, écrasements, écorchements… tandis que le torrent déchaîné les emporte comme deux fétus parmi la rocaille, au long de pentes qu'ils n'auraient pas soupçonnées en temps normal. Denn perd toutes ses affaires et – surtout – la main de Nao. Il crie son nom chaque fois que sa bouche émerge à l'air libre, mais il n'entend rien d'autre que les fracas du tonnerre, les trombes d'eau qui s'abattent et les hurlements du vent dans ce labyrinthe.

Au moment où il croit que c'est la fin, qu'il va mourir noyé ou la tête éclatée contre un rocher, le torrent le vomit en une brève chute sur un lit de sable, sur lequel l'eau s'étale en un lac éphémère. Affalé dans une flaque turbide pas plus profonde que sa main, Denn se dit confusément qu'il devrait ramper vers un endroit sec – quand quelque chose de lourd lui tombe dessus.

C'est Nao, inconsciente.

Avec la besace qu'elle n'a pas lâchée, serrée contre son ventre – elle s'est recroquevillée dessus.

À la lumière saccadée des éclairs, Denn repère un banc de sable un peu surélevé que l'eau n'atteint pas. Au prix d'un effort surhumain, il se relève – tout son corps n'est que douleurs et contusions –, prend dans ses bras Nao alourdie par la besace, la porte jusqu'au banc de sable. Il réussit à l'y poser en douceur avant de s'effondrer, à bout de forces, et de s'évanouir à son tour.

Alors qu'il reprend conscience, il a d'abord l'impression que tout un pan de montagne s'est écroulé sur lui, tant il a mal partout. Il doit sans doute avoir des os brisés… Et puis il a froid – il tremble de froid !

Lui reviennent brusquement en mémoire les derniers événements : l'orage, le torrent boueux qui les a emportés, Nao qu'il a perdue… *Nao !*

Il se redresse d'un coup, ce qui lui arrache une grimace de souffrance. Nao est là, assise près de lui, il la distingue à la lumière de l'aube. L'a-t-il sauvée ? retrouvée ? Il ne s'en souvient pas. Près d'elle gît la besace, dans un piteux état : déchiquetée, éventrée, répandant son sable dans lequel divaguent quelques fourmites comme des âmes en peine. Et lui, que lui reste-t-il ? Plus rien, dirait-on.

Nao se tourne vers lui et lui sourit.

— Tu es réveillé ?

Elle est aussi éprouvée que lui, les cheveux collés de boue, des bleus partout, des croûtes sanguinolentes aux bras, aux genoux, au visage, les lèvres fendues, un vilain hématome sur un sein – mais qu'elle est belle dans la lumière rose de l'aurore…

L'aurore.

Le soleil va se lever, ils sont dehors, et ils n'ont pas d'abri.

— Regarde, Denn, regarde… Le paradis…

Nao tend le doigt droit devant elle.

Réprimant sa panique, Denn pivote dans la direction qu'elle indique.

Sous le ciel empourpré de l'aube, il voit une vaste cuvette entourée de rochers. En son milieu, une ultime flaque d'eau achève d'être absorbée par le sable. La cuvette est couverte de milliers de fleurs minuscules, jaunes, mauves et blanches, qui frémissent dans la brise matinale.

6

LES HOMMES EN BLANC

En ce monde nous marchons
Sur le toit de l'enfer et regardons
Les fleurs
ISSA.

DENN reste bouche bée. Il a déjà vu des fleurs dans le désert, les rares fois où il pleut, mais jamais en telle profusion. Est-ce le paradis, comme dit Nao ? Le début de ce pays de rêve dépeint sur le foulard ? Sont-ils déjà au bout de leurs peines ? Il n'ose y croire.

Nao le ramène à la réalité d'un coup de coude.

— Il faut les cueillir, Denn. Tout de suite. Avant qu'elles fanent.

— Hein ? Pourquoi ?

Arracher de la terre une telle beauté lui paraît un acte sacrilège.

— Pour les manger ! On a tout perdu, je te rappelle…

Denn cligne des yeux, se secoue. Le ciel s'éclaircit à l'est et la chaleur commence à augmenter. Il frissonne encore, mais ce n'est plus de froid, c'est d'appréhension. Il se lève avec peine, en grimaçant de douleur. Nao est déjà debout.

— Oui, tu as raison. Dépêchons-nous. Il faudra trouver un abri avant qu'il fasse trop chaud.

Tous deux descendent dans la cuvette, ramassent de pleines poignées de fleurs. Elles sont petites, fragiles, délicates, frémissent de leurs pétales tout simples dans la vapeur qui s'échappe du sol. Dès que le soleil qui monte derrière les rochers les touchera, elles mourront, desséchées, grillées. Des myriades de minuscules moucherons sortis d'on ne sait où s'affairent frénéquement à les polliniser. Tout un cycle naturel en accéléré, dans le court laps de temps séparant les ténèbres de la fournaise.

Les bras chargés de fleurs, Denn et Nao remontent vers le banc de sable en ahanant, transpirant déjà. L'aube a perdu ses roses et ses fauves, le ciel vire au bleu et au blanc à l'orient – cette incandescence sous laquelle rien ne peut survivre. Il leur faut vite trouver un abri.

Denn lève les yeux vers le chaos de roches d'où le torrent les a dégueulés la nuit dernière. Là-dedans, ils pourraient dénicher un trou à l'ombre, se terrer dans une anfractuosité pour la journée. Ils auront de quoi manger, mais pas à boire. Et ça, ça va être très dur. À moins que les fourmites…

Il abaisse son regard sur la besace éventrée. Nao, à genoux, rassemble dedans le sable humide, riche en bribes de nourriture et parsemé de fourmites encore désemparées, qui tentent tant bien que mal d'y creuser un semblant de fourmitière. Un simple coup d'œil suffit à Denn pour se rendre compte que le sac n'est pas transportable sans une sérieuse réparation. Or ils n'ont pas le temps. Sous peu le soleil va percer par-dessus les rochers.

Nao relève la tête vers lui. Elle a l'air tout aussi désemparée que ses fourmites, consciente également du problème.

— Nao, on va grimper là-haut. Trouver un coin d'ombre.

— Les fourmites…

— On ne peut pas les transporter. On risque de toutes les perdre.

— Mais elles vont mourir ici, Denn.

Il hoche lentement la tête, tandis que Nao tourne la sienne, craintivement, vers le soleil levant qui embrase le ciel de plus en plus. Une idée lui vient soudain :

— Enterrons-les.

— Quoi ?

— Que font les insectes et les animaux du désert la journée ? Ils s'enterrent. Sous la surface, le sable est moins chaud. Et en recouvrant le nid avec la besace humide, elles ont une chance de tenir toute la journée.

Nao fait la moue, dubitative.

— Elles vont se disperser. Il faudrait que je leur rappelle l'Accord de la colonie…

Denn ignore en quoi ça consiste mais, dans l'état de choc où se trouvent ces bestioles, ça va sûrement prendre un bon moment. Il secoue la tête.

— Pas le temps, Nao. Tu dois leur faire confiance. Et elles aussi. Dis-leur qu'on reviendra à la nuit, qu'on ne les abandonne pas. Tu as dit un jour qu'elles pouvaient entendre tes pensées, quelque chose comme ça…

— Peut-être, grimace Nao. Je n'en suis pas très sûre.

Transpirant dans la chaleur croissante, tous deux creusent à pleines mains un trou dans le sable meuble, jusqu'à ce qu'ils parviennent à une couche encore humide du déluge de la nuit. La sueur dégouline sur leur cou, leur dos, leurs cuisses, les irrite et les brûle là où elle rencontre ecchymoses et contusions. Mais ils ne s'arrêtent pas, travaillent aussi vite que possible.

Quand ils estiment le trou assez profond, ils y poussent la besace remplie de sable et de fourmites affolées de nouveau, aussi délicatement que possible, afin de ne pas détruire ce qu'elles ont péniblement commencé à rebâtir. Durant toute l'opération, Nao marmonne des phrases du genre « on reviendra », « on ne vous abandonne pas », « le voyage n'est pas fini »… en espérant qu'elles captent ou, du moins, qu'elles *ressentent*. Et qu'elles ne vont pas se disperser. Ni être attaquées par des scorpions ou autres prédateurs, ce qui est également possible.

Ils rebouchent rapidement le trou et Denn ramasse une pierre pour en marquer l'emplacement. Nao se tourne vers l'est – pousse un cri de frayeur.

— Denn !

À l'horizon, les rochers semblent s'être embrasés. Ils vibrent sous les ondes de chaleur dégagées par un immense incendie d'un blanc aveuglant, insoutenable : le globe ardent du soleil qui darde ses premiers rayons sur les bords de la cuvette. Au pied de l'éboulis, Denn et Nao sont encore à l'ombre, mais en grimpant ils vont fatalement les subir.

— Allons-y, Nao. Tout de suite, tant qu'on le peut encore.

Elle rassemble les fleurs en un bouquet qu'elle noue à l'aide d'une fibre échappée de la besace, puis tous deux s'élancent dans les rochers.

L'escalade n'est pas facile, à cause du torrent qui a descellé des pierres et rendu l'éboulis instable. À cause aussi de leurs blessures qui rendent leurs mouvements plus raides, plus hésitants. Mais la volonté de survivre les pousse – car ils ont littéralement le feu au cul. Trempés de sueur, le souffle court, les traits crispés en un rictus d'effort et de souffrance, ils tendent les bras, assurent leurs prises, calent leurs pieds écorchés. Heureusement l'éboulis n'est pas très élevé, moins que la falaise qu'ils ont gravie la veille. Quand ils atteignent la partie léchée par le soleil, c'est comme s'ils entraient soudain dans un four, comme si ses rayons allaient les rôtir avant qu'ils parviennent au sommet. Et ce n'est que le matin... La journée promet d'être des plus torrides.

Enfin l'entrée de la gorge. Tous deux ont l'impression d'être des bouts de carne racornie, de respirer du feu. Leurs corps leur réclament de juste s'étaler là et y mourir, mais leurs esprits sont bandés comme des arcs vers ces ombres bienfaisantes qu'ils distinguent au loin, entre leurs paupières à moitié fermées, rouges et gonflées. Ils se redressent et s'élancent en titubant dans la gorge. Ils suivent le lit du torrent encore reconnaissable aux nombreuses pierres arrachées, retournées, entassées contre les obstacles, aux sillons profonds creusés dans le sable et la caillasse. Denn espère – sans trop y croire – retrouver quelques-unes des affaires qu'ils ont perdues...

Progresser dans ce labyrinthe de roches purpurines, à la lumière encore rasante du soleil levant, serait un spectacle fascinant s'ils avaient le loisir d'en profiter. Le soleil s'infiltre par les crevasses et trouées en longs rayons orangés, en flaques de lumière d'or clair, en pointillés de feu qui semblent faire saigner la roche. Les ombres pourpres palpitent, les roches craquent sous la chaleur qui les frappe. Nao sur ses talons, Denn cavale, indifférent aux pierres coupantes, à ses pieds meurtris, tournant la tête de droite à gauche en quête d'un trou, d'un creux, d'une faille où le soleil ne risque pas de pénétrer…

Un cri de Nao le fait se retourner. Elle brandit triomphalement la gourde de l'étranger, qu'elle agite – l'objet produit un glouglou des plus réconfortants. Denn grimace un sourire et reprend sa progression, un peu rasséréné. Au moins ils ne mourront pas de soif… si le soleil ne les tue pas.

C'est lui qui a la chance de repérer la crevasse : elle sinue entre deux gros rochers bruns qui s'appuient l'un sur l'autre à leur sommet, bouchant ainsi tout passage au soleil, sauf à l'entrée où se découpe un triangle de ciel bleu pâle. Mais elle est assez profonde pour qu'ils se tiennent suffisamment loin de cette source de chaleur. Pourvu qu'elle ne soit pas habitée…

Denn ramasse une pierre munie d'une arête tranchante et y pénètre avec circonspection, scrutant tous les recoins d'ombre. Le sol est tapissé de cailloux, impossible d'y repérer la moindre trace. Marchant à pas de loup – mais conscient que ses pieds ensanglantés laissent derrière lui des traînées compromettantes –, il progresse jusqu'au fond, à demi courbé, sa pierre tendue en avant.

Une forme longiligne, tout au fond. Immobile. Un serpent ? Denn s'accroupit et scrute, plissant les yeux dans l'ombre épaisse. Il fait signe à Nao de rester en arrière. S'avance d'un pas, puis deux. La forme ne bouge pas. Il lance vers elle un petit caillou. Toujours rien. Morte ? Il s'approche encore… se redresse en soupirant, soulagé.

Ce n'est pas un serpent. Juste sa peau. Une mue. Toute desséchée, presque translucide. Mais ça veut dire qu'il y a des serpents dans le coin. Ils devront rester sur leurs gardes.

— C'est bon, Nao, tu peux venir.

Il écarte la mue du bout du pied et Nao le rejoint – tombe dans ses bras. Elle n'a plus la force de rester debout. Qu'elle s'abandonne ainsi contre lui aurait sans doute ému ou gêné Denn en d'autres circonstances. Mais lui aussi tombe d'épuisement. Il n'a plus la force d'être ému par quoi que ce soit.

Tous deux s'affalent contre la roche. Nao lâche le bouquet de fleurs et tend la gourde à Denn – elle ne sait pas ou n'ose pas l'ouvrir. Il y parvient en tâtonnant et ils boivent une longue rasade. Pas suffisante pour étancher leur soif – la gourde n'y suffirait pas –, mais de quoi les réhydrater un peu quand même. Quant aux fleurs, ce sera pour plus tard. Leur fatigue a eu raison de leur faim.

Tous deux ne tardent pas à s'endormir, adossés au rocher – même leurs multiples douleurs ne les tiennent pas éveillés. La dernière pensée de Denn avant de sombrer est pleine d'espoir : si Nao a retrouvé la gourde, peut-être n'auront-ils pas trop de mal à retrouver tout le reste…

Ils dorment pratiquement toute la journée, ne se réveillant que deux ou trois fois pour boire quelques gorgées – l'eau dans la gourde reste étonnamment fraîche – et pour jeter vaguement un œil aux alentours, au cas où les taches de sang sur les cailloux auraient attiré des prédateurs. Mais tout comme eux, nul être vivant ne se risquerait à affronter en pleine journée une telle fournaise. C'est la nuit qu'ils auraient le plus à craindre – mais la nuit ils ne seront plus là.

Cette fois, Denn ne rêve pas d'Aya, du moins n'en montre aucun signe. Nao et lui évitent même de se toucher ou de dormir l'un contre l'autre, car malgré l'ombre épaisse, la chaleur est à la limite de l'insoutenable et le moindre contact de leurs peaux moites et brûlantes les fait aussitôt transpirer. Ils gisent dans la caillasse, aussi inertes que la mue de serpent chiffonnée dans un coin.

Ils émergent de leur torpeur à l'approche du crépuscule, l'estomac gargouillant, tenaillés par la faim. Évidemment, les fleurs posées dans les cailloux ont séché, sont d'autant plus dures à manger. Ils mâchonnent avec difficulté les pétales fanés, les feuilles rêches et les tiges racornies, les font descendre avec le peu d'eau qu'il leur reste. Certaines sont amères, d'autres ont un goût piquant – ils espèrent qu'aucune n'est toxique. Les fourmites ne sont pas là pour les goûter…

Denn laisse à Nao la dernière gorgée d'eau. Elle le remercie d'un sourire qui illumine son visage crotté et zébré de cicatrices. Il en éprouve un petit pincement au cœur qui le surprend : eh quoi, Nao lui a adressé des milliers de sourires depuis qu'ils sont gosses, ça le rendait juste content, voilà tout. Qu'y a-t-il de différent à présent ? Les yeux de Nao s'abaissent vers son pénis qui palpite d'un début d'érection. Son sourire s'accentue, mais elle s'abstient de tout commentaire.

Pour faire diversion, Denn ramasse la gourde vide, la retourne – il n'en tombe même pas une goutte.

— Il nous faut de l'eau, Nao. On va demander aux fourmites.

— Si on les retrouve…

— On devrait aller voir.

Il s'avance vers l'entrée de la faille, ausculte le ciel entre les rochers. Il est d'un bleu profond et la lumière a assez baissé, même si la nuit n'est pas encore proche. Peut-être que, comme ce matin, le soleil aura quitté la cuvette et que la chaleur y sera supportable.

Ils sortent. Des ombres pourpres rampent au sein du chaos rocheux, des rayons de soleil cuivrés s'y faufilent, éclaboussent les pierres brunes, illuminent les canyons. Le spectacle est aussi beau qu'au matin, et cette fois Denn et Nao l'apprécient mieux – surtout Nao. Denn, lui, cherche à retrouver le lit de ce torrent éphémère qui leur a tout pris la nuit dernière. Ce serait très mal venu de se perdre dans un tel labyrinthe.

Ils le repèrent sans trop de mal et le suivent en direction de la pente, à pas comptés. D'abord pour être certains que rien ne leur échappe, ensuite parce qu'ils peinent à poser leurs pieds à peine cicatrisés sur ces pierres anguleuses et raboteuses. Mais ils sont moins pressés cette fois : il suffit qu'ils reviennent à la cuvette avant la nuit.

Plus habituée à la pénombre en tant qu'ex-Gardienne, Nao a une vue plus acérée que Denn, et plus focalisée peut-être : c'est elle qui repère la plupart des objets, sous un creux de rocher, roulés dans la caillasse, à moitié ensevelis. Ils récupèrent ainsi la chose aux gros yeux qui rapproche la vue (l'un de ses yeux est fêlé), celle qui assombrit le soleil, la gourde, le couteau, le vêtement à poches dans lequel Nao leur avait taillé des semelles, et – le plus précieux – le petit boîtier renfermant l'aiguille qui indique le nord. Malheureusement, ils ne retrouvent aucune nourriture. Celle-ci a dû s'éparpiller et être boulottée par diverses créatures nocturnes. Presque tout en somme – l'essentiel en tout cas. Quant au foulard de Natsume, il n'a pas quitté le cou de Nao, même s'il n'est plus qu'une loque terreuse.

Denn enfile le vêtement sans manches et sans dos à présent, mais dont les poches sont bien pratiques pour y ranger tout ça, sauf la chose aux gros yeux, munie d'une lanière qu'il peut suspendre à son cou. Tout joyeux d'avoir récupéré une partie de leurs affaires, ils rejoignent la cuvette d'un pas guilleret, descendent l'éboulis à moitié sur les fesses.

Comme prévu, la cuvette est plongée dans la pénombre du crépuscule. Il y règne une température tout à fait acceptable. Les fleurs ont disparu, mettant à nu de faibles ondulations de sable, ainsi qu'une petite dépression de terre croûteuse et craquelée au centre de laquelle trône une large pierre plate solitaire. *Curieux,* se dit Denn. *Que fait là cette pierre toute seule ?* Il ne se souvient pas de l'avoir vue ce matin. Elle était là sans doute, mais son regard s'est perdu parmi les fleurs. Il décide d'aller observer ça de plus près. Mais d'abord s'occuper des fourmites.

Nao a déjà rejoint le banc de sable où Denn a posé un caillou en guise de repérage. Elle s'agenouille, ôte le caillou, se met à creuser. Il la rejoint et l'imite.

Il ne leur faut pas longtemps pour atteindre la besace de sargasses. Elle a séché, toute son humidité absorbée par le sable. Le tissage d'algues est devenu raide, fragile, cassant. Ils la dégagent du sable et tentent de la soulever délicatement, mais elle s'effrite entre leurs doigts. Ils ne parviennent à l'enlever que par lambeaux. Irréparable. Inutilisable.

La bonne surprise, c'est que les fourmites sont toujours dessous. Leur activité, quelque peu ralentie par le crépuscule – bientôt l'heure de dormir – devient frénétique sitôt qu'elles se sentent à découvert. Mais Nao plante ses doigts au milieu d'elles, qui viennent les palper, la reconnaissent et se calment bien vite.

Elles ont reconstitué une petite fourmitière sous la besace. Peu étendue, peu profonde – elles ne sont plus guère nombreuses – mais néanmoins pourvue de chambres, de greniers, de salles de culture et d'un logement pour la reine. Nao est ravie de ne pas avoir perdu la reine. Sans elle, la colonie aurait été vouée à l'extinction. Celle-ci a même pondu ! Pas beaucoup, quelques dizaines d'œufs, que ses servantes s'affairent à enterrer plus profond, à l'abri de la lumière.

— Comment va-t-on les emmener ? interroge Denn.

— J'en sais rien du tout. (Nao évacue le problème d'un haussement d'épaules.) Je te laisse y réfléchir. Pendant ce temps, je vais leur répéter l'Accord de la colonie. Pour les remercier d'être restées là, pour les rassurer, leur dire qu'on ne va pas les abandonner, qu'on leur trouvera un endroit où elles pourront s'installer et prospérer, en échange de tous leurs services.

— À ce propos, demande-leur de nous trouver de l'eau…

— Chaque chose en son temps, Denn. Je dois d'abord renouer contact. Restaurer la confiance. Toi, trouve-nous un moyen de transport.

Facile à dire, bougonne Denn en son for intérieur. Il parcourt la cuvette du regard : du sable et des pierres à perte de vue. Comment fabriquer une besace avec du sable et des pierres ?

Il reporte son regard sur Nao qui se prépare pour l'Accord de la colonie : elle s'allonge à plat ventre tout contre la fourmitière, qu'elle entoure délicatement de ses bras. Puis encore plus délicatement, elle pose sa tête dessus, enfouit sa figure dans le sable. Et reste comme ça, rigoureusement immobile.

Denn l'observe, intrigué. Comment fait-elle pour respirer ? Est-ce qu'elle leur chuchote des mots doux ? Ou se contente-t-elle de *penser* seulement ? Et les fourmites, elles en disent quoi ?

Au début, elles se contentent de vaquer à leurs occupations, contournant le gros obstacle de la tête de Nao. Puis, peu à peu, elles se mettent à palper ses bras du bout de leurs antennes, ainsi que ses tempes, ses oreilles, son cou, son front... Après quoi, une à une puis par petits groupes, elles grimpent sur sa tête, crapahutent tant bien que mal dans ses cheveux, explorent ses oreilles... Denn songe qu'elles doivent pareillement entrer dans son nez et sa bouche, si Nao ne l'a pas fermée, et que ça doit sacrément la chatouiller. Mais elle ne bouge pas.

À présent, toute la fourmitière – sauf la reine et ses servantes – grouille sur la tête de Nao, à tâter, crapahuter, tourner en rond. C'est ça, l'Accord de la colonie ? Une communion d'esprit à esprit, peut-être ? Combien de temps ça va durer ?

Denn détourne son regard – il trouve ça trop bizarre, un peu gênant, voire vaguement répugnant –, le promène de nouveau dans la cuvette. *Trouver un moyen de transport... avec quoi, bon sang ?*

Un bruit le fait soudain sursauter. Des pierres qui roulent. Plissant les yeux, il scrute l'autre bord de la cuvette, plongé dans l'ombre. Une bête ? Un prédateur ?

Encore un roulis de pierres. Soudain, un cri. Animal. Qu'il n'a jamais entendu. Il s'accroupit aussitôt, sort le couteau de sa poche, fait jaillir la lame.

Là-bas ! Dans l'ombre, entre deux rochers, un mouvement. Le cri se répète, glaçant. Accompagné d'autres sons. Des…

Des voix ?

— Nao ! Il faut qu'on bouge !

Il les aperçoit soudain : des hommes vêtus d'amples robes blanches. Et de grands animaux parmi eux, aux longues pattes et au long cou affublé d'une chevelure. Une bête lève sa tête au gros nez et, découvrant une terrible rangée de dents, pousse de nouveau ce cri effrayant, tel un ricanement démoniaque. Ça ne semble pas troubler les hommes qui les accompagnent – oui, les *accompagnent* : ces animaux portent des choses sur le dos, semblent vivre avec eux comme Nao avec les fourmites. Un homme est même juché à califourchon sur l'un d'eux !

— Nao ! Faut qu'on bouge *tout de suite* ! Il… Il y a des gens !

Mais Nao ne bouge pas, ne paraît même pas l'avoir entendu. Elle reste la tête enfouie dans le sable – sa tête grouillante de fourmites. Denn hésite à interrompre sa communion, mais tant pis, il faut qu'ils se cachent. Qui sait quelles intentions ont ces hommes, ou ces démons, capables de maîtriser de grandes bêtes si effrayantes…

Il tend le bras vers Nao pour la secouer. Là-bas des cris éclatent – humains, cette fois –, des doigts se tendent vers eux.

Trop tard. Ils ont été vus.

Le temps que Denn parvienne à tirer Nao de sa transe, sa communion ou quoi qu'elle fasse avec les fourmites, des hommes en blanc les ont rejoints et encerclés. Pointant vers eux des lances dont la pointe métallique paraît terriblement acérée, ils leur jettent des invectives dans une langue que Denn ne comprend pas. Il ne se sent pas de taille à lutter contre eux avec son petit couteau à la lame jaillissante, tout sophistiqué qu'il paraisse face aux armes plus frustes des assaillants.

De son côté, Nao les dévisage avec ébahissement. Sa figure, ses seins et son ventre sont parsemés de grains de sable, quelques fourmites errent encore dans ses cheveux. Apparemment, c'est surtout après elle qu'en ont les hommes en blanc : ils lui crient dessus en la montrant du doigt d'un air horrifié, comme si elle était affreuse. C'est sa crasse qui les choque ? Les fourmites dans ses cheveux ? Denn secoue la tête en écartant les bras.

— On ne comprend pas ce que vous dites...

Ils reportent leur attention sur lui. L'un d'eux lui intime par gestes de jeter son couteau devant lui. Denn obéit, l'autre le ramasse, l'examine avec curiosité, le tournant entre ses doigts.

— La lame se replie, explique Denn. Ainsi on peut le porter sans se blesser. Je vais te montrer...

Il se lève – aussitôt les autres resserrent leur cercle, se crispent sur leurs lances. Ils parlent vite et fort, et des doigts se tendent de nouveau vers lui – vers son bas-ventre, réalise Denn avec surprise. Il baisse les yeux, ne remarque rien d'anormal ou d'inconvenant. Alors quoi ?

Il secoue de nouveau la tête, sourit d'un air dépité.

— Désolé, je ne comprends toujours pas.

Maintenant qu'il est désarmé, deux hommes lui empoignent les bras. Deux autres relèvent Nao sans ménagement, tout en s'efforçant de ne pas la regarder.

— Doucement ! s'écrie Denn. Si vous lui faites du mal...

Il tente de se dégager de leurs poignes de fer, mais d'un regard Nao lui fait comprendre qu'il est vain de résister : les autres sont nombreux, armés et vindicatifs.

Ils les entraînent rapidement vers le centre de la cuvette, où le reste de la troupe est manifestement en train d'établir un campement. Nao jette un dernier coup d'œil en arrière, vers les fourmites qu'elle a laissées à découvert. Elle espère qu'il ne va rien leur arriver et qu'elle pourra bientôt les retrouver – si ces hommes étranges et menaçants le lui permettent.

Dans la pénombre du crépuscule qui va s'épaississant, Denn distingue vaguement, entre ceux qui l'emmènent, de vastes structures qui se montent, constituées de ce qui semble être du tissu, soutenues par de longues perches qui pourraient être du bois. D'autres gens s'affairent autour de la grande pierre plate, qu'ils sont en train de déplacer, et assemblent aussi des perches en bois à cet endroit. Les grands animaux attendent patiemment qu'on décharge ce qu'ils ont sur le dos. Ils ont de gros yeux ronds au regard plutôt doux, mais Denn craint de s'en approcher malgré tout.

Les hommes en blanc amènent leurs prisonniers devant un vieux assis sur quelque chose que sa robe dissimule. Il porte un tissu enroulé sur la tête et autour de sa figure aux traits anguleux et burinés, ainsi qu'un collier ouvragé autour du cou, fait dans une matière non reconnaissable. Leur chef, peut-être.

Les autres lui parlent avec volubilité, indiquant à grands gestes l'endroit où ils ont trouvé le couple. L'ancien les fait taire d'un geste de la main puis adresse un ordre bref à l'un d'eux, qui part en courant. Il revient presque aussitôt avec deux tissus blancs pliés, qu'il tend à Denn et Nao. Le chef leur aboie un nouvel ordre dont Denn devine la teneur : ils doivent s'en couvrir. Apparemment, leur nudité est gênante aux yeux de ces gens.

Il échange un regard avec Nao, afin de s'assurer qu'elle a saisi la même chose. Tous deux déplient les vêtements et tentent de s'en couvrir maladroitement, avant de remarquer qu'ils possèdent un trou où passer la tête. Même si la chaleur a bien baissé avec la tombée de la nuit, Denn a l'impression d'étouffer sous ce tissu rêche et grossier. Nao ne semble guère le supporter mieux.

Pendant ce temps, un cercle de curieux s'est formé autour d'eux. Des hommes surtout, quelques femmes, mais pas d'enfants, remarque Nao. D'après ce qu'elle peut discerner dans l'ombre et sous les turbans, tous paraissent relativement âgés – pas autant que leur chef cependant.

Celui-ci s'adresse de nouveau à eux, d'un ton sec et autoritaire.

— On ne parle pas votre langue, répète Denn en secouant la tête.

— Est-ce que vous auriez de l'eau ? s'enquiert Nao.

Elle appuie sa demande en mimant le geste de boire dans ses mains réunies en coupe. Les hommes l'observent avec perplexité, mais une femme de l'assemblée semble avoir compris : munie d'une gourde similaire à celle en peau de serpent de la tribu, bien que d'une autre matière, elle se dirige vers la grande pierre plate que les hommes ont fini de déplacer. Denn remarque avec surprise que celle-ci masquait un trou dans le sol, à présent surmonté de l'étrange structure en bois. Un homme est en train d'y descendre quelque chose au bout d'une longue corde enroulée autour d'une branche horizontale. Quand ils remontent la corde, Denn découvre qu'au bout est attaché un récipient rond, creux et brillant (du métal ?), tout clapotant d'eau. Il y a de l'eau au fond de ce trou ! La femme y plonge la gourde, puis regagne le cercle d'un pas tranquille.

Le chef l'invective, elle lui répond tout aussi sèchement et, sans plus l'écouter, tend la gourde à Nao. Celle-ci la remercie d'un sourire, boit une longue rasade, passe la gourde à Denn qui fait de même. L'eau a un goût de terre, mais elle est étonnamment fraîche.

Le récipient métallique est donné tour à tour à chaque animal, qui y plonge ses grosses lèvres et boit longuement.

— Où... venir vous ?

Denn porte son regard sur celui qui s'est exprimé plus ou moins dans sa langue. Un petit vieux râblé – tête chenue à la peau très sombre et aux rares cheveux blancs en bataille – qui s'est détaché du groupe de curieux.

— On vient du bord de l'océan. À trois nuits de marche d'ici. On fait partie d'une tribu qui vit dans une caverne.

Nao grimace. Denn n'aurait pas dû être aussi précis, tant qu'ils ignorent les intentions de ces gens. Le petit vieux secoue la tête à son tour.

— Parler… lent, dit-il en hésitant. Je pas… comprendre vite. Pas parler… longtemps.

— Comment… as-tu… appris… notre langue ? demande Denn en détachant bien ses mots.

L'ancien réfléchit, tous ses traits plissés par la concentration.

— T-tribu, répond-il enfin. Près… l'eau. Beaucoup l'eau. (Il écarte les bras.) Grande eau. Trou dans… terre ? Non. Pierres ? Longtemps. Beaucoup longtemps. Moi… là-bas. Aller là-bas.

Tandis que le vieux traduit cet échange au chef de la communauté, Denn s'efforce de déchiffrer ce charabia. Son sens lui apparaît tout à coup : ce petit bonhomme ridé lui a expliqué qu'il s'est rendu dans leur tribu, il y a très longtemps. Est-il venu avec ces fameux nomades dont faisait partie son père ? Se pourrait-il même… que ce soit lui ?

Le cœur battant la chamade, il ose poser la question :

— Taninim ?

Le vieux s'interrompt, le dévisage longuement, sourcils froncés.

— Non. Moi, Tsidii. Taninim… Pas là. Tu… savoir ? Taninim ?

Il le connaît. Tsidii le connaît !

— C'est mon père, répond Denn, la gorge serrée. La tribu… où tu es allé, il y a longtemps… c'est la mienne. La nôtre, ajoute-t-il en désignant Nao. On vient de là. Taninim… est… mon père, répète-t-il lentement, pour faire bonne mesure.

Le visage du petit homme s'éclaire à mesure qu'il comprend. S'ensuit un vif échange avec le chef, qui hausse les sourcils de surprise. Alors tout le monde se met à parler en même temps, Tsidii vient serrer Denn dans ses bras, puis Nao, puis d'autres gens font de même, comme si tous deux étaient de lointains cousins soudain réapparus. Les femmes s'emparent de Nao et les hommes de Denn. Tous deux sont séparés avant qu'ils n'aient pu échanger un seul mot sur cet inattendu revirement de situation.

Les hommes finissent de décharger les animaux et les nourrissent avec des ballots de grandes herbes sèches comme Denn n'en a jamais vu. Il est invité à participer, voire à les toucher, mais il n'ose pas. Ils lui font peur encore, surtout leurs gueules lippues aux grandes dents. Son attitude craintive fait rire les autres.

Les femmes arrangent les « tentes » (ainsi nomment-elles ces abris en tissu), sortent des ustensiles et denrées pour préparer le repas et allument un feu, à la grande frayeur de Nao. Pour ce faire, elles tournent vivement un bout de bois sur un autre garni de brindilles sèches. Elles invitent Nao à tenter l'expérience, mais elle n'ose pas. Elle craint trop que le feu lui saute à la figure. Elle songe au cracheur de flammes que Denn possédait, malheureusement perdu dans le torrent la nuit dernière. Il leur aurait été bien utile, à ces femmes.

Denn doit montrer au chef les étranges objets qu'il porte sur lui : la chose qui rapproche la vue (mais dans la nuit tombante, elle la rend surtout indistincte), celle qui masque le soleil (pour l'heure, elle rend simplement le monde tout noir), la gourde au bizarre bouchon rouge, l'aiguille qui indique le nord (on n'y trouve guère d'intérêt, tout le monde sait où se trouve le nord) et enfin le couteau qu'on lui a rendu, dont la lame repliable au tranchant brillant suscite quelques sifflets admiratifs. Bref, à part le couteau, rien de vraiment magique ni d'intéressant aux yeux des nomades.

Nao s'efforce d'expliquer que dans sa tribu aussi on a apprivoisé des animaux, certes bien plus petits que ces grandes bêtes chevelues mais fort utiles quand même. Sa description et son imitation des fourmites font rire les femmes, qui ne voient pas du tout l'intérêt d'apprivoiser ces insectes piqueurs plutôt nuisibles, comestibles à la rigueur en cas de grande disette, mais c'est leur seul intérêt. Nao tente en vain d'expliquer les Accords, elle manque de mots et de mimiques pour ça. Quand elle parvient à leur faire comprendre qu'elle a une cellule – une petite fourmitière – de l'autre côté de la cuvette et qu'elle devrait aller la récupérer, les femmes poussent de grands cris d'effroi et de dégoût : les fourmites, ce n'est que de la vermine qui apporte des maladies.

Denn et Nao se retrouvent enfin au repas, pris en commun autour du feu, dans de grands plats de terre ou de métal partagés à plusieurs. La nourriture est étrange : des sortes de grains bouillis, assaisonnés d'herbes, avec quelques morceaux de viande. Il est arrivé que Denn et Nao mangent de la viande – du serpent, ou des rats chassés au fond des cavernes – en quantité infime. Celle-ci est filandreuse, a un goût et un fumet puissants qu'ils n'aiment pas vraiment, mais ils ne font pas la fine bouche : il est loin le repas de fleurs, et il était bien maigre. Ils boivent également à profusion : l'eau ne manque pas, ce trou dans la terre semble inépuisable.

Pendant le repas, Tsidii sert d'interprète – non sans difficulté – pour répondre aux nombreuses questions qui se posent de part et d'autre : les nomades sillonnent le désert qu'ils connaissent très bien – non, celui-ci n'est pas infini –, vivant de troc et d'échanges avec diverses tribus qui habitent ses abords. Ils colportent également des nouvelles et des histoires. À ce propos, ils ont entendu parler d'un homme étrange et solitaire, bardé d'objets bizarres, qui venait du nord. Oui, Denn et Nao l'ont rencontré, cet homme est mort non loin de leur caverne. Il n'a pas dit grand-chose, de plus il s'exprimait dans une langue inconnue. Non, personne ne l'a tué, que l'épuisement, les serpents et les scorpions. C'est de lui que proviennent les étranges objets que porte Denn. Nao et lui s'efforcent maintenant de suivre ses traces pour savoir d'où il venait, les nomades auraient-ils quelque indication ? Non, hélas, mais d'autres tribus peuvent savoir.

Taninim a cessé de sillonner le désert, il a pris femme et s'est installé avec elle dans un village, il y a bien longtemps. On ignore s'il est toujours en vie, car ces gens-là sont partis vers une région supposée plus clémente. Or il n'existe pas de régions clémentes, d'après les nomades. Après le désert s'étend une zone de steppes et de tempêtes, où le vent charrie d'anciennes malédictions, où l'air est empoisonné. Quant à la tribu de Denn et Nao, non, elle n'est pas nombreuse, mais, oui, elle comporte des femmes et, oui, celles-ci sont fertiles, en tout cas certaines (*tais-toi !* intime Nao à Denn d'un regard noir – qu'il ne capte pas). Non, elle n'est pas très loin, trois nuits de marche – mais il est très difficile de la trouver, insiste Nao avec maladresse, devinant l'intérêt des nomades pour ces femmes fertiles (*pas d'enfants ici, Denn ! Réagis !*). À propos des fourmites apprivoisées de Nao, on n'en voit pas bien l'utilité, quelle étrange idée d'apprivoiser des fourmites... En revanche, ces grands animaux qu'ont dressés les nomades sont très utiles pour porter des charges ou monter dessus si l'on est fatigué de marcher. Malgré leurs grandes dents et leurs cris effrayants, ils sont plutôt dociles et craintifs. Ils s'appellent des *chevaux*.

Peu à peu les conversations s'épuisent, la fatigue se faisant sentir. Les gens quittent le cercle autour du feu pour regagner les tentes : les hommes d'un côté, les femmes de l'autre. Denn et Nao trouvent ça bizarre, eux qui sont habitués à la promiscuité. Tsidii, aidé d'une femme (Ananda), parvient à expliquer qu'il existe une tente réservée aux couples qui désirent s'unir, mais qu'ils doivent en faire la demande, sinon chacun dort de son côté, c'est ainsi. Denn et Nao désirent-ils s'unir ? Tous deux se dévisagent, gênés et interloqués. Non, ils ne désirent pas s'unir, juste dormir ensemble... « Alors chacun de son côté », insistent à la fois Tsidii et Ananda.

— Bon, on se retrouve demain à l'aube, glisse Denn à Nao. Il faut qu'on parle.

— Oui, je m'inquiète pour mes fourmites, répond-elle. Et aussi pour la tribu... On en a trop dit. *(Tu en as trop dit.)*

— Tu crois qu'ils risquent de l'attaquer ? De la piller ? Ils m'ont l'air plutôt aimables...

— Ils sont *vieux*, Denn. Ils n'ont pas d'enfants, tu as remarqué ? Leurs femmes ne procréent pas. Des femmes fécondes, ça les intéresse beaucoup.

— Dormir maintenant, intervient Tsidii. Chacun son côté.

— Oui, oui, fait Denn avec un geste agacé. (Alors qu'Ananda prend le bras de Nao pour l'emmener dans la tente des femmes, il lui lance :) À l'aube, près du feu !

Denn a du mal à s'endormir dans la grande tente-dortoir où tant d'hommes ronflent, grognent, se retournent dans leur sommeil. Ce n'est pas la présence des autres qui le gêne – il a l'habitude –, c'est ce que Nao a laissé entendre qui lui trotte dans la tête. Se pourrait-il qu'elle ait raison ? Que sous leurs airs aimables et leur attitude accueillante ces gens ourdissent l'idée d'aller enlever les femmes de la tribu ? Il se remémore ce que lui a raconté sa mère : il y a vingt ans déjà, ne trouvant rien d'intéressant à troquer, ces nomades se sont intéressés aux femmes. Oui, « intéressés », c'est bien le mot qu'elle a prononcé. Elle n'a pas parlé de violences ni d'enlèvements ; d'après ses dires, Taninim ne s'est pas montré insistant devant son refus de l'accompagner. Par ailleurs, les légendes racontent – par la bouche de Veer – que les nomades ont été « chassés ». Qui dit chasse, dit lutte, combats. Qui croire ? Veer ou sa mère ? Neva n'aurait-elle pas tout dit, ou aurait-elle transformé en romance une histoire plus cruelle ? Pour quelle raison ? Pour ménager Denn ? Lui donner de son père une image plus positive ? Mais Denn n'est plus un enfant, il connaît la violence, et il a entendu des histoires bien plus terribles…

Il est possible aussi qu'il y a vingt ans, les hommes en blanc se soient montrés moins insistants qu'ils ne le seraient aujourd'hui. Plus jeunes peut-être, moins conscients de leur fin inexorable, à moins qu'ils aient eu des femmes encore fertiles à l'époque. Alors qu'aujourd'hui ils voient filer le temps, ils sentent le poids des ans sur leurs épaules, ils se rendent compte que sans enfants l'avenir de la tribu est compromis – ils pourraient se montrer beaucoup moins conciliants. Par ailleurs, réfléchit Denn, s'ils étaient animés de telles intentions, pourquoi n'auraient-ils pas enlevé de femmes parmi les autres tribus qu'ils fréquentent ? *Pour préserver leur petit commerce sans doute*... Et puis Tsidii connaît l'existence de la tribu de la caverne, alors pourquoi n'y sont-ils pas retournés ? *C'est peut-être ce qu'ils sont en train de faire justement. Ils n'en sont plus qu'à trois nuits de marche*... Et Denn leur a confirmé que la tribu existait toujours, qu'elle était toujours isolée du monde, et qu'ils étaient dans la bonne direction !

Que faire ? Rebrousser chemin ? Partir tout de suite avec Nao, aller les prévenir qu'un danger les menace, que des hommes en blanc accompagnés de grands animaux aux longues pattes arrivent pour enlever les femmes fécondes ? Denn n'en est pas sûr. Peut-être que Nao se fait des idées. Ou peut-être que, même s'ils désirent apporter du sang neuf à leur tribu, ils ne sont pas pour autant animés de mauvaises intentions. Peut-être qu'ils ne constituent pas du tout une menace, mais plutôt une chance pour la tribu de la caverne – une nouvelle chance de sortir de son isolement : elle aussi a bien besoin de sang neuf. Après tout, qu'est-ce qui les auraient empêchés de tuer Denn ou de l'attacher, et d'abuser de Nao à leur guise ? Ils ne l'ont pas fait. Au contraire, passé les premiers moments de méfiance, ils les ont accueillis comme des membres de la famille. La parenté de Denn avec Taninim a joué, c'est vrai. Mais Taninim ne fait même plus partie de la tribu, rien ne les obligeait à voir en Denn un proche, un fils, un cousin.

Alors, que penser ? que croire ?

Oscillant sans cesse entre confiance et méfiance, il tourne et retourne ces questions dans sa tête, assorties d'un corollaire tout aussi mystérieux voire inquiétant : ces gens qui dorment la nuit sont-ils capables de marcher en plein jour dans le désert, sous une chaleur mortelle ? Comment font-ils ? Comment leurs animaux survivent-ils ? Même le plus froid des serpents ne se hasarde pas sous le soleil. Y a-t-il de la magie chez eux ? Sont-ils seulement des hommes ou se transforment-ils en *autre chose* durant la journée ? Et leurs animaux, ne serait-ce pas plutôt des démons ?...

Le sommeil finit par l'emporter sur ces pensées irrationnelles et tourbillonnantes – et inévitablement un rêve lui vient.

Il marche avec Nao dans une steppe infiniment plate, couverte de hautes herbes jaunes qui lui arrivent à la taille. Le vent les ploie doucement en motifs complexes et volatils. Au loin paissent d'immenses animaux, encore plus grands que ceux des nomades, à la peau grise épaisse et au long cou. Denn craint qu'ils s'approchent, car ils peuvent lui arracher la tête d'un seul coup de dents. Mais sa véritable angoisse, c'est l'énorme tempête qui monte à l'horizon d'un ciel blanc. Un front de nuages noirs, tournoyants et boursouflés, plus hauts que des montagnes, zébrés d'éclairs gigantesques et dardant vers le sol des tornades telles des langues de démons. Les grondements lointains de la tempête résonnent dans le nœud de ses entrailles. Ils n'ont nul endroit où s'abriter dans cette plaine monotone. Il saisit la main de Nao et ils font demi-tour pour tenter d'échapper à cette abomination – effort vain, bien sûr. À l'horizon apparaissent des ruines étranges. Ce sont des bâtiments gris, carrés ou en forme de dômes, flanqués de grandes tours coniques évasées à leur sommet. La plupart sont écroulés, éventrés, soufflés, béant sur des entrailles noires indistinctes. L'une des tours est de guingois. Denn sait – comme on a de ces bizarres évidences dans les rêves – que dans ces ruines règne une autre abomination, sans nom ni forme, qui peut ronger un homme plus sûrement que des milliers de fourmites. Coincés entre le démon des ruines et celui de la tempête – et les grands animaux au loin –, Denn et Nao ne savent où aller. Soudain Nao aperçoit les hommes en blanc. Ils sont vêtus comme les nomades mais ne leur ressemblent pas. Les nomades ont le teint hâlé et buriné, et ceux-ci ont la peau jaune et les yeux plissés comme Natsume. Nao détache le foulard autour de son cou et le leur montre. Il porte ces signes mystérieux dans le coin supérieur gauche – mais Denn en comprend le sens. Il est écrit : *Que n'ai-je un pinceau qui puisse peindre les fleurs du prunier avec leur parfum !* Alors – par un de ces changements brusques de situation coutumiers des rêves – Denn le voit, le prunier. C'est un arbre majestueux couvert de fleurs roses. Derrière s'érige le portique d'un temple et, au fond, la montagne conique au sommet enneigé. Sauf que ce n'est pas une montagne : c'est une de ces grandes tours en ruines, se dressant au-dessus de bâtiments éventrés. Ce n'est pas l'entrée du paradis comme il le croyait, mais celle de l'enfer. Il se retourne pour en parler à Nao – elle n'est plus là. Elle est enlevée par les hommes en blanc. Elle crie entre leurs bras, l'appelle. Au moment où Denn s'élance, les hommes disparaissent dans les hautes herbes et il se retrouve seul. Alors la tempête s'abat sur lui du haut du ciel.

Il se réveille en sursaut, en sueur, cœur battant. Écarquille les yeux dans l'obscurité. Rien n'a changé autour de lui. Les hommes ronflent, grognent, bougent dans leur sommeil. Nul grondement sourd annonciateur d'une tempête. Nul cri de femme agressée ou enlevée. Que signifie ce rêve ? Un mélange de ses craintes et de ce qu'il a entendu ce soir, en partie. Mais les ruines ? Personne n'a parlé de ruines. Et le foulard ? Il disait quelque chose, mais quoi ?... Ça lui échappe. Des mots jolis... Plus Denn se creuse la tête, plus ils s'évaporent. Il résiste à l'envie d'aller voir si Nao va bien, ça pourrait déclencher un scandale de pénétrer dans la tente des femmes. Il finit par se rallonger, en espérant retrouver le sommeil. Mais celui-ci le fuit jusqu'au matin.

Denn comptait profiter de l'aube, justement, pour discuter seul à seul avec Nao, mais c'est raté. Le campement s'éveille avant même qu'il ait jugé le moment opportun de quitter la tente, et c'est tout de suite le branle-bas de combat. Alors qu'aucune lueur ne pointe encore à l'est, on replie les couvertures, on range les ustensiles, on défait les tentes, on commence à harnacher les chevaux. Denn est requis de-ci de-là pour arracher les piquets, démonter les armatures en bois, les relier en fagots à l'aide de cordes, porter les paquets jusqu'aux chevaux, remettre en place la pierre plate. De son côté, Nao contribue à divers nettoyages et rangements, et à enterrer toute trace du feu. Ils ont à peine le temps, en se croisant, d'échanger un sourire furtif.

Un moment, Denn se retrouve avec Tsidii pour l'aider à porter de longues perches et les fixer sur le flanc d'un des animaux (qu'il a fini par juger inoffensifs, malgré leurs grandes dents). Il en profite pour le sonder avec – espère-t-il – assez de désinvolture :

— Tsidii ? Vous allez où maintenant ?

— Voyage vers… grande… assemblée. Beaucoup tribus. Beaucoup…

Il prononce un mot dans sa langue, esquisse le geste d'échanger quelque chose de la main à la main. Denn fait signe qu'il a compris. Il peine à réprimer son soulagement. Les nomades ne se dirigent pas vers leur tribu finalement. Ils n'ont aucune intention d'enlever les femmes. Ils vont simplement à un rassemblement intertribal. Nao s'est fait des idées.

— Un bon temps, reprend Tsidii en souriant. Boire, manger, heu… rire ?

— Fête ? suggère Denn.

— Oui, opine le vieux en souriant de plus belle. Beaucoup gens. Beaucoup fête.

— Penses-tu que là-bas on aurait des nouvelles de l'homme venu du nord ?

— Nouvelles ?

— Histoires. Savoir.

— Ah oui, oui. Beaucoup tribus. Beaucoup savoir. Tu… voyages… avec nous ?

— Si c'est possible, Tsidii. Et Nao aussi, bien sûr.

— Nao ?

— Ma… femme.

Denn a failli dire « ma sœur », qui aurait mieux convenu dans son esprit. Mais s'il la qualifiait de sœur, des hommes pourraient en conclure qu'elle est libre et vouloir l'entreprendre. Or cette idée le hérisse – et cette histoire de femmes infertiles lui trotte encore en tête. Il y a là quelque chose de bizarre, quand même.

— Ah oui, répond Tsidii. Mais pas ses… comment tu dire ?… fourmites. Ça, mauvais.

— Non, Tsidii. Elles sont apprivoisées, elles ne piquent personne. Et Nao ne partira pas sans elles, de toute façon.

Denn ignore si l'ancien a compris ce qu'il a dit, mais celui-ci secoue la tête avec obstination. Il se demande comment sortir de cette impasse. Partir avec la tribu est évidemment le meilleur choix : ils auront à manger, à boire et peut-être des nouvelles de Natsume à ce rassemblement, vu que l'orage de l'autre nuit a probablement effacé toutes ses traces dans la région, les condamnant à errer au hasard jusqu'à ce que mort s'ensuive. Mais Nao ne voudra pas se séparer de ses chères fourmites…

— Je parler avec Naasseni, notre… chef, conclut Tsidii en serrant le dernier nœud autour des perches.

— Des fourmites ?

— Non. De toi et Nao, voyage avec nous. Lui dit oui… ou pas.

Alors qu'il s'éloigne du cheval en compagnie du vieux pour aller trouver le chef, Denn voit Nao accourir vers lui, toute rayonnante et échevelée dans la faible lueur de l'aube qui pointe à peine. Elle porte une grande pièce de tissu sur son épaule.

— J'ai une bonne et une mauvaise nouvelle… commence-t-il.

— Et moi j'en ai une bonne !

— Ah bon ? Raconte.

— Toi d'abord.

— Bon. Les nomades se rendent à un grand rassemblement de tribus. Tsidii m'a proposé qu'on vienne avec eux. Peut-être que là-bas on aura des nouvelles de Nassoumé.

— Ah oui, très bien. Et la mauvaise ?

— Les fourmites, ça ne passe toujours pas…

— Si, Denn ! C'est ça ma bonne nouvelle. Regarde… dans mes cheveux, là.

Elle penche la tête devant lui. Denn ne voit rien dans la pénombre. Il tâte un peu du bout du doigt, sent quelque chose bouger, palper sa phalange.

— Une fourmite ?

— Oui ! Celle-ci était restée dans mes cheveux. Quand je m'en suis rendu compte, je l'ai montrée à Ananda. Ananda, c'est la femme du chef, tu sais. En fait, c'est elle qui commande en sous-main. Elle lui laisse la prestance, les ordres et l'air sévère, mais il ne peut rien lui refuser. Tout d'abord, elle a eu l'air dégoûtée par ma fourmite, mais j'ai voulu lui prouver à quel point elles étaient utiles, et je lui ai fait l'Accord de l'eau, rien qu'à elle. La fourmite a compris, elle a trouvé l'eau presque tout de suite, dans un bol que j'avais posé au fond de la tente. Ananda a été très impressionnée, du coup elle veut bien que j'aille récupérer les fourmites. Tu viens avec moi ?

— Euh, oui, fait Denn, quelque peu abasourdi par cette tirade précipitée. Si Tsidii n'a plus besoin de moi…

Tsidii s'est éloigné, ne comprenant rien à la conversation entre eux deux. Denn l'aperçoit en train de parlementer avec Naasseni, toujours assis sur ce qui s'est avéré être un minuscule tabouret d'os. Bien sûr, en tant que chef (apparent, du moins), il ne travaille pas, se contente d'aboyer ses ordres.

Nao suit le regard de Denn et sourit de nouveau. Elle l'entraîne à l'écart de l'agitation du camp, vers l'autre côté de la cuvette où sont restées les fourmites. Elle se remet à parler, tout excitée :

— Le chef sait déjà, pour les fourmites. Ananda lui en a parlé dès le réveil. Tu penses bien que ça les intéresse, les nomades ! Même s'ils connaissent des sources ou des puits et savent repérer la présence d'eau à certains signes, ça ne marche pas toujours. Alors c'est une aubaine pour eux d'avoir des fourmites qui cherchent à leur place… Et j'ai expliqué qu'elles savent aussi trouver de la nourriture, et réparer des vêtements avec la colle des algues.

— Hum, tu exagères un brin…

— Je suis sûr qu'elles le feraient si je trouvais un Accord pour ça. En tout cas, elles intéressent beaucoup Ananda maintenant. Elle m'a même parlé de troc…

— Tu veux troquer tes fourmites ? s'étonne Denn.

— Non ! Mais avec mes Accords, je fournis un service aux nomades. En échange, ils nous nourrissent. C'est bien, non ? On n'a rien sans rien, tu sais.

— Tu t'es mieux débrouillée que moi, Nao.

— Hé, toi aussi tu t'es bien débrouillé ! Tu as appris qu'ils allaient à un rassemblement – Ananda ne me l'a pas dit –, ce qui nous enlève une grande crainte. En plus le vieux, là, t'a carrément *proposé* qu'on les accompagne. Ça veut dire qu'ils nous acceptent ! Bravo !

Nao se jette au cou de Denn et pose un baiser sonore sur sa joue, puis lui prend la main et gravit en courant le petit monticule de sable où sont enterrées les fourmites.

Mais leur joie s'évapore comme une flaque au soleil.

Car la fourmitière est déserte.

7

UN DÉLUGE MINÉRAL

En plein jour j'ai vu
Une fourmi
Elle me hante cette nuit
SEISHI.

NAO ressent un chatouillement sur sa tempe, qui secoue sa stupeur. Elle va pour se gratter – se retient juste à temps : c'est la fourmite qui descend le long de son visage vers son cou. Une idée lui vient :

— La fourmite ! Elle va nous aider à retrouver les autres.

Pas besoin d'imaginer un Accord pour ça : il suffit que l'insecte suive les traces de ses congénères… si elles n'ont pas toutes été dévorées par une bestiole nocturne.

Nao s'accroupit, pose une main par terre, oriente la fourmite vers son bras. Elle le descend avec célérité, arrive dans le sable, se met à palper de tous côtés du bout de ses antennes. Elle ne tarde pas à prendre résolument une direction : celle du camp, au milieu de la cuvette.

Nao aurait pu s'en douter. Les fourmites ont dû remarquer l'absence d'une des leurs – d'autant plus qu'elles ne sont pas nombreuses – et, avec l'espèce de télépathie qui les caractérise, savoir que celle-ci n'était pas morte et où elle se trouvait. Elles sont simplement parties la rejoindre.

Mais pourquoi pas l'inverse ? se demande Nao, tandis qu'elle et Denn suivent à petits pas la fourmite qui cavale bon train dans le sable. *Elles auraient pu l'attendre, à l'abri dans leur fourmitière…*

La réponse lui apparaît aussitôt, évidente : *Parce que je suis leur reine, leur maîtresse, leur déesse. Parce que nous avons conclu l'Accord de la colonie. Parce que sans moi elles ne feraient pas long feu ici. Ce n'est pas une terre d'accueil pour elles.*

— À ce rythme, les nomades vont lever le camp sans nous, remarque Denn.

En effet, en suivant la fourmite ils avancent à une allure d'escargot. Les autres ne vont certainement pas les attendre. Le ciel commence à s'embraser à l'est, et marcher sous le soleil paraît toujours impossible aux yeux de Denn. Cette question-là n'est d'ailleurs pas résolue. Ont-ils trouvé un moyen magique de ne pas être grillés par ses rayons mortels, eux et leurs animaux ?

— Tu as raison, reconnaît Nao. (Elle observe le camp, plissant les yeux dans le petit jour. On achève de charger les chevaux, le départ semble imminent.) Écoute, je vais reprendre cette fourmite avec moi, et on va partir en reconnaissance. Les autres n'ont pas fait de détours, elles ont dû filer tout droit. Je vais sûrement tomber dessus. Toi, tu n'as qu'à rejoindre le camp, leur dire de m'attendre, que je suis en train de récupérer ma fourmitière.

— Tu vas y arriver, toute seule ? Comment tu vas faire ?

— J'ai ce tissu que m'a donné Ananda. (Elle montre la pièce d'étoffe pliée sur son épaule.) Je vais les emballer dedans, avec du sable. De ton côté, essaie de trouver quelques restes de nourriture, on les ajoutera au sable.

— D'accord. Ne tarde pas trop, Nao. Je doute de la patience de Naasseni.

Denn s'éloigne au pas de course, rejoint le camp en longues foulées souples.

Tandis que les nomades achèvent de répartir et d'ajuster les chargements sur les chevaux, il inspecte le sol, vers où se trouvait le feu, en quête d'éventuels reliefs de repas. Mais la place a été très bien nettoyée par les femmes. Hormis les traces de pas légères qui seront effacées au premier coup de vent, rien n'indique qu'ici on a établi un camp, qu'on y a fait du feu.

Pourquoi tant de précautions ? se demande Denn. *Craignent-ils des ennemis ? Veulent-ils garder ce puits pour eux seuls ?*

Il tombe fortuitement sur Tsidii, en train de resserrer les lanières de ses semelles en cuir.

— Où tu être ? demande le vieux. On… voyage maintenant.

— J'étais avec Nao, elle récupère ses fourmites. Le chef est d'accord pour ça.

— Naasseni d'accord pour toi et elle avec nous, rectifie Tsidii avec une moue circonspecte. Fourmites… il aime pas. Mais Ananda veut. (Sa grimace se transforme en sourire.) Si Ananda veut, Naasseni… pas dire non.

— Parfait, sourit Denn en retour. Est-ce qu'on peut attendre Nao ? Elle n'en aura pas pour longtemps.

Il se tourne vers le bord ouest de la cuvette, où il aperçoit dans la pénombre bleutée de l'aube la petite silhouette courbée de Nao, qui marche avec précaution, scrutant le sol.

— Pas attendre. (Tsidii lève vers le ciel un doigt péremptoire.) Bientôt… jour. Soleil. Beaucoup… chaud.

— Justement, s'enquiert Denn, comment faites-vous durant la journée ? Vous ne marchez pas sous le soleil, quand même ?

Tsidii fronce les sourcils, il ne paraît pas avoir compris la question. Denn la répète plus lentement, en détachant bien les mots et les accompagnant de gestes. Les traits du vieux s'éclairent.

— Nous savoir, dit-il d'un ton malicieux.

Il s'éloigne là-dessus, laissant Denn sur sa faim, pour se livrer aux ultimes préparatifs avant le départ. Ceux-ci consistent essentiellement à mouiller les longues bandes de tissu qu'ils s'enroulent autour de la tête. Celui-ci, léger et bouffant, d'une matière que Denn ne connaît pas, a la particularité de bien absorber et retenir l'eau. *Judicieux*, reconnaît-il. *Ça permet de garder la tête au frais un peu plus longtemps.* Mais pas le corps – à moins que ces robes blanches n'agissent de même avec la transpiration ? Quoi qu'il en soit, si ce procédé peut fonctionner aux premières heures du jour, à l'approche de midi tout ça séchera en un clin d'œil…

Denn s'avise qu'on ne leur a pas donné de ces couvre-tête, à lui et Nao, et s'en enquiert auprès de Tsidii. Surpris, celui-ci va poser la question à Ananda, et rapporte la réponse :

— Ananda dit donné à Nao. Pour elle et toi.

Ce disant, il fait mine de déchirer une étoffe en deux.

Denn fronce les sourcils, intrigué – puis comprend soudain : le tissu qu'elle avait jeté sur son épaule… elle a cru que c'était pour transporter les fourmites. C'est sûr que, sans interprète, la compréhension est difficile parfois.

— Ananda a-t-elle d'autres tissus comme ça ? demande-t-il à Tsidii, en train d'enrouler son turban trempé avec des gestes complexes et précis.

— Non, répond celui-ci d'un ton sec, visiblement agacé par tant d'insistance.

Denn comprend alors qu'il ne faut pas pousser trop loin l'hospitalité et l'amabilité de cette tribu.

Soudain est donné le signal du départ. Les meneurs des chevaux leur donnent de petits coups de baguette sur l'arrière-train. Ceux-ci obéissent en renâclant un peu. Tout le monde emboîte en file le pas des animaux – Naasseni royalement juché sur l'un d'eux –, sauf Tsidii qui prend la tête du convoi. Il sert aussi de guide apparemment : en tant qu'ancien, il a sans doute une parfaite connaissance du désert. Personne ne se soucie de Denn et Nao : s'ils ne sont pas prêts, c'est leur affaire.

Denn lance un regard désespéré à Nao, agenouillée là-bas dans le sable, en train d'étaler sa pièce d'étoffe. Elle a dû trouver la colonne de fourmites. Comment va-t-elle faire pour les inciter à demeurer sur le tissu ? Cela va-t-il nécessiter un nouvel Accord ? Ou de renouveler l'Accord de la colonie ? En tout cas, ça peut prendre du temps…

Il résiste à l'envie de courir à la tête de la caravane pour supplier Tsidii d'attendre encore un peu ; ce serait franchement abuser. À la place, il fonce rejoindre Nao. À deux, ce sera certainement plus rapide. Peut-être arriveront-ils à rattraper les nomades avant qu'ils ne s'enfoncent dans le labyrinthe rocailleux qui s'étend au-delà de la cuvette.

— Nao ! Dépêche-toi ! Ils s'en vont !

Elle tourne la tête : Denn arrive en courant et la caravane gagne d'un pas égal le fond de la cuvette. Elle hausse les épaules, agacée, entasse de plus belle du sable sur le carré de tissu.

— Doucement ! Tu vas en écraser ! intime-t-elle à Denn, qui atterrit à genoux auprès d'elle dans une envolée de sable pulvérulent.

Il voit de suite l'étendue du problème : affolées, les fourmites détalent en tous sens et ne veulent pas rester sur le tissu. Nao s'efforce de les y maintenir en les enterrant dans le sable, mais chaque fois qu'elle en ramasse une nouvelle poignée, la précédente se délite et les fourmites s'égaillent.

— Il faudrait leur redire l'Accord de la colonie, déclare-t-elle. Qu'elles viennent d'elles-mêmes.

— On n'a pas le temps, Nao. Dès que les nomades seront dans les rochers, on perdra leurs traces.

— Il n'y a pourtant pas d'autre solution. À moins que tu aies apporté de la nourriture ?

— Pas trouvé. (Denn affiche un air dépité.) Et tu sais quoi ? Normalement, ce tissu, on doit le partager en deux, le mouiller et s'en couvrir la tête. Ça permet de tenir le coup plus longtemps sous le soleil.

— Parce qu'on va marcher sous le *soleil* ? s'écrie Nao, abasourdie.

— On dirait bien... Hé ! Si on leur donnait de l'eau ? Tu ne crois pas que ça les ferait venir ? Elles ont peut-être soif !

— Elles ont failli se noyer il y a deux nuits, je te rappelle. À mon avis, elles ont assez bu pour un mois. (Nao hausse de nouveau les épaules.) Mais bon, au point où on en est, on peut toujours essayer...

Denn lui passe la gourde et Nao verse un peu d'eau au creux de sa paume. Deux ou trois fourmites viennent s'abreuver, mais ça ne déclenche pas le rassemblement espéré. La soif semble être une notion personnelle chez elles, même si elles se concertent pour chercher de l'eau.

— Il faut reprendre l'Accord de la colonie, répète Nao, butée.

Denn grimace d'impatience. Levant la tête, il voit les premières bêtes de la caravane s'engager dans une gorge entre deux rochers, sur la pente nord de la cuvette. Le ciel, d'un bleu profond au zénith, blanchit sérieusement à l'est. Le soleil ne va pas tarder à apparaître. Denn est presque tenté de proposer à Nao d'abandonner les fourmites ici. Doivent-ils risquer de perdre la chance unique d'accompagner des hommes du désert pour une poignée de fourmites ? D'ailleurs, leur seront-elles encore utiles ? Ils ont trouvé une tribu qui va les emmener à un grand rassemblement, ils vont donc rencontrer d'autres gens, peut-être ne seront-ils désormais plus seuls, livrés à eux-mêmes. Peut-être que s'ils savent se débrouiller, ils trouveront aide, assistance, eau et nourriture tout au long de leur périple…

Mais Nao s'est déjà allongée par terre, la tête dans le sable, les bras écartés sur le tissu, appelant les fourmites de ses vœux, ses pensées ou sa voix silencieuse, il ne sait quoi. Il n'ose pas la déranger, et puis il se dit que la réflexion qu'il vient d'avoir n'est qu'une litanie de folles espérances. Bien sûr qu'ils n'auront pas toujours aide et assistance. Bien sûr qu'ils se retrouveront seuls et livrés à eux-mêmes. Bien sûr que les fourmites leur seront encore utiles. Nao ne s'en séparera jamais de toute façon : elle a des Accords avec elles, qui ne doivent pas être rompus au risque d'éveiller le courroux de Mère-Nature. Même si Denn ne croit guère au courroux de Mère-Nature tel que Kaal le décrit dans ses sermons du soir, ici, dans ce monde hostile, sous le soleil qui va bientôt darder ses rayons implacables, il lui paraît prêt à s'éveiller à tout moment.

Les fourmites mettent longtemps à se calmer assez pour se réunir toutes entre les bras de Nao, grimper de nouveau sur sa tête et dans son cou. Le soleil est largement monté au-dessus des rochers à présent, et à mesure que la chaleur grimpe, s'amenuise l'espoir de Denn de retrouver la tribu. Mais enfin, il semble que plus une seule fourmite ne traîne en dehors du tissu à présent.

Denn se penche au-dessus de Nao, lui annonce la nouvelle à voix basse.

Elle paraît ne pas avoir entendu. Il répète.

— J'ai entendu, Denn, lui parvient sa voix assourdie par le sable. Replie doucement les coins du tissu.

Tandis qu'il s'exécute, Nao redresse lentement la tête. Avec des gestes presque tendres, elle fait descendre les fourmites grimpées sur elle. Celles-ci tombent dans le sable, où elles rejoignent leurs congénères qui vaquent tranquillement. Nao se relève, toujours en douceur, puis saisit deux coins du tissu, fait signe à Denn d'en faire autant. Tous deux rapprochent les angles et soulèvent lentement l'étoffe de façon à former un ballot. Nao noue solidement les quatre coins entre eux, soulève par le nœud le baluchon ainsi formé. Ça a l'air de tenir.

— Verse un peu d'eau dans le sable, Denn. Ça le consolidera et les aidera à y creuser des galeries.

Il obéit, en profite pour en verser également sur la tête de Nao et la sienne. Tous deux sont déjà en sueur sous leurs robes blanches, et le soleil commence à leur rôtir le visage.

— On aurait dû tailler des bandes avant d'y enfermer les fourmites, observe-t-il. Et les mouiller pour mettre sur nos têtes, tu sais, comme je t'ai expliqué…

— Eh bien, on n'a qu'à prendre ça.

Nao ôte sa robe et, d'un coup de dents, en déchire tout le bas. Denn constate alors qu'elle s'est lavée et que ses écorchures et hématomes ont fortement régressé. Et qu'elle a un corps magnifique et désirable, luisant de transpiration – étrange qu'il ne l'ait jamais remarqué jusqu'à présent.

— Alors, qu'est-ce que tu attends ? Fais-en autant !

— Heu… oui, oui…

— Tu ne veux pas que je voie que tu bandes ? relève Nao en riant.

— Bah… Je… Euh…

— Je préfère que tu bandes devant moi plutôt que tu rêves d'Aya dans mon dos.

— Hein ?

— Donne-moi ta robe.

D'un autre coup de dents, elle en déchire également une large portion, puis mouille les deux pièces d'étoffe. La gourde est déjà à moitié vidée.

— Ananda ne va pas être contente qu'on ait déchiré ses robes, remarque Denn.

— On demandera aux fourmites de les recoller. Penche ta tête.

Elle enroule le tissu en un turban grossier autour de la tête de Denn, puis fait de même autour de la sienne. Il tend une main pour l'aider, mais elle l'écarte.

— C'est bon, j'y arrive toute seule. Rhabille-toi plutôt. Et range-moi ça !

Elle accompagne ces derniers mots d'une petite tape sur le pénis toujours dressé de Denn. Il renfile sa robe en lui tournant le dos – il se sent rougir.

Son turban enroulé, Nao se rhabille aussi. Puis elle soulève le baluchon de sable et de fourmites, qu'elle cale sur son épaule.

— Je peux le porter, propose Denn.

— Non. Ce sont *mes* fourmites, c'est à moi de les porter. Toi, tu as tous tes ustensiles en plus. Allons-y.

Sous le soleil de plus en plus ardent, ils se dirigent d'un pas rapide vers la bordure nord de la cuvette et la gorge où s'est faufilée la caravane.

— Si on retrouve la tribu, la nuit prochaine on dormira dans la tente réservée aux couples, lance Nao.

— Oui, *si* on la retrouve…

En temps normal, cette étonnante proposition aurait gêné, troublé ou excité Denn, ou tout cela à la fois. Pour l'heure, elle ne fait que l'angoisser.

Ça fait trop longtemps qu'ils crapahutent au sein de ce labyrinthe de rocaille couleur de sang caillé, sous un soleil implacable. Un soleil qu'ils tentent d'éviter au maximum, en restant le plus possible à l'ombre des rochers. Mais ils sont bien obligés parfois de traverser des flaques de feu, de longer des couloirs incandescents… C'est comme s'ils marchaient sur des braises, plongeaient au cœur d'un incendie. Trop longtemps qu'ils tournent en rond, d'un pas de plus en plus lent, d'une démarche de plus en plus lourde, d'un souffle de plus en plus court, au bord de la syncope en permanence. Les pieds en sang, le corps bouillant, un voile rouge au bord des yeux. En vain, semble-t-il – ils paraissent bel et bien perdus.

Ils n'ont plus d'eau. Ils ont mouillé par deux fois leurs turbans trop vite séchés et bu le reste. Ils n'ont repéré aucune trace de la caravane dans ce chaos minéral. Ils ont tant erré, de culs-de-sac en gorges obstruées, de passages perdus en pistes impraticables, qu'ils seraient également incapables de retrouver la cuvette et son puits salutaire – à supposer qu'ils puissent y accéder sans seau ni corde. Ils savent que s'ils ne trouvent pas très vite de l'eau et un abri un peu plus ombragé, ils sont condamnés à brève échéance.

Les pensées de Denn se délitent dans le magma en fusion qu'est devenu son cerveau. Une seule surnage, comme un bout de roc plus résistant sur un lac de lave : *on n'aurait pas dû.* Ils n'auraient pas dû s'enfoncer dans ce piège mortel en début de matinée. Cette pensée en engendrait d'autres en corollaire, englouties depuis dans les brumes rouges de sa semi-conscience : ils auraient dû attendre le soir ; demander à la troupe de semer des indices pour la retrouver ; abandonner les fourmites ; ne compter que sur eux-mêmes, la chance (ou Mère-Nature) et les fourmites ; ils n'auraient pas dû se lancer dans cette aventure bien au-dessus de leurs forces ; ils n'auraient pas dû croire que si Natsume avait traversé le désert, eux pouvaient le faire aussi ; ils n'auraient pas dû rêver d'un improbable paradis à partir d'une seule image peinte sur un foulard. Ils n'auraient pas dû...

Mais voilà, ils sont là maintenant, perdus au milieu de nulle part, et ils vont mourir. Peu importe ce qu'ils auraient dû ou pas dû faire. La réalité est aussi implacable que le soleil qui embrase le ciel : s'ils ne trouvent pas *tout de suite* un abri et de l'eau, ils vont mourir.

Cramponné à cette certitude, Denn essaie d'allonger sa foulée pour rattraper Nao qui marche devant lui, d'un pas mécanique et lent. C'est lui qui porte à présent le baluchon de sable contenant les fourmites ; Nao a consenti à le lui confier après s'être écroulée trois fois sous son poids. Allégée, elle a pris la tête, et Denn compte un peu sur son regard plus acéré.

Il la percute de plein fouet, ce qui la fait tomber à genoux – il ne s'est pas rendu compte qu'elle s'est arrêtée.

— Nao, coasse-t-il d'une voix râpeuse, il faut qu'on...

Il s'interrompt. Il ne sait plus ce qu'il voulait dire.

— Regarde...

Il se laisse tomber à genoux à son tour. Résiste à l'envie de poursuivre ce mouvement, s'allonger là dans l'ombre relative – et provisoire – fournie par la paroi rocheuse, et se laisser doucement mourir. S'oblige à garder les yeux ouverts, à les focaliser sur ce que Nao lui montre.

Ce sont plusieurs boulettes plus ou moins rondes, d'un brun verdâtre, formant de petit tas puis une vague ligne dans les cailloux. Denn cligne des yeux, s'efforce d'éclaircir son esprit. Il a déjà vu de telles choses...

— Des crottes de cheval, souffle Nao.

C'est ça ! Il a vu des femmes en ramasser ce matin au camp, les fourrer soigneusement dans un sac. Il a même interrogé Tsidii sur cette pratique qu'il jugeait un peu répugnante, et l'ancien lui a expliqué que ça servait pour le feu...

Des crottes de cheval !

Mais alors... ils ont retrouvé la piste !

Les pensées de Denn se clarifient soudain, une énergie nouvelle fuse dans son corps, insufflée par une bouffée d'espoir. Il étudie les crottes. Le petit tas indique que la bête s'est arrêtée pour les faire puis, sans doute tirée par son meneur, a repris sa marche. L'alignement indique donc la direction. Il en touche une. Elle est sèche évidemment, mais ne s'effrite pas en poussière. Il l'ouvre en deux. Une faible trace d'humidité à l'intérieur : elle est relativement récente.

La tribu ne doit pas être loin.

Il ignore si elle est à quelques centaines de pas ou à des heures de marche – il ne veut même pas y songer. Ils ont retrouvé la piste, c'est un signe, ils vont rejoindre la caravane, c'est certain.

Il se relève non sans mal, avec l'aide de Nao. Elle veut lui reprendre le baluchon, mais il refuse d'un signe de tête obstiné.

— Avance. Par là. Je te suis.

Ils s'engagent dans ce canyon qui descend en pente douce au milieu de rochers de plus en plus élevés, qui dispensent une ombre légèrement plus épaisse. Le sol est également moins chaud sous les plantes à vif de leurs pieds. Peut-être que le soleil ne pénètre jamais dans cette ravine... Ils négligent les failles, gorges et bifurcations qui remontent vers les hauteurs, soit parce qu'elles sont trop étroites pour les chevaux et leur chargement, soit parce que Nao ne les « sent » pas. Selon elle, c'est vers le bas que la tribu a dû trouver refuge – car forcément elle a trouvé refuge : nul ne marche en plein midi dans le désert.

La nature des roches se modifie progressivement. Les pierres rougeâtres, anguleuses et acérées se font plus rares, au profit d'autres rocs plus lisses et chamarrés, plus escarpés aussi, qui forment bientôt de véritables falaises. Les tons deviennent ocre, les rochers striés, aux formes tarabiscotées, comme s'ils s'étaient figés là en couches superposées, à l'aube des temps. Et le canyon descend toujours entre ces falaises, parfois à peine assez large pour livrer passage aux grands animaux.

Mais Denn et Nao sont sur la bonne voie. Car sous leurs pieds la blessante caillasse a laissé place au sable. Lequel est sillonné d'empreintes. Celles, rondes, des chevaux, et celles, ovales et nombreuses, des semelles des nomades. Ils tombent une nouvelle fois sur des crottes. Puis sur une lanière de cuir racorni, au nœud défait, à laquelle est attachée une sorte de coquillage. Nao ramasse précieusement l'ornement, sans doute perdu par une des femmes.

La soif les taraude, la déshydratation leur fait tourner la tête et parsème leur vision de phosphènes, la chaleur menace de les terrasser à tout moment, mais ils continuent, mus par une volonté inébranlable, une énergie dont ils ne soupçonnaient même pas l'existence. La délivrance est proche, ils ne vont pas mourir finalement – non, ils vont tenir. Tenir. Avancer. Suivre les traces. Un pied devant l'autre. Un pied devant l'autre…

Soudain les falaises ombreuses s'écartent, et ils débouchent dans une espèce de cirque ouvrant sur une étendue plate, infinie, d'une blancheur aveuglante. Le cirque lui-même, assez large, est inondé de soleil.

Denn plisse ses yeux chassieux, ses lèvres craquelées laissent échapper un faible soupir, et l'espoir qui le soutenait s'évapore comme une flaque au soleil. *Non… Ce n'est pas possible… Les nomades ne se sont pas engagés là-dessus…* Cette platitude miroitante et vide lui paraît la quintessence de la mort et du néant.

À l'orée du canyon, il distingue Nao qui s'avance, fait quelques pas sous le soleil et disparaît à sa vue. Il tend le bras pour l'arrêter, esquisse deux ou trois pas qui l'amènent lui aussi en plein soleil. L'astre fond sur lui comme une boule de lave tombée du ciel.

Il s'écroule dans le sable brûlant. Le voile rouge qui palpitait depuis longtemps au bord de sa vision envahit tout, se fond en une noirceur aussi aveuglante et mortelle que le désert blanc qui s'étend devant lui.

C'est de l'eau qui le réveille. La fraîcheur de l'eau sur son visage brûlé et ses lèvres desséchées, la douceur de l'eau dans sa gorge en feu. Un bref instant, il croit qu'il rêve – mais il avale de travers et se met à tousser, ce qui achève de le ramener à la conscience. L'eau cesse de couler dans sa bouche. Il a trop soif, il en veut encore. Il tend la main, touche une outre en peau, cherche à la porter à ses lèvres. L'outre résiste un peu, puis consent à déverser quelques gorgées du précieux nectar. Il boit avidement. Le flux vital se tarit de nouveau. Il tend encore la main, qui ne touche rien cette fois. Il entend des voix autour de lui, des frous-frous, capte des mouvements. Il réussit à entrouvrir ses paupières gonflées.

Denn est dans la pénombre et un visage est penché sur lui. C'est Nao, souriante. Les dernières traces d'inquiétude s'effacent de ses traits, laissant place au soulagement. Elle effleure de sa main la joue de Denn, de ses lèvres les lèvres de Denn – deux morceaux de parchemin racorni qui se touchent.

— Soif… souffle-t-il.

— Pas tout de suite, réplique-t-elle. Ils disent pas trop à la fois, sinon tu risques de vomir.

La main de Nao qui caresse son visage lui arrache un rictus de douleur : sa peau le brûle. Il tente de l'écarter, mais elle insiste.

— Laisse-toi faire. J'étale un onguent sur ta figure. Ça va calmer tes brûlures.

En ouvrant un peu plus les yeux, il constate que la peau de Nao est luisante, avec des nuances verdâtres. Elle aussi a dû s'enduire de cet onguent. Alors l'implication de ce fait éclaire son esprit. Ils n'ont pas ça dans leurs affaires… et ils n'avaient plus d'eau. Ils ont donc retrouvé les nomades ?

Il tente de se redresser, mais les forces lui manquent encore.

— Ne bouge pas, Denn. Je n'ai pas fini.

— L'onguent ?

— C'est Ananda qui me l'a donné. Il est très efficace, tu sais. Moi-même je n'ai presque plus mal.

À mesure que sa vue s'habitue à la pénombre, Denn découvre qu'il est allongé au fond d'une grotte, comme l'atteste le plafond rocheux au-dessus de sa tête. Du coin de l'œil, il aperçoit des silhouettes assises ou étendues. Il entend les murmures de conversations feutrées. Un autre visage vient occuper son champ de vision : les traits anguleux, francs et burinés d'Ananda. Elle lui sourit, puis montre à Nao comment étaler l'onguent, mieux le faire pénétrer. Elle en prend une noisette sur deux doigts dans un petit pot, l'étale au creux de sa paume, et frotte énergiquement la peau de Denn. Il grimace de nouveau, malgré ses lèvres craquelées. Ça lui fait mal et du bien en même temps : là où l'onguent a pénétré, la sensation de brûlure s'atténue nettement.

— Je peux avoir encore de l'eau ?

Nao interroge Ananda du regard, qui acquiesce d'un bref signe de tête. Elle redresse celle de Denn et le fait boire – trois gorgées, pas plus. Puis elle reprend son application de l'onguent, plus doucement qu'Ananda. Elle en étale également sur ses bras, ses jambes et ses pieds, nettoyés au préalable du sable incrusté dans les coupures. Elle referme le pot (fait d'une matière dure et transparente, et dont le couvercle métallique se visse, remarque Denn), le rend à Ananda.

— Nao, où on est ? Toujours devant ce grand désert blanc ?

— Oui. À quelques pas de là où tu es tombé. J'ai vu la grotte, et les nomades qui me faisaient signe…

— Ils ne nous ont pas attendus, remarque Denn, sur un ton de reproche.

— Ils ne pouvaient pas. Ils avaient un temps limite pour arriver jusqu'ici, avant qu'il ne fasse trop chaud. Tu sais, ils sont épatés qu'on ait réussi à survivre et à les retrouver.

— Ça me fait une belle jambe, grommelle Denn. On aurait pu mourir dans ces rochers. On a juste eu de la chance. Pourquoi ils ne nous ont pas aidés ?

— Eh bien… Je crois que c'était une sorte d'épreuve. Pour voir si on était aptes à survivre dans le désert. Je pense qu'on est bien acceptés par la tribu maintenant.

Nao se tourne vers Ananda qui hoche la tête en souriant, comme si elle avait compris les propos de Nao. Peut-être en a-t-elle saisi la teneur, sinon les paroles. Ananda est une femme très avisée, constate Denn. Elle sort de sous sa robe le coquillage suspendu à la lanière de cuir, et remercie Nao (une nouvelle fois sans doute) en inclinant la tête et portant la main à son cœur. *Ça aussi vaut d'être accepté par la tribu*, songe Denn. Ce pendentif porté par la femme du chef doit avoir une haute valeur symbolique.

Naasseni l'appelle d'un ton sec, genre « c'est moi qui commande ». Ananda adresse un clin d'œil à Nao puis va le rejoindre. S'ensuit une discussion animée entre eux et d'autres membres du clan. Après quoi elle revient auprès de Denn et Nao, accompagnée de Tsidii qui fait office d'interprète. Elle lui résume la situation en quelques mots. L'ancien réfléchit en se grattant la tête, puis entreprend laborieusement de traduire :

— Elle dit… tribu donne l'eau à vous, donne… (il mime le geste de se masser la joue) chose pour soleil. Vous donnez chose pour…

Il grimace, cherchant ses mots.

— Échange ? suggère Nao.

— Échange, oui. Nous donner, vous donner.

— Donner quoi ? On n'a rien, intervient Denn.

Il songe aux objets de Natsume dans les poches du gilet. Il ne voudrait se séparer d'aucun. Il réfléchit néanmoins à celui qui leur serait le moins utile… à moins que les nomades n'aient déjà fait leur choix.

— Fourmites trouvent l'eau ? reprend Tsidii, se tournant vers Nao. Trouver l'eau. Maintenant.

— Ici ? (Elle parcourt la grotte du regard : que du sable et de la roche, sans le moindre indice d'humidité.) Et s'il n'y en a pas ?

— Trouver l'eau, répète Tsidii. Naasseni veut.

Nao adresse à Denn un regard circonspect. Les fourmites ne sont pas magiciennes, elles ne vont pas faire jaillir de l'eau là où il n'y en a pas. Elle se demande quelle sera la réaction de la tribu en cas d'échec. Seront-ils rejetés ? Est-ce une épreuve supplémentaire ?

Elle pose le baluchon de sable au milieu de la grotte, l'ouvre avec précaution. Tout le clan l'observe à distance respectueuse. Diverses expressions s'affichent sur les visages, de la simple curiosité à la franche répugnance. Pour les nomades, les fourmites sont avant tout des insectes piqueurs, charognards et voleurs de nourriture, qui instillent des poisons et transmettent des maladies ; moins dangereux que les scorpions, mais tout aussi antipathiques. Seule Ananda montre un vif intérêt teinté d'impatience, car elle a déjà vu Nao à l'œuvre.

Dans le baluchon, les fourmites s'activent à réparer leur fourmitière quelque peu malmenée par l'errance dans la rocaille. Nao réclame un peu d'eau pour amorcer l'Accord. On lui en verse dans une petite coupelle en métal. Elle pose d'abord une main dans le sable du baluchon, afin de procéder à l'appel des fourmites. Une formalité en principe, mais avec tous ces gens qui la regardent, Nao a un peu de mal à se concentrer. Elle ferme les yeux, calme son souffle, apaise son cœur palpitant. Penser très fort aux fourmites. Leur exprimer tout son amour pour elles. Se représenter leur contact au bout de ses doigts, leurs petites pattes grouillantes, leurs antennes fureteuses… *Vous avez besoin de moi, j'ai besoin de vous. Venez, mes fourmites, venez à moi…*

La première à grimper sur sa main doit être celle qui a passé la nuit dans ses cheveux, avec qui Nao a un contact privilégié maintenant. D'autres ne tardent pas à suivre. Elles tâtent et palpent ses doigts, montent sur le dos de sa main, puis sur son poignet, son avant-bras. Quand elle les estime en nombre suffisant, elle retire doucement sa main du sac, va la poser près de son doigt qu'elle trempe dans la coupelle d'eau. Ce mouvement provoque diverses exclamations parmi l'assistance, d'étonnement ou de dégoût – ce qui déconcentre aussitôt Nao. Elle n'a procédé à l'Accord de l'eau que trois fois : deux avec son père et une avec Denn, toujours dans l'intimité. Là, elle sent le poids de tous ces regards sur elle, cette assemblée qui ne cache pas sa répugnance et son incrédulité, mais attend quand même d'elle un prodige.

Chchchtt, chchchttt, fait Ananda en agitant les mains, percevant bien le trouble de sa protégée. Tout le monde se calme, mais cela n'aide pas Nao à mieux se concentrer. *J'ai soif, j'ai très soif, je meurs de soif,* songe-t-elle. *Fourmites, aidez-moi, trouvez-moi de l'eau…* Ça sonne faux à son propre esprit. D'abord, elle n'a pas soif, car les nomades l'ont fait boire. Ensuite, elle sait bien qu'il ne s'agit pas d'une nécessité, mais d'une démonstration. Avec son père, c'était aussi une démonstration, mais Tuc est bien plus entraîné qu'elle. Et surtout, ils étaient seuls. Elle insiste malgré tout, paupières serrées, lèvres pincées sous l'effort : *J'ai terriblement soif, je vais mourir si je ne bois pas, trouvez-moi de l'eau, j'ai tellement soif !…* Elle tente d'en faire une litanie gommant toutes ses autres pensées.

Sur sa main posée par terre, les fourmites vont et viennent, ne sachant trop que faire. Certaines en descendent, explorent un peu les environs : que du sable stérile, sans intérêt. Enfin l'une d'elles – toujours la même ? – se dirige vers la coupelle, dans laquelle elle boit. Ce faisant, ses antennes touchent le doigt de Nao, comme par inadvertance. Elles se rétractent, touchent à nouveau. Palpent.

J'ai soif, j'ai si soif, je meurs de soif, trouvez de l'eau, oui c'est ça, de l'eau…

Une autre fourmite s'approche, puis deux, trois, plusieurs. Elles sont bientôt une dizaine à s'abreuver dans la coupelle et à tâter le doigt de Nao. Certaines grimpent même dessus.

Je vais mourir si je ne bois pas, chères fourmites, j'ai tellement besoin d'eau…

Les dernières fourmites quittent la main de Nao, rejoignent leurs congénères autour de la coupelle. D'autres commencent à descendre du baluchon. L'assistance observe, médusée, retenant son souffle.

J'ai tellement soif, je vais mourir si je ne bois pas, trouvez-moi de l'eau…

À présent les fourmites sont près d'une cinquantaine à grouiller autour de la coupelle, à palper tour à tour le doigt de Nao, à échanger des informations du bout de leurs antennes. Elles tournent et virent un bon moment, puis enfin un consensus paraît se dessiner : elles se mettent à former une colonne qui, après avoir un peu hésité, prend une direction précise. L'assemblée s'écarte sur leur passage, émettant des cris plus ou moins étouffés.

De nouveau dérangée par ce bruit, Nao entrouvre les paupières et constate – non sans fierté – que l'Accord a fonctionné : les fourmites vont trouver de l'eau !

Elle remarque alors la direction qu'elles ont prise. Elle ne sait si elle doit s'en inquiéter ou s'en amuser. Comment la tribu va-t-elle réagir ?

Les fourmites filent droit vers le cheval le plus proche, qui paraît dormir debout. Et grimpent après l'une de ses pattes, qui frémit.

Nouveaux cris parmi les spectateurs. L'un d'eux se lève – le meneur du cheval sans doute – et se déchausse pour écraser les fourmites à coups de semelle.

— Non ! s'écrie Nao. Elles ne vont pas piquer ! Arrêtez !

Ananda a compris le cri d'alarme de Nao, car elle tance vertement le meneur du cheval. Celui-ci proteste, sa semelle toujours brandie, prend Naasseni à partie. Celui-ci hésite, mais un regard meurtrier de sa femme le fait opter pour la bonne décision : il ordonne à l'homme de reposer sa sandale. Tout en avertissant que si les fourmites piquent le cheval, Denn et Nao seront expulsés aussitôt (ce qu'ils apprendront plus tard, de la bouche de Tsidii).

Pendant ce temps, les fourmites ont poursuivi leur chemin sur le flanc de l'animal, qui tressaille de temps en temps, mais le cheval poursuit sa sieste. La colonne d'insectes atteint le chargement sur son dos, l'escalade... et se dirige vers une gourde suspendue à un crochet, qu'elle envahit en la palpant avec frénésie.

Ça déclenche un éclat de rire général.

Nao rit à son tour, soulagée. Elle craignait une réaction bien plus sévère. Mais après tout, les fourmites ont accompli leur mission : elles ont trouvé de l'eau.

Elle se lève, va décrocher la gourde grouillante de fourmites, et sous les applaudissements retourne au milieu de la grotte, verse un peu d'eau dans la coupelle et pose la gourde dans le sable. Les fourmites en descendent et viennent se désaltérer à la coupelle avant de remonter dans le baluchon.

Nao est vivement congratulée. On lui tape sur l'épaule, Ananda et d'autres femmes l'embrassent, des hommes lui serrent la main, même Naasseni s'incline devant elle, la main sur le cœur. Denn n'est pas oublié, lui qui n'a rien fait pourtant : on le félicite également d'avoir une femme comme Nao, une « vraie chamane » d'après Tsidii. Nao en profite pour réclamer un peu de nourriture pour les fourmites. On lui fournit obligeamment quelques graines et miettes de viande séchée, qu'elle parsème dans le sable. Les insectes s'en emparent aussitôt, les escamotent prestement dans les profondeurs de leur fourmitière.

Cette ambiance détendue incite au partage. Les nomades décident de s'octroyer une collation en attendant le soir, moment propice pour traverser le désert de sel. Denn a besoin de reprendre des forces, Nao aussi, et puis personne ne s'en plaindra…

On commence à extraire du chargement les sacs dévolus aux vivres quand soudain une bourrasque brûlante s'engouffre dans la caverne, soulevant des bouffées de sable.

Tout le monde s'immobilise. Des regards s'échangent, inquiets.

Deux hommes gagnent l'entrée de la grotte, s'arrêtent en lisière de l'ombre, auscultent le ciel – d'une blancheur de métal en fusion, peut-être très légèrement teinté de jaune – puis le sable devant eux.

Çà et là des volutes y dansent et tourbillonnent, telle une troupe d'esprits volatils.

L'un des hommes se verse de l'eau sur la tête, rabat son turban sur son visage et se risque en plein soleil. Il va ausculter l'horizon du désert de sel.

Là-bas – où, jusqu'à présent, l'étendue miroitante se confondait avec le ciel – se dresse à présent une immense falaise ocracée, fuligineuse et roulante.

Qui s'approche très vite.

L'homme revient en courant, criant des mots qui déclenchent aussitôt un branle-bas au sein de la tribu. Tout le monde s'agite, braille des ordres, s'active frénétiquement autour des chevaux. On se met à décharger et déplier une toile de tente. Alarmé par cet affolement, Denn se redresse et réussit à se hisser sur ses jambes encore flageolantes. Il alpague Tsidii au passage :

— Qu'est-ce qui se passe ?

Celui-ci vocifère dans sa langue avant de se rappeler qu'il doit traduire.

— Sable, répond-il. Euh… v-vent ! Vent de sable !

Il s'éclipse aussitôt, va aider à étaler la toile par terre. Pendant ce temps, d'autres déchargent des fagots de perches.

Une nouvelle bourrasque s'engouffre dans la grotte, apportant une volée de sable tourbillonnant qui soulève la toile. Dehors, la lumière vire à un ocre malsain. De plus en plus d'esprits de poussière virevoltent dans le cirque sablonneux. Un vaste bruissement se fait entendre. D'abord quasi imperceptible, murmure à peine audible, il augmente rapidement en puissance, jusqu'à envahir le ciel tout entier. Une autre claque de vent fouette la grotte, le sable crépite, cingle méchamment la peau. Tous redoublent de frénésie.

Luttant contre sa faiblesse, Denn vient prêter main-forte, bien qu'il se demande ce que les nomades sont en train de faire au juste. Vont-ils dresser une tente dans la grotte ? Ne risque-t-elle pas d'être emportée ? Il a déjà assisté – de loin – à quelques tempêtes de sable. Réfugiés au fond de la caverne, lui et sa tribu se contentaient de faire le dos rond en attendant que ça passe. Ils entendaient, en provenance du boyau d'entrée, le vent qui grondait et hurlait, le sable qui crépitait sans relâche ; ils en percevaient l'odeur chaude et minérale, ils sentaient l'air s'empoussiérer. Tout ce qui avait été oublié dehors était emporté ou enseveli. Quand ils ressortaient, ils trouvaient le paysage transformé, la plage bouleversée, des dunes au bord de la mer, trempant dans une eau boueuse, épaissie. La seule fois où Denn avait osé s'aventurer dans le boyau pendant une tempête de sable, il n'avait aperçu de l'extérieur qu'un chaos brunâtre et tourbillonnant. Il avait respiré du sable et craché ses poumons pendant plusieurs jours d'affilée.

Et là, ils veulent *dresser une tente* ? Ils sont fous !

Il comprend tout à coup, quand il voit les nomades planter des perches dans la toile et les caler solidement contre les parois de la grotte. Ils veulent simplement la plaquer au sol. Pour se glisser dessous.

Pendant que les hommes s'activent à coincer le plus de perches possible, les femmes montent sur la toile pour l'empêcher d'être soulevée par les bourrasques qui augmentent en nombre et en intensité. Les meneurs de chevaux vérifient et consolident les harnachements. Puis ils couvrent la tête des animaux d'une espèce de bonnet en tissu léger qui leur masque les yeux, les oreilles et les naseaux, sans les empêcher de respirer pour autant. Les chevaux se laissent faire, apparemment ils ont l'habitude.

Dehors, le bruissement est devenu le hurlement de cent mille démons, et la lumière jaunasse a viré à un demi-jour brunâtre, quand la dernière perche est calée contre la paroi. À gestes et mots empressés, Naasseni fait signe à tout le monde de se glisser sous la toile. En bon chef, il est le dernier à se faufiler. Il plaque l'étroite ouverture au sol à l'aide d'une corde qu'il enroule autour de lui.

Il fait là-dessous une chaleur étouffante et l'air y est déjà presque irrespirable. Denn ignore combien de temps il pourra tenir. Il trouve à tâtons la main de Nao près de lui, la serre dans la sienne.

Et la tempête déferle.

Rugissements du vent, crépitements intenses du sable tel un déluge minéral, hennissements d'angoisse ou de détresse des chevaux, craquements des perches, claquements de la toile secouée par l'ouragan, halètements de la tribu blottie dessous, qui peine à trouver de l'air… Un univers de bruits dans une obscurité quasi-totale, qui les rend d'autant plus angoissants. Denn s'efforce de calmer les battements désordonnés de son cœur et de respirer le moins possible. Chaque goulée d'air lui paraît une goulée de poussière abrasive, qui lui arrache la gorge et lui obstrue les poumons.

À l'extérieur, le chaos se déchaîne, de plus en plus violent, démesuré. Les chevaux se sont tus. Les crépitements se sont fondus en un vaste bruit blanc assourdissant, étouffant presque les hurlements du vent. Les perches grincent et craquent – et soudain l'une d'elles se rompt, puis deux, puis trois. Un coin de la toile se soulève, laissant entrer une bouffée de sable pulvérulent. Aussitôt des hommes l'empoignent, la maintiennent fermement au-dessus de leurs têtes. Plusieurs toussent, suffoquent, cherchent vainement de l'air. Une gourde d'eau circule – une gorgée, pas plus, précise-t-on. Denn la reçoit avec une immense reconnaissance. Or ce n'est pas de l'eau qu'il a l'impression d'avaler, mais de la boue. Il ne peut résister à la tentation d'une deuxième gorgée, qui lui dégage un peu mieux la gorge – mais l'effet est très éphémère, tant il respire de la poussière. Il passe la gourde à Nao, dont la respiration est sifflante et oppressée. L'eau la fait tousser. Puis la gourde disparaît dans les ténèbres. Elle ne reviendra pas.

D'autres perches se brisent, d'autres hommes empoignent la bâche – c'est au tour de Denn. Il agrippe le tissu rêche, secoué en tous sens, qui tente par tous les moyens d'échapper à son emprise... Au bout d'un moment, ses doigts, ses poignets, ses bras se tétanisent. L'effort le fait haleter mais il ne trouve pas d'air pour oxygéner ses muscles. Et la tempête ne faiblit pas... Si la toile est emportée, ils vont tous périr là, noyés dans le sable plus sûrement que dans une tempête en mer. Car à l'inverse de l'eau toujours séparée de l'air, le sable, lui, est partout et pénètre sans répit, s'insinue dans le moindre orifice. Alors Denn tient, résiste, cramponné à sa volonté de vivre autant qu'à ce tissu, unique et fragile rempart contre les éléments déchaînés.

À force de tenir, de résister, de respirer de la poussière, de perdre tout repère dans les ténèbres, le vent hurlant et le bruit blanc du sable, Denn finit par tomber dans une sorte de torpeur où tout se mêle, cris, râles, toux, jurons, pleurs, vent, sable, craquements, claquements, ténèbres tourbillonnantes... Agrippe-t-il encore quelque chose ? Il ne sent plus ses bras ni ses mains, sa gorge est un chardon, ses poumons sont un sac de poussière... À nouveau le guette le voile noir de l'inconscience... à moins qu'il ne l'ait déjà englouti...

Et soudain tout s'arrête.

Aussi brusquement qu'elle est survenue, la tempête de sable s'éloigne.

La bâche retombe mollement sur les corps pétrifiés. Le crépitement devient bruissement, qui s'estompe au loin. Les hurlements du vent ne sont plus que des murmures bientôt inaudibles. Les chevaux s'ébrouent. Toux, râles, soupirs sous la bâche.

Naasseni soulève le coin qu'il a maintenu tout du long et sort le premier. Puis tout le monde le suit en bon ordre. Quand Denn parvient enfin à l'air libre, juste derrière Nao, sa première goulée lui paraît un pur nectar, bien qu'encore chargée de poussière. Celle-ci flotte dans l'air qu'elle trouble et colore en ocre, empêchant de distinguer clairement à plus de quelques pas.

Denn ne peut plus déplier ses doigts, blêmes et courbés en crochets. Ses bras sont noueux et durs comme de la pierre. Mais Nao est à ses côtés, donc tout va bien. Elle est pâle, trempée de sueur, croûtée de sable, le souffle court, secouée par la toux – mais entre deux spasmes elle lui sourit. Tout va bien.

On distribue de l'eau, plus généreusement cette fois, y compris aux chevaux dont on a retiré les masques. Denn a l'impression qu'une gourde entière ne suffirait pas à diluer la boue qui obstrue sa gorge, mais il se restreint : l'eau est trop précieuse ici, et il ignore de quelles réserves dispose la tribu.

À peine remis de leurs émotions, les hommes entreprennent de décoincer les perches qui ont tenu et de replier la toile de tente, tandis que les femmes balaient grossièrement le sable qui recouvre les chargements. Inutile d'alourdir encore plus les bêtes.

Une fois les perches et la tente de nouveau fixées sur les flancs des chevaux, Naasseni donne sans autre forme de cérémonie le signal du départ.

Tandis que les animaux se relèvent dans une envolée de sable et que la caravane s'ébranle, Denn, inquiet, vient s'enquérir auprès de Tsidii :

— Mais il fait encore grand jour… On ne va pas traverser cette étendue blanche, quand même ?

— Oui, traverser, répond l'ancien avec un sourire. Chaud… moins… tu sens ?

En effet, la température a baissé. Ce voile de poussière qui stagne encore dans l'air atténue l'ardeur du soleil. N'empêche… Il va finir par retomber. Que feront-ils alors au milieu du désert de sel, où nulle ombre n'est possible ?

— Et… bientôt, reprend Tsidii, l'eau. (Il lève un doigt en l'air.) L'eau du ciel.

— La pluie ?

— Oui. Vent de sable… apporte la pluie. (Après un silence, il ajoute :) Souvent.

8

CHEVAUCHÉE À LONGS PAS D'AMBLE

Tombé malade en voyage
Mes rêves errent
Sur les plaines dénudées
BASHO.

IL NE PLEUT PAS finalement – deux averses en si peu de temps, ça paraissait inconcevable. Mais la traversée du désert blanc reste supportable, car la température a tout de même sérieusement chuté, même si le soir est encore loin. La tempête de sable a laissé dans le ciel un voile ocre assez épais pour absorber une grande partie du rayonnement solaire, baignant le paysage – ou plutôt l'absence de paysage – dans une pénombre brune assez inquiétante. Le désert de sel est également recouvert d'une fiche couche de cette poussière ocre, ce qui élimine tout contraste, tout horizon, tout repère.

Denn se demande comment la caravane peut tracer son chemin dans ces conditions, comment Tsidii qui la guide peut être sûr de la bonne direction. Nulle piste, nulle trace, nul signe… Que de l'ocre, partout, en volutes dans le ciel, en tourbillons sur le sol plat. A-t-il un sens magique ?

À propos de sens magique… Denn rejoint Tsidii à l'avant et, tout en fouillant dans le vêtement à poches sous la robe blanche, lui demande :

— Comment fais-tu pour te repérer au milieu de nulle part ?

Tout d'abord, l'ancien ne comprend pas la question. Denn la lui répète, assortie d'un grand geste du bras englobant ce néant brunâtre. Les traits burinés de Tsidii s'éclairent et il sourit.

— Je… aller droit, bafouille-t-il en tendant la main devant lui.

— Et comment sais-tu que tu vas tout droit ?

Le nomade fronce les sourcils et ne répond pas. Denn devine que ce n'est pas parce qu'il ne veut pas répondre, mais parce qu'il ne *peut* pas. Il capte un instant fugitif de trouble et d'incertitude. En fait, Tsidii n'en sait rien. Il l'espère seulement.

Denn sort alors de sa poche le petit boîtier rond avec l'aiguille rouge qui indique le nord. Il vérifie que c'est bien toujours le cas, même dans cette brouillasse ocracée. Puis il le montre à Tsidii et lui explique.

Tout d'abord le vieux, obstiné, ne veut rien savoir. Mais devant l'insistance de Denn il finit par s'arrêter pour étudier de plus près cette aiguille mystérieuse. Il se retourne alors, observe la caravane qui le suit. Son alignement général suggère qu'ils suivent une direction nettement orientée nord-est, alors qu'ils devaient marcher droit vers le nord. Il se gratte la tête sous son turban, perplexe.

Naasseni vient voir pourquoi la caravane s'est arrêtée. Tsidii lui montre la boussole, lui explique à son tour. Le chef hoche gravement la tête, fixant Denn d'un regard sévère. S'ensuit une vive discussion, à l'issue de laquelle Naasseni rejoint sa place dans le convoi, sans un autre regard pour Denn. Tsidii donne le signal du départ et reprend sa marche tranquille – cette fois orientée plein nord.

— Qu'en dit le chef ? s'enquiert Denn.

— Il dit ça… chose magique.

— C'est un objet des Âges Sombres.

— Âges Sombres ?

— Tu sais… Le passé. Quand les hommes dominaient Mère-Nature.

— Oh oui, je vois. Nous, on dit…

Tsidii réfléchit, prononce un mot dans sa langue puis hausse les épaules.

— Peu importe, sourit Denn. On sait de quoi on parle.

— Beaucoup histoires, reprend Tsidii en hochant la tête. Mauvaises choses… partout. Démons… encore vivants.

Denn voudrait lui demander des précisions, mais l'ancien élude :

— Quand tribus… réunies, toi entendre histoires.

Après quoi il baisse la tête et se plonge dans la surveillance de la boussole, comme si l'aiguille pouvait changer de direction s'il en détournait le regard. Denn comprend que la conversation est terminée et va retrouver Nao au milieu de la caravane.

Elle porte bravement sur l'épaule son baluchon contenant la fourmitière, transpirant sous l'effort. Denn lui propose de s'en charger, mais elle refuse : c'est elle la Gardienne, et tant qu'elle pourra porter, elle portera.

— Qu'est-ce que tu es allé dire à Tsidii ? s'enquiert-elle.

— Je lui ai donné la chose avec l'aiguille qui indique le nord.

— Tu lui as *donné* ?

— Le temps du voyage seulement. Et j'ai bien fait : il prenait une mauvaise direction. (Denn sourit, fier de ce service rendu.) Avec ça et les fourmites qui trouvent l'eau, la tribu ne voudra plus nous lâcher à présent…

— C'est bien ce que je crains, rétorque gravement Nao.

La joie de Denn retombe.

— Pourquoi tu le crains ? On s'entraide, je trouve ça bien.

— On ne pourra pas rester toujours avec eux. On a une mission à accomplir… (Elle touche le foulard noué autour de son cou.) Tu n'as pas oublié, j'espère.

Le voile ocre qui bouche le ciel finit par s'estomper et disparaître ; entre-temps le soir est tombé, et la température ne remonte pas pour autant. La caravane poursuit sa marche imperturbable, à un rythme assez lent mais soutenu, sans marquer la moindre pause. La surface blanche paraît sans fin, parcourue de fines ondulations jaunâtres qui vont s'amenuisant, dispersées par une légère brise. À l'horizon, le sol miroitant reflète le ciel diapré des feux du couchant. On dirait qu'un vaste lac s'étend là-bas, mais ce n'est qu'un mirage.

Denn et Nao aimeraient bien marquer une pause. Leur égarement du matin et la tempête de sable qui s'est ensuivie les ont épuisés. Leurs pas se font lourds, traînants, ils peinent à suivre l'allure pourtant tranquille de la tribu. Pour les nomades, c'est juste une journée normale, dont la tempête de sable n'est qu'une péripétie qui n'a affolé personne. Denn et Nao, eux, ont éprouvé plus qu'assez d'émotions, de peur, d'angoisses et de chaleur. Ils aimeraient se poser un peu, nettoyer la croûte de poussière que la sueur a collée sur leur corps, manger un morceau et surtout dormir. Ils espèrent que, le soir tombant, la tribu, comme la veille, va faire halte et dresser le camp.

Or le crépuscule s'obscurcit de plus en plus, les dernières incandescences du couchant s'éteignent à l'ouest, les premières étoiles s'allument et la caravane ne fait pas mine de s'arrêter. Traînant à l'arrière, Denn et Nao échangent un regard anxieux. Pas de camp ce soir ? Combien de temps vont-ils marcher encore ?

Denn répond d'un hochement de tête à la question muette de Nao, lui rend le baluchon qu'épuisée elle a fini par lui confier puis, forçant sur les muscles douloureux de ses jambes, entreprend de remonter toute la caravane jusqu'à Tsidii en tête.

— Tsidii… Quand est-ce qu'on s'arrête ?

— S'arrête ?

Le vieux lève le nez de sa boussole, qu'il distingue à peine mais porte toujours comme un talisman.

— Pause. Dresser le camp. Manger. Dormir.

— Ah ! Pas dormir. Marcher.

Il tend de nouveau la main droit devant lui, geste impérieux tempéré d'un sourire.

— Marcher ? répète Denn d'un ton geignard. Toute la nuit ?

— Oui, toute la nuit. Matin… désert blanc… derrière nous. Sinon mourir.

Denn s'affaisse, l'air si malheureux que Tsidii le prend en pitié.

— Toi… fatigue ?

— Oui, avoue Denn. Moi très fatigue. Nao aussi. On s'est perdus ce matin, tu te rappelles ? Pendant que vous vous reposiez tranquillement dans votre grotte, nous on crapahutait sous le soleil…

Il ignore si l'ancien a compris, en tout cas ça le fait réfléchir. Il se frotte pensivement le menton, puis soudain redresse la tête.

— Chevaux ! s'écrie-t-il. Toi… et ta femme… monter chevaux.

— Mais ils sont tous chargés, objecte Denn, effrayé par cette idée. Plein de choses sur eux.

— Toi et ta femme… petits. (Tsidii lève en souriant son auriculaire, voulant sans doute signifier « fins » ou « légers ».) Chevaux pas… sentir. Viens.

Il lève la main et fait le signe marquant un arrêt, puis emmène Denn voir le meneur le plus proche. Pendant qu'il lui explique, Denn observe cette grande bête aux longues pattes qui l'ignore placidement. Il tente de se rassurer : *bon, elle est grosse, elle a de grandes dents et un cri qui fait peur, mais elle n'est pas méchante…* Comment le cheval réagira-t-il une fois que Denn aura grimpé dessus ? Et si ça ne lui plaît pas ?

Tsidii se tourne vers Denn :

— Agayu d'accord. Toi monter cheval.

Denn tente de tergiverser :

— Je… il faut que j'aille chercher Nao…

— Monter, répète Tsidii d'un ton ferme. Moi chercher Nao.

Le meneur du cheval explique à Denn, par gestes, qu'il doit s'asseoir sur son dos, une jambe de chaque côté, à l'exemple de Naasseni. S'il bouge trop, empoigner sa crinière. Denn hoche la tête en grimaçant, une boule dans la gorge. Agayu l'encourage en lui faisant la courte échelle. Devant son hésitation, il finit par l'attraper par la taille et, d'un mouvement vif, le propulse sur le dos de l'animal, qui fait un léger écart. Denn n'a pas le temps de reprendre son équilibre que le meneur donne une petite tape sur la croupe du cheval, ce qui le fait partir au petit trot. Secoué en tous sens, Denn se cramponne par réflexe à ce qui est à portée de sa main – la crinière. Le cheval ralentit son pas et Denn oscille à hauteur d'homme, pas du tout rassuré, les jambes crispées sur les flancs de la bête, qui ne paraît pas en être gênée. Elle n'a même pas tourné vers lui sa grosse tête à la grande gueule pleine de dents.

C'est ainsi que Nao le découvre, arrivant dans le sillage de Tsidii. Voyant Denn juché là-haut, tout voûté et penaud, elle éclate de rire.

— Rigole pas, bougonne-t-il. Tu verras quand tu y seras toi aussi !

Le cheval suivant est choisi pour Nao, et la même opération se répète, après avoir ajouté son baluchon de fourmites au chargement. Tout comme Denn, elle se sent en équilibre précaire, cramponnée en hauteur sur le dos de cette grande bête.

Quand les chevaux reprennent leur marche, Denn et Nao manquent tomber à plusieurs reprises, moqués par les meneurs et leur entourage. Puis Denn finit par comprendre qu'il doit accompagner les mouvements de l'animal au lieu de tenter de leur résister. À partir de là ça devient plus facile, et il parvient assez rapidement à trouver son équilibre. Malgré tout, il n'ose pas se retourner pour voir si Nao a compris comme lui – il l'espère. À aucun moment le cheval n'a montré la moindre agressivité, le plus petit agacement. Il doit avoir l'habitude… ou peut-être que son meneur le calme, d'une façon qui échappe à Denn. Comme Nao avec ses fourmites.

Finalement, cette chevauchée à longs pas d'amble devient presque agréable, reposante en tout cas. Il réussit à étirer un peu ses jambes, apaiser la douloureuse tension de ses muscles. Il empoigne toujours les poils de la crinière mais d'une façon moins crispée, juste pour conserver son équilibre. À se détendre ainsi, la fatigue le gagne en une vague de sommeil prête à déferler sur lui. *Il ne faut pas que je m'endorme*, s'enjoint-il. Car il risque de perdre le rythme, de lâcher prise et de tomber à coup sûr – et cette croûte de sel est dure comme de la pierre.

Les heures s'écoulent ainsi, immuables, dans la douce fraîcheur de la nuit… Denn finit sans doute par s'endormir, ou s'assoupir, ou sombrer dans un état de semi-conscience, agrippé juste par réflexe… car c'est l'arrêt soudain du cheval qui manque le faire tomber. Il se redresse en clignant des yeux, abasourdi.

Une pâle lueur pointe à l'est, par-dessus de longues collines.

Ils ont quitté le désert de sel.

Tandis que le jour se lève, ils progressent dans un paysage de collines douces, ocre, terreuses et caillouteuses, peu à peu parsemées d'une végétation chétive. C'est la première fois de sa vie que Denn voit autre chose que des algues, des champignons ou ces petites fleurs éphémères qui éclosent dans le désert après la pluie. Ce n'est guère impressionnant : épineux rabougris, arbrisseaux torves et desséchés, quelques taches d'une plante rampante vert-de-gris à l'aspect de lichen. Néanmoins, Denn aimerait les observer de plus près, en toucher une, sentir sa texture, son odeur. La goûter peut-être. Est-ce comestible ? Il paraît que certaines plantes le sont, comme les algues. Ça lui rappelle qu'il a faim… Les nomades en font peu de cas : ils marchent parmi elles comme si elles n'étaient rien d'autre que des pierres, et même les chevaux leur glissent un regard indifférent.

Denn se tourne vers Nao, dont le cheval suit le sien, pour voir si elle est aussi intriguée et émerveillée que lui par cette végétation. Dans le petit jour, il la distingue qui dodeline de la tête et oscille dangereusement sur le dos de sa monture. Somnolente, comme l'était Denn il y a peu.

— Nao ! la hèle-t-il.

Elle sursaute, manque choir et se cramponne *in extremis*, tandis que l'écho de l'appel de Denn roule dans les collines, brisant le silence tombal de l'aurore.

— Tu as vu ? Il y a des plantes !

— Hein ?

Il lui montre le désert d'un grand geste du bras. Elle tourne la tête de droite à gauche, vaguement curieuse, mais n'émet aucun commentaire et retombe bientôt dans sa léthargie. Denn soupire, dépité. Il aurait aimé partager avec elle la joie de cette découverte. Quand ils feront halte, peut-être...

Or le soleil monte dans le ciel, la chaleur s'accroît d'autant, et les nomades n'ont toujours pas l'air disposés à s'arrêter. Il est vrai que Denn ne voit pas bien où ils pourraient trouver refuge parmi ces collines basses et molles, mornes ondulations de terre poussiéreuse, caillouteuse et craquelée, où les rares buissons agonisants ne fournissent aucune ombre. Pour se protéger des rayons encore obliques mais déjà ardents du soleil, il enroule tant bien que mal son turban autour de sa tête. La bande de tissu tient mal et ne le protège en rien de la chaleur. Il faudrait le mouiller. Il y a une gourde tout près, accrochée au chargement de l'animal. S'agrippant d'une main à la crinière rêche, Denn se penche en arrière et se contorsionne pour attraper la gourde. Il y est presque... S'il pouvait se pencher un peu plus...

Agayu le surprend à faire ses maladroites et périlleuses acrobaties. Il se met à l'engueuler, à mots vifs et cinglants que Denn ne comprend pas mais il saisit bien qu'il a tenté de faire quelque chose d'interdit. Agayu décroche la gourde et va la fixer à l'arrière, hors de portée cette fois. Puis il reprend la bride du cheval en fusillant Denn du regard au passage.

Eh bien quoi ? On n'a plus le droit de boire, de s'humecter ? Pourtant il fait de plus en plus chaud !

Il se rend compte peu après que la caravane a accéléré : le roulis de son cheval se fait plus court, les pas des marcheurs plus rapides. Bon signe, en déduit-il. Si l'on va plus vite, c'est qu'on est pressé d'arriver quelque part. Et vu comme la température augmente, vu que d'ici peu elle atteindra un point où il ne sera plus possible de bouger en plein soleil, ce but ne doit plus être très éloigné à présent... Tant mieux si c'est le cas, car la sueur qui coule de sous son turban lui pique les yeux, la soif lui assèche la bouche et la gorge, et la faim gargouille dans son estomac. Sans parler du reste : il a mal aux fesses et ses jambes sont ankylosées à force de serrer les flancs de l'animal.

Denn se redresse pour tenter de trouver une position plus confortable, en profite pour tendre le cou devant lui. Étant juché sur le cheval de tête, rien n'entrave sa vision. C'est ainsi qu'il découvre, entre deux collines, un long talus au sommet plat qui lui paraît trop rectiligne pour être d'origine naturelle.

Un artefact des Âges Sombres ? Mais que sait-il au juste des diverses configurations géologiques du désert ? De toute sa vie, il n'en a connu que quelques arpents autour de la caverne de la tribu. La falaise, le chaos de roches rouges, la cuvette et son puits central ont constitué autant de surprises. Pourquoi pas un talus plat et rectiligne ? Quoi qu'il en soit, il sera bientôt fixé, car c'est vers lui que la tribu se hâte à présent, poussant des exclamations joyeuses.

La caravane grimpe à flanc de colline pour rejoindre le sommet du talus, là où il prend naissance. Ce qui ne va pas sans mal, car la terre est friable et les cailloux roulent sous les pas. Mais la chaleur maintenant harassante ne décourage pas les nomades, qui crapahutent opiniâtrement.

Sur le talus, une autre surprise attend Denn. Si d'un côté il barre la vallée en droite ligne, de l'autre il se transforme en un creux qui tranche la colline en deux pentes escarpées tout aussi rectilignes, formant une large piste caillouteuse. Des éboulements ont eu lieu dans les pentes, rompant ce tracé au cordeau et bloquant partiellement la piste, mais de toute façon la caravane prend l'autre direction : celle du talus, de la vallée, de la colline en face que cette piste – peut-on parler d'autre chose ? – entaille également en un large virage.

Ce n'est certainement pas d'origine naturelle, conclut Denn. Si une rivière est capable de creuser une colline – Denn a observé les rigoles que la pluie creuse dans le sable de la plage –, ce n'est certainement pas en ligne droite et, de plus, une rivière ne crée pas de talus. C'est donc bien une construction humaine… démesurée, telles qu'étaient capables d'en fabriquer les « démons » des Âges Sombres, selon Kaal qui évoquait des villes titanesques. Tout excité – et un peu effrayé – d'arpenter cet artefact, Denn se tourne vers Nao pour voir comment elle réagit. Mais Nao dort, ou a perdu conscience, ballottée sur le dos de sa monture comme une poupée de chiffons. C'est un miracle qu'elle ne tombe pas ! La chaleur l'a terrassée sans doute. La chaleur, la fatigue, la soif et la faim… *Va-t-on arriver bientôt quelque part ?* s'inquiète Denn, à qui la traversée de ce talus paraît sans fin, sous le ciel qui prend sa teinte décolorée habituelle, sous le soleil qui monte et le transforme peu à peu en fournaise.

Aveuglé par les cailloux blancs de la piste, par le ciel incandescent, par la lumière trop vive et par la sueur qui lui coule dans les yeux, Denn se souvient tout à coup de cet objet à mettre devant les yeux qui atténue le soleil. Il fouille dans les poches sous sa robe blanche, le sort, le chausse. Aussitôt le paysage s'assombrit, acquiert plus de couleurs, de relief. Un vrai soulagement !

Il parvient alors à distinguer, sur la piste et aux abords, des choses qui lui avaient échappé jusqu'à présent : de longues bandes grises, corrodées et déchiquetées, qui paraissent plantées dans la terre ; des coulées noires, çà et là, entre les cailloux ; des tiges en métal semble-t-il, qui jadis avaient dû être verticales, à présent tordues, tronquées, couchées ou arrachées du sol. Des artefacts humains, à n'en pas douter. Des vestiges des Âges Sombres. Peut-être que Tsidii pourra lui en dire plus là-dessus, quand ils auront dressé le camp.

La caravane parvient enfin au bout du talus et continue sur la piste au flanc de la colline suivante, qu'elle contourne en une longue courbe. En même temps, elle descend en pente douce vers une vallée un peu plus profonde… qui apparaît progressivement à Denn, à mesure qu'ils avancent dans ce long virage.

Tout d'abord, au fond de la vallée, il distingue des taches vertes. Vraiment vertes. Pas des plaques vert-de-gris, pas des épineux brunâtres et rabougris, un autre genre de végétation – enfin, il suppose que c'est de la végétation. C'est du même vert que certaines algues, et ça paraît d'une taille imposante. Serpentant parmi ces taches vertes, un filet brillant, argenté : de l'eau ? Et puis, enfin – surtout – ce qu'il prend d'abord pour des empilements de rochers. Mais un examen plus attentif révèle de toute évidence que ce n'en sont pas. C'est trop droit, trop carré, trop vertical.

Des pans de murs.

Une ville.

La piste descend vers cette ville, qu'elle longe avant de s'arrêter pile au bord de la vallée – ponctuée sur toute sa largeur de tronçons de piliers – pour reprendre de l'autre côté et se perdre parmi les collines.

Une *ville* !

Du moins c'est ce que Denn imagine, d'après les descriptions qu'en faisaient Kaal et Veer. Des *maisons*, comme des cavernes artificielles, aux roches plates et verticales, fabriquées et assemblées par l'homme, dont il discerne ici les ruines. Tout est effondré, brisé, détruit, se résout en amoncellements de gravats. Il en reste néanmoins assez debout pour discerner un plan général.

Abasourdi par cette découverte, Denn se tourne vers Nao, bien décidé à la réveiller cette fois – elle ne peut manquer pareille vision, quel que soit son état.

Alors qu'il ouvre la bouche pour l'appeler, il la voit glisser doucement du dos de sa monture et, sans le moindre réflexe pour s'agripper, s'affaler lourdement dans les cailloux.

C'est de l'eau fraîche humectant son visage qui réveille Nao. Elle cligne des yeux dans la pénombre, entrevoit Denn penché sur elle. Il sourit en la voyant reprendre ses esprits. Elle tente de lui sourire en retour, mais ses lèvres desséchées et craquelées lui font trop mal.

— Sssoif… parvient-elle à susurrer.

Lui redressant la tête d'une main, tenant la gourde de l'autre, Denn la fait boire doucement, par petites gorgées. Un peu d'eau coule sur son menton, dans son cou. Elle est d'une fraîcheur délicieuse, qui la fait presque frissonner. Nao se rappelle que la veille c'était elle qui soignait Denn ainsi. Du moins, si on est bien le même jour… Le désert est vraiment implacable. Sans les nomades, tous deux n'auraient sans doute pas survécu.

— Voilà. (Denn éloigne la gourde de ses lèvres.) Pas trop à la fois, tu te rappelles ?

— Sur mon corps… Tu peux ?

Denn verse l'eau directement sur sa robe blanche tout ocrée de poussière, provoquant un long frémissement. Mouillé, le fin tissu se colle aux seins et au ventre de Nao, révèle ses formes fines, presque maigres. Denn l'arrose de nouveau, ainsi que sa tête. Il a fait pareil sur lui-même sitôt que Tsidii lui a expliqué que, puisqu'il y avait de l'eau dans la rivière, il pouvait en user autant qu'il voulait. (Rétrospectivement, Denn a compris la raison de l'engueulade d'Agayu ce matin : tant que les nomades n'étaient pas sûrs que la rivière soit en eau, celle-ci devait être économisée.)

— Tu as faim ?

Nao pose une main sur son abdomen. Réveillé par l'eau froide, son estomac s'est mis à gargouiller.

— Oui, peut-être, je ne sais pas… Je suis très fatiguée… et j'ai surtout soif.

— Tu boiras encore tout à l'heure. Je vais te chercher quelque chose à manger.

Elle parvient tant bien que mal à se redresser sur un coude et promène autour d'elle un regard étonné.

— Où est-on, Denn ?

On dirait une espèce de caverne, mais les parois sont constituées de pierres toutes semblables, rectangulaires, grises et granuleuses, empilées les unes sur les autres. Le plafond formé d'autres pierres carrées est traversé par deux longues structures rougeâtres et corrodées. Le sol ne paraît être qu'une seule vaste roche grise et rigoureusement plate. Dans l'une des parois se découpent deux étroites ouvertures rectangulaires munies de barres, exactement semblables. Elles laissent entrer les vifs rayons du soleil, dans lesquels danse de la poussière, et qui plaquent deux taches de lumière violente sur le sol. À l'opposé, une autre ouverture rectangulaire, un peu plus large qu'un homme, donne sur un passage plongé dans la pénombre. Tout ça n'a pas *du tout* l'air naturel.

— Dans une… une *cave*, répond Denn, butant sur le mot. Le sous-sol d'une *maison*. On est dans une ville, Nao.

— Une *ville* ? Tu veux dire… une ville des Âges Sombres ?

— Oui. Je ne crois pas qu'il y ait eu des villes après les Âges Sombres… Je te ferai visiter quand tu iras mieux. C'est impressionnant !

Denn va pour sortir par l'ouverture donnant sur le passage – Nao le retient.

— Attends, ne t'en va pas, ne… ne me laisse pas toute seule.

— N'aie pas peur, tu n'as rien à craindre. Tout est mort ici, tu sais. Il n'y a pas de vie, à part les nomades. Je reviens de suite.

Il s'éclipse et Nao reste seule à contempler ces étranges parois, ce plafond bizarre. L'endroit est vide hormis le baluchon des fourmites posé dans un coin. Une tache d'humidité dessous indique que Denn a pris soin de l'arroser. Nao entend, provenant du couloir, quelques murmures et frous-frous des nomades qui ont dû s'installer dans d'autres caves similaires à celle-ci, la laissant isolée pour qu'elle puisse se reposer en toute quiétude sans doute. Mais Nao ne se sent pas du tout tranquille. Elle ne peut s'empêcher de se remémorer les histoires affreuses sur les hommes des Âges Sombres que racontait Kaal à la veillée. Ces

« démons » qui asséchaient des rivières, brûlaient des forêts, éventraient la terre, crevaient les nuages, détournaient la furie des éclairs et le feu ardent du soleil, reniaient Mère-Nature pour vivre dans des cavernes artificielles comme celle-ci, où ils se livraient aux pires abominations… Sans doute Kaal exagérait-il franchement – quand il n'inventait pas carrément –, n'empêche que Nao se trouve à présent *à l'intérieur* de l'une de leurs constructions. C'est bien pire que de toucher simplement un de leurs objets. Elle a l'angoissante impression d'un piège qui s'est refermé sur elle, que ces démons ou leurs fantômes vont sourdre des murs et du plafond pour l'emporter dans leur enfer de fer et de feu. Elle les entend presque ricaner dans son esprit – sursaute violemment quand une ombre furtive vient brièvement occulter l'un des deux carrés de soleil.

Elle se dit qu'elle devrait fuir au plus vite quand Denn revient dans la pièce, un bol de nourriture à la main. Il la trouve toute tremblante, recroquevillée contre le mur. Il pose le bol par terre, s'agenouille près d'elle, pose une main sur son épaule.

— Qu'est-ce qu'il y a, Nao ? Tu as froid ? Tu es malade ?

— J'ai… j'ai peur, avoue-t-elle. Cet endroit…

— N'aie pas peur, répète Denn d'un ton apaisant. Il ne peut rien nous arriver ici.

Il la serre dans ses bras, elle se blottit contre sa poitrine.

— J'ai vu une ombre dehors, reprend-elle d'une petite voix. Les démons des Âges Sombres…

— Il n'y a pas de démons, sauf dans l'esprit perverti de Kaal. Tout ça, c'est des fables, Nao… Si les nomades se sont arrêtés ici, c'est que l'endroit est sûr.

— Tu crois ?

Elle lève la tête vers lui. Son expression inquiète fait naître en lui une grande vague d'affection, de compassion, de protection, d'il ne sait quoi qui fait battre son cœur. Il trouve soudain ses lèvres squameuses et desséchées très attirantes… et très très proches des siennes. Irrésistiblement, elles s'approchent encore… se touchent. Se collent, brièvement. Ça leur fait mal, à tous les deux. Ils se dévisagent avec surprise.

— Tu… tu m'as…

— Oui. Toi aussi. (Gêné, Denn s'écarte, ramasse le bol.) Tiens, mange. Tu dois reprendre des forces.

C'est le même gruau indéfinissable, contenant des morceaux de viande boucanée tout aussi indéfinissable. Ce n'est pas très bon mais ça tient au ventre. Nao mange du bout des doigts et des lèvres.

— J'ai encore soif…

— D'accord. (Il lui tend la gourde.) Ne bois pas trop.

Elle boit un peu, mange un peu, puis donne le bol à Denn qui le finit en quelques bouchées. Pendant ce temps, elle enlève sa robe qu'elle étale par terre.

— Qu'est-ce que tu fais ?

— Je vais m'allonger là, mais ce sol est dur, alors je l'adoucis avec ça… Tu devrais en faire autant si tu veux te coucher.

— Mais je ne…

— Si, Denn, reste avec moi… s'il te plaît. Tu dois être fatigué aussi, non ?

Pour la première fois de sa vie, Denn réalise que la nudité de Nao le gêne… Non, ce n'est pas ça. L'excite et l'embarrasse à la fois, plutôt. Jusqu'à présent – en fait, jusqu'à cette histoire de mariage –, Nao était son amie d'enfance, de tous les jours, était comme une sœur pour lui. Ils ont toujours vécu nus ensemble, et il n'a jamais été question de sexe entre eux, même quand ils se sont tous deux éveillés à la sexualité, lui quelque temps avant elle. Il a eu des relations avec des filles, elle sans doute avec des garçons, il n'en sait rien, il n'a pas surveillé. En tout cas rien de sérieux ni de durable, d'un côté comme de l'autre. Et voilà que soudain, juste avant leur départ, leurs parents ont voulu les marier. Sur le coup ça leur a paru absurde, mais depuis – et de plus en plus – Denn regarde Nao différemment… comme une *femme*. Une épouse potentielle. Une belle fille avec qui il pourrait faire l'amour. Elle n'est pas sa sœur après tout. Et pourtant si… son amie d'enfance. Son amie de toujours.

— Heu, oui, je… oui, en effet. (Il se déshabille à son tour.) Mais c'est juste pour dormir, Nao. Pas pour… autre chose.

— Oui, Denn. Juste pour dormir. (Elle sourit.) Cesse de bander, en ce cas.

— Ah ! merde.

Nao s'allonge, lui tend la main, l'attire près d'elle.

— Serre-moi quand même dans tes bras. Je ne me sens pas tranquille ici.

Elle se couche sur le côté, lui tourne le dos. Il glisse un bras autour de sa taille. Elle se colle contre lui. Par un gros effort de volonté, il empêche sa main de se promener sur son corps, mais ne peut empêcher son sexe dur de palpiter contre ses fesses. Nao doit bien le sentir mais ne réagit pas. Il lutte furieusement contre le désir de l'introduire en elle. S'efforce de se calmer en prenant de longues inspirations. Quelques instants plus tard, Nao s'est endormie. Tant mieux… Tant pis ? Non, tant mieux. Son pénis s'est ramolli. C'est bien.

Peu après, il s'endort à son tour.

L'ombre furtive repasse devant le soupirail, occultant de nouveau la tache de lumière vive.

Et cette fois s'arrête.

C'est l'odeur qui réveille Denn.

Une odeur forte, fauve, sauvage, animale sans aucun doute. Fétide, mais pas comme une charogne. Une odeur vivante et carnassière, qui instille aussitôt en lui une peur atavique.

À part les serpents, la plupart des animaux dégagent une odeur, même les insectes. Celle musquée des chevaux l'a surpris, mais il s'y est vite habitué, elle n'est pas désagréable. Celle-ci, en revanche, le répugne et l'effraie à la fois.

Il en décèle très vite l'origine.

Une gueule s'est faufilée entre les barreaux d'une des ouvertures et flaire la cave. Une longue gueule baveuse, toute en crocs pointus, surmontée d'une truffe noire frémissante. Au-delà, derrière les barreaux, deux petits yeux noirs dans une touffe de poils hirsutes, d'où émergent deux oreilles dressées. Le regard de la bête croise celui terrorisé de Denn. Elle se met à gronder. Un feulement sourd, menaçant, émis du fond de la gorge.

Ce qui réveille Nao à son tour.

Elle pousse un hurlement strident, ce qui excite l'animal. Il lâche des aboiements brefs et sonores et se jette contre les barreaux de l'ouverture, qui tremblent sous ses coups. L'un d'eux, descellé, tombe bruyamment dans la pièce. Le fauve pousse de plus belle, arrive à passer sa tête, mais ses larges épaules musclées restent coincées. Il avance une patte aux griffes acérées.

— Un – un *démon* ! crie Nao en s'agrippant à Denn.

— Mais non, Nao, c'est juste une bête… répond-il d'une voix qu'il voudrait plus assurée.

Tout ce bruit attire un groupe de nomades qui fait irruption dans la cave. Ils voient aussitôt de quoi il retourne et ressortent précipitamment, brandissant des couteaux, des piquets, des bâtons. Denn est tenté de les suivre – ils vont manifestement chasser cet animal – mais Nao se cramponne à lui comme s'il était l'ultime rempart contre l'invasion des démons.

Des cris, appels, aboiements, grondements et glapissements retentissent au-dehors. Des pas, des courses, des claquements de cailloux lancés. La bête a déguerpi du soupirail. Tout ce charivari laisse à penser qu'elle n'est pas seule.

Denn se lève, hisse Nao sur ses jambes tremblantes, ramasse les vêtements, lui tend sa robe.

— Habille-toi. On va rejoindre les autres.

Sitôt vêtus, il lui prend la main, l'entraîne dans le passage ombreux. Nao jette autour d'elle des regards apeurés. D'un côté, une entrée inondée de soleil où un homme armé d'un piquet de tente monte la garde au pied d'une volée de marches.

De l'autre, les ténèbres, percées à intervalles réguliers des ouvertures des autres caves. Denn pénètre dans la seconde, où se trouvent les femmes, et confie Nao à Ananda, à qui il explique comme il peut qu'il va participer à la chasse dehors. La femme du chef indique d'un hochement de tête qu'elle a compris, mais Nao n'est pas d'accord :

— Ne me laisse pas toute seule, Denn… J'ai trop peur des démons !

— Tu n'es pas toute seule. Et il n'y a pas de démons.

Elle commence à l'énerver avec ses craintes irrationnelles, et il a envie d'en découdre, de participer à la chasse aux monstres avec les hommes. Peut-être que s'il lui rapportait la dépouille de l'un d'eux, elle verrait ainsi qu'il n'a rien d'un démon, que c'est juste une bête inconnue, tout aussi mortelle que n'importe quelle autre.

Denn gagne l'entrée, indique par gestes à la sentinelle (Agayu) qu'il souhaite participer à l'hallali, sort son couteau et gravit les marches.

Le soleil lui assène une claque incandescente.

Il vacille en haut des marches, plisse les yeux devant les ruines aveuglantes et vibrantes de chaleur. Il chausse sur son nez les choses qui filtrent la lumière, ça lui permet d'avoir moins mal aux yeux mais ça n'atténue en rien la chaleur. Il entend les cris et bruits de la chasse dont les échos résonnent au loin parmi les ruines, mais il se dit qu'il va tomber cuit par le soleil avant d'avoir parcouru cent pas. Ce n'était peut-être pas une bonne idée finalement. Les nomades sont beaucoup plus aguerris que lui, plus habitués à affronter la fournaise. Leur peau tannée doit mieux les protéger…

Malgré tout, il a pris une décision, il doit s'y tenir. Prouver à Nao qu'elle n'a aucun démon à redouter.

Serrant les dents, respirant l'air brûlant à petits coups prudents, il s'enfonce dans le cagnard et dans les décombres d'une blancheur d'os.

Il est très vite en nage mais ne renonce pas. Il s'arrête pour s'orienter, essayer de repérer d'où viennent les bruits de la chasse qui rebondissent entre les pans de murs et les rues décharnées de la ville. Il entend soudain un feulement, derrière lui… tout près !

La bête lui bondit dessus avant qu'il ait le temps de se retourner.

Massive, elle le plaque dans les gravats, laboure son épaule et son dos de ses griffes puissantes, cherche à lui déchirer la gorge – sa bave visqueuse dégouline sur le visage de Denn, le remugle épouvantable de sa gueule lui provoque un haut-le-cœur – mais l'instinct de survie prend le dessus. D'une main il lui saisit la mâchoire inférieure qu'il parvient à écarter de son cou, de l'autre il brandit son couteau et l'enfonce jusqu'à la garde dans la gorge de l'animal. Celui-ci tressaute, rugit, lui lacère le visage d'une patte tandis que jaillit un sang épais et chaud. Aveuglé, Denn frappe encore, au jugé, une fois, deux fois. Le monstre émet un gargouillis, ses coups de patte faiblissent… Il s'affale finalement sur le flanc, tressautant dans les affres de l'agonie et dans son sang qu'il perd à gros bouillons. Denn s'écarte, se redresse, cherche le meilleur endroit où frapper pour le tuer propre et net… Inutile. La bête décède en un ultime soubresaut.

Denn a la tête qui tourne. Lui aussi a perdu pas mal de sang – il a de multiples griffures aux épaules, dans le dos, sur le visage. Mais la chaleur paraît cautériser les plaies, car le sang s'épaissit et durcit à mesure qu'il coule. Sa gorge est en feu, ses poumons aussi. Tandis que l'adrénaline reflue, le contrecoup des efforts qu'il a fournis lui provoque des vertiges. Il s'assoit sur un tas de gravats, le temps que ça passe, qu'il retrouve la force de hisser cet animal sur son dos pour l'apporter dans la cave…

C'est ainsi que le trouve Tsidii, accompagné de Naasseni et d'un autre nomade nommé Nuraghi. Avachi dans les cailloux, couvert de sang, sa robe en lambeaux, au bord de la syncope.

Près de lui, la bête morte est déjà envahie d'une nuée de mouches.

— Toi… tuer lui ? s'étonne l'ancien.

Denn redresse lentement la tête, découvre la présence des trois hommes entre les fentes de ses paupières gonflées. Il a perdu ses lunettes dans la lutte, que Nuraghi ramasse et examine avec curiosité. Denn n'a plus la force de parler, il se contente de montrer son couteau qu'il tient toujours, et sa lame ensanglantée.

Tsidii hoche la tête, échange de brefs propos avec Naasseni. Un peu à l'écart, Nuraghi place les lunettes à l'envers devant ses yeux et pousse un cri de surprise.

Tsidii aide Denn à se relever, glisse un bras sous ses aisselles pour le soutenir. Denn grimace de douleur mais ne dit rien. D'un seul mouvement puissant, Naasseni hisse le cadavre de l'animal sur ses épaules. Nuraghi tend les lunettes à Denn, avec un signe de tête interrogateur. Celui-ci les chausse. Elles calment très légèrement la brûlure de ses yeux – c'est déjà ça. Nuraghi sourit d'un air satisfait : voilà un objet très utile et pratique, donc hautement négociable.

Le petit groupe gagne la grotte à pas lents. Les autres nomades partis en chasse les rejoignent entre-temps et, découvrant la dépouille sur le dos de leur chef, questionnent et commentent d'un ton vif et animé. On fait passer une gourde, on donne à boire à Denn, ce qui le ramène un peu plus à la conscience.

Naasseni balance le cadavre dans la première cave, celle qui a abrité Denn et Nao, vide à présent hormis le baluchon de fourmites. Puis Tsidii indique à Denn :

— Les femmes… soignent toi. Elles savent.

Ils le lâchent donc dans la cave des femmes. Des exclamations, des cris aigus retentissent. Nao – couvée par Ananda et ses amies – bondit sur ses pieds, accourt à lui.

— Denn ! Mon Denn… Qu'est-ce qui s'est passé ?

— J'ai... combattu ton démon. Ton soi-disant démon. C'était juste une bête. Va la voir... Son cadavre est à côté.

Nao secoue la tête, les larmes aux yeux.

— Il faut le soigner ! s'écrie-t-elle à l'intention d'Ananda.

Demande inutile : déjà une femme s'approche avec de l'eau, un onguent, des bouts de tissu propres.

Le reste de la journée est consacré au dépeçage et au découpage de l'animal, dont la peau fournira vêtements et plaids, la chair de la viande fraîche puis boucanée, les entrailles des outres et besaces, les nerfs des cordages, les os et dents des attaches, aiguilles, poinçons et autres ustensiles. Les parties qui ne servent vraiment à rien sont données aux fourmites – un véritable festin pour elles.

À l'approche du crépuscule, Naasseni décide de lever le camp. Tsidii explique à Denn – qui se remet peu à peu de ses blessures – qu'il n'est vraiment pas prudent de passer la nuit ici comme il était prévu au départ. La meute a été chassée, mais à coup sûr elle reviendra cette nuit. Les caves ne fermant pas, poster des sentinelles risque de s'avérer insuffisant contre une horde enragée, et passer la nuit dans l'angoisse et l'attente n'a rien de reposant. Autant marcher.

— Et puis, conclut Tsidii avec un sourire engageant, grande réunion des tribus... un jour de marche ; c'est bien, non ?

— Très bien, grommelle Denn.

Il se demande s'il survivra à la nuit prochaine.

9

LA BASE DU COMMERCE

Prières pour la pluie
Touchez le ciel
Tambours battants
SHIKI.

LES NOMADES atteignent le lieu du grand rassemblement intertribal le lendemain soir, comme l'avait prévu Tsidii. Denn n'a pas grand souvenir du voyage, accompli le plus souvent dans un état semi-comateux, ou grimaçant de souffrance.

Il se rappelle que la meute les a suivis au départ, maintenue à distance par des jets de pierres jusqu'à ce qu'elle abandonne, n'osant s'aventurer trop loin dans le désert. Il se souvient aussi d'une autre oasis verdoyante où ils ont passé les heures les plus chaudes du jour, et où Nao lui a refait ses pansements. L'ombre ténue d'arbres chétifs était piquetée de soleil, chaque rai formant une aiguille chauffée à blanc qui lui cautérisait la peau. Denn n'a dû qu'à une légère brise et à l'eau du maigre ruisseau qui coulait là de ne pas s'évanouir de chaleur.

L'arrivée nocturne au *tendé*, comme l'appellent les nomades, est pour Denn et Nao un moment de pure féerie. Une douzaine de feux crépitent entre les silhouettes d'arbres dressées sous le ciel fourmillant d'étoiles. Une foule imposante déambule de l'un à l'autre. On bouge, on rit, on parle fort. Des gourdes circulent. Certains dansent aux sons étranges et rythmés émis par des hommes soufflant dans des bouts de bois creux et d'autres tapant sur des peaux tendues. Seuls les feux éclairent des corps erratiques, le reste formant des pelotes d'ombres mouvantes dans la nuit. C'est un spectacle à la fois beau, excitant et un peu effrayant. Autant d'hommes et de femmes regroupés en si peu d'espace, Denn et Nao n'ont jamais vu ça. Il y en a sûrement plus d'une centaine.

La caravane est accueillie comme des membres de la famille de retour au bercail. Étreintes, accolades, effusions, tapes dans le dos. Échanges de nouvelles et de présents. De leur côté, Denn et Nao sont observés avec curiosité par une foule croissante. (Toujours très peu d'enfants, constate incidemment Nao.) On les touche, on leur pose des questions dans des langues incompréhensibles, on tripote avec étonnement les objets que Denn porte sur lui. On écoute les récits plus ou moins enjolivés d'Ananda, de Tsidii, de Naasseni. Denn se voit gratifié d'un surcroît de respect quand on évoque le *kelb* qu'il a tué. On somme Nao d'expliquer ce que contient son baluchon. Heureusement, quelqu'un d'une autre tribu, parlant un peu mieux leur langue que Tsidii, parvient à comprendre et traduire assez clairement les explications de Nao. Cependant, on a du mal à croire que les fourmites puissent accomplir tant de choses, même après les confirmations de plusieurs membres de la tribu.

L'homme polyglotte – un grand échalas barbu aux yeux tombants nommé Tawhid – leur en donne la raison :

— Nous autres nomades, on a l'habitude de raconter des histoires… beaucoup d'histoires.

— Ça aide à passer le temps pendant les heures chaudes du jour, suppose Nao.

— Non, ce n'est pas pour ça. C'est pour les sédentaires, les immobiles. Pour éviter qu'ils bougent trop.

Tawhid ne précise pas davantage, néanmoins le contact est établi. Il prend Denn et Nao sous son aile et les pilote à travers la fête, les présente aux notables, à sa famille, à son clan. Il leur fait goûter la boisson fermentée, âpre et amère, qui circule dans les gourdes et qu'ils dénomment *birra*. Il tente de faire danser Nao, mais, trop maladroite et intimidée par la foule braillarde, elle sort bien vite du cercle, rouge de confusion.

Il leur décrit les douze tribus rassemblées ici, d'où elles viennent, quelles parties du désert elles sillonnent, les liens de parenté entre elles, le genre de commerce auquel elles s'adonnent. Toutes ne vivent que du troc avec les communautés plus ou moins sédentaires établies aux confins du désert : outils et tissus contre nourriture, eau contre bois, cuir contre fer. Et bien sûr, des nouvelles… et des histoires. Nao s'émerveille qu'un tel trafic parcoure le désert réputé mortel, et Denn s'étonne que leur propre tribu ait reçu si peu de visites des nomades : une seule en vingt ans !

— C'est parce que vous n'avez rien à troquer, explique Tawhid. Très peu de nourriture, pas d'outils ni d'objets, un peu d'eau à la rigueur, même pas de poissons… Ça a changé ?

— Non, soupire Nao. À part les Accords avec les fourmites, peut-être…

— On n'en veut pas de vos satanées fourmites, s'assombrit Tawhid. Dans le désert, tous les insectes sont nuisibles.

— Pas ceux-là, rétorque Nao d'un ton sec.

Denn préfère changer de sujet avant que la discussion ne s'envenime :

— Dis-moi, Tawhid, est-ce que tu connaîtrais un certain Taninim ? Tsidii m'a dit que c'était un ancien nomade qui s'était installé quelque part…

— Taninim ? Oui, je l'ai connu. Ça fait bien quinze ans qu'il n'est plus des nôtres. J'étais jeune à l'époque… Un sacré conteur… qui a fait chavirer bien des femmes. Il a fini par en trouver une à sa guise chez les sédentaires et s'est mis avec elle. Par la suite, cette tribu-là est partie vers le nord, en quête d'une terre meilleure, paraît-il. On ne les a jamais revus. Quelle idée, aussi, de monter au nord !

— Pourquoi, c'est dangereux ? s'enquiert Denn.

— Le Nord ? Dangereux ? Ah ! (Tawhid lève les mains au ciel.) Au nord il y a des ouragans si violents qu'ils t'emportent comme un fétu de paille, toi et ton cheval, et que même les pierres volent. Au nord il y a des herbes qui te tailladent les mollets si tu marches dedans, et des plantes qui mangent les animaux. Au nord il y a des monstres plus grands qu'un cheval, avec des griffes et des crocs aiguisés comme des poignards, et des géants cannibales qui rôdent et te dévorent tout vif. Au nord il y a des endroits où l'air est empoisonné...

— C'est vrai ? s'effare Nao, portant la main à sa bouche.

— Tu n'exagères pas un peu ? soupçonne Denn.

— Si, convient Tawhid en souriant. C'est ce qu'on raconte aux sédentaires, pour qu'ils aient peur de bouger et se disent qu'ils sont bien dans leurs tanières. Mais il y a quand même une part de vérité dans tout ça. Le Nord, c'est terrible.

— Pourquoi vous voulez empêcher les sédentaires de bouger ? questionne Nao.

— Pour garder notre commerce ! Si les sédentaires bougeaient, se déplaçaient, se mettaient à faire des échanges entre tribus, qu'est-ce qu'on deviendrait ? S'ils se croient environnés de dangers, ils restent où ils sont, ne fréquentent personne et comptent sur nous pour leur survie, et c'est très bien ainsi.

— Je vois, fait Denn, dubitatif.

Il se demande si ce système d'échanges est une bonne chose. Les ressources ne devraient-elles pas être partagées entre tous, en tant que dons de Mère-Nature ? Comme à la tribu ? Mais d'un autre côté, qui est-il et que sait-il pour juger ? Jusqu'à présent, il ignorait tout de l'existence d'autres peuplades au-delà du désert, et dans sa tribu, même celle des nomades virait à la légende. Peut-être qu'entre beaucoup d'humains il faut une organisation différente. Toutefois celle-ci repose en partie sur des mensonges, et il n'aime pas ça.

— Pourquoi avez-vous si peu d'enfants ? demande Nao à brûle-pourpoint.

La question fait tiquer Tawhid – qui répond néanmoins, en lissant sa barbe en pointe. Apparemment, il a décidé d'être franc avec ces deux étrangers.

— Je pourrais vous raconter des histoires de dieux, de démons et de malédiction, mais je vous sens sceptiques. La réalité est bien plus triviale : nos femmes deviennent stériles. Et peut-être nous aussi, les hommes. On ne sait pas si c'est dû à trop de soleil, à l'air empoisonné qu'on a respiré dans ces maudites régions du Nord, ou à un mystère divin… Mais voilà : nous avons de moins en moins d'enfants, qui souvent naissent malingres ou mal formés quand ils ne sont pas mort-nés. Les clans s'amenuisent…

— C'est pourquoi vous enlevez les femmes fécondes d'autres tribus ? lance Nao.

Ça fait sursauter Denn, mais Tawhid ne bronche pas, répond tranquillement :

— Nous, non. Nous respectons la volonté des femmes. Et puis ce n'est pas notre commerce. D'autres tribus le font, mais ça ne sert à rien : la stérilité les frappe à leur tour.

— Le clan de Naasseni le fait ?

— Non plus. Nous sommes cousins, nous avons la même morale.

— Malgré tout, vous échangez entre clans des informations précieuses, insiste Nao.

— Bien sûr. C'est la base du commerce : tout a un prix.

Denn comprend soudain où Nao veut en venir. Elle n'a pas lâché son idée que les femmes fécondes de la tribu puissent être enlevées par des nomades, et en demande confirmation. Elle lui est aimablement donnée par Tawhid, qui a l'air de considérer la chose comme normale, faisant partie du commerce, même si lui et ses cousins ne la pratiquent pas.

— Alors que dit-on de notre tribu et de nos femmes ? s'enquiert Denn d'un ton faussement détaché.

— Qu'elle est faible et maladive. Que vos femmes engendrent aussi des monstres. Que vous n'en avez plus pour longtemps.

— Qui vous a dit ça ?

— Tsidii.

Denn et Nao échangent un regard circonspect. Tsidii a beaucoup exagéré, mais c'est peut-être un bien après tout : aucun clan de nomades n'aura envie d'aller razzier une telle tribu.

— Au fait, que lui veux-tu, à Taninim ? Pourquoi tu le cherches ? demande Tawhid à Denn.

— C'est mon père. Mais je ne l'ai pas connu. Il est parti avant ma naissance.

— Ah, c'est pour ça. Je me disais aussi... (Le nomade examine Denn en lissant sa barbe.) Tu es moins pâle que ta copine. Tu as les traits plus marqués aussi. Des traits de chez nous. Tu souhaites le retrouver ?

— Je ne sais pas. Ma mère le souhaite. Elle en garde un beau souvenir.

— Bah, c'était jadis. Il n'est jamais bon de courir après le passé. De plus, j'ignore où Taninim se trouve à présent.

— En vérité, on recherche un autre homme, reprend Nao. Celui qui a donné à Denn tous ces objets, et qui m'a donné ce foulard. (Elle touche le foulard noué à son cou.) Un homme vêtu comme ceux des Âges Sombres, à la peau jaune, aux yeux bridés. Venu du nord justement.

— Mmmh... Oui, j'en ai entendu parler. L'Étranger. Il est passé par un village avec lequel nous commerçons. Eux, là-bas, ils prétendent qu'il est tombé du ciel et que ses yeux flamboient la nuit.

— N'importe quoi, sourit Denn. Nous, on l'a connu : il est venu mourir non loin de notre grotte.

Il lui narre leur quête sur les traces de Nassoumé et leur fol espoir de découvrir au bout le paradis peint sur le foulard que Nao lui montre. Tawhid lisse de nouveau pensivement sa barbe. On lui passe une gourde de *birra*. Il en siffle une longue gorgée, la propose aux deux jeunes qui refusent, la repasse à quelqu'un d'autre.

— Je n'y crois pas, dit-il enfin, après s'être essuyé les lèvres. Je ne crois pas qu'un tel pays puisse exister au nord. Il n'y a rien de bon au nord. Que des tempêtes, des bêtes féroces et des cannibales.

— Tu te mets à croire à tes propres histoires, relève Nao.

— Non, c'est vraiment une sale contrée. Rien de bon pour les nomades. Vous feriez mieux de rester avec nous, dans le clan de Naasseni ou le mien. Vous êtes jeunes, sans doute fertiles, vous allez faire des enfants.

— Certainement pas, réplique Nao d'un ton ferme.

— Nao et moi, on est frère et sœur, déclare Denn.

Tawhid les dévisage en fronçant les sourcils.

— Ce n'est pas possible. Vous n'avez rien en commun !

— On n'a pas les mêmes parents, mais c'est *comme* si on était frère et sœur, précise Nao.

— On se connaît depuis notre petite enfance, ajoute Denn.

— Et alors ? Ça n'empêche rien.

— Pas de sexe entre nous, c'est tout, conclut Denn.

— Tout à fait, opine Nao en lui jetant un regard espiègle.

— En tout cas, on veut poursuivre notre quête, reprend Denn. On n'a pas envie de vivre une vie de nomades.

Tawhid hausse les épaules.

— Comme vous voulez. Nous, on ne force personne. Mais sachez que vous avez votre place parmi nous, si vous le souhaitez.

— D'accord. Mais nous allons poursuivre notre route, insiste Denn.

— Pourrais-tu nous indiquer où se trouve ce village dont tu as parlé ? demande Nao.

— Mieux que ça, sourit Tawhid. Nous y allons après le *tendé*. Nous avons du troc pour eux.

La fête se poursuit jusqu'à l'aube, jusqu'à ce que les derniers traînards, bien fatigués et bien saoulés par la *birra*, s'écroulent sur place ou titubent en regagnant leurs tentes respectives (ou non). Assis devant un feu mourant, appuyés l'un contre l'autre, Denn et Nao tombent de sommeil. Nul ne leur a dit où ils pouvaient dormir, ni à quel moment. Et puis ils n'avaient pas envie : tout ça était bien trop excitant. Tant de gens, tant de mouvements, de paroles, de regards, de sourires… Toutes ces danses et ces chants, ces tambours lancinants, ces flûtes nasillardes, ce rythme fiévreux ! Tant de rencontres, d'échanges et d'histoires, plus ou moins comprises, plus ou moins imaginées… N'ayant connu que les austères veillées de la tribu, s'immerger dans cette ambiance était tout aussi enivrant que la *birra* pour Denn et Nao. Leur première fête digne de ce nom ! En comparaison, les cérémonies de mariage de la tribu ont l'air de sinistres mascarades ampoulées.

Quand Tawhid les a lâchés, Denn et Nao ont passé le reste de la nuit à papillonner d'un groupe à l'autre, à bavarder, rire, s'exprimer par gestes, entendre et raconter des histoires, à chanter (mal) et danser (encore plus mal), à goûter à la *birra* et à d'autres choses plus bizarres, comme cette plante dont il fallait aspirer la fumée dans un tuyau (ce qui les a fait beaucoup tousser). On les a tous deux plus ou moins lutinés, mais comme la plupart les prenaient pour un couple, on n'a pas insisté. Ils ont assisté à des tournois, des courses de chevaux nocturnes, des jeux d'adresse avec des arcs ou des couteaux. On a demandé à Nao de faire des tours avec ses fourmites, à Denn de montrer ses objets des Âges Sombres. On a tenté de les dissuader d'aller seuls dans le nord, région au climat démentiel et malsain peuplée au choix de monstres carnivores, de géants, de cannibales, de mutants difformes, de démons blancs aux yeux vides, de serpents vicieux qui s'introduisent dans l'anus pour ronger les intestins. On a voulu maintes fois troquer les objets de Denn contre d'autres plus ou moins utiles et en état. On a voulu faire une fricassée des fourmites de Nao. On a beaucoup ri de leur ignorance, de leur innocence. Mais eux aussi se sont bien amusés.

Maintenant ils sont assis dans le sable, épaule contre épaule, à dodeliner de la tête en contemplant d'un œil éteint les braises qui meurent doucement dans la pâleur croissante du petit jour.

— Il faudra bientôt s'abriter du soleil, marmonne Denn.

— Ouais, fait Nao.

Sur ces entrefaites se pointe Tawhid, une outre flasque à la main.

— Salut les amoureux ! Alors, toujours frère et sœur ? Ah ah !

Denn redresse vaguement la tête. Nao s'appuie contre lui.

— Y a-t-il un endroit abrité où on pourrait dormir ? demande-t-il.

— Dormir ? Mais on ne va pas dormir, là : on plie le camp et on s'en va !

— Oh, malheur, soupire Nao.

— Et on dormira quand ? s'inquiète Denn.

— À la prochaine halte. Mais pas vous !

— Pas nous ?

— Non. Vous, vous allez nous faire des enfants !

Comme si c'était une mission urgente, et que des bébés gazouillants égayeraient le clan dès le lendemain. Nao soupire de nouveau et Denn hausse mollement les épaules.

— On montera la tente nuptiale, ajoute Tawhid avec un clin d'œil égrillard, en s'éloignant d'un pas chancelant entre les corps écroulés.

— Pourquoi tout le monde veut nous unir ? s'étonne Nao. Ananda m'en a parlé aussi…

— Parce qu'on est jeunes et en bonne santé, répond Denn. On paraît aptes à faire des enfants. On représente l'espoir, l'avenir, quelque chose comme ça.

— Enfin, tant qu'ils ne nous forcent pas… soupire Nao en se blottissant contre lui dans le sable frais.

— Nao, il faut qu'on se lève. Tawhid a dit qu'on s'en allait.

— Je me lèverai quand ce sera le moment. Pas envie de replier des tentes…

Tawhid vient les chercher une heure plus tard. Il a bien dessoûlé, comme si lever le camp et charger les bêtes était une activité qui le remettait d'aplomb. Il trouve Denn et Nao endormis au pied d'un arbre, dans son ombre encore incertaine au petit matin, qui ne les protège pas de la chaleur croissant avec le jour. Denn s'effare un peu qu'ils partent à un moment où, d'après lui, il faudrait commencer à chercher un abri, mais les nomades connaissent le terrain et savent ce qu'ils font, suppose-t-il.

La tribu s'en va sans saluer personne, sans le moindre adieu. Denn aurait bien aimé remercier Tsidii et Nao Ananda, pour le moins, mais ils ignorent où se trouve leur campement, et Tawhid leur fait clairement savoir qu'ils n'ont plus le temps.

— Nous autres nomades n'avons pas l'habitude de nous dire au revoir, précise-t-il. Ça porte malheur, car ce n'est jamais certain que nous allons nous revoir. Ce n'est jamais bon de vouloir forcer le destin.

Ils quittent donc à regret le *tendé*, cette belle fête qui a rassemblé une centaine de personnes – bien plus que Denn et Nao n'en ont jamais vu au cours de leur vie. Ils ne pensaient même pas qu'il existait autant d'êtres humains dans le monde. Ils prennent le chemin du nord, une sente imperceptible, repérable uniquement par les nomades, qui serpente entre les collines parsemées d'une végétation encore chétive, mais qui tend peu à peu à s'épaissir. Au loin, dans le ciel pâle du matin, se dressent des montagnes bleutées, déjà frémissantes de brume de chaleur, alors que le soleil pointe à peine, embrasant l'orient. Marchant d'un pas lent, déjà transpirant, déjà épuisé, la main moite de Nao dans la sienne, Denn se dit que la route va être longue…

Un autre clan s'en va en même temps qu'eux, un petit groupe composé uniquement d'hommes, tous armés. Presque subrepticement, il prend la direction opposée. Les hommes ont ouï dire qu'au sud vivait une tribu isolée dans une caverne au bord de la mer, que cette tribu comportait des femmes et que celles-ci étaient fertiles.

Le *tendé* permet bien des échanges.

Le clan de Tawhid (qui s'est avéré en être le chef) arrive au village au bout de trois jours d'un voyage harassant au sein d'un paysage montagneux, aride et grillé dans les hauteurs mais relativement verdoyant dans les vallées, surtout celles arrosées de cours d'eau pas encore – voire jamais – à sec. Ils ont avancé à marche quasi forcée, ne s'arrêtant qu'aux heures les plus intenables du jour ou les plus obscures de la nuit, quand l'absence de lune risquait de les faire tomber dans un précipice ou de leur faire perdre la piste subtile qu'ils suivaient. Denn et Nao ne comprenaient pas les raisons d'une telle hâte, et l'explication qu'en a fournie Tawhid ne les a guère éclairés :

— C'est à cause des dragons des nuées.

— C'est quoi, les dragons des nuées ? s'est enquise Nao.

— Il ne faut pas en parler, sinon ça les attire.

Tawhid en est donc resté là, les laissant imaginer des monstres ailés qui risquaient de fondre sur eux à tout moment. Depuis qu'ils ont quitté le désert, ils ont découvert qu'il existe des créatures volantes plus grosses que des insectes. Elles se déplacent sans bruit la nuit et plongent parfois sur d'autres animaux courant au sol, ou sur des déchets de nourriture jetés par les nomades. Elles sont noires, ont de gros yeux rouges et de grandes ailes membraneuses. Pas dangereuses pour les humains, bien que l'on raconte qu'elles peuvent se jeter en horde sur un bébé et le déchiqueter en un rien de temps avec leurs griffes acérées. Elles seraient aussi capables de lacérer un crâne si d'aventure elles se prennent dans les cheveux.

Denn ignore ce qu'il y a de vrai dans ces histoires, ou d'autres que les nomades prennent plaisir à raconter lors des veillées nocturnes ou des haltes méridiennes. Tel ce temple des Âges Sombres gardé par des prêtres aux yeux fendus, d'où s'échappe l'haleine mortelle d'un démon enfermé là depuis des siècles (ce qui lui a curieusement rappelé son rêve). Ou ces grands bâtiments peuplés de spectres qui chantent des complaintes quand souffle le vent du nord. Ou encore cette rivière dont l'eau est si acide qu'elle ronge jusqu'à l'os les jambes de quiconque commet la folie de la traverser. Sans parler de ces fameux dragons des nuées, ni des monstres écailleux grands comme trois hommes qui hantent les eaux glauques de certains marais, ni de ce phénomène étrange observé loin au nord : des pluies de cendres humides qui recouvrent tout d'une épaisse couche gris-blanc sous laquelle rien ne survit…

Tout cela lui a paru un brin affabulateur. En revanche, les dangers que recelaient les montagnes étaient bien réels. Outre les bêtes noires ailées, rôdaient des hordes de *kelbs* dont ils entendaient parfois les hurlements ricanants se répondre d'un sommet à l'autre, comme s'ils riaient de ces misérables humains et du sort qu'ils allaient leur réserver. Les rochers recuits par le soleil recelaient des nids de serpents à la morsure mortelle. Dans les rivières étaient tapis de gros vers bruns qui adhéraient à la peau et suçaient le sang, et aux alentours zonzonnaient des nuées de moustiques dont les piqûres, dit-on, transmettent d'horribles maladies. Il y avait enfin des rats longs comme l'avant-bras qui n'attaquent pas les hommes en troupe mais peuvent s'en prendre à tout être faible, malingre ou solitaire, qui succombe rapidement sous leur nombre et leur férocité. Heureusement, il existait aussi d'autres animaux plus inoffensifs – proies des premiers sans doute – que les nomades chassaient à coups de flèche quand l'occasion se présentait et qui, une fois rôtis au feu, amélioraient la tambouille ordinaire à base de plantes, de graines et de gruau.

Durant ces trois jours de voyage, Denn et Nao ont aussi assisté à des phénomènes qui les ont inquiétés ou émerveillés, mais que le clan considérait généralement d'un œil blasé. Telle cette montagne aperçue au loin, émettant une lourde colonne de fumée qui rendait l'air piquant, et des grondements sourds qui faisaient vibrer le sol. Telle cette vallée noyée de brouillard au petit matin, comme si les nuages étaient descendus sur terre – un brouillard que les premiers rayons du soleil ont déchiré en longues traînées filandreuses. Tels ces tourbillons de poussière, sur un plateau sec et pierreux, qui montaient en spirales se diluer dans la blancheur lactée du ciel. Telles ces nuées obscures roulant sur le flanc d'une montagne comme si elles étaient trop lourdes pour que l'air les porte – Tawhid a averti qu'il valait mieux ne pas être pris dedans, sans préciser pourquoi. Tel le vent qui s'engouffrait dans un canyon en émettant sur plusieurs tons d'étranges mélopées – on disait que la roche chantait…

Malgré l'allure forcenée du voyage, Tawhid s'est toujours montré aimable et courtois avec ses invités, mais il était quasi le seul à leur parler. Soit les autres ne comprenaient pas leur langue, soit Denn et Nao ne les intéressaient pas du tout : ils évitaient tout contact et ne répondaient pas aux questions, sinon par monosyllabes indistincts et peu engageants. Un comportement fort différent – voire à l'opposé – de la première tribu qui les avait amenés au *tendé*… Tawhid a éludé là aussi toute explication, se contentant d'un « ils sont comme ça ».

C'est peut-être pourquoi il n'a jamais fait monter la tente nuptiale, malgré sa promesse lors du *tendé*. Un fantasme dû à la *birra* et oublié depuis, en ont conclu Denn et Nao avec soulagement. À moins qu'il n'ait eu pitié de leur épuisement…

Enfin, au soir au troisième jour, sans avoir été dévorés par les *kelbs* ou les rats, ni empoisonnés par les serpents ou les moustiques, ni avoir subi l'assaut des « dragons des nuées » ou des bêtes noires ailées, le clan arrive en vue du village.

Niché au creux d'un vallon, au bord d'un étang presque asséché, celui-ci est un agglomérat de huttes de terre disséminées sous un bosquet d'arbres tors et malingres, tous ébranchés à hauteur d'homme. Alentour s'étendent des carrés de végétation bien ordonnée, répartie par espèces, semble-t-il. Des filets d'eau circulent parmi ces carrés, reflétant les teintes fauves du crépuscule. Denn n'a jamais vu ça. Il se tourne vers Nao, tout aussi surprise que lui.

— Je crois que c'est de la nourriture, suppose-t-elle. Ananda m'a expliqué que dans sa cuisine il y avait des plantes, et que ce sont des hommes qui les font pousser. Un peu comme les fourmites avec les champignons, tu vois...

Non, Denn ne voit pas bien. Il n'a jamais vu les fourmites faire pousser des champignons, même s'il sait que des salles de leur fourmitière en sont tapissées. D'après lui, c'est juste un terrain favorable, comme certains endroits dans la caverne. Comment peut-on *faire pousser* une plante ? On passe un Accord avec elle, comme avec les fourmites ? Les plantes auraient-elles aussi une conscience ?

Ils ne sont pas au bout de leurs surprises : alors que la caravane parvient en vue du village, ils distinguent plusieurs enfants qui accourent vers elle en piaillant. Des enfants ! Ainsi ces gens-là sont épargnés par la malédiction qui frappe les nomades... lesquels n'enlèvent donc pas les femmes, comme Tawhid l'a déclaré. Lui et son clan remontent d'un cran dans l'estime et la confiance de Nao. À l'inverse de Denn, elle a toujours tendance à se méfier des intentions cachées des hommes.

La caravane s'arrête sur un terre-plein près du village, aussitôt rejointe par les enfants suivis de quelques hommes et femmes. Tandis que le clan décharge les chevaux et monte le camp avec une célérité et une efficacité issues d'une longue expérience, une discussion animée s'engage entre Tawhid, flanqué de deux de ses compagnons, et deux hommes et une femme sédentaires. Assis par terre un peu à l'écart (personne ne sollicitant leur aide), Denn et Nao observent cet échange et en captent des bribes, dans une nouvelle langue inconnue d'eux. Combien Tawhid en parle-t-il ? Combien les humains en général en parlent-ils ? Pourquoi y a-t-il tant de langues différentes ? Encore un mystère...

À l'instar des clans, ces gens-là sont également habillés, ou plutôt vaguement couverts de bouts d'étoffe qui semblent être des rebuts des amples robes et longs turbans des nomades. Les gamins les plus petits sont nus, leurs aînés sont ceints d'une sorte de pagne. Les jeunes filles ont les seins à l'air, mais pas les femmes. Nao étudie tout cela avec curiosité et se demande si elle serait autorisée à ôter cette robe qui la gratte et dans laquelle elle a transpiré toute la journée, pour aller se laver dans l'étang et profiter de la relative fraîcheur du soir. La nudité semblait choquer les nomades, en est-il de même pour ces villageois ?

De son côté, Denn remarque tout autre chose : les deux hommes jettent de fréquents regards dans leur direction, ainsi que Tawhid, plus rarement. La discussion s'envenime, la femme s'en mêle. Est-il question d'eux ? Les sédentaires craignent-ils, ou sont-ils dégoûtés par ces deux jeunes grands et frêles, à la peau blême et aux yeux rougeoyants ? Leur refusent-ils l'accès au village ?

Quelques gosses s'approchent timidement du couple, qu'ils détaillent avec des yeux ronds. Nao leur sourit. Ce qui enhardit l'un d'eux, une fillette qui ose toucher son pied nu du bout des doigts. Elle se recule vivement, comme si Nao était une bête un peu répugnante ou peut-être agressive. La femme l'appelle d'une voix criarde. La petite fille accourt dans ses jambes, mais la femme – sans doute sa mère – la plante devant Tawhid et les deux hommes de son clan. Ils l'observent sous toutes les coutures, la palpent, auscultent ses yeux, ses dents, ses cheveux. Sont-ils médecins ou guérisseurs ? La fillette est-elle malade ?

La discussion se poursuit encore un moment, puis un accord se conclut : les hommes se tapent dans les mains en souriant. La femme paraît moins contente, elle hoche néanmoins la tête. L'un des villageois redescend vers le hameau, l'autre scrute Denn et Nao sans vergogne cette fois.

— Qu'est-ce qu'il nous veut, celui-là ? marmonne Denn à mi-voix.

Nao hausse les épaules. Elle n'a pas vraiment suivi, accaparée par les gamins qui continuent de leur tourner autour.

— Denn, Nao, venez par ici ! les appelle soudain Tawhid.

Tous deux se lèvent non sans mal, épuisés, courbaturés, les jambes raidies par la longue marche de la journée. Tandis qu'ils s'approchent, deux autres nomades rejoignent le groupe.

— Qu'est-ce qu'il y a, Tawhid ? Un souci ? s'enquiert Denn.

— Non non, pas du tout, sourit le chef du clan.

Soudain les nomades bondissent sur Denn et Nao et les immobilisent dans une poigne de fer.

— Hé ! Qu'est-ce qui se passe ?!

Tawhid ne répond pas. Il ne sourit plus. Il fait signe au villageois restant, qui se met à les examiner tout comme les nomades ont ausculté la fillette. Tous deux se débattent, lancent des ruades, se tortillent vainement dans l'étau des bras des hommes – les plus costauds du clan, remarque Denn incidemment.

Finalement le villageois hoche la tête. L'autre revient en portant un baluchon volumineux, formé d'une toile de tente déchirée et usée jusqu'à la corde. Il le pose par terre, l'ouvre : il est rempli de plantes diverses. Tawhid les trifouille un peu, acquiesce d'un air satisfait. Un autre nomade empoigne la petite fille cramponnée aux jambes de sa mère. Elle se met à hurler mais il n'en a cure. Il l'emporte sous son bras, gesticulante, comme un animal destiné à être égorgé. Les larmes aux yeux, la mère se détourne puis s'enfuit en courant vers le village.

Tawhid s'approche de Denn et Nao et lance un ordre à ses hommes, qui leur ôtent prestement robe et turban. Il se charge lui-même de dépouiller Denn de son habit à poches contenant tous ses objets des Âges Sombres. Denn se débat encore, ainsi que Nao, mais tous deux sont trop sidérés pour lutter efficacement – et les nomades, à deux sur chacun, les bloquent avec une force incroyable. Le chef du village argumente encore en désignant les vêtements, mais Tawhid lui oppose un « non » catégorique.

— Qu'est-ce que tu fais, Tawhid ? proteste Denn. On a le droit de savoir !

— Non, rétorque le nomade. Vous n'avez plus aucun droit. Vous êtes vendus comme esclaves. (Il affiche un sourire torve.) Contre une fille qui sera fertile et un gros tas de légumes… Ma foi, l'échange me paraît équitable.

10

L'ACCORD DE LA LIBERTÉ

Ténèbre d'insectes –
Nulle part
Le vent n'arrête de souffler
MASÔ.

DENN ET NAO sont attachés à un tronc mort à l'aide de lianes qui pendent dans certains arbres alentour. Ils sont dans le noir, à l'écart du village où les résidents font la fête avec les nomades – et du coup leur rendent en partie ce qu'ils ont troqué en échange de *birra* à picoler. Ici, pas de chants, de danses ni de tambours, juste des paroles, parfois des rires, des jurons, des cris. Les nomades doivent encore raconter une de leurs histoires effrayantes.

Effrayés, Denn et Nao le sont aussi, mais pour d'autres raisons. Angoissés, plutôt. Angoissés à l'idée de passer toute la nuit ici, sans pouvoir bouger, proies éventuelles des *kelbs*, des serpents ou d'autres bêtes moins définies. Angoissés à la perspective d'y passer le lendemain *toute la journée* – du moins jusqu'à ce qu'ils craquent. Car telle est la menace : ils resteront ici, en plein cagnard, sans boire ni manger tant qu'ils n'auront pas accepté avec reconnaissance leur nouvelle condition d'esclaves. C'est-à-dire d'être rien, juste des outils à la disposition de tous, pour des corvées, des travaux, des désirs. Être une vulve et un ventre pour Nao, une paire de jambes et de bras pour Denn. Avoir les pieds entravés, rester attaché quand on ne sert plus. Être battu ou mutilé si l'on désobéit ou se révolte.

— Ce n'est pas si terrible que ça, vous verrez, avait ajouté Tawhid d'un ton badin. D'accord, on ne fait pas toujours ce qu'on veut, mais il y a de bons moments parfois.

Il n'a pas précisé lesquels, et franchement Denn et Nao en doutent, après le traitement qu'ils ont subi et vu les mœurs plutôt frustes des sédentaires. Apparemment c'est le chef du village et ses deux hommes de main qui gouvernent et qui édictent toutes les règles, qu'ils font respecter à l'aide d'une poignée de fiers-à-bras. Le trafic d'esclaves et d'enfants doit être une de leurs brillantes idées, à moins qu'elle ne leur ait été soufflée par Tawhid. Il est difficile de savoir s'ils ont d'autres esclaves à leur service, tout le monde semblant plier l'échine sous le joug de cette clique. Mais Nao, toujours observatrice, met le doigt dessus : les esclaves vont nus. Et ils se taisent. Du moins a-t-elle repéré parmi l'assemblée, dans les lueurs fugaces du feu au milieu du village, deux personnes comme ça : une fille à la peau toute noire et un homme sans âge, malingre et souffreteux.

Nao a résisté, au début. Elle a rué, griffé, mordu, les a copieusement insultés, a crié vengeance. Denn, lui, réfléchissait déjà à comment s'échapper. Inutile de se débattre et de prendre des coups, il préférait garder ses forces pour profiter d'un moment propice. Or la nuit s'avance et la situation paraît figée : leurs liens de lianes sont solides, bien serrés, coincés dans des fissures du bois, donc impossible de les faire coulisser le long du tronc. Ils sont nus, dépouillés de tout, dont la veste aux outils magiques de Denn gardée par les nomades et le baluchon de fourmites de Nao – elle ignore ce qu'ils en ont fait. La soif et la faim se font déjà sentir. Denn redoute le lendemain, quand le soleil montera au-dessus de l'horizon. La seule issue qu'il entrevoit, c'est de faire semblant de se soumettre et de filer en douce dès la première tâche au-dehors. Il en a parlé à Nao, qui a émis des doutes. Elle lui a décrit en retour l'homme et la fille nus – Denn étant tourné à l'opposé du village – qui ne paraissent pas entravés selon elle. Il doit bien y avoir quelque chose qui les retient, sinon ils en profiteraient pour s'éclipser à la faveur de la nuit.

Pas bête, a admis Denn. Il s'est mis alors à réfléchir à ce qui peut empêcher ces esclaves de s'enfuir. Il n'est parvenu à rien de concluant. Que sait-il des diverses formes de contrainte ? Le concept même d'esclavage lui était inconnu quelques heures auparavant. Dans la tribu, tout le monde fait ce qui doit être fait, sans être contraint, sans rechigner, sans déléguer. Chacun est chef de ses propres compétences. C'est juste une question de survie : fais ta part, tu vis ; tire au flanc, tu meurs. Aussi simple que ça.

La soirée autour du feu finit par sombrer dans la *birra* et la léthargie, et peu à peu tout le monde se retire, les nomades dans leurs tentes, les sédentaires dans leurs cahutes. Le feu brasille et meurt doucement, tandis que s'étendent à nouveau les ténèbres et le silence. Le grand silence de la nuit, entrecoupé parfois par le cri lointain d'un animal ou par un faible frou-frou dans les arbres. L'inquiétant silence de la nuit, car pour Denn et Nao l'ennemi le plus redoutable est toujours silencieux – serpent ou scorpion. Ils tendent l'oreille et retiennent leur respiration au moindre bruit, réel ou imaginaire. N'échangent de rares paroles qu'en chuchotant. S'efforcent d'oublier les élancements dans leurs épaules et leurs mains engourdies par les liens. Essaient de ne pas trop se pisser dessus... À force de ressasser des pensées moroses ou des plans d'évasion aléatoires, ils finissent malgré tout par s'assoupir.

Nao est réveillée en sursaut par un attouchement subtil à son pied gauche. Elle le rétracte vivement en poussant un cri, ce qui réveille aussi Denn.

Mais ce n'est pas une bête. C'est la fille toute noire que Nao a aperçue lors de la veillée, une esclave selon elle. Elle est presque invisible dans l'obscurité, à part le blanc de ses yeux et ses paumes curieusement pâles, alors que toute sa peau est très sombre. Une maladie ? Nao n'a jamais vu quelqu'un de cette couleur.

— Qui es-tu ? Tu parles notre langue ?

La fille porte un doigt à ses lèvres, qu'elle a très charnues. Son nez est également fort épaté. Elle a des cheveux noirs, courts et crépus. Accroupie devant Nao, elle paraît fine et déliée. De l'autre côté du tronc, Denn se contorsionne pour tenter de la distinguer. Elle remarque son manège et se déplace légèrement de côté afin qu'il la voie mieux.

— Oui, chuchote-t-elle. Pas de bruit.

— Tu viens nous délivrer ? murmure Denn en retour.

Elle secoue la tête.

— Pas de couteau.

— Essaie avec tes mains, suggère Nao. Ou avec une pierre tranchante.

La fille secoue de nouveau la tête.

— S'ils me voient, ils me tuent. Je dois partir.

— Pourquoi tu es venue, alors ? demande Denn, dépité.

Elle ne répond pas, commence à s'éloigner.

— Attends ! lance Nao à mi-voix. Je peux te poser une question ? (L'autre hésite, presque fondue dans les ténèbres.) En arrivant ici, j'avais un gros baluchon plein de sable. Tu sais ce qu'ils en ont fait ?

— Dedans il y a des insectes, répond la fille avec une grimace. Ils ont dit à Vorn d'aller le jeter sur le fumier.

— Vorn, c'est l'autre esclave ? (Hochement de tête.) Et toi, comment tu t'appelles ?

— Marali.

— Marali, est-ce que tu peux me rendre un grand service ?

— Je dois partir.

— Tu vas partir. Mais avant, tu vas chercher ce baluchon sur le fumier et tu me le rapportes. Tu veux bien ?

— Il y a des insectes. Ça pique.

— Pas ceux-là, Marali. Ils ne te piqueront pas, je te le promets.

— Ça me fait peur, avoue-t-elle en retroussant ses grosses lèvres. Si les autres me voient, ils me tuent.

— Fais-le pour moi, je t'en prie, chuchote Nao d'un ton suppliant. Si on arrive à se libérer, je te jure, on te délivre aussi et on t'emmène avec nous.

— On ne peut aller nulle part, prévient Marali en roulant des yeux apeurés.

— Pourquoi ? intervient Denn.

— Parce qu'il y a du danger partout.

— Quel genre de danger ?

— Des… des bêtes. Des monstres. Des démons. Mère-Nature ne veut pas.

— C'est ce qu'on verra, reprend Nao. À trois, on sera plus forts. Tu peux aller chercher ce baluchon maintenant ?

Marali se dandine un moment d'un pied sur l'autre, irrésolue, puis finalement s'éclipse dans la nuit.

— Tu crois qu'elle va le rapporter ? demande Denn.

— Je n'en sais rien. Je l'espère.

— J'aurais préféré qu'elle apporte un couteau.

— Ça doit être plus compliqué, suppose Nao. Ils ne les laissent sûrement pas traîner.

— Qu'est-ce que tu vas faire avec ton baluchon ?

— Demander aux fourmites de nous délivrer.

— Elles pourraient faire ça ? interroge Denn, sur un ton plein d'espoir.

— Je n'en sais rien, répète Nao. Je n'ai jamais essayé.

— Ce serait un nouvel Accord ?

— En quelque sorte. L'Accord de la liberté.

Marali revient peu après, totalement silencieuse. Elle porte le baluchon à bout de bras, affichant clairement sa crainte et son dégoût.

— Pose-le sur moi puis ouvre-le, intime Nao.

— Mais c'est plein d'insectes !

— Justement. Ces fourmites sont mes amies. Il faut que je leur parle.

— Tu *parles* aux insectes ?

— Oui. Fais-le, s'il te plaît, insiste Nao.

La fille s'exécute, non sans répugnance. Une fois le sac posé sur les cuisses de Nao, elle dénoue la lanière de cuir qui le ferme d'une main tremblante, puis s'écarte vivement. Nao plonge la tête dans le baluchon.

— Qu'est-ce qu'elle fait ? demande Marali à Denn.

— Elle passe un Accord. Pour que les fourmites nous délivrent.

— Comment ?

— Je ne sais pas. Nao est forte avec les fourmites.

— Taisez-vous. (C'est la voix étouffée de Nao.) Je n'arrive pas à me concentrer.

Tous deux font silence. Marali garde les yeux rivés sur Nao la tête enfouie dans le sac. Elle semble avoir oublié sa crainte de se faire surprendre. *Peut-être qu'elle s'attend à un tour de magie*, suppose Denn. *Elle risque d'être déçue*… Bien qu'il ignore ce que Nao est en train de demander aux fourmites. Comment apporter de l'eau ou de la nourriture peut-il les aider en la circonstance ?

La concentration de Nao dure longtemps. Marali demeure rigoureusement immobile. S'il n'y avait le blanc de ses yeux fixés sur Nao, Denn pourrait croire qu'elle s'est dissoute dans les ténèbres tel un esprit de la nuit.

Enfin Nao sort sa tête du sac et la redresse lentement. Sa figure grouille de fourmites. Marali pousse un cri étouffé et disparaît.

Les fourmites descendent dans le cou de Nao et, formant une colonne, longent un de ses bras tirés en arrière, les poignets attachés au tronc. La jeune femme marmonne des paroles indistinctes d'une voix presque inaudible. Les fourmites se regroupent sur son poignet, et bientôt le profond silence de la nuit est troublé par un très léger bruit de grignotage et de mastication.

Denn comprend soudain : Nao leur a demandé de ronger ses liens !

L'Accord de la liberté, vraiment.

Il faut une bonne heure aux fourmites pour sectionner complètement l'une des lianes fibreuses. Soudain, Denn sent un léger relâchement de ses propres liens. Il voit Nao dégager son bras, et bientôt l'autre. Elle se redresse, secoue son poignet au-dessus du baluchon pour y faire tomber les fourmites, se frotte un peu les bras pour y rétablir la circulation, puis accourt achever de délivrer Denn. Il la serre brièvement contre elle. Ses mains engourdies ne sentent même pas la chaleur de sa peau.

— Filons vite ! souffle-t-il en lui prenant la main.

— Qu'est-ce qu'on fait pour Marali ?

— Elle est partie, tant pis pour elle. On ne va pas fouiller le village à sa recherche.

— Je suis ici, se fait entendre un chuchotement, tout près.

La silhouette de Marali prend forme, ombre noire en mouvement dans les ténèbres.

— Viens avec nous, lui enjoint Nao.

Elle referme son baluchon, le jette sur son épaule. Marali secoue encore la tête. La peur est revenue sur ses traits.

— Dans la brousse il y a plein de…

— Marali ! appelle soudain une voix d'homme dans le village.

Suit un ordre sec aboyé dans une langue inconnue. Les yeux écarquillés, Marali commence à se diriger vers les huttes.

— Viens ! lance Denn.

D'autorité, il lui empoigne la main et tous trois s'enfoncent dans la nuit.

Au village, l'homme réitère son ordre. N'obtenant pas de réponse, il vient voir quel est ce bruit qu'il a cru entendre. Il tient un long couteau effilé, au cas où.

Il ne tarde pas à remarquer l'absence des prisonniers. Il se met à beugler, sonnant le branle-bas général.

La battue dure toute la nuit.

Heureusement, les nomades n'aident pas les villageois. Les chances des fugitifs auraient fortement diminué, s'ils avaient été traqués par des hommes bien plus habitués à voir et se déplacer la nuit que les sédentaires.

Ceux-ci se munissent de torches prises dans le feu ravivé, à la fois pour y voir plus clair et pour éloigner d'éventuelles bêtes ou esprits nocturnes. Ça les rend d'autant moins discrets, ce qui est tout à l'avantage de Denn, Nao et Marali, qui les voient et les entendent venir de loin. Eux, en revanche, sont plus furtifs que des ombres. Marali leur apprend rapidement à éviter les brindilles, feuilles mortes, cailloux instables et tout ce qui peut émettre un son, à rouler les plantes des pieds au sol, à ramper en souplesse et sans bruit, à se déplacer en mouvements fluides et coulés, à se fondre dans l'obscurité. Ils ne parlent pas, ne s'expriment que par gestes. De caches en abris, ils s'éloignent peu à peu du village.

Ils ne s'arrêtent pas avant que leurs poursuivants ne soient totalement hors de vue, qu'ils n'entendent plus leurs appels et vociférations. Marali descend alors au bord de la rivière qu'ils longeaient, trouve sur sa rive un rocher en surplomb, se glisse dessous et se cale là, refusant de faire un pas de plus.

— Pourquoi ? s'étonne Denn. Profitons de la nuit pour faire du chemin au contraire !

— À cause des bêtes, répond Marali d'un ton buté. Des monstres et des démons.

— Pfff ! (Denn lève les yeux au ciel.) T'en as vu, toi, des monstres et des démons ? Tout ce qu'on a vu, ce sont des arbres et des buissons. Tout ça, ce sont des fables !

— Et des dragons des nuées, ajoute-t-elle.

Nao vient à la rescousse, pose doucement une main sur son bras.

— Ce sont des histoires, Marali. Des histoires que les nomades inventent pour que les gens aient peur de quitter les villages. Tu comprends ? Des mensonges. Rien de tout ça n'est vrai.

— Pas les nomades. Pas seulement. (Marali secoue la tête.) Des gens en ont vu au village. Beaucoup de gens.

— Ah oui ? Et ça ressemble à quoi, un dragon des nuées ? lance Denn sur un ton un brin sarcastique.

— Ça descend du ciel en hurlant, ça crache du feu et ça détruit tout, il paraît. Moi, j'en ai jamais vu.

— Des fables, répète-t-il en haussant les épaules.

— Si tu n'en as jamais vu, c'est qu'ils ne sont pas si courants que ça, hein ? remarque Nao plus conciliante. Donc ce n'est pas la peine d'avoir aussi peur. Il ne va pas t'en tomber un dessus là tout de suite.

Or Marali ne veut pas en démordre : non, elle n'ira pas plus loin. Denn commence à s'énerver. Nao l'apaise d'un regard et d'une main sur l'épaule, l'air de lui dire : *Laisse tomber, au matin elle changera d'avis.* Du coup il se désintéresse de la conversation, va s'asseoir morose au bord de la rivière. Nao préfère parler d'autre chose que de monstres, réels ou imaginaires.

— Tu parles très bien notre langue… Où tu l'as apprise ?

— C'est Vorn. Il est… comme vous. Un peu.

— Vorn ?

Nao fouille sa mémoire, mais elle ne connaît pas de Vorn ayant vécu dans la tribu, n'a jamais entendu parler d'un Vorn. Ou peut-être par Veer, quand il évoque le souvenir d'anciens au destin forcément glorieux ou mystérieux… En ce cas, ça daterait d'avant sa naissance, donc ce Vorn serait bien vieux déjà.

— On parle sa langue, les autres ne comprennent pas, reprend Marali. C'est secret entre nous. Mais ils n'aiment pas, et ils nous battent.

— La vie d'esclave est dure, compatit Nao.

— Très, se rembrunit Marali. On travaille tout le temps. Ils nous battent tout le temps. Moi ils me prennent tout le temps, mais je ne fais pas d'enfant, alors ils ne sont pas contents et ils me battent. Et Vorn ils le battent parce qu'il est vieux et plus très fort.

Nao frémit, horrifiée. L'idée lui traverse l'esprit de retourner au village et de délivrer Vorn aussi – surtout si c'est un ancien de la tribu. Mais elle se dit que ce serait très périlleux et que Denn risque de ne pas accepter… ou pire, qu'il risque d'accepter.

— Heureusement que tu t'es échappée, alors !

Marali secoue la tête. Une manie chez elle, décidément.

— Il faut que je retourne là-bas, marmonne-t-elle à voix si basse que Nao craint d'avoir mal entendu.

— Hein ? Qu'est-ce que tu dis ?

— Je dois y retourner.

— Pourquoi ?

Marali ne répond pas, assise contre la roche, les bras croisés sur les genoux, fixant le sol avec une expression douloureuse.

— Comment ils te tiennent ? demande doucement Nao. Qu'est-ce qui t'empêche de t'enfuir ?

La jeune fille reste silencieuse, les yeux dans le vague, une moue amère sur ses grosses lèvres. Nao a envie de lui demander si c'est une maladie qui lui rend la peau si noire, mais elle sent que ce n'est pas le moment. Chaque chose en son temps.

— Ils mettent quelque chose dans la nourriture, dit enfin Marali, qui semble avoir réussi à ordonner ses pensées. Une plante qui nous fait plus avoir mal, plus penser à rien. Tous les jours. Matin et soir.

— Et ? (Nao ne saisit pas bien le rapport entre ça et empêcher de s'enfuir.)

— C'est trop bien mélangé. On ne peut pas l'enlever.

— D'accord, mais… ? Je veux dire, c'est trop bon ? Vous en avez trop besoin ?

— Non, ce n'est pas bon. Mais, oui, on en a besoin. Des fois, pour nous punir, ils ne nous donnent pas la plante. Alors on est très malade et on la veut. À tout prix.

Nao hoche la tête en pinçant les lèvres. Elle ignorait qu'une plante pouvait produire un tel effet. Elle sait qu'il y en a qui rendent malade si on les mange, mais celle-ci, apparemment, rend malade si on n'en mange pas. Bizarre.

— Donc, si je comprends bien, récapitule-t-elle, si tu ne retournes pas au village pour avoir ta plante, tu vas tomber très malade.

Marali acquiesce d'un signe de tête.

— Tu peux guérir de cette maladie ?

— Je ne sais pas.

— Tu peux en mourir ?

— Je ne sais pas.

Nao serre de nouveau les lèvres. Sortir Marali du village et de sa condition d'esclave n'était pas une très bonne idée, finalement. Elle risque soit d'y retourner pour quémander sa plante et subir les pires traitements imaginables, soit de souffrir d'une maladie dont elle ne connaît pas l'issue. Que faire ?

Elle appelle Denn, lui résume la situation. Il se gratte la tête, dubitatif. Que faire, en effet ?

— Tu sais quelle est cette plante qu'on te donne ? demande Nao.

— Oui, elle pousse dans un champ près du village. On n'a pas le droit d'en cueillir. Une fois Vorn en a coupé un pied, ils l'ont battu et privé pendant une semaine. Il a failli mourir.

Denn réfléchit. Peuvent-ils prendre le risque de retourner au village et de cueillir cette plante pour Marali, afin qu'elle ne tombe pas malade ? L'enjeu en vaut-il la chandelle ? Il ne la connaît pas, cette fille, qu'a-t-il à faire de sa maladie ? De toute façon, quand elle n'en aura plus, elle *sera* malade. Doivent-ils risquer leur liberté, voire leur vie, juste pour retarder une échéance inéluctable ? Bon, Denn déplore bien la perte de ses affaires aussi, mais la liberté n'a pas de prix. Et les fourmites de Nao sont sauvées, c'est le principal. Son respect pour ces astucieuses bestioles monte d'un cran.

— Qu'est-ce que tu leur as dit, aux fourmites ? demande-t-il à Nao.

— Tu leur parles vraiment ? renchérit Marali.

— Non, pas vraiment. Je pense juste très fort, pendant qu'elles me palpent. Je crois qu'elles entendent mes pensées, d'une certaine manière.

— Et elles te répondent ?

— Elles font ce que je leur demande de faire. C'est ça leur réponse.

— Tu leur as demandé quoi ? insiste Denn. De ronger les lianes ?

— J'ai refait l'Accord de la colonie, tu sais, celui qui nous lie, les fourmites et moi. J'y ai ajouté la peur, le danger, le risque de mourir, d'être séparées, qu'elles soient tuées car on ne les aime pas ici. Et puis qu'on était coincés par une chose qu'elles pouvaient grignoter. Ronger, grignoter, c'est dans leur nature. Il n'y a rien de bien nouveau dans tout ça.

— Tu as apprivoisé des fourmites, relève Marali, estomaquée.

— Pas moi. Mon père, et le père de mon père, et ainsi de suite sur des générations. Ça fait très longtemps qu'on est Gardiens des fourmites dans ma famille. On a passé plein d'Accords avec elles.

— Dans la tribu d'où je viens, un homme avait apprivoisé un *kelb*. Il le suivait partout, et il chassait pour lui.

— Tu vois ? sourit Nao. Tout est possible.

— Mais pourquoi tu traînes ces fourmites avec toi ?

— Pour nous aider dans notre voyage. La preuve…

— Elles trouvent aussi de l'eau et de la nourriture, précise Denn. Elles sont vraiment très utiles.

Marali jette un regard circonspect au baluchon posé près de Nao et s'en écarte d'un pas ou deux.

— Tu as parlé de ta tribu, relève Nao. Tu ne viens pas de ce village alors ?

— Non. On m'a enlevée il y a trois ans. Pour être vendue comme esclave.

— Est-ce que tu désires y retourner ? demande Denn.

— Pour être vendue à nouveau ? Jamais !

— Est-ce que dans ta tribu… commence Nao d'un ton hésitant. Est-ce que, euh… ils sont tous comme toi, ou bien c'est, je ne sais pas, une maladie ?

Marali dévisage Nao avec des yeux ronds, puis comprend soudain et sourit. C'est la première fois qu'ils la voient sourire. Malgré ses grosses lèvres – ou peut-être grâce à elles –, Nao trouve ce sourire magnifique.

— On est tous comme ça. On a tous la peau noire et les cheveux crépus. Ce n'est pas une maladie. Moi, c'est vous que j'ai cru malades, tout pâles, tout maigres, avec vos yeux rouges…

— Il y a plusieurs sortes d'êtres humains, remarque Denn. Les nomades sont encore d'une autre sorte. Et Nassoumé avait la peau jaune et des yeux bridés.

— Nassoumé ? relève Marali. Tu veux dire Natsume ?

— Oui, c'est ça. Tu le connais ?

— Il est venu au village il y a quelque temps. Lui aussi, il voulait que je parte.

Marali leur narre l'arrivée au village de Natsume, cet homme étrange venu du nord, bardé d'objets des Âges Sombres aux fonctions mystérieuses ou qui, pour bon nombre, ne fonctionnaient pas. Le clan de Tawhid était là, à s'enquérir des besoins des sédentaires avant de se rendre au *tendé*. Ils lui ont proposé de l'accompagner. Méfiant, l'étranger a refusé. Il a eu raison d'après Marali : qui sait ce que les nomades auraient fait de lui, ils l'auraient tué et dépouillé probablement. Natsume a préféré continuer son chemin de son côté. Auparavant, il a réussi à s'entretenir un peu avec Marali. Il a tenté de l'emmener avec lui, mais elle avait peur et ne le comprenait pas bien. Il lui a parlé du pays d'où il venait, là-bas au nord, un pays froid avec des montagnes qui se couvrent en hiver de quelque chose de blanc, elle n'a pas vraiment saisi ce que c'était.

— Quelque chose comme ça ?

Nao dénoue de son cou le foulard que curieusement on ne lui a pas enlevé – le seul bout de tissu qu'elle porte à présent. L'a-t-on jugé trop crasseux, trop personnel, trop insignifiant ? Ou comme un objet pratique pour l'étrangler ? Quoi qu'il en soit, elle l'a toujours. Elle l'étale par terre au bord de la rivière, où la lune qui s'est levée diffuse un peu plus de lumière. Malgré tout on distingue mal ce qu'il représente, à cause de la saleté et des couleurs délavées. Marali l'observe longuement, suit du doigt les contours de la montagne coiffée de blanc.

— Quelque chose comme ça, sans doute…

— On pense que c'est là d'où vient Nassoumé, explique Denn. Il voulait qu'on aille là-bas, qu'on remonte sa trace.

— C'est comme le paradis, ajoute Nao d'un ton rêveur.

— C'est quoi le paradis ? s'enquiert Marali.

Denn et Nao lui racontent leur vision du paradis : un pays où le soleil ne brûle pas, où il pleut parfois, où la végétation pousse à profusion, où la nourriture est abondante, où les hommes vivent heureux dans des *maisons*. Où Mère-Nature enfin apaisée leur prodigue sa bonté et sa générosité. Quelque part au nord, là d'où vient Natsume.

Marali secoue de nouveau la tête.

— Je ne crois pas qu'un tel pays existe au nord, dit-elle en faisant la moue. Et puis Mère-Nature n'est pas bonne. Elle nous traite comme des fétus de paille emportés par le vent. C'est tout ce que nous sommes.

— On y va quand même, déclare Denn d'un ton buté. On verra bien si ça existe ou pas. Moi je crois que oui. Nassoumé me l'a bien fait comprendre.

Ce disant, Denn se rend compte qu'il a plus interprété que vraiment saisi les paroles de Natsume. Mais il a choisi d'y croire, et rien ne l'en fera démordre.

— Tu veux venir avec nous ? propose Nao.

Denn lui lance un coup d'œil surpris. Vont-ils s'encombrer de cette fille qui risque de tomber malade ? N'est-il pas préférable qu'ils se séparent au matin ? Voire là, tout de suite ? Il profite qu'elle est debout au bord de la rivière, éclairée par la lune, pour la détailler. Hormis son intrigante peau noire, ses grosses lèvres et son nez large, elle est plutôt jolie : fine sans être trop maigre, des membres souples et déliés, des fesses rondes, des seins aux larges aréoles brunes qui tombent très légèrement, un petit ventre un peu rebondi. Sa touffe entre ses cuisses est noire et toute bouclée. Sentant venir un début d'érection, il préfère détourner le regard. Non, il ne veut pas de cette fille. Elle risque de créer des ennuis.

— Je ne sais pas, répond-elle après réflexion. Si je retourne au village, ils vont me tuer ou me faire très mal. Si je n'y retourne pas, je vais être malade…

— Peut-être qu'on trouvera ta plante ailleurs, suggère Nao.

— Je ne sais pas. Je n'en ai vu nulle part. Ce sont les nomades qui ont apporté les graines. Ils prennent une grosse partie de la récolte.

— En ce cas, on te soignera. Peut-être que tu n'en mourras pas après tout. Qu'en penses-tu, Denn ? Elle vient avec nous ?

Les deux filles tournent leur attention vers lui. Il répond par une moue circonspecte. Son érection n'est pas passée, au contraire. Il s'efforce maladroitement de la cacher. Nao sourit, Marali est plus directe :

— Tu me désires ? Tu peux me prendre si tu veux. J'ai l'habitude…

— Je suis avec Nao, grommelle Denn.

Celle-ci hausse les sourcils, surprise. Il ne sait pas pourquoi il a dit ça… En fait si, il le sait : Nao est son amie, sa sœur – pas sa femme, quoi qu'en disent les parents. Il s'entend trop bien avec elle et ne souhaite pas que cette fille s'immisce entre eux, sexe ou pas sexe. Ni elle ni personne.

— Au village, beaucoup d'hommes sont mariés, et ils me prennent quand même, ajoute Marali.

— Mais tu n'es plus une esclave, Marali. (Nao pose une main sur son épaule.) Tu n'es plus obligée d'assouvir les désirs des autres.

Marali dévisage Denn, qui garde la tête basse et une expression butée.

— Comme tu veux, fait-elle en haussant les épaules.

Elle retourne s'asseoir sous le rocher. Nao décoche à Denn un regard moqueur – ou complice, il ne sait pas trop.

— Je ne te savais pas aussi fidèle, lui glisse-t-elle.

Tous deux rejoignent Marali sous le rocher. Le silence s'installe, rempli d'arrière-pensées un peu troubles, du moins pour Denn, tournant autour du sexe, de l'amour, de l'amitié, de la fidélité. De Nao, d'Aya, de Marali.

— Je sais d'où il venait, déclare soudain cette dernière.

— Hein ? Qui ? fait Denn, arraché à ses pensées.

— L'étranger. Natsume. Je sais d'où il venait. Je pourrais vous y conduire.

Comme annoncé, Marali tombe malade dès le lendemain.

Elle a obstinément refusé de s'éloigner du village, ce qui a bien agacé Denn. Qu'espérait-elle à la fin ? Qu'ils retournent attaquer les sédentaires à mains nues ? Qu'ils se faufilent en douce pour piller le champ ? C'est bien trop risqué, pour rien de bon en définitive. Peut-être que Marali ne sera pas si malade que ça. Peut-être qu'elle exagère. Peut-être qu'elle aime simplement trop cette plante.

À plusieurs reprises, Denn a pris Nao à part pour lui exprimer sa colère : ils perdent du temps, Marali ne sait pas ce qu'elle veut, si ça se trouve elle ignore totalement d'où venait Natsume et n'a dit ça que pour rester avec eux ; franchement, pourquoi s'encombrer de cette fille indécise et agaçante, que va-t-elle leur apporter d'autre que des ennuis ? Mais Nao insistait, prenait la défense de Marali, avait à cœur de l'arracher des griffes de ces esclavagistes, désirait s'occuper d'elle. À bout d'arguments, Denn a fini par lui demander :

— Pourquoi tu tiens tant à l'emmener ? Qu'est-ce qui te plaît chez cette fille ?

Nao a haussé les épaules en plissant les lèvres.

— Je ne sais pas. Je l'aime bien. Peut-être que j'ai envie d'une copine.

Denn s'est éloigné en grommelant que tout ça allait mal finir, en colère également contre lui-même. Il se rendait compte qu'il voulait Nao pour lui tout seul, lui déniait le droit de rechercher d'autres amitiés que la sienne. Alors que lui avait voulu lui imposer Aya et sa chatte enflammée – juste pour le sexe, même pas une question de sincère amitié. Il est vrai qu'il voyait rarement Nao avec des copines ou des copains à la caverne. Ils étaient toujours ensemble. C'est normal qu'elle saisisse toute opportunité qui se présente. Peut-être que, subtile comme elle est, elle a repéré en Marali des qualités que lui n'a pas encore su voir.

En tout cas, ses qualités ne transparaissent guère au cours de la journée. Plus le temps passe, plus Marali devient nerveuse, anxieuse, irritable. Elle se gratte souvent, ne tient pas en place, sursaute au moindre bruit, au moindre mouvement. Elle tourne en rond, prend soudain une direction d'un air résolu pour l'abandonner quelques pas plus loin et faire demi-tour en hésitant et se mordant les phalanges. Des larmes lui viennent parfois aux yeux, mais elle envoie paître Nao qui tente de la réconforter. À plusieurs reprises elle décide brusquement de retourner au village, et là c'est Denn qui la retient : non seulement ils la feraient beaucoup souffrir, mais ils pourraient aussi la faire parler, leur indiquer la piste.

Évidemment, son humeur instable et inquiète influe sur le caractère de Denn et Nao, qui deviennent à leur tour irritables et nerveux. Et la faim n'arrange rien. Ils n'ont rien mangé depuis la veille. Ils sont nus, sans armes, comment peuvent-ils chasser ? Ils n'ont pas l'habitude, ne savent pas trop comment s'y prendre. Ils essaient de lancer des pierres sur des rats ou autres bestioles qu'ils entendent froufrouter dans l'herbe, ou bien d'attraper à mains nues les rares poissons qu'ils distinguent dans la rivière, ou encore de confectionner une lance rudimentaire, mais ils n'arrivent à rien : ils ne sont pas chasseurs, et la chasse ne s'improvise pas. Ils se rabattent alors sur quelques plantes que Marali leur indique quand elle parvient à se concentrer suffisamment, ou sur des larves et insectes qu'ils dénichent dans le sol ou les arbres morts, mais ça ne suffit pas à apaiser leur faim. Marali les regarde manger ça avec un dégoût proche de la nausée. Elle, elle ne mange rien, prétextant qu'elle a le ventre noué.

Ses nausées augmentent à l'approche du soir, accompagnées de fièvre, de courbatures, de tremblements. Elle vomit l'eau de la rivière que Nao lui fait boire à profusion. Elle claque des dents, a des sueurs froides. Elle titube et tient à peine debout, mais les supplie de la laisser partir, retourner au village.

— Ils vont te massacrer, répète Nao patiemment. Pour te punir, ils te priveront de cette plante. Tu seras malade de toute façon, en plus d'être violée et battue.

Marali en convient – pour l'oublier aussitôt après. Dans un accès de lucidité, elle réalise qu'elle est une gêne pour Denn et Nao, qu'elle les entrave dans leurs mouvements, qu'en plus elle pourrit leur bonne entente.

— Laissez-moi seule, leur enjoint-elle. Partez de votre côté. Moi je suis fichue de toute façon. Mère-Nature a décidé ma perte. Arrrrghhh…

Elle se tord de douleur dans les bras de Nao qui ne sait pas quoi faire pour la calmer, sous le regard morose de Denn qui s'efforce de ne pas montrer la pitié qu'il éprouve pour elle. Nao tente de lui changer les idées, de lui faire raconter sa vie ou ce qu'elle sait de la provenance de Natsume. Mais Marali n'arrive pas à rassembler ses idées plus de quelques instants, avant de retomber dans le délire, la souffrance et la compulsion de retourner au village. Malgré tout, Nao apprend par bribes que Marali a été enlevée de sa tribu quelque part dans le Sud à l'âge de douze ou treize ans, vendue aux nomades par sa mère qui ne la supportait plus. Vorn était déjà dans la tribu qui l'a achetée comme esclave, depuis de nombreuses années sans doute. Outre tous les travaux qu'elle était capable de faire – depuis la reconstruction des huttes après une tempête jusqu'à la cuisine, en passant par les travaux des champs ou le nettoyage du village –, Marali a principalement été utilisée comme esclave sexuelle, même – voire surtout – après avoir découvert qu'elle n'aurait pas d'enfants. Elle a subi tout ce que des hommes peuvent faire subir à une femme, jusqu'à devenir totalement indifférente et blasée sur la question. Cette plante l'aidait bien aussi à supporter la douleur, à se détacher de l'humiliation. Le seul qui ne l'a jamais touchée, c'est Vorn. De toute façon, en guise d'elle ne sait quelles représailles, ils lui ont coupé les couilles.

Quant à Natsume… Ce qu'elle a réussi à comprendre, c'est qu'il venait d'une ville. Oui, une ville, là-bas au nord. Non, pas en ruines, enfin elle ne pense pas, vraiment habitée par des gens, ou des démons des Âges Sombres d'après les nomades. Ils auraient réveillé une espèce de monstre, lequel soufflerait dans l'air son haleine empoisonnée, qui ronge les gens et les tue à petit feu. Comment ces démons arrivent-ils à survivre là-bas, elle n'en sait rien. Probablement parce que ce sont des démons. Mais cette ville existe bien, les nomades en parlent aussi. Si on les croit…

Maigre indication, a constaté Denn : une ville au nord… Peut-être une autre légende. Il en était sûr, Marali invente n'importe quoi pour rester avec eux, pour qu'ils s'occupent d'elle.

— Mais non, Denn, a rétorqué Nao. C'est tout le contraire : si on la laissait faire, elle serait déjà repartie au village. Ce n'est pas elle qui veut rester avec nous, c'est moi qui veux qu'elle reste. Et peut-être toi aussi, malgré ce que tu en dis.

— Mais *pourquoi* ? Qu'est-ce que tu lui trouves, enfin ?

Sempiternelle question, à laquelle Nao n'a plus envie de répondre. Elle a soupiré, levé les yeux au ciel, puis fini par lâcher :

— J'adore son sourire. Je veux qu'elle sourie plus souvent.

Denn a secoué la tête d'un air navré, genre « je ne comprendrai jamais rien aux femmes », puis s'est désintéressé – provisoirement – de la question.

Tandis que Marali tremble, souffre et transpire sous le rocher près de la rivière, soutenue par Nao qui espère la soulager à l'aide de cataplasmes de vase et d'herbes fraîches, Denn essaie de se projeter dans leur périple vers ce Nord si plein de dangers – à condition que Marali guérisse, bien sûr. Ou meurt. Mais où est le nord, au juste ? Sans la petite aiguille rouge dans son boîtier, ça devient plus difficile de s'orienter, surtout quand il n'y a pas de soleil comme maintenant.

Le soir approche, le soleil devrait être à l'ouest. Or le ciel est d'un gris perle uniforme, aucune tache plus vive ou plus pâle n'indique où il se trouve. Bizarre ce ciel, d'ailleurs… Comme si sa blancheur opaline coutumière s'était obscurcie de plusieurs tons. De la brume en hauteur ? Ou juste un seul grand nuage ? Denn n'a jamais vu de nuages comme ça, d'un gris uni, couvrant tout le ciel. D'habitude, ils apparaissent sous la forme de grosses boursouflures noires qui s'entrechoquent en grondant et produisent des éclairs, des rafales de vent et parfois des pluies diluviennes. Mais là… On dirait qu'il s'est progressivement obscurci tout au long de la journée, sans bruit, sans vent, sans rien.

À présent que Denn l'observe avec plus d'attention, il remarque certaines irrégularités dans toute cette grisaille : des striures, des nervures, des traînées, comme de lents courants qui fluctuent paresseusement, formant des creux, des bosses, des bubons. L'un d'eux, particulièrement, commence à s'enrouler sur lui-même en une spirale majestueuse, qui occupe une bonne moitié du champ de vision de Denn. On dirait que ce grand tourbillon creuse le nuage en spiralant – quelle épaisseur a donc cette couche gris sombre ? – et peu à peu, il accélère… Denn entend remuer les arbres et les buissons, sent un souffle d'air chaud sur son visage. Une tempête qui se prépare ? Il entend aussi autre chose à présent, qui passe le seuil de l'audible : comme un grondement très bas, très grave et très profond, qui semble résonner de partout à la fois…

Soudain un éclair gigantesque fuse de ce trou en spirale en un craquement dantesque, comme si le ciel lui-même se déchirait. Puis le trou se comble à toute vitesse et génère bientôt une pointe, une langue, une vrille de nuages brun sombre qui tournoient follement, confinés dans un maillage d'éclairs tremblotants et torsadés qui se succèdent frénétiquement en un fracas quasi continu. La vrille de nuages ne tarde pas à toucher le sol – ce qui déclenche l'enfer : tout se met à tourbillonner, générant un gigantesque entonnoir de poussière qui s'élève haut dans le ciel, et au sein duquel plonge la langue de nuages en grondant – un rugissement sourd, horrible, terrifiant, qui bouche les oreilles et fait trembler la terre. Autour de Denn, l'air est comme aspiré par cette trombe géante cernée d'éclairs. Il doit se coucher par terre et se cramponner à une racine émergente pour ne pas être emporté lui aussi. Le cône de poussière est chargé de débris de toutes sortes, parmi lesquels Denn reconnaît des *arbres*, encore entiers ou déjà déchiquetés, et peut-être même des rochers. Les fameuses pierres qui volent ?

Ce phénomène monstrueux se déroule heureusement à quelque distance – ils n'en subissent que les franges les plus extrêmes – et semble se diriger… vers le village. D'ailleurs Denn aperçoit maintenant des morceaux de huttes qui volent, des pans de tissus, peut-être des toiles de tentes… L'air se voile de terre et de débris végétaux, le vacarme est assourdissant, la pression devient pénible dans ses oreilles et contre sa poitrine et l'empêche de respirer, mais il parvient néanmoins à ramper jusque sous le rocher où Nao et Marali sont blotties l'une contre l'autre, tremblant de peur cette fois. Denn secoue la tête pour chasser ce bourdonnement dans ses oreilles, mais les vibrations montent du sol lui-même.

— C'est quoi ? hurle-t-il à Marali. Qu'est-ce que c'est ?

— Un dragon des nuées ! répond-elle, terrorisée. Il nous cherche…

— Non, Marali ! Il te venge ! Il est en train de détruire le village !

II

AUJOURD'HUI C'EST LE BON JOUR

Le serpent s'esquiva
Mais le regard qu'il me lança
Resta dans l'herbe
MORITAKE.

LE DRAGON DES NUÉES s'éloigne, laissant derrière lui un sillage de destruction, d'arbres déracinés, de terre arasée, de débris hachés menu. Des rafales de vent le suivent à la traîne, un vent plus ordinaire qui hulule presque avec mélancolie. La pression s'allège dans les oreilles de Denn. Le vrombissement de la trombe n'est plus qu'un murmure confus ponctué par les craquements lointains des éclairs. Puis la pluie survient, drue, tiède, lourde, qui abat ce qui reste de bourrasques.

Marali se dégage des bras de Nao, se relève en titubant et sort de sous le rocher d'un pas incertain. Une crampe la plie en deux, mais elle avance quand même.

— Où vas-tu ? s'enquiert Nao.

— Au village, répond-elle sans se retourner.

Denn et Nao se dévisagent. Ils n'ont pas besoin de se concerter pour penser la même chose : Marali espère que le dragon des nuées aura tué tous les villageois mais épargné suffisamment de sa plante vénéneuse pour combler son manque.

— On la suit ou on la retient ? demande Nao.

— On la suit, répond Denn après un instant de réflexion. Peut-être qu'on arrivera aussi à retrouver quelques-unes de nos affaires.

— Mmmh… Si le dragon des nuées ne revient pas nous achever.

Denn ne relève pas la remarque. Il n'est pas certain que cette chose soit consciente ; il n'est même pas certain, d'ailleurs, que Mère-Nature dans son ensemble ait vraiment conscience des humains qu'elle martyrise ou favorise parfois – pas plus que du reste en tout cas. Pourquoi se soucierait-elle davantage d'eux que des fourmites, des serpents ou des arbres que le dragon des nuées a déchiquetés d'un coup de sa langue de nuages ? Pourquoi celui-ci reviendrait-il s'acharner sur trois humains, dans son parcours destructeur apparemment aveugle ?

Mais il a détruit le village des esclavagistes, il a libéré Marali, rétorque en lui une petite voix prête à croire encore aux miracles et malédictions de Mère-Nature.

Ils suivent donc Marali, ce qui revient vite à la rattraper et la soutenir dans sa marche fébrile et vacillante. « Il va en rester, il doit en rester », marmonne-t-elle, ses yeux aux pupilles dilatées fixés sur le carnage qu'ils découvrent aux abords du village.

Il ne reste plus rien de la végétation relativement dense qui les avait dissimulés lors de la battue de la nuit précédente. Des débris pêle-mêle, des feuilles éparpillées, des branches brisées, des chicots d'arbres acérés, aux racines arrachées. Des tourbillons creusés dans la terre, mettant à nu la roche sous-jacente. Quelques cadavres lacérés ou écrabouillés de petits animaux indéfinissables… puis de quelques villageois, qui peut-être ont tenté de fuir ou ont été emportés dans les airs. La trace, bien nette, suit globalement la vallée – les collines avoisinantes n'ont pratiquement pas été touchées. La pluie rince tout ça, dilue la terre et la poussière en rigoles de boue qui sinuent entre les mottes d'herbes en vrac, parmi les broussailles déchiquetées, sous les troncs abattus.

Dans la lumière grise du crépuscule qui va s'assombrissant, ils repèrent quelques vestiges épars d'humanité : bouts de tissus, restes de tressages de toitures, tessons de poteries, outils et ustensiles cassés ou tordus. D'autres cadavres aux membres brisés, au torse défoncé, au visage figé sur une terreur indicible.

Dont le chef du village, un éclat de bois planté dans le ventre comme si le dragon des nuées l'avait assassiné personnellement. Et la femme qui a troqué sa fille, serrant encore contre elle un autre de ses enfants, mort lui aussi. Et Vorn, couvert de boue et de sang qui dégoulinent le long de son corps disloqué. Lui n'est pas mort dans la terreur, mais soulagé au contraire, délivré de toute souffrance.

Ils parviennent enfin à l'emplacement du village, qu'ils reconnaissent aux chemins de terre tassée, à quelques pans de murets à ras du sol, à la souche à laquelle Denn et Nao avaient été attachés, d'où pendent encore des lianes. Davantage de débris ici, reliques d'une vie frugale ensevelies sous les décombres. Dans la pénombre qui s'épaissit, Denn et Nao dénichent quelques vêtements terreux plus ou moins en lambeaux, deux couteaux, un arc à la corde cassée (et des cordes de rechange), une grande couverture, des restes de nourriture – plantes comestibles et viande séchée – qu'ils mangent avidement. Ils veulent en proposer à Marali, mais celle-ci s'est dirigée vers le champ où pousse la plante dont elle est dépendante.

Où poussait, plutôt : il ne reste plus qu'un carré de terre tourneboulée et détrempée. Ils la trouvent là à genoux, la pluie gouttant de ses boucles pendouillantes sur ses seins luisants, en train de fouailler la boue de ses mains fébriles, poussant de petits gémissements à moitié articulés, entre jurons et sanglots. Elle claque ses mains dans une flaque puis les lève au ciel, comme pour prendre Mère-Nature à témoin de son malheur. Et se met à trembler.

Craignant qu'elle n'attrape froid, Nao veut lui couvrir le dos d'un vêtement boueux et trempé qu'ils ont ramassé – un geste de protection plus symbolique qu'efficace. Marali rejette son offre d'un coup d'épaule, se relève en chancelant et se met à arpenter le champ en tous sens, pliée en deux, ramassant chaque débris végétal pour l'examiner. Nao se demande s'il faut l'aider, décide de n'en rien faire. D'abord elle ne connaît pas cette plante et doute que Marali ait la patience ou la capacité de la lui décrire, et puis au fond elle ne souhaite pas que la jeune femme en retrouve. Cela ne ferait que retarder l'échéance d'un sevrage de toute façon inévitable, quoi qu'il lui en coûte.

Finalement Marali pousse un cri de victoire : elle a déterré trois longues tiges brisées, au bout desquelles s'érige une espèce de capsule sphérique coiffée d'une corolle dentelée. Elle demande un couteau à Denn, s'assoit dans la boue et incise la capsule d'une main tremblante, en plusieurs endroits. Elle la porte à ses lèvres, se met à lécher le suc épais qui en sort. Elle fait la grimace – ça ne doit pas avoir bon goût – mais peu à peu, à mesure qu'elle incise et lèche, ses traits crispés se détendent, son expression douloureuse s'apaise, son corps tremblant s'affaisse et s'amollit. Elle a quelques haut-le-cœur, qui passent assez vite.

Une fois les trois capsules épuisées, Marali reste avachie, tête baissée, les yeux mi-clos, indifférente à la pluie qui s'égoutte de ses cheveux, ruisselle sur son dos et ses épaules. Denn et Nao l'observent, forme pitoyable tassée dans l'obscurité, tenant mollement les tiges poisseuses sur ses jambes entrecroisées. Denn ramasse le couteau qu'elle a laissé tomber, puis dévisage Nao avec une moue mi-agacée, mi-fataliste.

— Qu'est-ce qu'on fait ?

— On s'en va, répond-elle d'un ton sec. (Elle touche l'épaule de Marali, qui réagit à peine.) Lève-toi, Marali. On part.

— Hein ?

— On s'en va, répète Nao. On va rejoindre mes fourmites sous le rocher.

Elle s'inquiète pour ses protégées, espère qu'il ne leur est rien arrivé. Il y a sûrement, au sein de toute cette végétation, des bestioles pour qui les fourmites peuvent constituer un mets de choix.

— Faut que j'en trouve d'autres, marmonne Marali.

Denn réprime un soupir exaspéré.

— Il fait nuit à présent. Tu ne verras plus rien.

— Et puis t'en as eu assez pour ce soir, ajoute Nao.

Marali hoche vaguement la tête, et se relève avec effort.

— Je reviendrai demain.

Demain, on sera loin, a envie de répondre Denn, mais il s'abstient. Il est fatigué, énervé, n'a pas envie de s'engager dans une polémique. Demain sera un autre jour.

Il empoigne d'autorité la main de Nao et sort du champ. Marali les suit d'un pas traînant.

Alors qu'ils traversent les ruines du village, ils entendent un grognement, suivi d'un gémissement et de quelques mots haletants, prononcés dans la langue locale. Une voix d'homme apparemment.

— Un survivant ? s'étonne Nao. Qu'est-ce qu'il dit ?

— Qu'il est coincé et qu'il a mal, traduit Marali.

Elle répond à l'homme. Celui-ci l'appelle par son nom. Elle se dirige vers la voix, suivie de Denn et Nao indécis : vont-ils s'encombrer d'une personne en plus, blessée de surcroît ?

Dès que Marali l'aperçoit, un rictus lui tord la bouche. Denn le reconnaît comme étant le bras droit du chef du village, celui qui les a attachés en faisant exprès de leur faire mal et en tripotant Nao avec concupiscence. Il a les jambes écrasées sous un gros tronc abattu. Il dévisage les trois arrivants avec espoir, adresse à Marali quelques mots suppliants. Elle lui répond d'un ton calme, puis s'approche de Denn.

— Il croit qu'on va le sauver, explique-t-elle.

Soudain – d'un geste étonnamment vif vu son état quelque peu léthargique – elle s'empare du couteau que Denn a calé contre sa hanche à l'aide d'un bout de corde, bondit sur l'homme et lui plante la lame dans la gorge.

Celui-ci émet un cri étranglé, suivi d'un gargouillement. Il s'agite spasmodiquement, ses bras battant en tous sens, tandis que le sang gicle de son cou et jaillit de sa bouche. Marali le regarde mourir posément, les bras croisés sous ses seins, le couteau ensanglanté dressé dans son poing. Enfin l'homme retombe, inerte.

— Mère-Nature, soupire Nao, relâchant d'un soupir toute la tension que cette scène a provoquée en elle.

Denn dévisage Marali avec un mélange d'étonnement, de crainte et d'admiration. Certes il a déjà vu des gens mourir, mais c'est la première fois qu'il voit quelqu'un assassiné de sang-froid sous ses yeux.

— Je… peux reprendre mon couteau ? demande-t-il à Marali, presque timidement.

Elle essuie la lame sur la tunique détrempée du mort et le lui rend.

— Est-ce qu'il fallait vraiment… ? commence Nao.

— Oui. Lui et les siens, ils m'ont fait du mal. Beaucoup de mal. Il ne devait pas survivre.

C'est dit d'un ton sans réplique, aussi Nao n'argumente-t-elle pas davantage. S'ils l'avaient simplement laissé là sous ce tronc, il aurait mis plus longtemps à mourir, ses jambes écrasées attaquées par la gangrène. À moins qu'il n'ait été dévoré par les *kelbs*, les serpents ou d'autres prédateurs. Mais Marali aurait été privée de sa vengeance. *C'est sans doute mieux ainsi*, pense-t-elle, bien qu'elle ne doute pas que l'image de ce meurtre sauvage va longtemps hanter sa mémoire.

Personne n'a mangé les fourmites, qui ont profité de toute cette journée d'immobilité pour creuser dans le sable du baluchon une fourmitière un peu plus confortable. Nao les observe avec tendresse vaquer à leurs occupations, tout en leur donnant des bribes de la nourriture qu'ils ont apportée. Les fourmites s'empressent de l'engranger dans leurs galeries souterraines. À aucun moment elles ne sont sorties du baluchon, pour ce qu'en sait Nao. Elles auraient pu en profiter pour fuir, s'installer ailleurs, profiter de ce nouvel environnement bien plus riche que le désert d'où elles viennent. Elles n'en ont rien fait, ce qui la rassure et l'intrigue à la fois. D'après l'Accord de la colonie, la contrepartie de l'aide que les fourmites apportent aux humains est de leur trouver un endroit propice à l'établissement d'une nouvelle colonie. Or ce n'est pas à Nao – du moins elle ne le pense pas – de déterminer si tel ou tel lieu est propice ou non. Mais de quelle façon et sur quels critères les fourmites vont-elles se décider ? Ont-elles un objectif déjà repéré grâce à quelque sens mystérieux, ou vont-elles « sentir » à un moment donné que tel endroit est le bon ? Et restent-elles avec Nao par une sorte d'attachement, ou juste parce que c'est pratique et sécurisant ? Elle aimerait bien communiquer davantage avec ses fourmites, d'une façon plus abstraite, plus *émotionnelle* que pour leur demander simplement de trouver de l'eau ou de ronger des liens. Peut-être que là où elles décideront de s'installer, ce sera justement ce paradis dont Nao et Denn ont tant rêvé…

De son côté, Marali tente de faire du feu avec l'aide de Denn. Elle procède de la même manière qu'il a vu faire chez les nomades : tourner rapidement un bout de bois contre un autre garni de brindilles sèches, jusqu'à ce qu'une fumée s'élève et que les brins s'embrasent. Mais malgré les gestes experts de Marali, le bois trop mouillé ne prend pas.

Ils se résolvent à passer la nuit dans le froid et l'humidité, à grelotter serrés les uns contre les autres. Ce froid persistant, cette pluie tenace constituent une expérience nouvelle pour Denn et Nao. Chez eux, la pluie, rare, se résumait à des averses aussi brèves que diluviennes, au cours d'orages violents. Et le froid, s'il survenait parfois lors des nuits d'hiver, généralement apporté par le vent de mer, ne pénétrait pas jusqu'au fond de la caverne et se dissipait aux premiers rayons du soleil. Ils en souffrent donc, d'autant que les vêtements et la couverture trempés qu'ils ont récoltés ne sèchent pas et ne les réchauffent pas.

Quant à Marali, elle ne ressent rien apparemment : elle ne tremble pas, ne claque pas des dents, n'a même pas la chair de poule. Comme Nao s'en étonne, elle lui explique que la plante dont elle a léché le suc atténue non seulement la douleur, mais toutes les sensations. C'était grâce à cet effet qu'elle pouvait supporter les coups et sévices, le travail harassant, les assauts rudes et répétés des hommes. En outre, cette plante lui coupe l'appétit, ce qui n'était pas plus mal car on lui donnait peu à manger, tout juste le minimum vital. Nao insiste pour qu'elle mange quand même, ce qu'elle fait à contrecœur. Elle vomit presque aussitôt.

Après quoi elle se blottit contre Nao adossée à la roche, lui entoure la taille de son bras, pose la tête sur son sein et ne tarde pas à s'endormir, telle une petite fille dans le giron de sa mère. Denn en éprouve une vague jalousie, bien qu'il n'y ait dans cette attitude aucune sexualité ni même une réelle tendresse – juste la recherche d'un peu de confort. Il aurait aimé que ce soit contre lui que Marali se blottisse, même s'il comprend que vu ce qui lui est arrivé, elle ne recherche guère la compagnie des hommes. Ou bien c'est lui qui devrait se blottir contre Nao, ou Nao contre lui, ce qu'ils ont fait bien des fois. Bref, Marali lui fait toujours l'impression d'être une intruse qui envahit un peu trop leur espace vital. Et Nao laisse faire, c'est peut-être ça qui l'irrite au fond. Afin de ne pas se sentir rejeté, il se serre contre l'autre flanc de Nao, qui lui ouvre son bras libre. Lui aussi glisse un bras autour de sa taille, frôlant celui de Marali – sa peau noire est étonnamment lisse, douce et tiède, ce qui provoque en lui un frisson de désir.

— T'as envie d'elle ? souffle Nao dans son oreille.

— Non, c'est juste le froid, rétorque-t-il, serrant les cuisses.

— Menteur, sourit-elle. Je ne serais pas vexée, tu sais.

Denn ne répond pas. Le désir s'est estompé aussi vite qu'il est venu. C'est bien de froid qu'il frissonne à présent. Si Nao lui réchauffe un peu la poitrine et le ventre, ses jambes et son dos sont glacés. De plus, il croit que si, elle serait vexée. En tout cas lui le serait, à sa place. Étrange pensée… alors qu'il avait failli lui imposer Aya au départ, se souvient-il. Marali ne doit pas remplacer Aya, en aucun cas. Au fond, ce serait bien mieux qu'elle ne les suive pas. Que Denn et Nao restent tous les deux, frère et sœur, comme toujours.

Sur cette sage décision – dont il se promet de persuader Nao au matin –, il finit par s'endormir. Cependant sa nuit est peuplée de rêves libidineux autour d'Aya, Nao et Marali, mais rien ne se passe bien et ses rêves virent aux cauchemars.

Au matin, Marali ressent de nouveau le manque. Ce n'est pas aussi pénible ni douloureux que la veille, mais elle a déjà des maux de tête et des démangeaisons. C'est plutôt l'appréhension du manque qui l'angoisse : savoir que son état va empirer au cours de la journée, qu'elle va encore souffrir et être un fardeau pour ses nouveaux compagnons.

C'est pourquoi elle décide de retourner au village et de mieux fouiller le champ, à présent que la pluie a cessé et qu'un soleil radieux fait scintiller la végétation emperlée de rosée. Nao propose de l'accompagner, mais Denn la retient :

— Nao, reste. Il faut qu'on parle.

— Ah ? Viens avec nous, en ce cas. On parlera en chemin.

— Non, je préfère qu'on soit seuls. Marali se débrouillera très bien sans nous.

— Bon, si tu y tiens… (Nao interpelle la jeune femme qui s'éloigne déjà.) Marali ! Je reste avec Denn finalement. Pendant que tu seras là-bas, essaie de voir si tu peux rapporter d'autres choses utiles…

Marali acquiesce et s'en va. Denn la suit des yeux jusqu'à ce qu'elle se soit éclipsée parmi les fourrés, puis il se tourne vers Nao qui lui lance un regard interrogateur.

— Alors ?

— Profitons-en pour partir nous aussi, attaque-t-il.

— Quoi ? Tu veux dire… sans attendre Marali ?

— Je ne veux pas qu'elle vienne avec nous.

— Tu n'es pas sérieux ?

— Si, très. Elle risque de détruire notre couple, Nao.

Les traits de Nao s'assombrissent et ses joues rougissent, signes que la colère monte en elle. Denn avait espéré – aurait souhaité – qu'elle se montre plus compréhensive.

— D'abord on n'est pas un couple tant qu'on n'est pas mariés – et je doute qu'on le soit un jour. Ensuite, partir dans le dos de Marali sans rien lui dire, je trouve ça lâche et mesquin, indigne de l'estime que j'ai pour toi, Denn. Enfin, je ne vois pas ce qu'elle pourrait détruire entre nous. Notre amitié doit-elle être exclusive ? Juste nous deux, rien que nous deux, sans jamais s'ouvrir aux autres ? C'est comme ça que tu vois les choses ?

— N-non, mais…

— Parce qu'en ce cas, à quoi sert notre voyage, si ce n'est pas pour rencontrer d'autres gens ? Pour apprendre d'autres mœurs, d'autres connaissances, et enseigner les nôtres ? À quoi tu songeais, Denn, quand on a entrepris ce périple ? À un petit coin de paradis où l'on referait l'humanité juste à nous deux ?

— Non, ce n'est pas la question. C'est juste que…

Denn s'interrompt. Il a du mal à formuler ce qu'il ressent, contrairement à Nao. Les rares fois où ils se sont disputés, elle a toujours fini par avoir le dernier mot. Ça risque de ne pas être différent cette fois-ci.

— Alors, c'est quoi la question ? Ma présence te gêne pour pouvoir baiser Marali tranquille ? Vous n'avez qu'à faire ça à l'écart, derrière un buisson. Ou bien tu te sens coupable d'éprouver du désir pour elle, tu crois que je vais être jalouse et te faire la gueule ? C'est ça, hein ?

— Oui, en partie, admet-il. Je ne suis pas contre le fait qu'on ait de nouveaux amis, loin de là. Mais je ne veux pas que ces nouveaux amis nous empêchent d'être bien ensemble ou créent des troubles entre nous. Je ne veux pas te perdre, Nao. Jamais. Et je ne veux pas que tu me perdes. Tu es plus qu'une sœur ou une amie pour moi. Je ne veux pas t'empêcher d'avoir des relations avec d'autres gens, ni que tu m'en empêches, mais si ces relations doivent nous éloigner l'un de l'autre, alors non. Personne ne vaudra jamais que je te perde.

Nao le dévisage d'un air sévère, comme si elle s'apprêtait à lui décocher une réplique cinglante. Mais soudain son expression s'adoucit et elle se fend d'un sourire lumineux.

— Tu sais ce que tu viens de me dire, là ? C'est une déclaration d'amour.

— Hein ? Mais non, pas du tout, enfin, je veux dire…

Denn se sent rougir et son cœur bat plus vite, ce qui le surprend fort, car il n'avait pas du tout envisagé les choses sous cet angle.

— Tu veux dire que tu es amoureux de moi, que tu penses ou espères que je le suis aussi et que par conséquent je vais considérer Marali comme une rivale, ce qui t'inquiète d'autant plus que ta quéquette se dresse dès que tu la touches ou que tu poses les yeux sur ses fesses. C'est aussi pourquoi tu as refusé d'emmener Aya malgré tout ton corps qui te suppliait de le faire – mais ton cœur a dit non.

Au comble de la confusion, Denn se sait que dire. Il finit par lâcher, pitoyablement :

— Mais enfin, Nao, on se connaît depuis tout petits ! Si j'étais amoureux de toi, je le saurais…

— Pas forcément. Tu as déjà été amoureux d'une autre fille, Denn ? Je ne parle pas de désir sexuel, je parle d'*amour*, là. Précisément de ce que tu viens de me déclarer, que tu ne veux pas me perdre et tout ça. Peut-être que tu es amoureux de moi depuis tout petit. Que c'est un sentiment tellement naturel chez toi que tu n'en as même pas conscience, comme d'aimer ta mère par exemple.

— Tu crois ? Mais alors… Je veux dire… Et toi, qu'est-ce que tu ressens pour moi ?

— Moi ? Je te laisse deviner… Tu me connais assez, je pense, tu ne devrais même pas te poser cette question !

— Ça veut dire oui ?

— Ah ! Pourquoi les hommes sont-ils si bouchés parfois ? Il te faut quoi de plus pour que tu comprennes ? Que je t'embrasse à pleine bouche ?

— Ça pourrait aider, convient-il.

Nao ne se le fait pas dire deux fois. Ses lèvres sont tendres et chaudes, sa bouche a un goût de plantes, sa langue palpite contre celle de Denn. Il la serre fort contre lui, son membre dur appuie sur le pubis de Nao. Elle s'écarte un peu, pousse un long soupir, puis – comme si elle prenait soudain une décision – se colle de nouveau contre lui, l'embrasse derechef en se hissant sur la pointe des pieds, empoigne son pénis et l'introduit dans sa vulve humide. Un nouveau soupir, un petit cri – il pénètre plus profond en elle. Nao n'ose plus bouger.

— Qu'est-ce qu'il y a ? s'étonne-t-il.

— C'est la première fois, souffle-t-elle dans son oreille.

— La première fois que tu fais l'amour ?

— Avec un homme. Aucun garçon ne m'a jamais intéressée. Sauf toi.

Craignant de lui faire mal, il veut se retirer, mais Nao se cramponne à lui, enroule ses jambes autour de sa taille.

— Fais-moi crier comme tu faisais crier Aya, lui souffle-t-elle.

Denn doute d'y arriver. Avec Aya, il pouvait tout se permettre, elle était prête à tout, et de plus elle savait quand et comment le retenir. Agrippée à lui, Nao attend juste qu'il agisse et son air crispé lui indique clairement qu'elle appréhende la suite. Il regarde autour de lui, avise une surface herbue à peu près unie. La soutenant d'une main sur ses fesses et de l'autre sur sa nuque, il la dépose doucement dans l'herbe, sans pour autant se retirer d'elle. Sans son poids à porter, il est plus libre de ses mouvements. Il s'efforce d'agir avec toute la douceur dont il est capable, avec tout l'amour qu'il ressent pour elle. Nao avait raison, il l'aime vraiment, et certainement depuis toujours.

Il ne la fait pas crier comme Aya – tout au plus émet-elle quelques soupirs et gémissements. Il n'est même pas certain de l'avoir fait jouir. Lui-même s'est tellement retenu qu'il n'a pas joui non plus. Un moment, il a juste senti que ça suffisait, pour une première fois.

— Alors c'est ça, constate-t-elle. Ce n'est pas grand-chose, au fond. Je me suis déjà donné plus de plaisir toute seule… ou avec une autre fille.

— Ce n'est que le début. Ce sera de mieux en mieux, tu verras.

— Marali m'expliquera, peut-être… Elle, elle doit tout savoir.

Denn réfrène une pointe d'agacement. Marali n'a pas à s'immiscer dans cette histoire.

— Pas sûr, rétorque-t-il. Entre faire l'amour et être violée, il y a autant de différence qu'entre recevoir une caresse et un coup de poing. Ce n'est pas parce que tu as reçu beaucoup de coups de poing que tu sais mieux te battre.

— T'as raison. Pauvre Marali… Alors, tu ne veux toujours pas qu'elle vienne avec nous ?

— Bon, d'accord, admet Denn encore un peu à contrecœur. Maintenant que je sais que je… enfin, que tu… que nous… Bref, je pense qu'il n'y a plus aucun danger.

— Si tu le dis, Denn. Oh – je sens que ça durcit de nouveau. C'est de parler de Marali qui te fait bander ?

— Non, Nao, c'est juste toi. Arrête de parler de Marali, d'accord ?

— D'accord. On recommence ? propose-t-elle en s'emparant de nouveau du pénis de Denn.

— Pas ici. Le soleil est trop chaud déjà, on est tout en sueur. Viens, on va se laver dans la rivière. Puis je te montrerai des trucs.

Il se relève et lui tend galamment la main pour l'aider à se lever à son tour.

— Oh, j'en connais plein déjà.

— C'est vrai ?

— Oui. Des trucs de filles… Et puis je me suis caressée parfois en te regardant faire avec Aya, et en imaginant que c'était à moi que tu faisais ça.

— Pourquoi tu ne me l'as jamais dit ?

— Parce que ce n'était pas le moment. Parce que je n'étais pas prête. Parce que je n'étais pas sûre. Parce qu'on était frère et sœur. Parce que… aujourd'hui, c'est le bon jour.

— T'as raison, Nao. Aujourd'hui c'est le bon jour.

Ils atteignent la rivière et batifolent dedans, jouent à s'asperger, à se pousser dans l'eau claire et peu profonde. Le corps luisant et ruisselant de Nao, ses seins aux pointes durcies par l'eau fraîche excitent fort Denn, qui embrasse, pétrit, lèche et caresse tout ce qu'elle lui présente. Nao n'est pas en reste, qui joue avec le pénis de Denn, le frotte sur son visage, ses seins, son ventre, sa vulve, et finit par le prendre dans sa bouche. De toute évidence, elle a vu Aya procéder, mais elle n'a pas sa pratique et lui fait un peu mal. Il n'ose rien dire parce que c'est Nao, et que c'est un pur bonheur. De son côté il use de sa langue, de ses doigts, de son savoir-faire et de son amour nouvellement dévoilé pour lui procurer tout le plaisir qu'elle attend de lui, et il constate avec joie qu'elle est très sensible à ses attouchements et s'offre à lui sans vergogne.

Ils refont l'amour sur la berge de la rivière, les jambes à moitié dans l'eau. Denn a une vague pensée pour d'éventuelles bêtes malfaisantes qui pourraient rôder dans le courant – les nomades ont parlé de gros vers bruns qui sucent le sang et de poissons amateurs de chair humaine, mais ce sont sans doute encore des fables. Quoi qu'il en soit, il oublie bien vite, accaparé par le corps et le désir de Nao. Tous deux parviennent à l'orgasme presque en même temps, elle juste un peu avant lui. Elle pousse un cri de surprise ravie en le sentant s'épancher abondamment en elle, diffusant des ondes de chaleur pétillantes dans tout son être.

Après quoi ils reposent, alanguis et enlacés dans l'herbe un peu boueuse de la rive, l'eau leur léchant les jambes, leurs mains s'égarant langoureusement dans les collines et vallées de leurs corps. Ils ne disent rien car il n'y a rien à dire, toute parole serait superflue. Leurs esprits ont fusionné depuis des années déjà, et apparemment leurs corps n'attendaient que ça – c'est maintenant chose faite. Ou commencée, du moins ; nul doute que ce sera de plus en plus fort.

C'est la sensation d'une présence qui les tire soudain de leur somnolence repue. À moitié avachi sur Nao, Denn redresse vivement la tête.

Debout devant eux, Marali pointe sur eux une lance.

— Bouge pas, souffle-t-elle.

Denn n'a pas le temps de réagir que Marali jette sa lance – sur lui !

Non, pas sur lui : juste entre ses jambes. Elle se plante dans l'eau avec un *floc*, quelque chose clapote et s'agite dans un remous – Denn entrevoit du coin de l'œil une forme zigzagante s'esquiver dans la rivière.

— Raté, fait Marali.

Il retire vivement ses jambes de l'eau, Nao en fait autant, ils s'écartent de la berge aussi vite qu'ils le peuvent, sur les fesses, en poussant des pieds.

— Qu'est-ce que c'était ? s'écrie Nao, effrayée.

— Un serpent, répond Marali en allant récupérer sa lance. Du genre mortel, d'après ce que j'ai vu. Il allait vous mordre. Mais je l'ai raté.

Elle remonte sur la rive, les rejoint, les flaire en faisant la grimace.

— Vous sentez le sexe, constate-t-elle.

Denn et Nao se dévisagent, mi-complices mi-confus. Cette situation n'avait rien de très choquant à la caverne, où la promiscuité était de mise, mais qu'en est-il des mœurs de la tribu de Marali ? Peut-être qu'elle est outrée et s'efforce de le dissimuler.

— Et alors ? lance Denn.

— Si vous voulez vous laver, faites attention, c'est tout, répond Marali en haussant les épaules. Bon, j'ai rapporté des trucs. Venez voir.

Elle leur montre le butin qu'elle a récolté dans les ruines du village et déposé sous le rocher : trois lances – dont celle qu'elle tient –, deux autres couteaux, une peau tannée d'un animal inconnu, quelques vêtements, une poignée de bulbes terreux qu'elle dénomme *pommes de terre*… et sept pieds de sa plante. Deux ont eu leurs capsules incisées. Les paupières tombantes et les gestes un peu lents de Marali confirment qu'elle s'est bien servie. *Dans un état normal, elle aurait eu le geste plus vif et plus sûr et n'aurait pas raté le serpent*, estime Denn. Peut-être même serait-elle une redoutable guerrière, sans cette satanée plante qui la ramollit.

Elle ramasse les sept pieds, les tend à Nao.

— Que veux-tu que j'en fasse ? s'étonne cette dernière.

— Garde-les avec toi. Sinon je vais tout prendre en deux jours, et je ne serais bonne à rien. Tu m'en donneras un peu – juste une – seulement quand je serai trop malade. Pas quand je te le demanderai, d'accord ? Parce que je risque de t'en demander tout le temps. Mais il faudra que tu refuses, et que tu m'en donnes seulement quand *toi* tu le jugeras nécessaire. Tu sauras faire ça ?

Nao observe la brassée de tiges aux feuilles dentelées d'un air vaguement dégoûté.

— Hum, je vais essayer, mais c'est une lourde responsabilité, estime-t-elle. Je ne suis pas sûre de résister à tes suppliques, ni de choisir le bon moment…

— C'est moi qui vais les garder, propose Denn. Et on jugera tous les deux, Nao et moi, à quel moment on devra t'en donner.

— Arrangez-vous comme vous voulez. Mais je vous en prie, par pitié, délivrez-moi de cette chose. Elle me rappelle de trop mauvais souvenirs.

— On va t'aider, ne t'en fais pas, affirme Nao, entourant de son bras les épaules affaissées de Marali. N'est-ce pas, Denn ?

— Ouais, grommelle-t-il. Et en retour, tu nous guideras sur les traces de Nassoumé.

— Je vous emmènerai au paradis, promet Marali.

Elle est malade sept jours durant, autant qu'elle possède de capsules de sa plante. Denn et Nao conviennent rapidement de ne lui en donner que le soir, afin qu'elle puisse au moins dormir. Le premier jour, elle les supplie, allant jusqu'à se traîner aux pieds de Denn et lui proposer tout ce qu'il veut en échange d'une capsule, une seule capsule, la plus petite, dis oui je t'en prie ! Denn se montre intraitable, à l'admiration de Nao qui, elle, manque craquer plus d'une fois.

Le second jour, profitant d'une sieste méridienne, elle tente de voler le petit sac contenant les capsules, que Nao a confectionné dans le vêtement le plus élimé et que Denn porte à sa ceinture. Il la prend littéralement la main dans le sac et la menace de tout jeter si elle recommence. Elle l'insulte, ainsi que Nao, les traite de bourreaux sans cœur. Tout l'énerve, elle ne supporte pas qu'on la touche ni qu'on lui adresse la parole, ne supporte pas non plus d'être laissée à l'écart.

Le troisième jour est le plus terrible : Marali alterne périodes de prostration larmoyante et d'agitation extrême, vomit tout ce que Nao parvient (non sans mal) à lui faire avaler, est inondée de sueurs froides et tremble malgré la chaleur, veut se tuer ou qu'on la tue et croit voir des monstres ou des démons tapis derrière chaque buisson. Elle dort à peine malgré la plus grosse capsule que Denn consent à lui donner le soir, et ses rares phases de sommeil sont peuplées de cauchemars ; elle n'arrête pas de gémir et crier. Nao craint que son état s'aggrave, craint pour sa vie. Elle passe toute la nuit à tenter de la soigner, de la réconforter.

Le quatrième jour, Marali peut à nouveau marcher un peu, parvient à aligner trois phrases cohérentes, à penser parfois à autre chose qu'à la capsule qu'on lui donnera le soir. Elle tremble toujours, se gratte sans cesse, a mal partout, mais ne rejette plus la nourriture que Nao lui donne. Elle s'excuse sans cesse de son état déplorable, de causer du souci à Denn et Nao, d'être une gêne pour eux, d'être une moins que rien qui aurait dû rester esclave et mourir dans le souffle de colère du dragon des nuées.

Le cinquième jour, ses douleurs semblent s'atténuer, sa fièvre tombe, ses tremblements ont presque cessé. Si elle souffre encore, elle ne le montre pas, seule une grimace fugace la trahit parfois. Elle réussit à tuer un petit animal d'une flèche bien ajustée, qu'elle dépèce et vide et qu'ils partagent au repas du soir, rôti sur un feu qu'elle parvient aussi à allumer. Pour la première fois depuis longtemps elle sourit, ce qui fait fondre Nao, qui trouve son sourire si joli. Denn aussi, mais il ne le dit pas.

Les sixième et septième jours sont ceux de la dernière capsule, car les deux premières, à moitié vidées déjà, ont servi le premier soir. Celle-ci, petite et rabougrie, donne peu de suc. Marali se contente de quelques gouttes récoltées au bout de son doigt, « juste pour mieux dormir », précise-t-elle. De fait, elle ne crie pas, ne gémit pas, ne s'éveille pas à tout bout de champ, ne se retourne pas sans cesse sur la peau de bête qu'elle a choisie pour sa couche. Denn et Nao peuvent enfin se détendre et faire à nouveau l'amour, ce dont ils se sont abstenus durant toute cette période. En effet, comment y songer quand on doit veiller en permanence une malade au comportement imprévisible, qui se tord de douleur et supplie qu'on l'achève, qui passe de crises d'angoisse en crises d'hystérie ? Comment trouver un moment de calme et de sérénité, comment espérer qu'il dure ? Comment rechercher le plaisir quand on baigne dans la souffrance ? Ils se sont contentés de caresses et de baisers furtifs, d'instants volés lors de brèves rémissions, quand Marali ne requérait pas toute leur attention, n'accaparait pas toutes leurs pensées.

Au matin du huitième jour, Marali salue leur réveil avec un sourire radieux et des tronçons d'un serpent qu'elle a cuits dans les braises du feu allumé la veille au soir. Elle a dû le chasser à l'aube, quand Denn et Nao dormaient encore profondément, épuisés par leur nuit d'amour. Nao n'est jamais rassasiée, elle se montre aussi insatiable qu'Aya, mais avec tout l'enthousiasme, l'impétuosité et la maladresse de sa découverte de l'homme. De son côté, Denn s'est trouvé des réserves insoupçonnées – ou plutôt de nouvelles capacités qu'offrait un sentiment enfin compris, admis, dévoilé et partagé. Heureusement, Marali avait le sommeil lourd, pour une fois.

— Je vous ai entendus, cette nuit, remarque-t-elle d'un ton désinvolte.

Au temps pour le sommeil lourd de Marali.

— Oh, on t'a dérangée ? s'excuse Nao.

— Pas du tout. Je ne dors que d'un œil, de toute façon. Surtout là, en pleine nature, où il y a tant de dangers… Denn me paraît être un bon amant.

— Je crois, oui, sourit Nao en rougissant. En tout cas, il me satisfait.

— Tant mieux. Ça fait longtemps, entre vous ?

— Euh… Oui et non.

Ne désirant pas se mêler à cette conversation intime qui s'engage entre Nao et Marali, Denn reste dans son coin à tisonner les braises en grignotant ses bouts de serpent, toujours fasciné par ce feu qui était tabou dans la tribu. Néanmoins, il ne peut s'empêcher d'écouter. Nao explique à Marali la nature de sa relation avec Denn depuis la petite enfance, et comment elle a récemment évolué, quand leurs parents respectifs leur ont arraché la promesse de se marier au retour de leur voyage. Une promesse qui a grandement troublé Nao, comprend Denn, bien plus qu'elle ne l'avait laissé voir. Elle a pris conscience que la période « frère et sœur » de leur enfance était révolue, qu'elle aimait Denn et le désirait de tout son cœur, de toute son âme, et de tout son corps. Elle a patiemment attendu que Denn ait également conscience de son amour pour elle… et voilà.

— Et toi, Marali ? Tu as encore des parents ?

— J'ai perdu mon père quand j'étais plus jeune. Il était très gentil, je l'aimais beaucoup. C'est lui qui m'a appris à chasser avec un arc et une lance. C'était mal vu, car dans ma tribu ce sont les hommes qui chassent et les femmes restent au village, à faire la cuisine et toutes les corvées, et être à la disposition de leurs maris. Mais mon père n'était pas d'accord avec ça. Il voulait que ma mère soit plus libre. Il voulait bien participer aux corvées lui aussi. Il ne désirait pas prendre d'autres femmes, même si dans ma tribu les hommes ont le droit d'en avoir plusieurs pour faire plus d'enfants. C'était mal vu. Les autres se moquaient de lui, les anciens le rappelaient sans cesse à l'ordre. Même ma mère voulait « respecter la tradition », qu'elle disait. C'était la volonté de Mère-Nature, d'après elle. Alors mon père a dit : « Si ta mère ne veut pas être libre, toi, ma fille, tu le seras, tu choisiras toi-même ta destinée. » Et il m'a appris à chasser et à faire d'autres choses que font les hommes, comme construire une hutte par exemple.

» Un jour, mon père est parti à la chasse avec un groupe, et il n'est jamais revenu. Les autres ont dit qu'ils avaient été attaqués par des *kelbs* sauvages et qu'il avait succombé à ses blessures. Mais je ne les ai pas crus. Personne n'était blessé, et le *kelb* apprivoisé qu'ils avaient avec eux n'avait pas l'air de s'être battu. Je crois qu'ils l'ont tué parce qu'il bousculait trop les coutumes et mettait des idées dans la tête des femmes. Après sa mort, les choses ont changé pour moi. Ma mère m'a remise dans la tradition, m'a mariée de force à un vieux qui avait déjà trois femmes. Aucune ne lui avait donné d'enfant, alors le vieux a essayé de me féconder, mais moi non plus je ne lui ai pas donné d'enfant. Les enfants étaient rares au village, et souvent ils naissaient mal, ou ne vivaient pas longtemps.

Tout comme à la tribu, songe Denn qui écoute attentivement. *Et chez les nomades aussi, apparemment… Une malédiction de Mère-Nature ? Ou une tare issue des Âges Sombres ?*

— Alors le vieux a annulé le mariage, poursuit Marali. Sachant que je ne pouvais pas faire d'enfant, aucun autre homme du village n'a voulu de moi, sauf pour le plaisir, mais ça moi je ne voulais pas. Papa me disait que je n'avais pas à me soumettre aux désirs des hommes, que c'était à moi de décider. Pour ma mère, c'était tout le contraire, la femme devait être soumise comme le voulait Mère-Nature. Mais je ne crois pas que Mère-Nature voulait quoi que ce soit de ce genre. Mère-Nature donne la vie et la prend comme bon lui semble, c'est tout. Ce qu'on en fait de cette vie, elle s'en fiche… Bref, pour ma mère j'étais une bouche inutile, voire nuisible avec « mes idées pernicieuses », comme elle disait. Alors elle a profité du passage de nomades au village pour me vendre comme esclave… Et voilà. Tu connais la suite. C'est pourquoi je ne veux surtout pas, jamais, retourner dans mon village.

— Je comprends, dit Nao en hochant la tête.

— Je veux continuer ma route avec vous qui êtes libres, et trouver ce paradis s'il existe. En tout cas je veux vivre ma vie comme je l'entends. Comme me l'a enseigné mon père.

— Je comprends, répète Nao. (Elle saisit la main de Marali, la serre dans la sienne.) C'est ce qui arrivera, Marali. Tu es délivrée de l'esclavage à présent, tu es même délivrée de ta plante. Nous trois, nous trouverons le paradis ensemble. Et s'il n'existe pas, nous le bâtirons. Tu es d'accord, Denn ?

— Bien sûr, répond-il. Moi, je crois qu'il existe. (Il plaque une main sur sa poitrine, à l'emplacement du cœur.) Il est déjà là.

12

LA TEMPÊTE DE SON RÊVE

Cheminant par la vaste lande
Les hauts nuages
Pèsent sur moi
BUSON.

LE SEVRAGE de Marali les a trop retardés, estime Denn, qui propose de lever le camp dès que possible. Nao ne voit pas quelle urgence les presse, mais elle est d'accord pour partir, si Marali se sent d'attaque. Ils n'ont pas bougé de cette vallée depuis qu'ils ont fui le village en sa compagnie. Marali était incapable de faire plus de quelques pas et avait l'esprit trop embrouillé, trop obsédé par sa plante, pour définir clairement une direction, se rappeler ce que Natsume lui avait dit.

D'après ce qu'elle a compris, il y aurait une ville au nord, habitée par des gens de la même tribu que Natsume, ou du moins ayant sa couleur de peau. Certainement pas des démons des Âges Sombres comme les nomades se complaisent à les décrire, insistant sur leur teint maladif, leur uniformité, leurs yeux fendus et leur indicible cruauté. Ils seraient les adorateurs ou les gardiens d'un monstre endormi dans des ruines, lequel répandrait dans l'air son haleine empoisonnée qui rendrait les gens difformes et les ferait mourir à petit feu. Mais ces démons jaunes seraient immunisés car ils auraient conclu un pacte avec le monstre, promettant de l'éveiller de son long sommeil afin qu'il répande sur Terre son abomination. Ils lui sacrifieraient tout être vivant qu'ils parviendraient à capturer. Quant à la ville elle-même, ce serait un vestige des Âges Sombres rempli d'horreurs taboues que les démons jaunes auraient réussi à réactiver, un véritable chancre sur la face de Mère-Nature.

— Et c'est là que tu veux nous emmener ? frémit Nao.

— Je ne crois pas à toutes ces histoires, rétorque Marali avec un sourire. Si la moitié seulement de tout ça était vrai, Mère-Nature aurait déjà envoyé une tempête ou un dragon des nuées pour raser cette ville…

— À moins qu'elle ne désire faire un exemple, remarque Denn sur un ton quelque peu ironique. Montrer aux ignorants ce que c'était que les Âges Sombres.

— J'en doute, répond-elle avec une moue. Notre sort l'indiffère, tu sais. Mère-Nature ne juge pas. Elle élimine les nuisances, c'est tout. Elle n'a pas vraiment de conscience.

Denn est plutôt d'accord avec ce point de vue, bien que sa pensée n'aille pas aussi loin : il prête malgré tout une forme de conscience à Mère-Nature, même si elle n'a rien d'humain. En tout cas c'est bien loin de la foi naïve et un peu superficielle de Nao, inculquée par sa mère et par les anciens. Nao ne théorise pas. Elle *ressent* les choses, et sait décortiquer un esprit humain mieux que personne.

— Ce n'est pas ce que tu disais du dragon des nuées, relève Nao. Tu as dit qu'il te cherchait, puis qu'il venait te venger…

— C'est Denn qui a dit ça, remarque Marali. Mais un dragon des nuées peut avoir une conscience. Tous les animaux en ont une, les plantes aussi sans doute. Pourquoi les nuages ne seraient-ils pas également des êtres vivants doués de conscience ? Je ne crois pas que Mère-Nature en elle-même nous veuille du mal, mais avec toutes les créatures qu'elle engendre, c'est une autre affaire.

Nao lève vers le ciel perlé un regard dubitatif. Elle n'avait jamais envisagé que les nuages puissent être vivants, tels des dragons informes survolant les petites vies d'ici-bas avec une majestueuse indifférence, mais capables également d'exprimer leur colère ou de se heurter en de violents conflits. L'image, belle et terrifiante à la fois, lui inspire soudain une crainte respectueuse.

Or le temps a été plutôt clément avec eux ces derniers jours, comme s'il attendait que Marali se rétablisse pour reprendre son cours. Après le passage du dragon des nuées et la longue pluie drue qui s'est ensuivie, le ciel est globalement demeuré d'un gris perle uniforme, se coagulant parfois en globules et nodosités qui finissaient par se dissoudre tout aussi mystérieusement qu'elles étaient apparues. Pas de vent, une chaleur d'étuve qui baissait à peine la nuit et les faisait beaucoup transpirer. Un climat idéal pour les myriades d'insectes qui zonzonnaient et vrombissaient en essaims plus ou moins denses autour de la rivière. Bon nombre se délectaient de ces tendres peaux humaines, les forçant tous trois à rester couverts malgré la chaleur. Ce matin la situation n'a pas évolué : le ciel est toujours engrisaillé et la température grimpe inexorablement ; l'air vibre déjà au-dessus des collines plus ou moins pelées qui encadrent la vallée. La marche risque d'être pénible, à moins qu'ils ne suivent le cours de la rivière. Les insectes sont toujours préférables à la chaleur.

— Et qu'en a dit Nassoumé, de cette ville au nord ? reprend Denn.

Marali hausse les épaules.

— Pas grand-chose. Qu'elle est effectivement habitée par des gens comme lui, qui tentent plus ou moins de vivre comme aux Âges Sombres, ou même avant. Mais ce n'est pas facile, car beaucoup de choses ne fonctionnent plus.

— Tant mieux, soupire Nao.

— Pourquoi n'est-il pas resté avec ses congénères ?

— Si j'ai bien compris, il n'était pas d'accord avec leur façon de vivre. Et puis il recherchait des fourmites. Il m'en a montré une morte qu'il gardait dans une petite poche transparente. Je lui ai répondu qu'il n'y en avait pas dans la région, du moins pas des comme ça. Et puis voilà que vous aussi vous trimballez des fourmites… C'est curieux.

Denn se souvient que Natsume lui a aussi montré sa fourmite morte, comme si c'était quelque chose d'important. Il n'a pas saisi en quoi, ni cherché à creuser la question. Il fallait avant tout nourrir et sauver ce mourant… ce qui s'est avéré vain, finalement. Natsume a emporté ses secrets dans l'au-delà.

— On ne se connaissait pas, précise Nao. On ne s'est pas concertés.

Denn se lève et s'étire.

— Si on y allait ? propose-t-il. Le feu est éteint. Marali, tu nous guides ?

— Mmmh… (Elle se lève à son tour.) Laisse-moi voir où est le nord… (Elle tourne lentement sur elle-même, semble humer l'air.) C'est par là. Allons-y.

— Comment tu le sais ? s'ébahit Denn. Il n'y a même pas de soleil !

— Je le goûte. Le nord a un goût acide.

— Un goût acide ?

Denn lance un regard à Nao, qui le lui retourne en haussant les sourcils. Ils n'ont jamais entendu dire que les points cardinaux avaient un goût…

Marali sourit et balance un coup de coude dans les côtes de Denn.

— Mais non, idiot ! Je sais que la rivière coule d'est en ouest. Donc le nord est par là. Tu me prends pour une magicienne ?

Denn fait la moue, un peu vexé de s'être fait avoir. Nao et Marali se moquent de son expression boudeuse. *Vous deux, je vous ai à l'œil,* bougonne-t-il en lui-même, tout en ramassant ses affaires.

Ainsi que Denn l'avait prévu, sitôt sortis de la vallée, une chaleur sèche les accable à mesure qu'ils gravissent les pentes de plus en plus pelées des collines, rendue plus sèche encore par un vent chaud persistant. Comme le soleil ne perce pas ce voile gris uniforme, aucune ombre ne leur procure le moindre répit. De plus, ce qui était susceptible d'en projeter une – arbres et buissons – se réduit bientôt en arbrisseaux et broussailles chétives, parsemant de loin en loin un plateau couvert d'herbes jaunes d'une monotonie désespérante.

Ils n'ont pas emporté d'eau faute d'un récipient – Denn regrette bien la gourde de Natsume. Ils se sont abondamment désaltérés à la rivière avant de partir, et Nao espère que les fourmites vont leur en trouver. En revanche, ils ont pris toute la nourriture qui leur restait : quelques tronçons de serpent cuit et des « légumes » (ainsi les appelle Marali) rapportés du village, un peu flétris mais encore mangeables. Denn compte sur Marali pour chasser leur pitance quotidienne. S'il y a quelque chose à chasser dans cette steppe...

Le temps s'étire tandis qu'ils marchent d'un pas aussi monotone que ce plateau sans fin, les yeux fixés sur l'horizon fuyant. Les rares mots qu'ils échangent deviennent peu à peu monosyllabiques et finissent par se réduire au silence. Marali ouvre la marche, portant les arcs et les lances. Elle semble savoir où elle va, mais Denn n'est sûr de rien. Ils peuvent avoir fortement dévié par rapport au nord, que le soleil absent n'indique pas, et passer très au large de cette ville où Denn n'est pas certain d'avoir envie d'aller. Que va-t-elle leur apporter de plus ? Avoir la confirmation que Natsume est bien passé par là ? Apprendre qu'il venait d'encore plus loin au nord ? Découvrir d'autres objets des Âges Sombres, et peut-être un monstre tapis dans des ruines ? Et si les légendes colportées par les nomades recelaient une part de vérité ? Si ces hommes à la peau jaune étaient réellement méchants, et capturaient ceux qui passaient sur leur territoire pour quelque obscur dessein ?

Il se rappelle son rêve, celui qu'il avait fait quand ils étaient avec le clan de Tsidii et d'Ananda. Une vaste plaine aux herbes jaunes semblable à celle-ci, de grands animaux aux longues pattes et au long cou qui broutaient ces herbes, d'étranges et imposantes ruines grises à l'horizon, d'où s'échappait un souffle mortel. Une tempête qui menaçait... Et puis ces hommes vêtus de blanc qui les entouraient soudain et qui emportaient Nao sans qu'il puisse rien faire. Pas de ruines ici, pas d'hommes en blanc ni de grands animaux, et le ciel demeure immuable. Mais cette vaste plaine aux herbes ondulantes est telle que dans son souvenir. Était-ce un rêve prémonitoire ? Vont-ils au-devant d'un destin funeste ? Ne devraient-ils pas faire demi-tour, sortir de là tant qu'il est encore temps ? Mais où aller, en ce cas ? Doit-il en parler à Nao et Marali ?

Il décide de proposer une pause. Ils marchent depuis trop longtemps, la soif et la faim commencent à se faire sentir, et Nao doit être fatiguée de porter le baluchon des fourmites, bien qu'il fasse échange avec elle de temps à autre. Les deux filles acceptent avec reconnaissance. Elles s'affalent au milieu des herbes desséchées. Nao a les traits tirés et les épaules douloureuses. Marali souffre également des dernières séquelles de son sevrage, bien qu'elle s'efforce de n'en rien laisser paraître. Denn partage la nourriture qui reste et tous trois mangent en silence, mâchant consciencieusement afin de produire un peu de salive. Néanmoins, sans eau, c'est assez dur à faire passer, surtout les plantes filandreuses. Il va falloir en trouver rapidement. S'il pousse de l'herbe ici, il doit bien y en avoir dans le sol…

— Nao, tu veux bien refaire l'Accord de l'eau ?

Elle contemple ces herbes qui ondulent à l'infini avec une expression proche du désespoir. Puis elle s'assoit par terre, ouvre son baluchon, crache dans sa paume – en espérant que la salive simulera ou signalera suffisamment son besoin d'eau –, se penche au-dessus de l'ouverture et pose sa main contenant le crachat dans le sable et l'autre au sol, comme indication où chercher. Elle ferme les yeux et se concentre, appelant les fourmites et leur exprimant mentalement sa soif intense, ce qui n'est pas loin de la vérité : elle a la bouche sèche, des crampes, parfois des vertiges, et un début de mal de reins – signes de déshydratation. Ils ont beaucoup transpiré durant cette marche ; s'ils ne trouvent pas d'eau d'ici ce soir, cette steppe fanée les tuera aussi sûrement que le plus aride des déserts.

Marali observe Nao attentivement, jetant parfois des regards interrogateurs à Denn, comme s'il connaissait bien ce processus et pouvait le lui expliquer. Il croise l'un de ses regards, esquisse un haussement d'épaules et détourne le sien. Ce qui se passe entre Nao et les fourmites restera toujours un mystère pour lui. Il l'aime et l'admire aussi pour ce talent qu'aucune explication ne saurait déflorer.

Marali sursaute quand apparaissent les premières fourmites en haut du bras de Nao plongé dans le baluchon. Elle laisse échapper une grimace involontaire de dégoût, aperçoit Denn qui la regarde et tente maladroitement de transformer ce rictus en sourire. Denn détourne à nouveau son regard, avec une moue de réprobation imperceptible.

Les fourmites se regroupent sur l'épaule dénudée de Nao. Elles ne sont qu'une poignée, peut-être une avant-garde. Elles tournent en rond un moment, agitent leurs antennes en l'air, échangent de brefs messages. Elles ne font pas mine de vouloir atteindre l'autre bras pour descendre au sol. Nao les observe, rigoureusement immobile sauf ses lèvres qui remuent muettement. Sans doute les exhorte-t-elle mentalement à se lancer dans la quête…

Au bout d'un moment, les fourmites redescendent dans le baluchon. Nao retire sa main, l'essuie dans l'herbe. Elle pose sur Denn et Marali un regard navré.

— Ça n'a pas marché, suppose cette dernière.

— Si, ça a marché. Mais il n'y a pas d'eau. Les fourmites n'en sentent pas.

Marali cueille un brin d'herbe, le porte à sa bouche, mordille la tige. Elle le recrache, dépitée.

— C'est sec. Ces herbes sont mortes ou mourantes.

Denn ramasse une poignée de terre pulvérulente qui s'effrite en poussière entre ses doigts.

— Je me demande où est passée toute cette pluie qui nous a arrosés il y a quelques jours…

— Elle n'a pas dû venir jusqu'ici, dit Nao. Peut-être qu'ici il ne pleut jamais.

— S'il ne pleuvait jamais, il n'y aurait pas d'herbe, remarque Marali. Il doit bien pleuvoir de temps en temps…

Elle lève les yeux vers le ciel. Denn suit son regard. Le ciel ne change pas : toujours ce voile d'un gris de cendre qui le recouvre d'un horizon à l'autre, immobile et sans relief. Le vent qui souffle sans relâche sur la plaine ne le déchire pas, ne le dissipe pas, ne l'agglutine pas. Déconcertant. Désespérant.

— Bon, qu'est-ce qu'on fait ? On retourne d'où on est venus ? Au moins, là-bas, il y a de l'eau.

Nao dévisage Marali, dans l'expectative.

— Tu sais quelque chose à propos de cet endroit ? demande-t-elle en balayant les alentours d'un geste du bras. S'il a une fin à portée de marche, vers quoi on se dirige au juste ?

Marali secoue la tête.

— Je ne suis jamais sortie de la vallée depuis que les nomades m'ont amenée au village.

— Alors tu ne sais pas vraiment où se trouve cette ville au nord ? relève Denn.

— Pas vraiment, non, avoue-t-elle à mi-voix, en baissant la tête.

Denn lâche un soupir exaspéré.

— En vérité, tu nous as entraînés ici, dans ce désert aux herbes mortes, sans avoir aucune idée d'où tu allais ni même si c'est la bonne direction !

— On va vers le nord, marmonne Marali, un peu confuse.

— Qu'est-ce que t'en sais ? Peut-être qu'on a dévié, qu'on n'a pas marché tout droit. Peut-être que le nord est par là, ou par là, par là ! (Il tend le bras dans plusieurs directions.) Peut-être que cette ville n'est pas *exactement* au nord, mais vers le nord-est ou le nord-ouest ! Peut-être qu'on est perdus !

— Denn, calme-toi, le morigène Nao. Marali fait ce qu'elle peut. Tu as une meilleure idée, toi ?

— Oui, j'ai une meilleure idée : retourner sur nos pas. Revenir à la rivière et mieux préparer notre voyage.

— Comment ?

— Je ne sais pas, trouver d'autres gens, d'autres villages, mieux se renseigner sur cette fameuse ville, sur sa situation précise, le chemin pour s'y rendre…

— Qu'est-ce que tu en penses, Marali ? s'enquiert Nao en portant son regard sur elle.

Debout dans les hautes herbes, Marali fixe intensément l'horizon.

— Je pense qu'on ne peut pas retourner sur nos pas, déclare-t-elle.

Denn et Nao suivent son regard. Tout d'abord, ils ne remarquent rien d'anormal. Toujours ce ciel d'un gris perlé, les herbes qui se courbent en de longues vagues sous le vent, et les silhouettes noires des montagnes qu'ils ont franchies…

Non, se rappelle Denn. Ils n'ont pas franchi de montagnes. Tout au plus quelques collines plutôt basses, qui ne devraient pas être visibles de si loin. Or ces montagnes paraissent bien plus hautes et escarpées…

Et elles *bougent*.

Elles s'élèvent.

Ce ne sont pas des montagnes, réalise-t-il soudain. Ce sont des *nuages*. D'un noir intense, ils bouchent tout l'horizon, montent à l'assaut du ciel. Des lueurs blêmes se devinent dans leurs boursouflures.

La tempête. La tempête de son rêve !

L'orage arrive sur eux bien plus vite qu'ils ne peuvent courir.

La lumière diminue rapidement, vire au gris anthracite. Le vent jusque-là régulier forcit brutalement, éclate en bourrasques puis en rafales à l'odeur de pluie qui les bousculent et leur coupent le souffle. Derrière eux, le front de nuages les rattrape à toute vitesse. D'un noir d'encre, plus haut qu'une montagne, il semble rouler sur le sol, écraser la terre. En son sein fulgurent des éclairs blêmes et violacés, dévoilant des torons de nuages qui s'entremêlent et s'entrechoquent, telles les circonvolutions d'un cerveau en ébullition. Le tonnerre gronde en continu, de plus en plus fort à mesure que l'orage approche, ponctué de craquements et déflagrations comme si les nuages eux-mêmes explosaient. Nao, Denn et Marali peinent à courir, les herbes follement secouées leur fouettent les jambes. Les rafales soulèvent des nuées de poussière qui les cinglent, les aveuglent et les font tousser, quand le vent ne les étouffe pas. Et puis où courir ? Il n'y a nul abri sur cette plaine. La tempête couvre à présent les trois quarts du ciel, ils n'y échapperont pas.

Soudain c'est la nuit – une nuit d'apocalypse, ténèbres sillonnées d'éclairs qui déferlent en un charivari infernal.

— À terre ! hurle Denn, joignant le geste à la parole.

Il ne sait pas s'il a été entendu, mais les deux filles se plaquent à ses côtés dans les herbes affolées. Il les saisit par les bras et tous trois s'agrippent les uns aux autres, face contre terre, cramponnés sur leurs maigres biens. Le vent arrache les herbes par poignées, qui virevoltent en une sarabande sauvage et sont vite dispersées dans les airs.

Puis tombent les premières gouttes de pluie, énormes, tièdes, lourdes de poussière diluée. Elles creusent de petits cratères dans la terre, abattent les herbes que le vent n'a pas arrachées, éclaboussent les trois humains qu'elles trempent en un rien de temps. Aussitôt l'averse se fait diluvienne, et peu après se transforme en grêle. Les grêlons martèlent leurs corps, certains gros comme le poing – ils ont l'impression d'être lapidés. Ils se roulent en boule, se protègent la tête du mieux qu'ils peuvent. Marali tressaute et gémit à chaque impact. Nao se recroqueville autour du baluchon qu'elle veut préserver de la grêle – son tissu grossier n'y résisterait pas. Denn tente de déployer sur eux une couverture pour atténuer un peu les chocs, mais elle lui est arrachée des mains et emportée par le vent. Quand il s'est mis à genoux pour cette tentative, il a jeté un œil autour de lui et n'a vu que ténèbres roulantes, lézardées de multitudes d'éclairs frappant le sol dans des craquements terrifiants, reflétés par les millions de grêlons comme autant d'yeux clignotants. Puis une boule de glace l'a frappé à la tête et il s'est de nouveau affalé par terre, à moitié assommé.

Une pensée traverse son cerveau embrumé par la douleur : si l'un de ces éclairs les touchait, ils seraient carbonisés, comme c'est arrivé l'an dernier à Jar, un membre de la tribu qui avait voulu profiter d'une pluie d'orage pour se laver sur la plage. L'orage passé, on avait retrouvé son cadavre tout noir, ayant à peine forme humaine. Kaal en avait profité pour sermonner : l'orage était une manifestation de la colère de Mère-Nature, qui ne tolérait pas qu'on la nargue en prétendant se laver avec sa pluie. Par la suite, des mois durant, tout le monde s'était contenté du ruisseau, jusqu'à ce que certains – des jeunes surtout – osent de nouveau braver la pluie quand elle n'était pas orageuse.

À en croire Kaal, Mère-Nature serait particulièrement courroucée aujourd'hui, à les lapider de grêlons comme elle le fait. Elle n'a pas décidé leur mort pour autant, car aucun éclair ne les frappe, même si la foudre s'abat non loin à plusieurs reprises, déchirant la nuit furieuse dans un fracas épouvantable.

Au bout d'un temps qui leur paraît interminable, l'averse de grêle se résout de nouveau en pluie. Les éclairs se font moins fréquents, les roulements de tonnerre ne les cernent plus de tous côtés, commencent à devenir distincts, discontinus – ils s'éloignent. Les rafales de vent se réduisent en bourrasques, entrecoupées de brèves accalmies. Un semblant de lumière fait timidement son retour, d'abord grise et terne puis de plus en plus vive et blanche. La pluie ayant tendance à se calmer, Denn se retourne péniblement sur le dos – il a mal partout – et ouvre grand la bouche pour en absorber autant que possible. Nao et Marali l'imitent, et cette scène le fait sourire : on dirait trois poissons hors de l'eau.

Quand la pluie cesse, ils se redressent non sans mal – ils sont couverts de bosses, bleus et contusions – et promènent un regard hébété sur les alentours.

De l'immense steppe d'herbes, il ne reste pratiquement plus rien : quelques tiges éparses, de maigres touffes et minuscules buissons qui ont survécu, bien enracinés dans une terre lézardée de craquelures, qui a déjà bu toute l'eau. Elle a plus que jamais l'apparence d'un désert. Il suffit qu'il pleuve un peu moins, ou que le couloir de tempêtes se décale un peu, pour qu'elle fusionne avec le vaste désert qui s'étend jusqu'aux régions calcinées de l'équateur, où, dit-on, le sang se met à bouillir en quelques instants, où même les scorpions grillent.

Dans le ciel, le jour est revenu. La gigantesque montagne de nuages noirs s'éloigne, emportant son cortège d'éclairs et de roulements de tonnerre, lesquels ne sont plus qu'une rumeur allant s'amenuisant. Le ciel de traîne est constitué de gros flocons gris d'où suintent encore parfois quelques gouttes. Bientôt des trouées d'azur apparaissent, qui se transforment en déchirures de plus en plus larges par lesquelles le soleil darde ses rayons. Les volutes de vapeur qui montent de la terre les diffusent et les adoucissent un peu, formant un voile blanchâtre que le vent de nouveau régulier ne tarde pas à dissiper en bouffées inconsistantes. Les vêtements sèchent rapidement sur les corps de Nao, Denn et Marali. La chaleur qui augmente fait enfler leurs ecchymoses et les rend plus douloureuses.

Tous trois se dévisagent, encore abasourdis. Ils ont survécu à cette tempête effroyable, que vont-ils faire à présent ? La question reste entière : retourner sur leurs pas ? Continuer dans le sillage de l'orage, en espérant trouver des flaques d'eau ou des animaux foudroyés ? Les regards des filles se portent sur Denn, interrogatifs. Il semblait avoir pris une décision avant que la tempête ne survienne. La maintient-il ?

Celui-ci réfléchit longuement, ausculte la plaine dévastée, le ciel où moutonnent encore quelques nuages, le soleil de plus en plus ardent mais déjà bas sur l'horizon, indiquant l'ouest indubitablement. Il soupèse leurs chances de survie et son espoir revenu à l'aune des dangers qu'ils courent, et de ce qu'ils risquent à revenir sur leurs pas : tomber sur d'autres esclavagistes, se faire mordre par un serpent, perdre leur temps à rechercher une information qui, de toute façon, relèvera toujours de la légende et ne sera jamais fiable. Ne devraient-ils pas plutôt se fier à eux-mêmes, à leur chance, à leur destinée, à leurs propres sens ? La sagesse et la prudence les inciteraient à faire demi-tour, mais ont-ils jamais été sages et prudents ? Ne s'en sont-ils pas toujours sortis, en toutes circonstances ? Marcher sur les traces de Natsume, retrouver le paradis d'où il vient est un noble but. Avancer, c'est s'en approcher. Reculer, c'est renoncer.

— On continue.

Plusieurs jours durant, ils progressent sur cette plaine aride, se dirigent opiniâtrement vers le nord : le retour du soleil leur en donne une assez bonne approximation. La nuit, Marali – décidément pleine de ressources – connaît une étoile qui reste immobile dans le ciel, indiquant précisément le pôle Nord, et qu'elle dénomme justement « étoile Polaire ». C'est son père qui lui a enseigné comment se diriger d'après cette étoile, quand la chasse les entraînait trop loin et qu'ils devaient rentrer de nuit au village. Du coup le trio marche surtout la nuit, quand la température est supportable – voire fraîche parfois – et qu'ils sont sûrs d'aller dans la bonne direction. Si toutefois cette fameuse ville se trouve bien au nord… Au mitan du jour, quand le soleil est vraiment trop chaud, ils s'arrêtent au milieu de nulle part et confectionnent un auvent à l'aide des lances plantées dans la terre et de la couverture qu'il leur reste, étendue dessus. Même si ça n'abaisse pas la température, ça les protège un peu des rayons brûlants du soleil. Là-dessous, ils sombrent dans une torpeur dont ils ont de plus en plus de mal à s'extirper pour reprendre leur chemin, tant la soif et la faim les épuisent un peu plus de jour en jour. Denn et Nao ne font plus l'amour, ils n'en ont plus la force ni n'ont l'esprit à ça. Tout juste échangent-ils parfois un baiser du bout de leurs lèvres craquelées, une caresse furtive d'encouragement. Quant à Marali, si elle ne paraît plus du tout souffrir du manque, la soif et la faim la font fondre à vue d'œil, plissent et ternissent sa peau noire qui était si lisse et luisante.

Au début, suivant les ravages de l'orage, ils sont tombés sur quelques flaques subsistant dans de légères dépressions du terrain, et sur un petit rongeur foudroyé. Brûlé jusqu'à l'os, il était charbonneux et guère comestible, mais quand on a faim, on ne fait pas le difficile… Pour l'eau, Marali a trouvé une astuce : s'inspirant du baluchon en tissu de Nao, elle a fabriqué une sorte d'outre dans une tunique dont elle a noué serré les ouvertures et tapissé l'intérieur d'argile récoltée au fond d'une des flaques. Ça a permis de conserver et transporter de l'eau quelque temps, mais dès que l'outre a été vide, l'argile a séché et s'est craquelée. Marali a tenté de la réparer, mais elle n'a plus trouvé d'argile assez humide pour colmater les fissures, et de toute façon il n'y avait plus de flaques.

Nao a pris le relais, répétant l'Accord de l'eau avec les fourmites. Celles-ci n'ont réagi positivement qu'une seule fois : elles les ont menés à un petit oued qui avait creusé son lit dans la plaine, au fond duquel sinuait encore un mince filet d'eau. Il était bordé par une végétation un peu plus diversifiée, dont une plante à la racine comestible qu'a reconnue Marali. Ils l'ont suivi quelque temps, quitte à s'écarter un peu de leur direction. Or assez rapidement l'eau a disparu, la végétation aussi, et l'oued s'est réduit à un serpentin de pierres sèches.

De son côté Denn a tenté de chasser, mais déjà qu'il n'est pas très doué avec un arc ou une lance – Marali l'est bien plus que lui –, les animaux sont rares, voire inexistants. Ils n'ont levé que deux fois, au crépuscule, un de ces petits rongeurs au moment où il sortait de son trou. Le premier, Denn l'a raté, et le second, Marali l'a cloué au sol d'une seule flèche. Maigre pitance, cependant… Quant aux grands animaux aux longues pattes et au long cou dont Denn avait rêvé, ils n'étaient certainement qu'un produit de son imagination, une interprétation onirique des chevaux des nomades. Aucune chance de voir ici de telles créatures.

Alors Denn s'est rabattu sur ce qu'il connaît le mieux : les insectes. Il y en a des quantités dans les hautes herbes, des sauteurs aux longues antennes, sans doute la nourriture principale des rongeurs. Il a trouvé une astuce pour les attraper : jeter la couverture sur les herbes, les empêchant ainsi de sauter, puis ramasser tout ce qu'il y a dessous. Tout d'abord, Marali a refusé tout net de manger « cette saleté », mais les derniers bouts de racines avalés, les derniers os de rongeur grignotés, la faim a eu raison de ses réticences et elle a fini par admettre qu'à défaut d'être bon, c'était au moins nourrissant.

Mais insuffisant. À mesure que les jours s'étirent, tous trois s'étiolent. Ils tentent de tromper la soif en suçant des cailloux et des brins d'herbe nouvellement poussée après le passage de l'orage, mais elle n'est pas dupe et les épuise, inexorablement. Les distances qu'ils parcourent la nuit sont de plus en plus courtes, les moments de torpeur sous la couverture de plus en plus longs, et la faible rosée de l'aube les ressuscite à peine. Leur corps ne recèle plus assez d'eau pour qu'ils transpirent dans la canicule de midi, aussi se dessèchent-ils. Leurs urines sont rares et douloureuses. Des crampes, migraines et vertiges les assaillent sans cesse. Leur cœur peine à pomper un sang noir, épaissi. Ils marchent lentement, mécaniquement, d'un pas chancelant. Avancent tels des morts-vivants dans la noirceur de la nuit, sous le regard froid, indifférent, de l'étoile Polaire.

À peine ont-ils remarqué, la veille, que le paysage changeait. D'autres collines sont apparues à l'horizon. Un peu plus élevées que celles qu'ils ont franchies avant de s'engager sur cette plaine monotone, mais tout aussi pelées, parsemées de buissons épineux, de broussailles revêches, d'arbrisseaux tors et dégénérés.

Cette vision d'un horizon autre que rigoureusement vide et plat leur a néanmoins donné la volonté de continuer à poser un pied devant l'autre, espérant sans doute que l'eau et la vie jailliraient au pied de ces collines, qu'elles signifiaient la fin de leur calvaire.

La volonté, mais pas la force : tous trois s'effondrent à l'aube, l'un après l'autre, à portée de flèche des premières pentes rocailleuses. Leurs jambes ne les soutiennent plus, leurs muscles tétanisés refusent de faire un pas de plus. Leur conscience engourdie n'enregistre pas, avant de sombrer dans le néant, qu'un large chemin de terre nivelée longe le pied des collines. Ce sol durci, où rien ne pousse, est marqué de longs sillons parallèles. Nul doute qu'en d'autres circonstances cette piste et ces sillons trop réguliers auraient soulevé bien des interrogations. Mais ils gisent dans la poussière à quelques pas de là, à la merci du soleil qui monte au-dessus de la terre, prêt à les transformer en dépouilles racornies.

Ils ne voient pas non plus, ni n'entendent, l'étrange véhicule cahotant et pétaradant qui s'en vient sur la piste. Anguleux, hétéroclite, couleur rouille, constitué essentiellement de métal, il roule sur des roues cerclées de fer en émettant une épaisse fumée. Aucun animal ne le tire. À son bord, deux hommes à la peau jaune et aux yeux bridés, vêtus de combinaisons en bon état, quoique tachées de graisse.

Arrivés à proximité des trois formes étalées dans la poussière, ils arrêtent le véhicule qui émet force soupirs et cliquetis, telle une vieille bête asthmatique. Les deux hommes en descendent et s'approchent des corps d'un pas circonspect. L'un d'eux – petit, trapu, aux jambes courtaudes – tient dans son poing une arme noire compacte, un doigt sur la détente. L'autre fait prudemment le tour des trois gisants, puis s'enhardit à pousser légèrement du pied le corps de Marali, que le premier vise de son arme. Celle-ci émet un faible gémissement, sans pour autant reprendre conscience.

— Ils ne sont pas morts, remarque l'homme.

13

LES GARDIENS

Rêves sans but
Dans la lande brûlée
La voix du vent
RYOKAN.

DENN s'éveille dans un endroit tout blanc. Il est couvert d'un grand tissu blanc et allongé sur une couche molle, séparée du sol, qui s'enfonce sous son corps. Une aiguille est plantée dans son poignet, reliée par un tube à un sac transparent suspendu à un arbre en métal, et duquel goutte un liquide incolore.

Tout d'abord, il est tenté d'arracher l'aiguille et de fuir ce lieu étrange. Mais il voit Nao et Marali de chaque côté, pareillement installées sur des couches semblables à la sienne. Hors de question de fuir sans elles. Par ailleurs, il constate qu'il n'a plus soif, ni faim, ni mal. Est-ce ce liquide, si bizarrement introduit dans son corps, qui l'abreuve et le nourrit ? Ou produit-il le même effet que la plante de Marali, celui d'endormir tous ses sens ? Pour vérifier, il se pince fortement la peau de son bras libre : non, il ressent bien la douleur. Ce fluide doit être bénéfique, alors. Du moins l'espère-t-il.

Il se redresse avec précaution, parcourt la pièce du regard. Elle est carrée, comme la cave où ils s'étaient réfugiés avec les nomades, et toute blanche hormis un rectangle vert sur l'un des murs. Le sol est lisse et gris. Dans le mur à l'opposé du rectangle vert, une ouverture également rectangulaire est recouverte d'une substance miroitante et translucide. À travers, il aperçoit le ciel d'un blanc laiteux : une vision réconfortante, pour une fois.

Sur sa gauche, Nao s'éveille à son tour, poussant un soupir et clignant des paupières. Elle a un petit sourire en découvrant que Denn la regarde, puis lâche un cri de stupeur en voyant l'aiguille plantée dans son poignet. Elle va pour l'arracher, mais Denn l'arrête d'un geste.

— Non, Nao. Je crois que cette... chose nous fait du bien. Tu te sens mieux, pas vrai ?

Elle hésite avant de répondre d'un simple hochement de tête. Puis, tout comme Denn, elle promène dans la pièce un regard effaré.

— Où on est ?

— Je n'en sais rien. La dernière chose dont je me souviens, c'est de la plaine aux herbes jaunes. On allait vers des collines...

— Pareil pour moi. Peut-être que Marali en sait plus... Elle est là ?

— Oui, sur ma droite. Elle dort encore.

— Non, je ne dors pas.

Denn se tourne vers elle. Marali est immobile, le drap blanc remonté jusqu'aux épaules, les deux bras le long de son corps, les yeux clos. Elle a ôté l'aiguille de son poignet, où a coulé un mince filet de sang.

— Ça va, Marali ? s'enquiert Nao.

— Je suis fatiguée... tellement fatiguée.

— Est-ce que tu te souviens de ce qui s'est passé ? demande Denn.

Elle met un moment à répondre, sans ouvrir les yeux, comme si elle rassemblait ses souvenirs.

— Je crois que des hommes sont venus... Ils nous ont emportés... Ça bougeait, c'était bruyant... Mais c'était peut-être un rêve.

Denn n'a pas le loisir de creuser la mémoire de Marali, car à cet instant il entend quelque chose grincer – hors de sa vue, masqué par un angle du mur au rectangle vert – puis des pas entrer en chuintant dans la pièce. Apparaît une femme toute menue, à la peau jaunâtre, aux yeux bridés et aux longs cheveux noirs, vêtue d'une ample blouse blanche qui lui descend aux genoux. Elle pousse devant elle un plateau roulant sur lequel sont posées trois assiettes fumantes, une cruche translucide contenant ce qui ressemble à de l'eau et trois gobelets de la même matière.

— Vous êtes réveillés, constate-t-elle.

Marali ouvre les yeux, les pose sur la femme. Celle-ci croise son regard, remarque aussitôt qu'elle a enlevé l'aiguille.

— Oh, ce n'est pas bien ! Ce n'est pas *hygiénique* – tu n'es pas propre. Il fallait m'attendre ! Je suis venue pour ça justement. Et pour vous apporter à manger.

Elle sort d'un sachet posé sur le plateau une petite rondelle de tissu qu'elle imbibe d'un liquide mauve tiré d'un flacon, s'approche de Marali, lui saisit la main. La jeune Noire se rétracte par réflexe, mais la petite femme insiste. Elle frotte l'endroit de la piqûre avec le bout de tissu, puis demande à Marali d'appuyer dessus quelques instants.

— Pourquoi tu l'as enlevée ? Elle te faisait mal ?

— Je ne veux pas qu'on me drogue, marmonne Marali, posant un doigt sur le rond de tissu violacé.

— Qu'on te drogue ? Quelle idée ! C'est juste une solution pour vous réhydrater. Mais je vois que vous allez mieux, donc vous allez pouvoir boire et manger normalement. Vous en avez besoin.

Elle ôte doucement l'aiguille des poignets de Denn et Nao, en pressant dessus la rondelle imbibée de liquide mauve. Elle leur demande pareillement de la maintenir à l'endroit de la piqûre.

— C'est un désinfectant et un cicatrisant. On l'a reconstitué d'après d'anciennes formules… Il est assez efficace.

Après quoi elle distribue les assiettes et gobelets sur de petits plateaux individuels faits d'une plante séchée et durcie. (Un peu comme les algues collées par les fourmites, compare Nao.) La nourriture est chaude, cuite sur un feu sans doute. Denn hume son plat : des grains blancs et des morceaux d'une viande blanche aussi. Tout est blanc en ce monde…

— C'est quoi ?

— Du poisson et du riz. Le poisson vient de la rivière et le riz est cultivé en serre. C'est ce qu'on a de moins… contaminé.

Denn goûte : c'est bon, un peu salé. Il n'a pas compris le dernier mot, mais ça n'a pas d'importance. Il a trop faim, cette première bouchée a réveillé un appétit dévorant.

— Tu parles notre langue, relève justement Nao. Comment l'as-tu apprise ?

— Je parle la langue commune, rétorque la femme, étonnée. Et le japonais, bien sûr. Tu en connais d'autres ?

— Les nomades parlent une autre langue, les villageois aussi.

— Ah ! Les gens bougent, selon le climat. Certains viennent d'ailleurs, en quête d'un meilleur endroit où vivre. Nous, hélas, on ne peut pas.

— Où est-on, au fait ? interroge Denn.

— Dans un hôpital, celui de notre ville. Son nom s'est perdu dans la nuit des temps, c'est pourquoi on l'a dénommée *Chimeiteki na Kaze*. « Vent Mortel », dans la langue commune. Vous comprendrez bientôt pourquoi.

Ce disant, une fugace expression de tristesse voile un instant ses traits.

— Au fait, je m'appelle Sakuya. Ça signifie « Fleur de Cerisier ». C'est joli… Mais je n'ai jamais vu de cerisier. (Elle leur serre la main à tous trois, puis devant leur air perplexe elle ajoute :) C'est un arbre qui donne des fruits.

— Je vois, opine Marali. Dans mon village, il y avait un arbre qui donnait des fruits… Mais ils n'étaient pas bons. Ils filaient la colique. Moi, c'est Marali.

— Denn.

— Nao. Ça ne veut rien dire, je crois.

— Qu'est-ce que tu as fait de nos affaires ? s'enquiert Denn.

— Ici, dans ce placard. (Sakuya montre le rectangle vert.) On a lavé vos vêtements, c'est pourquoi vous ne les portez plus. Vous aussi, vous devrez vous laver. Il y a une salle de bains de ce côté. (Elle désigne l'angle du mur.) Avec de l'eau chaude et du savon, précise-t-elle avec fierté.

— Et mes fourmites ? demande Nao.

— Tu parles de ton baluchon contenant des insectes ? On a pensé qu'ils avaient de l'importance pour toi, vu que tu les transportais. Ne t'inquiète pas, ils sont en lieu sûr. Tu les retrouveras bientôt… et tu nous expliqueras l'usage que tu en fais.

Tous trois ayant fini de manger, elle enlève leurs assiettes (anciennes et ébréchées) mais leur laisse les gobelets transparents et la cruche.

— Buvez souvent, mais par petites gorgées à la fois. Sinon vous risquez de vomir. Pareil pour la nourriture : vous en aurez davantage plus tard. Il faut que vos corps se réhabituent.

Sakuya se dirige vers la porte en poussant son plateau roulant. Ils découvrent avec surprise qu'un énorme bubon gonfle sa nuque, mal dissimulé par ses cheveux.

Avant de sortir, elle se retourne et leur sourit.

— Je comprends que tout ça vous trouble et que vous vous posez plein de questions. Notre maire va venir vous voir, et vous aurez toutes les réponses que vous souhaitez. En attendant, lavez-vous et reposez-vous bien.

Sur ces mots, elle sort de la pièce. La porte claque derrière elle et fait entendre un déclic.

— Elle a l'air gentille, remarque Nao.

— Trop gentille, relève Marali. Je me méfie.

— Moi aussi, opine Denn.

Il se lève et, d'un pas encore un peu chancelant, se dirige vers la porte de la chambre. Il tente d'abord de la pousser, puis de la tirer en saisissant la poignée, et découvre que celle-ci s'abaisse. Mais ça ne produit aucun effet.

— Cette chose ne s'ouvre pas, constate-t-il.

— On ne peut pas sortir ? s'inquiète Nao.

— Pas par ici en tout cas. Par là, peut-être…

Il se dirige vers la fenêtre, plaque ses deux mains sur la surface lisse et transparente… et reste ainsi, figé. Pétrifié par la vue qui s'offre à lui.

La fenêtre donne sur un abîme gris aux parois verticales. En face se dressent d'autres bâtiments également percés de fenêtres, les unes présentant des surfaces miroitantes, les autres n'étant que des rectangles noirs aveugles ou colmatés par des planches. Certaines bâtisses sont en ruine, sans toit, simples pans de murs à moitié effondrés, grêlés d'impacts, dont les fers ressortent comme des ossements rouillés. Aussi loin que porte son regard, Denn voit de semblables constructions, de formes diverses et à divers états d'entretien ou d'effondrement. Quelques-unes sont cernées d'échafaudages, d'autres croulent sous une végétation grimpante. Des arbres pointent çà et là. Le tout baigne dans une rumeur qui éclate aux oreilles de Denn quand il parvient à ouvrir la fenêtre : grondements, vrombissements, chocs, cliquetis, appels et cris, brouhaha d'une fourmilière à l'échelle humaine. En se penchant, il distingue des gens qui marchent dans la rue, tout petits à cette hauteur, portant des affaires, tirant des charrettes. Il aperçoit aussi quelque chose qui le fait reculer de frayeur : plusieurs monstres fumants et pétaradants, constitués de métal apparemment, qui vont et viennent dans les rues. Personne ne leur prête attention, ils ne doivent donc pas être agressifs. Denn se penche de nouveau, et sa stupeur atteint son comble quand il voit l'un de ces monstres s'arrêter devant une grande maison, son côté s'ouvrir et quelqu'un en sortir !

— Je crois que c'est ça qui nous a amenés ici, déclare Marali, qui l'a rejoint. Ça puait pareil en tout cas. Mais je n'en suis pas très sûre.

Denn peine à imaginer qu'il ait pu être avalé par un tel monstre sans même s'en rendre compte. Puis il réalise que ce sont des moyens de transport, qui par une espèce de magie réussissent à avancer tout seuls.

Nao les rejoint à la fenêtre, jette au paysage un regard terrorisé et va se réfugier à l'autre bout de la pièce, contre la porte verte du placard.

— On est revenus aux Âges Sombres… gémit-elle d'un ton plaintif.

— C'en a tout l'air en effet, admet Denn, plus curieux qu'effrayé à présent.

Il contemple l'activité dans la rue d'un regard presque fasciné, à peu près assuré qu'il ne craint rien à une telle hauteur. D'ailleurs personne ne le remarque.

— En tout cas on ne peut pas s'enfuir par là, constate Marali, qui s'est penchée pour examiner la façade lisse du bâtiment.

— Alors on est enfermés, c'est ça ? s'alarme Nao.

— Ça m'en a tout l'air, répète Denn en hochant la tête.

— Je n'aime pas ça du tout, grimace Marali.

Ne pouvant rien faire de toute façon – à part défoncer la porte, mais elle paraît solide, et nul ne répond aux coups de poing répétés de Denn –, ils décident de suivre les conseils de Sakuya : se laver et se reposer, en attendant la suite des événements, quelle qu'elle soit. Denn vérifie dans le placard que leurs affaires sont bien là. Il ne trouve que la couverture et les vêtements, soigneusement lavés, pliés et rangés. Pas les couteaux, ni les lances, ni les arcs. Aucune arme pour attaquer ou se défendre, autrement dit. Ça aussi, ce n'est pas bon signe.

La salle de bains – qu'éclaire un petit soleil blanc accroché au plafond dès qu'ils y pénètrent – s'avère une véritable énigme. Ils supposent assez vite que le savon est ce cube beige au vague parfum floral posé sur une tablette, mais ne trouvent pas tout de suite comment s'en servir. Quant à l'eau, ils pensent tout d'abord qu'il faut utiliser le peu qui se trouve au fond d'une cuvette blanche, mais ça n'en fait vraiment pas beaucoup pour eux trois, qui sont très sales en effet.

C'est Nao qui découvre la vraie source de l'eau, en triturant cette drôle de poignée brillante tandis qu'elle attend son tour de se laver dans la cuvette. De l'eau jaillit soudain en pluie de la tête d'un long serpent de métal et lui tombe dessus – elle bondit en arrière avec un cri de surprise, qui fait rire Denn et Marali. Tous trois se succèdent alors sous le jet, se repassant le savon avec lequel ils se frottent énergiquement. L'eau est à peine tiède, mais ce n'est pas grave, ils ont l'habitude de se laver à l'eau froide. Elle s'écoule par un trou percé dans le sol carrelé et muni d'une espèce de grille, ce qui fait qu'ils ne pataugent pas dans leur saleté.

Nao propose à Denn de lui laver le dos, ce qu'il accepte bien volontiers. Elle passe le savon partout, puis masse des deux mains pour faire mousser, sans omettre ses fesses. Ces caresses glissantes excitent Denn qui sent venir un début d'érection, mais Nao s'arrête pour proposer la même chose à Marali. Tandis qu'elle la savonne, sa main s'insinue entre les cuisses de la jeune femme, qui sent les doigts de Nao palper sa vulve.

— Hé ! Qu'est-ce que tu fais ? s'écrie-t-elle en faisant brusquement volte-face.

— Je voulais voir si tu étais faite comme moi, s'excuse Nao d'un ton espiègle.

— Bien sûr. Toutes les femmes sont pareilles. Occupe-toi plutôt de ton homme.

D'un geste du menton, elle lui montre le pénis à demi dressé de Denn. Nao considère le membre, qu'elle recueille dans sa paume savonneuse.

— Tu veux bien, Denn ? Ici, maintenant ?

— Allons plutôt à côté. Ce sera plus confortable.

Tous deux s'éclipsent, tout dégoulinants. Marali reprend ses ablutions, esquissant un demi-sourire. Cette Nao… Depuis qu'elle a découvert le sexe, elle n'a plus aucune retenue. Peut-être que c'est normal dans sa tribu, une telle impudeur ? Elle envie sa liberté, sa joyeuse innocence. Pour Marali, le sexe est synonyme de larmes, de douleur, de méchanceté, de violence. De soumission pour ne pas souffrir encore plus. Rien de libre ni de joyeux, aucune tendresse, aucun amour. Peut-être qu'elle connaîtra ça, un jour. Ou peut-être jamais. Peut-être que tous ces hommes horribles l'ont définitivement détruite.

Le déclic et le grincement de la porte d'entrée interrompent brusquement les soupirs, gémissements et autres bruits érotiques qu'elle percevait malgré le jet d'eau coulant sur elle. Puis retentit la voix de Sakuya :

— Oh ! Je vois que vous récupérez vite… Désolée de vous interrompre, mais le maire désire vous parler. Habillez-vous, s'il vous plaît. La jeune fille noire… Marali, c'est ça ? Où est-elle ?

— Elle se lave, répond Denn.

Sakuya frappe à la porte de la salle de bains.

— Marali, tu as fini ? Le maire voudrait vous parler, à vous trois.

— J'arrive.

Elle s'écarte du jet, laissant l'eau couler, avise une serviette blanche posée sur une barre, s'en drape et ouvre la porte.

— Arrête l'eau, s'il te plaît, intime Sakuya. On n'en a pas tant que ça.

— Je ne sais pas comment faire.

La Japonaise réfrène un soupir d'agacement, pénètre dans la salle de bains et se penche pour abaisser la poignée brillante.

— Vous ne l'avez même pas réglé sur « chaud ». Vous ne savez vraiment rien, hein ? De vrais sauvages.

Marali ne répond pas, ignorant si elle doit prendre cette réflexion pour une marque de mépris ou une simple constatation. Elle rejoint Denn et Nao dans la chambre, en train de s'habiller. Une moue de regret plisse les lèvres humides de Nao, dont le regard s'attarde sur le membre turgescent de Denn que recouvre bientôt la tunique.

Peu après se pointe le maire de « Chimeiteki na Kaze », flanqué de deux acolytes : un homme trapu aux jambes arquées qui font de lui presque un nain, et une femme ridée à l'air las et aux cheveux grisonnants. Affichant une expression hautaine, le maire paraît imbu de sa fonction. Son visage glabre et impassible ne permet pas de lui donner un âge précis. Il est chauve, et visiblement son bras gauche est atrophié, bien qu'il s'efforce de le dissimuler en fourrant l'extrémité de la manche flottante dans une poche de sa veste.

Sakuya lui adresse une petite courbette empreinte de déférence.

— Voici les étrangers, Kazumori-san.

— Mmh mh.

Kazumori les observe comme s'ils étaient des bêtes curieuses, ce que Denn n'apprécie pas du tout. Il s'apprête à lancer une réplique cinglante, mais le maire lui coupe la parole, s'adressant à l'homme trapu :

— Où les avez-vous découverts exactement, Akihiro ?

— Au sud du Domaine, au bord de la route des Sept Collines. Je faisais ma ronde avec Chikara.

— C'est rare de tomber sur des étrangers à présent. Nos rumeurs ont porté leurs fruits.

— En effet, Kazumori-san.

— Ils semblent aller bien.

— Je le confirme, Kazumori-san, opine Sakuya. Ils étaient sévèrement déshydratés, mais je les ai mis sous perfusion et ils récupèrent très vite.

— Vous avez procédé aux tests ?

— Pas encore. Je compte le faire très bientôt.

— Faites-le. D'où venez-vous ?

Nao réalise que l'homme s'adresse à eux – il a dû estimer qu'ils étaient des humains doués de parole, finalement.

— D'une caverne au bord de la mer, très loin d'ici, répond-elle. Marali, elle, vient… d'ailleurs. D'un village.

Celle-ci lance un regard d'avertissement à Nao, comme pour dire : *Tais-toi. Moins ils en savent, mieux ça vaut.*

— Bon, peu importe, reprend le maire. Qu'est-ce qui vous amène ici ? N'avez-vous pas entendu d'histoires concernant cette ville ?

— Si, rétorque Marali. Mais on n'y croyait pas vraiment.

— On suit les traces de quelqu'un, explique Denn. Quelqu'un qui a dû passer par ici. Quelqu'un comme vous.

— Comme nous ? (Kazumori hausse son absence de sourcils.) Vous voulez dire un Japonais ?

— J'ignore comment s'appelait sa tribu. Lui-même, il se nommait Nassoumé… Natsume, corrige-t-il après un coup d'œil à Marali.

La femme aux cheveux gris tressaille. Le maire lui adresse un regard interrogateur, auquel elle répond par un infime hochement de tête.

— Ce Natsume… où l'avez-vous rencontré ?

— Il est venu chez nous, répond Nao. Enfin, pas loin de chez nous. Il est mort dans le désert.

— Vous l'avez tué ?

— Non ! s'offusque Denn. Il était très faible, il ne pouvait plus marcher. Ce sont les scorpions qui l'ont piqué, je pense. Ou les serpents.

— Vous ne l'avez pas recueilli dans votre… caverne ?

— Il fallait convaincre les anciens. Ça a pris du temps. Trop de temps.

— Pourquoi est-il venu vous voir ?

— Il n'est pas spécialement venu nous voir, du moins je ne pense pas. En fait, je crois qu'il cherchait… des fourmites. Un peu comme les nôtres.

— Des fourmites ? s'étonne Kazumori.

— Les gros insectes blancs que cette fille… Nao, transportait dans un baluchon, explique Sakuya. Nous les avons mis en lieu sûr, dans un aquarium désaffecté.

— Pourquoi transportez-vous des insectes ? Les insectes sont nuisibles.

Si le maire n'avait pas ajouté cette dernière phrase, Nao lui aurait bien volontiers expliqué. Mais, là, elle devine qu'il n'aura rien à fiche de ses explications. Du coup, elle préfère éluder :

— À nous, ils sont utiles.

— Vous posez beaucoup de questions, intervient Denn, mais nous aussi on a des questions.

Kazumori ne l'écoute pas et reprend, imperturbable :

— Pourquoi suivez-vous les traces de Natsume ? Que vous a-t-il raconté ?

Denn hésite à répondre. Doit-il parler du foulard et du paradis qu'il évoque ? Il constate que Nao ne le porte plus autour du cou. Il a dû être lavé et rangé avec leurs autres vêtements dans le placard… ou bien ces gens l'ont pris, pour une raison qu'il ignore.

— Il nous a parlé de son pays d'origine, dit-il finalement. Ça nous intéresse de le découvrir.

— Hum, fait Kazumori, qui semble ne pas vraiment croire à l'explication succincte de Denn. Des explorateurs, hein ? Natsume vous a-t-il parlé de notre ville ? Vous a-t-il incité à vous y rendre ?

Denn secoue la tête.

— Pas du tout.

— C'est à moi qu'il en a parlé, précise Marali. Je l'ai rencontré moi aussi.

— Que vous a-t-il dit ?

— Pas grand-chose, et je n'ai pas tout compris. Il ne parlait pas la… langue commune, comme vous dites. Je sais juste qu'il est passé ici.

— On espérait que vous nous en diriez plus sur lui, reprend Denn. Que vous nous aideriez à poursuivre notre voyage, à trouver son pays d'origine.

— Nous avons d'autres projets vous concernant, rétorque Kazumori d'un ton sec.

Marali se tend soudain. Denn le remarque et s'alarme à son tour. Veulent-ils eux aussi les réduire en esclavage ?

— Ah oui ? Lesquels ? émet-il d'une voix étranglée.

— Sakuya vous expliquera.

Il s'entretient brièvement avec la jeune femme dans une langue au débit rapide, qui rappelle à Denn celle parlée par Natsume. Sakuya se contente de répondre par une simple onomatopée du genre *« haï »*, concluant par un seul mot plus long : *« wakalimash'ta »*.

Après quoi Kazumori pivote d'un bloc sur ses talons et quitte la pièce sans même un au revoir, le courtaud Akihiro trottinant sur ses talons. La femme aux cheveux gris – qui n'a pas dit un mot – pose sur Nao un long regard étrange avant de sortir. Sakuya, toujours souriante et polie, leur déclare de sa voix flûtée :

— Je reviendrai vous apporter à manger tout à l'heure, et vous pourrez me poser toutes les questions que vous voulez.

— Pourquoi vous nous avez enfermés ? lance Marali d'un ton rogue.

— Tout à l'heure, tout à l'heure.

Elle les salue d'une petite courbette, les mains jointes devant sa poitrine, puis sort à pas précipités rejoindre les autres dans le couloir, en claquant la porte derrière elle. Denn se précipite à sa suite – trop tard : la porte est de nouveau verrouillée.

En fin d'après-midi (supposent-ils du moins), ils reçoivent de nouveau la visite de Sakuya. Auparavant, Denn et Nao ont refait l'amour, observés au début par Marali – qui s'en est assez vite désintéressée et s'est postée à la fenêtre pour contempler la vie de la ville en bas. Elle a ainsi constaté qu'il y a très peu d'enfants, et que ceux-ci paraissent pour la plupart malingres, débiles ou difformes ; et que nombre d'adultes aussi présentent des tares, d'après ce qu'elle a pu en distinguer. Elle s'est demandé quel mal insidieux les rongeait tous ainsi. (*La ville dénommée « Vent Mortel »... Le monstre tapi dans les ruines, exhalant son haleine empoisonnée...)* Allaient-ils eux aussi être atteints par ce mal ? Devait-elle en parler à Denn et Nao ? Devaient-ils fuir cet endroit à tout prix ? Quels projets les concernant – certainement sinistres – Kazumori avait-il en tête ? Comment Denn et Nao pouvaient-ils se cajoler avec tant d'insouciance, alors que de telles menaces planaient autour d'eux ? De nouveau, Marali les a enviés, elle qui depuis la mort de son père et la fin de son enfance n'avait connu que malheur, tristesse, inquiétude et souffrance. Ou les brumes d'oubli de la plante au goût amer, ce qui n'était qu'un bien maigre réconfort.

Leur passion assouvie, Denn et Nao n'ont pas tardé à s'endormir, enlacés sur le lit étroit. Marali a tenté de faire de même, mais malgré son épuisement elle a peiné à trouver le sommeil. Une pensée pernicieuse tournait en rond dans sa tête : *Ah, si j'avais quelques gouttes de cette plante... comme je me sentirais mieux, comme je dormirais bien !* Son corps s'en était débarrassé, mais son esprit pas encore.

C'est le déclic/grincement de la porte d'entrée qui tire aussitôt Marali de son léger sommeil. Denn et Nao mettent un peu plus de temps à émerger – l'odeur de la nourriture que pousse Sakuya sur son plateau roulant leur chatouille agréablement les narines. Cette fois, ce sont des plantes cuites, des « légumes », comme les appelle Marali. Denn et Nao ne prennent pas la peine de se vêtir ni de se couvrir du drap. Ça semble gêner quelque peu Sakuya qui ne sait pas trop où poser son regard, ce qui réjouit Marali. *J'aurais dû me mettre nue moi aussi*, songe-t-elle. Histoire de vraiment la déranger. C'est plus facile d'avoir le dessus quand l'adversaire est perturbé.

— J'ai quelques explications à vous donner, commence Sakuya en distribuant les assiettes.

Marali saisit la balle au bond :

— Oui, à commencer par celle-ci : qu'est-ce qui vous rend tous malades et difformes ?

La Japonaise s'assoit en soupirant sur le lit libre, les mains entre les genoux.

— Autant commencer par là en effet – je devrai y venir de toute façon. C'est parce que nous sommes tous contaminés par les radiations.

— Contaminés ? relève Nao.

— Les radiations ? relève Denn.

L'explication ne va pas être facile, devine-t-il, vu l'air de désolation qui traverse fugacement les traits de Sakuya. Elle cherche ses mots, puis se lance :

— Empoisonnés, si vous voulez. Par des particules, quelque chose de minuscule et d'invisible, mais de très virulent, émis dans l'air par un métal particulier qui se trouve… au cœur d'une centrale nucléaire. (Elle soupire.) Évidemment, vous ne savez pas non plus ce qu'est une centrale nucléaire.

Le monstre des ruines, exhalant son haleine empoisonnée…

Les légendes des nomades avaient donc un fond de vérité. Sans doute inspirées des rumeurs répandues par Kazumori et sa tribu.

— C'est une énorme machine qui produit de l'énergie, poursuit Sakuya. Cette énergie s'appelle l'électricité. Ça donne de la lumière, de la chaleur, du froid, ça permet aussi de faire fonctionner quantité de moteurs et d'appareils qui nous facilitent la vie. Dans le temps, ça servait même à communiquer à grande distance.

— La sorcellerie taboue des Âges Sombres, frémit Nao. Mère-Nature s'est vengée de toutes ces horreurs. Et vous, vous recommencez !

Sakuya soupire de nouveau.

— La nature ne s'est pas « vengée », Nao. Elle n'a pas, globalement, de conscience ni de sentiments. Elle n'a fait que rétablir un point d'équilibre, après avoir été gravement déséquilibrée par les hommes et leurs industries. Malheureusement – ou heureusement, selon le point de vue – la civilisation humaine n'a pas survécu, n'a pas su s'adapter à temps à ce nouveau point d'équilibre. Ainsi que 98 % des espèces animales et 80 % des espèces végétales, du reste. Mais les hommes se sont détruits eux-mêmes, pour une bonne part. Des guerres, des massacres, des génocides. Des tueries pour s'accaparer les ultimes ressources, ou pour tenter de préserver ce qui, de toute façon, était condamné à disparaître. Ou au nom d'une « volonté divine » aussi absurde que la « vengeance de Mère-Nature ». Tu comprends ?

— Non, se bute Nao. Vous recommencez avec vos machines et vos constructions taboues. Vous allez de nouveau déclencher l'apocalypse.

Un mot cher à Kaal, « apocalypse », se rappelle Denn. Qu'il n'employait pas souvent, uniquement quand il avait épuisé tout son vocabulaire d'horreurs et d'abominations. Quand il prononçait le mot « apocalypse », on savait que le sermon touchait à sa fin. Il n'y avait rien de pire qu'il puisse évoquer.

— On ne recommence rien du tout, rétorque Sakuya. On ne cherche aucunement à rétablir un type de société hégémonique sur toute la planète. Continuez à vivre dans vos villages de huttes à troquer des reliques, ou dans vos cavernes comme des hommes préhistoriques. Si ça vous convient, nous aussi. Nous, on a choisi d'essayer de comprendre. De retrouver l'histoire, la mémoire des siècles passés. C'est pourquoi on a rebâti cette ville, ou du moins fait en sorte qu'elle perdure, autant que possible. Mais ce n'est pas facile. Au dernier siècle « civilisé », disons, toute la mémoire de cette civilisation était électronique. Elle s'est effacée ou a disparu avec l'électricité, ou est devenue impossible à lire. Il restait bien quelques livres, mais la plupart ont péri dans diverses catastrophes. Rares sont ceux qui ont subsisté. Oui, nous essayons de reconstruire ou de remettre en route des machines, des appareils. Mais toute notre énergie vient du soleil, de l'eau, du vent. Nous ne bouleversons aucun équilibre.

— Pourquoi vous restez près de cette chose qui vous rend malades, alors ? intervient Denn.

— Nous la surveillons. Nous nous efforçons de réduire l'impact de ses émissions radioactives et d'empêcher hommes et bêtes de trop s'en approcher. Nous sommes devenus ses gardiens, en quelque sorte.

— Et vous vous sacrifiez pour ça, remarque Marali.

— Oui... (Soupir encore.) Nous nous sacrifions pour ça. Ce qu'il reste d'humanité est devenu trop rare et trop précieux pour qu'on le laisse s'étioler en générations mutantes non viables.

Sakuya a prononcé ces dernières paroles d'un ton hésitant, peu convaincu, comme si elle n'y croyait pas vraiment elle-même. D'ailleurs, réfléchit Denn, les scorpions, les serpents et les *kelbs* sauvages doivent tuer plus d'hommes que leur monstre – comment dit-elle ? – « radioactif ». Sans compter les maladies, les tempêtes ou d'autres créatures qu'il ne connaît pas. Non, il doit y avoir une autre raison à ce sacrifice à petit feu de toute une tribu. Une raison qu'elle ignore, ou ne veut pas avouer.

Ils ont fini de manger. Machinalement, Marali ramasse les assiettes et se dirige vers la salle de bains pour les laver. Réflexe d'esclave, constate Nao, qui l'appelle :

— Pose-les là-dessus, Marali, et viens t'asseoir avec nous. Sakuya n'a pas fini de nous expliquer.

— Non, admet cette dernière. Je ne vous ai pas dit ce que nous attendions de vous.

— Nous y voilà. (Denn se redresse.) Pourquoi on est enfermés. Quels sont ces projets qu'a évoqués ton... euh... maire.

Marali pose les assiettes sur le plateau et grimpe sur le lit aux côtés de Denn et Nao, face à Sakuya. De près, ils sentent encore le sexe. Elle ne sait pas trop si elle trouve cette odeur dérangeante (à cause des mauvais souvenirs) ou plutôt agréable (parce que c'est Denn et Nao, ses seuls amis en ce monde). Nao pose négligemment une main sur sa cuisse.

Sakuya les jauge tous trois du regard, comme si elle s'efforçait d'anticiper leur réaction à ce qu'elle va dire.

— Notre maire souhaite que je vous fasse passer des tests pour savoir si vous êtes fertiles.

Échange de regards. Marali leur a avoué sa stérilité, Denn l'est peut-être aussi – il a couché avec plusieurs femmes de la tribu, et aucune n'a eu d'enfant. Quant à Nao, vu son expérience passée, elle ne peut pas savoir.

— Dans quel but ? demande Marali.

— Eh bien... si vous ne l'êtes pas, vous pourriez nous faire des enfants. Des enfants *normaux*, je veux dire. Ou, du moins, qui ont plus de chances de l'être.

Et voilà, ça recommence, songe Nao. Ils sont jeunes et en forme, donc aptes à procréer. Et tout le monde semble avoir désespérément besoin d'enfants. Un instinct de survie atavique, sans doute.

— Pour produire la prochaine génération de gardiens de votre monstre, c'est ça ? persifle Denn.

— Oui, en quelque sorte. Nous tous ici avons des tares génétiques, à des degrés divers. Le pourcentage de naissances normales est très faible. Avec un sang neuf comme le vôtre...

— Mais nous aussi, nous sommes contaminés à présent, relève Marali, si vos... comment déjà ? particules ? flottent dans l'air.

— Pas encore, ou très faiblement. La contamination survient à la longue, par accumulation. Ces particules se fixent dans l'organisme, qui ne les élimine pas. Mais vous, vous venez juste d'arriver... et vous n'êtes pas encore allés dehors.

— C'est pourquoi vous nous enfermez, devine Denn. Pour vous assurer qu'on reste sains.

— En partie, oui. Et tant que nous ignorons votre réponse.

— Notre réponse à quoi ?

— Si vous acceptez ou non de faire des enfants. Si vous êtes fertiles, bien sûr.

— Vous voulez dire… entre nous ? interroge Denn, désignant Nao et Marali.

— Entre vous, et avec d'autres. Des garçons et des filles soigneusement sélectionnés pour leur faible taux de contamination.

— Denn… pour qui nous prennent-ils ? s'effare Nao.

— En somme, vous prévoyez qu'on intègre votre tribu pour devenir des reproducteurs, résume Denn.

— C'est l'objectif de Kazumori-san en effet, avoue Sakuya en rougissant.

— Et si on refuse ?

— En ce cas, on prélèvera votre sperme et vos ovules, et on procédera par insémination artificielle. Ça risque d'être plus… contraignant.

— Vous nous garderez prisonniers, devine Denn.

Sakuya hoche brièvement la tête. Denn se lève brusquement.

— Ne tentez rien de violent ! s'écrie-t-elle en levant les bras devant son visage. Akihiro est juste derrière la porte, et il est armé. Il suffit que je crie.

Le regard de Denn va de Sakuya à la porte, comme s'il soupesait ses chances de venir à bout d'Akihiro, tout nu et désarmé qu'il est.

— C'est une arme à feu, précise Sakuya. Qui tue et blesse à distance plus vite et plus sûrement qu'un arc. Et vos lances ne sont pas ici, comme vous avez dû le constater.

Denn finit par se rasseoir, fulminant, les yeux lançant des éclairs.

— Et si on est stériles ? lance Marali.

— En ce cas… (Sakuya écarte les bras.) Peut-être qu'on vous relâchera. Je ne sais pas. Mais ça m'étonnerait fort que vous soyez stériles *tous les trois*.

— Si, affirme Marali.

— Permettez-moi d'en douter. Les tests le diront, n'est-ce pas ? (Sakuya se lève et leur adresse un sourire radieux.) Je vais préparer le matériel, et je reviendrai vous chercher. Ne vous inquiétez pas, ce n'est absolument pas douloureux.

Elle se dirige vers la porte en poussant le chariot. Elle frappe au battant et Akihiro lui ouvre, braquant son pistolet noir dans la pièce. Denn n'a jamais vu une arme pareille. Un objet des Âges Sombres assurément – ce qui le dissuade de se précipiter pour pousser Sakuya contre l'homme comme il en avait caressé l'idée. Qui sait le pouvoir que recèlent ces maudites choses…

En franchissant la porte, Sakuya se retourne et leur lance, souriant de plus belle :

— En attendant, profitez-en pour faire l'amour !

Ce n'est pas Sakuya qui vient les chercher à la nuit tombée, mais la femme ridée aux cheveux gris, accompagnée d'Akihiro, qui tient toujours sa menaçante arme noire.

— Prenez vos affaires et venez, ordonne-t-elle.

Il semble nerveux et elle inquiète, jetant de fréquents coups d'œil dans le couloir par la porte restée ouverte.

— Qu'est-ce qui se passe ? s'étonne Denn.

— On vous délivre. Dépêchez-vous !

Ils ne se le font pas dire deux fois. Marali rassemble rapidement les vêtements dans la couverture qu'elle noue en baluchon, et ils suivent Akihiro et la femme dans le couloir. D'une longueur surprenante, desservant plusieurs portes closes, il est faiblement éclairé de loin en loin par des lueurs rougeoyantes.

— On s'échappe, c'est ça ? comprend Denn.

— Oui. Chut !

— Et nos lances ? Nos arcs ? réclame Marali à voix basse.

— Trop difficiles à atteindre, répond Akihiro. On n'a pas le temps pour ça.

— Et mes fourmites ? lance Nao. Désolée, je ne pars pas sans elles.

— Tu en as absolument besoin ? demande la femme.

— Oui. C'est vital.

— Akihiro ?

— J'ignore où elles sont.

— Au labo.

— Il y a Sakuya, au labo.

— Tant pis pour elle.

— Bon…

Au bout du couloir, ils poussent une porte et empruntent un large escalier. Ils dévalent plusieurs volées de marches, Akihiro faisant une brève halte à chaque étage pour écouter. Le silence règne dans l'hôpital, hormis de lointains éclats de voix au rez-de-chaussée. Ils continuent de descendre jusqu'au sous-sol. L'escalier ne va pas plus bas, ils suivent donc le couloir sur lequel il donne, encombré d'appareils poussiéreux, plus ou moins cassés, sans doute mis là au rebut. Ils longent à nouveau plusieurs portes closes et atteignent, au fond du couloir, une double porte comportant un hublot sur chaque battant. Akihiro jette un œil par un hublot, confirme d'un signe de tête : Sakuya est bien là.

Il pousse brusquement le battant et surgit dans la pièce, pistolet brandi, la vieille femme sur ses talons. Denn, Nao et Marali suivent derrière. C'est une grande salle carrelée de blanc, éclairée par des rangées de tubes au plafond, dont plusieurs sont grillés. Elle est bardée de machines de toutes sortes, la plupart éteintes, certaines à moitié démontées. Avec les murs qui s'écaillent et les carreaux cassés au sol, elle dégage une impression de grande vétusté. Néanmoins, pour le trio, c'est assurément là l'antre d'un sorcier des Âges Sombres.

Sakuya est penchée sur un appareil en compagnie d'un technicien muni d'une caisse à outils. Ils se redressent vivement à l'irruption d'Akihiro.

— Akihiro ! s'écrie Sakuya. Qu'est-ce que tu fais ?

— Nous emmenons tes cobayes, annonce la femme aux cheveux gris. Ne résiste pas, s'il te plaît.

— Towa ! Tu es devenue folle ? Où crois-tu aller ?

— Nous quittons la ville. Assez de monstruosités, assez de cette folie.

— Tu n'y arriveras pas. Les patrouilles vous poursuivront. Et tu entraînes ton fils avec toi ! Ça ne te suffit pas d'avoir perdu une fille ?

Towa ne peut masquer une grimace de douleur fugace. Mais si Sakuya espérait faire diversion en évoquant de pénibles souvenirs, c'est raté. Le technicien, qui a profité de cet échange entre les deux femmes pour s'écarter discrètement, fonce soudain vers la sortie du labo. Akihiro pivote et fait feu. Une fleur de sang éclôt sur la nuque de l'homme, qui se cabre en lâchant un râle étranglé et s'affale à quelques pas de la porte.

Au bruit de la détonation, Sakuya blêmit et les trois jeunes gens sursautent violemment. Towa, elle, demeure impassible.

— Tu vois, on ne plaisante pas, déclare-t-elle d'un ton calme. Reste tranquille si tu ne veux pas qu'il t'arrive la même chose. Nao, va récupérer tes fourmites. Elles sont dans l'aquarium, là-bas.

Elle désigne une espèce de bac transparent sur pieds, au fond de la salle, dans lequel le baluchon de fourmites a été fourré tel quel. À côté, d'autres sont remplis d'un liquide jaunâtre dans lequel flottent des choses indéfinissables, évoquant des embryons malformés.

Une main sur la bouche, Nao détache son regard horrifié du cadavre à la nuque inondée de sang pour le poser sur l'aquarium, paupières papillotantes. Elle s'en approche d'un pas incertain, jette un bref coup d'œil dégoûté aux formes floues qui flottent dans les bacs voisins, soulève le couvercle et récupère son baluchon. Elle vérifie rapidement que les fourmites sont bien là avant de le hisser sur son épaule.

Pendant ce temps, Akihiro dirige du canon de son arme Sakuya vers une porte donnant sur un petit réduit sans lumière. À l'intérieur, sur des rayonnages métalliques dévorés de rouille, achèvent de pourrir des archives sans âge, émiettées par les rats et agglutinées par l'humidité.

— Vous ne vous en sortirez pas, prévient-elle. Les patrouilles vous rattraperont et vous tueront. Kazumori est sans pitié !

— Tais-toi, Sakuya, grogne l'homme trapu en la poussant à l'intérieur.

Il referme la porte et fait signe à Denn de s'approcher.

— Aide-moi à pousser cette armoire contre la porte. Ça la retiendra quelque temps.

Tous deux calent avec peine le lourd meuble métallique, dont les pieds grincent bruyamment sur le carrelage, contre le battant de la porte qu'il obstrue complètement.

— On dégage vite fait maintenant. Tout ce boucan a dû être entendu.

Ils sortent du labo – où résonnent les cris de Sakuya et ses coups contre la porte du réduit – et reprennent au pas de course le couloir en direction de l'escalier. Au moment où ils y parviennent, des bruits de pas précipités retentissent, en provenance du rez-de-chaussée. Akihiro ouvre une porte sur le côté.

— Filez par là, je vous couvre !

Un homme armé déboule à l'angle de la volée de marches, sur le palier intermédiaire. C'est Chikara, le collègue patrouilleur d'Akihiro. Ce dernier l'abat froidement, sans sommation ni état d'âme, tout comme le technicien. Les autres pas s'immobilisent.

Denn et les trois femmes en profitent pour s'éclipser, tandis qu'un échange de coups de feu nourri éclate derrière eux. Un court couloir de béton brut, une autre porte et ils débouchent dans un vaste espace souterrain mal éclairé, suintant et sentant fort l'humidité. Towa les mène vers un de ces monstres de fer qu'ils ont aperçus depuis la fenêtre. C'est une construction toute en angles et excroissances, munie de quatre roues à rayons cerclées de fer, d'une citerne, d'un caisson carré en tôle, d'une cabine ouverte, d'un unique phare rond à l'avant et d'un gros tuyau vertical pointant par-dessus le toit, d'où sortent en sifflant des bouffées de vapeur blanche. L'engin halète, sous pression, prêt à partir.

— Montez là-dedans, vite ! ordonne Towa en ouvrant une portière sur le flanc de la machine.

Denn et Nao hésitent – pas Marali qui saute sur une marche formée d'une grille et s'engouffre dans le ventre de la bête. Ils la suivent à contrecœur. C'est sombre et confiné, ça pue la rouille et la sueur humaine. Il n'y a aucun confort ni aucune visibilité hormis une petite lucarne donnant sur la cabine.

Akihiro se pointe à son tour, tirant au jugé derrière lui. Il se jette dans la cabine, pousse et tire manettes et leviers. L'engin s'ébranle avec force soupirs, sifflements et ferraillements, vomissant un épais nuage de fumée blanche. Des balles s'écrasent contre la tôle ou ricochent contre les montants, auxquelles Akihiro répond par deux ou trois coups de feu, assez précis pour qu'un cri de douleur retentisse à la porte et que les autres battent en retraite dans le couloir.

Akihiro met pleins gaz – autant que faire se peut avec cette machine à vapeur – et prend de l'élan pour gravir la rampe menant à l'extérieur, conçue jadis pour des véhicules bien plus rapides et puissants. L'engin ahane dans la côte et parvient au sommet presque au pas, paraissant à bout de souffle.

Il est accueilli par un véritable tir de barrage. Les assaillants tentent de le prendre d'assaut. Akihiro parvient à en tuer deux, et son véhicule, de nouveau sur le plat, accélère rapidement. L'un d'eux qui avait réussi à s'agripper à un montant lâche prise dans un virage serré, emporté par la force centrifuge. Les autres continuent de canarder l'engin en lui courant après, mais il gagne du terrain dans la rue déserte et se met bientôt hors de portée de leurs armes. Akihiro ne ralentit pas pour autant, pousse à bout les capacités du moteur. Le véhicule cahote et tressaute sur les bosses et les creux de la chaussée de terre battue, secouant rudement ses passagers.

— Le temps qu'ils mettent leurs machines en route, on aura quitté la ville ! crie-t-il à travers la lucarne derrière lui. Mais on ne sait jamais, une patrouille peut rôder dans le coin !

Personne ne répond. Denn, Nao et Marali sont morts de peur, et Towa, qui s'est violemment cogné la tête contre la paroi, peine à récupérer ses esprits.

Ils croisent effectivement une patrouille – en fait, ils lui coupent quasiment la route à un carrefour. Le temps que la patrouille réagisse, opère un demi-tour et fasse monter la pression de son propre engin, ils sont déjà loin. Akihiro, qui connaît la ville comme sa poche, la sème aisément dans le dédale des rues.

Ils passent enfin les dernières bâtisses en ruine de la ville et s'enfoncent dans la campagne en longeant la rivière, sous le couvert d'une végétation relativement dense. Au loin se profilent contre le ciel étoilé d'énormes masses sombres, au pied de trois tours coniques au sommet évasé. L'une d'elles est penchée.

14

MISSION

La pluie commence à tomber
C'est le battement
Du cœur de la nuit
KIKAKU.

AKIHIRO ayant fort ralenti à cause de la route de plus en plus défoncée, Towa ouvre la portière pour faire entrer un peu d'air frais dans l'espace confiné du caisson. L'engin roule à présent à la vitesse d'un coureur à pied ; Denn et Nao, serrés l'un contre l'autre dans l'ouverture, ont tout le temps de contempler le paysage. Affalée dans le fond contre une paroi, Marali lutte contre la nausée qui lui provoque des haut-le-cœur à chaque cahot.

Ils longent à présent les abords de la centrale. Éclairée par la lune montante, rousse et basse dans le ciel, elle évoque les ruines d'un temple antique, d'aspect encore menaçant, dédié au culte de quelque dieu du mal. De vastes bâtiments gris sans fenêtres, rectangulaires ou hémisphériques, d'où sortent d'énormes tuyaux comme autant de serpents métalliques géants. Au moins deux d'entre eux, éventrés et à moitié effondrés, béent sur des entrailles noircies, amalgames indistincts dans la nuit. Des gravats et débris de toutes sortes jonchent les alentours. Des pylônes tronqués ou abattus, tels des squelettes d'animaux préhistoriques, luisent faiblement sous la lune. Surmontant tout ça, les trois gigantesques tours coniques évasées, dont on distingue de plus près les fissures et lézardes. L'une d'elles penche, comme si le terrain s'était affaissé en dessous. Une haute clôture en grillage surmonté de barbelés, rongée par la rouille, abattue par endroits ou enfouie sous la végétation, ceinture le site qu'elle ne protège plus. La route ou plutôt le chemin de terre, abondamment sillonné d'empreintes de pas et de roues, bifurque vers un large portail inséré dans la clôture.

Cette vision est conforme au rêve de Denn, tel qu'il s'en souvient. Sauf la plaine aux herbes jaunes qu'ils ont déjà traversée, remplacée ici par une végétation assez dense grâce à la rivière. S'ils avaient été à pied et en plein jour, et s'ils avaient eu quelques connaissances en botanique, ils auraient pu remarquer de nombreuses anomalies parmi les arbres et les buissons : des feuilles aux couleurs bizarres, d'étranges façons de pousser, des fleurs extravagantes, des pelades grisâtres sur les troncs… et peu d'insectes et d'animaux, eux aussi bizarres, atrophiés ou malformés, à la vie courte. Mais la nuit, tout paraît normal. Denn ne sent pas le souffle empoisonné du monstre tapi au plus profond de ces ruines : pas d'odeur particulière, pas de vent anormal, aucun ressenti au niveau physique ou mental. Si ces fameuses particules l'attaquent, elles le font discrètement, d'une manière imperceptible.

Quant aux hommes à la peau jaune, ils ont bien failli enlever ou séquestrer Nao, la seule d'entre eux qui soit peut-être féconde. Si Towa et Akihiro n'étaient pas intervenus pour les libérer, qu'auraient pu faire Denn et Marali, dans ce monde inconnu, face aux armes terrifiantes des patrouilleurs ? Pourquoi sont-ils intervenus, d'ailleurs ? Qu'est-ce qui les a poussés à la révolte, au point de tuer leurs congénères ? Denn se retourne pour poser la question à Towa – et constate avec surprise que Nao n'est plus à ses côtés. Plongé dans ses réflexions, il n'a pas remarqué qu'elle était retournée dans le caisson. Il la distingue à peine dans l'obscurité, assise contre la cloison à la lucarne, près de son baluchon. Towa, penchée sur Marali qu'elle tente de réconforter, ne lui prête pas attention.

— Denn… appelle doucement Nao. Il se passe quelque chose d'étrange avec les fourmites.

— Quoi donc ?

— Viens voir.

Il la rejoint à croupetons, s'efforçant de garder l'équilibre dans les roulis et cahots du véhicule. Il va pour jeter un œil dans le baluchon, mais Nao lui fait signe de la regarder elle. Il la scrute… et malgré la nuit distingue bien vite ce qu'il y a d'étrange.

Les fourmites lui couvrent le visage, les épaules et les bras. Elles sont toutes sorties du baluchon et grouillent frénétiquement, agitent leurs antennes, courent en tous sens, n'arrêtent pas de se toucher voire de se grimper dessus.

— Elles me pincent avec leurs mandibules, dit Nao. Elles ne me font pas mal, mais je le sens. Des picotements partout.

— Qu'est-ce qu'elles ont ?

— Je ne sais pas. Enfin si, je le devine : elles veulent qu'on s'éloigne d'ici au plus vite. À cause de l'air, je présume, du poison qu'il contient. C'est ce que je crois comprendre en tout cas.

— Tu *comprends* tes fourmites ? Elles te parlent ? s'étonne Towa qui a lâché Marali, intriguée par ce phénomène.

— Oui, d'une certaine façon. Je suis leur Gardienne, enfin, leur apprentie Gardienne. On passe des Accords ensemble. Elles m'aident et je les aide.

— Comment ça, elles t'aident ? Je n'ai jamais vu d'insectes aider les humains. Ils les agressent plutôt.

Nao lui décrit sa relation symbiotique avec les fourmites, transmise de père en fils – ou en fille – au sein de la tribu. Comment elles sont indispensables à la survie de la tribu, tout comme celle-ci contribue à leur bien-être et leur protection – et, dans le cas présent, à leur expansion, à la fondation d'une nouvelle colonie dans le lieu qu'elles choisiront. Towa l'écoute en silence, éberluée. Connaissant tout ça par cœur, Denn rejoint Marali.

Elle ne va pas mieux, au contraire. Il doit l'aider à gagner la portière ouverte pour qu'elle vomisse dehors.

— Tu as trop mangé ? Ou quelque chose de pas bon ?

— Ce n'est pas ça, articule-t-elle entre deux hoquets. C'est… d'être dans cette machine. L'odeur, les cahots, je ne sais pas… ou le mouvement, peut-être…

Une nouvelle nausée la plie en deux. Elle se penche au-dehors pour vomir encore, se cramponnant à un montant métallique.

— Une nouvelle crise de manque ? suggère Denn.

— Non. Ça, c'est passé… On va rouler encore longtemps, dis-moi ?

— Je l'ignore. Je ne sais même pas où on va. Tu veux que je demande ?

— Oui, s'il te plaît… Laisse-moi… Ça va aller.

Ayant vidé son estomac, Marali retourne à quatre pattes dans son coin où elle s'effondre, en sueur et le souffle court. Denn rejoint Nao et Towa, qui est en train d'expliquer à Nao qu'au fond sa relation avec les fourmites n'est pas vraiment une nouveauté : jadis, les hommes avaient une relation pareillement symbiotique avec d'autres insectes volants qu'on appelait des abeilles : ils les élevaient, les protégeaient et cultivaient des fleurs pour elles, et en retour elles leur fournissaient un nectar qu'elles tiraient de ces fleurs. Malheureusement, les abeilles ont disparu dans le grand chamboulement de la nature et du climat.

— Towa, l'interrompt Denn, tu peux nous dire jusqu'où on va ? Marali n'est pas bien et voudrait qu'on s'arrête.

— D'accord, je vais demander à Akihiro.

Elle passe la tête par la lucarne, échange quelques paroles en japonais avec le conducteur. Il lui répond à mots rapides, hachés, un peu gutturaux.

— Il dit qu'on n'est pas assez loin pour s'arrêter, traduit-elle. On est à peine sortis du Domaine et les patrouilleurs peuvent encore nous repérer.

— Et on va quelque part, ou on fuit au hasard ?

— On va quelque part, répond Towa en souriant. Chez une femme que je connais… ou, du moins, dont Natsume m'a parlé.

— Tu connais Natsume ? Tu l'as rencontré ?

— Je le connais presque comme si je l'avais fait. C'est mon neveu.

— Ton *neveu* ? s'ébahit Nao. Natsume venait d'ici ? De votre ville ?

— Il y est né, oui. À l'âge de cinq ans, il est parti dans le Grand Nord avec ses parents – mon frère et sa femme –, à qui le maire de l'époque avait assigné une mission.

— C'était quoi, la mission ? interroge Denn.

— Se rendre sur une île située près du pôle Nord, où l'on savait, d'après des archives qu'on avait retrouvées, qu'il existait une sorte de sanctuaire où étaient conservées presque toutes les graines et semences du monde entier. L'objectif du maire de l'époque – le père de Kazumori – était de relancer une agriculture et un cycle végétal un peu plus diversifié que les quelques dizaines de plantes qui subsistent actuellement. Il y avait aussi sur cette île une station de radio, qui peut-être avait été préservée des guerres et des catastrophes. Mon frère devait la remettre en état, si possible, et tenter de contacter d'autres îlots de civilisation quelque part dans le monde, s'il en existe.

— Une « station de radio » ? relève Denn. Qu'est-ce que c'est ?

— Un... dispositif qui permet de se parler à grande distance, sans se voir, en passant par des ondes et des appareils.

— Encore une chose taboue des Âges Sombres, grimace Nao.

Les fourmites commencent à quitter son visage et ses bras pour retourner dans le baluchon. Signe qu'ils doivent à présent être assez loin de la centrale et de ses émanations toxiques.

— Ton frère a réussi ? reprend Denn. Il a trouvé les graines et la radiochose ?

— Eh bien... (Towa s'interrompt un instant ; une expression douloureuse s'affiche brièvement sur ses traits.) Pendant vingt-cinq ans, on n'a eu aucune nouvelle. Tout le monde pensait qu'ils étaient morts, qu'ils avaient échoué. Mais moi je gardais espoir malgré tout. Parce qu'il s'agissait de mon frère, de ma belle-sœur, de leur fils… et de ma fille.

— Ta fille était avec eux ? questionne Nao.

— Oui. Ma petite Hiroko… Vous comprenez, elle était née normale. Sans tare d'aucune sorte. Tout comme Natsume, d'ailleurs. C'est pour ça que ses parents l'ont emmené, afin qu'il puisse vivre une vie saine, loin de cette abomination qui nous tue à petit feu. C'est aussi pour ça que je leur ai confié Hiroko. J'ai pensé qu'il valait mieux qu'elle vive sainement loin de sa mère dans le Grand Nord plutôt qu'elle meure prématurément dans mes bras d'un cancer, d'une leucémie ou je ne sais quelle autre horreur, comme c'est le cas chez trop de nos jeunes ici.

Denn et Nao observent un moment de silence, respectant le chagrin d'une mère éloignée de sa fille. Puis Nao ne peut s'empêcher d'appuyer là où ça fait mal :

— J'ai cru entendre Sakuya dire que tu l'avais perdue, malgré tout…

— Oui. (Soupir.) Natsume est revenu, au bout de vingt-cinq ans. Seul. Il m'a raconté ce qui s'était passé. Le sanctuaire dévasté. La radio hors d'état. La disparition en mer de mon frère et de ma belle-sœur. Son départ avec Hiroko à bord d'un petit esquif vers la terre la plus proche, où ils ont été recueillis par des autochtones… Leur vie là-bas, apparemment tranquille et sans histoire, jusqu'à ce qu'Hiroko se fasse piquer par un moustique et attrape une maladie mortelle. (Towa soupire encore.) J'aurais dû la garder avec moi. Peut-être qu'elle serait encore en vie.

— Ou pas, remarque Denn. Peut-être qu'elle serait morte dans tes bras, au bout d'une longue agonie.

— Qui sait ? Maintenant, Natsume aussi est mort, d'après ce que vous dites.

Denn hoche lentement la tête, lèvres serrées. Pauvre Towa, qui a perdu toute sa famille… Cela dit, c'est rare de nos jours qu'une famille entière parvienne à survivre sans perdre au moins un de ses membres.

— Pourquoi n'est-il pas resté avec toi ? interroge Nao.

— J'espérais que vous alliez me le dire. Il n'a pas été très éloquent sur ses intentions.

— On n'a pas vraiment pu discuter avec lui, rappelle Denn. Il ne parlait pas notre langue.

— Non, en effet. Uniquement le japonais. Et sans doute la langue des autochtones, là-bas dans le Grand Nord. Petit, il avait appris la langue commune, mais avec ses parents il ne devait parler qu'en japonais.

— Si j'ai bien compris, reprend Denn, il cherchait des fourmites. Il en avait une avec lui. J'ai cru que c'était pour manger, parce que nous on les mange. Mais ce n'était pas pour ça apparemment.

— Il m'en a parlé, opine Towa. Il m'a dit qu'elles étaient très intelligentes, que ce serait même la nouvelle espèce dominante sur la planète. (Elle dévisage Nao, puis son regard dévie vers son baluchon.) D'après ce que j'ai vu et ce que tu m'as raconté, j'ai tendance à le croire.

— Il y a des fourmites, là où il vivait ? s'enquiert Nao.

— Oui. Il m'a dit qu'elles étaient venues à bord d'un radeau qu'elles auraient fabriqué. Qu'elles… (un sanglot étouffé) qu'elles s'étaient nourries du corps d'Hiroko.

Denn et Nao échangent un regard. Tous deux pensent la même chose. Nao détache le foulard qu'elle a remis autour de son cou, l'étale devant la portière, sous la lueur de la lune. Le vent de la course le soulève, Denn l'aide à en maintenir les coins.

— Est-ce que… commence-t-elle d'un ton hésitant. Là d'où est venu Natsume, est-ce que ça ressemble à ça ?

Towa contemple le foulard un moment.

— C'est une peinture d'Hiroko, répond-elle. Tu sais, Nao, quand j'ai découvert ce foulard en lavant vos vêtements, j'ai failli le garder. Il m'a fait pleurer.

— Est-ce que c'est le pays d'où venait Natsume ? insiste Nao.

— Non. C'est une allégorie du Japon éternel : le mont Fuji, les fleurs de prunier, un *torii* shinto… Tout cela n'existe plus, hélas. À part le mont Fuji, peut-être, mais je doute qu'il soit encore coiffé de neige.

Denn et Nao échangent un nouveau regard. La déception est clairement visible sur leurs traits.

— Et ces petits dessins, là dans ce coin ? montre Denn. Ce sont des mots, hein ?

— Oui. Il est écrit : « *Que n'ai-je un pinceau / Qui puisse peindre les fleurs du prunier / Avec leur parfum !* » C'est un haïku d'un de nos grands poètes, Satomura Shôha, mort il y a sept siècles.

Ces mots ont un air de déjà-vu dans l'esprit de Denn, mais impossible de se rappeler où ni quand il les aurait entendus.

— Je pensais que c'était des indications… pour trouver ce paradis.

— C'était un paradis, en effet. On l'a transformé en enfer.

— Est-ce que ça vaut le coup de continuer, alors ? interroge Marali.

Ils se sont arrêtés au bout de plusieurs heures de route – ou plutôt de crapahutage – sur des chemins de moins en moins définis, devenant des pistes animales qui se perdaient dans les fourrés. (Towa et Akihiro divisent la journée en *heures*, indiquées par des aiguilles sur un petit cadran circulaire situé sur le tableau de bord de la machine. Denn n'en voit guère l'utilité, à part savoir plus précisément quand le soleil va se lever ou se coucher – mais pour cela il suffit d'observer le ciel.) Ils se sont arrêtés parce qu'ils ne pouvaient vraiment pas rouler plus loin, à moins de tailler une piste dans la brousse. À l'abri dans la cabine, Towa et Akihiro sont penchés sur un dessin abstrait, déchiré et décoloré, qu'ils dénomment une « carte », censée représenter le terrain alentour. Mais il n'y a dessus ni arbres, ni rochers, ni collines, ni rivières, rien. Juste des traits colorés et ces gribouillis que sont les mots.

Denn hausse les épaules en guise de réponse à la question de Marali. Le désappointement se lit encore sur son visage. Il promène un regard las sur le paysage environnant : des arbres dégoulinants, enchevêtrés de lianes et de plantes grimpantes, des buissons foisonnants aux larges feuilles, des fougères, des ronces et des orties hautes comme un homme, de traîtres marais couverts de feuilles mortes ou d'une végétation qui les dissimulent, un sol spongieux et pourrissant qui suinte de l'eau à chaque pas. Aucune vue dégagée sur l'horizon. Le jour s'est levé depuis longtemps mais il règne ici une pénombre glauque et brumeuse, détrempée par une pluie fine et persistante qui semble venir de nulle part, comme si l'air lui-même se liquéfiait. Toute cette jungle bourdonne de millions d'insectes qui volent autour d'eux en essaims denses, rampent à leurs pieds, tombent sur eux depuis les arbres. Des araignées grosses comme la main, des scolopendres longues comme le bras, des fourmis plus grandes qu'un doigt, de grosses mouches zonzonnantes et bien sûr des escadrilles de moustiques – tout ça piquant, pinçant, mordant, inoculant divers venins. Ils ne comptent plus les boutons, rougeurs et enflures sur leur peau pourtant tannée par le soleil. Seule Marali semble plus ou moins y échapper – peut-être ne la trouvent-ils pas à leur goût.

Denn en vient presque à regretter le désert. Au moins la mort y était claire, évidente, déterminée. Pas insidieuse et dissimulée comme ici.

De son côté, Nao a voulu faire prendre l'air à ses fourmites, qu'elles profitent de cette nature exubérante pour chasser un peu, trouver une pitance plus à leur convenance que les miettes et déchets de nourritures humaines. Peut-être allaient-elles décider d'établir ici leur colonie, où tout semble à portée de mandibules ? Or l'expérience a vite tourné court. À peine sont-elles sorties du baluchon, toutes frétillantes de tant d'odeurs titillant leurs antennes, qu'elles ont été attaquées par des autochtones, simples fourmis noires à un stade antérieur de l'évolution mais très agressives et connaissant parfaitement le terrain, ses avantages et ses dangers. Les fourmites ont perdu une vingtaine des leurs en battant en retraite, contre trois ennemies tuées seulement. Nao a dû intervenir en renfort, isoler le baluchon dans le caisson, écraser à coups de pierres les raids successifs des fourmis noires jusqu'à ce que celles-ci finissent par abandonner, ayant sans doute atteint leur quota de pertes tolérable.

Pendant ce temps, Denn – qui n'a pas voulu s'engager dans cette guerre-éclair – a expliqué à Marali tout ce que Towa leur avait dit concernant Natsume, ainsi que le pays d'où il venait. Du fait de son malaise, Marali n'avait rien écouté, puis, les nausées l'ayant épuisée, elle s'était enroulée dans la couverture et avait dormi quasiment jusqu'à ce qu'ils s'arrêtent, malgré les cahots, les odeurs et le ronflement/halètement continu du moteur à vapeur.

À présent, tous trois sont assis jambes pendantes à la portière du véhicule à moitié embourbé, bloqué devant une muraille végétale. Dans la cabine, Towa et Akihiro sont engagés dans une discussion véhémente – mais leur langue paraît toujours véhémente. Ils regardent tomber la pluie en se claquant régulièrement la figure, les jambes ou les bras sous l'inlassable assaut des moustiques. Il fait chaud, pas autant que dans le désert mais c'est une chaleur moite, lourde, poisseuse. Denn a l'impression que sa cervelle aussi devient un marécage, dans lequel clapotent et s'embourbent les dernières paroles de Marali.

— Je savais que ce paradis n'existait pas, reprend-elle. Il n'y a pas de paradis sur Terre.

— Tu n'en sais rien, proteste Nao. Towa n'a pas vraiment donné de détails… Après tout, Natsume et sa cousine y ont vécu plein d'années. C'est que ça ne devait pas être si mal.

— Nous aussi, on a vécu plein d'années à la caverne, rappelle Denn. Et puis la cousine de Natsume est morte d'une piqûre de moustique. Ça n'évoque pas franchement le paradis.

— Où veux-tu aller, alors ? s'exaspère Nao. Tu trouves que c'est mieux ici ? Ou dans le désert ? Ou dans la vallée des esclavagistes ?

— Là-bas c'était bien, admet Denn. Sauf les esclavagistes.

— Je ne veux plus y remettre les pieds, se bute Marali.

— De toute façon, il faut qu'on y aille, décide Nao d'un ton sans réplique.

— Pourquoi ?

— Pour les fourmites. J'ai l'impression que c'est là-bas qu'elles désirent se rendre. Y retrouver leurs congénères qui construisent des radeaux.

— Attends, Nao. (Denn se redresse, sourcils froncés.) Tu veux dire qu'on va se taper tout ce chemin – j'imagine que ce n'est pas tout près – pour aller dans un endroit peut-être affreux et plein de moustiques mortels, juste parce que tu as *l'impression* que tes fourmites veulent s'y rendre ? D'abord, qui te dit qu'elles ne vont pas se faire massacrer par celles déjà sur place, tout comme avec ces fourmis noires, là ?

— Je n'en sais rien. Mais j'écoute *mes* fourmites, qui *me* parlent dans ma tête et *nous* ont sauvé la vie plus d'une fois, je te rappelle. Je leur dois bien ça. Reste ici si tu trouves que c'est mieux. Moi je continue toute seule.

— Je viens avec toi, s'empresse de dire Marali.

— D'accord, sourit Nao. Laissons Denn se faire bouffer par les *milliers* de sales bêtes qu'il y a ici. Nous, on viendra bien à bout d'*un seul* petit moustique, pas vrai ?

— T'es pas drôle, Nao, se renfrogne Denn.

— T'as envie de venir avec nous ou pas ?

— Je ne veux pas rester ici. Ni te laisser partir seule.

— Je serai avec Marali…

— Merde, Nao, tu te fiches de moi ? J'ai pas envie de te quitter, voilà ! C'est ça que tu voulais entendre ?

— Même si ce n'est pas le paradis qu'on croyait ?

— Même, admet Denn à contrecœur.

— Le paradis, il est déjà dans vos cœurs, dit Marali.

Denn et Nao se dévisagent un moment en chiens de faïence, puis un petit sourire s'esquisse au coin de leurs lèvres, qui s'élargit comme le soleil perçant les nuées. Finalement, ils tombent dans les bras l'un de l'autre et s'embrassent longuement.

— Voilà, c'est mieux comme ça, se réjouit Marali. (Elle saute sur le sol spongieux, après avoir vérifié qu'il n'y avait pas à ses pieds quelque bestiole toutes pinces, dard ou mandibules dehors.) Je vais voir où ils en sont, à l'avant. Ça fait un moment qu'on est bloqués ici, je trouve. (Elle tend vers eux un doigt péremptoire.) N'en profitez pas pour faire des cochonneries !

— Sûrement que si, rétorque Nao, qui pose sur Denn un regard gourmand et glisse une main sous sa tunique.

Mais ils n'ont pas le temps de « faire des cochonneries », car justement Towa et Akihiro s'en viennent vers eux. Ils ont replié et rangé leur carte, et semblent avoir pris une décision.

— Bon, on s'est un peu égarés, explique Towa, jetant à son fils un regard encore courroucé. Il y a pas très loin d'ici un ancien tracé d'autoroute. (Devant leurs airs ignorants, elle précise :) Une grande piste, plate et nivelée, où il est plus facile de rouler, en général.

— On a déjà vu ça, se rappelle Denn.

— Jadis, il y en avait partout. La nature et les tempêtes en ont détruit la plupart, mais certains remblais tiennent encore bon. Celui-ci devrait passer pas loin de cette femme chez qui on va, d'après ce que m'a expliqué Natsume.

— C'est qui, cette femme ? s'enquiert Nao.

— C'est… une guérisseuse. Peut-être que vous allez la traiter de sorcière, mais elle n'en est pas une. Elle ne fait que du bien. Je pense – j'espère – qu'elle pourra guérir la maladie de mon fils.

— Mes jambes s'atrophient, précise Akihiro. En ville, ils ne peuvent pas soigner ça. Si je ne fais rien, bientôt je serai paralysé. Et si je suis paralysé, je suis condamné. On ne nourrit pas de bouches inutiles à Chimeiteki na Kaze.

— C'est pour ça que vous avez quitté la ville, devine Marali. Pas seulement pour nous délivrer.

— Pas seulement, non. Montez, on repart. Je vous expliquerai en chemin.

En fait, Towa ne les rejoint à l'arrière qu'une fois l'engin grimpé sur le talus de l'autoroute, après avoir effectué bien des tours, détours et demi-tours au sein de cette jungle détrempée, failli plusieurs fois s'enliser dans un bourbier et tomber dans une mare à deux reprises. Sans compter toutes les fois où il a fallu s'arrêter pour dégager le passage ou retirer des branches ou des fougères coincées dans les roues – activités qui requéraient souvent l'aide de Denn et des filles. C'est pourquoi Nao n'a pas trouvé l'occasion de « faire des cochonneries » avec Denn. Son désir a fini par passer, dilué dans la boue, la pluie et les efforts.

Tandis que l'engin roule à peu près droit sur une surface plus ou moins plane et solide, quoique non exempte de végétation, Towa, trempée et crottée de boue, attaque sans préambule :

— Vous savez, Kazumori n'est pas le maire visionnaire que Sakuya vous a peut-être dépeint. En fait si, il est visionnaire, mais pas dans le sens positif et radieux qu'elle persiste à croire et se complaît à décrire.

— Elle ne nous a guère fait l'éloge de Kazumori, remarque Nao. Elle nous a surtout parlé de ce qui nous attendait.

— Ah tiens ? Y aurait-il quelques fissures dans son prosélytisme ? Bonne nouvelle… Enfin bref, peu importe. Que vous a-t-elle dit ?

— Qu'elle allait nous faire passer des tests pour savoir si on était fertiles, explique Marali d'un ton rogue. Si c'était le cas, Denn aurait servi d'étalon et nous deux de génitrices pour la jeunesse la moins contaminée de la ville. Qu'on le veuille ou non.

— C'est bien ça, confirme Towa. Et vous êtes fertiles ?

— Moi non.

— Moi non plus, je crois, déclare Denn.

— Moi je... n'en sais rien, élude Nao.

— Bon. Si Sakuya l'avait découvert, vous seriez morts. Vous auriez servi de nourriture aux poissons. Des silures, qui deviennent énormes si on les nourrit bien. Une précieuse source de protéines. Kazumori ne tolère pas que quiconque s'échappe de « sa » ville, dès lors qu'on y est entré. Comme si elle recelait des secrets que nul ne doit savoir.

— Pourtant vous vous êtes échappés, constate Denn. Et Natsume aussi. Pourquoi avoir fui ? Et nous avoir délivrés ?

— Natsume, nous l'avons fait évader. Personne ne l'a su. C'est alors que mon fils et moi avons fomenté le projet de nous enfuir nous aussi. Nous étions sur le point de le mettre à exécution quand Akihiro vous a découverts avec son collègue, à moitié morts, au bord de la route des Sept Collines. Naturellement, nous avons estimé qu'il était de notre devoir de vous délivrer aussi, de vous inclure dans notre projet.

— Pourquoi ? insiste Denn.

— À cause des fourmites. Et du foulard. Hiroko l'a signé, vous savez. Du coup, vous étiez précieux à nos yeux. Vous n'étiez plus de simples errants égarés. Et quand bien même... Votre sort de géniteurs ou de nourriture à poissons nous était moralement insupportable.

— Mais pourquoi n'avoir pas fui avant, si Kazumori est si méchant que ça ? Pourquoi avoir attendu que ton fils tombe malade ?

— Je n'ai pas attendu que mon fils tombe malade. J'ai attendu des nouvelles de ma famille. De mon frère et de ma belle-sœur, de mon neveu, et surtout de ma fille. Natsume est revenu, et m'en a donné. Après, il n'y avait plus aucune raison de rester en effet. Bien au contraire.

— Ils auraient tué Akihiro, frémit Nao.

— Oui. Déjà, en soi, c'était une raison suffisante. Mais il y a pire. Bien pire. Pourquoi croyez-vous que Kazumori s'évertue à faire renaître cette ville ? À réparer des machines, à produire de l'électricité ? Vous croyez que c'est par souci du confort de ses habitants ?

— À t'entendre, je dirais que non, devine Denn.

— Non. Il a un projet fou, délirant, mégalomaniaque.

— Qui est ?

— Il veut remettre en route la centrale nucléaire.

Ils roulent longtemps sur ce remblai d'autoroute, jusqu'à la nuit tombée. Heureusement, l'engin haut sur ses roues permet de franchir la plupart des obstacles végétaux, plus malingres sur cette terre caillouteuse et relativement stérile. Ils doivent parfois contourner des effondrements ou des éboulements quand la piste tranche dans une colline. Ils franchissent au pas, à leurs risques et périls, un viaduc branlant et fissuré, qui semble osciller dans le vent. Terrorisée, Nao se réfugie au fond du caisson et refuse de descendre du véhicule, bien qu'il soit plus sûr de marcher à pied. Devant un second viaduc, ils ont moins de chance : celui-ci est écroulé, il en manque une bonne moitié. Ils doivent descendre au fond de la vallée, franchir une rivière à gué et remonter de l'autre côté, ce qui leur prend beaucoup de temps. Plus loin, alors qu'ils s'arrêtent au bord d'un étang pour refaire le plein d'eau, nécessaire pour alimenter le moteur, ils sont cernés et attaqués par une meute de *kelbs* sauvages (Towa les nomme des chiens). Un seul coup de feu bien visé d'Akihiro en abat un et fait détaler les autres. Ils ramassent le cadavre en vue de le cuire une fois arrivés à destination. Une bonne idée – même si la viande de chien est forte et un peu faisandée – car leur estomac commence à crier famine ; ils n'ont rien mangé de la journée. Towa avait quand même pensé à emporter de l'eau dans une grande outre d'une matière rouge qu'elle appelle du « plastique ». À plusieurs reprises, ils doivent se frayer un chemin parmi les débris de ponts effondrés, indiquant que d'autres routes filaient jadis au-dessus de celle-ci – mais il n'en reste plus rien. Il leur arrive de passer au large de ruines indéfinies, dont la nature échappe même à Towa et Akihiro. Mais la plupart du temps ils ne voient que de la végétation, d'une monotonie lassante : toujours les mêmes arbres, les mêmes fourrés, les mêmes herbes, entrecoupés d'étangs et de marais plus ou moins fétides, dégorgeant parfois de grosses bulles à leur surface. Tout baigne dans ce crachin gris qui, en l'absence de vent, semble suspendu dans l'air. Au crépuscule (juste du gris qui s'assombrit), Akihiro allume le gros phare de l'engin, qui éclaire d'un long pinceau blême la piste devant eux. Nao n'aime pas ça, elle a l'impression qu'il a capturé un rayon de soleil et que Mère-Nature le lui fera payer, d'une façon ou d'une autre. Towa n'arrive pas à la convaincre que tout ça est purement artificiel et que Mère-Nature n'a rien à y voir.

Soudain, Akihiro s'arrête.

Il descend de la cabine, vient trouver les autres à l'arrière.

— Je crois que c'est là, annonce-t-il.

— Tu as repéré le grand tronc blanc couché comme a indiqué Natsume ? s'enquiert Towa.

— Mieux que ça : j'ai vu une lumière.

— Ce peut être quelqu'un d'autre…

— Allons donc ! Il n'y a personne à des kilomètres à la ronde. C'est elle.

— Tu n'en sais rien, Akihiro. Un feu, des nomades…

— C'est une lumière fixe. Il n'y a personne, je te dis. Il n'y a plus personne nulle part. Tu as vu un humain, ou même des traces humaines, depuis qu'on est en route ?

— Non, reconnaît Towa.

Akihiro retourne dans la cabine pour couper le moteur et éteindre le phare. Puis ils prennent leurs affaires – Nao ses fourmites, Marali la couverture et les vêtements, Denn l'outre d'eau en plastique, Akihiro le cadavre du chien qu'il jette sur son épaule –, descendent du talus, s'enfoncent dans la nuit et les broussailles. Akihiro est équipé d'une machette avec laquelle il se fraye un passage quand la végétation devient trop dense. Par chance, la pluie s'est arrêtée et la lune réussit de temps à autre à percer les nuages, ce qui leur permet de repérer leur chemin et surtout d'éviter les mares et marais où elle se reflète. Par deux fois, ils entendent quelque chose froufrouter dans les fourrés ou s'enfoncer dans l'eau avec un *floc* vaseux. Akihiro braque son pistolet, mais ils ne voient pas ce que c'est. Des bruits comme des battements ou froissements de feuilles se font aussi entendre de loin en loin dans les arbres. Toute cette vie nocturne invisible angoisse fort Denn et Nao, habitués au grand silence du désert.

Enfin ils tombent sur un sentier dont la terre est bien tassée ; il doit être emprunté souvent. Peut-être va-t-il au remblai, bien qu'ils ne l'aient pas repéré en sortant du véhicule. En tout cas, il les mène tout droit à la maison, dont ils aperçoivent à présent la lumière entre les arbres.

Sise sur un tertre au milieu d'une clairière, elle est vraiment bizarre. Elle a la forme d'un dôme aplati, recouvert d'herbe. Des hublots ronds s'ouvrent dans ce dôme, par lesquels est diffusée la lumière, d'un jaune orangé assez doux mais immuable – elle ne provient donc pas d'un feu. À côté, un haut mât constitué d'un seul tronc supporte une éolienne, dont les pales ne tournent pas faute de vent. La maison est entourée d'un jardin aux carrés et rangées de plantes indéfinissables dans l'obscurité. Il s'étend jusqu'aux limites de la clairière, où la lutte doit être âpre entre plantes cultivées et végétation sauvage.

Alors qu'ils approchent de la maison, une vive lumière éclate soudain, les aveugle et les cloue sur place dans son intense faisceau blanc. Nao est sur le point de s'enfuir, mais Towa l'arrête en posant une main sur son bras.

— Calme-toi, ma fille. Ce n'est que de la lumière.

— Nous venons en amis ! crie Akihiro. (Il brandit le cadavre du chien au-dessus de sa tête.) Nous apportons à manger !

— Nous venons de la part de Natsume ! ajoute Towa. C'est mon neveu !

Au bout d'un moment, une porte s'ouvre dans un renfoncement du dôme, délimitant une entrée ovale. Une silhouette se découpe dans l'encadrement, armée d'un arc qu'elle ne brandit pas. Elle est fine, porte une robe que la lumière derrière elle rend translucide. Ses cheveux sont incroyablement longs, aussi fins que des fils d'araignée. Ils ne distinguent pas son expression à contre-jour.

— Désolée, dit-elle. Je ne mange pas d'animaux morts.

15

UN VAISSEAU DE L'ÂGE D'OR

J'ai emprunté ma chaumière
Aux puces et aux moustiques
Et j'ai dormi
ISSA.

ELLE les fait entrer malgré tout, en leur enjoignant de laisser cette carcasse dehors. À la lumière de l'intérieur, elle paraît sans âge : de fines pattes d'oie bordent ses yeux pétillants d'un bleu lumineux, mais, hormis elles, sa peau pâle est lisse et satinée. Ses longs cheveux ont une couleur indéfinie, ni vraiment blonds, ni vraiment châtains, ni vraiment gris. Son corps paraît juvénile sous son ample robe : des seins haut perchés, une taille fine, un ventre plat, des fesses fermes. Un petit sourire retrousse le coin de ses lèvres, qui paraît en dire plus que de la simple politesse, sans que l'on sache quoi au juste.

— Cinq personnes d'un coup, constate-t-elle d'une voix légèrement voilée. C'est plus que je n'en ai vu en vingt ans. Étrange, d'ailleurs, que je sache encore parler…

Nul ne répond, car tous sont sidérés par ce qu'ils découvrent dans la maison.

Une pièce unique, ronde comme le dôme, dont la charpente complexe en troncs non équarris et plus ou moins tors s'entrecroise au-dessus de leurs têtes. Un vaste filet de lianes tressées, servant apparemment de lit, est suspendu parmi ces troncs ; une échelle de corde aux barreaux de bois permet d'y accéder. Au sol, tapis, coffres, coussins et canapés aux teintes chaudes : ocre, sienne, orangés, pourpres. Un foyer central muni d'un trépied et d'une crémaillère, autour duquel une cuisine est organisée sur des étagères et des tables basses. Une fontaine près de l'entrée, qui coule en permanence – sans doute un ruisseau dévié –, entourée de pierres plates et d'une rocaille moussue. Des tentures sur les murs bas, dans les mêmes tons chauds, des étagères masquées par des rideaux et d'autres supportant divers objets et bibelots, ainsi que des *livres*, constate Towa avec surprise. Un instrument bizarre appuyé contre un mur, formé d'une caisse en bois d'où sort un long bâton sur lequel sont tendues des cordes. Denn et Nao n'en saisissent pas l'usage mais Towa suppose qu'il sert à jouer de la musique. Et surtout – occupant un bon tiers du cercle –, tout un laboratoire : bassines, cuvettes, tubes, cornues et alambics, bocaux et flacons contenant des herbes, feuilles, pollens, poudres et racines, des bouquets de diverses plantes séchées suspendus aux solives, des élixirs dans de petites bouteilles dûment étiquetées.

L'ensemble est éclairé par plusieurs petites lampes discrètes, plus ou moins tamisées, aux couleurs variées mais toujours chaudes, allant de l'écarlate au jaune clair. Il s'en dégage une impression à la fois de confort, de rusticité et d'incongruité, comme si cette maison était un vaisseau de l'Âge d'Or – tel qu'on pourrait se l'imaginer – échoué au milieu de cette forêt sombre et marécageuse.

— Installez-vous, les invite leur hôtesse, désignant de la main coussins et canapés, qui semblent tous avoir été fabriqués par elle. Je vais raviver le feu, afin que vous puissiez vous sécher.

Chacun se pose où il peut, tandis que la femme jette dans le foyer brasillant quelques branches sèches tirées d'un coffre en bois. Dans leurs vêtements humides et boueux, avec leurs cheveux raidis par la crasse et la pluie, ils ont l'air d'hommes et de femmes des bois à demi sauvages, qui se seraient introduits par erreur dans la demeure d'une fée. Son sourire s'accentue légèrement à voir leurs expressions à la fois ébahies et empruntées.

— Je vous en prie, mettez-vous à l'aise, leur enjoint-elle. Ne vous souciez pas de salir : je suis parfois dans des états pires que le vôtre. Il arrive même que des animaux entrent aussi, et eux ne se gênent pas de crotter mes tapis avec leurs pattes sales. C'est d'ailleurs pourquoi je dors en hauteur : se faire réveiller par un crocodile, c'est un peu… surprenant.

— Un crocodile, répète Towa d'une voix étranglée.

— Les marais en sont infestés. Vous n'en avez pas rencontré ? Il y a des serpents aussi, gros comme ma cuisse. Eux sont plus malins, ils grimpent dans la charpente et se laissent tomber dans le filet. Je connais bien leurs stratagèmes, à force. Mais ils ne sont pas méchants : ce qu'ils veulent, c'est dormir au chaud et au sec.

Denn et Nao échangent un regard dubitatif. Lui se demande si cette femme est folle, et elle si ce n'est pas Mère-Nature personnifiée.

— Mais je bavarde, je bavarde, et j'en oublie de me présenter ! La solitude, sans doute… Les animaux parlent d'autres langues. Je m'appelle Ophélie.

Chacun se présente à son tour. Elle leur serre la main non sans une certaine cérémonie, avec une petite courbette, une main sur le cœur.

— C'est quoi un crocodile ? interroge Marali.

— Tu n'en as jamais vu ? Eh bien, c'est un animal plutôt, comment dirais-je…

Ophélie est interrompue par un soudain charivari devant la maison : des grognements, des cris rauques, des clappements, des craquements, des bruits de lutte apparemment.

— Viens voir.

Elle se dirige vers la porte, faisant signe à Marali de la suivre. Denn et Akihiro leur emboîtent le pas, ce dernier empoignant son arme. Ophélie fronce les sourcils et d'un geste du doigt lui fait signe de la ranger. Il obéit à contrecœur. Nao et Towa, elles, préfèrent ne pas voir : rien que les bruits les effraient assez.

Ophélie ouvre la porte. Dehors, dans l'intense faisceau blanc, deux monstres longs comme trois hommes se disputent le cadavre du chien. Gris, tout bosselés, les pattes courtaudes et griffues, leurs longues queues fouettant l'air, leurs énormes mâchoires aux dents redoutables s'arrachent la carcasse qu'ils déchiquettent comme si elle n'était qu'un bout de chiffon. Ils grognent et ronflent à pleine gorge, se donnent des coups de griffes et de dents, chacun cherchant à s'accaparer le plus gros morceau. L'un d'eux avise la présence des humains à la porte et leur adresse un profond râle, ouvrant une mâchoire qui engloutirait aisément un homme entier. Puis il court pesamment à la poursuite de son congénère qui en a profité pour se carapater avec la carcasse.

Ophélie referme la porte en souriant à Denn et Marali pétrifiés de terreur.

— Ils ont l'air impressionnants comme ça, mais en général ils sont plutôt placides. Sauf quand ils ont faim ou qu'ils mangent, bien sûr. Il ne faut pas tenter de leur ôter le pain de la bouche, comme on dit.

— Et ça… (Akihiro s'efforce vainement d'avoir l'air brave) ça entre chez toi ?

— Bien sûr. Je ne ferme jamais ma porte, il suffit de la pousser pour entrer. Ils font le tour, fouillent un peu, mais ma nourriture végétale ne les intéresse guère. Alors ils s'en vont. Ou bien s'endorment sur place aussi, ça arrive. Au fait, à propos de nourriture, vous devez avoir faim ?

— Eh bien… grimace Akihiro, c'est notre repas que ces monstres ont emporté.

— Tant mieux ! Si vous aviez mangé ça chez moi, nous aurions eu quelques soucis, je pense. Ils ont du flair, vous savez. Bon, je vais vous préparer quelque chose. Qui veut m'aider ? Je reçois rarement autant de monde…

Towa et Marali se proposent. Tout en épluchant et coupant divers légumes pendant qu'Ophélie pétrit et étale des galettes de grains moulus, Towa lui explique le motif de sa visite : la maladie qui atrophie peu à peu les jambes de son fils, risquant à terme de les paralyser. Elle lui parle de Natsume qui n'a pas tari d'éloges sur Ophélie, narrant à quel point ses « herbes magiques » l'avaient requinqué, après qu'elle l'avait trouvé sur le remblai presque mort d'épuisement. Ophélie l'écoute attentivement, lui pose des questions précises, promet d'ausculter Akihiro après le repas. Celui-ci parcourt les rayonnages de livres, haussant parfois les sourcils d'étonnement à la lecture de certains titres. De son côté, Denn décrit à Nao les monstres qu'il a vus dehors. Elle se blottit dans ses bras et scrute la porte d'un regard angoissé, comme si l'un d'eux – ou un serpent gros comme la cuisse d'Ophélie – allait surgir à tout moment.

Aucune bête de ce genre ne fait irruption. En revanche une chauve-souris large comme un bras se faufile par un hublot ouvert et virevolte un moment dans la charpente. Nao et Marali terrorisées courent se cacher derrière des tentures, mais devant la totale indifférence d'Ophélie elles finissent par prendre sur elles et regagnent la pièce. Cependant, elles ne quittent pas des yeux les évolutions de la chauve-souris, jusqu'à ce qu'elle ressorte par où elle est entrée.

— Il y a beaucoup d'animaux dans cette forêt ? demande Denn.

— Pas tant que ça, répond Ophélie. (Elle dispose les galettes dans une poêle noircie sur le feu.) Des reptiles surtout, et divers rongeurs qui constituent leurs proies. Quelques poissons dans les cours d'eau, qu'ils mangent aussi. Et surtout beaucoup d'insectes. Vous en verrez sûrement quelques-uns, qui peuvent vous importuner. N'hésitez pas à les tuer, je ne voue pas un amour particulier aux insectes.

— Même les fourmites ? interroge Nao.

— Tant qu'elles restent loin de chez moi, ça va. Mais j'ai dû repousser plusieurs tentatives d'invasion… Rude bataille. (Ophélie soupire.) J'aurais tant aimé voir un ours. Ou des loups. Ou des cervidés… Mais il semble que ces espèces-là aient toutes disparu. Tout comme les oiseaux… C'est bizarre, mais les chants d'oiseaux me manquent. Pourtant je n'en ai jamais entendu !

Denn et Nao ne voient pas trop de quoi elle parle. Des noms d'animaux qu'ils ne connaissent pas, ne se représentent pas. Des animaux qui *chantent* ?... Ce doit être une légende, un conte de l'Âge d'Or.

— J'ai des fourmites dans ce baluchon, déclare Nao. Des fourmites apprivoisées. Je m'entends bien avec elles.

— Apprivoisées, dis-tu ? Intéressant. Tu m'expliqueras comment tu fais. Si je pouvais les persuader de ne plus envahir ma maison ni dévaster mon jardin...

— Pour ça, on doit passer un Accord. Ça ne s'improvise pas. Il faut apprendre.

— Je n'en doute pas. Peut-être que tu...

— Tu as trouvé ça où ? la coupe Akihiro en lui montrant un livre.

— C'est Natsume qui me l'a donné, répond Ophélie après y avoir jeté un œil. Pour me remercier de l'avoir soigné. Malheureusement, je ne lis pas le japonais.

— Regarde, maman.

Akihiro tend le livre à Towa. Celle-ci le feuillette avec d'infinies précautions, comme s'il s'agissait d'une précieuse relique – ce qu'il est, en quelque sorte.

— C'est un recueil de haïkus, dit-elle à Ophélie, un trémolo dans la voix, les yeux embués de larmes. (Elle revient à la page de garde.) Il est dédicacé à Natsume... par ma belle-fille. Elle a écrit : *« À mon fils chéri, afin qu'il conserve et transmette, si possible, notre langue et notre culture. »*

— Tu peux le garder si tu veux. Il t'évoque plus de souvenirs qu'à moi.

— Merci. Merci beaucoup.

Towa presse l'antique et fragile ouvrage contre son cœur.

Après le repas, Ophélie ausculte les jambes d'Akihiro comme promis. Elles sont maigres, aux articulations saillantes, et leur peau est grise, fripée, squameuse. Ophélie les tâte et les palpe en divers endroits, les lui fait étirer, replier, tourner les chevilles, bouger les orteils. Lui demande s'il a mal ici, ou là, à quel degré et de quelle façon. Towa assiste à l'examen, posant tantôt sur son fils, tantôt sur la femme, un regard interrogateur et inquiet.

Pendant ce temps, Denn a envie de sortir pisser, mais il n'ose pas à cause des monstres qui rôdent dehors. Malgré l'attention qu'elle accorde à son patient, Ophélie paraît le deviner, à son agitation peut-être.

— Vas-y, tu ne crains rien, l'encourage-t-elle. Ils ont eu leur pitance, ils sont partis. Et puis les crocodiles n'attaquent pas l'homme, en général.

Ce « en général » ne le rassure pas du tout. Mais il a trop envie, il faut qu'il sorte. Il restera au plus près de la maison ; avec toute cette pluie, ce sera vite dilué.

Il entrouvre la porte, jette un œil à l'extérieur. Il fait sombre, Denn ne voit rien. Allez, courage… Il fait quelques pas droit devant lui, afin de dépasser l'entrée quand même. C'est alors que la vive lumière s'éclaire, comme si elle avait conscience de sa présence. La magie noire des Âges Sombres… Du coup il s'éloigne un peu, au cas où Ophélie ou quelqu'un regarderait par un hublot. Puis il se soulage, enfin. Ça fait du bien. La pluie s'est remise à tomber.

Alors qu'il termine et s'égoutte, il entend un froissement derrière lui, qui n'a rien à voir avec le vaste bruissement de la pluie. Ça se rapproche… Il tourne lentement la tête, le cœur battant la chamade.

Un serpent énorme, certainement plus gros que la cuisse d'Ophélie, traverse lentement le faisceau lumineux. Il vient vers lui en ondulant, lui coupant toute retraite vers la maison. Son extrémité se perd dans les ténèbres. Glacé de terreur, Denn ne peut en détacher le regard. S'il n'avait déjà pissé, nul doute qu'il aurait fait sur lui. Le serpent lève la tête, l'observe de ses yeux gris proéminents, darde vers lui une langue bifide. Il n'émet aucun son, hormis le froissement de sa reptation dans les herbes et les feuilles mortes. Denn ne peut bouger, il se sent paralysé. Le serpent s'approche encore, le flaire, lui tourne autour, se love contre ses jambes. Il le pousse de sa lourde masse et Denn s'arcboute, se disant que s'il est déséquilibré, s'il tombe, c'en sera fini de lui : la bête l'étouffera dans ses anneaux et l'avalera d'une seule bouchée. La tête du serpent monte jusqu'à sa taille en glissant sur sa cuisse. Denn a l'impression qu'il le regarde mais il n'ose baisser les yeux ni faire le moindre geste, n'ose même pas respirer.

Puis le serpent redescend, se frotte une dernière fois à ses mollets et s'enfonce dans la nuit. Denn recouvre l'usage de ses jambes, juste assez pour qu'elles se plient et qu'il tombe à genoux sur le sol détrempé. Il tend l'oreille et scrute les ténèbres, mais plus rien ne trouble la chute régulière et monotone de la pluie dans les frondaisons.

Dès qu'il parvient à se redresser, Denn fonce en titubant vers la maison, pousse la porte à la volée, la claque derrière lui et s'adosse au battant, hors d'haleine. Ophélie le dévisage d'un air presque moqueur.

— Les crocodiles sont de retour ?

— Un… un serpent, articule-t-il. Un gros. Il… m'a touché. S'est f-frotté à moi.

— Il s'est frotté à toi ? Il était dans les tons brun-vert ? Avec des taches noires sur le dos ?

— Je n'ai pas trop fait attention à sa couleur.

— Des yeux glauques, plutôt sur le dessus de la tête ?

— Oui, peut-être. Il me regardait.

— C'est un anaconda. Une femelle. Elle vient souvent ici. Elle adore l'eau, mais elle aime bien être au sec aussi. Elle a dû sentir sur toi l'odeur de la maison, c'est pourquoi elle ne t'a pas attaqué. Sinon tu aurais fait une proie facile.

Nao accourt se jeter dans les bras de Denn, l'attire vers le canapé en le couvrant de baisers.

— Oh Denn, Denn, murmure-t-elle, tu as risqué ta vie, tu as failli mourir, il ne faut plus sortir tout seul, Denn, mon amour, heureusement que tu n'as pas paniqué…

Si, j'ai paniqué, songe-t-il. *C'est l'enfer là-dehors.*

— Sissi est assez douce et affectueuse, ajoute Ophélie. C'est elle qui vient dormir avec moi parfois. J'ai dû consolider mon filet à cause d'elle.

Sissi ? Elle donne des noms aux animaux ?

— Comment fais-tu pour vivre avec tous ces monstres ? s'étonne Denn.

— Ce ne sont pas des monstres. Ce sont juste des êtres vivants comme toi ou moi, ou cette mygale sur le mur. (Nao s'écarte d'un bond en la découvrant : une araignée brune et velue, plus grande que sa main, immobile sur le mur.) Moi aussi j'avais peur de tout quand je suis arrivée ici. Puis j'ai appris à les connaître, à leur parler. Avec un peu de respect et d'attention, il n'y a pas de danger. En fait, pour moi, les pires prédateurs de l'homme, ce sont les moustiques. Ils ont bien failli me tuer plusieurs fois, jusqu'à ce que je trouve enfin une herbe qui les repousse. J'en ai planté tout autour de la maison, et j'en accroche régulièrement aux poutres.

— Si tu leur parles, dit Nao d'une petite voix tremblante, blottie dans les bras de Denn, tu ne veux pas dire à cette araignée de s'en aller ? Je n'aime pas comme elle me regarde.

— Elle ne te regarde pas en particulier, elle est juste à l'affût. Elle traque les insectes. Une alliée précieuse !

— Elle va manger mes fourmites, gémit Nao.

— Bon, d'accord, je la sors. Mais elle risque de revenir.

Commence alors un lent et patient ballet d'approche entre Ophélie et la mygale. Au début, celle-ci se méfie d'elle et s'écarte. Puis elle fait mine de l'attaquer, pattes avant dressées, crochets brandis, projetant même quelques poils urticants. Ophélie n'étant pas intimidée, l'araignée finit par se calmer, accepte de venir sur sa paume où elle a placé une blatte morte.

Tandis que la mygale est occupée à la dissoudre, Ophélie l'emmène gentiment dehors.

— Tu pourrais apprivoiser des fourmites, constate Nao, qui a observé toute la scène avec une certaine fascination.

— Tu m'apprendras, si vous restez ici quelques jours…

— Je ne crois pas, non, objecte Denn en réprimant un frisson. On va repartir le plus tôt possible. Du moins, si vous êtes d'accord, s'adresse-t-il aux deux filles.

De concert, Nao et Marali hochent vigoureusement la tête.

— En ce cas, ce sera sans nous, déclare Towa. Akihiro va subir un traitement qui risque d'être assez long…

— Et pas du tout garanti, rappelle Ophélie. C'est une maladie d'origine génétique, causée par une irradiation forte et prolongée, qui affecte le fonctionnement et la reproduction des cellules.

— J'ai bossé dans cette putain de centrale, à patauger dans la boue radioactive pour évacuer des débris, grommelle Akihiro. Je n'aurais jamais dû accepter, mais à l'époque je ne savais pas…

— Je ne peux pas agir sur des gènes altérés, poursuit Ophélie. Au mieux, je peux ralentir le processus, renforcer les défenses naturelles d'Akihiro, l'aider à lutter contre la douleur et contre cette dégénérescence. Mais je ne peux pas la supprimer ni l'inverser. Akihiro ne retrouvera jamais des jambes normales, et à terme il sera infirme. Je peux juste retarder l'échéance.

— C'est déjà ça, marmonne-t-il.

— C'est pourquoi nous allons rester ici, déclare Towa à Denn. Mon fils doit prendre ce traitement à base de plantes fraîches tous les jours.

— En fait, je ne peux pas conserver les principes actifs, précise Ophélie. Et ils se dégradent très vite.

— D'accord, opine Denn. Nous, on partira demain matin, je pense.

— Oh oui, soupire Nao. J'appréhende déjà la nuit…

En fait, ils ne partent que le surlendemain, Marali ayant très justement fait remarquer qu'ils n'ont plus ni arcs ni lances, que sans armes ils ne pourront chasser, et que s'ils ne chassent pas ils mourront de faim, ne possédant pas la grande connaissance d'Ophélie en matière de plantes comestibles. Ils doivent donc en fabriquer, leur hôtesse n'ayant pas d'armes non plus vu qu'elle ne chasse pas, hormis quelques couteaux et autres outils tranchants qui lui servent à couper du bois ou faire la cuisine.

En outre, Nao n'a pratiquement pas fermé l'œil de la nuit. Blottie dans les bras de Denn, elle craignait le retour de l'araignée ou d'un autre monstre encore pire. Elle sursautait au moindre craquement de la charpente, aux bruits divers dehors, aux ombres que le feu faisait danser sur les murs. Elle étouffait un cri de terreur chaque fois que quelque chose la touchait, avant de réaliser que c'était le pied ou la main de Denn, ou la couverture qui glissait. Au matin elle était complètement épuisée, presque au bord de la crise de nerfs. Elle a craqué et a fondu en larmes quand elle a découvert dans la pâle pénombre de l'aube, en se redressant dans le canapé, un animal muni d'une longue queue et affublé de drôles de moustaches qui la fixait de ses yeux jaunes et lui a craché dessus avant de bondir souplement à travers le hublot ouvert.

— Ce n'est qu'un chat ! a signalé Ophélie. Ces animaux étaient domestiqués jadis. Ils chassent les rats et les souris, c'est bien utile. J'essaie d'apprivoiser celui-ci.

— S'il te plaît, a sangloté Nao, dis à tous tes animaux apprivoisés de rester dehors…

— Ce n'est pas possible. C'est leur maison autant que la mienne. C'est comme si eux me disaient de quitter la forêt !

Ils passent une partie de la journée à confectionner trois lances, deux arcs et une douzaine de flèches, à partir de branches coupées, taillées en pointe et durcies au feu, et de deux vieilles cordes à guitare (cet instrument qui sert à faire de la musique) données par Ophélie. Celle-ci leur prépare une besace de galettes et de légumes crus et cuits, et Towa leur fait don de sa grosse outre en plastique rouge, remplie d'eau de la fontaine. Ophélie fait visiter son jardin à Marali et lui donne un cours succinct de botanique, lui indique les plantes qui sont comestibles, celles qui sont vénéneuses, celles qui peuvent apaiser une douleur ou soigner des piqûres d'insectes. Nao exécute l'Accord de la colonie et tente de le réaliser avec Ophélie, mais cette dernière n'est pas assez concentrée et manque d'empathie envers les fourmites – elle les a trop combattues. Elle apprécie néanmoins la tentative, et promet à Nao de s'efforcer d'être plus compréhensive avec les fourmites à l'avenir. De son côté, Denn se fait expliquer par Akihiro le fonctionnement de son pistolet : aucune « magie des Âges Sombres » là-dedans, juste un peu de mécanique et une matière explosive qui projette une balle au loin. Il le lui fait essayer ; Denn tire un seul coup, rate largement sa cible et le recul lui fait lâcher l'arme. Il trouve que c'est trop bruyant et trop puissant pour lui, un arc suffira amplement. De toute façon, Akihiro ne voulait pas le lui donner. Il risque d'en avoir besoin (il n'est pas très sûr de l'amitié des crocodiles à son égard), et puis c'est une arme antique, peu fiable, qui s'enraye facilement, et dont les munitions tout aussi anciennes font souvent long feu.

Durant la journée, ils ne rencontrent guère d'animaux, bien qu'ils aillent dans la forêt. Tout au plus ils entendent quelques bruits et cris lointains, repèrent diverses traces et empreintes, et aperçoivent le dos d'un crocodile dans un marais, qui évoque curieusement un vieux tronc immergé. Comme si des éclaireurs étaient venus voir la veille au soir qui étaient ces intrus, avaient conclu qu'ils étaient de la race d'Ophélie et informé leur entourage qu'il fallait les laisser tranquilles. Les seuls qui ne les laissent pas tranquilles, ce sont les insectes, plus gros, plus méchants et plus venimeux que partout ailleurs. Ils comprennent vite pourquoi Ophélie ne les aime pas. Elle tient cependant à montrer à Nao la fourmitière locale, dans l'espoir (un peu innocent) que celle-ci parvienne à un compromis. Or les fourmites se montrent agressives dès que les deux femmes s'en approchent, Nao ne peut établir aucun contact. Elle doute même que ce soit possible avec des fourmites « sauvages ». Celles qu'elle transporte sont habituées aux humains depuis bien des générations…

En fin d'après-midi, la pluie qui redouble les contraint à se réfugier dans la maison. Ophélie ranime le feu, après avoir rentré du bois et cueilli les légumes pour le repas du soir. Tout en se consacrant à ses tâches quotidiennes – entretenir le feu, laver les ustensiles de cuisine, moudre les grains de céréales pour en faire de la farine, préparer les légumes… – elle se met à leur raconter d'où elle vient, pourquoi elle est ici depuis vingt ans, pourquoi elle a choisi cette vie rude et solitaire.

Elle exerçait la fonction de médecin/guérisseuse dans une ville plus au nord, faisant profiter ceux qui vivaient là de son expérience des plantes, transmise de mère en fille depuis des générations. C'était une petite communauté tranquille, qui fonctionnait en autarcie et avait réussi, grâce au savoir des anciens et à quelques connaissances acquises dans des livres, à recréer quelques outils d'avant les Âges Sombres, peut-être de l'Âge d'Or : moulin à eau, éolienne, métier à tisser, forge à métaux, fours à poteries, pompes à main… Ils avaient également domestiqué avec patience quelques animaux fort utiles : des chiens pour la chasse, des chats contre les rats, et une espèce de cabri qui leur donnait du lait qu'ils transformaient en fromage. Entre les cyclones géants qui s'abattaient régulièrement et obligeaient souvent à reconstruire, la vie était plutôt douce et aurait pu continuer comme ça indéfiniment… si un autre genre de tempête, bien plus terrible et destructrice, ne s'était abattue sur la ville.

Des pillards. Venus d'on ne sait où, issus d'on ne sait quelle race démoniaque. Non seulement destructeurs, mais également tueurs, violeurs… et cannibales. Oui, cannibales. Pires qu'une nuée de sauterelles, ils mangeaient tout, cabris, chiens, chats... et enfants, de préférence en bas âge. Et dévots aussi : au nom de Mère-Nature, ils ont tout cassé, tout brûlé, tout détruit, au prétexte que Mère-Nature ne tolérait pas que l'homme *fabrique* quoi que ce soit, se hisse à un niveau plus élevé que le plus pouilleux des chiens sauvages. L'homme devait manger ou être mangé, à cela se bornait sa vie, et ne devait pas faire d'enfant, car Mère-Nature avait décidé l'extinction de la race humaine – ceux qui survivaient étaient *de facto* des blasphèmes. Les femmes qui avaient fait des enfants étaient tuées et mangées avec leurs gosses, celles qui n'en avaient pas servaient à forniquer, et si elles tombaient enceintes, elles subissaient le même sort.

Ophélie réussit à s'enfuir. Pour cela, elle dut égorger les deux pillards qui abusaient d'elle, à l'aide d'un tesson de poterie qu'elle avait réussi à dissimuler. Ce fut la dernière fois qu'elle tua un être vivant (hormis des insectes), et elle ne mangea plus jamais de viande après ça. Elle se réfugia dans la forêt, où elle trouva la compagnie des crocodiles et des serpents plus douce que ces êtres dégénérés qui ne méritaient pas le nom d'humains.

Quelque temps après, un de ces méga-cyclones s'abattit sur la contrée et rasa ce qui restait de la ville. Après son passage, Ophélie retourna sur place, au cas où elle aurait pu retrouver quelques survivants parmi les siens. Mais il ne restait plus personne. Que des cadavres gisant dans les ruines, tués par la tempête et ses conséquences ou égorgés par les pillards. Parmi eux, ceux qui n'étaient pas morts avaient fui. Ophélie récupéra tout ce qu'elle put, qu'elle rapporta en plusieurs voyages dans cette maison qu'elle avait bâtie au milieu des bois.

Tout cela s'est déroulé il y a vingt ans. Depuis, elle vit toute seule ici, avec des reptiles, des chauves-souris et un chat pour toute compagnie. Elle met à profit sa connaissance des plantes pour elle-même, pour se conserver en vie et en bonne santé. En vingt ans, elle n'a pas vu un seul être humain, jusqu'à ce qu'elle rencontre Natsume sur le talus il y a quelques mois, et reçoive à présent la visite d'eux cinq...

— J'aurais pu devenir sauvage à mon tour, régresser au niveau de ces sous-hommes, conclut-elle. Mais j'ai mis un point d'honneur à maintenir au mieux ma qualité d'humaine évoluée, à contredire toutes les aberrations que proféraient ces fanatiques. J'ai été aidée par mon savoir, mes souvenirs, mes livres... et ma guitare. J'ignore comment elle a échappé à la destruction générale, mais j'y ai vu là un signe. J'ai appris à en jouer et à chanter. Ça m'a bien soutenu, dans certains moments difficiles. Savez-vous que Sissi adore quand je joue de la guitare ? Elle pose sa tête sur ma cuisse et ferme les yeux, et elle émet une sorte de petit sifflement très doux, comme si elle m'accompagnait. Voulez-vous que je vous chante une chanson ?

Nao lance à Denn un regard inquiet, comme si c'était là un signal qui allait attirer l'anaconda. Mais les trois autres acceptent avec enthousiasme. Denn esquisse un haussement d'épaules. On verra bien... S'il y en a qui réussissent à apprivoiser des *kelbs* ou des fourmites, pourquoi pas un serpent ? Après tout, cette Sissi ne lui a rien fait... Peut-être désirait-elle une caresse. Il a du mal à imaginer, toutefois, qu'un tel monstre puisse être affectueux et sensible à la musique.

Les notes qu'Ophélie tire de sa guitare sont douces, à la fois cristallines et feutrées (un peu grinçantes par moments), et forment un son riche et plein quand elle fait vibrer toutes les cordes ensemble. C'est très différent des sons aigus et des coups secs ou sourds que les nomades tiraient de leurs peaux tendues et de leurs bouts de bois percés. Denn trouve ça plus agréable à l'oreille. Puis elle se met à chanter d'une voix mélodieuse, un peu grave, en harmonie avec les notes qu'elle égrène sur sa guitare. C'est un chant doux-amer, parlant d'amours et d'amitiés perdues mais d'une vie retrouvée, qui se conclue par un éloge vibrant à Mère-Nature qui « n'a ni amis ni ennemis / mais à tous elle donne la vie ».

— Voilà, sourit-elle en posant sa guitare. J'espère que ça vous a plu... C'est moi qui l'ai composée.

— C'était très joli, opine Towa.

Tous acquiescent, même Nao, qui pousse un soupir de soulagement : Sissi n'est pas venue.

En revanche, c'est la mygale qui revient après le repas, alors qu'Ophélie charme ses hôtes avec une nouvelle chanson. Comme la veille, la mygale se poste sur un mur, à l'affût. Ophélie ne lui prête aucune attention. Les autres s'efforcent d'en faire autant, mais ne peuvent s'empêcher de la surveiller du coin de l'œil. Surtout Nao et Marali, qui n'écoutent plus vraiment la musique. Soudain l'araignée saute à terre – Nao lâche un cri de surprise et de peur –, cavale de toute la vitesse de ses huit pattes velues et bondit sur une petite souris en train de grignoter des graines tombées près du foyer. Sifflements de l'araignée, couinements de la souris qui se débat, tente de la mordre, mais c'est trop tard : la mygale plante ses puissants crochets dans son ventre et la paralyse de son venin. Après quoi elle s'étale sur le petit corps immobile et commence à le liquéfier afin de l'aspirer.

— Avec une telle proie, elle en a pour un moment, commente Ophélie. Ne vous souciez pas d'elle, elle n'éprouve aucun intérêt pour vous. Seriez-vous aussi craintifs si c'était le chat qui avait attaqué cette souris ?

Ils doivent bien convenir que non, néanmoins Nao résume l'opinion générale en avouant sa peur et sa répulsion quasi ataviques.

— Il y a des scorpions, dans le désert d'où tu viens ? demande Ophélie.

— Oui...

— Certains sont mortels ?

— La plupart.

— Est-ce qu'ils t'effraient et te répugnent autant que cette mygale ?

— Non, admet Nao.

— Pourtant la piqûre de celle-ci n'est pas mortelle. Elle te fera mal, certes, mais tu n'en mourras pas. Et elle ne te piquera qu'acculée, obligée de se défendre. Sinon, elle préfère fuir plutôt qu'attaquer les grosses bêtes que nous sommes. Est-ce que les scorpions fuient devant toi ?

— Non, répond Denn à la place de Nao. Ils attaquent en bandes. Ils ne connaissent pas la peur, on dirait.

— Voilà, sourit Ophélie. Nos peurs vis-à-vis des animaux sont irrationnelles : on s'effraie de cette bestiole (elle montre la mygale toute à son repas) à peu près inoffensive pour nous, mais pas d'un scorpion potentiellement mortel. Et les moustiques – si petits, presque invisibles – ne font que nous agacer, alors qu'ils ont tué la cousine de Natsume, par exemple.

Towa tressaille à cette évocation.

— Si on parlait d'autre chose ? propose-t-elle d'un ton presque implorant.

— D'accord. Ce livre que je t'ai donné, ce sont des poèmes, n'est-ce pas ? Tu veux bien nous en lire quelques-uns ?

— Volontiers.

Towa ouvre le livre de haïkus au hasard, traduit celui qui tombe sous ses yeux :

Ce couchant d'automne
On dirait
Le Pays des ombres.

— C'est tout ? fait Marali, qui attendait la suite.

— Oui, répond Towa. Un haïku, c'est juste ça : trois vers, une sensation, une impression fugace, un fait insignifiant, un sentiment effleuré. Je continue ?

Assentiment général.

Rien ne dit
Dans le chant de la cigale
Qu'elle est près de sa fin.

— Hum… Je vais essayer d'en trouver de plus gais.

La lecture des haïkus se poursuit un moment, puis Ophélie chante à nouveau quelques chansons. La soirée s'écoule ainsi, paisible. Le chat aussi est revenu. Après avoir observé tout le monde avec méfiance, il s'est résolu à se coucher près du feu. En revanche, la mygale est partie, ne laissant de la souris qu'une dépouille desséchée, à laquelle le chat n'a pas touché après l'avoir brièvement reniflée. Et Sissi n'est toujours pas venue.

Il finit par se faire tard. Les bâillements s'accentuent, les paupières commencent à tomber. Ophélie regagne son filet, les autres se répartissent coussins et canapés. Marali demande à Denn et Nao si elle peut partager leur couche. Elle aussi a mal dormi la nuit dernière et elle craint l'irruption de bêtes pas très désirables. Denn fait un peu la moue, mais Nao accepte aussitôt, et il n'ose refuser.

Marali s'installe du côté de Nao, ce qu'il préfère : il ne voudrait pas avoir de gestes déplacés durant son sommeil, ou que cette fille en ait envers lui. Nao se serre contre Denn, lui souhaite bonne nuit avec un long baiser puis, épuisée, ne tarde pas à s'endormir. Denn aussi, rassuré.

Mais quand il s'éveille au milieu de la nuit, dérangé par une sensation de froid à son flanc, il découvre que ce n'est pas contre lui qu'est blottie Nao mais contre Marali, et sa main repose sur le sein de la jeune Noire.

16

VERS LE GRAND NORD

Vent d'automne
Dans mon cœur
Combien de montagnes et de rivières !
KYOSHI.

AU MATIN, Denn, Nao et Marali font leurs adieux à Ophélie et Towa. Akihiro se propose de leur faire faire un bout de chemin à bord de son engin, « jusqu'à l'orée de la forêt », leur épargnant ainsi d'éventuelles mauvaises rencontres. Il ne pleut plus, le soleil perce par instants la chape de nuages ; Denn y voit un signe encourageant. Ophélie leur prodigue divers conseils qui l'agacent un peu, comme s'ils ne savaient pas se débrouiller dans la nature. Towa enjoint à son fils d'étudier soigneusement la carte et de leur indiquer le meilleur itinéraire vers ce pays que, selon Natsume, les autochtones nomment Kalaallit Nunaat, et que les autres peuples appelaient jadis Groenland.

Ils reprennent le chemin du remblai, assez lourdement chargés : hormis le baluchon de fourmites que Nao se fait un devoir de porter et ne confie à autrui qu'en dernier ressort, Denn et Marali se sont réparti le ballot de vêtements, la besace de nourriture et les armes, laissant l'outre d'eau en plastique rouge à Akihiro. Mais celle-ci aussi, il faudra bien qu'ils la trimballent quand ils quitteront la machine roulante du Japonais. Beaucoup de choses, estime Denn, pour un long chemin à parcourir encore… Il regrette la relative légèreté du début de leur voyage, mais l'expérience de la plaine aux herbes jaunes lui a douloureusement appris qu'il ne faut pas toujours compter sur la prodigalité de Mère-Nature.

Akihiro ouvre la marche, le jerricane dans une main et son pistolet dans l'autre, armé et prêt à faire feu. Mais ils ne rencontrent pas âme qui vive tout au long du sentier bien tracé qui mène au talus. La forêt craque et bruisse, comme si elle s'étirait sous le soleil revenu. Ils retrouvent la machine, assemblage de ferraille incongru au sein de toute cette nature sauvage. Marali grimace à l'idée de passer encore des heures confinée là-dedans, secouée par les cahots et incommodée par les relents moites de vapeur, de sueur et de métal chaud.

La mise en route prend un moment, le temps que l'eau chauffe, que la pression monte, que divers circuits hydrauliques se purgent ou se remplissent. Plus de temps qu'il n'en faut pour charger les bagages dans le caisson. Denn, Nao et Marali attendent, Denn un peu à l'écart, tête basse, donnant des coups de pied dans des cailloux. Nao pressent bien qu'il y a un malaise, mais elle en ignore la cause. Elle le rejoint, glisse une main sur son épaule.

— Qu'est-ce qu'il y a ?

Il repousse sa main avec un mouvement d'humeur.

— Ne fais pas l'innocente, Nao. Ça te va mal. Surtout maintenant.

— Mais de *quoi* tu parles ?

Il la dévisage et découvre qu'elle n'a vraiment pas l'air de le savoir. Ou alors elle fait semblant – mais ce n'est pas son genre.

— De cette nuit ! Toi et Marali…

Celle-ci est demeurée en retrait près du véhicule. Quand il lui lance un coup d'œil, elle détourne vivement son regard. *Elle, en tout cas, elle sait*, en conclut-il.

— Quoi, moi et Marali ? lance Nao d'un ton rogue en fronçant les sourcils. Cette nuit je dormais, figure-toi ! T'as dû rêver, Denn !

Sa colère se vide d'un coup, comme si quelque chose s'était débouché dans son esprit.

— Oui, sans doute. Excuse-moi, Nao.

— J'aime mieux ça. (Elle se hisse sur la pointe des pieds pour l'embrasser sur le bout du nez.) La prochaine fois que tu fais des rêves de ce genre, tu m'en fais profiter, d'accord ? ajoute-t-elle en s'éloignant, avec un clin d'œil.

Nao m'aime, se convainc-t-il. *Peut-être qu'elle désire Marali, mais c'est moi qu'elle aime. Tout comme moi j'ai désiré Aya, mais c'est Nao que j'aime. Et ce sera toujours comme ça.* Il aimerait bien en être aussi sûr. Il réalise que le revers du bonheur de l'amour, c'est la peur de perdre l'être aimé. Peur qui peut tourner à la jalousie et risque justement de provoquer cette perte. *Plus de réflexions de ce genre,* se promet-il. *Fais ce que tu veux, Nao, mais surtout, surtout, reste avec moi.*

Un bruit de pétarade, accompagné de sifflements et de jets de vapeur, annonce qu'Akihiro a réussi à démarrer son engin. D'ailleurs, il leur fait signe de monter à bord. Tous trois s'entassent dans le caisson, où Nao a étalé les couvertures et vêtements pour que ce soit un peu plus confortable. Akihiro s'installe aux commandes et le véhicule s'ébranle.

Au début, ils gardent le silence, contemplant le paysage qui défile, monotone, par la portière ouverte. Blottie dans les bras de Denn, Nao évite soigneusement de croiser le regard de Marali, adossée à la cloison qui fait angle. Règne une tension que nul ne sait comment apaiser, planent des non-dits sans doute difficiles à exprimer. Finalement, c'est Marali qui brise la glace, à sa manière franche habituelle :

— Denn, Nao me désire, je crois. J'en suis même sûre.

— *Quoi ?* (Nao rougit jusqu'aux oreilles.) Mais je n'ai jamais…

— Je sais, la coupe Denn. (Il s'efforce de paraître désinvolte, allant jusqu'à hausser les épaules.) Et toi, Marali ? Tu la désires ?

Celle-ci dévisage Nao, qui pique un fard et baisse la tête.

— Je n'en sais rien, avoue-t-elle. Je n'ai jamais fait ça avec une fille, et puis tu sais, moi et le sexe, à présent… Mais Nao est très jolie. Vous êtes beaux tous les deux.

— Denn, je n'ai pas… Je veux dire, je ne crois pas… ne veux pas… bafouille Nao au comble de la confusion. Tu m'en voudrais si…

Denn secoue la tête.

— Non, Nao, je ne t'en voudrais pas. Toi, tu ne m'en as jamais voulu, pas vrai ? Si on s'aime, on doit se faire confiance. Moi je te fais confiance, Nao. Je sais que tu ne me quitteras pas pour Marali.

— Jamais de la vie !

— Mais tu la désires. Si ton esprit n'ose pas ou ne veut pas le savoir, ton corps le crie sur tous les tons. Fais comme t'as envie, Nao. Si Marali est d'accord, bien sûr. Puis tu me raconteras. Peut-être même que tu m'apprendras des trucs.

Nao fixe Denn droit dans les yeux, pour y traquer la vérité sans doute. Ça lui coûte de dire ça, mais il s'estime – se croit – absolument sincère. Nao doit le penser aussi, qui ose enfin regarder Marali.

— Nao, tu as un homme rare, tu sais. Ne le perds surtout pas.

Nao esquisse un bref sourire hésitant, puis se serre encore plus fort contre lui.

— Embrasse-moi, Denn. Fais-moi l'amour. C'est toi que je désire avant tout.

Par-dessus les baisers de Nao, Denn lance un regard dubitatif à Marali, qui lui sourit en retour. Puis Nao ôte prestement sa robe, retrousse la tunique de Denn, empoigne son sexe dressé et le fourre dans sa bouche. À partir de là, il ne prête plus attention à rien.

Notamment, il ne voit pas Marali qui les observe un moment, puis – à gestes hésitants, pas très sûre d'elle-même – se déshabille à son tour.

L'ancienne autoroute descend en un long virage vers une cité en ruines dans laquelle Akihiro n'a guère envie de se rendre. Ces chicots noirs de bâtiments émergeant de monticules envahis de mauvaises herbes lui paraissent des plus sinistres, malgré le soleil qui faufile timidement quelques rayons entre les nuages. C'est sans doute de là que vient Ophélie. Même si l'enfer qu'elle a décrit s'est déroulé il y a vingt ans, il doit encore rôder assez de fantômes dans ces décombres pour lui pourrir sa journée, ou pire. Et peut-être d'autres créatures aussi, bien vivantes et encore plus dangereuses. Akihiro n'a pas assez de munitions pour en gaspiller... Et il doit faire attention à l'eau aussi, en avoir assez pour le retour. Il n'a pas croisé jusqu'ici de rivière ou d'étang accessible à sa pompe. C'est pourquoi il décide de s'arrêter là, de laisser les trois jeunes à leur sort. Il ignore combien de kilomètres il a parcourus (il n'y a pas de compteur sur sa machine), mais ça les aura toujours un peu avancés. Il ne va pas les emmener jusqu'au pôle Nord, quand même !

Il serre le frein à main, met le moteur au ralenti (l'engin lâche un gros soupir de vapeur), saute à bas de sa cabine et se dirige vers l'arrière.

Le spectacle qu'il découvre ne le surprend pas vraiment : il avait bien cru entendre des bruits de ce genre, malgré les halètements du moteur. Tous trois sont étalés sur des couvertures, nus et trempés de sueur – entre autres, d'après les odeurs qu'il perçoit. Nao est dans les bras de Denn d'un côté, de Marali de l'autre, et la béatitude qui s'affiche sur ses traits indique assez bien ce qu'elle a enduré. Ce Denn, quel sacré veinard, pour se taper deux filles à la fois ! Ça fait bien longtemps qu'Akihiro n'a pas connu ça, lui, même avec une seule femme, vu ses jambes atrophiées et son physique ingrat. Il se demande si avec Ophélie, peut-être, elle qui n'a vu personne depuis vingt ans... Bah, vaut mieux ne pas y penser. N'empêche, il est assez jaloux de Denn.

— Bon, la fête est finie, les tourtereaux, bougonne-t-il. Va falloir marcher à pied maintenant, s'il vous reste assez de forces.

— Déjà ? gémit Nao, qui redresse vaguement la tête.

— Comment, déjà ? Il est bientôt midi ! Ça fait des heures qu'on roule !

En vérité, il est loin d'être midi et Akihiro n'a roulé guère plus de deux heures, mais il a envie de faire demi-tour maintenant.

— On n'a pas vu le temps passer, marmonne Denn.

— Je m'en doute. Rhabillez-vous, prenez vos affaires et sortez de là.

Ils s'exécutent à contrecœur, avec des attouchements qu'Akihiro préférerait ne pas voir mais ne peut s'empêcher de regarder. De quoi alimenter les fantasmes de ses nuits solitaires… Une fois dehors, clignant des yeux sous le pâle soleil, ils paraissent totalement largués. Et ça veut aller jusqu'au Groenland ? Bonne chance !

— Si j'étais vous, j'éviterais cette ville. (Il leur montre les ruines au loin dans la vallée.) Je ne sais pas pourquoi, mais elle ne me dit rien qui vaille. Et ma mère veut que je vous donne ça.

Akihiro se penche dans la cabine, en sort la carte, qu'il colle dans les mains de Denn. Celui-ci la contemple avec un certain désarroi.

— Mais je ne sais pas déchiffrer ce truc-là… Nao et Marali non plus.

— C'est simple. Le haut de la carte, c'est le nord. C'est là où vous allez. Ces traits rouges ou jaunes, ce sont des routes. Nous, on est sur celle-ci, près de cette ville-là – les taches grises, ce sont des villes. Les noms, vous vous en fichez, ils ont tous disparu de toute façon. La plupart des villes et des routes aussi. Mais vous pouvez y trouver d'autres points de repère : des rivières, des montagnes, des côtes. Ça, ça n'a pas bougé, enfin pas trop. Prenez le temps de l'étudier, quand vous serez fatigués de marcher.

— On va par où, pour commencer ? s'enquiert Denn.

Il parcourt du regard le vaste paysage : la ville en ruines, la vallée herbue traversée par la rivière, la forêt qui reprend ses droits et moutonne dans les collines en face, des montagnes bleues à l'horizon.

— Par là, vers le nord-est. Il y a une route qui y mène, mais… (Akihiro met sa main en visière pour scruter la vallée) je ne la vois pas. Enfin, débrouillez-vous. Vous êtes grands, non ? Vous savez ce que vous faites, je présume.

Il leur adresse un bref salut de la tête, pivote sur ses talons, remonte dans sa cabine, opère un demi-tour et s'éloigne à bord de sa machine sans autre forme de cérémonie.

— Quel pète-sec, cet Akihiro ! remarque Marali.

— Il est jaloux, voilà tout, observe Denn. Vous n'avez pas vu comme il vous a regardées ?

— Oh si, sourit Nao. Si ses yeux avaient été des doigts, il m'en aurait mis partout. (Elle empoigne le baluchon de fourmites, le cale sur son épaule.) Bon, un long chemin nous attend, je crois…

Les jours se suivent et se ressemblent. Ils marchent la journée – le soleil étant devenu plus supportable et moins omniprésent –, tout en chassant un peu, à l'occasion. À force de pratique, Denn est devenu assez habile à la lance, réussissant à atteindre sa proie environ deux fois sur trois. Le soir, Marali allume un feu, Nao part en quête de plantes ou champignons comestibles s'ils n'en ont pas récolté en chemin, Denn dépèce et prépare le gibier qu'ils ont chassé (en général, un rongeur ou un lapin). Après le repas, ils étudient un peu la carte sur laquelle ils ont appris à repérer les points immuables et essentiels : montagnes, vallées, rivières et lacs. Ils sont encore loin d'une côte quelconque… que la carte ne montre pas – elle s'arrête avant. Towa leur a expliqué que le Groenland est une grande île. Pour le rejoindre ils devront traverser deux bras de mer. Denn se demande comment, mais bon, la question se posera une fois sur place. À chaque jour suffisent sa peine et ses soucis.

Le soir, ils étalent les couvertures pour se coucher, après s'être enduits d'onguent anti-moustiques qu'Ophélie leur a fourni en abondance. Parfois ils font l'amour, lorsqu'ils ne sont pas trop fatigués, sinon ils se contentent de se tenir chaud, les nuits étant de plus en plus fraîches à l'approche du Nord. Marali participe ou pas à leurs ébats, selon son humeur et ses envies. Denn constate avec bonheur qu'il a eu l'attitude juste avec Nao : elle ne s'est pas éloignée de lui, au contraire elle l'aime et le désire de plus en plus. Ses rapports avec Marali sont d'une autre nature : ils relèvent plus d'une forme de générosité, du désir de ne pas la tenir à l'écart, de partager avec elle la joie de son extase physique et mentale. Marali semble également y trouver du plaisir, ou du moins du réconfort.

Les jours se suivent et se ressemblent : ils s'enfoncent dans des forêts denses et pénombreuses, dont les feuillages virent de plus en plus au jaune à l'approche du Nord ; gravissent des collines et escaladent des montagnes, parcourent des plateaux battus par les vents, descendent dans des vallées où courent des torrents impétueux, longent des vestiges d'autoroutes qui leur semblent interminables. Ils évitent les ruines de villes ou villages qu'ils croisent à l'occasion, surtout si elles paraissent peuplées comme en témoignent des fumées, des bruits peu naturels, des traces de pas ou de roues – les expériences qu'ils en ont eues jusqu'ici s'étant avérées plutôt négatives. Ils font parfois de longs détours pour trouver le moyen de traverser de larges fleuves, soit sur un pont plus ou moins conservé, soit à gué si l'eau est peu profonde, soit à la nage si le courant n'est pas trop fort et si aucun monstre ou serpent n'est tapi entre deux eaux. Il arrive aussi qu'ils s'égarent, surtout dans les montagnes, quand le ciel bouché ne leur donne aucune indication cardinale et la carte aucun point de repère.

Les jours se suivent et se ressemblent… pas tant que ça. Chacun apporte son lot de soucis, d'inquiétudes, de peines ou de frayeurs, mais aussi de bonheurs et de joies.

Un soir, dans des collines, ils sont cernés par une meute de chiens sauvages. Heureusement, les bêtes ont peur du feu. Ils les maintiennent à distance en brandissant des branches enflammées. Mais les chiens les harcèlent toute la nuit, et ils doivent entretenir le feu en permanence. Au petit matin, Marali, malgré son épuisement, parvient à blesser d'une flèche ce qui semble être le mâle dominant. Aussitôt ses congénères se jettent sur lui et le dévorent tout vif. Tous trois en profitent pour s'enfuir. Les grondements et aboiements des chiens affamés et les hurlements d'agonie de leur proie les poursuivent jusque dans leurs rêves.

Un jour qu'ils traversent à gué une rivière, de l'eau jusqu'à la taille, ils se font attaquer par un crocodile d'une taille impressionnante. Contre un monstre aussi cuirassé, flèches et lances ne leur sont d'aucune utilité. Denn a la présence d'esprit de lui abandonner le petit cabri qu'ils avaient abattu peu de temps auparavant, qu'il portait sur ses épaules et duquel ils comptaient faire plusieurs repas. Le crocodile le casse en deux d'un seul coup de dents et l'emporte sans demander son reste. À peine sortis de la rivière, ils en voient d'autres qui rappliquent de tous côtés, attirés par l'odeur du sang. Ils en avaient pris certains pour des troncs d'arbres échoués, à moitié dissimulés dans les hautes herbes bordant la rive.

Une autre fois, dans une lande broussailleuse traversée par les vestiges d'une route, ils manquent tomber nez à nez avec une troupe d'hommes juchés sur des chevaux. Ce sont les pieds cornus de ces bêtes martelant le sol qui les alertent. Ils ont à peine le temps de se jeter derrière des buissons qu'ils les voient débouler d'un virage au grand galop, les cavaliers tressautant sur le dos des montures auxquelles ils se cramponnent à l'aide de lanières passées autour de leur museau. Les hommes sont vêtus de peaux, armés d'arcs et de javelots. Leurs cheveux sont tressés et leurs visages barbouillés de rouge, de blanc et de noir, leur donnant un aspect effrayant. Nao, Denn et Marali ne sauront pas pourquoi ils couraient ainsi, s'ils fuyaient ou poursuivaient quelque chose – ils préfèrent ne pas le savoir.

Au chapitre des rencontres effrayantes et insolites, il y a aussi ce nuage étrange, brunâtre et bruissant, qu'ils voient un matin survoler la plaine dans laquelle ils s'apprêtaient à descendre. Une plaine herbue prometteuse, riche de ces plantes aux épis de grains qu'utilisait Ophélie pour confectionner ses galettes. Tous trois préfèrent attendre que passe ce nuage bizarre, constitué de millions de particules. Une autre créature céleste, semblable au dragon des nuées ? Mais le nuage ne passe pas. Il s'abat soudain dans la plaine, se désagrège en un vaste bruissement parmi les herbes et les plantes. Quand, un moment plus tard, il se rassemble et s'élève de nouveau pour reprendre son périple, il ne reste plus rien de toute cette végétation, que quelques bouts de tiges à ras du sol. En traversant la plaine à présent désolée, ils remarquent de nombreux insectes morts ou mourants, munis d'ailes et de longues pattes arrière. Ce nuage brunâtre était une nuée d'insectes… À défaut de graines, ils en ramassent autant que possible, pour en donner aux fourmites et pour leurs propres repas. Marali refuse de les manger crus, mais une fois grillés elle les trouve plutôt bons.

Dans une vallée boisée, relativement à l'abri des vents dominants, arrosée par une petite rivière limpide et dont plusieurs arbres portent des fruits ronds, croquants, acides mais comestibles, ils tombent sur une fourmitière géante, la plus grande qu'ils aient jamais vue. La partie hors sol forme un tertre plus haut qu'un homme, et de nombreuses pistes mènent à des villes-satellites disséminées entre les arbres à fruits. Ceux-ci sont exploités par les fourmites, les fruits constituant leur nourriture et les feuilles servant à élever des pucerons. Ces fourmites-là ne sont pas agressives, à la différence de celles vivant près de chez Ophélie. Sans doute parce qu'elles sont maîtresses du terrain, n'ont pas de prédateurs ni de concurrence. À l'arrivée des trois humains, une petite délégation vient les étudier, les flairer, les palper. Nao se prête de bonne grâce à l'examen, Denn avec un peu plus de réticence mais sans crainte ni surprise. Marali, elle, a vraiment peur : elle a l'impression de pénétrer dans un monde où elle n'a pas sa place, que ces milliers d'insectes vont la dévorer toute crue. Nao doit déployer toute sa diplomatie pour arriver à la persuader de ne pas bouger, de se laisser faire, qu'il ne lui arrivera rien si elle ne tue personne et ne se montre pas agressive. Marali subit néanmoins l'examen en tremblant de tous ses membres, ne peut s'empêcher de rétracter ses pieds quand les fourmites montent dessus, recule hors de portée dès que possible, observant ce grouillement bien ordonné avec un mélange d'horreur et de dégoût. En revanche, Nao se promène au milieu de cette concentration urbaine comme si elle était chez elle, en prenant bien garde où elle pose les pieds – mais les fourmites ne dévient guère de leurs voies de communication, tracées depuis longtemps sans doute. Elles ont bâti plusieurs ponts de feuilles et de brindilles par-dessus la rivière, aux endroits les plus étroits. Elles font également un élevage – ou plutôt une collecte – de larves et animalcules aquatiques qu'elles piègent dans un petit bassin au bord de l'eau, formé par un barrage en argile. Quand elles estiment qu'il est suffisamment garni, elles le vident en le bouchant d'un côté et en creusant un trou dans la levée de terre de l'autre, ramassent toutes les bestioles qui gisent ou tressautent sur le fond sablonneux, puis effectuent l'opération inverse – trou d'un côté, bouchon de l'autre – pour remplir à nouveau le bassin. Elles ont aussi érigé une rampe de terre bien lisse et plane pour faire rouler les fruits tombés directement dans la fourmitière. Enfin, une ville nouvelle est en construction de l'autre côté de la rivière, au pied d'un résineux dont elles récoltent la sève, comme nourriture ou comme colle pour leurs ponts ou d'autres réalisations.

Tout ça fascine grandement Nao. Elle aimerait bien passer plusieurs jours aux abords de cette fourmitière, à les étudier plus en détail et, si possible, établir avec elles une forme de communication. Or Marali n'a qu'une hâte, partir d'ici le plus vite possible. Quant à Denn, la présence des fourmites ne le dérange pas outre mesure, bien qu'il trouve une telle concentration assez impressionnante. Si elles décidaient de les attaquer toutes ensemble, ils n'y survivraient probablement pas. Mais il se garde bien de suggérer à Marali une telle éventualité.

Nao prend le risque de présenter « ses » fourmites à la communauté. Celles-ci ont senti la présence de leurs congénères et s'agitent dans le baluchon dont elles n'osent pas sortir seules malgré tout, sans protection. Échaudée par l'expérience des fourmis noires de la forêt, Nao prend quelques précautions : elle choisit un terrain neutre, hors de toute piste fréquentée et de tout lieu d'importance stratégique tel que poste de guet ou chicane frontalière. Avec ses fourmites, elle répète l'Accord de la colonie, afin de les imprégner de son odeur et de sa bienveillance. Elle dispose quelques offrandes – un reste d'insectes volants – entre la piste la plus proche et le baluchon. Puis elle ouvre celui-ci et attend, frémissant d'appréhension.

Ses fourmites peuvent être massacrées par les autres, si elles sont considérées comme des envahisseuses. Elles peuvent aussi trouver qu'ici c'est parfait pour elles et décider de s'intégrer à la communauté. Elles peuvent enfin être faites prisonnières et mises en esclavage, leur reine tuée ou retenue en otage. Bref, dans tous les cas, Nao risque de les perdre.

Il ne se passe rien de tout ça. Une nouvelle délégation de fourmites s'approche, ignorant les offrandes après y avoir jeté un vague coup d'œil ou d'antenne – elles ne sont pas affamées. Celles de Nao tournent un moment devant le baluchon, puis s'avancent à la rencontre des autres. Celle-ci a lieu environ à mi-chemin de la piste et du baluchon. S'ensuit un long conciliabule fait de palpations du bout des antennes ou des mandibules, de petites stridulations, d'échanges de nourriture à travers le jabot social. Accroupie devant, Nao observe tout cela avec ravissement. Ça ne pouvait pas mieux se dérouler : pas d'agression, pas de domination, des échanges d'informations tout simplement. Elle aimerait bien y participer, savoir ou du moins deviner ce qu'elles se disent, mais elle n'ose pas – les autres pourraient la considérer comme une intruse. Au bout d'un moment, les fourmites locales retournent à la fourmitière, faire sans doute leur rapport à la reine et à la colonie dans son ensemble. Elles laissent sur place quelques déléguées, qui partagent un insecte mort avec les fourmites de Nao. Celle-ci attend encore, ignorant l'agitation lointaine de Marali, sa supplique muette de ficher le camp d'ici. Elle sait – elle sent – que l'échange n'est pas terminé.

Un peu plus tard, une autre délégation s'approche, plus importante et plus diversifiée que la première, qui était constituée essentiellement d'ouvrières et de soldates. Celle-ci, composée d'une centaine d'individus, comporte des mâles ailés, une reine ailée également, divers types d'ouvrières et de soldates, ainsi que des nurses portant des œufs. Que vont-elles faire ? Fonder une colonie avec les fourmites de Nao ?

Nouveau conciliabule, plutôt animé. Enfin un accord semble être conclu. Encadrant la cellule, les fourmites de Nao retournent vers le baluchon, emportant au passage les insectes morts. Des congénères locales, détournées de leurs tâches quotidiennes, viennent prêter main-forte, certaines apportent aussi des fragments de nourriture tirés de leurs réserves ou de leurs cultures. Avec une frénésie bien ordonnée, tout ce petit monde investit peu à peu le baluchon de Nao.

Elle comprend soudain ce qui se passe : ses fourmites n'ont pas décidé d'intégrer cette super-colonie, mais ont invité une cellule – base d'une nouvelle colonie – à se joindre à elles ! Elle voit ainsi la population de son baluchon doubler voire tripler, avec des fourmites dont elle ne sait rien, avec qui elle n'a jamais communiqué, qui n'ont peut-être jamais vu d'humains jusqu'ici. Peut-être que les siennes leur ont parlé de leur voyage, de cette expédition vers le Grand Nord, à la rencontre d'une autre société de fourmites vivant dans cette région septentrionale. Si c'est bien ça qu'elles ont compris… Comment savoir, comment en être sûre ? Les fourmites ne s'expriment pas par des mots, ni même par des idées. Tout se passe au niveau du ressenti, de l'acceptation ou du refus, des actes découlant d'un Accord, de la transmission d'une volonté autrement dit. Pas d'émotions ni de sentiments, pas de pensées abstraites ni de jugements moraux : les fourmites sont d'accord, elles agissent; elles ne sont pas d'accord, elles n'agissent pas. C'est aussi simple que ça. Mais ces nouvelles venues vont-elles comprendre et intégrer le principe des Accords ? Vont-elles seulement accepter de communiquer avec une humaine ? Celles de Nao vont-elles le leur apprendre ? Sinon, comment faire ? Tuc a appris à Nao à passer des Accords avec des fourmites déjà prédisposées, habituées à fréquenter des humains depuis des générations. Il ne lui a jamais appris à établir un contact avec des fourmites « sauvages ». À elle de se débrouiller. À elle d'innover.

— Denn ! Marali ! les appelle-t-elle, tout excitée. J'emmène des fourmites d'ici ! Elles ont sympathisé avec les miennes !

— Oh, malheur, gémit Marali en se couvrant la figure des mains.

— Qu'est-ce que tu vas en faire ? s'enquiert Denn. Tu vas les apprivoiser aussi ? Pour qu'elles nous trouvent de l'eau et de la nourriture ?

— Je ne sais pas, répond Nao. Tout ça est très nouveau pour moi. J'ignore totalement ce qui va se passer. Oh, c'est passionnant !

— Tu parles, grogne Marali. Moi, ça me fiche la trouille.

— Ne t'inquiète pas, tempère Denn à ses côtés. Nao sait ce qu'elle fait. Elle sait très bien s'y prendre avec les fourmites. Elle en fera des alliées.

Il l'espère, du moins.

Ils subissent également les aléas climatiques. Ils affrontent la pluie – souvent en longues et fortes averses –, le vent – soufflant souvent en tempête – et le froid – qui parfois dure toute la journée, quand le soleil ne se montre pas. Globalement, il fait de moins en moins chaud et le soleil est de moins en moins intense à mesure qu'ils montent vers le nord. Mais localement les conditions météo varient fort d'une région à l'autre et d'un moment à l'autre.

Il leur arrive de transpirer le matin sous un soleil torride, et d'être trempés l'après-midi par une pluie diluvienne. Ils peuvent être accablés la journée par une chaleur d'étuve, et grelotter la nuit suivante dans un froid glacial. De soudaines et violentes averses de grêle leur tombent dessus à l'improviste, les mitraillent avant qu'ils aient trouvé le moindre abri. Ils passent souvent plusieurs jours d'affilée à lutter contre un vent abrasif qui les épuise et ne faiblit jamais. Surviennent des orages dantesques, notamment dans les montagnes, où la nuit déchiquetée par les éclairs semble partir en lambeaux, où fracas et roulements sont tellement assourdissants qu'ils font vibrer le sol – on dirait que ce sont les montagnes elles-mêmes qui s'écroulent. Parfois, après un épisode de pluie plus ou moins long ou intense, le retour de la chaleur allié à un calme plat fait fumer la terre et les engloutit dans un brouillard à couper au couteau, où ils perdent tout point de repère et n'osent plus avancer.

Mais ce ne sont là que des phénomènes ordinaires, leur quotidien en quelque sorte. Ils affrontent aussi d'autres événements bien plus spectaculaires et dangereux, et plus d'une fois manquent y laisser la vie.

Au-dessus d'une plaine à la végétation rase, ils voient s'amonceler d'énormes nuages d'un noir violacé dans un ciel couleur de rouille. Des tourbillons cernés d'éclairs se forment sous leurs ventres proéminents et génèrent plusieurs dragons des nuées. Les épaisses langues grisâtres se tortillent sous les nuages et rejoignent bientôt la terre, qu'elles arasent en cônes de poussière et débris tournoyants. Elles semblent errer au hasard mais finissent par se rejoindre pour n'en former plus qu'une seule gigantesque, qui décape la plaine dans un grondement d'apocalypse. Aplatis au sol, secoués par le vent qui hurle à leurs oreilles, bombardés de débris, de terre et de poussière, Nao, Denn et Marali ne peuvent que prier Mère-Nature que le dragon des nuées les épargne ou ne les ait pas vus. Leurs prières sont peut-être exaucées, car la tornade géante bifurque avant de les balayer, s'en va causer ses ravages ailleurs. Leur cœur bat à tout rompre, les oreilles de Denn saignent, mais ils n'ont perdu qu'une couverture.

Dans des montagnes pelées aux arbres tors et chétifs, après une autre de ces pluies diluviennes où l'air lui-même semble se transformer en une immense cataracte, ils voient le clair petit torrent qu'ils s'apprêtaient à traverser en sautant de roche en roche gonfler brutalement. Il se transforme tout à coup en un fleuve glauque et impétueux, énorme ruée d'eau boueuse charriant des branches et des arbres déracinés, roulant des rochers gros comme un homme. Ils ont à peine le temps de remonter au sommet de la ravine que l'eau bouillonne à leurs pieds, en tourbillons écumants et furieux. Éberlués, dépités, impuissants, ils contemplent ce petit vallon dévasté en un rien de temps par la boue, les pierres et les arbres arrachés. S'ils avaient progressé de quelques pas de plus au milieu du torrent, cette déferlante de boue les aurait emportés comme des fétus de paille.

Depuis un sommet, ils distinguent au loin un gigantesque champignon de fumée gris-brun qui s'étale dans le ciel, au sein duquel ils aperçoivent comme des gerbes de feu. Ce feu et cette fumée paraissent vomis par une montagne. Sur ses flancs dévalent des coulées incandescentes, brûlant tout sur leur passage. Ce phénomène terrifiant est accompagné d'un grondement ponctué de détonations, et même de loin ils distinguent des volées de choses enflammées que crache la montagne. L'air véhicule une odeur âcre et piquante. Ils n'ont jamais vu ça, et se demandent quel démon est en train de se réveiller là-bas. Va-t-il surgir d'un quelconque enfer et dévaster la terre ? Ils ont hâte de s'en éloigner au plus vite.

Alors qu'ils traversent une forêt, ils voient la lumière baisser brusquement. Les rayons de soleil, filtrés par les frondaisons en taches dorées dans le sous-bois, s'éteignent soudain comme si le soleil avait disparu. Le jour vire à un gris sombre, menaçant. Le vent, qui jusqu'alors bruissait tranquillement dans les feuillages, forcit d'un coup et se met à secouer les arbres avec fureur. Par une trouée dans la canopée, Denn aperçoit un front de nuages formant comme des montagnes dans le ciel, qui avancent à une vitesse inconnue pour de telles masses. Très vite la nuit s'abat dans la forêt. Le vent hurlant couvre le charivari qu'il provoque, branches qui cassent, feuilles qui tourbillonnent, buissons arrachés. Les arbres craquent, menacent de rompre. Ils suffoquent et ne voient plus rien tellement il fait sombre. Tout vole autour d'eux, Marali est frappée par une branche, il est urgent de s'abriter. Ils se dissimulent sous un gros tronc abattu – juste à temps : un arbre se fracasse dessus avec de grands craquements de bois brisé et froissements de feuillage malmené. Puis d'autres suivent, dans un vacarme d'enfer – on dirait que toute la forêt est abattue par ce vent qui hurle comme cent mille démons. Rien à voir avec le dragon des nuées, phénomène ultraviolent mais très circonscrit. Là, impossible d'échapper à cette méga-tempête, sans doute un cyclone comme l'appelait Ophélie – ce qui a détruit la ville où elle habitait. Soudain tout se calme, aussi brusquement que c'est arrivé. Le jour revient, un rayon de soleil éclaire même brièvement le carnage. Croyant que ce cataclysme est enfin terminé, ils tentent de s'extirper de sous le tronc couché, bataillant parmi les branches enchevêtrées – quand tout à coup ça recommence : la nuit, le vent hurlant, les fracas. Tous trois retournent sous le tronc, blottis les uns contre les autres, osant à peine respirer, étourdis par le vent, abasourdis par le vacarme… Enfin l'ouragan s'apaise peu à peu, la pénombre s'éclaircit, le soleil tente de timides percées entre les nuages qui galopent dans le ciel. Ils attendent encore un bon moment, mais ça paraît terminé cette fois. Le vent est retombé au niveau de la brise habituelle.

Denn, Nao et Marali mettront plusieurs jours à sortir de la forêt sinistrée, dont une bonne moitié des arbres ont été abattus, formant au sol un inextricable fouillis végétal. Au moins ne manquent-ils pas de nourriture : ils croisent de nombreux animaux morts, écrasés ou assommés par les chutes d'arbres et de branches, dont certains qu'ils n'avaient encore jamais vus.

Plus loin au nord, alors qu'ils parcourent une immense steppe marécageuse parsemée d'étangs, de marais, de tourbières, couverte de mousses, de roseaux et de bruyères, ils voient approcher un orage dans le ciel. Celui-ci ne paraît guère méchant, pas plus que la normale, en tout cas bien moins virulent que les méga-tempêtes qu'ils ont affrontées. Tant mieux, car depuis quelque temps l'air est lourd et moite, ils ont mal à la tête et respirent avec une certaine gêne. Cet orage va certainement faire chuter la température et alléger l'atmosphère. Ils le voient donc arriver avec une certaine confiance, voire un peu d'espoir. Mais alors que l'orage est sur eux – avec ses chapelets d'éclairs, ses craquements de foudre et ses roulements de tonnerre –, il se produit soudain quelque chose d'extraordinaire.

L'air lui-même s'enflamme.

Des flammes bleu-vert fugaces s'échappent par bouffées des marais, des tourbières, du sol lui-même. Elles virevoltent dans l'air tels des feux follets et s'éteignent au bout de quelques instants, dégageant néanmoins une vive chaleur. Puis elles réapparaissent un peu plus loin, çà et là, au hasard semble-t-il, ou peut-être allumées par les éclairs. Parfois c'est une gerbe de feu qui jaillit vers le ciel et flamboie aussi vivement que brièvement. Parfois ce sont juste des flammèches qui courent éphémères au ras du sol, jusque sous leurs pieds. Le phénomène semble se répandre sur toute la steppe frappée par les éclairs et la foudre. Quelques bruyères un peu plus sèches roussissent, mais le sol est trop humide pour prendre feu vraiment. Cependant la température de l'air grimpe rapidement, car ces flammes verdâtres se produisent par milliers, éclairant le paysage d'une lueur spectrale que les éclairs déchirent en flashes stroboscopiques. Ces feux sont silencieux – seul gronde le tonnerre, seule craque la foudre. Il n'y a même pas de vent.

Affolés, terrorisés, Denn, Nao et Marali courent en tous sens, mais ils sont trop engagés sur cette steppe ; l'orage dure et s'étend, et le phénomène prend de l'ampleur – ils étouffent dans cette chaleur.

Alors Marali se rappelle ce que son père lui avait enseigné un jour : lors d'un incendie, si l'on ne peut pas fuir assez vite, il faut se plaquer au sol où l'air est plus respirable, car la chaleur et la fumée montent. Elle s'allonge par terre et crie à ses compagnons d'en faire autant. Il n'y a de toute façon pas d'alternative.

Ils restent longtemps ainsi, la tête dans la mousse et la tourbe, tandis que les flammes blêmes dansent autour d'eux, que les éclairs lézardent le ciel, que le tonnerre roule sur la plaine. Ils restent longtemps à ne pas oser bouger de peur de prendre feu, à respirer à peine de peur d'inhaler des flammes, à supporter cette migraine insidieuse qui leur vrille le cerveau et cette terreur paralysante qui leur noue les tripes. Ils restent longtemps... jusqu'à ce que l'orage s'éloigne, que les éclairs s'amenuisent, que les déflagrations du tonnerre se réduisent à des grondements sourds, que cette lumière spectrale et fluctuante laisse place à un crépuscule plus ordinaire.

Alors seulement, Denn ose relever la tête.

Face à un chien qui le regarde.

17

L'AVÈNEMENT D'UN NOUVEL ÂGE

Sur la pointe d'une herbe
Une fourmi
Sous le ciel immense
IPPEKIRO.

LE CHIEN n'est pas seul. Un second s'avance en flairant. D'autres suivent derrière.

Denn recule d'un sursaut, Nao pousse un cri de frayeur, Marali bondit sur sa lance. Denn remarque alors quelque chose d'insolite : les chiens ne les cernent pas en meute disparate comme d'ordinaire. Alignés sur deux rangs, ils tirent sur des lanières qui les empêchent d'avancer. Ils n'aboient pas, ne grognent pas.

Denn retient le bras qu'a levé Marali, prête à planter sa lance dans le premier qui s'approche.

— Attends.

En se redressant un peu plus, il réalise que les chiens sont attachés ensemble par des cordes qui les relient à une sorte de charrette oblongue et plate, munie de patins. À l'arrière, un homme se tient debout, qui les observe également.

Les chiens ne sont pas sauvages. Ils ne montrent aucune agressivité, juste de la curiosité. Oreilles dressées, ils les flairent en remuant la queue. Le poil luisant, le poitrail puissant, ils paraissent en forme et bien nourris. Denn en compte huit.

— Heu… bonjour…

Il grimace un semblant de sourire, pas encore rassuré. L'homme lui adresse un léger signe de tête pour toute réponse. Vêtu de peaux et de fourrures, il est râblé, cheveux noirs et courts, petits yeux plissés, le visage tanné et buriné par le soleil et le vent. Il ne lâche pas les poignées de son traîneau. Un arc et un javelot sont accrochés dans son dos, un carquois garni de flèches à son côté.

— Tu parles la langue commune ? s'enquiert Nao.

— Un peu, répond-il d'une voix rauque, croassante, qui semble n'avoir pas prononcé de mots depuis longtemps.

Tous trois se relèvent, observant les chiens avec méfiance. L'orage s'estompe à l'horizon, les feux spectraux se sont éteints, la steppe a retrouvé sa platitude terne et marécageuse.

— Qu'est-ce qui se passe ici ? questionne Denn. C'était quoi, ces flammes ?

À voir la tête de ce type, ses vêtements grossiers en peau d'animal et son engin de transport rudimentaire tiré par des chiens apprivoisés, il s'attend à une réponse du genre démons, esprits, âmes des morts ou colère de Mère-Nature.

Elle est bien plus laconique :

— Méthane.

Denn ne comprend pas. Un mot dans sa langue, peut-être ? Ou le nom d'une divinité locale ? Il se demande s'il doit insister, mais Nao le devance :

— Comment tu t'appelles ?

— Tikaani. C'est « loup » dans ma langue. Vous… perdus ?

— Plus ou moins, admet Denn, parcourant du regard cette vaste étendue désolée. On va dans le Nord… C'est quoi, le nom du pays, déjà ?

— Groenland, se rappelle Marali.

— Groenland… répète lentement Tikaani, fronçant ses épais sourcils. (Puis son visage s'éclaire.) Ah oui. Kalaallit Nunaat.

— C'est ça, opine Nao, qui se souvient d'avoir entendu Towa prononcer ce nom. Et toi, tu vis ici ?

— Là-bas, répond l'homme en pointant le pouce vers une vague direction. Ici je… chasse.

Il soulève sur son traîneau une bâche toute craquelée faite d'une étrange matière bleue et montre ce qu'il a dessous : plusieurs lapins et de gros rats musqués. Flairant l'odeur, les chiens se mettent à gémir et trépigner. Il les fait taire d'un ordre sec.

— Pour mes chiens. Et pour moi.

Tout ce gibier met l'eau à la bouche de Denn. Ils n'ont rien mangé depuis la veille au soir, et leur chasse à eux a été plutôt infructueuse. Ils en étaient à se demander s'ils n'allaient pas chercher des larves dans les marais (au grand dégoût de Marali) quand l'orage est survenu.

Les deux filles doivent avoir la même idée, que Marali exprime à sa façon franche et directe habituelle :

— Est-ce qu'on peut... venir chez toi ? On n'a pas grand-chose à partager, mais je sais faire du feu, cuisiner...

— Je sais aussi, se renfrogne Tikaani. (Il les étudie un moment de son regard sombre et plissé, puis désigne le baluchon de Nao.) C'est quoi ?

— Des fourmites, répond-elle.

— Fourmites ?

— Regarde.

Elle pose le baluchon par terre, l'ouvre. Il se penche au-dessus. Dans le sable humide, les fourmites – anciennes et nouvelles – ont organisé leur petite vie, avec patience et persévérance. La fourmitière, consolidée à la résine de conifère et au suc de certaines plantes récoltées lors de bivouacs, résiste un peu mieux aux coups, chocs et autres aléas du voyage, et les fourmites sont moins souvent obligées de la reconstruire. La lumière qui entre par l'ouverture les réveille. Nao en profite pour leur donner une espèce de limace qu'elle voit ramper à ses pieds. Elles la trouvent à leur goût et commencent à déchiqueter la bestiole qui se tortille mollement.

— Pour manger ? interroge Tikaani en relevant la tête. Insectes bons à manger.

— Pas du tout ! s'écrie Nao d'un ton presque offusqué. Je les emmène au... Groenland, rencontrer d'autres fourmites. C'est ce qu'elles veulent, je crois.

— Ce qu'elles veulent ? répète Tikaani en haussant les sourcils.

— Elles sont apprivoisées, comme tes chiens, précise Denn.

— Et nous, c'est ce qu'on veut aussi, ajoute Marali. On va vivre là-bas.

— Là-bas ? Personne là-bas. Désert. Cassé. Ru... Ruines.

Denn fronce les sourcils.

— On a rencontré un homme qui en venait, explique-t-il. Il vivait dans un village, avec sa cousine. Un genre de paradis... Enfin, à part les moustiques.

— Un village ? Quel village ?

— Towa nous l'a dit ? demande Denn aux filles.

Nao affiche une moue dubitative, mais Marali creuse sa mémoire.

— Oui, elle l'a mentionné, quand elle a parlé de Natsume. C'est un nom comme Kala... Tala...

— Qaanaaq ? suggère Tikaani.

— C'est ça ! sourit-elle. Tu connais ?

— Oui. Tout au nord du monde. C'est... histoire. Légende. Premiers Inuits là-bas. Derniers aussi, peut-être. Très très loin. Plus personne.

— Des gens vivent là-bas, s'obstine Denn. Natsume en venait. Il y a juste quelques mois.

Il ne veut pas croire ce que prétend cet homme, que ce village n'est qu'une légende, qu'il n'y a plus personne. Qu'ils auraient accompli tout ce périple pour rien. Non, ce n'est pas possible. Natsume l'aurait dit. Towa en aurait parlé. Tikaani ne sait pas, c'est tout. Ou il confond avec un autre village, ailleurs.

Celui-ci les dévisage de nouveau longuement, comme s'il réfléchissait à ce qu'il allait faire d'eux. Puis tout à coup il prend une décision :

— Venez.

Il entasse son gibier à l'avant de son traîneau, fait signe aux deux filles de monter dessus. Elles s'installent comme elles peuvent sur le caillebotis de bois, serrées l'une contre l'autre. Denn s'apprête à en faire autant, mais Tikaani secoue la tête.

— Non. Toi… trop lourd. Tu cours.

Il émet deux claquements de langue, et les chiens se relèvent et s'ébranlent. Ils ne courent pas très vite sur le sol un peu spongieux, néanmoins Denn doit maintenir un trot soutenu pour rester à hauteur du traîneau. Les deux pieds sur les patins à l'arrière, les mains calées sur les poignées, Tikaani les dirige ou les encourage avec des bruits de langue et des mots brefs qui ressemblent à des aboiements. S'il y a un obstacle ou une déclivité, il descend de son traîneau qu'il pousse ou décoince, sollicitant parfois l'aide de Denn pour le soulever. Quand il se rend compte que Denn est hors d'haleine, il lui propose de prendre sa place, lui disant qu'il n'a rien d'autre à faire que caler ses pieds et se laisser tirer. Tikaani court avec régularité, en économisant son souffle – il semble pouvoir trotter comme ça indéfiniment. Par moments, un nouvel obstacle ou un passage difficile l'amène à reprendre le contrôle du traîneau ou oblige Denn et les filles à descendre pour l'alléger. Devant, les chiens tirent opiniâtrement, sans jamais faiblir ni rechigner.

Ils avancent des heures durant sur cette steppe rase et monotone, parsemée d'étangs, de marais et de petits lacs, où ne pousse qu'une herbe rêche, des mousses et de la bruyère. De faibles ondulations du terrain, parfois une rivière au lit méandreux à peine creusé, qu'ils franchissent à gué – les chiens pataugent et le traîneau flotte. Pas un arbre, même pas de buissons, rien de plus haut que des bouquets de roseaux autour des marais. Un silence infini. À deux ou trois reprises, Tikaani arrête son traîneau, empoigne son arc ou son javelot, s'approche en silence d'une touffe de bruyère ou de roseaux, décoche une flèche ou lance son arme – et fait mouche : un lapin, un rat musqué. Si la bête n'est pas morte sur le coup, il l'achève en l'égorgeant et la jette sur le traîneau. Puis ils reprennent leur chemin.

Le crépuscule déploie dans le ciel ses draperies flamboyantes quand ils parviennent enfin à destination : une cabane au bord d'une rivière, faite de bois, de pierres et de tourbe, jouxtant un vaste bâtiment qui semble en métal. Surprenant de trouver ça ici, posé sur cette plaine vide... À quoi peut-il servir ? Devant s'étend une longue et large piste dépourvue de toute végétation, qui apparemment ne mène nulle part – elle s'achève devant un marécage. Encore plus étrange... À part ça, à côté de la cabane, un semblant de jardin rappelle vaguement celui d'Ophélie, en beaucoup plus pauvre : à peine quelques rangées de plantes chétives, d'aspect maladif.

Tikaani arrête le traîneau devant la maison, dételle les chiens qui lui font fête comme s'ils avaient oublié que c'était lui qu'ils tiraient. Denn comprend vite la raison de cette exubérance : c'est l'heure du repas. Leur maître donne à chacun un lapin ou un rat musqué, opérant selon un ordre bien défini, sans doute hiérarchique au sein de la meute. Chaque chien attend sa proie avec patience, sans même lorgner celle de son voisin. Nao admire leur obéissance. Elle aimerait en toucher un, le caresser peut-être.

— Pas toucher quand ils mangent, prévient Tikaani. Sinon... *gnac*.

Il mime de la main une mâchoire qui claque. Nao recule aussitôt. Elle a failli oublier que ces bêtes-là peuvent tuer un être humain d'un seul coup de dents.

Ils pensent qu'après une telle course ils vont profiter d'un bon repas suivi d'un repos réparateur. Or Tikaani ne les mène pas vers sa cabane, mais vers le vaste bâtiment à côté. Une autre maison ? Pourquoi aussi grande ? Apparemment, il vit tout seul...

Il tire sur une large porte également métallique, qui ferraille bruyamment en coulissant sur un rail très rouillé. Tous trois discernent quelque chose qui luit faiblement dans la pénombre – quelque chose d'immense.

Une fois la porte grande ouverte, les derniers feux du couchant l'éclairent. C'est une machine.

Un long fuselage blanc, soutenu par plusieurs petites roues. Une paire d'ailes gigantesques, à la surface bleutée miroitante. Sous chacune, deux renflements au bout desquels sont fixées des pales torsadées, semblables en plus petit à celles de l'éolienne d'Ophélie. Une longue queue qui se termine par une excroissance verticale, où se rattache une autre paire d'ailes plus réduites.

— Qu'est-ce que c'est ? exhale Denn, estomaqué par la taille de l'engin.

Nao et Marali aussi, bouche bée, lèvent sur lui des yeux écarquillés.

Tikaani sourit, pour la première fois depuis leur rencontre. Il est assurément très fier de cette chose.

— Avion, annonce-t-il. J'ai trouvé… crashé, cassé. Réparé. Des années et des années. Difficile, très difficile. Mais ça marche maintenant. Marche avec… (il tend le pouce derrière lui, vers le crépuscule, le temps de trouver le mot) soleil. Pas besoin rien. Juste soleil.

— Tu fais quoi avec ça ? s'étonne Denn.

Il imagine mal Tikaani parcourir la steppe avec un engin d'une telle envergure, à la manière d'Akihiro et sa machine à vapeur. Ça doit mal rouler, et en plus, la moindre rafale de vent suffirait à le renverser.

— Je… (Cherchant le mot, Tikaani écarte les bras, qu'il balance de haut en bas.) Vole, dit-il enfin. Vole dans l'air, dans… le ciel.

— Tu *voles* ? s'ébahit Nao. Comme une mouche ?

— Oui, opine Tikaani. Je vole. Cherche des gens. Mais personne. Personne nulle part.

Denn, Nao et Marali se dévisagent, incrédules. Comment une chose aussi grosse, aussi lourde, peut-elle voler ? Encore une magie des Âges Sombres…

— Vous dire, gens à Qaanaaq, reprend Tikaani. Très loin, Qaanaaq. Jamais allé là-bas. Trop loin. Mais nous aller maintenant. Voler là-bas. Nous allons demain.

— *Nous ?* relève Denn avec effroi. Tu veux dire... qu'on va monter là-dedans ? Qu'on va *voler* ?

— Oui, sourit de nouveau Tikaani. Vous venez. (Son sourire s'estompe et son regard s'assombrit tout à coup.) Vous sûrs, hein ? Gens à Qaanaaq ? Pas histoires ? Pas légendes ?

Denn n'arrive pas à dormir. La pensée que demain il va voler dans le ciel à bord de cette grosse machine l'angoisse terriblement. Nao a bien tenté de le détendre en lui faisant l'amour (désirant préserver son intimité, Tikaani les a installés sur des bâches dans le hangar). Malgré tous ses efforts, elle n'a pas réussi à le faire bander, tant la peur lui noue les tripes. Alors elle a jeté son dévolu sur Marali, mais même les voir – ou plutôt les deviner dans la nuit – en train de se câliner et entendre leurs gémissements et leurs bruits mouillés n'arrive pas à l'exciter ni à le détourner de son angoisse. Elles ne semblent pas avoir peur, elles. Peut-être qu'elles ne se rendent pas bien compte. Qu'elles ne se représentent pas la situation, contrairement à lui. Quand Tikaani leur a expliqué, avec ses mots simples et ses phrases concises, que la distance qui les séparait encore de Qaanaaq était vraiment immense, qu'à pied ils en auraient pour des mois, qu'ils ne rencontreraient plus personne, qu'ils devraient traverser des bras de mer, que l'hiver allait les surprendre dans le Grand Nord, et qu'il est terrible avec ses tempêtes de neige et ses vents hurlants et glacés, c'est surtout ça qui a effrayé les deux filles.

— Et avec ton engin, on en a pour combien de temps ?

— Deux, trois jours. Si pas voler la nuit.

Nao et Marali ont échangé un regard complice et plutôt réjoui. Trois jours sans marcher, à l'abri, en volant comme les oiseaux de jadis. La fin du calvaire, de la faim, de la soif, des tempêtes, des bêtes sauvages, des montagnes abruptes, des plaines infinies. *Elles n'ont pas conscience,* estime Denn. *Ou plutôt, elles vouent une confiance aveugle à cette magie des Âges Sombres.*

Tikaani leur a raconté qu'il avait trouvé cet appareil écrasé au sol, il y a bien des années. Avec un cadavre à son bord, réduit à l'état de squelette. L'engin – qui paraissait neuf, ou du moins récent – avait une aile et deux roues cassées, conséquence sans doute d'un atterrissage en catastrophe. En fouillant minutieusement les ruines d'une ville relativement proche, accessible en traîneau à chiens, Tikaani a trouvé du métal et du bois pour bâtir le hangar autour, ainsi que sa cabane à côté. Puis d'autres matériaux plus légers pour réparer l'aile et le train d'atterrissage, et diverses pièces de rechange à bord. À l'aide de la notice technique et du manuel de pilotage dénichés dans l'appareil, et avec énormément de patience et de persévérance, il a non seulement appris la langue commune, mais également comment fonctionne l'avion, et il a découvert la panne qui l'avait fait se crasher. Il a réparé l'un des moteurs et le système de gouverne. Pour les circuits électroniques défaillants, malheureusement, il n'a rien pu faire, faute de composants, de testeurs et de connaissances. Donc pas de radio ni d'instruments de bord. Néanmoins les capteurs couvrant toute la surface des ailes convertissent correctement l'énergie solaire en électricité, laquelle alimente les moteurs, qu'on peut démarrer manuellement. Il est également possible d'effectuer manuellement les manœuvres de base : décoller, atterrir, monter, descendre, virer, accélérer, ralentir. Largement suffisant.

Quand, au bout de plusieurs années d'efforts, d'erreurs, d'apprentissage, d'essais infructueux, de fol espoir et de noir désespoir, Tikaani a enfin réussi à faire rouler l'avion sur la piste qu'il avait aplanie, le faire décoller, voler sur quelques kilomètres et atterrir sans encombre, il a cru à l'avènement d'un nouvel Âge d'Or. Il a cru qu'il allait retrouver la civilisation, ou tout au moins un peuple assez évolué pour avoir construit cet appareil. Il a effectué des centaines d'heures de vol, poussant jusqu'au Groenland au nord, jusqu'aux Grands Lacs au sud, allant vers l'est et vers l'ouest aussi loin que possible sans laisser ses chiens seuls trop longtemps… et il n'a vu personne. Des ruines, des vestiges, des traces. Des feux, mais d'origine naturelle. Pas d'humains, en tout cas pas repérables du haut du ciel. Alors il a peu à peu abandonné ses grands tours d'exploration, s'est contenté de petits vols au-dessus de la région, pour le plaisir. Et voilà qu'au retour d'une chasse il tombe sur trois jeunes étalés dans la tourbe, à moitié morts de trouille. Que ces trois jeunes lui disent qu'il y a des tribus plus loin au sud, et que des gens vivent encore à Qaanaaq, le village le plus au nord du monde. Pas encore la civilisation, certes, mais l'espoir renaît. L'espoir, au moins, de retrouver des compatriotes.

Denn n'a pas compris grand-chose à tout ce discours débité lentement, à mots brefs et hachés – surtout la partie technique –, mais ce qu'il en a retenu, c'est que l'appareil s'est *écrasé*. Qu'il ne vole pas par magie ni avec le soutien de démons des Âges Sombres, mais grâce à une mécanique complexe, fragile et faillible. S'il tombe, ils sont tous morts. Il n'y a rien à quoi se raccrocher dans le ciel. Et s'ils traversent un orage, une tempête ? Si le vent devient trop fort ? Jusqu'où cette machine peut-elle résister aux déchaînements de Mère-Nature ? Denn tente de se rassurer en se répétant que Tikaani a volé plein de fois et qu'il est encore là pour le raconter. Mais une petite voix insidieuse lui souffle que la prochaine fois sera peut-être fatale. Quelque chose qui a tenu jusque-là va casser ; le poids de quatre personnes à bord sera trop lourd à supporter ; ils vont être rattrapés par une méga-tempête et la machine sera désintégrée ; le soleil va se cacher et ils tomberont comme une pierre…

Il se retourne une fois de plus sur la couverture en soupirant. Près de lui, Nao et Marali se font toujours du bien : baisers, caresses, léchouilles, frottis-frottas, soupirs et gémissements…

Ça en devient agaçant. Il a envie de leur dire d'aller faire ça ailleurs, il y a de la place dehors, merde ! Il soupire de nouveau, plus fort.

— Denn, mon chéri, tu t'inquiètes toujours ?

Nao vient se coller à lui. Elle est toute mouillée et sent le désir à plein nez. Il n'ose pas – ne souhaite pas – la repousser.

— Marali, tu veux bien m'aider ? À deux, on va peut-être arriver à le dérider.

— Hum, je ne sais pas…

Marali prend sur elle cependant. À califourchon sur Denn, lui offrant toute son intimité, Nao prend son pénis et le lui tend. Marali y porte la main, le manipule un peu, le goûte du bout de la langue. Refoule un bref mais intense sentiment de peur et de dégoût. Nao vient prêter main – et bouche – forte, l'embrasse en même temps. Encouragée par Nao, elle parvient à y trouver un certain plaisir. D'autant plus que ça produit de l'effet.

— Tu vois, on y arrive. Comment tu te sens, Denn ?

— Au paradis, lui parvient sa voix étouffée entre ses cuisses.

Elles y arrivent suffisamment pour que Denn comble Nao – Marali ne va pas plus loin – et évacue toute sa tension en un long et bel orgasme. Après quoi, vaincu par l'épuisement de cette longue course dans la steppe, il finit par s'endormir.

Il rêve qu'il vole – sans machine, de ses propres ailes pour ainsi dire, de ses bras devenus de longues ailes brillantes – à la rencontre d'une énorme tempête. Il ne peut pas faire demi-tour ni dévier de sa trajectoire, il est condamné à voler en droite ligne. La tempête va l'engloutir à coup sûr, charivari de nuages zébrés d'éclairs qui se tordent et s'entremêlent comme des viscères. Il n'y a cependant aucun roulement de tonnerre, même pas de vent. Les nuages semblent vivants et se délecter de son approche. Nul doute qu'ils vont le réduire en miettes. Mais ils ne le font pas. Au contraire, ils s'écartent devant lui. Une belle lumière dorée lui éclaire le chemin, issue d'un soleil surnaturel. Il parcourt ainsi un long tunnel de nuées torsadées, tourbillonnantes, qui tendent vers lui de méchants vibrions mais ne l'atteignent pas. Au bout du tunnel, cette intense lueur dorée brille comme un phare. Il déboule à l'air libre. Sous ses ailes s'étend un paysage paradisiaque, composé de vertes prairies, d'arbres tout en fleurs roses, de portiques rouges menant à des temples tarabiscotés, de montagnes bleues aux sommets coiffés de neige. Malgré la hauteur, il distingue en bas des gens souriants vêtus de blanc, qui lui font des signes. Ils ont tous la peau jaune et les yeux bridés.

Alors il tombe.

Et se réveille.

Dans la nuit du hangar, avec cette grande silhouette pâle devant les yeux. Nao contre son flanc, ronflant légèrement, une main négligemment posée sur son sexe de nouveau tendu. Et Marali contre Nao.

Tout va bien, se dit-il. *Tout va bien se passer.*

— Je t'aime, souffle-t-il, en posant un baiser sur le front de Nao.

Elle fait « mmmh » et se serre un peu plus contre lui. Sa jambe vient couvrir les siennes.

Tikaani les réveille à l'aube, en ouvrant à grand bruit les portes du hangar. Entre à flots une lumière rosée annonçant une belle journée, ainsi qu'une petite brise fraîche. Il ne leur prête aucune attention, n'a d'yeux que pour son avion.

— On part maintenant.

— Euh… soupire Nao. Laisse-nous le temps de nous habiller, quand même.

Il réalise alors qu'il se trouve devant deux filles et un garçon nus. Il tique, bat des paupières, puis détourne le regard.

— Trop longtemps, soupire-t-il. Trop longtemps seul. Pas montrer ça à moi.

— Excuse-nous, compatit Nao, en tirant la couverture sur eux.

— Qu'est-ce qui t'est arrivé, Tikaani ? demande Marali.

— Je veux pas raconter. Mauvais souvenirs. (Il tourne les talons.) Vous habiller, moi nourrir les chiens. Partir cinq minutes.

Ils ignorent ce que sont des minutes mais supposent que ça veut dire « pas longtemps ». Ils vont se laver dans la rivière proche – l'eau est glacée –, reviennent enfiler des vêtements propres et ranger leurs affaires, puis rejoignent Tikaani devant la cabane.

Ils le trouvent assis par terre, entouré de ses chiens, les serrant dans ses bras l'un après l'autre. Ils remuent la queue et lui lèchent la figure en émettant de petits couinements. Lui a les larmes aux yeux.

Tous trois préfèrent aller l'attendre dans le hangar.

Tikaani les rejoint peu après, portant un havresac en peau sur son épaule. Il a séché ses larmes, l'air de nouveau impassible.

— Comment ça va se passer pour tes chiens ? interroge Marali. Tu vas les laisser là ?

— Oui. Je vais là-bas, voir les gens, les... connaître. Rentre ici. Si c'est bien, je prends mes chiens et repars.

— Tu penses qu'ils vont t'attendre ?

— Oui. Fais ça déjà. Parti des jours. Ils attendent. Bons chasseurs aussi. Pas souci.

Il ouvre la portière du cockpit, balance dedans son havresac, leur fait signe de monter. L'endroit est petit, confiné, prévu pour deux personnes, pas plus. D'ailleurs il n'y a que deux sièges. Ils vont être tassés.

Les angoisses nocturnes de Denn reviennent au galop.

— Tu... n'as pas peur qu'on soit trop lourds ?

Tikaani hausse les épaules en s'installant à la place du pilote.

— On verra. Si trop lourds, on décolle pas.

Contrairement à la machine d'Akihiro qui requérait tout un cérémonial pour démarrer, celle-ci est d'une simplicité enfantine : un gros bouton rouge, qui éclaire le tableau de bord ; quatre interrupteurs, qui allument les quatre moteurs. Tikaani vérifie les niveaux – les batteries sont à mi-charge, mais le grand soleil dehors les rechargera rapidement –, empoigne une grosse manette, en pousse doucement une autre. Les sifflements des moteurs montent en régime. L'avion s'ébranle en frémissant, sort du hangar en roulant au pas. Tikaani le fait légèrement tourner pour l'aligner sur la piste, puis met pleins gaz.

Le cœur de Denn se serre, ses entrailles se nouent, une boule se bloque dans sa gorge. Plus l'avion accélère, plus il vibre. Penché en avant, Tikaani pousse à fond les manettes. Denn grimace. Ils ne vont pas décoller, ils foncent tout droit vers le marécage en bout de piste… Soudain – à quelques pas du marécage – l'appareil dresse son nez vers le ciel, les vibrations des roues sur la terre battue cessent et le sol commence à s'éloigner sous eux, tandis que l'avion oscille d'une aile sur l'autre. Le sifflement du vent se mêle à ceux des moteurs, qui ont changé de ton. De plus en plus de terrain s'offre aux regards de Nao et Marali, le nez collé à la vitre de la portière : des tourbières, des mares et marais, des lacs qui rapetissent. Le soleil, pas encore levé au niveau du sol, vient les caresser de ses rayons dorés. Marali bat des mains, ravie. Nao tourne vers Denn – qui s'est installé le plus loin possible des vitres – un regard extasié.

— C'est fabuleux, Denn ! On vole ! On vole !

— Fabuleux, oui, grimace-t-il, tout blême.

Et il vomit.

Ils volent toute la journée au-dessus d'un morne paysage assez plat, formé pour l'essentiel d'une immense toundra grêlée de lacs et d'étangs et parcourue de rivières plus ou moins impétueuses, qui s'enfoncent parfois dans des gorges et canyons. La végétation est plutôt rase – mousses, lichens, herbes rêches –, sauf dans les vallons où ils distinguent des bouquets d'arbustes. De vagues reliefs où, sur les pentes abritées des vents dominants, s'étendent de vastes plaques d'un vert plus vif. Il y a aussi une espèce de pelade gris-vert qui envahit pas mal de terrain et semble éradiquer toute autre végétation. À certains moments, ils aperçoivent la mer, sur leur droite – étendue bleue tout aussi déserte et vide. Il leur arrive aussi de survoler des ruines de villes ou villages, à peine discernables de la rocaille alentour par leurs formes plus géométriques. Totalement inhabitées, d'après Tikaani.

Cette vision déprime Denn. Si c'est là le « paradis » vers lequel ils se dirigent, il se demande bien pourquoi ils ont accompli tant d'efforts, quelle folie les a poussés à quitter la sécurité de la caverne. Comment ont-ils pu croire aussi naïvement qu'un dessin peint sur un bout de tissu représentait réellement un endroit paradisiaque ? Towa les a déjà détrompés sur la question, et le paysage qu'ils survolent à présent le confirme.

Denn n'a plus peur, le temps clément et le vol relativement stable de l'appareil ayant fini par le rassurer. Quant à Nao et Marali, leur joie du début s'est diluée dans la monotonie du paysage. Nao sent son enthousiasme fondre à vue d'œil. L'appréhension et la déception commencent à lui crisper les traits. Marali, qui n'attendait rien de particulier, n'est ni déçue ni enchantée. Elle trouve même une certaine beauté austère à ce paysage, un air de « commencement du monde » qu'elle a un peu de mal à exprimer. Comme si tout avait été effacé, était à reconstruire. Sauf que, lui signale Tikaani, rien ne peut être construit ni planté durablement sur ces terres rocheuses et nues, détrempées de pluie ou recouvertes de neige six mois sur douze, et balayées par des vents violents tout au long de l'année. Aujourd'hui, jour de soleil sans vent, est assez miraculeux. Il compte bien en profiter pour parcourir le maximum de distance.

Ce qui veut dire passer le maximum de temps entassés dans cette cabine étroite et confinée, qui sent le renfermé et le vomi de Denn. Nao l'a nettoyé comme elle a pu à l'aide d'un vêtement sale, qu'elle a fourré dans une soute à l'arrière. Malgré tout, ça pue. Et aucune vitre ne s'ouvre.

Le soir venu, après avoir traversé un détroit maritime parsemé d'îles et d'îlots, Tikaani se met à chercher un endroit plat où atterrir. L'angoisse de Denn réapparaît : il se souvient que c'est à l'atterrissage que cet engin s'est écrasé. Son cœur remonte dans sa gorge à mesure que l'avion descend jusqu'à frôler les reliefs les plus élevés. Il serre fort Nao dans ses bras, émet un hoquet chaque fois que l'appareil oscille ou fait une embardée, l'air étant plus instable près du sol.

Tikaani repère enfin un plateau herbu où aucune roche ni pierre ne semble affleurer. Il n'est pas très grand, il va falloir qu'il atterrisse court. Il entame la manœuvre de descente. Denn ferme les yeux, il ne veut pas voir le sol se précipiter à leur rencontre. Ses moteurs sifflant dans les aigus, l'appareil vacille de plus en plus en piquant du nez – puis soudain se redresse et ses roues touchent le sol. Rebondissent, touchent à nouveau, rebondissent encore. Chocs, secousses. Denn serre les dents, se mord la langue. Mais l'avion ne vole plus, il roule. Tressaute dans l'herbe rase, sur le sol inégal. Tikaani freine à mort. Enfin l'avion s'immobilise, après un ultime cahot. Devant son nez, ils ne voient que le vide. Tikaani sourit à ses passagers.

— Atterri, annonce-t-il.

Il ouvre sa portière, saute à terre. Les trois autres en font autant – Denn a les jambes qui flageolent. Il aspire une grande goulée d'air froid, refoulant la nausée qui avait commencé à l'envahir. Puis il empoigne Nao et l'embrasse fougueusement, en riant. En fait autant avec Marali. Que c'est bon de retrouver la terre ferme !

De son côté, Tikaani part inspecter à l'avant de l'avion : quelques mètres de plus, et ils sombraient dans un canyon au fond duquel gargouille un torrent. Le décollage, demain matin, va être tout aussi serré.

Sa joie d'avoir atterri sain et sauf s'estompant, Denn contemple le paysage : roches brunâtres, reliefs érodés, mousses et herbes rêches. Dans les creux et le canyon prolifère une plante aux feuilles plus larges et vertes. Sur les sommets et versants s'étalent de vastes plaques d'une espèce de lichen rampant, vert-de-gris, que Tikaani leur montre du doigt.

— Moisine, dit-il. Pas toucher, pas marcher dedans. Très... toxique. Très malades. Mourir, même.

— Charmant, grogne Denn.

Par chance, le plateau où ils ont atterri est encore épargné par cette horreur.

Ils établissent leur campement à côté de l'avion. L'air fraîchissant de plus en plus à mesure que s'étire l'interminable crépuscule, Marali propose de faire du feu. Or elle ne trouve rien à brûler dans les environs, pas le moindre bout de bois mort. L'herbe du plateau pourrait brûler peut-être, mais il faudrait tout ratisser pour un feu qui ne durerait que quelques instants. Tant pis, ils devront se contenter de grelotter en mangeant la viande boucanée que Tikaani a emportée dans son havresac.

Tandis que le soleil n'en finit pas de sombrer derrière les collines roussies par ses derniers feux, Tikaani consent, sur l'insistance de Marali, à leur raconter ce qui lui est arrivé, pourquoi il vit depuis tant d'années dans la solitude.

Jadis, il vivait dans un village au bord de la mer en compagnie des siens : sa femme, ses deux enfants et une douzaine d'autres personnes réparties en trois familles. Ils n'étaient pas isolés, ils avaient des contacts réguliers avec d'autres villages, le long de la côte ou dans les terres. Ils échangeaient du poisson contre des légumes, des objets fabriqués contre des vêtements de peaux, des choses comme ça. Ils se réunissaient chaque été pour faire une grande fête. La vie était rude, précaire, frugale, mais globalement supportable, avec son lot de peines et de joies.

Un jour, Tikaani est parti à la pêche à bord de son kayak avec d'autres, comme de coutume. Ce jour-là, pour quelque obscure raison, le poisson s'est fait rare et ne s'approchait plus de la côte. Ils ont dû pousser plus au large. Et une tempête s'est levée. Pas une tempête ordinaire, un véritable ouragan. La mer était démontée, avec des vagues plus hautes qu'une maison. Tikaani a perdu de vue les autres kayaks, qui ont certainement coulé. Lui, il a lutté de toutes ses forces, et même au-delà, pour maintenir le sien à flot dans des vagues énormes, des creux abyssaux. L'ouragan a duré longtemps, trop longtemps. Tikaani a dérivé sur la mer en furie, qui l'a miraculeusement épargné et a fini par le rejeter sur une île déserte. Il y est resté plusieurs jours, le temps que les éléments déchaînés se calment, à grignoter quelques coquillages et crustacés ramassés sur la plage, à boire l'eau des flaques dans les rochers.

Quand il a pu enfin reprendre la mer et rentrer chez lui, il est tombé dans l'horreur : l'ouragan avait détruit le village, dont ne restaient plus que des débris épars, et il y avait plusieurs morts. Des ouragans, ils en avaient déjà subi, le village avait été rasé plusieurs fois, et il arrivait que des objets volants ou des maisons qui s'écroulent tuent une ou deux personnes. Mais là, ce n'était pas la tempête qui avait tué les siens. Surmontant sa douleur, Tikaani a observé les morts de plus près. Tous avaient été *rongés*. Plus d'yeux, plus de langues. La peau parsemée de trous, de plaies déchiquetées. La pluie avait lavé le sang, mais les cadavres étaient restés. Rien n'expliquait ça, il ne voyait pas quelles bêtes avaient pu commettre une telle horreur – car il s'agissait de bêtes assurément. Or il n'en voyait nulle trace sur le sol pourtant détrempé, où des empreintes auraient été nettement marquées.

Tikaani est resté plusieurs jours sur place à attendre le retour des survivants. Mais nul n'est revenu. Quelle terreur abjecte avait pu les pousser à fuir définitivement leur terre ancestrale ? Finalement, il est parti chercher du réconfort et des explications dans les villages alentour – où l'attendait la même désolation : les maisons détruites, les survivants partis et d'autres cadavres rongés, grignotés. L'ouragan recelait-il quelque monstre inconnu qu'il avait emporté avec lui ? Il ne l'a jamais su. Dans l'un des villages, il a trouvé des chiens attelés à un traîneau, à moitié morts de faim. Ils avaient manifestement dévoré leur maître, dont les ossements gisaient près du traîneau. Lui avait dû tenter de fuir comme les autres, mais il n'avait pas réussi. Les chiens, en revanche, avaient été épargnés par le fléau. Tikaani les a recueillis, a récupéré le traîneau et est parti loin dans les terres. Loin de cette épouvante.

Et depuis… depuis il cherche des gens, des survivants, mais il n'y a plus personne. Les humains ont été éradiqués de cette région par quelque chose d'inconnu. Alors tant mieux s'il y en a toujours qui vivent dans le Grand Sud – tant mieux s'il y a encore des gens à Qaanaaq. Peut-être que ce fléau a disparu, aussi mystérieusement qu'il est apparu.

Tous trois se dévisagent après ce récit, dubitatifs. Ça ne leur évoque rien de connu. Denn et Nao songent à des scorpions, qui peuvent effectivement ronger un cadavre après l'avoir empoisonné. Mais les scorpions ne vivent pas dans le Grand Nord et, même s'ils chassent en bandes, ils ne peuvent pas attaquer *tout un village*, et encore moins plusieurs. Ils n'ont jamais effectué de raids sur la caverne par exemple, pourtant ils ne sont pas loin, juste au-dessus dans le désert. Marali envisage plutôt une maladie, un genre de peste. Elle a déjà vu des gens devenir de véritables cadavres ambulants, rongés de l'intérieur, pourrissant sur pied jusqu'à ce que mort s'ensuive. Certaines maladies sont très contagieuses et peuvent contaminer toute une région. Mais ce qui est bizarre en ce cas, c'est que Tikaani se soit approché des morts, voire les ait touchés, et n'ait pas été infecté. Sinon, reste bien sûr l'intervention démoniaque… Un avatar particulièrement méchant de Mère-Nature, ou quelque autre fléau des Âges Sombres comme celui qui est surveillé dans la ville des Japonais. Bref, ils n'ont pas d'explication rationnelle, pas plus de réponses que Tikaani.

La nuit étant enfin tombée, ils s'installent au pied de l'avion pour se coucher. Tikaani leur enjoint de ne rien faire qui puisse rallumer en lui un désir éteint depuis longtemps. Il fait trop froid pour ça, et ils ont la tête ailleurs de toute façon. Le récit de l'Inuit les a troublés, et la relative proximité de leur destination les remplit à la fois d'excitation et d'appréhension. Vont-ils vraiment trouver des gens à Qaanaaq ? Après tout, s'ils récapitulent le temps passé, ça doit faire plus d'un an que Natsume a quitté ce village… Il peut se passer bien des choses en un an.

Blottis sous la couverture, ils vont s'endormir quand la nuit se met à prendre une teinte bizarre, verdâtre et fluctuante. L'air qui s'enflamme à nouveau ? Denn rouvre les yeux, inquiet.

Ce ne sont pas des flammes. Ou alors, il n'en a jamais vu de telles. Ce sont d'immenses draperies de lumière qui ondulent dans le ciel nocturne. Se déploient, s'estompent, disparaissent, réapparaissent ailleurs, se divisent, se déplient, se replient de nouveau. S'enroulent, se déroulent, créent des nappes, des rideaux éphémères. Tout cela dans des tons vert bleuté et dans un silence total. Cramponnés l'un à l'autre, Denn, Nao et Marali regardent fascinés ce spectacle qui envahit tout le ciel. Ils ne savent pas s'ils doivent s'en effrayer, si cette chose va leur tomber dessus, ce qui va en résulter.

— Tikaani ? appelle Marali d'une petite voix. Qu'est-ce que c'est ?

— Heu… *aqsarniit*, dit-il dans sa langue. Souvent par ici. Pas peur. Pas danger.

Ils contemplent longuement l'aurore boréale, jusqu'à ce qu'elle s'estompe et finisse par s'éteindre, après quelques ultimes éclats verdâtres.

Denn ose espérer que c'est là un beau cadeau de Mère-Nature, et qu'il annonce de bons présages.

Le lendemain, le temps est plus maussade : ciel gris, mer grise qu'ils aperçoivent à l'horizon, couleurs encore plus ternes d'un paysage déjà terne. Et le vent s'est levé. Pas la tempête, ou pas encore, mais quand même de bonnes bourrasques. Tikaani fait la grimace : le décollage va être périlleux.

— Tu sais où c'est, Qaanaaq ? s'enquiert Denn. Ou bien on devra chercher ?

— Je sais. Tout au nord du monde. Premier village inuit. Dernier village inuit. J'ai… compas dans l'avion. Coordonnées.

Denn ne voit pas de quoi il parle, mais ne peut que lui faire confiance.

Avec l'aide des trois jeunes, il fait accomplir un demi-tour sur place à l'appareil. Impossible en effet de le faire aux moteurs, il n'y a pas assez d'espace devant lui. Denn n'imaginait pas qu'une machine aussi grosse puisse être poussée par seulement quatre humains, mais en fait elle est assez légère. Ses ailes relativement souples vibrent et oscillent dans le vent.

Puis tous montent à bord et Tikaani entame la procédure de décollage. Moteurs pleins gaz, manettes à fond, l'avion s'élance en cahotant sur le plateau. Le terrain inégal ne l'aide pas à prendre de la vitesse et le vent de travers le déstabilise, faisant dangereusement balancer ses ailes et soulevant du sol l'une ou l'autre de ses roues. Arrivé presque au bout du plateau, Tikaani ouvre les volets, tire sur le manche. Quitte ou double : soit l'avion décolle, soit ils s'écrasent dans le chaos de roches en contrebas.

Heureusement, le vent l'aide en arrachant carrément l'appareil du sol. Il frôle l'éminence au bout du plateau, balançant d'une aile sur l'autre. L'une d'elles est à deux doigts de racler le sol – ce serait le crash assuré – mais un virage *in extremis* la soulève. Secousses, embardées, vacillements – cramponné au manche, Tikaani lutte désespérément pour stabiliser l'avion que le vent cisaille. Ça lui rappelle son combat contre les flots déchaînés qu'il a raconté la veille… Cette fois encore, Mère-Nature l'épargne : il réussit à l'insérer dans le lit du vent et à prendre de la hauteur.

Plus haut, la bise est un peu plus forte, plus régulière aussi : il arrive mieux à contrôler sa trajectoire, à réduire les vibrations et oscillations de l'appareil. Parfois une rafale le fait tanguer, un trou d'air le fait plonger, mais dans l'ensemble ça va. Il jette un œil à ses passagers qui n'ont pas prononcé un seul mot depuis le décollage : Denn a les yeux clos et paraît se retenir à grand-peine de vomir, Nao toute pâle n'a plus l'air de trouver ça fabuleux du tout, et Marali a bien du mal à faire semblant de rester stoïque.

Ils traversent un large bras de mer bordé de part et d'autre de hautes falaises échancrées de profondes vallées. Survoler toute cette étendue d'eau rassure un peu Denn – il sait nager au cas où – mais pas du tout Marali. L'île qu'ils abordent possède encore moins de végétation : vastes étendues de roche brunâtre et nue, vaguement teintée par endroits de cette saleté vert-de-gris. Pour la première fois, ils voient du blanc sur les sommets. De la neige, les informe Tikaani – tout comme sur la montagne de la peinture.

— Pas bon signe, ajoute-t-il. Hiver tôt cette année.

Un autre bras de mer, une autre île bien plus grande, aux montagnes plus hautes et escarpées, aux vallées envahies par la mer, que Tikaani appelle des *fjords*. Davantage de neige sur les sommets et dans les creux à l'ombre. Ils distinguent même des langues de glace qui rampent le long des versants. La température a chuté dans le cockpit; au-dehors, le vent doit être glacial. D'ailleurs, plus ils montent vers le nord, plus la neige s'étend.

Quelques heures plus tard, Tikaani négocie un long virage sur la droite, qui met l'avion face au vent – sa vitesse se réduit considérablement. L'étendue de mer couleur de cendre qu'ils survolent à présent paraît interminable. Au loin se devine une nouvelle côte découpée, bordée de pentes abruptes plutôt que de falaises, et environnée d'îles et d'îlots. Tout au bord de l'horizon luit une immense ligne blanche.

— Kalaallit Nunaat, annonce Tikaani. Groenland.

Ils abordent enfin la côte. La ligne blanche s'est étendue et élargie, est devenue une surface sans relief qui, au loin, semble couvrir le pays tout entier. Tikaani longe un moment la côte découpée de fjords, puis commence à descendre. Ils survolent un promontoire entouré de deux bras de mer, au pied duquel s'étale un village relativement important – une dizaine de maisons peut-être, et d'étranges cylindres rongés par la rouille.

— Qaanaaq, déclare-t-il.

Tous trois scrutent, le cœur battant la chamade. Alors c'est ça, ce fameux paradis ? Une poignée de maisons plus ou moins décaties. Des surfaces de cette verdure que Tikaani a dénommée *kudzu*, cernées par des plaques de moisine. Pas un arbre, pas de fleurs. Même pas de sommet enneigé, du moins jusqu'à cette immense calotte blanche à l'horizon.

Et personne dehors.

Pourtant l'appareil fait un peu de bruit. Il doit se voir en tout cas.

Tikaani descend encore et place son avion dans l'alignement des vestiges d'une longue piste. À l'une de ses extrémités gisent des ruines indéfinies, vagues pans de murs envahis de kudzu. La piste elle-même, bien que craquelée et semée de mauvaises herbes, ne paraît pas trop défoncée pour permettre à l'avion de se poser.

Son pilote réussit un atterrissage presque parfait. À peine quelques roulis, à peine quelques cahots. La piste est assez longue pour qu'il ralentisse et freine en douceur. Il pourra même redécoller sans avoir à faire demi-tour. Jadis, les avions devaient être plus gros et nécessiter plus d'espace…

Tous prennent leurs affaires et sortent de l'appareil. L'air est vif et frais, le ciel d'un gris uni. La mer chuinte doucement sur les galets de la plage. Pas d'autres bruits. Le cœur serré, Denn dévisage Nao puis Marali. Elles lui retournent son regard sans prononcer un mot. Visiblement, l'émotion étreint aussi la gorge de Nao. Elle hisse son baluchon sur l'épaule, ce qui donne le signal du départ.

Il leur faut une bonne heure pour atteindre le village, le long d'un sentier à peine tracé, souvent envahi de kudzu et de moisine qu'ils doivent contourner. Quand ils parviennent aux premières maisons, ils réalisent tout de suite qu'il se passe quelque chose d'anormal. Ou plutôt, ce qui est anormal, c'est qu'il ne se passe *rien* : pas un bruit, pas une voix, pas un mouvement.

Qaanaaq est désert.

Ça ne date pas d'hier, d'après l'état des maisons, toutes plus ou moins délabrées, voire à moitié écroulées ou pourrissant sur pied. Les quelques jardins sont retournés à l'état sauvage, envahis de kudzu pour la plupart. Avec son regard d'autochtone, Tikaani constate rapidement qu'il n'y a aucun kayak sur la berge ni dans le village. Quelques rares ustensiles et objets traînant çà et là laissent deviner un départ précipité.

— Je savais, grogne-t-il. Tous partis. Plus personne. Plus personne nulle part.

Denn et Nao ne disent rien. Un beau château d'espérances s'écroule en silence dans le capharnaüm de leurs esprits.

Non, ils ne sont pas tous partis, constatent-ils en parcourant le village d'un pas lourd et lent. Ils découvrent des ossements, ici ou là. Humains. Voire des squelettes entiers, ou presque : rongés, grignotés, certains os percés de trous, comme pour en extraire la moelle. Pas l'œuvre de chiens sauvages : ils ont vu comment ceux de Tikaani croquaient les os de lapin, et Tikaani lui-même en sait quelque chose. Ces trous et grignotages lui évoquent les pénibles souvenirs qu'il a racontés la veille, et qu'il ne pourra jamais oublier.

Il s'arrête au milieu du village, hèle les trois autres qui continuent d'avancer.

— Je veux pas voir ça. Je retourne avion, je repars. Vous venez ?

Ils hésitent. Tout ce périple, toutes ces aventures pour tomber au final sur des ruines et des squelettes ? Non, ce n'est pas possible. Il doit y avoir autre chose. Des réponses, au moins.

Denn se tourne vers Nao, qui a tant répété que c'était les fourmites qui voulaient venir ici… Son regard interrogateur est assez éloquent.

— Je ne sais pas, répond-elle, l'air malheureux. (Elle baisse les yeux sur son baluchon qu'elle a posé par terre.) Il faudrait que je leur demande... Elles veulent retrouver leurs congénères, j'imagine. Bien que j'ignore comment elles le savent.

— Towa a dit qu'elles ont mangé le cadavre de sa fille, se rappelle Marali. (Elle parcourt du regard le village désert.) Il faudrait qu'on trouve où ils enterrent les morts ici...

— Là-bas, indique Tikaani, montrant une colline au sommet de laquelle s'érigent des croix. Ça, ça veut dire morts enterrés là.

— Bon, allons-y alors... soupire Nao.

— Pas moi, se rétracte l'Inuit. Je retourne avion. J'attends vous. Si pas venus avant nuit, repartir.

— D'accord, grimace Denn.

Il lève les yeux au ciel qui commence à s'assombrir – mais la nuit met longtemps à tomber ici. Tikaani repart dans l'autre sens, les laissant seuls. Ils s'auscultent du regard.

— Je crains le pire, murmure Marali en frémissant.

— Moi aussi, opine Denn.

Il jette un regard inquiet vers la colline où s'érige une sinistre bâtisse noire, branlante et de guingois, munie d'une espèce de petite tour tronquée portant la même croix que celles qui se dressent derrière.

Nao les scrute tous les deux, devine soudain le fond de leurs pensées – ses yeux s'écarquillent. Elle secoue la tête.

— Non, refuse-t-elle. Non. Ce n'est pas *possible*. De toute façon, je vais en avoir le cœur net.

Elle reprend son baluchon, se dirige à grands pas vers le cimetière.

— Nao, attends ! crie Denn.

Elle ne l'écoute pas. Il ne peut que la suivre – et Marali loin derrière, à contrecœur. Elle gravit la colline, dépasse l'église qui paraît elle-même un squelette, relique hantée des Âges Sombres. Nao atteint le cimetière, Denn sur ses talons.

Il est devenu une gigantesque fourmitière.

Une concentration urbaine grouillante de plusieurs millions – dizaines, centaines de millions ? – d'individus, avec ses cités, avenues, ponts, voies souterraines, tertres-monades, silos à grains, zones d'élevage sur feuilles de kudzu, cultures de plantes nourricières.

Ébahie, sidérée, Nao lâche son baluchon qui tombe à ses pieds et s'ouvre. Aussitôt les fourmites s'en échappent.

Mais elle n'a pas le temps de s'en soucier.

Une vaste stridulation retentit dans toute la ville-fourmitière, d'où s'élèvent de partout des milliers – millions ? – de fourmites ailées. Qui fondent en un essaim dru sur Denn et Nao.

— Nooon ! hurle celle-ci. On est vos amis ! *Vos amis !*

Peine perdue. Les fourmites ailées, munies d'énormes mandibules – une caste spécialisée, sans doute – se jettent sur eux, commencent à les pincer, les piquer, les mordre, cherchent à pénétrer dans leur bouche, leurs yeux, leurs oreilles. Ils se débattent et gesticulent en vain. Cachée derrière l'église, Marali horrifiée contemple la scène, ne sachant si elle doit fuir ou accourir leur prêter main-forte, au risque d'être dévorée elle aussi.

Soudain, tout s'arrête.

L'essaim s'écarte, s'éloigne, regagne la ville immense où il se pose et se fond dans le grouillement général. Denn et Nao ont subi quelques piqûres et morsures, douloureuses mais sans gravité. Nul doute que des milliers de ces blessures les auraient tués en un rien de temps. Tout comme ceux du village de Tikaani et des villages alentour. Tout comme les habitants de Qaanaaq qui n'ont pas réussi à fuir.

Baissant les yeux à ses pieds, Nao comprend la raison de cette retraite. Ses fourmites et celles de la cité du Sud sont en grand conciliabule palpo-olfactif avec des représentantes de cette supercité, et ont dû transmettre – par phéromones, signaux ou télépathie peut-être – l'ordre de ne pas attaquer ces humains-là.

— Pourquoi ? demande Nao à mi-voix, les larmes aux yeux. Pourquoi avez-vous fait ça ? On n'est pas vos ennemis…

Quelques fourmites lui grimpent dessus. Les siennes, reconnaît-elle. Plus petites, sans cette tache violette entre les yeux. Peut-être vont-elles lui expliquer, d'une façon ou d'une autre ?

— Viens, croasse Denn. On s'en va. On n'a plus rien à faire ici.

— Attends. Je *veux* savoir. On ne craint plus rien, tu sais.

— Pas si sûr, grogne-t-il, observant avec inquiétude l'énorme grouillement qui s'étend devant lui.

Nao ne l'écoute pas. Elle ferme les yeux, se concentre, tente d'entrer en contact avec ses fourmites qui ont atteint ses épaules, son cou, sa tête. La palpent, avec hésitation d'abord, puis avec plus d'assurance. Elle émet des pensées d'amour, de protection, d'apaisement. L'Accord de la colonie : *On vous nourrit, on vous protège, vous nous aidez. Nous sommes une colonie, et vous aussi : deux colonies qui vivent en symbiose. On vous aide à vous déplacer loin, à fonder ailleurs une nouvelle colonie. Vous nous aidez à survivre, à manger, à boire. Symbiose. Amour. Protection. Amour.*

Non.

Nao ne perçoit pas ce mot bien sûr, mais reçoit très nettement un sentiment, une impression, une sensation, elle ne saurait dire… de refus. Non, pas de refus cette fois, pas comme quand les fourmites ne trouvent pas d'eau ou de nourriture, ou ne veulent pas faire ce qu'elle leur demande. Plutôt… d'achèvement. Oui, c'est ça. C'est fini.

C'est fini.

Finie la collaboration. Finie la symbiose. Finis les Accords. Nao imagine que ça doit être pareil, quand un homme et une femme ne sont plus bien ensemble et veulent se quitter. Avant de se le dire, ils le *ressentent.* Quelque chose ne va plus, un lien s'est brisé. Voilà. Le lien s'est brisé. Elles la palpent et la chatouillent encore, mais c'est comme un geste d'adieu. Il n'y a plus d'Accord qui tienne. Nao éprouve, dans son cœur et son âme, un immense déchirement.

Pourquoi ? émet-elle. *Pourquoi ne pas continuer ensemble ? On pourrait tant s'apprendre…*

Les fourmites ne répondent pas, mais la réponse, évidente, s'étale devant ses yeux. Elles n'ont pas besoin des humains. Ceux-ci ne servent que de moyen de transport, à l'occasion. Et de nourriture, à défaut. L'époque de la domination des humains sur la Terre est révolue, c'est désormais l'avènement des fourmites. Une ère s'achève, une autre commence. Inutile d'avoir des sentiments avec les fourmites. Elles ne connaissent que l'efficience. Ou si elles en ont, ils ne se situent pas sur la même longueur d'onde. Quoique… Comment interpréter qu'elles aient épargné Denn, Nao et Marali, sinon par de la sympathie, ou tout au moins une forme de reconnaissance ?

Ses fourmites redescendent de la figure de Nao, de son corps, de ses jambes, partent se fondre dans la masse. Elle n'essaie pas de les retenir, elle sait que c'est inutile et vain. Elle contemple une dernière fois le baluchon qui gît à ses pieds, petit tas de sable avachi. Puis se tourne vers Denn, lui prend la main.

— D'accord. On s'en va.

Nao serre fort sa main. Denn la regarde. Ses joues sont inondées de larmes.

Marali les rejoint au pied de la colline, saisit son autre main désormais libre – elle n'a plus de baluchon à porter. Dans le crépuscule qui tombe lentement, comme à regret, sur les ruines du monde humain, ils vont rejoindre l'avion solaire de Tikaani.

Cet avion d'*après* les Âges Sombres.

REMERCIEMENTS

Pour écouter les insectes
Pour écouter les humains nous ne mettons pas
Les mêmes oreilles
WAFÛ.

Ce livre constitue le troisième et dernier volet de mon « triptyque climatique », commencé avec *Aqua*™ (L'Atalante, 2006) et poursuivi avec *Exodes* (L'Atalante, 2012). Comme pour ces deux ouvrages, il s'agit d'une histoire totalement indépendante, il n'est donc pas nécessaire d'avoir lu les autres pour lire celui-ci. Leur seul point commun est l'évolution du climat.

Avant de l'attaquer, il m'a paru utile de relire *Homo disparitus*, d'ALAN WIESMAN (Flammarion, 2007), afin de me rappeler ce qui va disparaître ou ce qui pourrait rester après l'extinction globale de toute civilisation humaine. L'abondante documentation étudiée pour *Aqua*™ et *Exodes* m'a également bien servi.

La découverte de *Fourmis sans ombre, le livre du haïku* de MAURICE COYAUD (Phébus, 1978) a donné une orientation décisive à *Semences*. J'ai également pioché des haïkus sur les sites www.eternels-eclairs.fr et www.unhaiku.com, et j'en remercie humblement leurs auteurs.

Un séminaire qui s'est déroulé au laboratoire du LSCE de Gif-sur-Yvette en compagnie d'éminents spécialistes des sciences de la Terre et du climat passé, actuel ou futur, m'a permis d'avoir une vision claire et à peu près réaliste de l'évolution du climat sur la Terre en général, et au Groenland en particulier. J'adresse mes plus chaleureux remerciements à VALÉRIE MASSON-DELMOTTE, paléoclimatologue et membre du GIEC, et à ses collègues du LSCE, non seulement pour avoir joyeusement élucubré tous ensemble sur l'évolution à long terme de la planète et du climat, mais aussi pour la relecture, les commentaires et corrections de Valérie, sans qui je me serais gravement planté.

Je dois aussi une fière chandelle à SYLVIE LAINÉ, qui a suivi presque en direct l'élaboration du scénario et m'a fait rectifier sérieusement le tir dès le début du roman. Sa relecture compétente et attentive et ses commentaires toujours judicieux ont été d'une aide précieuse, ô combien.

Je remercie infiniment ma sœur FRANÇOISE pour sa lecture, ses commentaires et ses encouragements à des moments parfois critiques, et GWEN qui a relu, elle aussi, et m'a soutenu tout au long de la fin de l'écriture de ce roman, et grâce à qui nous partageons désormais un petit paradis (pas le dernier sur Terre, j'espère).

Sans vous, *Semences* ne serait certainement pas ce qu'il est.

Mon travail d'écriture est très souvent accompagné de musique. Cette fois, la bande-son a été principalement constituée par les percussions tribales de THIS MORN' OMINA (Belgique). S'y est souvent ajoutée la transe cosmopolite de JUNO REACTOR (Grande-Bretagne) et parfois le blues désertique des Touaregs de TINARIWEN (Mali). Pour les mélomanes curieux, ces groupes sont visibles et audibles sur YouTube.

Voilà, maintenant à vous de jouer. Dites-moi si vous avez aimé ce livre ou si vous ne l'avez pas aimé. J'ai une page Facebook.

TABLE

Achevé d'imprimer en septembre 2015
par l'imprimerie LEGO
à Trente (Italie)
pour le compte de
la Librairie L'Atalante

Dépôt légal : septembre 2015

IMPRIMÉ EN ITALIE

PEFC
PEFC/18-31-280

Certifié PEFC
Ce livre est issu
de forêts gérées
durablement et de
source contrôlées

www.pefc-france.org

Para Cris, en las horas oscuras...

Carmen y José

14. Mayo 1999

ÁNGELES MASTRETTA nació en Puebla de los Ángeles (México) en 1949. Colabora asiduamente en diversos medios de comunicación de su país. En 1985 publicó su primera novela, *Arráncame la vida* (Alfaguara, 1996), que obtuvo el Premio Mazatlán de Literatura y se convirtió en un verdadero fenómeno de crítica y ventas, tanto en el mundo de habla hispana como en sucesivas traducciones a catorce idiomas. *Mujeres de ojos grandes,* su primer libro de cuentos, publicado en 1990, tuvo una acogida similar y ha sido traducido a cinco idiomas. En 1994 apareció la recopilación de artículos *Puerto libre* y, en 1995, la novela *Mal de amores* (Alfaguara, 1996), por la que obtuvo, en 1997, el Premio Rómulo Gallegos.

El mundo iluminado

El mundo iluminado

Ángeles Mastretta

textos de escritor

ALFAGUARA

ALFAGUARA

Torrelaguna, 60. 28043 Madrid
Teléfono 91 744 90 60
Telefax 91 744 92 24
www.alfaguara.com

• Aguilar, Altea, Taurus, Alfaguara S. A.
Beazley 3860. 1437 Buenos Aires
• Aguilar, Altea, Taurus, Alfaguara S. A. de C. V.
Avda. Universidad, 767, Col. del Valle,
México, D.F. C. P. 03100
• Distribuidora y Editora Aguilar, Altea,
Taurus, Alfaguara, S. A.
Calle 80 Nº 10-23
Santafé de Bogotá, Colombia

ISBN: 84-204-8307-9
Depósito legal: B. 8.835-1999
Impreso en España - Printed in Spain

Diseño de interiores:
Proyecto de Enric Satué

Índice

A ojos cerrados

¿Cuántas veces cierra uno los ojos para no ver y cuántas para ver mejor?

Me lo pregunto porque creo que pensar la diferencia entre una cosa y otra puede ayudarnos a elegir cuál vida preferimos.

No ver lo que nos disgusta, nos aflige, nos amedrenta o nos enfurece y, a cambio, simplemente tratar de no ver nada, es mucho menos útil que cerrar los ojos y llenarlos con nuestras más privadas, arbitrarias y liberadoras fantasías.

En esta época de pérdidas y pesares, cerrar los ojos para distinguir con exactitud no sólo aquello que no queremos perder, sino todo eso que nos urge imaginar, es además de un consuelo, un deber de asombro al que no podemos negarnos.

Tirarse bajo el sol que devasta los cristales, apretar los ojos y conseguir permiso de cruzar en velero frente al faro entre rocas que vive labrado en una cajita azul sobre nuestro escritorio.

Cerrar los ojos para discurrir el pasado y volver a reírnos con la tarde de agosto en que nuestra amiga, la de los mil novios, entró a la iglesia, embarazada y radiante, siete años después que todas las demás.

«Pobrecilla, qué bueno que por fin se casa», dice una de nuestras vecinas de banca, invocando con sus palabras los comentarios y argumentos del escandalizado mundo por el que la novia cruzó como un cometa inocente y luminoso.

«¿Pobrecilla?», le pregunta la voz invicta de otra condiscípula. «Pobrecillas de nosotras. Ella tuvo todos los novios que quiso, bailó todo lo que se le apeteció, con quien se le apeteció. Dio qué hablar, dio en qué pensar, y mira la belleza de norteño con el que va tener hijos. ¿Lo estás viendo? Está divino, ¿verdad? Pues fíjate que además le va bien en los negocios.»

Cerrar los ojos para ver a Cinthia, insólita y febril, compañera de un curso, maestra de todos los demás, devota de ese juego extenuante, mil veces mal agradecido que puede ser la danza clásica, bailando como un pájaro que ambiciona el universo, sola y perfecta en un salón cuyas paredes alguna vez fueron monasterio.

¿Quién sería el viento bajo esas alas? ¿Cuántas veces nuestras alas de ahora se mueven con el puro recuerdo de aquel viento? Sólo se mueren los que nunca pudieron hacer a otros imaginar la eternidad. Ella sigue moviéndose, como una diosa de agua, en los recuerdos de quienes la vimos bailar alguna vez.

Cerrar los ojos mientras nos acercamos al oído el caracol que duerme sobre la chimenea, y oír el mar. Recuperarlo, creer por un momento que toda nuestra vida hemos vivido oyendo su ruido milagroso, que nacimos junto a la playa como alguno de nuestros más remotos antepasados, que sólo ahí, sitiados de agua y lunas, fuimos capaces de una pasión que aún no logramos engañar.

Cerrar los ojos, sentir desde la punta de los pies la certidumbre de que nada puede caber en nuestros pensamientos, más complicados que la maquinaria increíble con que los pensamos. Una maquinaria que se manda sola y que no nos debe nada. Tantear el privilegio de vivir en ella, incluso cuando se descompone y nos duele.

Cerrar los ojos, y subir volando hasta el piso diecinueve de un edificio desde el cual vemos pasar a la gente allá lejos, rumbo a quién sabe dónde, diminuta y caprichosa como un juguete bajo el sol y su esperanza.

Cerrar los ojos y acordarse con toda precisión de los hombros inequívocos, la nariz impecable, los ojos clarividentes del marinero yugoeslavo que conocimos una mañana en Cuba, hace más de veinte años. Imaginar que está vivo y que no ha matado a nadie. Imaginar que aún puede reírse con la boca de cielo con que sabía reírse, cuando pensaba que su país era una mancha azul y promisoria en el mapa de Europa.

Cerrar los ojos y convertir los cinco periódicos de la mañana en barcos de papel. Ayudar a los niños a ponerlos sobre el canal que bordea la fuente rugosa y gris del Parque México. Y ya no saber nada, nada que no sea juego y conjuro.

Cerrar los ojos y ser hombre. Entender cómo piensan, cómo discurren, cómo desean, por qué desean lo que desean. Temer como los hombres, ver a los hijos como los ven los hombres, escribir como un hombre, necesitar como un hombre, callarse como un hombre. Reconocer lo que siente un hombre cuando suma sus fantasías, cuando se asusta con sus desaciertos, cuando se deja arropar y piensa nuestro nombre. Ser un hombre, estar dentro de un hombre, y sentir lo que sienten cuando están dentro de una.

Cerrar los ojos, igual que si fuéramos bajando en la montaña rusa y no quisiéramos ver pasar las cosas de prisa, como cayéndose, sino despacio, haciéndonos el favor de sucederse poco a poco, dejándonos el tiempo largo para intentar asimilarlas de una en una.

Cerrar un ojo, hacerle un guiño al destino y descifrar la mitad como parece que viene y la otra mitad como queremos que venga.

Cerrar los ojos y oír la voz de los gobernantes sin ver sus corbatas, cerrar los oídos y ver el gesto con que acompañan sus palabras, para estar seguros de si tienen buena voluntad cuando han dicho que la tienen. Cerrar los ojos y saber, desde adentro, qué queremos que digan y hagan quienes gobiernan y quienes pretenden hacerlo.

Cerrar los ojos entrando a la panadería y dejar que nos corra, por todo el cuerpo y todos los deseos, el santo olor que las bendice.

Cerrar los ojos y tocar los cuadernos que los niños maltratan en sus mochilas, sus ires, sus venires y su desacuerdo estructural con la escuela. Sentir cómo late, bajo el plástico medio roto, la vida entera de quienes los devastan, mientras suman y maldicen los quebrados.

Cerrar los ojos un segundo, pero cuando vamos manejando bajo el tránsito reacio de Insurgentes, y ser nosotros un segundo robado a las obligaciones, nosotros a punto de salir al cine, novios como siempre que uno va al cine, en busca de historias que corroen y alucinan, de un modo tan perfecto como la vida y tan inolvidable como sus mejores minutos.

Cerrar los ojos en mitad de una reunión con amigos para oírlos mezclando sus pasiones, convocando a su sentido común o traicionándolo, con tal de enmendar el país hasta dejarlo como nuevo. Grabarnos sus voces como son ahora, porque las vamos a necesitar cuando el tiempo dé la vuelta sobre nuestros párpados.

Cerrar los ojos, enmendarle la plana a la razón, a la costumbre, al miedo. Revivir a los muertos, devolverlos a las vidas que los merecen. Desbaratar nuestros errores, contar aciertos que no nos permitimos, permitirnos las audacias que se adormecen en el olvido.

Cerrar los ojos a ratos, en días, y atisbar todo el mundo que nos mantiene vivos. Tener muy cerca siempre, cada vez que resulte imprescindible, la eternidad, el vuelo, la perfección, la playa, las voces de una tarde, la montaña que salta detenida en el aire, los conjuros privados, el sabor a primaria de un pan dulce, el sexo de los otros, la historia inobjetable de la condesa Olenska, el olor a gardenias que corría por el agua de un hotel en Fortín, las manos de los muertos, la luz de una ventana comiéndose al volcán, el faro en una caja y la certeza clara de que todo es posible debajo de la piel.

Adelantos de la propia muerte

Hay en el afán por las antigüedades y los vejestorios, una búsqueda del mundo inmutable que otros perdieron al morirse. Las cosas y el paisaje no lamentan, no lloran, no parecen perder nada al perdernos.

Si algo nos rebela, más que nada, contra la muerte de quienes hemos querido, es la condición de indiferencia que el ir y venir del universo conserva mientras nuestro privadísimo cosmos se devasta con la pérdida. Pero aun nosotros, ateridos, seguimos caminando cuando mueren quienes más queremos, volvemos a comer, a soñar, a maldecir, a emocionarnos. Increíble traición, pero inevitable, volvemos incluso a ser felices. Y a veces, hasta nos sentimos más vivos que nunca. Así la vida y el mundo todo, como hemos visto que hacen cuando otros mueren, harán cuando no estemos para atestiguar su abandono. Y quién no, alguna tarde de ocio, ejerce una nostalgia anticipada y predice su muerte, juega con sus posibles muertes, con los atractivos escenarios y paisajes que conservará el universo que habitamos, cuando nosotros ya no podamos conservarlo bajo nuestra mirada.

Cavila mi desidia chantajista si mañana o el mes que entra me caigo como el martes pasado, y en lugar de romperme una pierna me rompo la cabeza, la novela que escribo se quedaría guardada en la cascarrabias Acer con que lidio todas las mañanas.

Y Emilia Sauri, con todas sus fantasías y sus tormentos, con su risa de lunas y su padre trajinando entre los tarros de porcelana de una botica antigua, se quedaría atrapada, sin futuro, sin nietos, sin casa frente al lago, sin pérdidas. No estaría mal, me digo, que esa mujer y su destino se quedaran a medias y dejaran de importunarme.

En cambio, yo me podría quedar viva hasta una tarde azul frente al mar que circunda Cozumel. Viva hasta ser una vieja pequeñita que se columpia en una mecedora de mimbre y contempla el paisaje, desde el segundo piso de una casa que tiembla cuando alguien sube los peldaños de la escalera. Viva hasta que mis bisnietos no sepan dónde ponerme y me dejen ahí con todos los muertos a los que añoré feliz, encallecida, díscola como niña, recordando la vida que hoy tengo, mientras el destino entra una tarde por la ventana que se deslumbra con el mar, y me mata de puro cansancio.

Sé de cierto que si muero mañana, el señor de la casa desterrará el pescado a la veracruzana de la cocina en que hoy predomino. Pero ya no estaré para enojarme cuando él diga que lo detesta, ni para alegar que a las visitas sí les gusta, ni para oír su voz como un enigma, diciendo irremediable so they say. Intuyo que mi hija dejaría de ir a clases de natación y mi hijo determinaría no volver al dentista. Pero nada más ruin les pasaría, y su vida sería como será, por más que yo piense, porque necesito pensarlo, que soy muy, pero muy importante para ellos.

Las manos son quizá lo más vivo que tenemos. Miro mis manos de ahora tecleando la computadora, incapaces que fueron de teclear bien un piano, de bordar un mantel, de pintar como las de mi hermana. Las miro ahora y me concedo el placer de pensar que pueden seguir vivas muchos años. Cada vez más torpes que aquellas que alguien tomó un día frente al aguamanil y contempló como quien mira un recuerdo: «Tienes manos de campesina italiana», pero vivas para moverse por todos los lugares que ambicionen, hasta volverse de veras muy viejas, temblonas y cubiertas de pecas, arrugada su piel como cebolla. ¿Cómo tendré las manos cuando muera? ¿Agradecidas? De cuántas cosas tendrían que estar agradecidas. Vieja como una araña, abandonada en el sol, mirando a los volcanes, cínicos, eternos, triunfando una vez más sobre otra vida humana. Así podría morirme a los noventa y nueve, y estaría agradecida con la muerte. Agradecidas yo y mis manos viejas que habrán tocado casi todo lo que alguna vez ambicioné.

Pero puedo morirme el año próximo, aunque este hombre con el que sueño corra a tocar madera y convoque de golpe todas mis vanidades. Entonces me habré perdido de las madrugadas interrumpidas que me depare el año, del viaje en velero que aún tengo pendiente, de la boda de mi hija, y la nuera que me depare mi hijo, de la estancia en Boston y las flores de mango que perfuman el jardín de Antonio Hass en Sinaloa. Me habré perdido del estudio junto al río, de la compra inútil de una casa ruinosa en la cuatro poniente, de cambiar el piso de madera que se ha levantado en el comedor, de la película que harán con un libro cuya historia me dicen que escribí hace diez años, de alguien que pueda serlo diciendo que no le interesa ser presidente de la república, de los jacarandaes floreando durante todas las semanas santas que podría yo ver entre mis cuarenta y cinco y mis cien, del pastel de cumpleaños que me hará mi bisnieta Catalina cuando cumpla ciento uno. Me perdería también de un sinnúmero de desfalcos interiores y de muchas más devastaciones externas, pero si he de escoger a ciegas, la nada o lo que siga, prefiero sin la menor duda cualquiera de las cosas que al mundo se le ocurra que me sigan.

Es fácil fantasear con la propia muerte, cuando no es sino eso: una amenaza que sentimos remota, que podemos colocar lejísimos, entre dos montañas y los ciento veinte años, sobre el mar y los noventa y cuatro, sólo a ratos, arriesgándose mucho, a un día o diez de distancia deleble. Con la muerte de otros no jugamos, porque la muerte ajena es una experiencia horrible que ya conocemos, la nuestra sólo es sueño, pesadilla, remedio de todos tan temido.

Si hemos de fantasear con la muerte, mejor elegir la propia y elegirla remota, como la imagina todo el que vive, porque de otro modo no se podría vivir. Y de eso nada más se trata este asunto que nos tiene pendientes de cada amanecer y cada noche, llegando como un privilegio diario a tocarnos la frente para darnos permiso de seguir en la bendita lidia, como si hacerlo fuera mérito nuestro y no arbitraria generosidad del mundo que nos cobija.

Don de sobrevivencia

Tenía en los brazos las alas de una golondrina y toda ella, desde los pies infalibles hasta los ojos tristes, estaba tocada por la gracia de una diosa antigua. No la olvido con el paso del tiempo, al contrario. El recuerdo de su afán guerrero, engarzado en un cuerpo con el que bailaba como quien dice una oración, a veces me toma un amanecer y me llena de preguntas el día, como si apenas acabaran de avisarme que decidió no vivir más. Era muy joven, y si un defecto tuvo, fue el de no haberse esperado a envejecer para mirar los desfalcos de la vida con ironía, el de no quedarse a desear sin más, que el tiempo la pusiera en el brete, le concediera el sosiego, de traicionar las pasiones y tristezas que la herían entonces. No se lo dije cuando debí, porque yo misma no había entendido que sólo se trata de eso, de sobrevivir con regocijo al desvarío en que a veces nos colocan las pasiones que consideramos más irrevocables. Tal vez por esto, la pena sin tamiz con que la pienso, esté tocada por la culpa. No supe convencerla a tiempo de que el mundo, por insoportable que parezca un día, recobra al siguiente, quién sabe ni cómo, hasta el último de sus encantos.

Cada quien encuentra sus ensalmos para arraigar en sí mismo el empeño de seguir con la vida, yo aún tengo uno en la evocación de Cinthia. Viéndola bailar, a solas, sin siquiera imaginarse observada, una tarde de abril entre las altas paredes del salón que albergaba sus clases, entendí que su índole estaba cruzada por la fiebre de quienes viven el arte como una religión. No era lo excepcional la fuerza de sus piernas, sino el delirio con que sus brazos rompían el aire y el espíritu iluminado que le tomaba el gesto haciéndola parecer un sortilegio. Cualquiera que la hubiese visto esa tarde, estaría dispuesto a afirmar que la vida vale la pena y tendrá dichas, mientras haya en el mundo seres capaces de producir tal magia. Creo ahora que todo lo que a ella le hubiera hecho falta, era poder mirarse en un espejo como quien mira el horizonte. Un espejo que debió decirle entonces, lo que dicen las hadas cuando prometen el futuro como ese inexorable territorio donde cabe todo lo que aún no hemos podido tocar.

Hay que oír a esas hadas para negarse al presente como una verdad sin remedio. Hay que mirar nuestro país en un espejo, para reconocerlo como el único y mejor horizonte que tenemos, como el territorio en que otros han conseguido el arte de la sobrevivencia, muchas veces antes de que nosotros nos dejáramos entrar a la retahíla de pesares y ansiedad que nos han tomado por su cuenta en los últimos tiempos. No tenemos derecho al suicidio, porque no importan sólo nuestras desgracias de ahora, sino el esfuerzo que otros hicieron por sortear tragedias mayores. Estamos comprometidos con ellos y con las mil imágenes que ha puesto en el espejo de las hadas este país al cual, para nuestra fortuna, nos ha tocado darle vida por un instante.

Paisaje antes de la batalla

Hay años que no agrietarán nuestro futuro con el recuerdo de un misterio que aún nos duela, tampoco lo estremecerán evocando el inicio de una pasión ingobernable. Años cuyos días sosegados nos hicieron vivir en la fiera anormalidad de lo que llamamos normal, cuyas tardes volverán juntas, como si hubieran sido iguales, como si nada excepcional las hubiera tocado, como si no fueran excepcionales en su aparente monotonía, en su ir y volver con los mismos deberes y los mismos placeres irrepetibles.

Este 1993 que languidece con su prensa llena de horrores y sometida a presagios previsibles, que hambrea y angustia y descobija a unos, que ha traído arrebato, amores y presagios a otros, ha pasado sin revuelo por las vidas estupefactas de algunos entre los que me cuento.

Nada horrible nos turbó, nada nos hizo creer dueños de la luz que palpita en las estrellas. Ni nos tiró la desgracia ni nos arrebató la dicha, sólo cruzó la vida por nuestro lomo y no se llevó con ella ni el sosiego ni la esperanza.

Tampoco es que hayamos perdido la gastritis, ni que el tiempo nos haya cubierto de tedio mientras tejíamos tras la ventana viendo el mismo paisaje. Es sólo que hemos gozado de lo que podríamos llamar un año flojo. Un año durante el cual nuestro destino no se antojó trasladable al argumento de una novela, ni al guión de una película, ni siquiera al relleno de una teleserie.

Como se entiende, 1993 ha sido uno de esos años por los que algún día sentiremos nostalgia cuando los niños eran niños, cuando los amigos se desvelaban hasta hartarnos, cuando escribir era un deber como el colegio, cuando no íbamos a la calle por el gusto de no ir, cuando nos alegraba la llegada de Jodie Foster a una película nueva en el videoclub, cuando estaba de moda la comida japonesa, cuando odiábamos a los caballos que ensuciaban el Parque México, cuando el smog de muchas mañanas nos impedía caminar por Chapultepec, cuando nos quitábamos el dolor de cabeza con Sydolil, cuando Lola me llevó al club de precios, cuando fuimos a Ixtapa como si fuéramos importantes, cuando se inauguró el nuevo Salón México y llegó al mercadito el control turbo para el Súper Nintendo, cuando los hijos impidieron que su papá se comprara un Spirit y la mamá se cayó de los patines por última vez. Cuando nació Mercedes con sus ojos achinados y su sentencia del Mahabarata bajo el brazo:

—¿Y qué es inevitable para todos nosotros? —preguntó la fuente.

—La felicidad —dijo el muchacho.

Cuántas cosas con las que entibiaremos los recuerdos pasan en los supuestos años flojos. Cuántas cosas sé de cierto que no quiero olvidar.

* * *

Me cuenta Bruno Estañol, con su tono irónico y su voz decantando las palabras, que 1993 es el aniversario de la muerte de Charcot. Se detiene como si evocara algo imprescindible y sigue:

«Una vez le dijeron a Charcot:

—Oiga, lo que estudia usted es una cosa muy extraña.

—Sí —contestó él— pero eso no le impide existir.

Se referían a la histeria», dice Bruno y cierra su anécdota con una sonrisa. Bruno nunca habla de más, por eso aún sigo pensando qué otra cosa habría aparte de lo que dijo.

* * *

Caminamos por un panteón en San Juan de Puerto Rico. El primer panteón que se hizo fuera de las murallas, frente al mar como un acertijo. Para entrar hemos brincado la barda Sonia Cabanillas, la encargada del Departamento de Literatura de la universidad que me ha invitado a ese país de prodigio, Juan, el único hombre que da clases en ese departamento, Conchita Ortega y yo con mi despiste. Andamos de tumba en tumba buscando a Daniel Santos.

—¡Aquí está! —grita Juan como si se lo hubiera encontrado cantando en el teatro Blanquita. Las demás corremos hasta el hueco en el pasto sobre el que aparece su nombre. Todavía no hay una lápida formal. Hay sólo una cruz de madera, unas flores de plástico rojo y un caset con su foto amarrado a la cruz con un mecate. Ahí abajo está Daniel Santos. ¿Cómo le estará yendo a él, que tantas penas de madrugada nos acompañó?

Maicha está en el hospital, la operaron. Ya no sabe qué hacer consigo.

—¿Cómo vas? —le pregunto una madrugada.

—Mal —me contesta—. Pero sabes lo que te digo, cuando más oscuro está es porque ya va a amanecer.

Mateo llega del colegio y entra en mi cuarto. Se muerde una sonrisa que no quiere dejarme y me tira un papel cuadriculado que firma la niña rubita de la que a veces le oigo hablar con su amigo Federico.

—Ya somos novios —me dice y se va a jugar basket.

Tiene los hombros erguidos de mi abuelo materno y la barba partida de su abuelo paterno. Tiene un caminado tan suyo como la camiseta negra de los Bulls que de tanto usar a veces se confunde con su piel. Nos trae muertas a la rubita y a mí.

* * *

Veo la laguna de San Baltazar y me estremezco. Todavía me cuesta creer que ha vuelto a estar ahí. De niños nos llevaban a buscar ajolotes en su ladera. No quedaba dentro de la ciudad, sólo era el paseo más cercano. Después, las casas la sitiaron y un fraccionamiento se la comió. No volvimos a pensar en ella.

No está bien el plural. Debo decir que yo no volví a pensar en ella, Verónica sí. Hace cuatro años me llevó a ver el basurero que crecía dentro.

—Se draga, se limpia, llueve y volvemos a tener laguna —dijo con su voz apresurada que en cuanto acaba de decir se calla y ejecuta.

Regresó la laguna y es extraño, pero está más bonita que la de mis recuerdos. Tiene árboles alrededor, muchos peces colorados, demasiados patos, dos changos, pequeñas garzas de temporada, un camino de grava para darle la vuelta y lanchas para cruzarla con un remo. Verónica es mi hermana la chica, pero siempre hizo las cosas más rápido que yo. Y siempre he sentido por ella la admiración que se le tiene a la hermana mayor.

Converso con la mamá de una compañera del colegio de Catalina. Estamos adormiladas y friolentas esperando a que el camión en que nuestras hijas se irán de campamento despegue con su carga preciosa. Las niñas están adentro y se han olvidado de nosotras. Tienen el futuro y la curiosidad, ¿para qué iban a necesitarnos?

Yo estoy desvelada y me quejo. Siempre abro los ojos antes de las siete. No importa la hora en que me acueste. Si fue a las once dormí ocho horas, si fue a las cinco dormí dos. No hay manera.

—Ay no —me dice la mamá—, a mí no me pasa eso. Yo soy normal.

El autobús hace mucho ruido y arranca como un dragón, dejándonos huérfanas. Son las siete y media. El día está gris, me muero del sueño, pero ni hago el intento de volver a mi cama. Yo no soy normal.

* * *

En casa de los Sauri el corredor del segundo piso es un espejo apretujado de plantas y flores por el que entra el sol de un modo casi violento. Asida al pretil de una maceta Emilia se para por primera vez y da un paso levantando la cabeza como una bailarina. Mientras, su madre la mira inundada en la sal de dos lágrimas enormes.

—¡Qué logro! ¡Qué adelanto! Por fin, después de setenta cuartillas, consigo que Emilia Sauri deje de ser una bebé. ¿Alguna vez podré empezar a contar cómo pierde al amor de su vida?

* * *

Completa esta imagen la de una tarde en que mi madre que pasa dos días de visita en casa, me pide que le lea algo del libro que estoy escribiendo. Saco las cuartillas que se amontonan en un folder azul. Leo a saltos, un poco de un capítulo y un poco de otro para no aburrirla. Después de un rato me detengo y la observo. Tengo la sensación de que he vuelto a los seis años. Ella me mira como me veía entonces, tal vez con más indulgencia todavía.

—Qué bonito escribes, hija —me dice—. Qué bonito está eso. Te felicito, mi amor. Y dime, ¿en algún momento va a pasar algo?

* * *

Estamos en la papelería más bonita de toda la ciudad. Queda en Polanco y visitarla es como ir a Nueva York. Ya hemos comprado todos los cuadernos, lápices, etiquetas, crayones, sobres, tijeras y estuches que necesitamos. Ya hemos comprado también las cosas que tal vez necesitemos.

Catalina quiere escoger el papel con el que forrará sus libros de cuarto año. A su salón le tocó el color amarillo, pero ella se empeña en que no sea cualquier amarillo. Así que estamos recargadas sobre el mostrador de los papeles, viendo muestrarios.

—Cati —le digo bajito—. A tu izquierda hay un muchacho guapísimo.

Ella tiene nueve años, pero ya sabe mirar de reojo y aprisa. Es lista y escurridiza como una ardilla. Huele su piel a dulces y cuando platica le brillan los ojos. No me contesta. Olfatea el papel, lo toca de un lado y otro, lo mira de cerca y de lejos. Luego me dice sin dejar de ver el muestrario:

—Aich mamá, ya tiene canas.

En el centro de la Rotonda de los Hombres Ilustres hay una llama siempre encendida hasta la cual bajan en círculo las escaleras. Le doy una vuelta caminando muy despacio y luego me siento en el primer escalón. Llego ahí a recordar, aunque ya sé que nunca se me olvida.

* * *

Voy con Rosario y su papá a comprar un piano para nuestra casa. Es la cuarta vez que visito la tienda de venta, renta y consignación de pianos suspendida en medio del ruido atroz que hace el eje vial donde antes estuvo la Avenida Tacubaya.

Es una especie de gran vitrina, un cuarto encristalado en el que los pianos de cola se codean presumiendo su alcurnia y enseñando sus teclados a la escéptica banqueta por la que sólo cruzan los sonoros arpegios de uno que otro albur.

Rosario es tímida y febril como una heroína del romanticismo. Toca en el piano de más noble estirpe el primer movimiento de una dificilísima sonata de Bach. Se la podría uno llevar así, entera, con todo y su música y su melenita despeinada y su gesto afligido. De repente se detiene, quita las manos de las teclas y nos mira. Faltan dos semanas para su examen de ingreso a la Escuela Nacional de Música.

En el salón de atrás, amontonados como trebejos en la penumbra, hay varios pianos verticales, algunos de abolengo. Están como durmiendo, aburridos de mirarse y ser vistos como si sólo fueran muebles, como si no trajeran dentro los sueños y el delirio de quienes hicieron música con ellos.

Ahí nos encontramos al Zeitter Winkelmann del año 1912. El año en que nació Ionesco, el año en que Picasso pintó *El violín,* el año en que Ravel terminó *Dafnis y Cloe,* el año en que se hundió el *Titanic,* el único año completo que gobernó el país don Francisco I. Madero.

Cualquier año es bueno para nacer, todos acarrean prodigios y desventuras. El papá de Rosario compra el piano para nuestra casa, y yo lo bendigo. ¿Quién me iba a decir a mí que alguna vez me comprarían un piano?

* * *

Ema Rizo sabe y ha enseñado muchas cosas a lo largo de su vida. Desde un doctorado en el absurdo cotidiano hasta una maestría en literatura tiene en su haber. Sin embargo, nada tiene ni tendrá nunca más excepcional que un tesoro que ha sabido cultivar como nadie.

—Fíjate que tengo un tumorcito —me confesó una tarde de éstas bajo el cielo más azul del año.

—¿Maligno? ¿En dónde? —le pregunto al ver el espanto como un pájaro sobre sus ojos.

—Sí, en el pulmón —me contesta soltando al cielo su risa como un conjuro sin tregua.

* * *

Estoy peinando a Catalina que se mira en el espejo y protesta, siempre protesta cuando la peino, pero todas las mañanas aparece inequívoca y puntual con el cepillo rojo en una mano y el blanco en la otra, ¿me haces la cola?

—¿Ya se volvió a trabar tu novela? —me pregunta cuando no le respondo de inmediato a otra pregunta.

—Ya —le contesto mirándome en el espejo en que se mira. Tengo cara de loca de manicomio, no de una loca cualquiera. ¿Qué otra cara se puede tener a las siete de la mañana de un día que no promete sino trabazones?

—Haz como en las telenovelas —me dice con su cara de docta en la materia—. Repítele y repítele y repítele hasta que se destrabe. Mira —dice moviendo la mano— ahí pasan dos semanas en lo mismo y se dan otra destrabadita, otra vez dos semanas en lo mismo y otra destrabadita, hasta que por fin ayer se encontraron Juan y Mónica. Repítele. A la gente le gusta eso.

—¿Tú crees? ¿Cuándo me vas a dejar que te peine de coletas?

—Nunca —me contesta yendo a ponerse la mochila en la espalda. Luego alcanza a darme un beso y se va.

—Cati —la llamo cuando abre la puerta de la calle. Pero ya no me oye, va corriendo tras el hermano porque son cinco para las ocho.

—Creo —le digo al devorador de periódicos con el que me encuentro en el comedor— que uno nunca debe perder la oportunidad de discutir una teoría literaria.

Soñar una novela

La primera vez que pensé en ella, Emilia Sauri estaba sentada en el patio trasero de su casa, dándoles de comer a unas gallinas inquietas y blanquísimas. Su falda recogida dejaba ver unas piernas fuertes y largas como después las tuvo. Tenía los ojos de almendras, amplia la palma de las manos, olía a sahumerio y a yerba clara. Sobre su cabeza vagabundeaba una luna recién amanecida y una estrella crecía en su entrepierna mientras su imaginación invocaba a un hombre con el que no dormía.

Emilia Sauri sería una mujer presa de dos pasiones. Doméstica y audaz, suave pero beligerante. Tendría una casa grande llena de hijos y parientes, un marido deseado, generoso y trabajador como el agua, un amante cuya historia yo no sabía de cierto, ni quería conocer sino hasta la mañana en que irrumpiera a medio libro para alzarnos en vilo a ella y a mí. Impertinente y desordenado, con los hombros caídos y la cabeza prediciendo portentos.

Para fortuna de ella y mía, Emilia Sauri nunca tuvo gallinas. La siguiente vez que la vi, dilucidaba sin tregua si era verdad o era que un sueño la había puesto a querer a dos hombres al mismo tiempo, con la misma vehemencia, con el intacto deseo por uno y otro, sin más dolor que un enigma de horarios y amaneceres. ¿Cómo se puede querer a dos hombres y hacerse al ánimo de amanecer sólo con uno? Emilia Sauri se daría este problema y otros le iría dando la vida que se me fue ocurriendo a partir de la tarde en que sus padres la engendraron por fin, tras mucho irla buscando.

Diego Sauri, su padre, sería un hombre de mar, atado a la traición de no escucharlo por vivir bajo dos volcanes y en el seno de una mujer consoladora y cuerda, cuya cintura breve no perdería la forma con los años de trifulca y amores que le esperaban. Josefa Veytia, su madre, apareció una mañana en un café de Veracruz junto a su incansable hermana Milagros. Pero todo esto pasó mucho después de aquellas vacaciones de Semana Santa en que vi a Emilia Sauri rodeada de gallinas y quise como nada escribir una historia para ella. ¿Cómo sería que en lugar de gallinas su padre tuvo a bien heredarle una botica llena de frascos pequeños y tarros de porcelana? No sé, tal vez mi ambición de pasado se siente mejor entre jarabes de ruibarbo y pastillas de tolú que entre gallinas y palomas mensajeras. Quizá cuando busqué una pasión para Diego Sauri, él aún vivía en una isla cuyo verde silencioso necesitaba más de un curandero que de un apicultor. ¿Cómo sería que Emilia fue naciendo a finales de un siglo carcomido como el nuestro, como todos los siglos, por el abuso, la esperanza y la sinrazón? ¿Cómo es que fue creciendo hasta dar con la juventud y la guerra? No sé. Tantas cosas pasan durante un libro, tanta ocurrencia y tanto afán caben en trescientas cuartillas, que cuando me preguntan de qué se trata el libro que apenas terminé, siento el temor de que sea posible decir en diez palabras todo lo que fui diciendo durante años de llegar puntual como a ninguna parte, al cuarto cuyo silencio exorcizo con el diario deber de inventar una historia. Ése y ningún otro trabajo me ha dado la vida. Nunca aprendí a bordar, jamás me alcanzó el talento para tocar el piano, no imaginé siquiera la posibilidad de liarme con la ingeniería, no sabría administrar una empresa, ni obedecer a mi partido o a mi jefe, no se me ocurre cómo salvar la ecología y sé de medicina lo que mi ansia de médico me ha enseñado a leer en el vademécum. No he podido jamás memorizar dos renglones de una ley, no sabría llevar las cuentas de una tienda, ni soy capaz de vender un paraguas en mitad de un aguacero. No me quejo de todas mis carencias, escribir es un oficio que enmienda casi cualquier mal. Escribiendo en los últimos años he podido sentir a una mujer con la voz de ángel que no tengo, he conseguido enamorarme de diez hombres con toda mi alma, he recuperado al padre que perdí un amanecer, he convivido con él y su gusto por la ópera, la política y el buen vino, como si él fuera el boticario Sauri y yo albergara el inocente fervor de su hija Emilia. He sido cuerda como Josefa y desmesurada como Milagros Veytia. He tenido un tío rico que me hereda una casa colonial y he jugado por fin junto a la fuente que había en el jardín de mi bisabuelo. Es más, lo he conocido, he aprendido de sus palabras cómo curar heridas, cómo reconocer gravedades, cómo sacar hijos de las panzas azules en que los guardan sus madres. Escribiendo *Mal de amores* —el libro que apenas terminé hace seis meses y que ya extraño como a un mundo perdido para siempre—, me subí a los trenes de la revolución, me hice médico, curandera, adivino, aldeana, general, cura, librero, guerrillera, amante de un hombre que me necesita y de otro que no sabe lo que quiere. Ahora que la novela se ha quedado en manos de otros, que la han leído ya los tres lectores a los que más temo, y los tres que mejor me perdonan. Ahora que ya está vendida a los editores y que empiezan a llegar las cuidadosas cartas de los traductores, me ha tomado una nostalgia de todo ese mundo entre álgido y beatífico en que viví mientras la escribía, echando maldiciones, durmiendo mal, abrumando a los otros con el pesar de quien un día sí y otro también se siente perdida en una realidad extraña y ardua que quién sabe cómo la atrapó y quién sabe cuándo pensará soltarla.

¿Qué es hacer un libro? ¿Para qué hacer un libro? Los libros son objetos solitarios, sólo se cumplen si otro los abre, sólo existen si hay quien está dispuesto a perderse en ellos. Quienes hacemos libros nunca estamos seguros de que habrá quien le dé sentido a nuestro quehacer. Escribimos un día aterrados y otro dichosos, como quien camina por el borde de un abismo. ¿A quién le importará todo esto? ¿Será que habrá quien llore las muertes que hemos llorado? ¿Habrá quien le tema al deseo, quien lo consienta y lo urja con nosotros? ¿Para qué hacer una novela de costumbres? ¿A quien conmoverá el olor a sopa caliente bajando por las escaleras que sube un aventurero como Daniel Cuenca? ¿Quién apreciará el silencio anticuado y valiente de Antonio Zavalza? ¿Valdrá la pena leer diez libros sobre yerbas y menjurjes para encontrar dos nombres que hagan creíble media página?

Empecé a escribir la novela para Emilia Sauri casi un año después de verla y ambicionarla por primera vez. Era enero de 1993. Decidí que Emilia Sauri naciera justo cien años antes porque quise pensar la vida en esos tiempos, entre otras cosas porque fueron años de riesgo y sueños que parecían remotos. No imaginaba tiempo más distinto del nuestro. No supe sino después de muchos meses de lectura, cuánto ignoraba de lo que según yo todo mexicano sabe como su nombre. ¿Qué pasaba en nuestro país durante los años anteriores a la guerra civil? ¿Qué era el Porfiriato además de un período de treinta años en el que gobernó un general llamado Porfirio Díaz? ¿De qué vivía la gente, qué profesión elegía, quiénes no podían elegir y quiénes no elegían porque ni eso necesitaban? ¿En dónde estudiaban los niños de clase media, qué jabón usaban, qué médicos veían, qué medicinas tomaban, qué diversiones los acunaron, en qué viajaban? Después, a la novela, sólo pasó el perfume remoto de eso que aprendí. No hacía falta más. Al parecer no se necesitaba la especialización en héroes y convocatorias, proclamas y manifestaciones que cruzaron la historia patria entre 1893 y 1917. Sin embargo, no me hubiera atrevido a creerme la novela sin tenerla. Aunque al corregir hayan quedado sólo dos o tres menciones de todo aquel enjambre. Obtuve, en cambio, del presente que se nos fue imponiendo, materia de reflexión y anécdotas para temblar por un pasado que a veces parece de regreso.

Cumplí con el deber de inventar cada mañana un mundo y escribí para sentir que mejoraba el presente invocando el pasado, para asegurarme de que la vida ha sido difícil y hermosa muchas veces antes de ahora, para recordar que no tiene remedio y que más de uno se empeña en que lo tenga a pesar de saber con meridiana claridad que de nada sirve su empeño.

No eran iguales todas las mañanas, por más que los de afuera me vieran sentada igual, torcida igual sobre la máquina igual, irritada con el ruido igual, oyendo la igual Ave María. Cada día era un tormento o una feria y nunca era predecible lo que me esperaba. Ahora, sin embargo, recuerdo esos días aún cercanos con la misma nostalgia con que se recuerdan los remotos tiempos de vino y rosas. En eso, escribir sí se parece a un parto. No puedo evocar ni uno solo de los malos momentos, si no fuera porque están para recordármelos quienes me oyeron quejarme y maldecir mi suerte a toda hora, yo diría que nunca la he pasado mejor que en los tiempos, la casa, y el país de los Sauri.

Me cuesta hablar de mi obsesión por las palabras, por el modo en que suenan y se combinan, por cuántos adjetivos sobran y cuál es el imprescindible. Todo eso es lo que yo llamaría la parte más secreta de mi vida privada. Que las cosas parezcan naturales requiere de un artificio peligroso. Que carezcan de artificio puede resultar aun más peligroso. Tengo vicio por los sonidos, gusto por oír las palabras redondas, cobijadoras, tibias. Escribo desde el principio pensando que tal vez nunca regrese al texto, pero inútil, cien veces regreso y mil volvería para seguir dándole vueltas. Empecé queriendo una novela centrada en los deseos y ambigüedades de una mujer y quién sabe cómo esta mujer y sus deseos quedaron dentro de una historia menos asible, más complicada. Yo imaginé a Emilia Sauri, primero como una mujer de treinta y siete años que no sabe qué hacer con los vericuetos de su corazón, después como una anciana que recuerda frente a una nieta preguntona. No importaba la política, ni se sabía de guerras en su entorno. En la novela que acabo de terminar, Emilia Sauri nunca nos muestra sus años treinta. Conocemos en cambio a sus padres con todo y amigos, familia, fantasías, ambiciones políticas y líos educativos. Recorremos con Emilia la infancia y la primera juventud, no la segunda. Asistimos a la guerra que jugó con su vida. No sabemos si tuvo gallinas, ni cómo creció a sus hijos. Tampoco habla nunca con su nieta. Esas cuartillas se quedaron afuera, sobraban a pesar de existir con tanta contundencia en mi cabeza. De ahí que la estructura del libro se volviera un problema. No recuerdo, porque no le conviene a mi actual afán de tranquilidad, la desesperación que me agitó durante los meses en que convencida de que el libro era muy largo, daba explicaciones innecesarias y andaba caminos que podían evitarse, acepté buscarle un orden distinto. Hubo noches en que despertaba segura de que de tanto borrar lo había borrado todo. Hubo otras en que no pude dormir, pensando en si sería mejor dedicarme a dar clases de lentitud y meditación. Y hubo unas peores. Unas en las que estuve cierta de que nadie me aceptaría como alumna del primer grado de yoga. Si alguno de esos días hubiera invadido mi casa la familia de ratones que llegó la semana pasada, me hubiera vuelto loca. Por fortuna el azar y la lluvia supieron esperar. No a que yo terminara el libro, los libros nunca se terminan, pero sí a que me desprendiera de él. Muchas cosas, arduas e incomprensibles pasaron en el país mientras tuve media cabeza tomada por la fuerza de una realidad que a nadie sino a mí le importaba y que de nadie si no de mí dependía. Ahora que llevo un mes y medio mirando sin filtros la vida que nos aflige, tiemblo de pensar que nuestro futuro pueda parecerse al que trastornó el país de los Sauri. Elegimos modos extraños de convocar y asumir el mundo que nos rodea. Pienso ahora que preferir el pasado, instalar en él las piernas y los ojos de Emilia Sauri, ha sido la manera de soñar que estos tiempos tienen remedio, que no son peores que otros, que nuestros hijos tendrán pasiones, futuro y abismos, como los tuvieron nuestros abuelos y los vamos teniendo nosotros.

Perro mar y ladrones

Esa tarde mis hijos salieron del colegio con la misma frescura de todos los días, litigando en torno a quién se quedaba a la práctica de deportes y quiénes querían bajar con ellos hasta la colonia Condesa y sus calles recién abiertas a la moda. Se acomodaron en la camioneta verde que le había hecho a su madre el favor de ponerla en la realidad: toda mujer con camioneta deja de ser un ente soñador y libertino para llevar consigo a todas partes la imagen de una señora con la cabeza en su sitio que tiene entre sus principales deberes el de manejar un medio de locomoción en el que puedan pasear sus vástagos, con sus bicicletas, sus amigos y sus múltiples e insaciables demandas. Lino, que es el hombre platicador y disperso, a cargo de recoger a la clientela escolar en semejante vehículo, se había estacionado en la puerta de la escuela. Hasta ahí llegaron los niños y la maestra de ojos suaves que los lunes vuelve con ellos como un hada. No bien estuvieron todos instalados con las mochilas en la parte de atrás y el ánimo dispuesto a bajar por Constituyentes ruidosos y discutidores, dos hombres con pistolas los obligaron a bajar y se llevaron a Lino con todo y camioneta.

Cinco minutos después me llamó la maestra. Todo en ella, su voz por encima de todo, trataba de ser apacible y bueno como sus ojos. Los habían asaltado, los niños y ella estaban bien, pero se habían llevado a Lino. Una madre de familia se ofreció a traerlos desde Cuajimalpa. Los vi entrar a la casa como a los hijos pródigos. Puse mi mejor cara, ellos pusieron la cara que mejor pudieron. Nos abrazamos. Por fortuna, al poco rato apareció Lino. Estaba asustadísimo, iracundo, empolvado. Resonaban en su cabeza las amenazas y el roce de la pistola contra su cuerpo. Lo amenazaron con volver a su casa por él y a la nuestra por los niños si hacía cualquier denuncia.

Lo demás lo conoce cualquiera. Está en las conversaciones telefónicas y en las sobremesas de todo aquel que se considere un habitante normal de la ciudad de México. Las autoridades son muy amables, son comedidas, saben cómo son esos asaltos y pueden describirnos trescientos iguales. Desarman los coches o los cobijan en camiones que luego cruzan la frontera sur y bajan su mercancía en países donde hay quien los compra por menos de la mitad de su valor real. Nuestro consuelo es el que reza que nuestro mal es mal de muchos. ¿Consuelo de tontos? Único consuelo. Actas, denuncias, viajes al seguro, entrevistas con licenciados sonrientes y con policías capaces de hacer preguntas fantásticas:

—Díganos usted. ¿Los asaltantes tenían tipo de policías.

Qué más da. El hecho es que para nuestra fortuna y regocijo no volveremos a ver la camioneta, pero hay mil cosas que agradecerle al destino, los hados, los dioses, la protectora mirada de los muertos a quienes estamos siempre encomendados.

Los asaltantes tuvieron la generosidad de no lastimar a nadie. Bendita sea la vida.

Los ojos de los niños asustados, son sus mismos bellísimos, entrañables, imprescindibles ojos. Nada les pasó. Bendita sea la vida.

Devolvieron a Lino sano y con una historia memorable para su caudal de historias. Bendita sea la vida.

Se llevaron la camioneta. Ya no tenemos otra que nos roben. El trago amargo ya pasó. Bendita sea la vida.

Tenemos un perro que al ver entrar a los niños tiembla y mueve la cola con el mismo intenso, indiscriminado júbilo que pone siempre al verlos entrar. No sabe de dónde vienen, de qué se libraron. Pero todo en él parece también bendecir a la vida que los devuelve.

Llamamos a las abuelas. También bendicen a la vida.

Nos llaman los amigos. Bendita sea la vida.

Voy al dentista. Bendita sea la vida que me otorga lugar y paciencia para dejarme extraer sin más la muela del juicio. Los niños están bien, qué importa tener la cara hinchada y un agujero doliendo como un acantilado junto a la garganta. Bendita sea la vida que nos robaron una camioneta. Mejor sería vivir intocados y dichosos. Pero ya no se puede. ¿O se podría? ¿Debería poderse? ¿En una ciudad donde trescientos niños han rascado un túnel junto al metro Insurgentes para tener en donde dormir cuando les llega la noche?

Voy a la reunión mensual en la comisión de Derechos Humanos del Distrito Federal. No me atrevo a contar mi pérdida, sino como una dicha. Vivimos en esta ciudad, en este país, bendita sea la generosa vida que sólo nos quitó una camioneta. La

Comisión tuvo que hacer una recomendación a la Procuraduría del Distrito Federal, tras recibir más de veinte denuncias en torno a órdenes de aprehensión que no se cumplieron. Ordenes en contra de presuntos asesinos, de presuntos violadores, que estuvieron a la mano de la policía, porque se sabía cuál era su dirección y estaba comprobado que no habían huido. Algunos de los acusados incluso trabajaron dentro de la misma policía durante más de un año después de haber sido girada la orden de aprehensión en su contra, algunos, quincena a quincena se presentaron a cobrar. Y aparentemente nadie los vio, nadie los encontró, nadie al parecer tuvo intención de buscarlos.

Así las cosas. Bendita sea la vida que sólo nos robaron una camioneta.

Escalera al cielo

¿Cómo salir de un desconsuelo que empieza en el estupor y termina en la rabia? ¿Invocando a quién? ¿Qué recuerdo? ¿Qué futuro? ¿Qué voz?

Nos lastima una tristeza como sin destino, seca, insultante. Se adueña la tristeza de las horas de comer y de las madrugadas, de las conversaciones con quienes más queremos, de la cabeza y el corazón que no alcanzan para consolar a quien más ha perdido, de las respuestas que no sabemos darles a los niños.

Nos enfrenta el desaliento poniéndonos a discutir todo menos lo que en verdad nos corroe el dolor como una maldición, como un enclave, como un maleficio sin conjuro posible. La pena por encima del trabajo, del amor, del sueño y la esperanza. La tristeza por encima del odio, de la política, del esfuerzo para vivir cada mañana.

Es verdad, no todo es distinto, no se ha roto del todo el mundo en que crecimos, pero se ha roto una parte del que soñamos, del que nos prometimos, del que creímos que merecen nuestros hijos, un país sin los muertos que nuestros abuelos no terminaron de llorar.

¿Cómo llegamos hasta aquí? No sé siquiera si valga la pena preguntárnoslo. Quizá sólo para empezar a imaginarnos cómo salir. Mediante qué propósitos, qué trabajo, qué réplica.

Porque de momento estamos alardeando o enmudecidos, cada uno con su país entre las manos, cada uno contemplando sus pérdidas; cada uno culpando a quien mejor se le ocurre, y casi todos, incluso quienes más argumentan, compartiendo la humillante sensación de saberse sin respuestas.

¿Cómo vamos a impedir que nos persiga la congoja? ¿En qué vamos a convertir la incertidumbre? ¿Qué debemos hacer para sacar del fondo de este sentimiento paralizante el valor que nos ponga otra vez a vivir como si el futuro que otros soñaron fuera nuestro deber y nuestro único empeño?

Voy caminando y mis pasos matizan el silencio del bosque en la mañana tibia. He salido a perseguir la inútil aventura de litigar con la vejez. Cuando llego a la mitad del recorrido que siempre me recorre, una ardilla interrumpe el paisaje idéntico que he ido contando con los ojos. Entonces me doy cuenta que he caminado tres kilómetros sin levantar la vista de los adoquines, un pie pidiéndole permiso al suelo para mover el otro.

—¡Mamá! ¡Por aquí! —grita uno de los niños.

Andan en su bicicleta y sus patines, me dejaron atrás y han terminado esperándome sentados en el borde de una fuente en la que viven siempre unas ranas de talavera que incansables escupen agua por sus bocas brillantes.

—Mamá, ¿en qué estás pensando? Te ganamos. Hay que subir al castillo por las escaleras.

—¿Por las escaleras? ¿Hoy? —pregunto con horror—. Tú no puedes. Traes la bicicleta —les digo a los ojos oscuros y el cabello despeinado de mi hijo, el que odia las matemáticas.

—La subo cargando —me contesta—. Así es doble ejercicio. Sirve más.

—¿Vas a subir hasta la punta del cerro cargando la bici?

—Claro —me contesta y arranca a pedalear rumbo a las escaleras, seguido de los patines que empujan a su hermana.

—Hoy no —les digo yo cuando han dejado de oírme. Y me entrego a la tortura de caminar casi como el mejor de los marchistas mexicanos para alcanzarlos alguna vez.

Cuando llego al pie de las escaleras, ellos van alcanzando el primer descanso de la subida larga como una noche sin sueño. Uno jala su bicicleta escalón por escalón, sin perder el ritmo. La otra protesta de vez en cuando, porque las ruedas de los patines la tiran hacia adelante. Sube dos escalones en cuatro patas y tres con el talle erguido como una bailarina, pero en medio de su danza voltea para gritarme:

—Córrele, floja.

—La tortuga hablando de caparazones —le digo desde abajo recordando el trabajo que me costó sacarla del cuarto en que dibujaba.

Empiezo a subir de dos en dos hasta alcanzarlos, y cuando los encuentro en el primer descanso, una pequeña rotonda desde la cual se atisba entre los árboles la ciudad iluminada de ozono y quién sabe qué otros gases bajo los que amanece medio cubierta, medio desdibujada, la niña de los patines aprovecha mi jadeo para decir con una sonrisa de perico burlón:

—Ya estás ruca, mamá.

—También los jóvenes envejecen, niñita.

—Eso lo inventó una amiga tuya.

—Pues óyela como sentencia. Y trata de alcanzarme con tus patines virolos —le contesto.

Volvemos a subir escalones. Nos falta la mitad del trayecto y parecen tantísimos.

—El que se pare es un indeciso —dice el niño de la bicicleta que sabe muy bien cuál insulto cala.

—Malditas escaleras. ¿Quién inventó subir las escaleras? —pregunto.

—La primera vez, tú —dice la niña y me hace recordar sus quejas de aquel día.

—Hoy, yo —dice el niño de la bicicleta—. Para saber qué se siente subir con carga.

—¿Y qué se siente, niño necio?

—Lo mismo que sientes tú —me dice. Y yo lo escucho permitiéndome el placer de pensar que he criado un niño filósofo.

—Yo sólo llevo la pelota —quiero decirle, pero no me puedo permitir el olímpico lujo de hablar entre escalones. Sigo subiendo, como si importara, tal vez porque importa.

Tras el último tramo, unas escaleras muy empinadas que suben desde el célebre Instituto de Investigaciones Históricas hasta el aun más célebre castillo que de noche parece volar sobre Chapultepec, llegamos a la puerta custodiada por unos soldados muy solemnes y más aburridos. Faltan cuatro minutos para las nueve de la mañana.

—Por fin —digo yo—. ¿No están exhaustos? —les pregunto a los dueños de los dos rostros chapeados y brillantes.

—Yo ahorita puedo bajar y volver a subir —dice la de los patines moviendo su cola de caballo.

—Yo también —dice el alpinista de la bicicleta.

—Mejor entramos al castillo —digo aún jadeante cerca de la reja.

—Todavía no se puede. Faltan cuatro minutos —contesta uno de los guardias acabando con mi coartada.

—Vamos a bajar, no seas cucha mamá.

—Yo aquí los espero —dice una lengua que habla desde mis pulmones.

—¿Me cuidas la bici? —pregunta el niño filósofo convertido en hijo.

—Te la cuido —contesto viendo cómo se persiguen escaleras abajo.

Un minuto después no sé qué hacer conmigo. Y me siento venir, y me temo, y no me quiero dar permiso de perderme otra vez en los insondables vericuetos por los que empezó mi caminata.

—¿Me cuida la bici? —le pregunto al guardia de la reja echando a correr.

Cómo estará la cosa —me digo— que prefiero seguir a estos dos acertijos antes que volver a la desolación de mis trastabillantes emociones.

Todo, cualquier torbellino antes que abandonarse. Porque lo que le pasa al mundo algo ha de tener que tratar con nosotros. Y si no es así, si no somos protagonistas de la historia, ni es con nuestros deseos y nuestro afán, nuestros riesgos y nuestros sueños como se consiguen las palabras que todo lo nombran, de cualquier modo hay que vivir como si así fuera.

Media hora después, regreso a escuchar con gesto arrepentido la reprimenda que junto con la bicicleta me guarda el militar de la puerta.

Han abierto la reja del castillo. Entramos a mirar el mundo iluminado que late a nuestros pies, como si nada.

—¿Todavía estás triste? —pregunta el de la bici.

—Yo no estaba triste —digo mientras me crece la nariz.

—Ah —contesta el niño.

—Te advertí que no lo iba a aceptar —interviene la niña que es la digna heredera al trono familiar del «te lo dije».

—Entonces —dice el niño—, hay que bajar a la Casa de los Espejos.

—Eso sí que no. La Casa de los Espejos no. Está llena de gente y no me da la gana verme de todos tamaños —digo mientras bajamos el cerro al que ha empezado a llegar el irremediable domingo en Chapultepec.

—Indeciso el último —dice el niño que cruza como un vértigo en su bicicleta.

Un rato después estamos en la cola para entrar a la Casa de los Espejos.

Pero no nos hemos de abandonar, lo que pasa en el mundo algo tiene que ver con nuestro esfuerzo, y si no es así... pienso mientras nos miramos en los espejos tergiversadores y los niños se ríen y otros adultos se ríen como los niños... si no somos protagonistas de la historia, ni es con nuestros deseos como se consiguen las palabras que todo lo nombran...

—La verdad hijo, sí he estado triste —le digo al niño de la bici.

—¿Te gustaron los espejos? —me contesta volteando después los ojos en busca de la niña de los patines con la que apostó mil pesos a favor de mi tristeza.

—Ya oí —le dice la niña—. Toma tus mil pesos.

Tributos a la vida

Quizá una de las más extrañas bendiciones que se digna concedernos la fortuna esté en la tenue luz con que de pronto nos alumbra una ventura esencial. A mí esa luz me mostró en toda su armonía el valor y los talentos de una mujer al mismo tiempo tímida y drástica que yo no sabía ver tan excepcional como es.

Fue una niña de dieces y ojos suaves, de facciones finas y un pocito de luz en cada mejilla. Fue una niña introvertida pero sonriente, indecisa pero firme. Nació en abril de 1924, tres días después de los fusilamientos con los que Álvaro Obregón puso fin a la rebelión contra su gobierno, encabezada por Adolfo de la Huerta. Por entonces, como algo habitual, el país temblaba de vez en vez y la política vivía cruzándose con los vestigios de la larga y reciente guerra. Un mes se acallaba una revuelta, al otro un general se levantaba en Tabasco, una manifestación de locatarios frente al Palacio Nacional era recibida a balazos por la guardia del edificio, los diputados del Congreso Poblano destituían al gobernador a sólo unos meses de que había sucedido a Lombardo Toledano y en la ciudad de México una balacera dentro de la Cámara de Diputados dejaba herido a Luis N. Morones. Como contraparte Álvaro Obregón lanzaba un decreto disponiendo que quedara en suspenso el servicio de la Deuda Pública mientras mejoraban las condiciones del Erario Federal, y se celebraban en toda la República las elecciones que llevaron al poder a Plutarco Elpias Calles. Las catástrofes naturales y las simples catástrofes se sucedían sin rigor y sin tregua, aguaceros y granizadas ocasionaron dos veces la inundación parcial de la ciudad de México, en Tacubaya un incendio consumió un cine lleno de espectadores, una plaga de langosta cayó sobre el Estado de Veracruz, en Coahuila un huracán causó tremendos destrozos, en San Pedro de las Colonias una ventisca derrumbó todos los postes de luz y arrancó de cuajo muchos árboles, en Tampico un ciclón hizo encallar al vapor *Esperanza.* Al mismo tiempo, una implacable vocación de progreso inauguraba en Chapingo la Escuela Nacional de Agricultura y en la Calzada de la Piedad, el Estadio Nacional. A lo largo del año, la eficaz mezcla de fe y jolgorio que mueve a la religión católica se permitía las últimas ostentaciones de su credo. Antes de que irrumpiera, como el más temido de todos los ciclones, la inexorable persecución religiosa de los siguientes años, en abril la Virgen de los Remedios viajó con una procesión desde su santuario parroquial hasta el centro mismo de la República en el altar mayor de la Catedral. A partir del día en que quedó expuesta para la adoración de los fieles, fueron celebrados con gran solemnidad, desde la apertura de un nuevo templo dedicado a San Antonio de Padua, hasta la consagración de varios obispos y arzobispos. Todo sin faltar imposiciones del Sagrado Palio, coronaciones de vírgenes y procesiones callejeras para llegar, en lo más alto de su gloria, al Congreso Eucarístico Nacional. Todos los arzobispos y obispos de la República se reunieron en la Catedral Metropolitana para el solemne y magno evento al que acudieron desde los miembros del cuerpo diplomático hasta cada una de las órdenes religiosas que había en el país. Misas Pontificiales, reuniones de estudios, asambleas solemnes y demás saraos sufrieron un revés cuando el gobierno consideró que tanto lío violaba las Leyes de Reforma y el presidente de la República ordenó al procurador general que con toda diligencia procediera contra los responsables de un jaleo cuyo poder de convocatoria ponía a temblar el suyo. Entonces debieron suspenderse la peregrinación a la Basílica de Guadalupe y la grandiosa ceremonia en el Parque Lira. No obstante, el Calendario Galván culmina su relación de tales hechos asegurando que el éxito del Congreso fue enorme y que su recuerdo perduraría por siempre en la memoria de todos los mexicanos.

En este mundo abrió los ojos la mujer que hoy invoco. Creció, sin embargo, sin memoria de más tropiezos que los provocados a su timidez por los desórdenes de una escuela mixta y laica, unas raspaduras en las rodillas, contra las que caía, sin remedio, alguna de todas las tardes en que patinaba en ruedas sobre la desierta calle a la que se abría la casa de su infancia y una avidez de justicia que aún provoca exabruptos en su vera. Como a los once años, su padre le tomó una foto vestida de cazadora, sosteniendo una escopeta y hundida en el par de botas con las que él salía a cazar madrugadas. El perro que la acompaña parece orgulloso de su compañía y ella tiene un aire de triunfo y una sonrisa de cielo bajo la cual la imagino viviendo con temor. Como a todos, la juventud la sorprendió inerme, dentro de un cuerpo de diosa y un corazón avergonzado de habitarlo. Temía las voces que iban hablando de su belleza y si hubiera podido esconderse a maldecirla lo habría hecho mil de las tantas veces en que su madre la contempló orgulloso de su creación, segura de que nada más le haría falta en la vida. Tenía las piernas largas y la cintura quebradiza, unos brazos de niña acróbata y una cara como las de los ángeles, dibujada con deleite por el Dios de su madre y el azar en que creía su padre. Con semejantes atributos, la vida cercó su sombra tantas veces como hombres se acercaron a mirarla con la codicia de un abrazo entre los ojos. Así las cosas, se hundió en los quehaceres de la Acción Católica y vivía junto con su hermana Alicia, perdida en una nube de niños desarrapados y medio hambrientos a los que enseñaba el catecismo que había vuelto a encontrar esplendor y permiso de tránsito. Dice que la educaron para encontrar en otros el orden de su propia vida, para casarse y resolver sin más la busca del sustento y el destino que cada quien ha de buscar según sus luces. Aun su padre, que la enseñó a esquiar sobre un lago y que gozaba escuchando su sueño de convertirse en bailarina profesional, tenía la certidumbre de que su hija debía buscar la vida cerca de un hombre rico y alto, poderoso y audaz como era necesario que los hombres fueran. En la siguiente fotografía que guardó de su hija, ella está en el jardín dándole una sonrisa más culpable que triunfal en medio de los treinta ramos de flores que recibió un día de su santo. No le gustaba el destino sencillo y ruin de una mujer que se casa con el éxito de otro. No pudo hacer un sitio en los entresijos de su corazón que les diera a sus padres el gran susto de verla bien colocada. Se enamoró muy joven de un imposible al que lloraba enfurecida tras las noches de baile y serenatas. Ese hombre fue muy joven y muy tonto para saber la luz que abandonaba. Tuvo después un novio de ojos claros que había amado su brillo desde niño, al que obligó a marcharse la mañana de sol en que lo vio muy guapo besándole la mano a una gringa de cabellos brillantes que pasaba el verano con su familia. Y no hubo serenata con piano, ni discurso, ni alhaja, que aplacara la furia que aún revuelve a nuestra dama siempre que la deslealtad cerca sus ojos.

Aún temía que el desasosiego fuera a seguirla siempre cuando dio con la pluma y las palabras de un hombre doce años mayor que ella, que volvía de la guerra en Europa con la sonrisa de un héroe lastimado, las bolsas vacías y los ojos oscuros como una clara promesa de infinito. Se casó con él, por las buenas razones y las necesarias sinrazones, lo quiso con la lealtad y la enjundia de una reina, le dio cinco hijos, más de veinte años de sueños y una luz que lo mantuvo vivo por tanto tiempo como le fue posible estar junto a ella. Cuando murió, ella sintió que no le había querido suficiente, que más se merecían su mirada y su afán, su inteligencia y sus bondades. Sus hijos la trataron a veces como si de un llamado suyo hubiera dependido que él no muriera y ella, loca de amor por ellos y por él, aceptó sin reparo aquel equívoco. Hasta que el tiempo con su dosis de cordura condujo a un nuevo acuerdo a la familia entera: el hombre que muere de una embolia, no abandona, no olvida, no escapa, no se negó a vivir, sólo se muere. Y el abismo de su ausencia puede paliarse algunas tardes de domingo, rindiéndole homenaje a su mejor herencia en el placer de una conversación bienaventurada.

La mujer, la mamá, la niña que aún carga una escopeta reencontró en alguna de aquellas conversaciones y en el lujo de su desaforado espíritu, el deseo de saber con que había acompañado a sus hijos por los desfalcos de cinco preparatorias y cinco universidades. Tenía sesenta años cuando ingresó a la preparatoria, más ávida y febril que ninguno de sus adolescentes compañeros. Y como si tuviera diecisiete, con mucho menos tedio y temor del que enfrentaron sus hijos en las clases de física, estudió los tres años de educación abierta que necesitaba para entrar a la universidad. Después, fresca y ágil pasó cinco acudiendo a estudiar antropología en la Universidad Autónoma de Puebla, hasta que una mañana de nuestras iluminadas primaveras acudió con el delirio a cuestas, a presentar su examen profesional. Les había dicho a sus hijos que no quería invitarlos, sólo le importaba que lo supieran, pero no quería verlos porque estaría nerviosa, equivocándose, y prefería que todo transcurriera en la paz cotidiana de un pequeño salón medio deshabitado. Por el clan se negó a obedecer su recato, y el Arronte, un edificio colonial que alberga las pintas y las luces de los estudiantes y maestros de antropología, vio subir la mañana de un viernes, por su eterna escalera de piedra, a los hijos, los sobrinos, los nietos, los hermanos, la entera y ruidosa familia de la dama discreta que conocían sus compañeros y maestros. Hubo que cambiar de salón, hubo que avisar a los niños pequeños que no se trataba de jugar adivinanzas con abuelita, y después de mucho ir y venir bajo la paciente mirada de los cuatro jóvenes y austeros sinodales, el clan se acomodó en alerta, dispuesto a rasguñar si alguno molestaba la minuciosa voz de la estudiante.

La tesis recoge las vidas, las frustraciones y los sueños de cuatro mujeres que vistas una por una son tan excepcionales como frecuentes. Los ojos de la estudiante acudieron a cada uno de sus recovecos y fantasmas, a muchas de sus penas y sinrazones, a cada uno de sus amores y al mucho desamor con que han cargado, regidas por la misma fatalidad con que cargaban su corazón y sus cabezas, su vientre embarazado y su pobreza. Por años había ido a buscarlas en las tardes, para oírlas hablar más compadecida que científica, más amiga que observadora, más cómplice que juez. Después, sencilla y contundente, las contó una por una sin confundirlas, cercana como la miel a sus heridas. ¿Objetos de estudio? No lo quiso decir, porque hubiera parecido poco científico, pero jamás se acercó a verlas de ese modo. Prendida de los ojos de sus nietos, de alumna viró a maestra esa mañana, y fue contando, a oídos que la escuchaban como por primera vez, la vida en las colonias que albergan y atestiguan el mundo de quienes sólo tienen como pared y cobertizo unos cartones. Y mientras iba hablando de otras vidas, hablaba de la suya sin hablar. El título de la tesis *Yo lo que quiero es saber,* lo tomó de los labios de una mujer que lamentaba no haber ido a la escuela más allá de segundo de primaria. Y al escucharlo una de sus hijas, recordó que apenas hacía un año, para ordenar la tesis, su madre había aprendido a escribir en una computadora con la que ella jamás había podido, porque tenía las letras verdes y el cursor palpitante. «Lo logré», le había dicho con el deseo de sorprenderla, pero no consiguió sino afirmar en su hija la certeza que le crecía por dentro en los últimos años. Como decía su abuela, su madre era perfecta y para su placer y regocijo, ella podía aceptar el hecho sin la aflicción que en otros tiempos le acarreaba. Las dos hijas lloraron, una con más recato que la otra, los tres hijos temblaron bajo su gesto firme de hombres eternos, y el yerno al que citaba en su bibliografía, quiso guardarla siempre en su memoria y emborracharse a fondo para poder decirle cuánto de todo aquello le admiraba.

No imagino lo que será para sus nietos recordar el orgullo cuando los profesores dijeron «aprobada» y una porra futbolera cruzó el aire del sucio y solemne recinto. La abuelita se volvió licenciada, la niña de la escopeta, la mujer de las flores, la esposa de aquel hombre que latía entre los ceños y los ojos de quienes la abrazaban, estaba radiante como nunca antes la había visto ninguno. Hubo comida y mariachis, amigos de la infancia, testigos de la larga juventud, tarde de sol y pájaros, tres globos de Cantolla lanzados en su honor por el niño más sensible de todos sus sobrinos. Al día siguiente, después del desayuno, una de las hijas volvió a abrazarla orgullosa y alegre de tenerla. «¿Estuviste contenta?», le preguntó. La madre afirmó moviendo su hermosa cabeza. «Fue el día más feliz de toda mi vida», dijo absolutamente segura de que tenía vida y valor para saber tal contundencia.

Fama o cronopio

Mi hija Catalina tiene doce años y una envidiable inquietud en los ojos con que lo mira todo siempre como por primera vez. Hace poco, ella y su amiga Luminitza visitaron mi oficina y mientras yo intentaba escribir, las dos se dedicaron a fisgonear por los rincones. Afanaban en silencio de un lado a otro, murmurando de vez en cuando un comentario. De pronto Luminitza se detuvo ante el marco que guarda la estampa de Julio Cortázar y frente a los ojos inteligentes del escritor que nos reenseñó la literatura en los años setenta preguntó:

—¿Quién es?

—Es un tipo al que mi mamá admira mucho —y como si lo supiera todo agregó—: Es como Luis Miguel para nosotros.

Luminitza miró un segundo más los labios de Cortázar sujetando un cigarro, su cabeza juvenil, la intensa arruga entre las cejas, la mirada como una pregunta.

—Está guapo —dijo y Catalina asintió para mi tranquilidad y estupefacción.

Siempre que alguien me parece guapo a ella le parece viejo y nadie que no tenga cara de niño juguetón y desafiante pasa por el tamiz con que elige sus adicciones. ¿Qué tendrían en común Luis Miguel el cantante y Julio Cortázar el escritor? ¿Qué tanto sé yo de Luis Miguel como para disertar en torno al fenómeno de adicción y temblores que convoca su paso, su voz? Acepté escribir algo sobre el asunto porque me lo pidió el hijo de un amigo y no pude negarme, pero yo fui adicta a otras voces y no estoy en edad de prendarme del paso efímero y encantador de un adolescente que conmueve multitudes. Sin embargo me gusta Luis Miguel y le agradezco hasta siempre su voz cantando boleros, porque gracias a él puedo viajar en auto con mi hija sin litigios en torno a cuál música debe sonar. Entre lo que para mí es ruido y para ella música pop y lo que para mí es música y para ella tedio, está siempre Luis Miguel como el mejor de los acuerdos. Luis Miguel el famoso, el acosado, el niño con un espacio entre los dientes de en medio como un guiño que lo hace más simpático canta boleros tan bien como Malena cantó tangos y nos pone a ensoñar cada cual en cada una, pero juntas.

—Este Luis Miguel es un cronopio —dije cuando volvíamos a la casa escuchándolo cantar.

—Quiero ir a verlo al auditorio —dijo Catalina.

—Ya fuimos dos veces y la última tú y tus amigas gritaron hasta que palidecí de vergüenza. Sólo les ganó la cincuentona esa que le gritaba «papacito, estás para chuparte» incluso interrumpiendo las canciones más suaves.

—Es el chiste —dijo divertida. Y sonó como para creerle—. ¿Qué es un cronopio? —preguntó.

—¿Un cronopio? —dije—. Es muy complicado de explicar. Yo diría que lo contrario de un fama.

—Luis Miguel es famoso.

—Sí, pero uno sabe que a ratos siente piedad por sí mismo. Sabe que igual aparece en una revista reluciente como si sostuviera el sol, como si el cielo fuera una bandeja, que tirado al borde de una playa, borracho de tres días y tres noches de pena.

—¿Y por eso se llama cronopio?

—Por eso y otras cosas como invitar a Manzanero para que le diga cómo hacer bien un disco y rogarle «no te vayas» cuando él quiere salir del escenario para dejarlo a solas con el horror de su fama. Los cronopios le tiene miedo a la fama, la padecen.

—Por eso cae bien Luis Miguel. ¿No? —me pregunta extendiendo el brazo para subir el volumen cuando escucha el principio de «No sé tú».

—Los cronopios caen bien.

—¿Quién inventó los cronopios?

—Cortázar. Mi Luis Miguel particular, según tú.

—¿Era escritor el guapo de tu oficina?

—Era el escritor más querido. Tanto que hasta los escritores de su generación lo querían más que a ningún otro. No sabía provocar envidia.

—¿Y qué decía de los cronopios?

—Nunca hizo una definición de cronopio. Escribió un libro que se llama *Historias de cronopios y de famas* en el que cuenta qué les pasa a unos y otros. De lo que les pasa y de cómo viven uno deriva quiénes son.

—¿Dice cómo cantan los cronopios?

—Sí. Dice que cuando un cronopio canta se entusiasma de tal manera que con frecuencia se deja atropellar por camiones y ciclistas, se cae por la ventana, y pierde lo que llevaba en los bolsillos y hasta la cuenta de los días.

—Eso no lo hace Luis Miguel.

—¿Quieres más bicicletas y camiones que tú y tus amigas y las diez mil gritonas que van al auditorio? —le pregunto y acepta la comparación con una de esas risas tolerantes que usa para hacerme sentir que es menos adolescente que yo—. Los famas no cantan por gusto. Y Luis Miguel canta con gusto que no puede ser fingido.

—¿Qué más hacen los cronopios?

—Hacen cosas fantásticas. Por ejemplo pierden las llaves cuando quieren salir a la calle, saben que las dejaron en la mesita de noche y que la mesita de noche está en la recámara y que la recámara está en la casa y que la casa está en la calle y que por eso no pueden dar con la llave porque para dar con la casa hay que salir a la calle.

—Esos están como tú.

—Favor que me haces, hija.

—Estoy trabajando para que me lleves al auditorio. No seas mala, es una vez al año.

—Sale carísimo.

—¿Ese comentario lo haría un cronopio? —dice y enseguida me invade la maravilla como si yo fuera un cronopio de esos que cuando tienen hijos encuentran en ellos el pararrayos de la hermosura y creen que por sus venas corre la química completa, con aquí y allá islas de bellas artes y poesía y urbanismo.

Por supuesto que iré al Auditorio Nacional en calidad de camión a pedirle a Luis Miguel que cante sin importarle de qué modo lo atropellan sus fans.

—¿Me prestas un libro de Cortázar? —pide Catalina y claro que se lo presto. Por ahí busco *Ra-*

yuela. La mañana me dejó nostálgica del Cortázar que leí y subrayé en los setenta con la fe y la soltura de quien ha dado con algo que le urgía. El libro está tan viejo y amarillento como si hubiera sido de mi abuela. En un acto de amor lo mandé a empastar hace un tiempo, pero eso que le quitó su condición de baraja, lo volvió tieso y estrecho. Lo abro donde sea. Caigo en la página 538 y doy con un párrafo que subrayé con un plumón morado. Empieza diciendo: «Sigo tan sediento de absoluto como cuando tenía veinte años, pero la delicada crispación, la delicia ácida y mordiente del acto creador o de la simple contemplación de la belleza no me parecen ya un premio, un acceso a una realidad absoluta y satisfactoria. Sólo hay una belleza que todavía puede darme ese acceso, aquella que es un fin y no un medio y que lo es porque su creador ha identificado en sí mismo su sentido de la condición humana con su sentido de la condición artística. En cambio el plano meramente estético me parece eso: meramente. No puedo explicarme mejor».

Cierro el libro asustada. ¡Qué desafío! Morelli es el invento más terrible de Cortázar. Qué temerario de mi parte subrayar ese párrafo a los veinte años. ¡Qué ambicioso proponerse tal cosa! ¿O será que simplemente no hay que proponerse tal cosa? Yo me conformaría con dejarme tomar en serio por el sentido de la condición humana. Ya es bastante, ya es más que bastante.

—Mira qué divino salió aquí Luis Miguel —dice Catalina mostrándome al muchacho vestido de blanco con el pelo sobre la frente y en la expresión un desafío.

—Es mejor cuando no sale divino —opino volviendo a mi libro. Al rato ella regresa con el que le presté y se acomoda en la cama para leerlo junto a mí. A veces interrumpe para reírse y tachar a Cortázar de loco. Cuando al cabo de una hora lo cierra y se levanta me dice:

—Yo creo que Luis Miguel sí es cronopio.

—A veces es cronopio —le contesto—. Tiene cara de que deja sus recuerdos sueltos por la casa.

Don de audacia

Hace un mes llegó, como del cielo, la carta de una mujer italiana, dirigida a la hija de Carlos, su amigo mexicano a finales de los años treinta. Había leído *Donne dagli occhi grandi* y el apellido de la autora y la dedicatoria la condujeron a la editorial que le dio mi nombre. Era una carta cálida y breve en la que hablaba de su trato con mi padre, de su marido médico, de sus hijos. Me pedía que le respondiera a la dirección de su hija Lorenza.

Yo no recuerdo con qué certezas contesté a su tímida presentación de sí misma, pero ahora ha llegado su segunda carta. La empieza diciendo lo que no pudo decir completo en la primera: «Como bien has comprendido Carlos é stato il mio primo primerissimo amore. Yo era una adolescente soñadora cuando vino la terrible guerra. Por años todo fue destrucción y muerte. También en Milán. Muchas veces se nos obligaba, aun de noche, a acudir al refugio. Ahí después del miedo platicábamos, se reía con los amigos.

»Yo era bonita, alta, pelo negro, ojos azules. Tenía muchos admiradores. Pero tu papá me enternecía, mi faceva sentire tanto piú grande.»

Trato de imaginarlo. Mi mamá tiene encima del piano la foto de un hombre con los ojos de la primera juventud que no le conocimos a mi padre. Un hombre que por entonces sentía con su nariz afilada la húmeda vid creciendo en un pueblo húmedo del Piamonte. Un hombre que ya por entonces sabía esconder la pena silbando mientras subía las escaleras. Sus manos no pueden haber sido muy distintas. Ni mejores. La forma de sus manos no la cambió la guerra.

Termina la carta «Éramos jóvenes, y la juventud nos ayudó a superarlo todo. Quién sabe cuándo vendrás a Italia. Te acogeré siempre con un abrazo».

* * *

Tengo una caricatura que Rogelio Naranjo le hizo a Renato Leduc. De cada bolsa del saco le brota la pierna entaconada de una mujer tibia. Tienen que haber sido tibias las mujeres que arroparon a Renato. Me gusta mirarla porque a veces, no todas, tengo el privilegio, alguna magia me da permiso de volver a escucharlo:

«Ustedes los jóvenes creen que la revolución se hizo con canciones. Pero están muy pendejos, mijita. La revolución se hizo caminando cuarenta kilómetros con gonorrea encima. Se hizo con muertos. Y los muertos apestan y regresan de noche a espantarnos con el recuerdo de sus gritos.»

—Renato —le pregunté un día—, ¿cómo era la mujer para la que escribiste el *Romance del perdidoso*?

—Cursi —me contestó—. ¿Vienes a los toros?

* * *

Cuenta doña María Luisa Ramos en las memorias que le envió por carta a una de sus nietas:

«Por entonces se temía que entraran los rebeldes a Teziutlán. Mis papás estaban alarmados. Como se comentaba que se robaban a las muchachas, mi mamá temblaba por nosotras. En el zarzo de mi casa había una caja de piano vacía. La disimulamos con cartones y costales. Ése sería nuestro escondite en caso de necesidad.

»Mientras tanto, entre las duras y las maduras, pasábamos el tiempo al acecho de diversiones. Me habían salido además de tu abuelo, que era el más guapo y simpático pero no era del pueblo y por lo tanto me daba desconfianza, otros tres pretendientes. Un español muy colorado que me hizo un verso y me mandó un cajón de madera lleno de distintos dulces. Decían que con él no me faltaría nada, pero no me gustaba. El otro era Periquito Medina, muy tímido y muy meloso. En los bailes me decía: "Es usted la reina de la fiesta, Luisita". El tercero era Miguel Cavada, guapo y con una mamá y unas hermanas muy bonitas, pero a ese decían que le olían los pies.»

—Abuela —le preguntó su nieta en una carta—, ¿pero tú viste la revolución?

—No sé —dijo la abuela—. Yo en esos años me estaba casando.

Una brizna de infinito

Lo recuerdo a cada rato, hermoso y viejo como lo conocí. Tenía largos los dedos de las manos y el cabello canoso pero salvaje y descuidado le daba a su cabeza un aire de juventud que ningún hombre de treinta compartía ya con él. Tenía un rayo de burla en las pupilas y una guerra en los labios. Era encantador y adorable, como debió serlo desde los siete años en que lo mandaban a comprar el petróleo cerca de su casa. Se lo vendía una mujer sobre cuyo trasero, según él evocaba, se podía tomar el té y jugar barajas. Renato entraba en la tienda con dos monedas y la esperanza de que algún efecto embriagante le hiciera el aroma que corría bajo el mostrador, siempre que la mujer tenía a bien curarse las reumas con una poción de alcohol y mariguana en la que hundía los pies apacible y distraída. Cuando la recordaba, yo sentía que su memoria de poeta aún podía tocarla. Escucharlo contar el pasado fue siempre un privilegio.

Se han dicho tantas cosas de Renato Leduc, yo misma he recontado tantas veces el aire atrevido que traía con él, sin embargo sé que no acabaré de aprehenderlo nunca, por más que lo añore todos los días. Este agosto derruido y peleonero se cumplen diez años de su muerte, diez años cruzados por tal cantidad de acontecimientos y desfalcos impensables en 1986 que no puedo dejar de preguntarme qué opinaría ese poeta del desencanto de este mundo que nos corroe. Había en él, que eternamente jugaba al descorazonado, al desengaño sin matices, una dosis de esperanza y de vocación lúdica que ahora, quién lo diría, parecen inocentes. Tal vez por eso, invocarlo resulta siempre consolador. Renato no creía en los amores duraderos, ni en la fe de los templos, ni en la patria de la Historia Patria. Pero era un eterno enamorado, creía en las estrellas y en el fuego que las ampara y era, junto con los sencillos héroes de todos los días, un venerador sonriente de la patria que se hace conversando, bebiendo, imaginando que el mundo es noble porque nunca ha negado que no tiene más remedio que acatarlo, con sus desfalcos y destellos.

Eran breves las tardes escuchando a Renato tras la comida en el café de románticos obsoletos que era el Rincón de Cúchares. Largas, polvosas y tercas eran las tardes de toros con los ojos prendidos a Manolo Martínez, soñándolo, creyendo que algo veía desde el palco lejano en que nos encerrábamos con unos binoculares a gritar ¡ole! y venerar el valor y la estampa del torero cada vez más imaginario. Digo que lo imaginaba más de lo que podía verlo, porque por esos días me pidió que lo acompañara a una reunión regida por el entonces presidente José López Portillo. No recuerdo qué premios se entregaban ni qué sucedió en el famoso evento, pero recuerdo que había mucha gente y que se me ocurrió liberar a Renato de los empujones propios de la salida, llevándolo por una puerta alterna que se abrió un segundo hacia un pasillo de aspecto privado en el que me detuve asustada a dudar por dónde salir. Ahí estábamos detenidos cuando entró López Portillo con tres acompañantes.

—Renato, qué gusto verlo —dijo el presidente.

—¿Cómo has estado? —le preguntó Renato dejándose estrechar la mano.

—Yo no ando mal. Pero lo veo mejor a usted.

—No exageres, tú también te ves bien. Cuídate.

—Eso hago, pero usted tendría que darme la receta.

—Claro te la doy: haz siempre lo que se te pegue tu chingada gana.

El presidente rió, le palmeó la espalda y le dijo que tomaría muy en cuenta su recomendación. Luego siguió su camino.

—¿Quién era este cabrón? —me preguntó Renato al sentir que se alejaba.

Veía mal, entre sombras, pero caminaba erguido como si no temiera el acantilado que podría abrirse a sus pies, y siempre tenía un consuelo en los labios y otro en las manos con los que parecía saberlo todo.

Me gusta encontrar a Patricia su hija y decirle cuánto lo extraño, cuánto jugué a ser su otra hija y cuánto me hubiera gustado ser la novia desatada y adolescente que hubiera sido, si ambos hubiéramos sido juntos sesenta años antes de conocernos.

—Yo me hubiera ido a París contigo —le dije un día.

—Y yo te hubiera llevado —me contestó.

—Mentiroso —le dije riendo.

—Entre que me llames mentiroso y me llames poeta prefiero que me llames borracho. Aquí la única mentirosa eres tú.

A veces el aire trae su recuerdo con cualquier cosa. En las mañanas me dice aún desde el espejo que parezco un dibujo del cuatrocientos, levemente celeste y fantasmal.

No creo que la vida vuelva a darme un amigo capaz de hacerme tantos regalos. A él le debo la voz de Catalina Ascencio, algunas mujeres de ojos grandes durmieron con un hombre de su estampa, y Daniel Cuenca le robó a su recuerdo algo de la inconstancia y el fervor con que lo imaginé siendo joven. Renato es de esos muertos cuya sombra matiza cualquier intento de catástrofe interna. Seamos impasibles, inmutables y eternos como el fondo del mar, dice un poema suyo que me repito a cada tanto. O invoco de repente como el mejor auxilio en mitad de una aflicción que tiene remedio: no llores, muchacha, que el llorar afea, y quien mucho llora, muy escaso mea. Y parece que lo oigo reírse de mí, de él, de todos nosotros.

y se abrirá en el silencio —breve y única ventana—
como voz de la esperanza la verde voz de una rana:
Quien gana en amor se pierde, en amor quien pierde gana.

No sé cómo puede quererse tanto a un abuelo cuya sangre no tenemos la fortuna de llevar en el cuerpo. En cambio sé de cierto que ningún año de mi vida olvidaré la luz con que Renato se burlaba del mundo, y que entre las cosas importantes que le debo a la vida, está el haberme cruzado con la prosa de su boca y la poesía de su corazón incansable. Antes soñaba mi ambición con llegar a vieja siendo tan audaz, insensata y curiosa como llegó Renato a los noventa y dos años. Ahora les ruego a mis cuarentas que invoquen al esperanzado Leduc que sobrevivió a siete años de siglo diecinueve y a ochenta y seis de siglo veinte, sin transigir con la idea de que vivía en el peor de los Méxicos. Para él cada día era un enigma que encerraba en su paso el placer de resolverlo, y no se hubiera perdido un minuto de su vida porque sabía como pocos cuánto vale cada segundo de luz, aun cuando le hiere la zozobra. En los últimos tiempos, siempre que hablé con él encontró la manera de recordarme el privilegio de la sobrevivencia. Al principio me hacía sentir culpable de tener más años por delante, ahora me digo que insistía como si previera que las cosas podrían ser difíciles y quisiera heredarnos la certeza de que nunca son peores que cuando no son. Ahora, cuando el mundo se pone de dar miedo y temo caminar en la noche las seis calles que van de mi estudio a mi casa, le pido a Renato que deje la pared en que lo cuelgo y que venga conmigo como el más claro de los amuletos.

Los conversadores

Yo vengo de un tiempo humano, cada vez más remoto, en el que conversar era el don, el privilegio y la costumbre más encomiable. No sé si ese tiempo tuvo un lugar o si a lo largo de los siglos estamos distribuidos, aquí y allá, los habitantes de su espacio. Creo más probable esta segunda opción, la creo porque he aprendido a reconocer de lejos a los miembros de esta especie de secta cada vez más exigua que podríamos llamar los conversadores. No hay necesidad de trámite, ni de credenciales ni de registros para ser un buen conversador. La única seña está en la facilidad con que traban cercanía y descubren sus emociones, dudas, pesares y proyectos como quien desgrana un rosario. Impúdicos y desmesurados se vuelven invulnerables, porque todo lo suyo lo comparten. Y si un problema tienen, es el que los hace vivir corriendo el riesgo de derivar en chismosos. Nada tan despreciable para un conversador como un chismoso y, para su desgracia, nada más cercano a la vera del acantilado por el cual caminan. Antes que nadar, comer, dormir o cualquier otro placer parecido, los conversadores prefieren intercambiar palabras. Sólo los besos y sus prolongaciones son tan placenteros para un conversador como las palabras. Tal vez porque los besos están emparentados con las palabras, y el amor puede ser una conversación perfecta. De ahí que los conversadores tiendan a enamoradizos. Como tienden también a cantar cuando están solos o a colgarse del teléfono a propósito de casi cualquier cosa. El reloj es su enemigo más acérrimo y no lo pueden remediar, saludan a desconocidos en el mercado o en la calle y tienden a dar consejos a quien no se los pide. Cuando sienten que el día no les rindió, que algo le falta al mundo para poder cerrarse sobre su almohada, se prenden de un libro o de una película de esas en que no importa lo que pase, con tal de que importe lo que se diga.

A los conversadores siempre les falta un poquito, nunca quieren que la gente se vaya de su lado y cuando su cónyuge les da la espalda para irse a otro lado con su soliloquio tienden a llamarlo con un *oye* que es una especie de súplica, de no te vayas aún. Para entonces el otro ya se ha ido y grita desde lejos: Estoy a veinte pasos. ¿Qué quieres? ¿Por qué esperas a que me vaya si vas a decir algo todavía?

Frente a respuestas así un conversador puede hundirse minutos en un abismo oscuro del que sale de golpe como redimido por la idea de escuchar a Pavarotti cantando *Parlami d'amore Mariú.*

Los conversadores nos descubrimos hasta por teléfono. Yo sé de una mujer que en busca de una clase marcó un número equivocado y dio con una conversación en caída libre que empezó más o menos como sigue:

—¿Es ahí donde dan clases de gimnasia? —le dijo al hombre que levantó el auricular al otro lado de la línea.

—¿Usted quiere tomar clases de gimnasia? —le contestó la voz de animal fino.

—¿Por qué me lo pregunta como si lo dudara? —dijo la mujer.

—Porque cuando uno quiere tomar clases de gimnasia marca el número del lugar donde dan clases de gimnasia.

—¿Entonces no es ahí?

—¿Donde damos clases de gimnasia? No. Pero ¿usted por qué quiere tomar clases de gimnasia?

—Porque me están engordando las caderas.

—¿De verdad?

—Aunque usted no me lo crea.

—¿De dónde saca que yo no se lo creo?

—De que ustedes los hombres nunca nos creen a las mujeres cuando decimos que nos están engordando las caderas.

—Yo a las mujeres les creo todo lo que dicen.

—¿Es usted gay?

—No, pero podría serlo.

—Se atreve a decirlo. ¿De qué planeta viene?

—Del único que usted y todos los demás tenemos la fortuna y el infortunio de conocer.

—Es bonita la Tierra, ¿verdad?

—Menos cuando se vuelve horrible.

—Sí. A veces se vuelve horrible.

—¿A usted lo han asaltado?

—Todavía no. Pero ha de ser cosa de tiempo. Ya ve que últimamente el que no viene de un asalto va a un asalto. No se puede ni hablar de otra cosa.

—Hay quien habla de política —dijo la mujer.

—O de horrores. De lo que ya no habla mucho la gente es de amor. ¿No se ha fijado que hasta las telenovelas están abandonando el amor como tema central?

—No veo telenovelas —presumió la mujer.

—¿No ve telenovelas? ¿Cómo es que le han crecido las caderas?

—Me gusta demasiado lo dulce. Le pongo tres de azúcar al café. Me fascinan los tlacoyos de haba, las papas a la francesa, el pollo empanizado, los gusanos de maguey, la leche sin descremar, los quesos fuertes, el pan del que me pongan enfrente.

—Son una delicia los panes y el azúcar.

—¿Le parece? Dicen que esas cosas nos gustan más a las mujeres. ¿Está seguro de que no es gay?

—Nunca hay que estar seguro de eso. Hay ratos en que me comería a besos a un hombre. Aunque siguen siendo más frecuentes las veces en que me comería a besos a una mujer.

—¿Porque es más fácil?

—Nada es fácil con ustedes las mujeres.

—Vendernos cosas es fácil.

—Viera que no. Se lo digo yo que soy vendedor.

—¿Qué vende usted?

—Departamentos en condominio.

—De verdad. Yo me quisiera comprar uno.

—Tengo uno de ciento veinte mil dólares.

—Por eso le dije quisiera.

—¿Cuánto tiene usted?

—Nada. Qué importa.

—Importa donde lo dice en ese tono.

—No me hable usted como mi papá.

—Que más quisiera yo que hablarle a una mujer como su papá.

—Pues usted habla como mi papá.

—Y usted habla idéntico a una novia que me quitó el sueño durante todos los años de carrera.

—¿Se casó con ella?

—No.

—¿La extraña?

—Sí.

—Dice una amiga mía que el amor de nuestra vida siempre es con el que no nos casamos. Yo digo que es porque en lugar de pedir que nos calláramos se fue a otra parte para no oírnos. Siempre es más agradecible. ¿No cree?

—No sé bien qué creo.

—¿Me cree si le cuento un prodigio? Mi vecino dio con una mujer de la que estuvo enamorado cuando tenía quince años y a la que aún no podía olvidar a los cuarenta.

—Ya sé. Y cuando la vio se preguntó cómo era posible que hubiera estado perdiendo su tiempo en recordar a alguien que estaba así de gorda y arrugada.

—No. Ahí es donde aparece el prodigio. La vio y todo en él la quiso con más fuerza que nunca.

—Y cada uno fue con su pareja y le dijo encontré al amor de mi vida y ya me voy.

—No. Tú sí que has visto telenovelas. Cada uno se quedó casado con quien estaba casado. Sólo se encuentran cada mes en un hotel distinto.

—Eso es como de película francesa.

—Es mejor. Porque aquí hay sol y todo pasa más rápido.

—¿Ni siquiera han tenido el mal gusto de poner un departamento?

—Ni eso.

—Con razón no vendo condominios. ¿Me hablaste de tú?

—Es que hablas como mi papá.

—¿Cómo hablaba tu papá?

—Así —dijo mi amiga— con la seguridad de que todo lo importante ya estaba dicho. De modo que uno podía hablar sin tregua ni recato de todo lo trivial como si fuera muy importante. Me tengo que ir. Van a venir por mí.

—¿Cuál es tu teléfono?

—Uno que siempre está ocupado.

—¿Lo podrías usar para volver a llamarme?

—No sé qué número marqué.

—El de la gimnasia.

—¿No dijiste que ahí no dan clases de gimnasia?

—Ya no dan, pero dieron. Ahora estoy adaptando el lugar para que sea oficina.

—¿Oficina para vender condominios?

—¿Qué quieres que haga? Estudié ingeniería y me gustaba la literatura. He tenido que acabar trabajando en algo más cercano a los sueños que a los cálculos. ¿Tú en qué trabajas?

—Otro día te digo.

—¿Me llamarás?

—Cuando tenga para el condominio.

—Puedo buscarte uno a plazos.

—Quieres decir, de plazos hasta siempre. No me interesa.

—Tonta. No hay como las cosas a largo plazo.

—Adiós.

—Si me llamas mañana te cuento una historia —dijo el hombre con una sonrisa que ella casi pudo ver.

Por supuesto, mi amiga quiso llamar. Ahora se hablan a diario para contarse cosas entre las cinco y las seis de la tarde. No se han visto jamás, se conocen mejor uno al otro de lo que los conocen sus parejas, sus hijos, sus padres, su fantasía de sí mismos o su espejo.

El perro de Quevedo

Pasada la primera juventud, uno se cree experto en el padecimiento y la contemplación de los abismos provocados por un amor no correspondido. Uno ha cantado todas las canciones atormentadas, se ha regodeado en los más enigmáticos y consoladores poemas, ha llorado a sus anchas acompañando el pesar ajeno sin olvidar jamás el propio. Hasta hace poco tenía la certeza de saber o imaginar casi todo lo que es posible sufrir, deshacerse, ambicionar la muerte, cuando se cruza por ese infierno azul que es el amor malpagado. Creía saberlo todo y vino a resultar que las tres cuartas partes de vida que he dedicado a pensar en el amor humano, no me habían dado aún el preciso conocimiento de lo que puede ser un amor más devastador y angustioso que el padecido por la contumacia de Adèle Hugo.

El fin de semana pintaba risueño y fácil como la eterna primavera de Cuernavaca. La familia dejó el Distrito Federal dispuesta a beberse el jardín de los Quintero, una pareja de amigos capaz de prestarnos las dichas de su casa con tanta generosidad que, al cabo de media hora de gozarlas, nos sentimos codueños del paraíso. Tanto así que llevamos con nosotros al Gioco, un perro al que la estirpe completa considera merecedor de cuanto derecho humano defiendan las comisiones y estén asentadas en las leyes de todo buen hogar. El Gioco parece dueño de una vida interior más intensa que la de cualquiera de quienes lo rodeamos, es capaz de aburrirse y gozar con más énfasis que Robert de Niro, y cuando implora con sus ojos tristones y sabios consigue los permisos e impone las excursiones más inusitadas. El Gioco duerme sobre las camas, ensucia los sillones de la sala con sus patas mojadas en lodo, ha desbaratado los barrotes de las bienamadas sillas que nos heredó la bisabuela, ha mordisqueado la pata de la mesa del comedor y el postre de su desayuno ha sido siempre un par de calcetines. Por las mañanas oye música y agradece fragmentos de *La Bohemia* o sonatas de Mozart, de dos a tres de la tarde toma una siesta sobre mi cama, come a la misma hora y en el mismo lugar que la familia. El resto de la tarde ladra persiguiendo gatos sin que nadie le reproche el escándalo y en cuanto dan las ocho se acomoda contra la almohada de Mateo para ver a los Simpson. Así que fuera de acudir al cine, a los restoranes, a la escuela y al Chapultepec de abajo, tiene todas las prerrogativas de un entrañable miembro del clan. A cambio de tales prohibiciones no hace antesala en los médicos ni en la peluquería. Es, en pocas palabras, un perro afortunado. Al menos eso dicen todos los dueños de perro con los que converso en la caminata de las mañanas. Es el único French que anda sin correa, se roza con los corrientes, les lame la mugre a los abandonados y huele los traseros de los elegantes cazadores que pasan a su lado remilgosos y atildados. En retribución, yo me creo la única dueña cuyo perro acude a su llamado presuroso y risueño como una flecha entre los árboles.

Como se habrán dado cuenta, este prodigioso animal que ha hecho el favor de convertirme en abuela antes de tiempo, que salta cuatro veces lo que mide cuando me ve regresar a la casa y se tira de espaldas cuando le hablo de amores, me tiene, para burla de todos, a sus honorables patas. Por eso fue tan intolerable verlo salir del coche y olvidarse de la costumbre de caminar a mi lado, rastreando el tono de mi voz y adivinándome con su olfato mientras me hace sentir dichosa de tan imprescindible. En vez de asirse a tan nobles hábitos lo vi correr tras las vigorosas, juveniles y bien dotadas ancas de una perra Rottweiler y perderse con el hocico en alto durante los siguientes dos días. No quiso en todo el fin de semana ni escuchar nuestras voces, ni dormir sobre nuestras camas, ni dejarse acariciar, ni siquiera comer. En mitad de la noche amenazaba con rayar sin piedad todas las impecables puertas de la casa, aullaba y plañía como nunca he visto quejarse a alguien en pena de amores. Y nada lo consolaba, ni las ardientes canciones de Agustín Lara ni los más desolados versos de José Alfredo, su única ambición era el inalcanzable zaguero de la gran perra negra. Lo dejamos salir a la noche lluviosa por primera vez en su vida de conde y en la mañana lo vimos pasar, despeinado y grasiento, siguiendo a la perra a su encierro diurno en un pequeño patio. Quisimos librarlo de la pena que era perderse el jardín y el sol con todos sus esplendores, pero nos desconoció al grado de gruñirles a los niños con más virulencia que si fueran gatos. Total pasó el día encerrado, hemos de suponer que repitiendo a Quevedo:

Después que te conocí,
todas las cosas me sobran:
el sol para tener día,
abril para tener rosas.

Cuando lo buscamos en la tarde para darle de comer no hizo más que arrastrarse hasta su plato, olisquear lo que siempre había considerado su deliciosa carne molida, y despreciarla en silencio. Como todos sabemos el amor es el silencio más fino, el más tembloroso, el más insoportable.

Después de un rato de aullar desesperado lo regresamos a su encierro y ahí se quedó febril y displicente, sin voltear a mirarnos, preso de sus deseos como del aire. Volvió a pasar la noche a la intemperie y lo buscamos en la mañana seguros de que la oscuridad había sido atroz y de que le urgirían nuestros cuidados, pero él seguía como repitiendo a Quevedo:

Por mi bien pueden tomar
otro oficio las auroras,
que yo conozco una luz
que sabe amanecer sombras.

Tenía los ojos mustios y pequeños, estaba exhausto, pero lo dejamos quedarse con su amada. Diría Renato Leduc: Más adoradas cuanto más nos hieren, van rodando las horas...

Rodaron las horas como quisieron y llegó el momento de regresar. Entonces, sin más piedad que la de los Montesco, atrapamos a Gioco y lo separamos de su Julieta. Estaba tan exhausto y tan triste que ni siquiera intentó quedarse. Todo su romance había sido una sucesión de frustraciones, saltos equívocos, y esfuerzos inútiles. Un desenlace así era esperado por todos, incluso por él, náufrago amante entre desdenes, que había mantenido el vigor y la audacia tan altos como le fue posible.

Volvimos a casa compartiendo su pena pero seguros de que al llegar a sus lares encontraría la paz. A nosotros su amada nos parecía espantosa, de ningún modo tocada por la gracia y la estampa de una coqueta perrita French; nos pondríamos en contacto con ese matrimoniador oficial que es el buen doctor Rábago y él encontraría el clavo que sacaría el ardiente clavo que lastimaba a nuestro amigo. Por lo pronto le calentamos una deliciosa comida, seguramente llenando su barriga tendría contento su corazón. Pero para nuestra sorpresa el buen amante siguió sin probar bocado. Al anochecer había caído en un letargo raro, no dormía, no se quejaba, su respiración era intranquila y azarosa, se había acomodado en un rincón del pasillo y de ahí no quería, ni hubiera podido moverse. Llamamos a los médicos, a los biólogos, a todos los amigos conocedores y sarcásticos, nos arriesgamos a las bromas y conseguimos de una joven y formal doctora la explicación más racional y menos tolerable que pudimos encontrar. Así sufren algunos perros, pueden pasar hasta quince días prendidos al aroma de las hormonas que una perra en celo suelta al aire sin medir los daños:

¿y quién sino un amante que soñaba,
juntara tanto infierno a tanto cielo?

El buen Quevedo es capaz de venir al auxilio de quien se lo pida. Sin embargo el Gioco estaba tan perdido que no había verso por bien logrado, ni canto por bien cantado, capaz de curarlo. Le pusimos el último acto de *Madame Butterfly,* Pavarotti le cantó *La donna é mobile,* para invitarlo al cinismo, pero todo fue en vano. Ni el mismísimo Freud para perros hubiera podido transitar por mal semejante. El termómetro marcó cuarenta y dos grados de temperatura y ni agua quería el pobre animal. No hizo ruido en la noche y olvidamos sus males unas horas, pero el lunes no levantó el hocico del ladrillo, mucho menos saltó sobre las camas exigiendo su paseo por el lago. Seguía tirado ahí, jadeante y lastimoso. «Si hija del amor mi muerte fuese...», sugirió Quevedo. La familia consternada volvió a llamar al veterinario. «Denle un baño», dijo. ¿Un baño? Así de fácil. ¿Acabará teniendo razón la suegra de mi suegra con aquello de que la infidelidad en los hombres es perdonable porque se cura con un baño? ¿Será un baño motivo de cura tan urgente e imposible? Le dimos el baño. Tres intensas enjabonadas corrieron por el pelo y los deseos del pobre limosnero de amor en que estaba convertido el antes pueril animal de nuestros juegos. Temblaba. Con las pocas fuerzas que tenía, trató de huir del agua como de una maldición:

Y dile quiera amor quiera mi suerte,
que nunca duerma yo si estoy despierto,
y que si duermo, que jamás despierte.

Lo sacamos del chorro fresco y lo secamos. El pelo volvió a brillarle, los ojos encontraron su órbita, las hormonas ajenas dejaron de atormentar su cerebro y algo como el sosiego tomó sus pasos. Dio unos saltos breves como buscándose, olisqueó nuestras piernas, ambicionó nuestras voces, se dejó guiar hasta un plato de comida caliente, la devoró como en sus mejores tiempos. Había vuelto. Un revuelo de plácemes tomó a la familia, nuestro perro era otra vez él, nuestro perro:

Mas desperté del dulce desconcierto,
y vi que estuve vivo con la muerte,
y vi que con la vida estaba muerto.

dijo Quevedo.

Una luz que curaba

Digo su nombre para consolarme del espanto con que supe de su muerte. Era un hombre generoso y sabio, como sólo pueden serlo los pocos seres humanos que albergan en su corazón la diaria memoria de que no somos vivos eternos. Tal vez porque todos los días lidiaba con la muerte y sabía cómo nombrarla callándosela, sabía que semejante enamorada nos sorprende siempre con el desfalco de lo insólito, sabía como nadie consolar de ese desfalco, porque como nadie sabía que los muertos habitan el corazón de los vivos que no les niegan la entrada.

Se llamaba Teodoro Césarman, era médico. Un cardiólogo singular al que uno consultaba sin clemencia, y sin que él hiciera valer el alto rango de su especialidad, lo mismo para un catarro que para una gastritis, una alergia, un juanete, un mal amor o una inaplazable voluntad de suicidio. Yo siempre supuse que era así porque él creía que todos los males menores y mayores están regidos por las glorias y pesadumbres que aquejan el corazón. Y porque a semejante certidumbre llegó gracias a la inusitada belleza que albergaban los vericuetos de su índole noble. Tal vez por eso, cuando un joven de veinte años fue a buscarlo en mi nombre diciéndole que el aire se cerraba contra su pecho y que no sentía vida en sus entrañas desde hacía varios días, él, que de sólo mirarlo lo supo sano como un león, tuvo la paciencia de tratarlo como a un enfermo grave y le hizo un electrocardiograma, una radiografía, un ultrasonido, una lenta auscultación y una prueba de resistencia. Le dio una palmada en el hombro, le entregó sus resultados y le recomendó que leyera a León Felipe. Después lo despidió sin cobrarle un centavo. El joven se curó en unos días. ¿Quién no? Si todos los que tuvimos el afán de su amistad aprendimos a curarnos con mirarlo, y no sé cómo hemos de sobrevivir sin sus ojos enderezando nuestros pesares, sonriéndoles a nuestros temores:

—Teodoro, hace días que despierto con un temblor cayendo sobre mi frente como una lagartija, y la cabeza me duele como si dentro rugiera un tren.

—Urge que termines ese libro —decía mientras me consolaba poniendo la punta del estetoscopio contra mi espalda. Luego conversábamos sobre el país, sobre el último cuadro de Josele, esa especie de diosa de la alegría que ha sido siempre su mujer, sobre la ciudad, los hombres que la cuidan y descuidan, la dieta y la disciplina como la única de sus prohibiciones.

—Come lo que te haga feliz, habla de lo que te haga feliz, quiere a quien te haga feliz, corre si te hace feliz, no te muevas si eso te hace feliz, fuma si te da tranquilidad, no fumes si fumar te disgusta. No te quites la sal, ni el azúcar, ni el amor, ni la poesía, ni el mar, ni el colesterol, ni los sueños, y quiere a tus amigos y déjalos quererte, y no te opongas a tu destino porque esa enfermedad no la sé curar.

Cónsul de nuestras desdichas, comandante de nuestros extravíos, lo llamábamos para avisarle que el tren había dejado nuestra cabeza y él preguntaba como quien borda:

—¿La taquicardia también se te quitó?

—No me dijiste que tuviera taquicardia.

—¿Querías que te curara o que te aleccionara? Ven a verme cuando acabes el libro.

Y uno siempre iba a verlo al terminar un libro. Iba como quien le lleva veladoras a un santo. A ponerle la ofrenda y pedirle ayuda para sobrevivir al milagro.

Era un lujo su voz a media tarde como la respuesta de un cielo misericordioso y audaz. Acudíamos a oírlo como quien busca al agua y al pan tierno. Renato Leduc, siendo ya muy viejo, me había invitado a conocerlo como invitan los niños a compartir un tesoro. Y fuimos a comer con él a un restorán del centro lleno de las algarabías que Renato consideraba imprescindibles para la buena digestión. Césarman nos esperaba fumando frente a su aperitivo. No sé si seré capaz de recordar a Teodoro sin el cigarro atravesado en sus labios.

—Míralo —dijo Renato señalándolo.

—¡Un cardiólogo que fuma! Sólo tú eres capaz de dar con semejante fantasía.

—Es un buzo diamantista. También da permiso de emborracharse, desvelarse y entrar en amores después de los ochenta.

—¿Dialéctica sucinta de un sabio calamar?

—Eso es, un médico sabio —dijo acercándome a su tesoro.

Teodoro Césarman era un médico que nunca fue más juez que cómplice. Y en eso estaban su sabiduría y su generosidad. Por eso nos hacía sus amigos y como tales nos trataba.

Una mañana llegué a verlo con un dolor en el hombro derecho y unas ronchas purulentas cubriéndolo. Yo creía que era algo así como un piquete de araña pero él lo llamó herpes y con semejante nombre me provocó un ataque de horror.

—Aléjate —le pedí—. El herpes es contagioso. ¿De dónde me vino?

—¿Qué dices, niña? —me contestó poniendo la delgada palma de su mano sobre las ronchas, acariciándolas sin ninguna reticencia. Después llevó esa misma mano hasta su cara y la pasó por sus mejillas y por su lengua—. Créeme que no hace nada. Es cansancio —dijo mientras yo me tragaba unas lágrimas gordas cuyo recuerdo aún me llena la boca de sal y agradecimiento. Me explicó que el virus de la varicela regresa en forma de herpes cuando bajan las defensas, y quién sabe qué cosas que no escuché porque estaba mirándolo como al bendito que era. Pensando con qué polvo de estrellas habría que pagar la destreza de sus manos, la paciencia de sus oídos, la entrañable fidelidad de su lengua.

—¿Te gusta el bosque? —preguntó—. Yo no me creo que tengas epilepsia —dijo en seguida. Y luego me mandó con un especialista que a la fecha tampoco se cree que yo tenga o haya tenido epilepsia.

—Tienes el mal de los desmesurados —dijo—. Se quita con la edad, por desgracia.

Debió tener razón, como siempre. Porque entre más envejezco más lejos queda aquel tormento del que ya no recuerdo ni los síntomas, y al que ya no le temo. Porque la naturalidad de Teodoro Césarman y la de su cómplice Bruno Estañol, me la quitaron de la cabeza y sus devaneos.

Tantas cosas, tantos nuevos amores, tanta luz le debo a la fuerza con que Teodoro Césarman acompañó mi vida, y la de muchos otros, que no encuentro cómo haré para llorar su muerte en esta edad sin lágrimas a la que también me auguró que llegaría.

—Estoy preocupada —le dije una vez—, lloro por cualquier cosa.

—Disfruta ahora que todavía puedes. Luego se queda uno sin lágrimas.

Creí que jugaba. Él, que vivía para darles gusto a otros, seguramente estaría inventando que llorar era bueno, para no avergonzarme con la desaprobación de mi lagrimerío fácil. Pero por desgracia he llegado a los días de los que me habló y ahora sé que no hay peor pesadumbre que las lágrimas que se guardan, podridas y necias como la razón que nos las veda.

—Si algo de horrible traen los años, es que se llevan a los amigos —me dijo otra noche, hace poco, en el desorden de una cena multitudinaria—. Y no hay cómo llenar el agujero que nos deja su muerte.

—Sólo con recuerdos —le dije.

No me contestó. Ha de haber estado como yo ahora, como tantos ahora, tratando de asir los recuerdos para buscarse un consuelo. Yo me he encontrado la copia de un recado que le mandé hace tiempo, y me alivia saber que le dije hace mucho lo que siempre diré de él.

«Dori queridísimo:

»Sé que estás aquí y eso me da incluso un modo distinto de caminar. Uno pierde el aplomo con tus ausencias. A veces no sólo el aplomo. Es un trabajo ingrato y generoso éste que haces. Te bendigo siempre por seguir adelante con él. Hay que estar hecho de una madera cada vez más escasa y por lo mismo más entrañable para querer de modo tan intenso a quienes te piden ayuda. No pareces saberlo, por eso me toca repetirte que estás bendito. Otra vez, como cada vez, mil gracias.»

Contar las bendiciones

Hay quien asegura que dormir bien o mal es un asunto de herencia, como tantos otros. Yo sé que despertar en mitad de la noche, con el mundo creciendo deforme y aciago bajo la almohada, es un vicio de siempre, como la disposición a tararear canciones cuando algo nos preocupa, como la inexorable habilidad para otorgar a nuestras pertenencias una vida autónoma que las hace extraviarse, huir de nuestra vera igual que si se mandaran solas.

Tal vez el insomnio esté asociado con esta destreza para el buen perder. Se pierde el sueño como tantas cosas perdemos sin saber cómo. Quizás por eso cuando llega el insomnio, una de las primeras cosas que nos trae, es el recuerdo desordenado de nuestras pérdidas.

Todavía con los ojos cerrados, pero segura ya de que el recuerdo me ha tomado el cuerpo y se dispone a vapulearlo con sus entelequias y sus desatinos, evoco sin más el pequeño baúl que me regaló un tío en cuya mirada latía siempre la ambición juvenil del absoluto. Lo perdí al dejar la residencia para estudiantes en la que pasé el primer año de universidad, y debe venir de aquella pérdida mi gusto por las cajas, como si ninguna pudiera suplir los placeres que me dio ese cofre integrado por una breve colección de cajones diminutos.

Ahora su recuerdo vuelve de repente, dando el primer aviso de que la noche será larga. Casi puedo olfatear su madera oscura, sus recovecos, el aroma a tabaco que acompañaba al hombre temerario que me la regaló. Tras ella, llegan en hilera y se agolpan sin orden en el tiempo otras pérdidas que exigen su ración de recuerdo. ¿Dónde quedó el recorte de periódico que da cuenta del trabajo científico cuya conclusión es que el cerebro de las mujeres está más desarrollado que el de los hombres? Quiero encontrarlo para repensar eso de que en la zona de las emociones, los varones dejaron el interior de sus cabezas detenido en la época de los reptiles. ¿Por qué nadie comenta tan revolucionario informe? ¿Será que pasará inadvertido frente a la obstinación con que por siglos se ha creído que las mujeres somos seres menores, justo por los esmeros y la audacia con que nos buscamos en las emociones? ¿Dónde habrá quedado la pluma con tinta verde, la receta con el nombre de los chochos para el mareo, las semillas de níspero que quiero echar en el patio?

Tras concederles unos minutos a las pérdidas entran sin tregua los periódicos y su caos, la culpa, los buenos propósitos, la lista de artículos que no he entregado, las conferencias a las que no quiero asistir, la certeza de que escribo un libro que no le va a importar a nadie y la colección de autodepredaciones que semejante certidumbre acarrea. Doy vueltas, me acerco al reloj cuyos números laten iluminados a mi derecha y se abre paso en la telaraña encantada, como llama Bruno Estañol a la trama de relaciones entre la mente y el cerebro, el tema del insomnio en curso. ¿Quién, que padezca insomnio, no ha pensado en los últimos tiempos en el único tema que nos toma los días? Desde la hora del desayuno y la colección de noticias, hasta la hora de la cena y el enfrentamiento a sus varios y muy disímbolos intérpretes, en un solo tema —el país que habitamos— dividido en capítulos que suben y bajan en el escalafón según cobran o pierden relevancia, se ha vuelto nuestra obsesión, nuestra piedra de toque, nuestro motivo de agravio, nuestro pretexto para buscar o denostar héroes, para evadir o negar la ética que se funda antes que nada en la prohibición absoluta de matarnos como un modo de arreglar nuestros agravios y diferencias.

Se abre la noche, con su recuento de conversaciones llenas de sorpresa, de diferencias, de disgusto, con su irrupción de compasiones y su prolijo aumento de las dudas. Se abre la noche poblándose de preguntas. ¿Vale la pena preguntarse? ¿Las convicciones de cuál plaza cargan menos prejuicios? ¿Quiénes dudan y temen con más frecuencia de sus amargas o heroicas verdades? ¿Los paladines de cuál victoria temen más a su gloria? ¿No sirve la política para entendernos sin necesidad de atropellos? ¿Tienen los hechos vida propia? ¿Qué nos pasa por dentro? ¿Qué de toda esta maraña es lo esencial? ¿A qué horas el sol, el recuento de nuestras bendiciones, el poema? Nos insultamos. Caminamos sin razón y sin gloria a una guerra de todos los días. ¿Cuánto tiempo se puede vivir con esto a cuestas? Muchos males agravian nuestra tierra, pero aún aparecen escasos cuando nos tomamos el riesgo de imaginar lo que puede pasarnos si seguimos empeñados en el encono, las causas únicas, la inútil derogación de quienes no piensan o actúan como nosotros. ¿Hay salida? Elogiamos las armas de unos y denostamos las de otros. Nadie que mate o se lo proponga le hace bien al único país que tenemos. ¿A qué otra sorpresa nos enfrentaremos mañana? ¿Cómo dormir con las de ayer a cuestas? ¿De qué voy a escribir cuando amanezca? Todo me suena a buenas intenciones o a sermón, a querella o a disculpa. Todo puede ser leña para una hoguera que me aterra o fantasía de un cielo que no se vislumbra.

Hay quien dice que cuando la noche se parte en dos lo mejor es levantarse a trajinar como si fuera de día. ¿Pero qué hacer cuando también el día quiere partirse en dos y lastimarnos? ¿Cuando los pesares del insomnio amanecen intactos y uno no tiene ganas de ir con ellos al dentista? Porque el dentista es un hombre probo y simpático que conversa sobre su madre y su perro y la nueva técnica para tapar muelas sin amalgama. ¿Qué podemos hacer? Pocas cosas. Pero entre las dos que podemos elegir, hay una que nos conviene más porque entorpece menos la existencia: tomar aire, del contaminado, ver al cielo, gris, dejar los periódicos, intactos, y contar nuestras bendiciones.

Ciao Marcello

Encontré el periódico sobre la mesa en que me disponía a pelar castañas, disciplinada y contumaz, como quien cumple con un rito que su estirpe celebra desde hace siglos. Lo miré de lejos con el mismo gesto hostil con que el tiempo me ha enseñado a mirarlo. ¿Qué puede haber en los periódicos de íntimo, de imprescindible? Hace años que los trato con más indiferencia que asiduidad. Y no lo lamento. Vivo bajo la recomendación que no me deja leer las ocho columnas antes de beberme despacio el último trago de café. Sin embargo, esa mañana algo me acercó irreflexiva y sin defensa hasta la gran foto de un hombre caminando que abarcaba casi toda la primera plana del tabloide al que alguna vez fui adicta.

El aire se hizo denso y una brusca tristeza se llevó mis deseos de café y navidades. El hombre que caminaba sobre el periódico, con la mirada redonda y cómplice que le conquistó el mundo, era Marcello Mastroianni en la última escena de la película *Sostiene Pereira.* La cabeza del diario, que dirige una mujer brava, decía simplemente «Ciao Marcello». Todo de un golpe, no me quedó más remedio que sentarme a llorar: huérfana y viuda. Marcello Mastroianni, decía la nota, murió de cáncer en el páncreas, sabía de su mal hacía más de un año, lo escondió para seguir trabajando.

El resto del día lo pasé en busca de alguien con quien compartir la desolación. Mis hijos y su padre me miraron con más vergüenza que pesar, tragándose sus dudas sobre mi estado mental y dándose la complicidad que no podían darme. Llorar a un actor como si fuera un pariente, es algo que no se permitiría ni la precoz adolescencia de Catalina. No reírse de mí fue su más generosa concesión. Aún se las agradezco, no hubiera podido dar con las palabras que explicaran mi desafuero. Estaba tan maltrecha que habría recomenzado las páginas del diario privado que interrumpí hace quince años, cuando consideré que era un mal hábito llamar diario al cuaderno en que recalaba siempre que un lío del corazón o la cabeza me desquiciaba, pero del que huía en cuanto el trajín de la felicidad o el generoso desencanto me hacían interesante la existencia.

—No quiero que mis nietos imaginen que su abuela era una atormentada de tiempo completo. Si no voy a contar las dichas —porque como bien creyó Borges nunca dan para hacer literatura—, mejor no contar nada —dije entonces, y creo que dije bien.

No pasó mucho rato antes de que sonara el teléfono trayendo la voz de una amiga y luego la de otra y la de otra. Todas con el duelo común, rehicimos nuestra memoria y compartimos nuestra larga devoción.

—Todo el día ha sido de teléfono —oí que Mateo mi hijo le contaba a su padre en cuanto lo vio entrar en la casa.

—Era de suponerse —le contestó su padre. Tenía entre los labios el dejo de quien conoce lo esencial y lo da por sabido.

El señor de mi casa sabe que aún no he acabado de llorar a mi padre, tan bien como yo sé que ninguna mujer acaba nunca de llorar a su padre y que si una viudez duele dos veces, ésa es la incomprendida viudez de las huérfanas.

Mastroianni era de la generación de mi padre, de la misma generación de padres que añoran tantas mujeres. Pero era también —sigue siendo— de la misma generación que fueron todos los novios que podamos llorar alguna vez. Penamos con su muerte tantas pérdidas, como fantasmas y fantasías haya querido darnos la vida. Ahí estaba su truco y su grandeza, en la serie inacabada de personajes que fue, que lo dejamos ser, mientras la oscuridad y su maestría nos lo entregaban joven, ardiente, sabio, desencantado, hermoso, viejo, cien veces entrañable como el agua y los misterios. A la mayoría de los actores uno los mira, los aprecia, como a personajes lejanos que hacen bien, incluso muy bien un trabajo que consiste en fingir cercanía. Muchos de ellos harían silbar a las mujeres, actores cuya sonrisa llevaría multitudes a una cama, hombres cuyos ojos, manos y piernas ayudan a fantasear cuando la tarde amenaza con tedio y se busca en el cine un afán con que matarlo, seres con los que casi toda mujer agradecería un romance. Sin embargo, sólo Mastroianni tuvo la destreza y la sabiduría necesarias para hacerles creer a miles de mujeres que él estaría más que honrado de visitar su cama. No para hacer un favor, sino dispuesto a recibirlo. Por eso, nadie ha conseguido como él volverse parte de nuestra dicha y nuestros duelos, apropiarse de nuestra intimidad hasta el punto de hacernos creer que con su muerte hemos perdido más que a un actor a un amigo, a un representante oficial de nuestro padre en la tierra, a un amor que tuvimos quién sabe cuándo, pero nosotros sabemos cuánto. Hay pérdidas como agujeros, que uno puede rodear cuantas veces quiera, pero nunca evitarse, nunca enmendar. Hay presencias que nos marcan, que nos cambian, que nos mejoran. La de Marcello Mastroianni lo fue. De ahí que lo lloremos con la certeza de que algo de nuestra índole, algo privadísimo y noble perdimos al perderlo.

El cine es mejor que la vida

En 1995 el cine cumple cien años de tejer sus fantasías con las nuestras. Quienes hoy habitamos el planeta, hemos vuelto este prodigio una costumbre que sin embargo nos sigue sorprendiendo con su encanto. Cada día, el cine le cuenta más historias a más gente, y al parecer se apropia del lugar que antes fue de los libros en el corazón y los deseos de la gente. Me pregunta *Academia,* la revista del cine español: ¿Cuáles son, desde su punto de vista, las diferencias y cercanías que el cine tiene con la literatura? Enfrento esta pregunta prendida a la tabla de salvación que ofrece la frase: desde su punto de vista. Para mi desamparo no sé hacer teoría en torno a la literatura, mucho menos en torno al cine. Quienes nos encargamos de inventar mundos, sabemos decir poco de cómo lo conseguimos, y de cómo se enlazan nuestros medios. Decir que el cine utiliza la palabra y que de eso vive la literatura, decir que el cine imagina y que no hay literatura sin imaginación, decir que el cine nos regala historias fantásticas y que ésa ha sido desde hace siglos la primera ambición de la literatura, no es decir nada nuevo. Buscar quién tiene más derecho a la preponderancia, si el cine o la literatura, es perder el tiempo.

Hace diez años publiqué un libro llamado *Arráncame la vida.* De entonces a la fecha, lo he vendido tres veces para el cine y he conversado con posibles productores unas siete veces. Aún no sé si alguna de estas veces he compartido con mis compradores la misma idea en torno a lo que esta novela quiso decir. Todas estas veces, ellos han estado seguros de que la novela parece escrita para convertirse en película. Sin embargo, una primera vez el productor no pudo conseguir el dinero necesario para filmar una historia de época, otra me arrepentí al conocer a la extravagante productora mezcla de hindú y colombiana que llegó a la Sociedad Mexicana de Escritores, con su dinero bajo el brazo y una beligerancia verbal que asustaba, una más salí corriendo antes de entrar en tratos con un productor ambicioso y autoritario que pretendía hacerme tomar un curso de guiones, con el objeto de que yo misma trabajara en el salto febril y luminoso hacia un medio menos perdido que el literario. Esta última vez cedí ante la oferta de unos compradores que leyeron la novela en alemán, y le propusieron a mi imaginación la posibilidad de una película dirigida por un buen cineasta.

Debe ser un mal propio de la soledad con que los escritores tenemos que decidir el destino de nuestras historias, el caso es que firmé el contrato de venta, segura de que cometía una traición con el libro. No conforme con eso, cada vez que hablo con la suave mujer a cuyo cargo ha quedado el guión, entro en unas tristezas que sólo desaparecen cuando logro quitarme el asunto de la cabeza. ¿Qué necesidad tenía de compartir con otros mi trabajo? Yo había terminado con esa historia. Conforme o inconforme ya les había dado un destino a sus personajes, ya los había hecho hablar, odiarse y querer como mejor quise. Lo que otros sueñen o maldigan a partir de mi decisión, es asunto de otros, yo no tengo por qué corregirlo, ni explicarlo, ni pretenderlo distinto. Si quien leyó el libro quiere pensar que Andrés Ascencio mata al amante de su mujer porque se mete a hacer política, o prefiere pensar que lo mata por celos, es muy su decisión. Pero si al convertir la novela en película, quienes hacen el guión interpretan según su parecer, cosa que hacen, el escritor, si no ha conseguido la salud mental necesaria para desprenderse de su historia y cederla, como bien dice el contrato, pasará, como yo pasé, por una crisis de zozobra y arrepentimiento. Hace unos meses estuve en Nueva York, revisando la primera versión del libreto para *Arráncame la vida.* La guionista, una mujer inteligente, inventó unas escenas que para mi gusto confunden y no son necesarias. Cuando le pregunté cuál era su propósito, me dijo que el cine necesita mostrar lo que el libro sólo sugiere. Me hubiera podido decir cualquier otra cosa, no me habría convencido de nada que no fuera la certeza de que no debí venderle nada a nadie.

La guionista vive en Nueva York, casada con un alemán, y no entiende, por ejemplo, que Catalina Ascencio pueda seguir viviendo con su marido después de que intuye o sabe que éste mandó matar a su amante. ¿Cómo se lo explico? ¿Cuánto tiempo la pongo a vivir entre nosotros? ¿Cuántos años tendría que oír a nuestras abuelas? ¿Cómo le hago entender que el México de los cuarenta no es el Nueva York de los noventa? ¿Cómo impido que su cine cambie la historia que conté con palabras, con insinuaciones, con sugerencias? Me pregunto, si uno pretende que en la cabeza y las emociones del lector perdure la historia contada con palabras, ¿debe negarse a venderla para el mundo de las imágenes? ¿Para salvar nuestra versión de una historia hemos de negarle a esa historia la oportunidad de hacer su camino en otras cabezas y de otro modo? No lo sé. He aprendido que una diferencia clave entre el trabajo de un escritor y el de un cineasta, es que el escritor trabaja solo y condesciende poco. Deja sus mañanas y sus insomnios en un texto, y sólo con él debe sentirse comprometido. Después, si el cine lo toma por su cuenta, la historia será problema del cine y de su lengua, el escritor y sus fantasías son otro cantar. No hay regreso al sosiego que no pase por esta convicción.

Así, para cuando la película irrumpa con su propia moral en los sueños ajenos, uno estará curado y a salvo del penar que puede ser encontrarla tan distinta que parezca de otros. Será de otros. ¿Y qué importa? Si sólo de eso se trata la literatura, de inventar historias para que otros las hagan suyas. ¿Y de qué otra cosa, si no de esto mismo, se trata el cine?

¿Usted es la escritora?

Camino en las mañanas para hacerme al ánimo de que ha empezado el día. Durante los primeros minutos de andanza me dedico a sentir cómo despiertan mis ojos, mis dedos, mis tobillos. Pierdo la vista en el lago que acaricia un sol tibio y llamo al perro que siempre se retrasa o se pierde, seguro de que el tiempo es un invento que no se hizo para él. Hago el recuento de las obligaciones pendientes, de las culpas recientes (no he ido al dentista, debí meter el coche para que no se lo robaran ayer). Camino entre los árboles, veo saltar a los peces, navegar a los patos como barcos de seda, y de pronto todo es tan armonioso que uno se va olvidando de sus dientes, del cúmulo de cartas sin responder, de la ciudad agresiva y disparatada en que ha puesto a vivir a sus hijos. Voy caminando con el perro arrimado a mis talones, olisqueando la yerba, y soy una señora sin edad que no recuerda el ancho de su cintura ni el tamaño de sus deberes, una señora que igual podría ser pato, planta, nube.

—Perdone —dice la voz de un hombre alto y encanecido al que siempre sigue un perro viejo—, ¿usted es la escritora?

Está parado frente a mí con la hilaridad juguetona de su boca, con más de setenta años en la frente, amable y drástico como su pregunta.

—A veces soy la escritora —le contesto. El hombre vuelve a sonreír. Nos hicimos amigos de caminata durante el último año que trabajé en mi novela *Mal de amores.* No le gustaba el título. Le parecía que la historia era más complicada que eso. Lo convencí de que no hay títulos en los que quepa un libro.

—¿Qué hace cuando no es escritora? —me pregunta.

—Últimamente soy un bulto parlanchín que va y viene de un cuestionario a otro poniendo cara de foto.

—No se maltrate —dice.

—Me describo —le respondo. Empezamos a caminar juntos, se parece a mi abuelo, aunque tiene la edad que debía tener mi padre. Le cuento.

»¿Qué hago cuando no soy escritora? Créame que respondo cuestionarios. ¿De qué tipo? No sueñe con un solo estilo. Hay de todos los tipos. La semana pasada estuve en la Argentina y respondí desde las inteligentes y audaces preguntas del primer alumno de Kurt Skotzelkind, un filósofo judío recién fallecido en Rosario, hasta la retahíla de ocurrencias que cruzó la cabeza de cuanto reportero debió cruzarse en mi camino. Desde ¿cuáles son las razones de su escritura? hasta ¿qué es para usted la pasión?

—¿Qué respondió a esta pregunta infame?

—Respondí con una enseñanza de Skotzelkind: la pasión es un sentimiento ambicioso.

—Se divierte, reconózcalo.

—La pasé bien en la Argentina. No tuve tiempo para andar las calles ni para sentarme durante horas en los cafés. Pero memoricé para siempre las rejas, los balcones que veía desde la ventana del auto en que iba del hotel a la Feria del Libro. Estuve en la plaza San Martín y caminé frente a la casa de Borges. Lo demás fue la gente y la gente valió por diez ciudades.

—Creí que eran odiosos los argentinos.

—No es cierto. Sólo son enfáticos.

—País de carniceros —dijo alguno.

—Lo dijo un argentino. Eso los salva. Nadie ha dicho peores cosas de ellos que ellos mismos.

—El país de Perón y Videla.

—El país de Cortázar y Borges.

—El país de ese frívolo que es Ménem.

—El país del cuarenta por ciento que no votó por Ménem.

—¿Volvió usted fanática del tango?

—Escuché los tangos más oscuros y tristes que jamás se soñaron. Tuve tiempo una noche que se hizo madrugada frente a un hombre bajito y desentonado que dice el tango como ninguno.

—¿Mejor que Malena?

—Distinto, pero también inquietante. Los argentinos se extrañan del modo en que mis libros acceden a la intimidad y la cuentan como si fuera fácil, dicen que a ellos les cuesta hablar así. Pero yo sólo tuve pruebas en contra de semejante apreciación. Algunas inolvidables. Una muchacha como de veinte años que se acercó con su ejemplar de *Mujeres de ojos grandes* y me dijo: «Me llamo Liliana y acabo de irme a vivir con mi profesor de literatura. Ponéle ahí para Liliana que se fue con su profesor». Así le puse y cuando le devolví el libro lo besó. Al ver mi cara de sorpresa dijo: «Algo tengo que besar cuando él no está cerca».

Otra jovencita que hace poco era niña llegó con su ejemplar de *Mal de amores* y se detuvo frente a mí sin extender el libro:

—No me gustó el final —dijo—. Si yo hubiera sido Emilia Sauri seguiría a Daniel toda la vida y por todos los lugares que él quisiera. ¿Por qué no hizo eso Emilia Sauri? —preguntó.

—Porque dejó de tener quince años —dije yo para decir algo. Luego firmé su ejemplar avergonzada de ser tan vieja.

—Viejo yo y no me ando quejando —dijo el hombre al que sigue un perro colorado—. Que tenga un buen día, trate de escribir aunque sea un rato. Se sentirá mejor —aseguró antes de despedirse.

Volví a la casa con su recomendación a cuestas. Yo no puedo escribir un rato. Sólo consigo hacerlo si paso seis horas encerrada y en calma frente a la computadora. Y tardo meses en saber cómo empezar un libro y quiénes lo habitarán. Quién sabe cuánto tiempo me tomará empezar otro libro, sentirme a gusto dentro del mundo que lo rija. Ahora tengo tristeza, no sé adónde escapar cuando el mundo de todos los días se vuelve arisco. Extraño el país de los Sauri, la guerra de Daniel Cuenca, el sosiego de Antonio Zavalza, la desmesura de Milagros, el mal de amores de Emilia, la intensa vida de esos seres sin ratos muertos entre los que pasé todas las mañanas de los últimos años, mientras otros ardían de rabia o tedio. Pero eso a la gente no tiene por qué importarle, mi deber es dejar a esos personajes, soltar esa historia y asirme a otra. Nunca creí que tal deber llegaría a pesarme. Un periodista me preguntó si soy vanidosa. Yo le respondí que todos los escritores somos vanidosos, ¿se puede uno imaginar mayor vanidad que la que se permite quien se atreve a dedicar su tiempo, su vida a contar una historia que lo apasiona movido sólo por el deseo de que apasione a otros? Por un deseo tan intenso que a ratos colinda con la certeza de que otros quieren oír nuestra historia. Cargo la vanidad mientras camino, yo, que aún recuerdo a mi abuela afirmando implacable que uno nunca dice que es inteligente. Cargo la vanidad y la culpa de cargarla. Qué importa si me duele una historia, si me robaron el coche, si no sé cómo contestar a preguntas como ¿Nota usted alguna particularidad en el oficio de escribir que tenga que ver con el fin de siglo? o ¿Puede decirnos cuál es su lugar en la literatura femenina? ¿Cree en el amor? ¿De dónde saca usted la teoría de que es posible amar a dos personas al mismo tiempo? ¿Acaso le ha sucedido? ¿Tiene miedos? ¿Recuerda sus sueños? ¿Qué horizonte prefiere? ¿Qué papel desempeña la política en su vida? ¿El país de ahora se parece al de hace cien años? ¿Cuál símil le preocupa más? ¿Qué representa la religión para usted? ¿No le parece anticuado ser agnóstica? ¿Quiere usted aleccionar a la mujer dócil? En sus libros siempre hay amantes, ¿diría usted que un amante es igual a luz en las tinieblas? ¿Cómo es su proceso creativo?

—¿Mi proceso creativo? No sé.

—Busque una respuesta. ¿Por favor puede buscar una respuesta y mandarla por el fax?

—¿Proceso creativo? Se oye grandilocuente y peligroso. ¿Mi proceso creativo? Tengo pocas certezas, prefiero no hurgar en eso. ¿Cómo es que pensando en el embarazo de la cantante Madonna evoco a mi abuela materna? ¿De dónde me saqué a un viejo adivino? ¿Se hace un príncipe azul con dos hombres normales? No sé. El «proceso creativo» es azaroso, desordenado y por fortuna inasible. De todos modos, hay que volver de la caminata y sentarse seis horas diarias a fingir que uno sabe ir y venir con soltura por los túneles y los abismos de semejante proceso. Lo demás son preguntas y respuestas, vanidad y temores, viajes y decorado.

La manía de viajar

Por no sé qué motivo que ya no buscaré en los entresijos de mi inconsciente dado que a mi edad más vale buscar cualquier cosa perdida en el futuro con objeto de seguir caminando antes que detenerse a perder el tiempo en lamentar equivocaciones, viajar me cuesta cada vez más trabajo. Ahora me voy a Italia, y dada la sangre de mi padre, yo debía tener el corazón ávido de viñedos y pasta, de hombres y mujeres entusiastas y enfáticos como una parte de mí.

Sin embargo, siempre que la tarde anterior a un viaje se cierne sobre mí con el aviso de que he de abandonar mi agujero, tiemblo de pensar en dejarlo. Sé mejor que nadie que todas mis aprehensiones son vanas, que a nadie ha de pasarle nada grave en mi ausencia, que ni mis amores, ni mis aliados, ni mis historias serán menos cuando vuelva, que en mis viajes he de ver y querer seres extraordinarios a quienes luego escribiré largas cartas recordando el breve tiempo en que nos tuvimos, que de vieja invocaré con nostalgia el paisaje remoto y bellísimo que estoy a punto de contemplar, que nadie habrá más agradecido con su destino de lo que estaré yo al perderme en otras montañas y asir otros amaneceres, que la vida es buena conmigo aunque me esté dando a los cuarenta y tantos todos los viajes que ambicioné a los veinte. Sé todo esto y de todos modos viajar sigue poniéndome los pelos de punta como si cada vez fuera la primera.

Dice mi amiga Lola que yo soy la única persona que conoce que va de compras antes de irse de viaje. ¿Será porque tengo la provinciana certeza de que el Tegretol, el Redoxón, el rímel, los zapatos y las medias son mejores aquí que en cualquier otra parte? ¿Será porque creo de veras que mis viajes de trabajo son de trabajo? No lo sé. El caso es que es cierto, siempre hago compras compulsivas antes de irme de viaje. Pero ése no es mi único comportamiento extraño. Tengo varios más, y aunque creo que los disimulo mejor, los cumplo todos como un deber irrevocable. Síntomas de previaje son, por ejemplo, las siguientes actividades:

Despierto en las noches para ir a los cuartos de mis hijos a mirarlos como si fueran a desaparecer.

Visito al dentista, al homeópata y al doctor Goldberg y al doctor Estañol. Acto seguido pierdo todas sus recetas.

A cambio me inyecto vitamina B12 y me pongo a dieta.

Considero imprescindible caminar alrededor del lago alto, dos veces al día en lugar de sólo una.

Me despido durante largas y sentidas conversaciones de mi madre, de Conchita, de Elena, de Lola, de Maicha, de Guadalupe, de Lilia, de mi suegra, de María Pía, de mis hermanos y de todas y cada una de mis amistades, pero siempre me subo al avión segura de que no hablé con alguien a quien olvidé dejarle alguna postrera voluntad. Culpable siempre con quienes no encontré a última hora. Culpable también con quienes me encontraron de prisa y con alas en la lengua.

Mando la ropa a la tintorería y paso a recogerla cuando acaban de cerrar.

Cierro la maleta segura de que hará frío si la llevo llena de ropa ligera y calor repentino si cargo con el gran abrigo para la nieve que Brigitte Bardot se ha ocupado de amargarme.

Compro un perfumero para no cargar con toda la botella de perfume. Luego nunca encuentro tiempo de llenar el famoso perfumero.

Me propongo llevar una bolsa con cierre por fuera para poner ahí el pasaporte y dar con él las trescientas veces en que debo encontrarlo durante el viaje. Sin embargo, sé que de cualquier modo el pasaporte siempre terminará en el fondo de la bolsa quitándome el aire cada vez que lo considere perdido.

Me pruebo un suéter de Héctor unos días antes y considero que ninguna ropa me ha ido mejor nunca y que me lo llevaré sin pedírselo prestado.

Invoco la memoria de mis amores imposibles y, como nunca, me creo que alguna vez fueron posibles.

Juro que no beberé ni una copa de champaña durante el vuelo, aunque me entusiasme como a la peor muerta de hambre que sea gratis.

Una semana antes de salir hago una lista con el menú de la semana y la dejo pegada en el refrigerador junto al dinero del gasto. Luego digo que coman lo que quieran y vuelvo a dejar dinero para el gasto.

Olvido pagar las colegiaturas.

Elijo los libros para el viaje como si en vez de una semana trabajando fuera a pasar un mes tirada en una playa.

Me propongo no volver a salir de México sin haber conocido Campeche.

Leo los periódicos para estar segura de que serán idénticos a los de cuando vuelva.

Me descalabro una espinilla contra el mostrador de una tienda.

Lamento que mi viaje no sea a una playa.

Sueño que pierdo a mi perro y que mi perro me pierde a mí y que ambos estamos desolados. Cuando despierto lo tengo encima lamiéndome la cara como si yo fuera un helado y lo abrazo como si él no fuera un montón de pelos polvosos y bullangueros.

—Hueles a chiquero —le digo— y te voy a extrañar, pero no te preocupes, no me va a pasarte nada. Si te aburres, piensa que a ratos me gustaría ser tú y quedarme aquí persiguiendo un horizonte de ladridos lejanos y masticando galletas y durmiendo contra el sol de las diez de la mañana. Y cuídalos a todos y piensa que sólo a ti te digo cuánto voy a extrañarlos a cada rato.

Me asomo al smog de las siete de la mañana y lo respiro como si aún fuera el aire de la región más transparente. Miro una bugambilia y un jacarandá y digo como si oyera todo el mundo: no creo que haya en el mundo colores más audaces, ni creo que me haga falta ir a buscarlos. Luego me regaño por provinciana y por miedosa.

Me pregunto si cambié suficientes dólares y los busco durante horas sin dar por dónde los puse. Maldigo mi previsión. Vuelvo a proponerme conocer Campeche antes de aceptar el próximo viaje. Y así hasta que llega la hora de irse y aparece Verónica, mi hermana, con una luz entre los dientes.

—Vámonos a Italia —digo entonces. «Piovvera dentro a l'alta fantasia.»

Lo que guarda el río

Nos fuimos a Italia como quien va río arriba, en busca de algo que dejamos atrás quién sabe cuándo.

Así hacemos a veces mi hermana y yo, regidas por un acuerdo tácito que tenemos de siempre los hijos de Carlos Mastretta (ahí atrás se quedó algo que vale la pena buscar aunque no sepamos de cierto qué cosa es, porque, en cambio, sabemos bien cuánto significa). Como sabe todo el mundo, eso de lo que se habla poco, poniendo los ojos en un horizonte vano y haciendo como si se hablara del clima, es algo lleno de un significado intenso y arduo.

Por eso fuimos a Italia el mes pasado, aunque el pretexto haya sido mi absurda obligación de promover un libro que, como bien dice un sabio, se vende, igual que todos los libros, en la máquina de escribir o en ninguna otra parte. Pero esto algunos editores no están siempre dispuestos a aceptarlo, porque quién sabe qué ley les aconseja que es útil usar al escritor de vendedor.

Escribir, viajar y promover son tres verbos que se conjugan de distinto modo y se viven de un modo aun más distinto. De ahí que parezca imposible conjugarlos a un tiempo y que uno termine sintiendo que vive dentro de un equívoco cuando se empeña en semejante juego. Pero esto, claro, lo pienso siempre cuando ya estoy en un vuelo entre una ciudad y otra, exhausta de escucharme contestando preguntas parecidas. Gajes del oficio en estos tiempos, hay que decirse mientras se empeña uno en dar con el momento de escaparse a hacer turismo cuando nadie nos ha dicho que quería pagarnos un viaje de placer.

Lamentaciones aparte, llegamos a Roma tras un vuelo a saltos, para encontrarnos con la noche cuando debía ser la mañana, y a caminar la ciudad olvidando que al día siguiente tendría yo que empezar a hacer malabarismos con mi tiempo y mi espíritu. Porque el día siguiente se veía muy lejos en nuestras cabezas enredadas al aire hospitalario de una ciudad habituada a recibir a los extranjeros para hacerlos sentir que en ninguna otra parte caben mejor sus fantasías y su desvelo. Caminamos por Roma esa noche, seguras de dar un paseo conocido y por lo mismo entrañable. Hace tanto tiempo que Roma se parece a sí misma, que no cambia su esencia devastando el pasado sino haciendo del diario el trabajo de recuperarlo, que uno puede volver tras diez años y sentir que se fue la semana pasada, uno puede volver a las fuentes y al Tíber, a un puente corroído tras otro, a una calle cerrada y ocre idéntica y audaz como ella sola. Cenamos en una trattoria llamada Otelo, conversando bajo la mirada de Carlo, el introvertido y complejo ser humano heredero de la editorial Feltrinelli. Era tarde y en las mesas de alrededor la gente había terminado su pasta y jugaba a la baraja como si fuera lógico. No me puedo olvidar del gozo simple y loco que había en el aire. Luego salimos a la Plaza de España y compramos ocho castañas asadas por algo así como cuarenta pesos. Carlo dijo que nos estaban estafando, pero nosotros probamos el cielo a media calle y no nos importó.

Al día siguiente y al siguiente tuve que hacer un despropósito tras otro para cumplir con el ritual de promover el *Male d'amore.* Tuve, para decir lo peor y ahorrarles las migajas de tedio, que acudir a un programa de televisión llamado *Constanzo show,* coordinado por un señor mezcla implacable de taxista conversador y cura de pueblo, que a decir de los editores tiene la más grande audiencia del país. Además de soportar dos horas y media de un espectáculo en vivo en el que participábamos al mismo tiempo un mago y una mujer que, dada la lentitud de la justicia italiana, debía entrar a la cárcel cinco años después de haber encontrado la vida útil y respetable que no tenía cuando cometió delitos contra la salud, robos y otros desfalcos (esta buena mujer lloraba con la sola mención de su nombre y su circunstancia, cosa que el tal Constanzo hacía cada vez que necesitaba tocar los sensibles sentimientos de su atribulado público). Había también una vedette como de plástico, con el cabello pintado de rubia, un brillantito encajado en la nariz y todo el rímel que pueda circundar los más azules ojos azules. Por supuesto tenía unos pechos como pelotas de tenis y una cintura flexible y diminuta que tiñeron mi ánimo de una nostalgia inexorable por el cuerpo que nunca tuve. A la vedette la acompañaba un actor maduro de esos que han alcanzado cierta fama pero de ninguna manera la que creen que se merecen, quizás por eso hablaba con una voz pegajosa y tenía los mocasines tan brillantes. Por supuesto, había un político haciendo el ridículo. Me habían dicho que ése era un programa al que iban políticos, a él seguro le dijeron que era un programa al que iban escritores, ambos estábamos completamente fuera de lugar, pero cada vez que él hacía el ridículo conseguía como por reflejo que yo me sintiera dos veces más ridícula que él. A la mezcla se agregaba un señor pidiendo justicia porque a su hijo lo había matado la policía colombiana cuando él era sólo un turista en tierra de nadie, y como si algo faltara invitaron también a un profesor que llevaba a mostrar su libro sobre Bosnia como quien muestra sacramento. Semejante mezcla yo no la había visto ni en la más burlona película de Fellini. La cuento para tratar de exorcizar la sensación de pánico que aún me provoca su recuerdo.

Por fortuna, entre una cosa y otra, dábamos siempre con mesas llenas de verdura frita, de calamares rebozados, pastas con albahaca, quesos y postres. Podría hacerles una descripción de cada menú, de cada invaluable tregua con las piernas bajo la mesa, *sotto il tavolo,* donde según decía Carlos Mastretta el tiempo no cuenta y la gente no envejece. A nosotros nos gustan los vinos italianos, que no tienen el prestigio de los franceses, pero acercan más a las uvas de las que vienen. También nos gusta el café que preparan ahí con nuestro café y que adivinar por qué les queda mejor que a nosotros. Comer en Italia es privilegio de dioses. Un privilegio que por suerte se evoca como un ensalmo capaz de iluminarnos la tarde con el puro recuerdo de una tarta rellena de queso ricotta y chocolate oscuro. Mi hermana prefiere evocar las alcachofas fritas, también tiene razón. A todo esto nos acercamos gracias a la gracia y el talento vital de un hombre alto, setenta y algo de años, con las manos más grandes que yo haya visto. Si es verdad eso de que el corazón tiene el tamaño de nuestro puño cerrado, es lógico que Carlo Conticelli, como se llama esta leyenda romana entre los libreros y sus amigos, fue para nosotras una aparición de esas con las que la vida compensa lo que se lleva sin más. Se convirtió por eso en una de las claves con las que descifrar ese algo que sabíamos río arriba. Su gusto por la vida, la rapidez de su palabra, la virtud de su risa y sus historias bastarían para justificar un viaje a la luna.

El miércoles tomamos un avión para Milán. Carlos Mastretta vivió cerca de ocho años en Milán, haciendo quién sabe qué. Hay que creer que no tuvo tiempo de contárnoslo, porque es probable que si la vida le hubiera durado más allá de los cincuenta y ocho, él habría llegado, como el agua, al momento en que los recuerdos pesan más que el presente por pesado que resulte el presente. Durante todo el miércoles no tuve tiempo de mirar Milán, me llevaron de una entrevista a otra y de ahí a un almuerzo multitudinario cuyos señoriales invitados se preguntaban como yo qué hacían ahí. Era un ir y venir de conversaciones desordenadas y mala comida en el que varias celebridades se preguntaban qué tan verdadera sería la celebridad de la celebridad a quien la anfitriona tenía el gusto de presentarle. Alegraba el fastidio de semejante tumulto la presencia de dos famosas de la moda: Kritzia, la de los perfumes, las sedas y los desvaríos, y Prada, la de los plásticos, y la extravagancia posmoderna capaz de pagar más caro el hule que el cuero. Tales personajes, como está claro, son enemigas. ¿Qué diría Stendhal de la nueva nobleza de Milán? Tema, estoy segura, no le faltaría.

La mañana siguiente tomamos un tren hacia el Venetto. Ahí volvimos a encontrarnos con la fuerza de las cosas que el río nos tiene guardadas.

Vivir con lujo

La segunda parte del viaje a Italia terminó en Chichén Itzá, la extravagante noche en que Pavarotti le cantó a la pirámide y al aire de la selva, acompañado no sólo por la orquesta de Bellas Artes sino por todos los grillos y las ranas que pudieron congregarse, para no dejar solos a quienes desde nuestra silla murmurábamos como una oración la letra de las canciones que nos bendecían. Entre Venecia y Pavarotti medió una vertiginosa vuelta a México y un viaje de tres semanas por los extenuantes Estados Unidos de Norteamérica. Un viaje solitario y caviloso, cruel como una aberración, imprescindible en mi experiencia casi tanto como los desfalcos de un mal amor y, según mi juramento, irrepetible, como tales desfalcos. ¿Por qué empiezo por Chichén Itzá? No porque el viaje al Venetto sea poco memorable, no porque la cena en casa de la tía Angelina no haya sido elocuente y conmovedora, no porque no quiera recordar la algarabía de mi encuentro con lectores en un pueblo pequeño y remontado que responde al nombre de Conegliano, no porque Venecia haya sido menos hermosa que antes o porque sus calles torcidas y sus canales como un sueño anaranjado me hayan marcado menos que otras veces, sino porque volví turbada de aquel viaje y todavía turbada lo enciмé con otro en el que amanecer era echarse a andar hacia un aeropuerto y anochecer era sólo el permiso de un breve desmayo antes de volver a empezar. Volví de esos dos viajes harta de andar vendiendo libros, harta de la distancia y segura, completamente segura de que disfruto nuestro país como al mejor del mundo, de que todos los lujos que ambiciono caben en él. Y eso quiero contar, el regreso a esta trampa, a esta diaria, inagotable sorpresa, a esta paz llena de quejas, cercada por un volcán que echa cenizas y un cielo que cada tanto amenaza con caernos encima con sus trescientas imecas. Nadie puede creerlo, pero no volví cansada tras un mes de viajar sin tregua ni recato, sin siestas ni concesiones. Al contrario, una energía de montes se metió en mi cuerpo confundida con el afán de ver el mar, de subir un cerro, de andarme los alrededores de Puebla, el cielo entre aquí y Guadalajara, la ciega luz que me devuelva los pájaros, las campanas, la certeza de que tengo un lugar en el mundo, un agujero en el cual reconstruirme, unos brazos en los que dar conmigo misma.

No hay alondras ni abismos, ni tangos ni boleros mejor plantados que los que uno se encuentra a la vuelta de su esquina. Esa certeza me tomó el corazón cuando llegué a Cancún desde Denver la noche del viernes anterior al concierto de Pavarotti en Chichén. Lo he contado mil veces a quienes han querido oírlo, pero es que me gusta el recuerdo de la brusca sensación de agradecimiento que me tomó al entrar al baño del aeropuerto y encontrarlo menos albeante y ordenado que aquellos de los quince aeropuertos pasados en los Estados Unidos. «Podría lamer este piso», me dije. Era tal mi nostalgia y tanta mi necesidad de dar con el país que tanto nos cuesta llamar nuestro. Me sentí bendita por el sagrado aire de Cancún, mil veces más bendita que frente al público de Nueva York, mil veces más segura de estar donde quiero. Viajé cinco horas para llegar hasta la hacienda de Temozón, un lugar en el corazón de Yucatán que parece estar en la mitad de ninguna parte y en la cual encontré la deambulante y heroica recepción del historiador Aguilar y nuestros dos hijos. Salieron a la oscuridad de las diez y media de la noche en una hacienda del siglo pasado, y los recuperé como si hubieran salido del fondo mismo del siglo pasado. Yo volvía de la cuna y la gloria de los errores y malos hábitos que este fin de siglo pretende imponer a sus habitantes. Así que los abracé como a la primera y más precisa representación de lo que según las reflexiones de Hans Magnus Enzensberger serán los lujos del siglo que viene. A su decir: el tiempo, la atención, el espacio, la tranquilidad, el medio ambiente, la seguridad. Ese fin de semana y desde entonces hasta el fin de mis precarios tiempos, me dispuse a hacer con mi tiempo lo que más me gusta y a poner mi atención en donde más se me antoje. Los dos primeros lujos que según Hans Magnus serán cada vez más difícil encontrar. De remate había silencio alrededor, no imagino mayor tranquilidad y menos falta de ruido, el medio ambiente era impecable, sobre todo para quienes gustamos del calor, y la seguridad estaba a cargo de la nada que nos rodeaba. Tantos hijos de golpe me provocaron unos deseos incontenibles de celebrarlos, a las cinco de la mañana de un día que había comenzado hacía veintidós horas, que me había impuesto dos vuelos de avión y un largo viaje en camioneta, no había manera de contener mi contento ni de callarme la boca. Llegué a la noche de Pavarotti con diez horas de sueño divididas en tres días y ni una pizca de cansancio mostré en el largo peregrinar hacia su encuentro ni en el aun más largo regreso hasta la hacienda de Temozón. Hay quien se da el lujo —un lujo necio— de decir que Pavarotti cantó poco tiempo, que ya no tiene la voz de antes y quién sabe que otro bárbaro retobo. Yo no me quiero llevar a la tumba el agradecimiento para el historiador Aguilar y nuestro cómplice de licencias varias Alejandro Quintero, quienes me convidaron a las delicias de semejante sueño. Hacía muchos meses que mi tiempo, mi atención, mi espacio, mi tranquilidad, mi medio ambiente y mi seguridad no eran las mejores. Lo único peligroso de tanta «completud», como diría la China Mendoza, es que me gustó y me he propuesto alcanzarla al menos cada fin de semana, y si eso es pedir demasiado, digamos entonces que al menos cada dos.

Así que una semana después me permití una tarde entera caminando bajo la luz y las sombras de ese prodigio que ha sido siempre el volcán Popocatépetl. Ahora mejorado, cosa que nunca imaginé posible, porque escupe cenizas recordándonos la magnitud de su fuerza y su paciencia. Dijo Borges que no se puede contar la felicidad. Borges siempre dijo bien. A los otros les aburren las alegrías ajenas, a uno lo avergüenza permitirse la descripción minuciosa del cielo que lo trastocó. Peor aún, no sabe cómo reducir a palabras la ingenua dicha de caminar sobre la tierra en que nació con la boca abierta y las horas, el aire, el horizonte y la parentela como la más imprescindible compañía. Mientras caminamos mi cuñado se empeña en convencerme de que ha visto atardeceres más deslumbrantes.

—Porque se dedica a verlos todos —dice mi hermana que es una ecóloga mezclada de pintora, radiodifusora y financiera, una mezcla que se da pocas treguas.

—Los veo todos porque eso quiero hacer en la vida —aclara el cuñado que en su segunda educación está empeñado en ser el pescador de su historia. Una historia que oyó no sabe dónde y que dice así:

«Había una vez un pescador sentado a la vera de su mar con una caña y el paisaje por compañía. Al verlo ahí solo, concentrado y, en apariencia, aburrido, se le acercó el prototipo del hombre eficaz y le preguntó cuántos peces pescaba cada día. El pescador respondió que los necesarios para su comida.

»—Pero le sobra tiempo —dijo el emprendedor—. Podría usted pescar más y venderlos. Con eso pagaría ayuda y podría pescar más cada jornada. Podría usted incluso montar una compañía y vender lo que le sobre. Con lo que gane ahí puede conseguir financiamiento y comprar varios barcos y exportar. Cuando consiga todo esto, tendrá dinero suficiente para dedicarse a hacer lo que quiera.

»—Lo que sucede —dijo el pescador sin perder la paciencia— es que ya estoy haciendo lo que quiero.»

Bajo esta premisa, el viernes siguiente nos propusimos subir hasta la iglesia de los Remedios, en la punta de la pirámide de Cholula. Eran las vísperas del día de la Santa Cruz. Subimos todavía sin perder el aliento, llevando a nuestros hijos a cumplir con el rito de contemplar el mundo desde la cumbre en que tantos otros quisieron mirarlo. Arriba nos esperaba no sólo la sorpresa de que la tierra sigue teniendo el mismo color que tenía hace más de treinta años, sigue salpicada con los huertos de flores y las decenas de templos que honramos hace tiempo, sigue abrigando muy cerca el hospital para enfermos mentales al que nos asomábamos de niños como quien se asoma a un pozo de sorpresas.

Un grupo de jóvenes ruidosos estaban a cargo de hacer sonar las campanas y tras ellas arrancó a tocar la banda más cautivante que hayan visto mis ojos. Una mezcla armoniosa y bien organizada de alientos de todos los tamaños tocados por el grupo humano más disparejo y acorde que haya formado nunca una banda. Desde un pulcro viejo de casi noventa años soplando sobre una flauta, hasta un niño de doce moviendo el pie al tiempo que sonaba un saxo, desde un hombre cuya barriga sostenía un trombón y tres meses de mugre hasta una niña acicalada como mariposa tocando un clarinete como si fuera a volar.

—Antes de ir a Italia —pensé que debía decirle a mi hermana—, tenemos que pasear a nuestros hijos por todas estas tierras y todas estas bandas. No sea que terminen de crecer sin haberse saciado con los lujos esenciales de este lado del mar.

Las olas: ritual y democracia

Mientras la ciudad se ensuciaba de plásticos haciendo propaganda electoral, tuve la audacia irresponsable y dichosa de volver al mar con mis hijos. Usé como pretexto para atrasar más todo lo que ya llevo atrasado, el hecho de que ellos y sus primos terminaron el año escolar sin tener que hacer exámenes extraordinarios ni caer en trifulcas de esa magnitud. En mis tiempos, mi madre hubiera dicho que eso era apenas lo debido y que ni una colección de dieces era para aplaudirse demasiado, porque estudiar es el deber de los niños y si para algo está uno en este mundo es para cumplir con su deber. Pero en la era de la democracia las cosas se han puesto más difíciles para los padres y para cualquier otro al que la vida haya dejado en el difícil camino de hacerle a la autoridad. Así que para estar a tono con los derechos y prebendas de quienes detentan el poder del voto, hice la voluntad de mis hijos. Y para estar a tono con la complacencia democrática de toda autoridad que se respete en la era de la democracia, me di permiso de ir al mar sin culpas ni remordimientos.

Hacer que los hijos traten con el mar, los placeres y los descalabros con que éste puede sorprendernos, debería estar en los programas de estudio de toda buena academia para la vida. Al menos eso se piensa en mi familia, donde el rito de lidiar con las olas es uno de los más respetados y serios entre nuestros rituales. Debo aclarar que entre tales rituales hay algunos de arraigo tan profundo como este de torear las olas, que resultan, sin embargo, menos respetables. Uno es el de mirar a las personas de confianza con abuso de confianza y espetarles en mitad incluso de la más solemne de las conversaciones: «Tienes un punto negro». Tal cosa, que podría resultar un agravio para cualquier persona sensata, recibe como respuesta entre los miembros de nuestra familia un correcto y urgente «mil gracias, quítamelo». Empeñarse en que el cónyuge acepte tal costumbre puede poner a las parejas al borde de la separación, sin embargo no sé de cónyuges que se hayan opuesto, aun estando en contra de que tal costumbre se practique en su persona, a que ésta sea heredada a los hijos junto con los otros tesoros del patrimonio familiar. Por lo demás debo decir que en todos los casos de los que tengo conocimiento los hijos han aprendido el ritual con más placer que sorpresa. En nuestro caso, Mateo, que empezó cobrándome por cada intento de tocarle la cara, ahora se presenta en mi recámara a las horas más impropias con un índice sobre la frente y un autoritario «quítame esto», y Catalina ha llegado al extremo de hacer proselitismo. Hace poco me honró descubrir a su íntima amiga aceptando con el mismo «gracias, quítamelo cuanto antes», entrar en un ritual que al principio a ella y a su madre les parecía no sólo de mal gusto sino absolutamente bárbaro. Mi cónyuge se ha portado comprensivo con semejante manía, si bien no he conseguido que la considere plausible, al menos jamás se ha opuesto a ella calificándola de peligrosa. Por desgracia no ha sucedido lo mismo en el caso de las olas. Ese sí es un asunto que permanece abierto como un acantilado entre nosotros. Vivir la primera infancia junto a un mar que de la noche a la mañana pasó de ser manso como agua de laguna a devastar el desde entonces heroico pueblo de Chetumal, le dejó el corazón y la cabeza poblados de aversiones y prevenciones lógicas, pero no por eso menos refutables por una militante del rito de ir a las olas como quien va a un partido con la vida. Un rito aun más importante —movido por un deseo cien veces más decisivo que cualquiera de los otros ritos— incluso, en el que nos enseñó a reverenciar la democracia. Cada quien crece donde le toca, yo crecí lejos del mar. Creo que por eso les temo a los volcanes y nunca intentaría escalarlos, pero en cambio voy al mar como a las tentaciones. De ahí que haya considerado crucial educar a mis hijos en tal vicio. Los primeros años fueron arduos, porque su padre se oponía con la misma vehemencia con que se opuso el mío. Pero yo tuve para eso la misma contumacia que mi madre tiene para todo. Con lo cual conseguí, como mi madre, que el padre de las criaturas opte por no ir al mar con nosotros. Vale aclarar que la familia heredadora de ritos es la de mi madre, por más que la familia de mi padre nos haya heredado la habilidad para mitificar tales herencias.

Durante esta semana cerca del Caribe, con el rito y la voluntad mitificadora, he conseguido que mis hijos aten a su corazón el deseo del mar como juego, como reto, como parábola. Lo mismo si el día estaba nublado que si llovía o si el sol era pródigo hasta comernos, pasamos cinco días hundidos en el agua salada. Éramos seis, contando a los primos herederos de la tradición y a la amiga que ha terminado asumiendo nuestros rituales como propios. Seis adolescentes contándome a mí, pensé una noche exhausta tras un día de feria. Recordé a mi tía Alicia, eufórica y bronceada, gritando hace treinta años con la vehemencia que era su bandera «¡por arriba, por arriba!» para luego soltar su risa como una canción cuando la ola pasaba jugando sin hacer daño. «¡Por abajo, por abajo!», antes de perderse en el remolino que nos llevaría quién sabe adónde.

—Las olas —dije esa tarde durante la puesta de sol, poniéndome filósofa frente a la ironía de mis adolescentes— son como los problemas: a veces uno los libra saltando, a veces hay que hundirse en ellos y tomarlos por abajo para salir bien librado y, a veces, es imposible evitarse la revolcada.

—Sí, mamá —dijo Mateo ladeando la sonrisa—, y la vida es muy bonita y nosotros tenemos que estar muy agradecidos con nuestro destino por estas vacaciones de privilegio...

—Y cuando tengamos cuarenta y siete años vamos a recordar esta tarde frente al sol anaranjado como una de las mejores de nuestra existencia —agregó Catalina imitando la voz que uso cuando me ponga profeta. Todos rieron prolongando el escarnio hasta que la media luna de los árabes se encaramó en el cielo junto a su estrella.

No éramos seis adolescentes, me corregí en la noche al recordarlos, hace ya rato que pertenezco a la camada de los que aleccionan. No está mal para tener cuarenta y siete años, estar segura de que vale todo el oro del mundo ver el oro del sol hundirse en la tarde bajo el inmenso mar, ambicionar ya que alguien recuerde alguna vez mi fiebre de hoy con la misma fuerza con que yo atesoro la que vi en otros, y seguir dispuesta, empeñada, debo decir, en que me revuelquen las olas.

Una cabeza para Jane Austen

He pasado la tarde buscando mi cabeza. Tal vez de entre todas las cosas que fui extraviando durante el día, la cabeza fue lo primero que dejé quién sabe dónde, pero sólo al sonar las seis vine a darme cuenta precisa de que me hacía falta sentirla sobre los hombros. Una llamada preguntando por el señor de la casa terminó en mi oreja por la sencilla sinrazón que hace pensar a otros que cuando el marido no está disponible, su señora, como bien se le considera, debe sentirse dichosa de recibir el mensaje que confirma una cena o requiere una cita. Yo habría recibido la información mecánicamente, si la secretaria que dejó el mensaje no se hubiera disculpado por darme semejante molestia. A mí, una escritora cuyos libros ella dijo apreciar tanto. Le agradecí la cortesía sin explicarle que me resultaba sorprendente. Ella no tiene por qué saberlo, pero yo no siempre soy la escritora. A veces parezco más bien una especie de persona moral que no paga con tino sus impuestos, o una persona física con mal físico, o una persona sin personalidad, o una persona inmoral. Soy tantas y no siempre sé bien cuál soy. Cuando colgué el auricular empecé a preguntarme por mi cabeza. Me dije que tal vez estaría en el cuarto de Mateo. Yo acababa de pasar por ahí, me había extrañado la televisión apagada, pero el muchacho en que se ha convertido el bebé de hasta hace poco, me explicó que leía *Los cazadores de microbios,* libro prodigioso que la maestra de biología se empeña en dejarles resumir cada vez que se cruza una vacación. «¿Por qué les dejan tarea en las vacaciones?», pregunté. Detesto que les dejen estudiar en vacaciones. Pero eso lo detesto con el estómago, así que ahí ya no tenía la cabeza. Pudo haber sido antes, cuando estuve en el cuarto de Cati, pero con ella y su amiga Lumi hablé de una dieta, de una telenovela, de unos ejercicios para enderezar la espalda. Ahí no dejé la cabeza. Lo que me roba Catalina cada vez que hablamos largo de cosas leves, es el alma. ¿Se me quedaría en la tienda de Fonart? Fui ahí con Verónica, mi hermana, justo después de comer en mitad de un calorón que me llevó a comprar sin dudarlo un espejo de hojalata presidido por un sol y dos lunas. Estaba hermosa la tienda a pesar de su techo de asbesto como una plancha sobre nuestras ¿cabezas? No. Ahí ya no tenía la cabeza, si la hubiera llevado me habría dado cuenta de que la estaba perdiendo frente al baúl de olinalá poblado de mariposas que cuesta tres mil pesos. ¿La habré dejado en el restorán japonés? Comimos ahí cinco adolescentes y dos adultas. ¡Qué desorden de arroces y quejas! Le advertí a Verónica que no volviera con sus hijas a dieta porque así no tiene chiste pasearlas. Ahí ya no tenía la cabeza, me hubiera detenido al tercer rollo de aguacate con anguila. Quiere decir entonces que la perdí desde la mañana. Tal vez desde antes de salir a caminar. Por eso fue que no tuve que rehuir el encuentro con los periódicos, ningún razonamiento en torno a la necesidad intelectual de estar informada me hizo moverme a buscarlos. A la hora de los periódicos ya estaba confundida con la desaparición de unos cheques a los que llamo «mi quincena» y que el señor de la casa tuvo la generosidad de recordarme que eran «su quincena». Llamarlos «mi quincena» suena a que cobro por mal administrar la casa, y eso tampoco es cierto. Tiene razón el señor que pastorea, alimenta o elude mis conversaciones en torno a la gravedad de mis pérdidas. Ya no puedo ir más lejos. Hoy en la mañana perdí la factura del coche con que, esperanzados en que un día nos pagara el seguro, repusimos la mitad de la camioneta que nos robaron el mes antepasado. Perdí la credencial de elector que usé para identificarme en el banco, perdí mi bolsa, una lupa tamaño carta que heredé de mi padre y que cada vez necesito más veces, perdí tres plumas, el número de teléfono del carpintero, la correa del perro, la receta del homeópata, la caja con libros para dedicar, la idea del tiempo. Todo lo fui perdiendo o extraviando, como debe decirse para que nadie piense que uno sospecha de robo. Y la culpa de todas esas pérdidas, vine a saberlo con claridad hasta entrada la tarde, la tiene el primer y único extravío imprescindible: el de mi desorientada y divagadora cabeza. No es bueno divagar, me dije tras despedirme de la solícita secretaria. Al menos no debo permitírmelo cuando el día se deja venir con mil cosas por delante. ¿En dónde estaba cuando empecé a divagar?, me pregunté. ¿En la regadera? No. Antes de eso. Antes de hacerme al ánimo de abandonar mi cama. Cuando al salir de la duermevela volví a soltarme la cantaleta de todas las últimas mañanas. Después de años de encierro y guerra interna, pero paz con los otros y cielo completo para mí sola, la publicación de *Mal de amores,* al que llamo mi último libro y quisiera llamar el más reciente, ha llegado a intensificar mi certidumbre de que los escritores son siempre más inteligentes, más cercanos y nobles por escrito que cuando el público les concede la palabra y los editores les piden que la ejerzan hablando por un lado y otro de cosas tan inexplicables y remotas como de qué se trata su libro. Eso fue, estaba pensando en eso, cuando invoqué a Jane Austen que escribe y reescribe en su casa húmeda. Sin que nadie más que su familia alentara su espíritu fiero y su vena crítica, sin que sus contemporáneos apreciaran la ligereza y la gracia de su prosa. Dejé la cabeza con Jane Austen a principios del siglo diecinueve, sentada mil tardes, rehaciendo un libro al que primero llamó *Elinor and Caroline* y diez años después rebautizó como *Sense and Sensibility*. Jane Austen, la hija de un presbítero, soltera, solterona, sin editores ni más público que su madre y su hermana, esperando al tardío siglo veinte para ganarse un Oscar. Bendita Jane Austen, hice bien dejándole mi cabeza. Ya pasaré a buscarla cuando empiece otro libro.

Don de olvido

Cuando alguien echa la cabeza hacia atrás mientras entrecierra los ojos en un gesto de ensueño nunca falta quien le dice al oído «recordar es vivir».

Sin embargo, tal vez a la vida nos mueva más la capacidad de olvido que los recuerdos.

Si uno lo recordara todo, mil veces el dolor nos impediría seguir adelante. Ya lo sabemos, pero es útil atenerse a los ejemplos más triviales, si un bebé recordara los golpes que se busca en el intento, no caminaría jamás. Y desde ahí hasta la última borrachera, mil placeres no repetiríamos si recordáramos antes el dolor que pueden causarnos.

Claro, quienes me conocen pueden pensar que todo esto lo digo movida por el resentimiento, dado que cada día me falla más la memoria y me estremece con sus golpes el olvido.

Alguien, por supuesto no me acuerdo quién ni dónde, contaba la inteligente maldad de un escritor que al describir la cara de otro decía displicente Fulano tiene una cara de esas que se ven y... se olvidan.

Quizás aquel escritor sí lo decía con malicia, pero lo que es yo, lo digo con vergüenza porque cada día olvido más caras y sobre todo cada vez olvido mejor los nombres que las acompañan.

Tengo para consolidar mi certeza de que el olvido es algo que no se debe a la edad sino a la carencia de alguna neurona, la pena y el júbilo de vivir con un memorioso, alguien que no olvida jamás el primero, segundo y tercer apellido de cualquiera con quien haya cruzado tres palabras, ya no se diga si éste es intelectual o político. Tampoco olvida dónde fue que lo conoció y qué ha hecho de útil o inútil en la vida. Sé de remate que si ahondo más y le pregunto cosas como cuándo fue la última vez que lo vio en el periódico y qué era lo que estaba declarando, lo sabe. Me guardo de preguntarle qué estaba haciendo esa persona cuando lo declaró porque de sobra recuerdo que los periódicos sólo registran las declaraciones, los hechos son algo que consideran de segunda.

También tengo amigas memoriosas, algunas tanto que aún las mueve el deseo que alguna vez sintieron por su novio de los catorce años.

Elena de la Concha, mi memoriosa amiga desde la primaria, recuerda aún con precisión de alumna aplicada los nombres de las doce tribus de Israel que aprendimos juntas repitiéndolos entre las ramas de un fresno cuyo olor aún recuerdo algunas tardes. Porque, me digo, no es que yo pierda todos los recuerdos, es que recuerdo lo que a nadie le importa.

Para algunos recuerdos nadie es más memorioso que alguien con fama de desmemoriado. Y eso, como dicen quienes conocen el truco mediante el cual se memoriza, sucede porque los desmemoriados suelen estar atentos a otras cosas en el instante que se necesita para que algo marque el Control-F10 de nuestra privadísima computadora.

Los desmemoriados estamos concentrados en el olor, en los colores de la ropa, en un sonido, en el impulso de antipatía o apego repentino que algo nos provoca. Los desmemoriados estamos evocando una sensación, invocando otra o estremecidos hasta la idiocia por algo crucial que a muchos les resulta insignificante.

Digo esto porque pienso que olvidar es un arte. Uno de los artes más necesarios y mal practicados que se conocen. Además, como tantos otros artes, olvidar es un arte que la humanidad toda practica muchas veces sin darse cuenta. Olvidamos. Para mal y para bien olvidamos.

Empezando por la muerte, mil cosas olvidamos para poder vivir. Y aunque no lo aceptemos, tal vez quienes mejor olvidan mejor viven.

No haríamos nada si la conciencia de la propia muerte nos siguiera a la regadera. Nada siquiera, si la muerte de otros cruzara demasiado por nuestro recuerdo. Pero olvidamos. A los inolvidables, a los mejores, a los más buenos, a quienes más felices nos han hecho, logramos olvidar para quedarnos con la vida.

Y si somos capaces de olvidar la muerte, de qué olvido no seremos capaces.

Olvidamos por eso el dolor y a quienes nos lo causaron. Perdonamos por eso. No por generosos sino por desmemoriados. Y hemos de bendecir el olvido como se bendice el pan de cada día.

Gracias al olvido volvemos a tropezarnos con la misma piedra, y nos vuelve a doler y a gustar el camino. Gracias al buen olvido vivieron juntos nuestros padres, nos quieren nuestros hermanos y nos maldicen aquellos a quienes hicimos un favor.

Gracias al buen olvido se nos resbalan las maldiciones, los críticos literarios, el ridículo aquel del que nunca creímos que sería posible reponerse.

Gracias al olvido seguimos guardando libros como si no fuera sólo ésta la vida que tenemos para leerlos. Un día, pensamos, voy a hojear uno por uno todos los libros de arte que dormitan bajo la mesa de la sala. Un día en que me dé hepatitis o cualquiera de esas enfermedades largas durante las cuales todo se puede hacer menos hojear un libro.

Gracias a que olvidamos la voz de la nefasta báscula volvemos a darnos el placer de un buen queso, de un helado doble por el parque junto a los hijos, de un pan con mantequilla y sal, de un chocolate amargo y tres almendras.

Gracias al olvido seguimos viviendo en la ciudad de México después de una jornada con doscientos sesenta imecas contra nuestros ojos. Y no sólo seguimos viviendo, sino que seguimos dispuestos a emprender un día sí y otro también viajes urgentes al extremo opuesto del lugar en que habitamos.

Nos vemos en el espejo durante el arreglo de la mañana y ahí nos hacemos cargo del avance implacable de nuestras arrugas, entonces nos proponemos no fruncir tanto el ceño o al menos no fruncirlo sólo de un lado para que los setenta años no nos alcancen con la expresión torcida. Pero después nos echamos al día y nuestro gesto lo recibe defendiéndose como mejor sabe.

Para poder ser quienes somos olvidamos el sueño de quienes quisimos ser y para que el sueño no se muera completo lo dejamos pasar a la cocina una mañana y nos ponemos a cantar con el playback del último compacto de arias famosas en la voz de María Callas. Olvidamos también todo lo que querríamos ser porque sólo así le dejamos lugar a eso que somos, y cumplimos a medias con lo que a eso le debemos ¿Terminar la novela? Claro que sí, ahora que consiga olvidarme de todo lo demás.

Es extraño, pero los desmemoriados perdemos más tiempo recordando, y en nuestras vidas reina un caos lleno de huecos por los que entra en desorden la memoria implacable.

Olvidamos los nombres y las fórmulas, las cosas que dijeron los sabios y los profetas, los discursos políticos y los artículos de análisis que leemos aplicados y cuidadosos.

Sin embargo, yo creo que a pesar de todo lo que olvido no he logrado olvidar lo suficiente. Y esto lo digo pensando otra vez en que olvidar es un arte. A veces maligno y paralizador, pero siempre generoso.

No tendríamos insomnio si supiéramos olvidar con precisión. Si nuestro arte fuera tal que hasta en los sueños pudiésemos controlarlo. No despertaríamos nunca a las tres de la mañana con una luz de bengala en la garganta, aterrados por la guerra que entró en nuestra recámara justo antes de apagar la luz. No andarían tras nosotros las espaldas agujereadas de los cuatro campesinos cuyos cuerpos contra el suelo nos desgraciaron el sosiego, escupiéndonos desde el periódico su desgracia y nuestra culpa.

La guerra en Chiapas sería un espejismo, todo el horror podríamos ahuyentarlo de golpe con nuestro arte de olvidar como un escudo milagroso.

Pero recordamos. A destiempo, porque ningún tiempo nos parece lógico para el dolor. Recordamos, y no hay mala memoria que nos ayude a distraer el espanto cuando nos cruza la existencia.

La fiesta entre los labios

A veces, a mitad de una tarde, la evoco con la misma precisión que si la viera. Pero me cuesta contarla. Algo de inasible tenían las alas de sus ojos, algo de fugaz la sonrisa y la voz llena de audacias con que nos atrapaba. Eran como un hechizo la suavidad y la prisa de su lengua, la sabiduría juguetona de su mirada. Nunca, ni siquiera cuando la pena le tomó la vida como un agravio, ni siquiera cuando sólo mirarla debió ser llorar con ella, le conocí un desfalco, un lamento, un día de tregua.

Verla vivir fue siempre encontrar ayuda para estar vivo. Incluso cuando lucía tan frágil que uno hubiera querido acunarla, cabía una fortaleza entre sus manos.

Le pregunté un atardecer de largas, inacabadas confidencias, si podía imaginar cuánto enriquecía con su vida las de otros. Me palmeó un hombro. Llevaba puesto un traje claro y la ironía como una luz contra la frente.

¿De dónde sacaba Diana Laura la fiesta entre los labios que iba regalándole sin más a la vida que tanto le debía? ¿Y de dónde sacó todos los días la paz y la paciencia, la ceremonia y el buen juicio con que le daba valor y temple a su alegría?

Apenas había dejado el hospital por primera vez, cuando me explicó su empeño en que nadie le notara la enfermedad: «Pongo todas las pastillas en el mismo frasco, y me busco un escondite a la hora en que debo tomarlas». Hasta ese extremo cuidaba de su dolor a quienes la querían.

Nunca buscó la compasión, tal vez por eso, cuando quiero pensarla con pesar por ella, termino sintiendo pena por nosotros. Hay una mezcla de furia y desamparo en quienes añoramos su lucidez oponiéndose al horror, contraviniendo la infamia. Mujer de un solo hombre, de una sola palabra, de una lealtad como agua, de un solo sueño indómito, de una pasión por la vida que no perdió ni siquiera cuando todo parecía perdido, Diana Laura no es mujer que se olvida. Pensarla siempre es admirar su valor y su estirpe, evocar su sonrisa y la luna indómita entre sus ojos, siempre será invocarla.

Vivió tan ávida y de modo tan intenso que marcó nuestro mundo con su pasión, nuestros pesares con su alegría implacable, nuestras convicciones con su perseverancia, nuestro temor con su ardiente valentía. Había algo de inasible y fugaz en Diana Laura, como algo de inasible hay en nuestros mejores sueños y nuestras más entrañables esperanzas.

Boca cerrada

Seguro que este país, tantas veces cruzado por desacuerdos, ha vivido épocas de más discordia que la nuestra. Pero como uno la que padece es la suya, es ahora cuando las diferencias nos agravian y lastiman. Tanto pesar y tanta ofensa nos tienen tomados de tan distintas maneras, que es difícil no encontrar en cada reunión al menos una disputa y en cada encuentro amistoso mil diferencias. Entiendo ahora por qué nuestros abuelos tenían como lema no discutir sobre política y clero, por qué tantos de nosotros crecimos en sociedades que imaginamos acalladas por el miedo y que tal vez sólo habían aprendido a callar por prudencia.

Todos los días un montón de noticias contrarias nos tocan los oídos y nos llenan de dudas. Y a cada rato descubrimos a alguien que ha convertido nuestra duda en la certeza de algo espantoso. Por eso, ¿quién me lo hubiera dicho?, quiero educarme en la costumbre de callar cuando la política, ese remolino de discordias, irrumpe en la conversación. Con esto no quiero decir que el destino del país me tenga sin cuidado, ni que me haya hecho al ánimo de no tener opiniones y certidumbres en torno a lo que sucede. Lo que quiero decir es que no estoy dispuesta a defender mis convicciones dejando en ellas el hígado, ya no digamos las amistades o los cariños entrañables, cada vez que me invitan a una cena, concilio o desayuno. Es así como antes de salir, me hago una serie de recomendaciones tras las cuales me entrego sin más a la ignominia de no dar batallas inútiles en torno a todos los asuntos cruciales que nos cruzan. Me propongo, pensando en la política, no hablar sobre lo que no sé, no hablar sobre lo que creo que sé, no hablar sobre lo que imagino, no afirmar lo que otros me dijeron que imaginan o creen, no hablar sobre lo que dijo un editorialista, no citar a un columnista, no decir que le creo a ningún político, no decir que no le creo a ningún político, no preguntar cuánto gana la voz más radical de la reunión, no poner gesto justiciero cuando alguien vierte opiniones que comparto, no contradecir a quien esgrime a gritos una contundencia que me parece descabellada, no maldecir por lo bajo preguntándome qué hago en tal reunión, no contrariar a quien pregunta desafiante tras dos argumentos increíbles: ¿O no?

Dirán ustedes que tales actos de paciencia colindan con la estupidez y son deshonestos, mermadores de la personalidad o imposibles. Yo quiero dedicar el breve espacio de hoy a proponer tal práctica a los escasos lectores que quieran correr el grave riesgo de parecer inhabilitados para el compromiso con las grandes causas nacionales y, a cambio, ambicionen encontrar cierta paz de ánimo en mitad de la tormenta.

Como todo, es cosa de disciplina, fervor y maña. Y como en todo, la maña es lo imprescindible. Aunque la disciplina se necesita para no sacarle los ojos al prójimo que nos insulta con su mirada de no tienes valor ni convicciones, y el fervor se precisa para conservar nuestra convicción y nuestros afanes sin pregonarlos ni escupirles a quienes no los comparten. Las mañas pueden ir desde las salidas fáciles como morderse una uña, repetir postre, acomodarse el nudo del chal, sumir el estómago, enderezar la espalda, pasar al primer plano auditivo la música de fondo, repetir una oración aprendida a los cuatro años o recorrer la mesa respondiéndose a cuál de los invitados oyó preocupado por Chiapas antes del primero de enero de 1994, hasta las que se proponen imaginar desnudos a los comensales. Vale la pena proponerse cualquier cosa con tal de no caer en la tentación de hacer una propuesta, negarse a cumplir la de alguien o emitir juicios inútiles en torno a cualquiera de los asuntos irresolubles que nos consternan y enfrentan. Tengo la esperanza de que el paso voraz y generoso de los años, aunque no borre los duelos, nos devolverá el afán de concordia, entonces, habrá valido la pena haber cerrado la boca algunas veces.

Comentarios a la guerra diaria

Son las tres de la media noche, llueve y me despierta una gata maullando en el tejado vecino. Un tejado ajeno, como ajena es la casa en que duermo mientras espero el día en que la casa de los últimos doce años de nuestra vida quede como una adolescente recién bañada y vuelva a ser nuestra.

Me despierta la obsesión constructora que como una herencia macabra cae de vez en cuando sobre todas y cada una de las mujeres de mi clan. He visto a mi abuela, a mi madre, a mis tías y a mis primas desgastarse planeando una escalera como quien pone los cimientos de la torre de Babel. Es un mal de familia: todas, a excepción de mi hermana, que está hecha de una pasta menos porosa, o que sufre lo mismo pero no lo pregona, hemos pasado noches en vela desentrañando los desvaríos de nuestras casas.

Me pregunto qué amores penará la gata que me ha despertado. ¿O será que los goza con semejantes ruidos? Adivinar, los seres vivos compartimos algunos desconsuelos, la enfermedad o el hambre, por ejemplo, los padecen los gatos o los burros tan mal como los hombres. No sé cómo serán entre los otros animales el desamor, la política o los deseos. Sé que entre los humanos crean estragos que los llevan a cantar o a matarse.

¡Qué escándalo trae la gata! Uno diría que se va a quedar privada de tanta zozobra. Malvado animal. Me ha despertado y bajo su ruido destrozando la noche no puedo sino imaginar catástrofes. Llueve y no está el señor de la casa, pero yo sé que cuando llueve así él recuerda la remota noche en que un ciclón avasalló la casa de madera que cobijó su niñez y avasalló con esa casa su infancia y el destino de gloria que estaba para su padre. Llueve con tono de presagio, sin tregua, sin donaire. Llueve y estoy a salvo como después sabré que no estuvieron otros.

Pasan por nuestro país los ciclones y nos recuerdan quiénes somos, de qué modo vivimos, cómo viven otros en los que pensamos poco y de mala gana. Pero nadie tiene la culpa de que maúllen los gatos, nadie tiene la culpa de que venga un ciclón que aún no se ha ido cuando llega el siguiente. Nadie tiene la culpa aunque estemos en una época incapaz de concebir el azar sino como conjura.

He cumplido cuarenta y ocho años, llueve y no piensan marcharse los demonios que acosan esta noche de gatos. ¿De qué color pintaremos las paredes del patio? Tengo hambre. Extraño la cena que no quise dar. No sé de dónde saqué la ida peregrina de que las mujeres de mi edad tienen que ahorrarse la cena para que su cuerpo se ahorre la vergüenza de verse viejo. Como si no hubiera viejas flacas. He cumplido cuarenta y ocho años sin ir a la cirugía plástica, sin la flexibilidad adolescente que precisan ahora la cuarentonas respetables, negándome a caminar con una pesa en cada mano, concentrada en mi estampa más que en el cielo y las aguas que cercan mi camino, llamando al perro como quien llama en él a los niños dependientes y juguetones que mis hijos han dejado de ser.

Mis hijos están creciendo a su aire y ya no van conmigo al parque. Crecen de prisa y sin memoria, como si el futuro los jalara con unos hilos de hierro, como si no vinieran de mí ni de su padre sino del sol y de las ansias de un enigma. Y yo, que supe acompañar sus duelos y sus gripes, su fiesta diaria, su incansable curiosidad depositada con serenidad entre mis manos —como si todo lo dijera mi lengua y todo hubieran ya comprendido mis ojos—, yo, que supe el resumen de sus certezas y fui la caja de sus dudas, aprendo ahora a ver cómo se hacen camino sin preguntarme adónde van, ni qué opino del cielo y sus afrentas.

Me divierten mis hijos creciendo bajo el diluvio de cambios y mensajes cruzados que escuchan y asimilan en un orden que nunca comprenderé y contra el que nada puedo. Peor aún, nada quiero. Hubo que agrandar la casa para que sus cuartos tuvieran ventilación y privacía. Privacía, la palabra del fin de siglo, no está en el Diccionario de la Real Academia, sin embargo hace rato que usamos la voz privacía como traducción de «privacy», la palabra mágica que uno cuelga en los cuartos de hoteles extranjeros para pedir que nadie interrumpa la anónima y pocas veces tan bien lograda intimidad.

Vista desde los ojos de mis hijos, la privacía es el derecho a un mundo en el que no metan la nariz las madres o el hermano. A veces me cuesta entender el derecho de los hijos a tal intimidad porque yo crecí en una casa cuyas puertas no tenían cerrojos, dormí en una recámara compartida con mi hermana, y tuve una adolescencia que no podía elegir el lujo de la privacía, porque no hay privacía en los clanes. Por eso mi adolescencia y sus dilemas fueron siempre vistos como la adolescencia conjunta de al menos diez primas con la misma edad. Hijas todas de la misma comuna ambigua que es una familia ampliada a tribu. Mis hijos en cambio, los hijos de los padres clase media en estos tiempos, son vistos y tratados como únicos e irrepetibles. Estamos demasiado conscientes de la gloria que son, y se los decimos con tanta insistencia como nuestros padres pusieron en no decírnoslo. Queremos que se sepan inteligentes y hermosos como árboles sagrados, como nuevos dioses. Y no sé si volvemos a equivocarnos, tal vez volvemos a equivocarnos, dándoles en sobredosis todo lo que nuestros padres evitaron darnos para que la soberbia no nos hiciera sus presos.

—Si uno es inteligente... —dije una vez frente a mi abuela.

—Uno nunca dice que es inteligente —aconsejó ella de tajo. Y yo creo que por cosas así es que aún no puedo con los elogios sino como con piedras.

Temiendo repetir la censura que inhibe, he elogiado a mis hijos a todas horas y con tal inclemencia que dada su inherente objetividad, he conseguido hacerlos dudar de todas las cosas que digo. Se han vuelto fieros consigo mismos, inclementes para juzgar ya no digamos sus tareas o sus opiniones, sino sus cuerpos, su modo de caminar, sus fervores. Mientras miran la tele como quien mira una cascada y se deja embrujar por su murmullo de oráculo, aseguran que nunca tendrán físico de actores ni profesión mejor, más digna y más audaz que la de actores o cantantes. Entonces me preocupan mis hijos. No es que yo crea como otros padres que la televisión los va a dejar tontos, porque en contra de semejante teoría tengo la certeza de que la televisión los ha ayudado a crecer sabiendo que hay más cosas bajo las estrellas de las que sueña su imaginación, y sé que crecer con esta certidumbre es ya estar en camino de vivir la vida con la cabeza en su lugar y el corazón en alerta. Sin embargo, creo que precisamente de semejante certidumbre derivan angustias que nosotros no padecimos y le exigen a su vida cosas que nosotros no éramos capaces de exigirnos a su edad: ¿Respeto a sus padres? Ellos se exigen saber quiénes son y qué quieren sus padres. ¿Cumplir con la escuela? Ellos cumplen con la escuela sabiendo que no todo lo que sirve en la vida viene de la escuela y que la educación formal deja una enorme cantidad de agujeros sin respuesta. Sin embargo se levantan a tiempo y les dan por su lado a los maestros y se reúnen en equipos a investigar la cultura mixteca o el origen de la levadura, como si con semejantes trabajos pudieran librarse de la congoja que es pertenecer a un mundo de tal tamaño que los hace tan hijos de los mixtecos como de los romanos, más influenciados en sus deseos y esperanzas por los pechos de Cindy Crawford y las valentonadas de Arnold Schwarzennegger que por la mítica belleza de Elena o el estoico valor de Cuauhtémoc. Sus héroes están más cerca y son más peligrosos porque parecen asequibles un domingo de cine y están lejísimos de cualquier lunes en la mañana. Sin embargo, la vida no se cansa de repetir su historia. Mateo tiene de tarea ir a ver *Hamlet* y Catalina se sabe de memoria los diálogos de *Romeo y Julieta.*

¿Qué opinaría Shakespeare si supiera que sus obras de teatro se convierten en películas cuyos diálogos repiten los adolescentes del tardío siglo veinte en un por él desconocido país llamado México? No sé. Me alegra que esta pregunta no se les haya ocurrido a los entrevistadores, casi siempre empeñados en suponer que uno tiene respuestas para cualquier cosa. Seguramente no se les ha ocurrido porque no tiene relación directa con lo femenino y la literatura, si la tuviera, ya alguien me la habría hecho. Y yo hubiera tenido incluso frente a una pregunta tan impredecible como ésta, menos desazón que frente a las preguntas sobre literatura femenina y, seguramente, menos tedio.

La próxima semana tendremos que cambiarnos de casa. Volveremos, como quien canta el tango, pensando que si veinte años no es nada, un año es nadita. Hemos estado fuera de la casa en que mis hijos vivieron su infancia, por tan largos y tan cortos trece meses. Y me ha costado no sé cuántas tardes de nostalgia entender que aun cuando la casa se haya vuelto más cómoda y menos romántica, está tocada por el mismo millón de significados ocultos entre sus piedras que le fuimos dando. La casa tenía una cocina llena de vericuetos que ahora parece un set del Discovery Channel, tenía un barandal de hierro colado que yo consideraba una belleza y que nuestro arquitecto encontró prescindible para decir lo menos, porque él siempre trata de decir lo menos para no herirme con su sentido estético más cercano al minimalismo que al barroco desorbitado que trae mi herencia poblana. De cualquier modo, creo que por fin hemos llegado al acuerdo de que él pone la casa, y nosotros el desorden. Ambos lados estamos agradecidos con semejante acuerdo. Lo demás será la vida devolviéndoles a las cosas su vieja historia y su futuro inconforme.

Dentro de algunos años, cuando yo esté cuatrapeda en una silla del estudio tratando de dar con el mejor modo de decir un recuerdo, habré olvidado las noches en que me despertaba una gata en el tejado ajeno y en la oscuridad caía sobre mis ojos el temor a equivocarme eligiendo vidrios opacos en lugar de trasparentes, chimenea en vez de espacio, escalera sin barandal, ventanas sin cortinas, pisos de piedra, árboles en mitad del patio, paredes blancas, techos blancos, baños blancos. Y ésta de hoy, que es la última vez que me despierta una casa a la que mañana mudaré mis enseres, nuestro afán, la memoria de lo que fuimos, no tendrá lugar entre mis recuerdos ingratos. Será —diría Leduc— más adorada cuanto más nos hiere, una de las horas que habré de invocar con mayor alegría. Esa noche seré, ojalá, vieja de veras, y tendré algún insomnio por alguna otra causa. Diré entonces los versos que hoy me curan:

Oh, si el humo fincara, si retornara el viento,
si usted alguna vez más volviera a ser usted.

Inútil divagación sobre el retorno, llamó Renato Leduc al poema.

—Aunque toda divagación es inútil y todo retorno imposible —creo que dijo, o así me conviene creer que dijo. Porque los muertos entrañables acaban hablando el lenguaje que los vivos queremos que hablen. Sobre todo cuando nos hacen falta sus palabras en mitad de la noche.

Fiera patria

«La patria es el sabor de las cosas que comimos en la infancia», dice un proverbio chino.

Recojo ahora la sabiduría de la frase para asirme a ella y asegurarme de que la patria es tantas cosas como nuestra memoria y nuestros afanes puedan volverla. La patria no es sólo el territorio que se pelean los políticos, asaltan los ladrones, quieren para sí los discursos y los manifiestos. No es sólo el nombre que exhiben como despreciable quienes llenan de horror y deshonra los periódicos. La patria es muchas otras cosas, más pequeñas, menos pasajeras, más entrañables.

* * *

Camino alrededor del alto lago de Chapultepec amaneciendo bajo un cielo claro. Sé, porque está en el periódico que recogí al salir, que hay ozono en el aire. Lo respiro. Parece un aire sano. Lo respiramos voraces todos los corredores, patinadores, ciclistas, caminadores, perros, que ansiamos la mañana junto al lago. La patria es el claro aire con ozono que todas las mañanas acompaña nuestro aplicado deambular en torno a una laguna en la que nadan tranquilos muchos patos, viven en paz miles de pescados, nos deseamos buenos días cientos de locos con afán de salud.

* * *

Mi abuelo era dentista, pero sembraba melones cerca de Atlixco. Largas filas de hojas verdes acunando esferas. Un olor dulce y polvoso contra mi cara. La patria en mis recuerdos, huele a ese campo.

* * *

Estamos cantando canciones de ardidos. Recalamos en un mundo raro, somos una paloma querida y otra negra. Nos gritan las piedras del campo, nos falla el corazón, andamos de arrieros, tenemos mil amores, del cielo nos cae una rosa, limosneamos amor, Dios nos quita la vida antes que a todos. La patria está en las voces desentonadas que cantan *La Palma* a las cuatro de la mañana.

* * *

Fuimos en coche hasta Quintana Roco. Los colores de la tierra fueron cambiando con nosotros. De regreso, tras el mar, tomamos una carretera perfecta pavimentada por el Estado de Quintana Roco, que nos condujo a otra carretera perfecta pavimentada por el Estado de Campeche, entre las dos, hubo un pedazo de baches y piedras que no pavimentó nadie. Las tres eran la patria.

* * *

Manejo contra el tránsito enfurecido de las ocho de la mañana. A mis espaldas oigo la voz de mi hija Catalina diciendo: «Estás largo, chiquito. Has crecido mucho. Ya no eres ese al que cargaba con una mano, al que le daba de comer en la boca. Ya eres otro perro, y ni cuenta me di de cómo pasó el tiempo». Yo tampoco me di cuenta del tiempo haciendo despuntar en su pecho los avisos de una adolescencia precoz, pero la patria estuvo ahí todo ese tiempo.

* * *

El señor de la casa regresa de un viaje. Ha estado lejos del país por casi tres semanas. Sin embargo, trae consigo a la patria.

* * *

Vuelvo del médico en el auto de Lola. Le rechinan las balatas al frenar. Lo estacionamos en la calle dedicada al general Gelati. Al fondo, se asoma una inmensa luna atemperada por las nubes. Durante la siguiente hora y media conversamos sin orden ni recato, mientras nuestros hijos se llamaban por teléfono pensando que habíamos desaparecido en las fauces del ginecólogo. La patria, impávida, fungió como pretexto y contertulia.

* * *

Caminamos por el Parque México. Por ahí donde ayer acuchillaron a un hombre frente a los ojos de mi comadre María Pía. Mateo quiere saber la razón de tal horror. Acostumbra preguntar, como si yo acostumbrara saber las respuestas. Quién sabe cuántos meses le queden a esa costumbre. Yo puedo asegurar que ahí tuve una patria.

* * *

La antropóloga Guzmán avisó que saldría de Puebla en un autobús A.D.O. Aseguró que llegaría a las tres. Cuando dan las cinco sin que aparezca, me pregunto qué tipo de A.D.O. habrá tomado, si se quedaría prendida al cráter del Popocatépetl, si un baño de lava borraría su camino, si habría un choque de esos que enlazan kilómetros de automóviles. Estoy a punto de imaginar lo peor cuando aparece paseando los pies con su lenta elegancia. Mi sentido del tiempo comparte patria con el suyo.

* * *

Tenía veintitrés años cuando conocí a Emma Rizo, una gitana con tos cuya sabiduría mayor ha estado siempre en la fuerza invicta con que sabe sonreír. Lectora implacable, escucha sin límite de tiempo, viciosa de los juegos que nos brinda el azar, trabajadora como el agua, buena como el pan hasta el último recoveco. He tenido la fortuna de ser joven y empezarme a hacer vieja junto a su risa terca, audaz, ineludible. Mi patria está anudada al sonido de su risa.

Agua del mismo río

Tantas cosas soñamos juntas que no sé quién empezó con cual deseo. La conocí hace más de veinte años. Tenía entonces la misma risa larga y contagiosa, la misma voz redonda. Yo apenas iba camino a los desencantos con que la vida nos halaga, ella se había casado quince años antes, tenía cuatro hijos y una pasión por la poesía barroca, el cine y la pintura de Picasso. Nos hicimos amigas como se junta el agua del mismo río. Entonces toda mi vida era un proyecto de vida. Sabía sólo que había dejado un mundo cerrado sobre sus prejuicios y que ambicionaba quebrantarlo. No sabía con qué fuerza se aferra el corazón a los despojos del mundo que abandona nuestra juventud. Ella había conocido ese mundo hasta el cansancio, incluso había sido feliz en él. Tal vez también fue por eso que la quise sin demora, tal vez nuestro afán de olvidarlo sin quitarnos de encima su entrañable memoria nos acercó. Quién sabe y qué importa cuándo y a qué se deba nuestro apego a quienes elegimos para confiar en el fondo de sus ojos.

Se llamaba Emma Rizo. Tuve la ventura de contar con ella. Para agobiarla con la historia de mis amores infortunados, para confesarle la precisa gloria de los afortunados, para llorar junto a ella los imposibles y aprender a cortar con una risa las lágrimas que maldicen lo posible. Pasábamos las tardes hablando del futuro como si dependiera de nosotras, y de literatura como si no hubiera otro presente. Me pregunto ahora que un dolor seco me ha tomado las semanas, qué haré con su ausencia. Durante mucho tiempo la di por dada, como se dan por dadas la luz en la mañana y la luna de noche, como la tierra bajo nuestros pies y el cielo inmenso. Andaba por ahí, alumbrando el mundo con su inagotable vocación de trabajo, con su gusto por las palabras y los libros, con sus ojos abiertos desde temprano y sus pies caminando el polvo y las calles de la ciudad que resistía con el buen ánimo intacto hasta el anochecer.

Decía que se había vuelto prudente. No era para creerla, pero era cierto que menos imprudencias de las que hicimos juntas cruzaban por su mente en los últimos años. Sí, fue volviéndose un poco taciturna. Aun antes de saber lo del cáncer había empezado a escuchar más de lo que hablaba. Ella que un tiempo atropellaba las reuniones con su lista de milagros por entregas. Cuando lo supo dijo mientras juntaba los dedos de la mano moviéndolos como si quisiera sentirlo entre ellos: dicen que tengo un pequeño tumor, habrá que ver. Fuimos viendo. A pesar de su empeño en que no viéramos, aunque no dejó el trabajo, ni faltó a las comidas de los martes, ni se perdía el periódico, ni dejaba de afligirse por la política, ni interrumpió sus viajes a la librería, ni abandonó su pasión por el psicoanálisis, a pesar de que nada le atrajo nunca tanto como la vida, la fue perdiendo en trozos durante los siguientes dos años. En los últimos seis meses terminó el libro de cuentos con el que no tenía trato desde hacía diez años. Al final no podía dormir, porque no quería morirse.

Sin embargo, se dio tiempo para sugerir un jacarandá que floreara sobre su tumba. Era un sueño Emma Rizo: «Lo bueno de todo esto —dijo muy seria— es que me voy a librar de ir al dentista».

Ésa fue una de las pocas veces en que se refirió a la muerte que sentía en su aire. Sin embargo le fue diciendo a cada quien cuánto lo quería, fue oyendo de cada quien la despedida disfrazada de nos vemos mañana y no se quejó ni nos maldijo por quedarnos con el mundo que tanto le gustaba. A su entierro llevamos flores blancas y un montón de lágrimas, porque así son las cosas y eso se lleva a los entierros, pero llevamos también geranios y una disposición a sonreír por si las dudas, por si quería vernos desde donde estuviera. Nunca nadie la vio terminar una sesión de llanto sin el jolgorio de una risa para servir de broche.

—Aquí estamos Esther mi hermana y yo, contándonos chistes —me dijo una mañana en que entré a su casa y la encontré llorosa—. Chistes de ultratumba —explicó dejándose abrazar mientras reía como quien abre una ventana.

Abrir una ventana

Una amiga de mi madre, monja desde hace cincuenta años, la visita un tiempo durante las primaveras, con la sonrisa infantil y el espíritu audaz de quienes todos los días le descubren un prodigio a su destino. Hace unos años, tuvo un accidente que la hubiera dejado paralítica de por vida si su empeño no la pone a luchar con toda clase de aparatos y terapias hasta conseguir moverse despacio, apoyada en un bastón y en el deseo ingobernable de bastarse a sí misma. El mes pasado llamó desde el convento en que vive y yo, que no pude resistirme a escucharla por el otro teléfono, la oí responder a la pregunta de mi madre interesada en saber de su salud y su estado de ánimo: ¿Cómo he de estar? La vida es una fiesta.

Con semejante axioma como tesoro, dejé de oír la conversación y me senté en el suelo tibio y las plantas de un patio que mi madre metió a su casa como quien mete un pedazo de convento sevillano. Estuve ahí un rato, sintiendo a los niños jugar con el perro, mirándome los pies y contándome las venitas lilas que a las mujeres de mi familia les proliferan en las piernas después de cierta edad. «Así se empieza», me dejé pensar. Un pedazo de sol entraba por el hoyo en el cielo que ilumina el patio y todo, hasta el aire ardiendo del mayo sin lluvias, me resultó sosegado y hospitalario como debe ser siempre la vida.

Cuando quiere elogiarme, la antropóloga Guzmán, antes mi madre, elogia la sabiduría con que elijo a mis amigas. Ese día me tocó devolverle el piropo. Al terminar su conversación con Aura Zafra me sorprendió divagando en su patio, y antes de oír su mirada de ¿qué haces ahí perdiendo el tiempo?, le dije:

—Cualquiera pensaría que su respuesta es la de una corista en mitad de un espectáculo.

—Así es Aura —contestó ella.

—Es una maravilla.

Medio coja, medio vieja, medio pobre, medio encerrada, y nada tonta, esa mujer considera que la vida es una fiesta, quiere decir lo obvio, que tiene la fiesta dentro y que se busca las razones para tenerla.

¿Qué cantidad de trabajo y talento habrá que dedicarle a este empeño? Llegar a los setenta y un años dispuesta a hacer la misma declaración. Vivir en los cuarenta y cinco o en los sesenta, sin cederle terreno al tedio y la desesperanza.

—¿Cómo le hace? —le pregunté a la antropóloga.

—Dice que abriendo ventanas —contestó mi madre.

—Y eso, ¿qué quiere decir?

—Cuando se lo pregunté me contestó que lo pensara yo —dijo la antropóloga.

Nos fuimos a caminar. Para los poblanos, tras la leyenda acerca de que los ángeles trazaron las calles de la ciudad, late siempre la certeza de que tal leyenda es una verdad irrebatible. Así que, a pesar de lo mucho que padecemos a nuestros gobernantes, de lo poco que éstos se afanan por mantener limpia una ciudad a la que hace muchos años que no pertenecen, de cuánto nos enerva saberlo y cuán poco hacemos por evitarnos su incómoda presencia, acostumbramos recorrer las calles del centro, las calles de los ángeles, con una devoción siempre nueva.

Mi hermana es implacable y vehemente, por eso alegra caminar junto a ella. Se va enojando contra su cabeza llena de ideas y contra el mundo que las contradice. La encuentro siempre llena de novedades, pródiga y aromada.

Visitamos la casa en que nació nuestro abuelo. Se está viniendo abajo poco a poco, sobre las cabezas de los actuales dueños y el imaginario colectivo de quienes heredamos el apellido y la destreza fantasiosa de los anteriores. Nos dan permiso de pasar a verla. Dos fresnos centenarios y el mismo par de pinos que escalaban las historias de mi abuelo y sus hermanos, reinan sobre un jardín intocado por años. La escalera de hierro y granito podría caerse con un ventarrón y todo parece suspendido en un tiempo inaudito y lejano. Desde ahí caminamos hasta lo que fue el Mercado de La Victoria. Al llegar, nos detenemos en la puerta que da a un costado de la iglesia de Santo Domingo. Con los ojos cerrados, uno cree percibir los ruidos mágicos y el aire misterioso que emanaban de aquel gran mercado. Todo el que lo haya caminado cuando la vida y los sueños de cientos de personas lo poblaban febriles un domingo cualquiera, teme cruzar la puerta que ahora se abre a un falso y aséptico silencio. Un contrato con los locatarios que llenaban el aire de gritos y vendían desde cazuelas hasta alhajas, desde pescado hasta flores, desde telas importadas hasta manta de cielo, desde muñecas de cartón hasta pan de huevo, hizo posible que el lugar se limpiara de ratas y horrores para recuperar su belleza decimonónica, sus hermosos espacios, su kiosco de cristal. Se trataba según el proyecto original, de convertir el lugar que ya le quedaba chico a la necesidad citadina de una central de abastos, en un sitio que regalara el lujo de su espacio a las artesanías, la comida, el arte, las flores, la música de Puebla. Los vendedores de ese mercado aceptaron dejarlo libre un tiempo para su remodelación, bajo el acuerdo de que podrían volver a trabajar en los sitios que les pertenecían adaptándose al nuevo uso que se les diera.

Tal acuerdo se firmó durante un gobierno, se confundió y trastocó bajo el siguiente y vino a terminar de tergiversarse durante los primeros años del actual. No sé cómo sucedió tal cosa. En Puebla, los ciudadanos comunes y corrientes entre los que me cuento, reciben los hechos consumados. Así que abrí los ojos, cruzamos la reja y encontré el antiguo mercado regido por el aire de un Suburbia y un Vips.

¿Qué cosa quiere uno tener contra tales tiendas? Ninguna. En cualquier otro lugar de la ciudad y del país las vemos con simpatía. Yo compro ahí las mezclillas de mis hijos y mi hermana los libros con soluciones fáciles para asuntos difíciles, con los cuales lo mismo sobrelleva las dificultades de un viaje, que aconseja el corazón de una amiga lastimada por el mal de amores. Sin embargo, no nos explicamos qué vinieron a hacer en mitad de un mercado con el que nada tenían que ver. Misterios de la fiesta que es la vida.

En la tarde volvemos con la antropóloga y su hermana, con dos primas y todos nuestros hijos.

—¿Éste es el famoso Mercado de La Victoria? —pregunta mi hija—. Es como un centro comercial, pero medio vacío.

—Éste era —le contesta mi madre que camina cerca de mí.

—Lástima. Me hubiera gustado verlo como en tus tiempos —dice sabiendo que eso quiere escuchar y luego canta mientras bailotea: «La salsa del destino te ha cruzado en mi camino, baby. Come on, come on».

—¿Vamos a las nieves? —dice la hermana de la antropóloga, que es una mujer entusiasta y elegante como la luna.

Volvemos a los portales. Una de las primas encuentra recuerdos en todas partes. Se va quedando prendida a un puesto de periódicos, a la mesa en que inició los desfalcos de un gran amor, a la fuente en que el Arcángel Miguel batalla contra el cielo oscureciendo.

Por fin nos sentamos en las nieves.

—Todo tiene remedio —digo.

—¿Cuándo? —pregunta mi madre que desde que salió de la universidad tiene más prisa que un miembro de los comités de lucha de los setenta.

—Eso sí no sé —le digo.

Estamos sentados en unos bancos giratorios y los niños dan de vueltas mientras llegan sus nieves. El perro mete su lengua en mi horchata y el tiempo, ese enemigo de los buenos ratos, se deja perder sin más.

—La salsa del destino te ha cruzado en mi camino —canta mi hermana contagiada por la música que rige las vueltas de los bancos que bailan con los niños.

—Eso es exacto lo que a mí me pasó —dice la prima de los mil recuerdos.

—A todas —le contesta la otra prima.

—Verás que se compondrá el mercado —le digo a mi madre que continúa evocando las glorias de La Victoria, cada vez más indispuesta contra el gobierno y sus aliados.

—Lo dudo. Desde los Ávila Camacho que estamos en las mismas. Ni quien nos oiga, ni quienes hagamos el ruido necesario para ser oídos.

Una mezcla de nostalgia y futuro incierto corre por los portales.

Dos noches después, presa de la vorágine y el yugo inevitable de los lunes, tengo un insomnio largo que se prende a un espléndido texto de Jean Meyer, titulado con justa razón *La épica vasconcelista*. Es un ensayo inteligente y tristísimo. Tras leerlo, el pesar por los hombres que pueblan su relato se trastoca sin que nos demos cuenta en pesar por nosotros. ¿Somos herederos de esa barbarie y ese recurrente imposible?

Cuando amanece, busco razones para aceptar que la vida es una fiesta, y abro una ventana al domingo anterior.

Los ojos de Pedro Infante

La familia de mi amiga se reúne los domingos a comer y contarse los afanes de la semana. Para ella —no diré su nombre porque goza practicando el arte de la clandestinidad— tales encuentros tienen algo de sustento sagrado.

Una de estas semanas en las que no sólo su familia sino nuestra sociedad toda ha dado en manifestar su incredulidad frente a lo que nos pasa, habilitándose para creerlo todo, la tía Marta, que come en casa de su hermana menor para ahorrarse la lectura semanal de los periódicos, correspondió a la precisa información sobre la larga hilera de desfalcos provocados entre los amigos de una de las hijas de la familia por el Programa de Seguridad Pública para el Distrito Federal, con la noticia más sorprendente que haya cruzado la mesa de la familia Baita: Pedro Infante sigue vivo.

Una sonrisa de indulgencia recorrió el gesto de los sobrinos acostumbrados a creer cuanta historia la tía Marta y su imaginación hagan venir del pasado, ese lugar sobre el cual posee todos los derechos, pero poco dispuestos a aceptar que sus casi ochenta años tengan algo que opinar sobre el presente.

—Comadre, no diga usted esas cosas —dijo el señor Baita. Un hombre de escasas palabras, gran corazón y aficiones intensas por la fotografía, los boleros y los libros antiguos.

Sin arredrarse, la tía Marta insistió en que cerca de su casa en Satélite, Pedro Infante canta y toca el piano en un bar. Porque su familia estará muy ocupada enterándose y padeciendo los problemas de la patria, pero ella, que sabe dónde está lo sustancial, puede probarles que lo que dice es una verdad clara como el agua en que su hermano estuvo a punto de morir ahogado.

—Cuéntanos cómo fue eso —pidió una de las sobrinas, a quien siempre deleita la narración de tan dramático acontecimiento.

—Eso ya se lo conté. Yo estaba lavando cuando vi la camisa de mi hermano menor flotar en el estanque. Era azul, la camisa. Vi una manga y la otra y después bajo la pechera y los botones, vi salir el cuerpo de mi hermano. Lo sacaron muerto del agua. Eso dijo el doctor cuando lo revisó, que estaba muerto y que mi mamá tenía que ser fuerte. Entonces Sixtoguego, el mozo, la vio enloquecer y corrió a llamar a mi papá que entró al cuarto afligidísimo. ¡Qué guapo era mi papá! Eso también ya se los dije, pero no me voy a cansar de decirlo. Era guapísimo su abuelo. Mientras él abrazaba a su madre, Sixtoguego fue por una comadrona que envolvió a mi hermano en sábanas mojadas y le estuvo planchando el pecho hasta que su corazón volvió a latir y revivió. Hay una pintura de eso en Catedral. Mamá la mandó a hacer con el esposo de la curandera que era un experto pintor de milagros. Mamá hizo eso, y se echó hincada toda la antigua Villa de Guadalupe.

—¿Qué hizo tu papá?

—Papá era muy guapo. Pero no estaba yo en eso.

—Cuéntanos pues de Pedro Infante —aceptó la señora Baita, la mujer más comprensiva, cobijadora y apta para buscarle dichas a la vida que ha dado la colonia Santa María.

Apoyada por su hermana menor, la tía Marta empezó la historia que le había estado ardiendo en la lengua mientras escuchaba, paciente, a una de sus sobrinas contar cómo a su amigo Charlie lo habían detenido en el metro, por su pura apariencia deslavada y fachosa, y cómo a su amiga Trini y a su galán «el torturado», los habían apresado a media calle, justo después de que oyeron un balazo a sus espaldas. Los detuvieron, los interrogaron, les buscaron las armas, los volvieron a interrogar y una hora después los dejaron salir temblando tras un breve: «Ustedes perdonen».

—A unos los detienen por su facha y ya nadie recuerda la facha de otros —dijo la tía Marta para empezar—. El Pedro Infante que está cantando por mi casa, ya no se parece mucho al Pedro Infante que fue. Hasta que se quita los anteojos negros. Entonces uno le ve los ojos, idénticos, enamoradores, como dos chispas, como el par de luceros que fueron siempre.

—Comadre, no diga esas cosas —volvió a decir el señor Baita.

—Digo más. Éste del bar es Pedro Infante, el que no se murió en el avionazo.

—Marta, el cadáver que encontraron era el de Pedro. Tenía su esclava en la mano. ¿No te acuerdas? —le preguntó su hermana.

—Ahí fue donde estuvo todo. Miren ustedes. Pedro estaba liado con la esposa del presidente Ruiz Cortínez, por eso le mandaron poner una bomba en su avión. Pero los encargados de ponerla eran fanáticos de Pedro, como todo el mundo. Al mismo Ruiz Cortínez le tiene que haber gustado cómo cantaba, pero cuando supo que iba y venía con su señora, se disgustó.

—¿Su señora la que regenteaba burdeles? —preguntó una de las sobrinas.

—Eso no sé yo —dijo la tía Marta—. Sé que andaba con una esposa y que cuando supo que le habían puesto una bomba, decidió irse a Yucatán por carretera. Le prestó su avión a un conocido. Al mismo que le dio su esclava temiendo que se la robaran.

—Sea que está vivo y además debe una vida —o un sobrino.

—No fue su culpa. Pensó que no pondrían bomba si él no iba en el avión.

—¿Eso quién te lo dijo? —preguntó algo impaciente la sobrina de los amigos presos.

—Yo lo sé. Pedro llegó sin accidentes a donde iba y de ahí buscó refugio con Frank Sinatra, para que lo protegiera la mafia que siempre protegió a Sinatra. Ahí con él se estuvo un tiempo. Hasta que los esbirros de Ruiz Cortínez lo encontraron otra vez. Entonces tuvo que pasar a la clandestinidad que padece hasta la fecha. Sólo unos cuantos sabemos quién es. Yo porque me di cuenta con sólo verle los ojos, el dueño del bar porque tiene muy buen oído. Pero de que está vivo, está vivo. Como que me llamo Marta y vi ahogarse y revivir a mi hermano.

Habiendo hablado la tía Marta, la comida se dividió entre los dispuestos a ir al bar esa misma semana, los incrédulos enfurecidos y los simples escépticos. Se dividió en las mismas tres partes en que se divide esta sociedad dispuesta a creerlo todo de tanto no poder creer en nada. Pedro Infante está vivo o muerto, del mismo modo en que cualquiera puede ser un asesino, un ladrón o un santo, según quien cuente la historia y quien quiera o pueda creerla.

Patria de la infancia

Mi abuelo paterno era italiano por dentro y por fuera. Cuando lo conocí tenía casi ochenta años y la piel blanquísima arrugada en surcos. Sus manos habían ido poblándose de pecas, y una torpeza suave regía el afán de sus escasas caricias. Hablaba poco, pero las frases que salían de su lengua sonaban redondas y misteriosas en los oídos de la niña pálida y ojona que era yo a los cuatro años. Los domingos le hacíamos una visita lenta y poco ruidosa. Lo recuerdo sentado frente a un escritorio de cortina lleno de papeles en orden. Sus manos y las pilas de papel eran el horizonte sobre el que se acomodaban mis ojos, mientras lo saludaba como una muñeca guiada por su cuerda. *Buon giorno, nono,* salía de mi boca en un tímido y apresurado *bonyornonono.* Entonces, él sacaba de su bolsa cinco pesos de plata en una moneda, los ponía sobre mi mano y contestaba con su voz redonda *Buon giorno, bambina.* Sólo eso recuerdo de mi abuelo paterno, pero es grande el hueco de mi memoria que ocupa ese recuerdo.

* * *

Tenía también cuatro años cuando me tocó representar, en la fiesta anual del colegio, el privilegiado papel de Virgen María naciendo de una azucena. Nunca supe de qué trataba la obra, mi deber artístico sólo consistía en quedarme acuclillada y quieta dentro de la azucena, hasta que el llamado del señor San Joaquín me indicara que debía brotar con toda mi pureza del fondo de la flor. Durante los ensayos fui una actriz modelo, el problema fue que el día de la representación, los alambres pelones en forma de azucena que siempre sirvieron para ensayar, quedaron cubiertos con una tela blanca y pegados con el Resistol 5000 de 1954: la llamaban *cola* y era una resina oscura que olía a rata muerta durante varios días después de haber sido aplicada. Ni tras veinte años de vivir en la contaminada ciudad de México he ambicionado el aire limpio tanto como lo ambicioné entonces. Un inclemente San Joaquín me impidió sacar la cabeza las veinte veces en que intenté nacer antes de tiempo. Como él sí era un gran actor, me empujaba con un golpe cada vez que presa del ahogo buscaba yo salir. Nunca ha nacido tan muerta la purísima Virgen María.

* * *

Cantábamos una canción de amor como quien canta un villancico. Para jugar a la *Pájara Pinta* había que repetir una copla inolvidable. A los cuatro años, uno se arrodillaba sin pudor a los pies de su amante, se levantaba fiel y constante y le pedía un besito de su boca. Algunas veces, todavía, una parte de mí tiembla con la niña arrodillada que pedía un beso como quien pide agua.

* * *

El abuelo materno era un liberal como un rayo de miel en la leche tibia de las costumbres y pudores en que crecimos. Se bañaba con nosotros, desayunaba un cocol de anís untado de nata, que iba entreverando con sorbos a su café, luego nos llevaba a subir árboles para rescatar los chabacanos que crecían en julio. Aún no puedo morder la piel de uno sin evocarlo. Y siempre, antes de pagar la fruta que me entregan en la mano, la muerdo y me cercioro de que haya cerca una rama por la cual bajarse del árbol.

El abuelo Sergio también nos enseñó, entre quién sabe cuántas otras cosas invaluables, a olfatear el extremo sur de un melón antes de abrirlo. Si no estaba perfumado, si con el puro olfato no sentía uno la fruta entre los dientes, aún no estaba listo para otorgarnos su secreto.

—Lo mismo sucede con los amores —decía—. Hay que olerlos bien antes de probarlos.

* * *

La primera caja que yo tuve en la vida me la regaló un mediodía don Julián Dib. Un hombre cuyo estómago grande y tenso era como una prueba de su fe en los placeres y en la vida. Fumaba unos puros oscuros que soltaban su aroma por todo el comedor a la hora del postre. La caja era justo una caja de puros cubanos. Su hija era mi amiga del colegio, su regalo fue el principio de una larga adicción.

* * *

Cuando Elena entró a tercero de primaria tenía nueve años y nunca antes había ido a la escuela. Tuvo durante su primera infancia una maestra para ella sola en la sala de su casa. Yo no sabía si eso era envidiable o penoso. Llevaba siempre unos moños blancos con puntos rojos en el extremo de cada trenza, y sonreía con timidez. Le tocó sentarse en la fila de atrás. Su pupitre quedaba justo a mis espaldas. Un día me tocó el hombro y me invitó a comer a su casa. Los demás días, me di por invitada, hasta la fecha. No tengo una amiga más antigua, y por eso la culpo de mi vieja tendencia a fantasear imposibles.

* * *

Mi mamá era sosegada y metódica como el Ave María. Ahorrativa y dudosa, apasionada y contumaz. Eramos cinco hermanos y no íbamos todos a sus compras y quehaceres. Cuando yo conseguía colarme a una de sus expediciones por el centro de la ciudad, terminábamos el recorrido en una mercería oscura y diminuta por cuyas paredes se acomodaban sin espacio ni tregua toda clase de pequeños tesoros. Se llamaba *La Violeta,* sus dueños vendían hilos y botones, alfileres y pasadores, listones, broches y juguetes de a peso. No sabía mi madre, no sé si lo dije alguna vez, la feria de emociones que era entrar de su mano a *La Violeta.*

* * *

Verónica, mi hermana, tenía un gato al que le ponía gorro y le daba su leche en mamila, lo sacaba a pasear en el carrito de las muñecas y lo sometía al tedio de fingirse bebé. Luego, lo soltaba para que de noche se fuera a buscar parrandas tras la barda del jardín. Era una creatura doble el gato aquel, y ella supo siempre tratar con sus dos lados. Para mí, entender todo ese cambio de personalidades, era de una dificultad inalcanzable.

* * *

Mis hermanos jugaban fútbol, hablaban de fútbol, veían el fútbol, tenían álbumes de fútbol y admiraban a un portero al que llamaban la Tota Carvajal. Al principio de los partidos el más chico caminaba hasta el centro de la cancha y se hincaba a persignarse con una devoción de misionero. Quince minutos después de iniciado el partido lo expulsaban por insultos al árbitro.

Los viernes de Dolores eran todo un acontecimiento. Se ponían altares con botellitas de agua coloreada y mandarinas con banderas oro, sobre manteles púrpura tamizados con las figuras en blanco de papel picado. Se colocaba en el centro del altar a una virgen con el corazón clavado por siete espadas que significaban siete dolores. Y bajo semejante representación de lo trágico, en el colegio rezábamos el rosario y al terminar las maestras nos servían agua de Jamaica. Para tan simple ceremonia cada quien tenía que llevar un vaso con su nombre del que nunca se desprendía. Y aunque ahora no puedo creerlo, tan breve y simple ceremonia era todo un acontecimiento. Me pregunto a qué se debería, y supongo que al hecho de que los días en el colegio fueran tan legítimamente idénticos uno al otro. Así las cosas, no recuerdo a nadie quejándose de tedio.

* * *

Yo era la encargada de contar historias durante la clase de costura. Pero no fue por eso que siempre iba atrasada en mi labor, sino porque la lengua siempre le ha ganado a mis manos. Aun cuando estoy callada, trabajo más rápido con ella que con las manos. Por eso encimo las palabras y me como las letras al escribir a máquina. Sin embargo, he tachado más veces de las que destejí, y he debido callarme más veces de las que bordé. Nunca aprendí a coser como se debe, pero la clase de costura tenía una paz de agua endulzada que jamás he conseguido mientras escribo.

* * *

Caminaba apoyándose sobre su carro de madera pintado de verde, y arrastrando una pata de palo. Tenía la piel rojiza y los cabellos de un blanco amarillento. Su grito era un incendio a media tarde. Vendía nieve de limón en barquillos de a quince y veinte centavos. Lo llamábamos *Satuno Posale,* pero así no se llamaba, nunca supimos cómo se llamaba. No tenía tiempo de conversar porque nuestra casa quedaba a sólo tres calles de su destino final, *El gato negro,* una pulquería rodeada de moscas de la que salía sin recato un olor ácido que desde siempre confundo con la desolación. Pasaba por nuestra esquina y ahí se detenía justo el tiempo que tardaba en alcanzarnos la fiereza inalterable de su grito. Sólo vendía nieve de limón. Una nieve tersa y blanda como no he vuelto a sentir otra. No era agria, porque estaba hecha con el té de una yerba a la que mi suegra llama *zacate limón.* Su carro como el último vestigio de una cultura en extinción, su cuerpo mermado, su voz de cohete, nos esperaban el minuto justo que tardábamos en bajar. Luego, reiniciaba su caminata hacia la gloria, y se perdía en la cantina desde las cinco de la tarde hasta que la cerraban.

* * *

Martha Alicia Pérez tenía la cara redonda y la nobleza inundándole un par de ojos claros. A los ocho años, la perturbaba con frecuencia el malestar provocado por la condición indescifrable de los misterios. Más que ningún otro, el de Santísima Trinidad, un solo Dios con tres personas distintas. *Uno en esencia y trino en persona.*

Una tarde, durante la clase de Ciencias, pidió la palabra como si un rayo de sabiduría la hubiera tomado de repente y no pudiera guardarse la dicha de su lucidez un segundo más. La maestra le concedió la interrupción preguntándole a qué se debía:

—Es que ya entendí el Misterio de la Santísima Trinidad —anunció sofocada.

—Dinos cuál es —le pidió la maestra como si ambicionara en ella la voz del Espíritu Santo.

—¡Cabeza, cuerpo y extremidades! —contestó Martha Alicia apresurándose a derramar sobre nosotros la luz de su descubrimiento.

Interrumpiendo el jolgorio de nuestras risas, la maestra se levantó de la silla frente a su mesa de trabajo, caminó en silencio hasta el centro del salón y dijo con la solemnidad de un obispo:

—En todo lo que se refiere a misterios, incluidos los de la familia y la Historia Patria, aprendan a quedarse con la explicación del catecismo: son asunto de fe. Se creen o no. Creerlos es un don, un privilegio de elegidos.

Nunca imaginé, en la paz de aquella tarde, que tal don podía perderse. Sin embargo, cuando quiero lamentar la pérdida, recuerdo la dicha en los ojos de Martha Alicia y la invoco como a un sortilegio: Todos, alguna vez, nos sentiremos dueños del misterio.

* * *

Nos daban un peso los domingos. Alcanzaba para diez chicles de a diez, en la tienda de don Silviano el de la esquina. Alcanzaba para quince botellitas de azúcar, rellenas de azúcar perfumada. Alcanzaba para cinco sobres de *larines,* para cuatro paletas heladas, para siete giros de ruleta en el bote del hombre que daba barquillos a cambio de números. Alcanzaba para muchas cosas, pero nunca para guardarlo. Verónica mi hermana lo regateaba mejor que todos nosotros, pero terminaba por acabársele, como a los demás. Entonces merodeaba en torno a mi madre, que era la administradora absoluta y temerosa de las quincenas que con toda y grapa le entregaba su marido, y empezaba un litigio de *dames* y *para qués* por cuya luneta yo hubiera pagado mi siguiente domingo, de haber sido necesario. Una mañana, a punto de salir rumbo a la escuela, metida en su uniforme de cuadritos, con su corta melena humedecida y sus ojos alertas, Verónica respondió al primer para qué de mi madre, con la voz ronca y contundente de sus ocho años: «Para sentirme segura de bolsillo».

* * *

Don Carlos Mastretta tenía dos trajes, seis corbatas, un par de zapatos cafés y uno de negros, una lupa, una pluma fuente que llenaba con tinta verde, una máquina de escribir en la que encontraba complicidades los domingos, una memoria de la que no hablaba, otra con la que cantaba unas canciones tristísimas cuya letra no entendíamos y no quisimos entender jamás. Cuando el *domingo* se acababa en miércoles y uno se acercaba a pedirle un guiño a su cartera, él hurgaba en la bolsa de su pantalón y nos la daba completa. Ya lo sabíamos, la llevaba siempre vacía. Una vez, tras revisarla en busca de una fortuna que no encontré, me quedé mirando a mi padre, y él percibió en mi expresión demorada un atisbo de incredulidad. Entonces, sin decir una palabra, fue volteándose hacia fuera, una por una, las dos bolsas laterales de su pantalón, las dos bajas de su saco, la ranura interior de un costado, y la bolsa trasera de su pantalón. Los pedacitos de tela blanca colgaban vacuos y desfallecientes, dándole a su figura un aspecto entre desolado y burlón: «Esto tengo, pero de todos modos, podemos bailar», dijo con una gota de luz en sus ojos oscuros que a veces aparece, torera y embaucadora, entre los párpados de mi hijo.

* * *

En la casa de mi amiga Elena había un fresno cerrándose sobre medio jardín. Nos subíamos ahí como gatos en busca de parranda. Y pasábamos buena parte de la tarde montadas en las ramas, hablando cosas que ya no recordamos. Hasta que oscurecía y la luz entre las hojas empezaba a bajar azul plúmbeo, como una aura sobre nuestras palabras. Perdimos la costumbre de encaramarnos a los árboles, pero el viento de la noche todavía cobija nuestras largas conversaciones, porque así como se pierden las habilidades, con el tiempo se intensifican los aprietos que uno conjura conversando hasta que oscurece.

* * *

Siempre quise llegar a quinto año de primaria para ser alumna de la señorita Irma. Porque la seño Irma era una mujer recia, cuyos ojos inteligentes no eran temibles. Tenía una voz contundente y vivaz, unos pechos grandes y firmes, unas piernas fuertes que no se depilaba, y que llevaba siempre subidas a un par de tacones muy altos. Ahora que la evoco, sé que por encima de todos los atributos que yo le concedía, era una mujer sensual. Y entre el cortejo de solteras irremediables que hacía el plantel, resultaba extraña. Cuando por fin llegué a quinto año, la seño Irma fue nuestra maestra por dos meses y un buen día no volvió a la escuela. Nadie nos dijo la razón de su ausencia y al poco tiempo nos pusieron otra maestra. Yo todavía guardo su desaparición como un agravio, pero ella hizo bien yéndose con su novio a mejor puerto que nosotros.

* * *

En nuestro colegio, el prócer don Benito Juárez no era considerado tal. Era, estaban de acuerdo, un pastorcito con el mérito de haber llegado a presidente de la República, pero después de tal mérito no nos daban a su favor más que una colección de historias en torno a cómo se quemaba en el infierno y otra en torno a la sinrazón de los méritos con que se empeñaba en adornarlo el gobierno. Para efectos prácticos, nosotros sabíamos dos versiones de su vida, una para escribirla en los exámenes que la escuela tomaría en cuenta para calificarnos, y otra para ponerla en los exámenes escritos en papel revolución que la Secretaría de Educación Pública mandaba para revalidar nuestros estudios. Ahora, aún hay quien se queja de mi doble banda. Pero yo, que sé de dónde vengo, estoy segura de que, en lo que a ese defecto se refiere, he superado lo imposible.

* * *

Mi mamá, que a la fecha se solidariza con todas las causas olvidadas por el mundo, organizaba posadas para los presos. Mientras fuimos niñas pasábamos dos días de las largas vacaciones de invierno llenando las bolsas que serían el aguinaldo de los doscientos hombres encerrados en el edificio de la vieja penitenciaría, hoy convertido en Casa de Cultura. Había que poner en cada una dos tortas, unos dulces, un paliacate y tres paquetes de cigarros *Tigres.* Luego ella y sus compañeras de iniciativa, las iban a entregar. Una vez me llevó a acompañarla. Me dejó encargada con alguien antes de cruzar la reja y desde ahí la vi hundirse en una marea de cuerpos oscuros arrebatándole bolsas. No me cupo la duda: una chispa brotada de la hoguera que consumió a Juana de Arco, tenía encendido su corazón.

* * *

Cuando Margarita llegó a nuestra casa yo tenía seis años y ella diez más. Margarita tenía un cuerpo robusto y una cara de luna cruzada por la fuerza de dos ojos capulines. Tenía las mejillas más sonrojadas que he visto y una fuerza en los brazos que envidié desde entonces y hasta la fecha, y que no he conocido jamás en ninguna mujer. Sonreía con la timidez de una niña soltada a su destino a los cuatro años, venía de un pueblo que se llama Quecholac, cuya riqueza máxima era el polvo blanquizco que corre por el abandono de sus calles. Margarita se quedó a trabajar en nuestra casa, y eso hacía. No la recuerdo quieta, estaba siempre yendo de un lado para otro y en tres años aprendió a cocinar con la soltura y la precisión de su maestra. También se hizo de un novio. Se llamaba Juan y era moreno, alto y adorable. Al menos ella dio en adorarlo. En las tardes caminaban la calle de arriba para abajo, luego él la acompañaba hasta la puerta. Ahí se besaban protegidos por un colorín junto a la escalera, se besaban con un furor y unos ruidos que hacían temblar la curiosidad ayuna y ávida con que yo los espiaba. Yo no sabía del amor sino historias que nada tenían que ver con esas avideces y en las que dejé de creer al frecuentar el noviazgo de Márgara. El amor era eso que a ella la movía, y ninguna otra cosa más que eso. Un anochecer entró de su encuentro con Juan, llorando como ya no lloraban ni mis hermanos menores. Toda su cara encendida y mojada se refugió en la cocina. Nadie se atrevió a preguntarle qué había pasado. ¿Por qué volvía de su incendio cotidiano con la intención de apagarlo en lágrimas? Al día siguiente no le puso azúcar al agua de limón, ni sal a la sopa, ni yerbas de olor a la carne. Y nadie dijo nada. Mi mamá sabía qué le pasaba, pero tampoco dijo nada. Decidí que debía hacer una expedición nocturna hasta la puerta de su recámara, porque ahí de seguro se lo contaría sin más a mi padre la vergüenza de Márgara, el dolor de Márgara, las lágrimas y lágrimas que Márgara había estado soltando durante todo el día.

—El novio le pidió que se fuera con él sin casarse —dijo mi madre.

—Pobrecita —contestó mi padre.

Yo seguí sin entender mucho. Juan no volvió. Unos años después, en la vida de Márgara apareció un taxista gordo, casado, plomizo. Con ese, que ni siquiera estaba por completo disponible, que no era guapo ni fuerte, se fue Margarita sin soltar una lágrima.

* * *

Mis primos los Escalera, tenían un jardín en las afueras de la ciudad. Un jardín muy grande en el que su padre cultivaba alcachofas, sembraba flores, hizo un campo de fútbol para los niños y una casita de piedra para las niñas. Era una casa como las de los cuentos, con sus escaleritas de madera y su altillo, con su balcón y su puerta dividida en dos, con su chimenea diminuta y ningún baño. Era para jugar, pero nosotros inventamos que también podía ser para quedarse a dormir. No vivíamos en un mundo permisivo y audaz, sin embargo nuestras madres nos daban algunos permisos audaces, sin darse cuenta siquiera de que lo eran. Cuatro niñas pasando la noche en un terreno sin luz eléctrica, en las afueras de la ciudad. Un terreno que sólo vigilaba Don Casiano, un peón callado y enigmático del que no conocían mucho más que el nombre. Nunca temieron al dejarnos ahí, prácticamente solas y a la posible merced de quien quisiera. Dice mi madre que eran otros tiempos. Se lo creo. Pero desde esos tiempos, a las amigas no las dejaban quedarse con nosotros. Eran noches de primas, noches para las hijas de las tres hermanas Guzmán, que aunque no lo sabían, eran más libres y menos temerosas que el mundo en que creyeron.

* * *

Los volcanes estaban ahí siempre, como el cielo y la tierra, como la catedral y el zócalo. El nueve de octubre de 1949, en una expedición a escalarlo, murieron dos personas. Yo nací ese día y debo tener en un hueco del inconsciente, la memoria precisa de tal expedición. Debe ser por eso, que así como no le temo al mar, porque no nací cerca de las historias de horror que lo rodean, no trato a los volcanes sino de lejos. Dicen que el mar se traga a las personas, que muchos no vuelven de su encuentro con él, que es ruin, implacable y misterioso. Eso mismo digo yo de los volcanes. Están ahí para mirarse, para preguntarles cosas: ¿Cómo era el mundo cuando ellos despertaron? ¿Qué pensaban los aztecas? ¿Qué odio lloraban sus enemigos? ¿Qué ambición y qué sueños rumiaban los españoles que los pisaron por primera vez? ¿Qué hay de cierto en la leyenda de sus amores? Están ahí para contarnos victorias secretas y guerras desconocidas, pero no para transgredir la soledad de sus cumbres. Porque así como saben del mar quienes nacieron acunados por su música, sabemos que son arduos los volcanes quienes nacimos bajo el silencio implacable de sus cúspides.

Más allá de la palma de mi mano

Tal vez los sueños que más conmueven nuestro ánimo, son aquellos que se cumplen antes aún de que la vida los haya hecho cruzar por la incierta telaraña en que los tejemos. Digo esto con una prueba entre las manos. Llegué a la Facultad de Ciencias Políticas y Sociales, a principios de 1971, mucho antes de haberla soñado como la tierra de promesas cumplidas que sería. Tres meses antes, la UNAM era para mí una entelequia remota, a la que asistían algunas de las compañeras con las que mis hermanas y yo compartíamos la casa de estudiantes que albergaba nuestra joven y despiadada curiosidad. Nosotras estábamos inscritas en la Iberoamericana, al igual que nuestros hermanos, nuestros primos y nuestros probables e improbable novios. Acudir a la Ibero desde Puebla era ya suficiente audacia, a nuestro mundo no se le hubiera ocurrido aconsejarnos ir a ningún sitio más inseguro que ése. Pero mi fortuna estaba más allá de la palma de mi mano. Así que llegué a la UNAM dos años después de haber terminado la preparatoria y tras abandonar una tras otras, sin tregua ni recato, varias carreras hacia ninguna parte. Había pasado un mes, seis, dos o tres días por el inicio de profesiones tan disímbolas como la sociología, el cuidado familiar, la filosofía y la contaduría. Para mi corazón estaba claro que en ninguna de aquéllas tendría futuro, pero mi cabeza era un abismo de confusiones apta según las pruebas vocacionales para muchas cosas y según las pruebas diarias para ninguna en claro.

La mañana en que llegué a la Facultad de Ciencias Políticas, tras obtener el ingreso a la UNAM en un examen que para mi desazón tuvo lugar en una escuela inmensa con la que di tras varias horas de diversos trolebuses y camiones. Corría —según yo— una aventura, aunque el jardín en el centro de la pequeña escuela estuviera iluminado por un sol transparente y el aire oliera a intimidad y convento. Había sin embargo, recuerdo, una cerrada algarabía dentro de la que todo el mundo iba moviéndose hacia donde debía con la naturalidad de los peces.

El salón número uno recibía en su panza inclinada a los grupos más grandes, y todos los grupos de primer semestre eran grandes como la concurrencia de un teatro. Los tardíos adolescentes que conocí aquella mañana tenían en común la edad y la incierta voluntad de trabajar en los medios de comunicación, que entonces, quién la diría, estaban aun más de moda que ahora. Sobre todo porque entonces parecían la tierra de la gran promesa. Ahora ya se sabe que de todo el glamour participan unos cuantos y que quienes estudian la carrera de comunicación tendrán que trabajar con algo más que una sonrisa y un micrófono. Todos queríamos en apariencia lo mismo, en lo demás éramos un grupo acaudalado en diferencias. Yo era una mensa a quien sólo salvaba su curiosidad, pero tenía compañeros que llevaban cinco años de ganarse la vida, compañeros que parecían saberse el mundo de antemano y predecirlo al dedillo, compañeros que a su decir sobrevivieron a la Plaza de las Tres Culturas el dos de octubre del sesenta y ocho, compañeras que habían perdido la virginidad a los catorce, compañeras vírgenes y políticamente incorrectas que sabían disimular como reinas los defectos de ingenuidad y falta de mundo que en aquel salón se consideraban una penuria imperdonable. Tenía compañeras recatadas y compañeros mariguanos, tenía un mundo completo en el que hurgar que me conmovió desde el primer día. Del primer día recuerdo más que nada a mis compañeros; de los demás, de cada día durante los siguientes años fui obteniendo riqueza que no podré retribuirle jamás a la generosa y nunca bien pagada universidad. No sé a quién se le ocurrió llamarla «Alma Mater», cuando uno es joven semejante apelativo le suena cursi, hueco. Con el tiempo, se acaba sabiendo aunque no se diga ni con vehemencia ni con asiduidad, que algo en nuestra índole está marcado para siempre por los años y las tardes que pasó en la facultad. No sé los demás, yo aprendí en meses cosas que me cambiaron la vida para siempre. No sólo las cosas que era deber de la institución enseñarme —cómo escribir, cómo entender lo que otros escriben—, sino las que por azar o por destino me cayeron cerca.

* * *

Éramos unos diez compañeros, estábamos escondidos en un salón vacío, muertos de risa y pánico, tragándonos el ruido, atisbando por la rendija de la puerta el paso de Froylán López Narváez, el maestro de Teoría de la Comunicación I. La clase anterior nos había dejado leer dos capítulos de un libro de Eduardo Nicol y tras hacerlo, responder a cinco preguntas que él tuvo a bien dictarnos desde antes. Pero no entendimos nada, ni el capítulo, ni las preguntas. Pasamos la mañana preguntándonos unos a otros sin dar con un atisbo de respuesta. Decidimos no acudir a la clase. Le teníamos terror a la lengua desatada de Froylán, y pensamos que seguramente alguien iría. Sobre ese alguien tendría que caer la ira del maestro y ese alguien nos explicaría qué fue del ser y el devenir, del caos y el cosmos. Pero Froylán López Narváez llegó al salón y lo encontró vacío.

—Seguro no hubo nadie. Ahí viene de regreso —dijo David que era bueno como un santo y quería ser intelectual.

—Déjame ver —pedí yo robándole un pedazo de rendija.

En efecto, Froylán venía por el pasillo, con las manos atrás, el bigote adelante, los ojos diminutos, la nariz grande y perspicaz. Cuando pasó con ella frente a la puerta yo abrí y empecé a hablar como tarabilla sobre las mil dificultades de Nicol y sobre la imposible redacción de sus preguntas. Sentía a mis espaldas el horror de los únicos diez entre mis compañeros que se habían quedado a verlo llegar.

—¿Se puede saber qué hacen aquí espiando? —preguntó López Narváez más puesto que nunca en su carácter de ogro.

—Estamos pensando en cómo decirle que no entendimos —dije yo para acabar de decir estupideces.

—¿Qué les parece si se dedican a pensar en cómo entender? —preguntó López Narváez a quien aún no entendemos del todo, pero que para muchos sigue siendo uno de los más queridos maestros.

* * *

Gari tenía el pelo claro y lacio de los rancheros michoacanos. Estaba tocado por una frescura extraña. Tenía un Volkswagen viejito pero bien cuidado en el que le daba aventón a todo el que cupiera y fuera derecho por Insurgentes hacia el centro. Yo era de ésas. Cómo le agradecí entonces las veces que me ahorró el camión apretadito y destartalado, cómo se lo agradezco aun ahora. Me divertía con sus frases y su espíritu indómito.

—¿Tú por qué estudias periodismo? —le pregunté muy al principio, durante los días en que yo preguntaba para contestarme.

—Yo para tener de qué hablar con mis clientes —me contestó.

Gari trabajaba cortando el pelo en una cadena de peluquerías que era de sus primos. Me asombró. No estudiaba para cambiar su destino sino para afianzarlo. Sin embargo con él, como con todos, el destino y la audacia jugaron a su antojo.

Gustavo Sáinz nos daba clase de Redacción Periodística IV. Un día llegó al salón con su montón de tareas corregidas y preguntó por mí. Temblé. Quedó de hablar conmigo al terminar la clase. Sus clases me divertían, estaban llenas de historias arrasadoras y de sentencias extravagantes. Iban de la poesía barroca a la máquina para orgasmos que inventó Wilhem Reich. Se me olvidó el temor. No lo recuperé sino hasta el momento en que me llamó. Intentaba yo escapar con la boruca en que todo el mundo corría a la siguiente clase.

—Estás equivocando la carrera —dijo Sáinz extendiendo mi tarea.

«Otra vez», pensé yo. De ningún modo, primero muerta que abandonar otra carrera.

—Este reportaje lo inventaste. Y está bien inventado —dijo riendo.

Llevaba yo tres semestres de inventar con éxito las notas informativas, las entrevistas y los reportajes. Los demás maestros no me habían descubierto. Ahora sé a qué se debía. No estaban en el secreto. No tenían por qué saber que los grandes mentirosos son malos periodistas, pero pueden derivar en escritores. Gustavo Sáinz lo sabía. De qué manera lo sabía el muy mentiroso.

* * *

La clase se llamaba Periodismo y Literatura. Nunca he oído a nadie hablar con la pasión por Tolstoi que tenía nuestro barbado y enfático maestro. Esa mañana, viéndolo caminar de un lado a otro del salón como un iluminado estuve segura de que debía invertir parte de mi primer salario en la compra de *La guerra y la paz.* Después, mientras leía en las noches y las tardes del domingo, me encontré varias veces un ruso imponente al que era perfecto imaginar con la estampa completa de Hugo Gutiérrez Vega.

* * *

El comité de lucha de la facultad tenía las paredes oscuras y un mimeógrafo del que salían a todas horas volantes mal impresos que daban cuenta de las huelgas y las luchas dispersas por el país como el confeti por el país de los primeros setenta. Yo tomaba todos y cada uno de los que ofrecían mis ilusionados y furiosos compañeros. Extendía la mano con la culpa de no ser uno de ellos y la confianza de quien vive con ellos. Tenía una pequeña columna en el periódico *Ovaciones.* Ahí escribía todo lo que la vida me iba poniendo enfrente. Una vez resumí en un artículo la información que obtuve del mimeógrafo del Comité en una tarde.

Al día siguiente me llamó el director del periódico y exigió que le dijera mis fuentes. Yo me hice la interesante. Me negué. El respondió que el mismísimo Secretario de Trabajo aseguraba que mi nombre era un invento del periódico para golpearlo con información secreta sólo conocida en una oficina de Los Pinos. Yo me reí. Guardé mis fuentes. Me sigo riendo.

* * *

Encontré a Concha Ortega en la última clase del último semestre. Se trataba de aprender a formar un periódico. Había que medir cuadratines y pensar diseños. Ambas nos aburríamos como si previéramos que de nada serviría todo eso en la época de las computadoras. Aunque por supuesto no lo preveíamos. La cibernética, entonces, nos parecía lo más destacado y remoto de la ciencia ficción. Conversando bajo la voz del maestro, nos hicimos tan amigas que ha dado tiempo de que la cibernética le dé alcance a nuestra larga y estupefacta amistad. No podríamos ser más distintas, no podríamos habernos encontrado sino en la facultad.

* * *

La bendita facultad dio para todo. Para una morena cuyo cuerpo hacía temblar por igual a maestros y alumnos, para una rubia que se había impuesto el atuendo de una monja laica y cumplía con rigor su trabajo de ángel junto al mimeógrafo, para un maestro que ligaba recitando a Marx con entonación de poeta místico y uno empeñado en recordarnos que los niños eran un invento de la canija burguesía. Dio para entender el amor y la barbarie, para una sorpresa tras otra, para descuartizar la fe de un monje y concebir la de un pagano. Dio para crear villanos y para reconstruir héroes y dio gente empeñada en pensar la verdad como una mezcla de verdades, el acuerdo como una consecuencia del respeto, la tolerancia como una virtud, la duda como la más ardua y sensata de las virtudes. Dio para cumplir los sueños que nunca soñamos y para sembrar los que aún no cumplimos.

El mundo iluminado

A veces, la vida nos reta con el fin de saber si tendremos la fortaleza necesaria para recibir su generosidad con sencillez. A mí me cuesta siempre más trabajo entender la sorpresa de una dicha que la justicia inmanente de las penas. Me enseñaron que se necesita valor para enfrentar la desgracia y que es virtud ponerle buena cara al mal tiempo. En cambio, no hay receta para aceptar las grandes alegrías.

Sé de qué tamaño es el privilegio que recibo con este premio,* quiero agradecerlo con la misma fuerza con que sé y acepto la responsabilidad que entraña. Quiero recibir este reconocimiento sin perder el deseo de confiar en mis dudas más que en mis dogmas, sin creer que traiciono a mi padre que murió mucho antes de que alguien comprendiera su pasión por las palabras, sin desertar de la paciencia con que tantos escritores han trabajado y trabajan desprovistos de la ambición de un premio y absteniéndose de maldecir a quienes los ganan. Quiero recibir este premio con el regocijo que produce un buen amor, no con la arrogancia de quien imagina una victoria.

Sé bien de la intensidad y la sabiduría de los escritores que me preceden en esta ventura y que

* Discurso por la obtención del Premio de Novela Rómulo Gallegos 1997.

antes me precedieron y aún me enseñan el valor y la tenacidad que se necesitan para entregarse a la febril aventura de hacer libros. Sé también, como lo saben ellos, que ha habido y hay otros cómplices de nuestras aventuras que merecen tanto o más la ventura de un premio.

Considero un privilegio el oficio de escribir como lo hicieron tantas mujeres y tantos hombres a quienes sólo rigió el deseo de contar una historia para consolar o hacer felices a quienes se reconocen en ella. De contar una historia para desentrañar y bendecir la complejidad de lo que parece fácil, la importancia de lo que se supone que no importa, de lo que no registran ni los periódicos ni los libros de economía, de lo que no explican los sociólogos, no curan los médicos, ni aparece como un peldaño en nuestro currículum de la hazaña diaria que es sobrevivir al desamor, al momento en que nos sentimos más amados que ningún otro, a la maravilla de andar como vivos eternos aun cuando la muerte golpea a nuestra puerta, al delirio de quienes nos abandonan y al delirio con que abandonamos, a la decisión que más duele y menos se pregona, a la vejez y a la adolescencia, al mar y a los atardeceres, a la luna inclemente y al sol tibio.

Aun menos certeros que los geólogos, más empeñados en la magia que los médicos, los escritores trabajamos para soñar con los otros, para mejorar nuestro destino, para vivir todas las vidas que no sería posible vivir siendo sólo nosotros. Siempre he pensado que es suficiente recompensa un lector que asume las cosas que uno cuenta como las cosas que pudieron pasar. Tal vez por eso el premio Rómulo Gallegos, entregado a *Mal de amores,* esta novela cuyo aire me hizo sentir a resguardo mientras lo respiraba, me conmovió y me sorprende tanto.

No sé si las estrellas sueñan o deciden nuestro destino, creo sí que nuestro destino es impredecible y azaroso como los sueños. Por eso las mujeres y los hombres de nuestro tiempo aún temblamos cada mañana cuando el mundo se ilumina y nos despierta.

Hace tres siglos, Sor Juana Inés de la Cruz escribió el más grande de sus poemas para invocar la noche en que soñó que de una vez quería comprender todas las cosas de que se compone el universo. En cientos de versos a veces herméticos y siempre de una sonoridad gozosa, la poeta se describe dormida, volando, una y otra vez aferrada al intento de dibujar los secretos del mundo, sin conseguirlo ni cuando lo divide en categorías, ni cuando lo busca en un solo individuo. Por fin la ingrata noche se acaba y la luz del amanecer la encuentra desengañada y despierta.

Menos audaces que Sor Juana, más lejos de su genio que de su empeño, quienes tenemos la fortuna de encontrar un destino en la voluntad de nombrar el mundo, compartimos con ella el diario desengaño de no comprenderlo. Por eso escribimos, regidos por ese desencanto y convocados por una ambición que imagina que al nombrar el fuego, los peces, la cordura, el viento, el estupor, la muerte, conseguimos por un instante comprender lo que son.

De ahí que cada vez que abandonamos un libro creyendo que lo hemos acabado, despertemos a la zozobra de un universo milagroso cuya razón de ser no comprendemos. De semejante desamparo no nos libra sino la urgencia de inventar otro libro. Nos dedicamos a escribir un día con miedo y otro con esperanza como quien camina con placer por el borde de un precipicio. Ayudados por la imaginación y la memoria, por nuestros deseos y nuestra urgencia de hacer creíble la quimera. No imagino un quehacer más pródigo que éste con el que di como si no me quedara otro remedio. Por eso recibo este premio más suspensa que ufana.

Siempre he sabido que la fortuna fue generosa conmigo al concederme una profesión con la que me gano la vida, mejoro mi vida y sobrevivo cuando la vida se vuelve ardua. No me hubiera atrevido a pedirle al destino ninguna otra recompensa a cambio de mi trabajo.

Globo en tierra

Nada tan irresoluble como los ojos de un niño vueltos hacia nosotros. No heredaremos a nuestros hijos ni la certeza ni la quimera de un mundo feliz. Tampoco es ése nuestro deber. Nacemos en un mundo injusto, en un mundo signado por la desigualdad y el abuso, en un mundo que a veces parece no tener remedio. Y a este mundo traemos a nuestros hijos con su mirada como un reto para el que no tenemos sino escasas respuestas.

Al empezar el año, un tío de mis hijos que no se conforma con la idea cada vez más común de que el mundo no tiene remedio, llevó a la reunión familiar un globo de esos a los que hay que prenderles fuego por dentro para hacerlos subir al cielo en medio del griterío y la euforia de quienes lo miran elevarse. Como llovía y el viento era un agravio, los niños y su milagroso tío no consiguieron que el globo abandonara la tierra. Quién sabe cómo, el papel de china que resguardaba el aire en torno a la llama encargada de alzar al globo, se dejó devorar por la lumbre. Entonces todos expresaron su desaliento con una queja a la que el tío respondió pateando la bola de fuego en que se había convertido el globo. «Si no puede subir al cielo, juéguenlo en la tierra», dijo. Los niños se lanzaron tras la pelota ardiente para golpearla de un lado a otro del patio en medio de la noche. A veces la bola corría sobre el piso trazando una raya de lumbre, otras se alzaba sobre las cabezas de los más pequeños y caía donde la alcanzaban los pies de uno de los mayores. Jamás en mi vida había presenciado un momento como ése. Bajo la lluvia, con el fuego como un juguete azaroso y efímero vi la felicidad como algo inevitable, casi como un deber y de seguro como un derecho.

Saber que en el mundo hay infamia, desdicha no nos releva de la obligación cotidiana de intentar que sea mejor. Esta certeza, tal vez antes que ninguna otra, nos toca transmitir a nuestros hijos. Si no contáramos con ella, no tendríamos respuesta para sus continuos interrogatorios, no sabríamos cómo contestar a la pregunta esencial de entre todas las que puedan hacernos: ¿por qué se te ocurrió traerme aquí?

Mil veces pueden faltarnos las respuestas a las mil preguntas de nuestros hijos. Lo que no podemos olvidar y es nuestro deber comunicarles es que cuando decidimos compartir con ellos la existencia estábamos aceptando uno que la vida es un tesoro que vale la pena y el júbilo, dos que el mundo, por más lleno de afrentas y pesares que lo encontremos, merece el diario afán de quienes creen que tiene remedio.

Este libro
se terminó de imprimir
en los Talleres Gráficos
de Cayfosa,
Sta. Perpetua de Mogoda, Barcelona (España)
en el mes de febrero de 1999

OTROS TÍTULOS PUBLICADOS
EN ESTA COLECCIÓN:

CUADERNOS DE LANZAROTE
José Saramago

DESPIERTA Y LEE
Fernando Savater

LAS HORAS PAGANAS
Manuel Vicent

LA LETRA E
Augusto Monterroso

DE MIS PASOS EN LA TIERRA
Francisco Ayala

PURA ALEGRÍA
Antonio Muñoz Molina

HISTORIA PERSONAL DEL «BOOM»
José Donoso

ANTONIO MACHADO
Ángel González

COPIAS DEL NATURAL
José Manuel Caballero Bonald